ANGELA CARTER

NÄCHTE IM ZIRKUS

AUS DEM ENGLISCHEN ÜBERSETZT
VON JOACHIM KALKA

KLETT-COTTA

Verlagsgemeinschaft Ernst Klett Verlag –
J. G. Cotta'sche Buchhandlung
Die Originalausgabe erschien unter dem Titel
»Nights at the Circus«
im Verlag Chatto & Windus, London

Printed in Germany
Design: Heinz Edelmann
Gesetzt aus der Century exp. von
Steffen Hahn, Kornwestheim
Druck- und Bindearbeit von
Wilhelm Röck, Weinsberg
Zweite Auflage, 1986

CIP-Kurztitelaufnahme der Deutschen Bibliothek
Carter, Angela:
Nächte im Zirkus / Angela Carter. Aus d. Engl.
übers. von Joachim Kalka. – Stuttgart: Klett-Cotta, 1986.
Einheitssacht.: Nights at the circus <dt.>
ISBN 3-608-95359-0

TEIL I

LONDON

I

»Gotteswillen, Sir!« schrie Fevvers mit einer Stimme, die wie klappernde Mülleimer klirrte und klang. »Mein Geburtsort! Ich hab doch das Licht der Welt eben hier im alten verrauchten London erblickt! Ich steh ja nicht umsonst als Die Cockney-Venus auf den Plakaten, obwohl man mich genausogut als Die Helena des Hochseils ankündigen könnte, wenn man die ungewöhnlichen Umstände bedenkt, unter denen ich an Land gegangen bin – denn ich bin nicht durch die reguläre Zollkontrolle gegangen, liebe Zeit nein, ich bin – wie die schöne Helena! – ausgeschlüpft.

Ausgeschlüpft aus einem verdammt dicken Ei, und die Glocken von St. Mary-le-Bow haben geläutet dazu: Cockney durch und durch!«

Die Blondine brüllte vor Lachen, schlug sich auf den marmornen Schenkel, über dem ihr Morgenmantel auseinanderging, und warf aus ihren weiten, blauen, ungehörigen Augen dem jungen Reporter mit seinem aufgeschlagenen Notizbuch, seinem gespitzten Bleistift einen blitzenden Blick zu, als fordere sie ihn heraus: Wag's nur, zu zweifeln! Dann fuhr sie auf ihrem kreiselnden Garderobenschemel herum (es war ein plüschbezogener Klavierhocker ohne Lehne, aus dem Probenzimmer entwendet) und grinste sich im Spiegel an, wie sie plötzlich sechs Zoll falsche Wimpern mit einer entschlossenen Geste und einem schnellen Ratschen von ihrem linken Augenlid riß.

Fevvers, die berühmteste Trapezkünstlerin der Zeit; ihr Slogan: »Gibt sie's oder gibt sie's nicht?« Und keinen Augenblick ließ sie es einen vergessen: Die doppelte Frage leuchtete auf Französisch in fußhohen Buchstaben von einem die ganze Wand bedeckenden Plakat, einem Souvenir ihrer Pariser Triumphe, das nun die Londoner Garderobe beherrschte.

Das Plakat hatte etwas Hektisches, etwas angemessen Gewagtes, Stürmisches, dieses lächerliche Bild einer jungen Frau, die wie eine Rakete, huiiii! in einer Explosion erregten Sägemehls zu einem unsichtbaren Trapez hinaufschoß, irgendwo hoch in den hölzernen Himmeln des Cirque d'Hiver. Der Künstler hatte sich für eine Konterfeiung des Aufstiegs von hinten entschieden – Bäckchen in die Höh, sozusagen; hinauf steigt sie, hinauf, in steatopygischer Perspektive, und sie schüttelt diese riesigen roten und purpurnen Schwungfedern um sich aus, Flügel, die groß genug und stark genug sind, ein so großes Mädchen nach oben zu tragen. Und sie war ein *großes* Mädchen.

Offenbar schlug diese Helena in der Schulterpartie ihrem vermutlichen Vater nach, dem Schwan.

Doch diese berühmten, berüchtigten, so oft diskutierten Flügel, die Ursache ihres Ruhmes, waren nun für die Nacht unter dem schmutzigen Futter ihres babyblauen Satinmorgenrocks verstaut, wo sie als zwei befremdliche Schwellungen auffielen, die von Zeit zu Zeit unter dem engen Stoff zitterten, als sehnten sie sich danach, aufzubrechen. (»Wie macht sie das?« überlegte der Reporter.)

»In Paris, da haben sie mich l'Ange Anglaise genannt, den englischen Engel. Englisch und angelisch!«, erzählte sie ihm und deutete mit einem Kopfrucken auf jenes Lieblingsplakat, das – wie sie beiläufig bemerkte – auf den Stein gezeichnet worden war »von so einem Franzenzwerg, der gesagt hat, ich soll ihm auf sein Dingelchen pinkeln, sonst würde er die Kreide schön in der Tasche lassen, wenn Sie meine Ausdrucksweise verzeihen wollen.« Dann – »Schlückchen Schampus?« – zog sie mit den Zähnen den knallenden Korken einer eisgekühlten Magnum Champagner. Ein zischendes Kelchglas Sekt stand neben ihrem Ellenbogen auf dem Schminktisch, die noch gurgelnd-rülpsende Flasche lag nachlässig im Wasserkrug, in zerstoßenes Eis gepackt, das von einem Fischhändler besorgt worden sein mußte, denn hier und da glänzten ein, zwei Fischschuppen zwischen den Brokken. Und dieses zweimal benutzte Eis war doch auch sicherlich die Quelle des Frutti di mare-Aromas (etwas Fischiges wehte um die Cockney-Venus), das unter der heißen, wie festen Mischung aus Parfüm, Schweiß, Schminke und scharfem Gasgeruch aus lecken Leitungen lag, die einem das Gefühl gab, die Luft in Fevvers' Garderobe in einzelnen Klumpen einzuatmen.

Eine Wimpernleiste entfernt, eine noch an Ort und Stelle, so lehnte sich Fevvers ein wenig zurück, um die asymmetrische Pracht ihres Spiegelbildes mit distanziertem Wohlgefallen zu betrachten.

»Und nun«, sagte sie, »nach meinen Eroberungen auf dem Kontinent« (sie sagte: »cohtinoh«) »ist die verlorene Tochter nach London heimgekehrt, mein liebes London, das ich so mag. London – wie der gute alte Dan Leno es nennt: ›ein kleines Dorf an der Themse, dessen hauptsächliche Erwerbszweige die Music Hall und der Schwindel sind‹.«

Sie zwinkerte dem jungen Reporter theatralisch in der verschwimmenden Mehrdeutigkeit des Spiegelglases zu und riß mit einer knappen Bewegung die falschen Wimpern vom anderen Auge.

Ihre Heimatstadt begrüßte sie in einem solchen Taumel, daß die *Illustrated London News* das Phänomen »Fevvermanie« taufte. Überall sah man ihr Bild. Die Läden wimmelten von »Fevvers«-Strumpfbändern, Strümpfen, Fächern, Zigarren, Rasierseife... Sie lieh sogar einer Backpulvermarke ihren Namen: wenn man ein Löffelchen voll von der Mixtur hinzugab, stieg der Kuchen luftig in die Höhe, genau wie sie. Die Heldin des Tages, Gegenstand gelehrter Auseinandersetzung und profaner Vermutungen, ließ diese Helena tausend Witzworte entstehen, die meisten schlichtordinär (»Kennen Sie schon den von dem alten Herrn, der es dank Fevvers bis ganz nach oben geschafft hat?«). Ihr Name war in aller Munde, von der Herzogin zum Straßenhändler: »Habt ihr Fevvers schon gesehen?« Und dann: »Wie *macht* sie das?« Und dann: »Glaubst du, sie ist echt?«

Der junge Reporter wollte einen klaren Kopf behalten, deshalb schaute er – während er mit Glas, Notizbuch und Bleistift jonglierte – heimlich nach einem Plätzchen, wo er das Glas verschwinden lassen konnte, ohne daß sie es ständig wieder füllen würde – vielleicht auf diesem gußeisernen Kaminsims, dessen brutale Kante über seinen Platz auf dem Roßhaarsofa ragte und ihn bei jeglicher abrupten Bewegung bewußtlos zu schlagen versprach. Seine Jagdbeute hatte ihn in der Falle. Seine Versuche, das elende Glas loszuwerden, endeten nur im Absturz einer geräuschvollen Kaskade versteckter Billetdoux', die ein sich windendes Schlangennest von Seidenstrümpfen vom Kaminsims nachzerrten, grün, gelb, rosa, scharlachrot, schwarz, welche eine machtvolle Geruchsnote ungelüfteter Füße aufsteigen ließen, letzter Bestandteil des höchst persönlichen Aromas, der Fevvers-Essenz, die den Raum durchdrang. Am Ende könnte sie den Geruch noch auf Flaschen ziehen und verkaufen, sie ließ sich keine Chance entgehen.

Fevvers ignorierte seine verlegene Unruhe.

Vielleicht hatten sich die Strümpfe herabgestürzt, um sich mit anderen kompliziert-intimen Kleidungsstücken zusammenzufinden, wurmdurchwimmelt von Bändern, von Spitzen zerfressen, die Aura intensiven Gebrauchs ausstrahlend, Kleider, die sie anscheinend wahllos während der vielen Kostümwechsel, die ihr Beruf erforderte, um sich warf. Ein weites Paar rüschenbesetzter Schlüpfer, offenbar dort niedergesunken, wohin sie es achtlos geschleudert hatte, umhüllte irgendeinen Gegenstand, Uhr oder Marmorbüste oder Aschenurne, alles war möglich, da er gänzlich unsichtbar war. Ein imponierendes Korsett vom Typ Eiserne Jungfrau ragte aus der leeren Kohlenschütte wie der rosane Leib einer riesigen Garnele, die aus ihrer Höhle kriecht; lange Schnüre schleiften wie lange dünne Beine. Das Zimmer war insgesamt ein Meisterinnenstück höchst femininen Chaos' – es hätte, auf seine beiläufig-schmutzige Weise, einen jungen Mann beängstigen können, der ein konventionelleres Leben hinter sich hatte als dieser.

Sein Name war Jack Walser. Er kam aus Kalifornien, von der anderen Seite einer Welt, in deren vier Ecken er sich die meiste Zeit seiner fünfundzwanzig Sommer herumgetrieben hatte – eine Pikaro-Karriere, die ihm seine Rauhheiten abgeschliffen hat: Jetzt hat er die glattesten Manieren, und man würde in seiner Erscheinung nichts mehr von dem kleinen Stromer erkennen, der vor langer Zeit als blinder Passagier auf einem Dampfer auftauchte, der von 'Frisco nach Shanghai fuhr. Im Verlauf seiner Abenteuer entdeckte er, daß er eine Begabung für den Umgang mit Wörtern besaß und eine noch größere dafür, sich selbst zum richtigen Zeitpunkt am richtigen Ort zu finden. So stolperte er in seinen Beruf hinein, und zum augenblicklichen Zeitpunkt in seinem Leben war er nun freier Korrespondent einer Zeitung in New York, so daß er reisen konnte, wohin er wollte, mit der privilegierten Verantwortungslosigkeit des Journalisten, der Berufsnotwendigkeit, alles zu sehen und nichts zu glauben, die sich in Walsers Temperament mit einer typisch amerikanischen generösen Sympathie für eine dreiste Lüge vereinte. Nennt ihn Ishmael – aber Ishmael mit einem Spesenkonto und dazu einem unordentlichen Flachshaarschopf, einem angenehmen, eckigen, frischen Gesicht und mit Augen von kühler grauer Skepsis.

Es blieb aber immer noch etwas Unfertiges an ihm. Er war wie ein hübsches Haus, das möbliert vermietet wird – seine Persönlichkeit hatte kaum irgendwelche, sagen wir, persönliche Züge, als erstreckte sich seine Gewohnheit, zunächst einmal gar nichts zu glauben, auf ihn selbst. Ich habe gesagt, er neige dazu, sich zum richtigen Zeitpunkt am richtigen Ort zu finden – und doch war es beinahe, als wäre er selbst ein *objet trouvé*, denn, subjektiv gesehen, fand er *sich selbst* niemals, da es nicht sein Selbst war, das er suchte.

Er hätte sich als »Mann der Tat« bezeichnet. Er unterzog sein Leben einer Reihe katastrophischer Schockerlebnisse, weil er so gerne seine Knochen zittern spürte: So wußte er, daß er am Leben war.

Und so überlebte Walser die Pest in Sezuan, den Assagai in Afrika, eine massive Dosis Analverkehr in einem Beduinenzelt an der Straße nach Damaskus und vieles mehr, doch all das hatte das unsichtbare Kind in diesem Manne überhaupt nicht verändert, das einfach der unbeirrbare Junge blieb, der einst auf Fisherman's Wharf herumlungerte, hungrig die verworrenen Segel auf dem Wasser betrachtend, bis endlich auch er mit der Flut einem endlosen Versprechen entgegenfuhr. Walser hatte seine Erlebnisse nie *als* Erlebnisse erlebt: Erlebnisse mochten seine äußere Erscheinung noch so sehr schmirgeln und glätten, sein Inneres war unberührt geblieben. In seinem ganzen jungen Leben hatte er auch nicht ein einziges Mal eine introspektive Regung verspürt. Wenn er vor nichts Angst hatte, dann nicht deshalb, weil er mutig war; wie der Junge, der auszog, das Fürchten zu lernen, wußte Walser nicht, *wie* man Angst hat. So war seine gewohnte Gelassenheit unwillkürlich; sie war nicht das Ergebnis einer Entscheidung, denn ein Urteil setzt die Positiva und Negativa des Glaubens voraus.

Er war ein mit Bewußtsein ausgestattetes Kaleidoskop. Deshalb war er ein guter Reporter. Und doch wurde das Kaleidoskop nachgerade ein wenig müde von all den Drehungen; Krieg und Unglück hatten nicht ganz vermocht, das Versprechen einzulösen, das die Zukunft einst zu enthalten schien. Und augenblicklich – noch etwas unsicher auf den Beinen nach einem kleinen Kampf mit dem Gelbfieber – ließ er die

Sache etwas ruhiger angehen und konzentrierte sich auf die *human interest*-Perspektiven, die ihm bis jetzt entgangen waren.

Da er ein guter Reporter war, war er selbstverständlich auch ein Connaisseur des Schwindels, der Lügengeschichte, der Münchhausiade. Deshalb ging er in London zu Fevvers, im Rahmen einer geplanten Interviewreihe mit dem Arbeitstitel: »Die großen Schwindler dieser Welt«.

So unbefangen seine Umgangsformen waren – die Trapezkünstlerin war ihm mit den ihren gewachsen, lehnte sich nun von einer Backe auf die andere (»raus, was rauswill, Sir«) und ließ einen knatternden Furz durch den Raum hallen. Wieder peilte sie über ihre Schulter, um zu sehen, was er *davon* hielt. Unter der Hülle ihrer Bonhomie (Bonnefemmerie?) war sie wachsam, fiel ihm auf. Er zeigte ihr seine weißen Zähne in einem abrupten Grinsen. Der Auftrag gefiel ihm!

Auf jener Europatournee erschossen sich die Pariser reihenweise um ihretwillen; nicht nur Lautrec, sondern alle Postimpressionisten drängten heran, sie zu malen; Willy lud sie zum Diner, und sie gab Colette ein paar gute Ratschläge. Alfred Jarry hielt um ihre Hand an. Als sie in Köln auf dem Bahnhof ankam, spannten jubelnde Studenten ihr die Pferde aus und zogen ihren Wagen zum Hotel. In Berlin hing ihre Photographie in den Fenstern aller Zeitungsläden neben der des Kaisers. In Wien deformierte sie die Träume einer ganzen Generation, welche sich unmittelbar darauf auf die Psychoanalyse werfen würde. Wohin sie auch ging, teilten sich die Wasser, drohten Kriege, verfinsterten sich Sonnen, las man in den Zeitungen, daß es Frösche und Schuhe geregnet hätte, und der König von Portugal schenkte ihr ein Springseil aus eiförmigen Perlen, das sie auf die Bank brachte.

Nun lag ganz London zu ihren im Flug emporsteigenden Füßen – und hatte sie nicht am Morgen eben dieses Oktobertages gerade hier in der Garderobe der Alhambra Music Hall im Chaos ihrer schmutzigen Unterwäsche einen sechsstelligen Vertrag über eine Große Kaiserliche Tournee unterzeichnet, erst nach Rußland, dann nach Japan, um zwei kaiserliche Majestäten zu erstaunen? Und dann wird sie von Yokohama aus nach Seattle übers Meer reisen, wo die Große Demokratische Tour durch die Vereinigten Staaten von Amerika beginnt.

Quer durch die ganze USA verlangen lärmende Publikumsmengen nach ihrer Ankunft, welche mit der des neuen Jahrhunderts zusammenfallen wird.

Denn wir befinden uns am letzten, schwach glimmenden Ende, wir sind am Rest, am qualmenden Zigarrenstummel des neunzehnten Jahrhunderts angekommen, der eben im Aschenbecher der Geschichte ausgedrückt wird. Es herrscht die letzte schwindende Jahreszeit im Jahre des Herrn achtzehnhundertneunundneunzig. Und Fevvers besitzt den ganzen *éclat* einer neuen Epoche, die sogleich loslegen will.

Walser ist vorgeblich gekommen, um ihren mythischen Ruf noch ein wenig aufzublähen, und wenn es menschenmöglich ist, will er ihn gleichzeitig (oder statt dessen) auch platzen lassen. Nur soll man nicht glauben, daß die Enthüllung, sie sei ein Schwindel, das Ende ihrer Variété-Karriere wäre. Weit gefehlt! Wenn man sie nicht anzweifelte, wo bliebe die Spannung? Wie hieße die Schlagzeile?

»Fertig für den nächsten Schuß?« Sie zog die tropfende Flasche aus dem schuppigen Eis hervor.

Aus der Nähe betrachtet ähnelte sie, man mußte es schon sagen, eher einer großen Zugstute als einem Engel. Sechs Fuß zwei Zoll in ihren Strümpfen mußte sie Walser ein paar Zoll vorgeben, damit beide gleichziehen konnten, und wenn es auch hieß, sie sei »himmlisch hochgewachsen«, so war doch hinter der Bühne wenig Himmlisches an ihr, es sei denn, im Paradies gäbe es eine gigantische Schnapstheke, hinter der sie als Barfrau präsidieren könnte. Ihr Gesicht, breit und oval wie eine Fleischplatte, war aus grobem Ton auf einer schlichten Töpferscheibe geformt: nichts Subtiles war an ihrem Reiz, und das war auch gut so, wenn sie nun als demokratisch gewählte Gottheit des unmittelbar bevorstehenden Jahrhunderts des Kleinen Mannes fungieren sollte.

Sie schüttelte die Flasche einladend, bis sie sich von neuem verspritzte. »Gibt Haare auf die Brust!« Walser bedeckte lächelnd sein Glas mit der Hand: »Ich habe bereits Haare auf der Brust, Ma'am.«

Sie lachte vor sich hin, zufrieden mit der Antwort, und goß sich selbst mit so großzügigem Schwung nach, daß der Schaum in ihre Rougedose überlief, wo er nun in blutigen Bläschen zischte und schmatzte. Es war unmöglich, sich irgendeine Geste von ihr vorzustellen, die nicht diese großartige, ordinäre, achtlose Generosität gehabt hätte. An ihr war genügend da für alle, und noch mehr. Man dachte nicht an Berechnung, wenn man sie sah, so präzise kalkuliert war ihr Auftreten. Wer hätte gedacht, daß sie nachts von Bankkonten träumte oder daß für sie die Sphärenmusik im Klingeln der Kassen bestand? Nicht einmal Walser ahnte das.

»Und Ihr Name...«, sagte Walser ermunternd, Bleistift gezückt. Sie stärkte sich mit einem großen Schluck Champagner.

»Als ich ein Baby war, hätte man mich in einer Masse Findelkinder nur an einem erkennen können, an dem winzigen Bißchen Flaum, den gelben Federchen auf meinem Rücken, über den beiden Schulterblättern. Genau wie der Flaum an einem Küken war das. Und die mich auf der Treppe in Whitechapel gefunden hat, in dem Wäschekorb, wo mich *unbekannte Personen* zurückgelassen hatten, das kleine Mädchen, ganz liebevoll verpackt in frisches Stroh und zwischen den Krümeln und Splittern zerbrochener Eierschalen, die da über diese arme ausgesetzte Kreatur drübergestolpert ist, sie hat mich im Augenblick in die Arme geschlossen in der großen Güte ihres Herzens und mich zu sich genommen.

Und drinnen, als sie mich ausgepackt hat und das Tuch abgewickelt hat, und als die Mädels alle das verschlafene seidenweiche milchweiße Vögelchen gesehn haben, da haben sie alle gesagt: ›Sieht aus, als wachsen dem kleinen Ding gleich Federn!‹ Und Cockneys sagen nun einmal ›Fevvers‹ für *feathers* … So war's doch, Lizzie«, und sie drehte sich zu ihrer Garderobiere.

Bis dahin hatte sich diese Frau nicht an dem Interview beteiligt, sondern hatte steif neben dem Spiegel gestanden, ihr Sektglas wie eine Waffe in der Hand und den Blick so genau prüfend auf Jack Walser gerichtet, als wollte sie präzise bis auf den letzten Farthing das Geld in seiner Brieftasche schätzen. Nun fiel Lizzie ins Gespräch ein, mit dunkelbrauner Stimme und einem seltsamen Akzent, den Walser nicht kannte – dem der in London geborenen Italiener mit seinen zerlegten Diphthongen und Knacklauten.

»Genau so war's, Sir, denn hab ich sie nicht selbst gefunden? ›Fevvers‹, so haben wir sie genannt, und so wird sie auch bis ans Ende der Geschichte heißen, obwohl der Pfarrer dann gesagt hat, als wir mit ihr zur Taufe nach Clement Dane's sind, so einen Namen hätt er noch nie gehört, und deshalb muß nun Sophie als legaler Aufkleber herhalten.

Komm, Schätzchen, machen wir mal die Schminke ab.«

Lizzie war eine winzige, vertrocknete, zwergenhafte Erscheinung schwer zu schätzenden Alters zwischen dreißig und fünfzig. Klappend-zubeißende schwarze Augen, dunkle Haut, Anfänge eines Schnurrbarts auf der Oberlippe und kurzgeschnittenes Kraushaar in drei Farben – hellgrau an den Wurzeln, dunkles Grau in der Mitte, hennaverbrannt an den Spitzen. Die Schultern ihres knappen, wohlanständigschwarzen Kleids waren weiß vor Schuppen. Sie bewegte sich mit der rasch reizbaren Schnelligkeit einer Terrierhündin; sofort erkannte man die einstige Nutte. Sie zog eine Glasdose aus dem Schutt auf dem Schminktisch hervor, grub eine Handvoll Reinigungscreme mit krummer Klaue heraus und klatschte sie – zack – in Fevvers' Gesicht.

»Nehmen Sie sich noch 'nen Spritzer Sekt, Süßer, bis wir fertig sind«, lud sie Walser ein, während sie ihren Pflegling mit einem Wattebüschel abscheuerte. »Uns kostet der nichts. Ist doch von irgendeinem Herzog, oder? So, mein Liebling ...« Sie wischte die Creme ab und streichelte plötzlich, unerwartet, zärtlich die Artistin.

»Das war der französische Herzog«, sagte Fevvers, die nun beefsteakrot und glänzend auftauchte. »Nur eine Kiste, das geizige Schwein. Auf geht's, noch einen Schluck, junger Mann, Menschenskind, Sie bleiben zurück! Die Damen können sich doch nicht ganz allein einen einpfeifen! Was fürn Gentleman wollen Sie denn sein?«

Außerordentlich rauh-metallische Stimme – Klirren von Alt- oder vielleicht gar Bariton-Mülleimern. Sie tauchte unter einer neuen Handvoll Creme unter, und es trat eine lange Stille ein.

Seltsamerweise war Fevvers' Garderobe trotz der chaotischen Unordnung (wie das Trümmerfeld nach einer Explosion im Laden einer *corsetière*) bemerkenswert anonym. Nur das riesige Plakat mit seiner in Holzkohle gekritzelten Botschaft »Toujours, Toulouse« – und das war nur Eigenwerbung – erinnerte den Besucher an jenen Teil von ihr, den sie hinter der Bühne verborgen hielt. Abgesehen davon lehnte nicht einmal eine signierte Photographie zwischen den Schminktöpfen auf dem Tisch, nur ein Sträußchen Parmaveilchen, in ein Marmeladeglas gestopft, wohl ein Ableger des überquellenden Blumenflors ihrer Liebeskorrespondenz auf dem Kaminsims. Keine Maskottchen, keine schwarzen Porzellankatzen oder Töpfe mit weißem Heidekraut. Keine Gegenstände irgendeines persönlichen Luxus' – Sessel, Teppiche.

Nichts, was sie verraten könnte. Die Garderobe eines Stars, kärglich-geizig wie die Dachkammer eines Küchenmädchens. Die einzigen Spuren ihrer selbst, die sie ihrer Umgebung eingeprägt hatte, waren die paar blonden Haare, die das durchscheinende Stück Pears-Seife in der gesprungenen Schale des billigen Waschtisches aus Tannenholz quer streiften.

Das stumpfe Ende einer emaillierten Sitzbadewanne, voll mit dem seifenschaumigen Wasser vorhergegangener Waschungen, schaute hinter einem Kanevaswandschirm hervor, über den ein rosa Trikot herabbaumelte, was auf den ersten Blick aussehen mochte, als hätte sich Fevvers eben die Haut abgezogen. Wenn ihr ragender Kopfputz aus gefärbten Straußenfedern achtlos in den Kamin geschoben worden war, so hatte Lizzie das andere Kleidungsstück, das ihre Herrin beim ersten Auftritt vor ihrem Publikum getragen hatte, mit etwas mehr Respekt behandelt und hatte die Robe aus roten und purpurnen Federn ausgeschüttelt und auf einen Holzbügel gehängt; nun hing sie von einem Nagel in der Garderobentür, wo ihre delikaten Wimpernränder ständig im Zug von den schlecht schließenden Fenstern her erschauerten.

Auf der Bühne des Alhambra war Fevvers beim Aufgehen des Vorhangs als in sich zusammengesunkener Federball zu sehen, unter diesem Gewand, hinter Gitterstäben, in einem Rauschgoldkäfig, und das Orchester im Graben sägte und krähte »Only a bird in a gilded cage«. Wie angemessen war diese Kitschmelodie – sie hob das Billig-Unechte des Spektakels hervor, erinnerte an die Gerüchte, daß das Mädchen angeblich seine Karriere in der Freakshow begonnen hatte. (Überprüfen, dachte Walser.) Und während das Orchester weiterspielte, hob sie sich langsam, langsam auf die Knie, dann auf die Füße, immer noch in ihr weites Cape eingehüllt, den hohen Helmputz roter und purpurner Straußenfedern auf dem Haupt. Sie fing an, die glänzenden Saiten ihres schwachgebauten Käfigs nachlässig zu verbiegen, leise maunzend: ich will hinaus.

Ein Windstoß schaler Nachtluft fuhr über die sich kräuselnd regenden Bezüge der roten Plüschsitze des Alhambra, streichelte die Backen der Gipsputten, welche die monumental überhängenden ornamentalen Schnitzereien über der Bühne trugen.

Von hoch oben ließ man ihre Trapeze herunter.

Als ob der Anblick dieser Gegenstände sie zu einem Ausbruch neuer Energie inspirierte, ergriff sie die Gitterstäbe mit festen Händen und zog sie, von einem Trommelwirbel begleitet, auseinander. Sie stieg mit betonten und für sie ungewöhnlich zierlichen Bewegungen durch die Öffnung. Der goldne Käfig schoß nach oben zum Schnürboden, verfing sich einen Augenblick lang in den Trapezen.

Sie schlug ihren Mantel zurück und warf ihn beiseite. Da stand sie.

In ihrem rosa Trikot ragte ihr Brustbein hervor wie der Bug eines Schiffes; die Eiserne Jungfrau balancierte ihren ausladenden Busen und ließ ihre Hüften zusammenschmelzen, bis beinahe gar nichts mehr da war und es schien, als könne sie bei jeder sorglosen Bewegung entzweibrechen. Im Schritt und an den Brustwarzen funkelte ihr Trikot mit Flitter besetzt, sonst war es schmucklos. Ihr Haar war unter den bunten Straußenfedern verborgen, die ihrer enormen Größe nochmals gut achtzehn Zoll hinzusetzten. Auf dem Rücken trug sie eine luftige Last geschlossenen Gefieders, grellfarbig wie das eines brasilianischen Kakadus. Auf ihrem roten Mund lag ein künstliches Lächeln.

Schaut mich an! Mit großartiger, stolzer, ironischer Eleganz zeigte sie sich den Augen ihres Publikums, als sei sie ein wunderbar erlesenes Geschenk, zu schön, als daß man damit spielen dürfte. Schauen, nicht anfassen.

Überlebensgroß war sie und so prägnant und scharf umrissen wie nur je ein Objekt, das betrachtet, aber nicht berührt werden soll. Hersehen! Hände weg!

SCHAUT MICH AN!

Sie erhob sich auf die Zehenspitzen und drehte sich in einer langsamen Pirouette, so daß die Zuschauer ihren Rücken deutlich betrachten konnten: Glaubt ihr es nun? Dann breitete sie ihre großartigen, schweren Arme in einer segnenden Rückwärtsgeste aus, und mit dieser Bewegung entfalteten sich auch ihre Flügel, breiteten sich vielfarbig und mindestens sechs Fuß weit, von der Spannweite eines Adlers, eines Kondors, eines Albatros, im Überfluß mit derselben Nahrung genährt, welche die Flamingos rosa macht.

Oooooooh! Das Aufstöhnen der Zuschauer wehte als Windstoß der Bewunderung durch das Theater.

Walser jedoch verwickelte sich selbst launig in folgende Argumentation: Die Flügel der Vögel sind zunächst einmal nichts anderes als ihre Vorderfüße oder, wie wir sagen würden, ihre Arme, und das Skelett eines Vogels zeigt uns in der Tat Ellbogen, Handgelenke, Finger, alles vollständig ausgeformt. Wenn also diese wunderschöne Frau tatsächlich, wie ihre Werbekampagnen behaupten, eine legendäre Vogel-Frau ist, dann dürfte sie nach allen Gesetzen der Evolution und der menschlichen Vernunft gar keine Arme haben, denn ihre Arme wären dann ihre Flügel!

Anders ausgedrückt: Würde man an die Existenz einer Dame mit vier Armen glauben, alle vollkommen gebildet wie die einer Hindugöttin, zu beiden Seiten dieser Schultern eingehängt, die wie die eines üppig-schönen Schiffsheizers sind? Denn genau das ist die wahre Natur der physischen Anomalie, an welche Miss Fevvers uns zu glauben auffordert.

Nun wären Flügel ohne Arme eine Unmöglichkeit für sich; aber Flügel mit Armen – das wäre das doppelt unwahrscheinlich Unmögliche, das Unmögliche im Quadrat! Yes, Sir!

In seiner mit rotem Plüsch ausgeschlagenen Presseloge dachte er, während er sie durch den Operngucker betrachtete, an Tänzerinnen, die er in Bangkok gesehen hatte, Tänzerinnen, die mit ihren gefiederten, vergoldeten, spiegelglasbesetzten Oberflächen, ihren eckigen, hieratischen Gesten eine unendlich wirkungsvollere Illusion der luftigen Vogelwesenheit hervorgezaubert hatten als diese allzu buchstäblich geflügelte Bardame vor ihm. »Sie strengt sich zu arg an«, kritzelte er in sein Notizbuch.

Er dachte an den indischen Seiltrick, wie das Kind auf dem Marktplatz in Kalkutta das Seil hinaufhangelte und dann plötzlich verschwand; nur sein verirrter Schrei schwebte aus dem wolkenlosen Himmel hernieder. Wie die weißgewandete Menge aufgebrüllt hatte, als der Korb des Magiers auf dem Boden angefangen hatte zu schwanken und zu schüttern, bis das lächelnde Kind hervorsprang! »Massenhysterie und kollektive Wahnvorstellungen … ein wenig primitive Technologie und eine massive Dosis des Wunsches, zu glauben.« In Katmandu sah er den Fakir mitsamt seinem Nagelbett sich in die Lüfte erheben, bis er in Höhe der gemalten Dämonen auf den Dachbalken der Holzhäuser war. Worin, sagte der alte Mann, mit schwerem Geld bestochen, läge denn der Sinn der zauberischen Illusion, wenn sie aussähe *wie* eine Illusion? Denn ist nicht – bemerkte der alte Scharlatan mit dreister Feierlichkeit zu Walser – die ganze Welt eine Illusion? Und alle fallen drauf herein.

Nun war das Orchester knarrend und knirschend zum Stillstand gekommen und raschelte mit den Noten. Nach einem Moment der Dissonanz, der etwa einem Räuspern entsprach, fiedelten die Musiker, so gut es ging, los: Der Walkürenritt (was auch sonst?). Ach, die kratzende Unbeholfenheit der Instrumente! Die gefühllosen Mißtöne ihres Spiels! Walser lehnte sich mit zufriedenem Lächeln zurück: das fettiggeschminkte Zauberkünstleraroma, das Fevvers' ganze

Nummer erfüllte, schlug unverkennbar in der Wahl ihrer Begleitmusik durch.

Sie spannte sich, hob sich auf die Zehenspitzen und zuckte mit gewaltiger Bewegung die Schultern in die Höhe. Dann senkte sie die Ellenbogen, daß die obersten Schwungfedern der beiden Flügel sich in der Luft über ihrem Kopfputz berührten. Beim ersten Crescendo der Musik sprang sie.

Ja, sie sprang. Sprang hoch, um das baumelnde Trapez zu fangen, sprang etwa dreißig Fuß in die Höhe mit einem einzigen, gewichtigen Satz, durchbohrt vom weißen Krummschwert des Rampenlichts. Der unsichtbare Draht, der sie hinaufgezogen haben mußte, blieb unsichtbar. Sie ergriff das Trapez mit einer Hand. Ihre Flügel pochten, pulsierten, dann schwirrten und surrten sie und begannen schließlich stetig zu schlagen, und die Luft regte sich dadurch so stark, daß die Seiten von Walsers Notizbuch sich aufblätterten und er momentan nicht mehr wußte, wo er war, hastig suchte, beinahe seine Fassung verlor, aber gerade noch rechtzeitig seine Skepsis wiederfand und fest umklammerte, ehe sie über die Brüstung der Presseloge davongeweht wurde.

Erster Eindruck: physische Plumpheit. Solch ein Körperkloß! Aber bald, sehr bald setzt sich eine erworbene Eleganz durch, wohl das Ergebnis mühsamer Übung (Überprüfen, ob sie eine tänzerische Ausbildung hat). Meine Güte, wie ihr Korsett sich spannt! Man könnte glauben, daß die Titten jeden Augenblick hervorplatzen. Was *das* für eine Sensation wäre; an sich erstaunlich, daß sie noch nicht daran gedacht hat, es in ihre Nummer einzubringen. Die physische Plumpheit des Fluges vielleicht verursacht durch das Fehlen eines Schwanzes, der dem Vogel beim Fliegen als Steuerruder dient – ich frage mich, warum sie nicht einen Federschwanz hinten an ihr *cache-sexe* heftet, würde überzeugender wirken und vielleicht die Technik des Auftritts verbessern.

Was sie aber als *aerialiste* erstaunlich machte, war die

Geschwindigkeit (oder genauer gesagt, der Mangel an Geschwindigkeit), womit sie selbst den dreifachen Salto vorführte, den Höhepunkt des Auftritts. Wenn der Alltagsartist, der Trapezkünstler ohne Flügel, den dreifachen Salto bringt, dann fliegt er oder sie mit guten sechzig Meilen die Stunde durch die Luft. Fevvers jedoch gelang er mit der nachlässigen, nachdenklichen Geschwindigkeit von fünfundzwanzig, so daß das übervolle Haus wie in Zeitlupe den Anblick genießen konnte, wie sich jeder Muskel ihres Rubenskörpers spannte. Die Musik galoppierte viel schneller dahin als sie sich bewegte; sie ließ sich Zeit. In der Tat spottete sie den Gesetzen der Ballistik, denn ein Projektil kann seine Bahn unmöglich entlangschlendern – wenn es mitten in der Luft seine Geschwindigkeit verringert, fällt es runter. Fevvers aber schien den unsichtbaren Korridor zwischen ihren Trapezen gelassen entlangzuschleichen, mit der behäbigen Würde einer Taube, die auf dem Trafalgar Square von einer ausgestreuten Handvoll Körner zur nächsten flappt. Und dann drehte sie sich dreimal kopfüber, träge genug, daß man die Spalte ihrer Hinterbacken in Ruhe betrachten konnte.

(Sicher aber, sann Walser, würde ein *richtiger* Vogel schon gleich gar nicht auf den albernen Gedanken kommen, einen dreifachen Salto zu schlagen.)

Abgesehen jedoch von diesem beunruhigenden Geheimabkommen mit der Schwerkraft – das sicher ebenso zustandegekommen war wie das des nepalesischen Fakirs – fiel es Walser auf, daß das Mädchen nicht weiterging als irgendein anderer Trapezkünstler. Sie unternahm nichts und vollbrachte nichts, was ein flügelloser Zweibeiner nicht auch hätte zeigen können, obwohl sie es auf andere Weise tat, und als die Walküren schließlich in Walhall einritten, erkannte er verblüfft, daß eben diese Beschränkung der Nummer ihn einen Augenblick lang das Unvorstellbare hatte überlegen lassen – absolutes Aussetzen der Ungläubigkeit.

Denn: könnte es nicht sein, daß eine wahrhaftige Vogel-Frau (einmal vorausgesetzt, so etwas gäbe es unwahrscheinlicherweise tatsächlich), um ihren Lebensunterhalt zu verdienen, sich so stellen mußte, als sei sie nur künstlich?

Er lächelte bei diesem Paradox vor sich hin: In einer glaubenslosen Zeit mußte ein authentisches Wunder sich als Schwindel verkleiden, um Anklang zu finden. Aber – und Walser lächelte wieder, als er an seine Regung plötzlicher Überzeugung dachte: ich sehe, und ich glaube – was war mit ihrem Nabel? Hat sie mir nicht soeben erzählt, daß sie einem Ei entsprungen ist und nicht *in utero* herangewachsen? Eine eierlegende Spezies wird in embryonalem Zustand nicht von der Plazenta ernährt, benötigt deshalb keine Nabelschnur – und hat deshalb auch nicht die Narbe von deren Verlust zu tragen! Warum fragt sich nicht ganz London: Hat Fevvers einen Nabel?

Es war während ihres Auftritts unmöglich auszumachen, ob sie einen hatte – Walser konnte sich an ihren Bauch nur als an eine glatte Fläche von rosa Trikot erinnern. Was immer ihre Flügel sein mochten, ihre Nacktheit war eine Bühnenillusion.

Nachdem sie den dreifachen Salto hingelegt hatte, gab das Orchester Wagner den Gnadenstoß und hörte auf. Fevvers hing an einer Hand vom Trapez, winkte und warf Kußhändchen mit der anderen, die berühmten Flügel nun hinter sich gefaltet. Dann sprang sie einfach hinab, fiel einfach, schlug mit ihren enormen Füßen direkt auf der Bühne auf, mit einem nur allzumenschlichen dumpfen Krachen, welches durch das Beifallsdröhnen aus Applaus und Zurufen nur teilweise verdeckt wurde.

Blumensträuße hageln auf die Bühne. Da es keine Marktlücke für gebrauchte Blumen gibt, beachtet sie die Buketts nicht. Ihr Gesicht, dick mit Rouge und Puder überzogen, damit man noch vom hintersten Sperrsitz aus sehen kann, wie schön sie ist, trägt ein triumphierendes Lächeln. Ihre großen weißen Zähne strahlen: ein Karnivorengebiß wie das von Rotkäppchens Großmutter.

Allen wirft sie Kußhände zu. Sie faltet ihre zitternden Flügel zusammen, schaudernd, einen Schmollmund machend, das Gesicht verziehend, als steckte sie ein frivoles Buch beiseite. Irgendein Balletteleve trippelt herbei und legt ihr die Federrobe um, die so zart und grell ist wie die einst von den Eingeborenen Floridas verfertigten. Fevvers macht dem Dirigenten ihren Knicks mit riesiger, breitspuriger Unbefangenheit und wirft weiter unter Beifallstumult Küsse in die Menge, während der Vorhang fällt und das Orchester »God Save The Queen« anstimmt. Gott schütze die Mutter des fetten bärtigen Prinzleins, das seit Fevvers' Premiere im Alhambra zweimal am Abend in der Königsloge Platz nimmt und dort, sich den Bart streichend, über die erotischen Möglichkeiten meditiert, die sich aus ihrer Fähigkeit des Schwebens ergeben, und über das Problem seines Bauches hinsichtlich der Missionarsstellung.

Die Schminke verließ Fevvers' Gesicht, als Lizzie mit Watte die Reinigungscreme abwischte und die verschmierten Wattekugeln achtlos auf den Boden fallen ließ. Fevvers kam wieder zum Vorschein: erhitzt starrte sie sich eifrig im Spiegel an, als wäre es eine freudige Überraschung, sich so rosig und mit glänzenden Augen wiederzufinden. Walser war über ihr gesundes Aussehen erstaunt: wie ein Weizenfeld in Iowa.

Lizzie tauchte eine samtene Puderquaste in eine Schachtel mit hellem, pfirsichfarbenem Puder und stäubte sie über das Gesicht des Mädchens, um ihm den Glanz zu nehmen. Sie griff sich eine Haarbürste aus gelbem Metall.

»Kann Ihnen nicht sagen, wer ihr die geschenkt hat«, verkündete sie verschwörerisch und schwenkte die Bürste, daß die kleinen Steine, mit denen sie inkrustiert war (in einem

Muster, das die heraldischen Straußenfedern des Prinzen von Wales ergab), prismatisch im Licht blitzten. »Hofzeremoniell. Dunkles Geheimnis. Kamm und Spiegel noch dazu. Massiv das Ganze. War ich von den Socken, als ich alles hab schätzen lassen. Zum Fenster hinaus ist gar kein Ausdruck. Morgen früh kommt's gleich auf die Bank, *sie* ist da nicht so blöd. Trotzdem, heute abend kann sie nicht widerstehen.«

Ein leiser Tadel lag in Lizzies Stimme, als ob es nichts gäbe, was sie unwiderstehlich finden würde, aber Fevvers beschaute ihre Bürste selbstzufrieden und mit Besitzerstolz. Nur einen Moment lang sah sie weniger großzügig aus.

»Natürlich«, sagte Fevvers, »hat *dem* das gar nichts genützt.«

Ihre Unzugänglichkeit war ebenfalls legendär, wenn sie auch – wie Walser sich bereits notiert hatte – bereit war, auf Drängen französischer Zwerge gewisse Ausnahmen zu machen. Lizzie löste das blaue Haarband, das die aufwallende Woge des Haares der jungen Frau zurückhielt, und legte es über ihren linken Arm – wie jemand, der einem Kunden einen Teppich zeigt –, um es kräftig zu bearbeiten. Es war ein eindrucksvoller Strom von Haaren, gelb und unerschöpflich wie Sand, dick wie Sahne zischte und wisperte es unter der Bürste. Fevvers' Kopf sank zurück, die Augen halb geschlossen; sie seufzte zufrieden. Lizzie hätte eine Palominostute striegeln können – aber Fevvers war ein Pferd mit Höckern.

Der schäbige Morgenmantel, um den Hals widerlich mit Schminke verschmiert... wenn Lizzie den Armvoll Haar hob, konnte man unter der aufgeplatzten, miefigen Seide ihre Höcker sehen, ihre Schwellungen, so groß, als trüge sie vorn und hinten einen Busen, ihre auffällige Deformität, die Zwillingshügel eines Wuchses, den sie nun für jene Stunden verborgen hatte, die sie bei Tageslicht oder Lampenlicht verbrachte, außerhalb des Rampenlichtes. So war sie auf der Straße, bei der Soirée, beim Essen in teuren Restaurants mit

Herzögen, Prinzen, Industriemagnaten und Lebemännern ähnlichen Kalibers stets der Krüppel, auch wenn man sich nach ihr umwandte und die Leute auf die Stühle stiegen, um sie zu sehen.

»Wer schneidert Ihnen die Kleider?« fragte der Reporter in Walser scharfsichtig. Lizzie hielt mitten in einem Streich der Bürste inne, die Augen ihrer Herrin klappten – wupp! – auf wie blaue Schirme.

»Niemand. Ich selbst«, sagte Fevvers scharf. »Liz hilft mir.«

»Aber die Hüte, die kaufen wir in den besten Salons«, lenkte Lizzie diplomatisch-geschwätzig ab. »Wir haben uns in Paris die tollsten Hütchen gekauft, nicht wahr, Liebling? Der mit den Moosröschen, der italienische Strohhut...«

»Sein Glas ist leer, seh ich da.«

Walser ließ sich nachschenken, ehe Lizzie sich den Mund voll Schildpattnadeln spickte und mit beiden Händen die Aufgabe anging, Fevvers' Chignon zu errichten. Die Geräusche der Music Hall, die langsam schloß, fluteten und hallten um sie – Wasser gurgelte in der Leitung, Chormädchen riefen Gutnacht, während sie die Treppen hinunterklapperten zu den wartenden Einspännern der Ballettonkels, irgendwo rasselte ein verstimmtes Klavier. Die Glühbirnen um Fevvers' Spiegel herum warfen ein nacktes und unfreundliches Licht auf ihr Gesicht, konnten aber dem klassischen Schnitt ihrer Züge keinen Fehler entlocken, wenn nicht die Größe dieser Züge selbst ein Fehler war, der Fehler, der sie ordinär machte.

Es dauerte eine lange Zeit, bis die zwei Yards goldenen Haares aufgesteckt waren. Als die letzte Nadel ihren Platz gefunden hatte, herrschte nächtliche Stille im ganzen Gebäude.

Fevvers tätschelte ihren Knoten mit zufriedener Miene. Lizzie schüttelte die Champagnerflasche, fand sie leer, warf sie in die Ecke und holte aus einer Kiste hinter dem Wandschirm eine neue, ließ den Korken knallen, füllte alle drei Gläser auf. Fevvers nippte und schüttelte sich.

»Warm.«

Lizzie spähte in den Krug und kippte den geschmolzenen Inhalt in das Badewasser.

»Kein Eis mehr«, sagte sie vorwurfsvoll zu Walser, als sei dies seine Schuld.

Vielleicht, vielleicht... in meinem Hirn steigen bereits Bläschen auf, dachte Walser, aber ich hätte beinahe schwören können, daß ich einen Fisch gesehen habe, einen kleinen, einen Hering, eine Sprotte, eine Elritze, aber sich windend, springlebendig, wie er in das Bad gehüpft ist, als sie den Krug ausgeleert hat. Aber es blieb ihm keine Zeit, darüber nachzudenken, wie seine Augen ihn täuschten, denn Fevvers nahm nun feierlich das Interview wieder auf, kurz vor dem Punkt, an dem sie aufgehört hatte.

»Ausgebrütet«, sagte sie.

II

»Ausgebrütet. Von wem, weiß ich nicht. Wer mich *gelegt* hat, das ist mir ebenso ein Geheimnis, Sir, wie der Vorgang meiner Zeugung, Vater und Mutter sind mir beide vollkommen unbekannt – und mancher würde sagen: darüber hinaus der Natur unbekannt. Aber aus dem Ei bin ich geschlüpft und lag in dem Korb mit den Schalen und dem Stroh in Whitechapel an der Tür eines gewissen *Hauses*, wenn Sie verstehen, was ich meine.«

Als sie nach ihrem Glas griff, fiel der schmutzige Satinärmel zurück von einem Arm, ebenso makellos geformt wie das gedrechselte Bein des Sofas, auf dem Walser saß. Ihre Hand zitterte leicht, als unterdrücke sie eine starke Bewegung.

»Und, wie gesagt, wer war's: meine Lizzie hier, die über das quäkende Fetzchen Leben gestolpert ist, das ich damals war, gerade als sie einem Kunden aus dem Etablissement hinausgeholfen hat, und sie holt mich rein, und da bin ich von diesen lieben Frauen aufgezogen worden wie die Tochter von einem halben Dutzend Müttern. Und das ist die ganze Wahrheit und nichts als die Wahrheit, Sir.

Und noch nie hab ich's irgendeinem Mann auf der Welt erzählt.«

Walser kritzelte rasch, und Fevvers starrte im Spiegel in sein Notizbuch, als versuche sie sein Stenogramm mit irgendwelchen magischen Mitteln zu entziffern. Sein Schweigen schien sie in ihrer Sicherheit ein wenig zu irritieren.

»Was denn nun, Sir, läßt man Sie *das* in der Zeitung drukken? Das waren Frauen aus *schlimmsten* Verhältnissen, *verdorbene* Frauen.«

»Die Sitten in der Neuen Welt sind weitaus weniger streng, wie Sie selbst bald mit Genugtuung feststellen werden, Ma'am«, sagte Walser gelassen. »Und ich habe schon ein paar höchst anständige Huren kennengelernt, ein paar verdammt bemerkenswerte Frauen, die in die Ehe zu führen jeder Mann nur hätte stolz sein können.«

»Ehe? Pah!« schnaubte Lizzie ärgerlich. »Vom Regen in die Traufe! Was ist denn die Ehe, wenn nicht Prostitution mit einem Mann anstatt mit vielen? Kein Unterschied! Glauben Sie vielleicht, eine anständige Hure wäre stolz darauf, *Sie* zu heiraten, junger Mann? Was?«

»Laß nur, Lizzie, er meint's ja gut. Sag mal, ist der Junge noch da? Ich bin völlig ausgehungert, würde meine goldene Haarbürste für Räucheraal und Würstchen geben.« Sie wandte sich mit ausladender Koketterie an Walser. »Könnte Sie Aalpastete und Kartoffelbrei reizen, Sir?«

Man klingelte nach dem Laufjungen, der tatsächlich noch seine Pflichten versah und sofort zu einer Pastetenbude im Strand geschickt wurde – von einer Lizzie, die immer noch grimmig-verstimmt dreinsah. Bald jedoch war sie durch die üppige Mahlzeit besänftigt, die zehn Minuten später in einem zugedeckten Korb ankam: heiße Fleischpasteten mit je einem Löffel dicker Aalsoße, ein Fujiyama aus Kartoffelbrei, ein Sumpf aufgekochter Trockenerbsen, die in grüner Flüssigkeit schwammen. Fevvers bezahlte den Laufjungen, wartete auf ihr Wechselgeld und gab ihm als Trinkgeld einen Kuß auf die bartlos-glatte Wange, die nun errötet und ein wenig fettig war. Die Frauen begannen ihr Mahl mit großem Geklapper des mitgemieteten Bestecks, aber Walser entschied sich für ein weiteres Glas des flauen Champagners.

»Englisches Essen … also, ich glaube, es ist alles Gewohnheitssache. Ich halte Ihre einheimische Küche für das achte Weltwunder, Ma'am.«

Sie warf ihm einen seltsamen Blick zu, als hätte sie ihn im Verdacht, sich mit ihr einen Scherz zu erlauben, und als würde sie ihm das früher oder später heimzahlen. Aber ihr Mund war zu voll für eine Antwort, als sie sich mit gargantueskem Enthusiasmus auf dieses deftigste, schwerste Fuhrknechtsessen warf. Sie schlang, sie stopfte sich voll, sie bekleckerte sich mit Soße, sie lutschte Erbsen von ihrem Messer – sie hatte einen Magen, der ihrer Größe entsprach, und Tischmanieren wie zu Shakespeares Zeiten. Beeindruckt wartete Walser mit der störrischen Folgsamkeit seines Berufes, bis schließlich ihr enormer Appetit befriedigt war: Sie wischte sich den Mund am Ärmel ab und rülpste. Wieder sah sie ihn seltsam an, als hoffte sie halb, das Schauspiel ihrer Freßgier würde ihn vertreiben, aber da er nun blieb – Notizbuch auf dem Knie, Bleistift in der Hand, immer noch auf ihrem Sofa sitzend –, seufzte sie, rülpste nochmals und fuhr fort.

»In einem Bordell, Sir, und stolz darauf, was das betrifft, denn niemals hab ich ein böses Wort oder eine Unfreundlichkeit von meinen Müttern erfahren, ich hab immer das Beste von allem bekommen und war um acht Uhr abends in meinem kleinen Bettchen in der Dachstube eingepackt, bevor die reichen Kunden ankamen, die ihre Gläser immer zerschlagen haben.

Da war ich also –«

»Da war sie, die kleine Unschuld, mit ihren gelben Zöpfen, die ich ihr immer mit blauen Bändchen gebunden hab, wegen ihrer blauen Augen –«

»– da war ich, und so bin ich aufgewachsen, und die kleinen Flaumknospen auf meinen Schultern sind mit mir gewachsen, bis eines Tages, als ich sieben Jahre alt war, Nelson –«

»Nelson?« fragte Walser verwundert.

Fevvers und Lizzie hoben gemeinsam ehrfürchtig den Blick zur Decke.

»Nelson, Gott hab sie selig, ja. Das war eine Madam! Und immer schon hieß sie Nelson, wegen ihrem einen Auge, das andere hat ihr ein Matrose mit einer zerbrochenen Flasche ausgeschlagen, im Jahr der Weltausstellung im Kristallpalast, armes Ding. Und Nelson hat ihr Haus anständig und ordentlich geführt und hätte nie daran gedacht, mich anzulernen, solang ich noch im Kinderkleidchen herumlief, wie's andere vielleicht gemacht hätten. Aber eines Abends, als sie und Lizzie mich vor dem Kaminfeuer gebadet haben, und wie sie meine kleinen gefiederten Knospen ganz sanft abseift, ruft sie: »Amor! Da haben wir ja unseren eigenen kleinen leibhaftigen Amor!« Und so hab ich mir zuerst meine Brötchen verdient, denn meine Lizzie hat mir einen kleinen Kranz aus rosa Stoffröschen gemacht und ihn mir auf den Kopf gesetzt, und sie hat mir einen Spielzeugbogen mit Pfeilen gegeben –«

»– den ich für sie vergoldet hab«, sagte Lizzie. »War richtiges Blattgold. Man legt das Goldblättchen auf die offene Hand. Dann bläst man es ganz sacht auf die Oberfläche von dem Zeug, das man vergolden will. Immer vorsichtig. Vorsichtig pusten. Mensch, was eine Arbeit.«

»So, mit meinem Kranz Rosen, meinem kleinen Flitzbogen und meinen ungereiften Liebespfeilen saß ich dann im Alkoven des Empfangszimmers, wo sich die Damen mit den Herren bekannt machten. Amor, das war ich.«

»Mit ihren kleinen Babyflügelchen. Hat alles unter ihre Fittiche genommen.«

Die beiden Frauen lächelten sich nostalgisch an. Lizzie tastete hinter dem Wandschirm nach einer neuen Flasche.

»Trinken wir auf den kleinen Amor.«

»Ich sag nicht nein«, sagte Fevvers und streckte ihr Glas hin.

»Da war ich also«, fuhr sie nach einem stärkenden Schluck fort. »Ich war ein *tableau vivant* seit meinem siebten Lebensjahr. Da saß ich über der Gesellschaft –«

»– als wär sie der Schutzengel des Hauses –«

»– und sieben lange Jahre lang, Sir, war ich nur das bemalte und vergoldete *Zeichen* der Liebe, und man könnte sagen, daß so meine Lehrlingszeit verging in meinem Beruf: mich ansehen zu lassen – der Gegenstand zu sein für das Auge des

Betrachters. Bis dann die Zeit kam, wo meine, Verzeihung, weiblichen Blutungen begannen und gleichzeitig sich Großes tat in der Busenabteilung, sozusagen. Aber obwohl ich wie jedes junge Mädchen höchst fasziniert war von diesem wunderbaren Aufblühen meines bis dahin schweigsamen und zurückhaltenden Körpers –«

»– flach wie ein Bügelbrett auf beiden Seiten bis dreizehneinhalb, Sir –«

»– obwohl ich erstaunt war von all *dem*, war es noch eindringlicher und seltsam verwirrend, was sich zuerst nur als ein diabolisches Jucken an meinem Rücken zeigte.

Zuerst nur ein kleiner, sogar ein beinahe angenehmer Reiz, eine Art Summen in meinem Körper, Sir, daß ich meinen Rükken an den Stuhlbeinen rieb, wie es die Katzen machen. Oder ich ließ mir von Lizzie oder einem anderen der Mädels den Rücken mit einem Bimsstein oder einer Nagelbürste behandeln, wenn ich in der Wanne saß, denn mein Jucken hockte gerade an der unbequemsten Stelle zwischen meinen Schulterblättern, wo ich auf keine Weise selbst hinkonnte.

Und das Jucken wurde stärker. So schwach es angefangen hat, bald brannte mein ganzer Rücken, und man rieb mich mit Salben ein und kühlenden Pülverchen, und ich legte mich mit einem Eisbeutel auf dem Rücken hin, aber nichts konnte den fürchterlichen Sturm stillen, der aus meiner Haut hervorbrach.

All das war nur das Vorzeichen für das Ausschlüpfen meiner Flügel, verstehen Sie, aber damals hab ich das nicht gewußt.

Denn so wie meine Tittchen vorne anschwollen, so wuchsen hinten diese meine gefiederten Verlängerungen, bis eines Morgens in meinem vierzehnten Jahr, als ich aus meinem Räderbettchen in der Dachkammer aufstand und der freundliche Klang der Glocken von St. Mary-le-Bow durchs Fenster kam – die Wintersonne schien kühl auf die große Stadt, die mir eines Tages, ich hätt's nicht gedacht, zu Füßen liegen würde –«

»Da ist sie aufgegangen«, sagte Lizzie.

»Ich bin aufgegangen«, sagte Fevvers. »Ich hatte mein kleines weißes Nachthemd ausgezogen, um meine Morgenwäsche zu machen, an meiner kleinen Kommode, als es plötzlich einen lauten Riß hinten in meinem Unterhemd tat, und plötzlich, ungewollt, unerwartet brach mein eigenstes seltsames Erbteil hervor – die Flügel. Noch jugendlich, ja, nicht halb so groß wie sie jetzt ausgewachsen sind, und feucht, klebrig, wie das gerade ausgetretene Laub eines Baums im April. Aber jedenfalls Flügel.

Nein, keine Schmerzen. Nur Erstaunen.«

»Sie tut einen lauten Schrei«, sagte Lizzie, »der mich aus einem Traum gerissen hat – denn ich hab mit ihr die Dachkammer geteilt, Sir –, und da stand sie, pudelnackt, das zerrissene Hemd um die Knöchel, und ich hätt denken mögen, daß ich noch träume oder daß ich gestorben bin und im Himmel unter den seligen Engeln. Oder daß mir nun der Beginn meiner Wechseljahre verkündigt wird.«

»Was für ein Schock!« sagte Fevvers bescheiden. Sie zog eine Locke aus ihrem Chignon und wickelte sie um den Finger, drehte und knabberte nachdenklich daran herum. Dann wirbelte sie plötzlich auf ihrem Drehstuhl herum, weg vom Spiegel, und lehnte sich vertraulich zu Walser hinüber.

»Jetzt, Sir, werde ich Ihnen ein großes Geheimnis anvertrauen, nur für Ihre Ohren bestimmt und nicht zur Veröffentlichung freigegeben, weil mir Ihr Gesicht gefällt, Sir.« Sie blinzelte ihn dabei mit theatralischer Koketterie an. Ihre Stimme senkte sich zu einem Flüstern, so daß Walser sich zwangsläufig vorbeugen mußte, um sie hören zu können; ihr Atem mit seinem Champagneraroma wärmte seine Wange.

»Ich färbe sie, Sir!«

»Wen?«

»Meine Federn, Sir! Ich färbe sie! Glauben Sie nicht, daß ich seit meiner Pubertät so bunte Farben getragen habe. Ich fing an, meine Federn zu färben, als meine Karriere am Trapez begann, um den tropischen Vogel besser darstellen zu können. In meinem unschuldigen Mädchenalter und meinen frühen Jahren, da hab ich meine Naturfarbe behalten. Eine Art Blond, nur ein wenig dunkler als das Haar auf meinem Kopf, mehr die Farbe von dem Haar an den anderen ahem Orten.

Das also ist mein entsetzliches Geheimnis, Mr. Walser, und, um die ganze Wahrheit zu sagen, die einzige Täuschung, die ich meinem Publikum vorsetze!«

Um das zu betonen, knallte sie ihr leeres Glas mit solcher Wucht auf den Tisch, daß die Flaschen mit Essenzen und Schminkfarben hüpften und klirrten und scharfe Wolken billigen Parfüms ausstießen; aus einer abrupt verschobenen Schachtel stieg ein Pudernebel auf, der sich schmerzhaft in Walsers Kehle setzte, so daß er zu husten anfing. Lizzie klopfte ihm den Rücken. Fevvers ignorierte diese Aktion.

»Lizzie lief vor dieser unerwarteten Erscheinung kreischend im Nachthemd nach unten:

›Nelson, Mutter Nelson, komm schnell, unser kleiner Vogel fliegt gleich davon!‹ Die gute Frau rannte, zwei Stufen auf einmal, nach oben, und als sie sah, was mit ihrem Lieblingsküken geschehen war, lachte sie aus reinster Freude.

›Nun haben wir doch wirklich ohne unser Wissen einen Engel beherbergt!‹ sagte sie.

›Ach, meine Kleine, ich glaube, du mußt das reine Kind des neuen Jahrhunderts sein, das jetzt schon heraufzieht, das Neue Zeitalter, wo die Frauen nicht mehr an den Boden angekettet sein werden.‹ Und dann weinte sie. An diesem Abend warfen wir Pfeil und Bogen weg, und ich posierte zum ersten Mal als Nike, als geflügelte Siegesgöttin, denn wie Sie sehen bin ich in großem Maßstab entworfen und selbst mit vierzehn hätte man aus mir zwei Lizzies machen können.

Ach, Sir, lassen Sie mich ein Weilchen meinem Herzen folgen und Ihnen das geliebte Haus beschreiben, das zwar übel beleumundet war, mich aber so lange vor den Stürmen der Mißgeschicke beschützt hat und meine jugendlichen Flügel davor bewahrt, daß ich sie durch den Dreck ziehen mußte.

Es war eins von diesen alten, aus roten Ziegeln gebauten Häusern mit einer quadratischen, einfach-nüchternen Fassade und einem eleganten, muschelförmigen Halbkreisfenster über der Eingangstür. So Häuser findet man selbst jetzt noch in den Teilen von London, die so weit entfernt von den Strömungen der Mode sind, daß nichts Altes weggespült wird. Man konnte Mutter Nelsons Haus nicht ansehen, ohne daran zu denken, daß das Zeitalter der Vernunft es errichtet hatte, und dann mußte man beinahe weinen, zu denken, daß das Zeitalter der Vernunft vorbei war, noch ehe es richtig begonnen hatte, und dieses harmonisch gebaute Überbleibsel steckte nun vergessen unter dem Lärm des Ratcliffe Highway, wie der Kern von Verstand im Kopf eines Trinkers.

Ein paar Stufen führten zur Tür hinauf, Stufen, die Lizzie – treu wie nur irgendeine Hausfrau in London – jeden Morgen schrubbte und blankrieb. Das Haus hatte etwas Gesittetes und Properes, mit seinen hohen Fenstern, an denen immer die weißen Jalousien heruntergezogen blieben, als ob seine Augen geschlossen wären, als ob das Haus in seinen eigenen Traum versunken wäre oder als ob man – trat man zwischen den schlichten und wohlproportionierten Fenstergiebeln der Fassade durch den Eingang – einen Ort beträte, der (wie seine Herrin schon auf einem Auge) blind war für die Greuel der Außenwelt, denn innen war es ein privilegierter Aufenthalt, wo die Besucher die Grenzen ihrer Erfahrung für eine nicht unvernünftig bemessene Summe erweitern konnten. Es war ein Ort, wo verständliches Begehren auf verständige Weise befriedigt werden durfte; es war ein altmodisches Haus, so altmodisch, daß es in diesen Jahren irgendwie beinahe zu modern schien, als daß das gut gehen konnte, wie es so oft mit der Vergangenheit geht, wenn sie der Zukunft vorauseilt.

Das Empfangszimmer, in dem ich mein ganzes Mädchenalter lang die lebende Statue spielte, lag im ersten Stock; man stieg eine gewaltige Marmortreppe empor, die sich mit einem Schwung das Treppenhaus hinaufschwenkte wie – Sie entschuldigen – der Arsch einer Nutte. Diese Treppe hatte ein wundervolles schmiedeeisernes Geländer, lauter Ranken aus Früchten, Blumen und Satyrköpfen, mit einem herrlich schlüpfrigen marmornen Handlauf, den ich in meiner unbeschwerten Kindheit gewohnt war hinunterzurutschen, daß meine Zöpfe hinter mir her segelten. Nur spielte ich immer vor der Öffnungszeit, denn nichts brachte die respektablen Kunden, wie Nelson sie so sehr bevorzugte, so aus der Fassung wie der Anblick eines Kindes im Hurenhaus.

Das Empfangszimmer wurde von einem schönen Kamin beherrscht, den derselbe Steinmetzmeister in Marmor ausgeführt haben muß, der auch die Treppe errichtet hat. Zwei gutgebaute, lächelnde Göttinnen trugen den Kaminsims auf ihren erhobenen Handflächen, ziemlich genau so wie wir Frauen die ganze Welt im Lot halten, wenn man einmal genau hinschaut. Dieser Kamin hätte den alten Römern als Altar oder als Grab dienen können, und uns war es unser ganz eigener häuslicher Tempel der Vesta, denn jeden Nachmittag zündete Lizzie dort ein Feuer aus wohlriechenden Hölzern an, deren natürlichen Duft sie ihrer Gewohnheit entsprechend mit Parfums der besten Qualität vermengte.«

»Was mich angeht«, warf Lizzie ein, »ich wär als Hure nie besonders groß rausgekommen wegen dieser unbequemen Angewohnheit, die ich hatte mit dem *Beten*; das hab ich von meiner Familie, und das bin ich nie losgeworden.«

Dies schien schlechthin unglaublich, und Walser blieb ungläubig, wenn auch Lizzies funkelnde schwarze Augen dem Zweifel drohten.

»Nachdem ich ein, zwei Dutzend der regelmäßigen Kundschaft zur römisch-katholischen Kirche bekehrt hatte, da hat mich Mutter Nelson eines Nachmittags in ihr Büro geholt und gesagt: ›Liebe Liz, so kann's nicht weitergehen! Du machst die armen Mädels arbeitslos, wenn du so fortmachst!‹ Sie hat mich vom regulären Stundenplan befreit und ließ mich als Haushälterin arbeiten, was mir gerade recht war, weil die Mädchen haben sich darum gekümmert, daß ich meinen Anteil bekommen habe. Und jeden Abend, wenn es dunkel wurde, hab ich das Feuer angezündet und versorgt, bis dann um acht oder neun das Empfangszimmer so behaglich war, wie's zwischen zwei warmen Beinen ist –«

»– und süßriechend wie der Scheiterhaufen des Phönix, süß und leicht lila vor Rauch wie eine einzige Halluzination, Sir.

Nun, Mr. Walser, am ersten Tag, wo ich mich ausgebreitet habe, da war ich, wie man sich vorstellen kann, doch sehr perplex, was meine eigene Natur anging. Mutter Nelson hat mich in den Kaschmirschal gewickelt, den sie selbst gerade umgelegt hatte, da ich mein Hemd zerrissen hatte, und Lizzie mußte die Nadel führen, damit mein Kleid meinem neuen Zustand entsprechend geändert werden konnte. Wie ich auf dem Bett in der Dachstube saß und wartete, daß mein Kleidungsstück fertig würde, begann ich mich in das Mysterium dieser weichen, fiedrigen Auswüchse zu vertiefen, die bereits jetzt meine Schultern mit dem Gewicht und der Dringlichkeit eines unsichtbaren Liebhabers nach hinten zogen. Vor meinem Fenster im kühlen Sonnenlicht sah ich die kreischenden Möwen, die dem sich hin- und herwindenden Lauf der mächtigen Themse folgen und auf den Strömen der Luft reiten wie Geister des Windes, und da kam es mir – wenn ich Flügel habe, muß ich fliegen!

Es war früh am Nachmittag, und im Haus war es ganz still, jede Frau auf ihrem Zimmer und mit ihrem eigenen Zeitvertreib beschäftigt, ehe die Arbeit begann. Ich warf den

Kaschmirschal ab, breitete meine frisch entfalteten Flügel und sprang, hopp! in die Luft.

Aber nichts geschah, Sir, nicht einmal ein winziges Schweben, denn ich hatte den Bogen nicht raus, in gar keiner Weise, wußte nichts von der Theorie des Fluges noch vom Abfliegen noch der Landung. Ich sprang hoch – und kam wieder runter. Rums. Das war alles.

Da dachte ich mir: Unten ist der Marmorkamin, da ist der Sims etwa sechs Fuß über dem Boden, und auf jeder Seite stützt ihn eine kräftige Marmorkaryatide! Und gleich trabte ich leise in das Empfangszimmer hinunter, denn ich dachte, wenn ich mit weitgebreiteten Flügeln vom Kaminsims springe, Sir, dann fängt sich soviel Luft in meinen Flügeln, daß es mich trägt und ich über dem Boden bleibe.

Auf den ersten Blick hätte man dieses Zimmer für den Rauchsalon eines höchst exklusiven Herrenclubs halten können, denn Nelson ermunterte ihre Gäste zu einem beinahe ins Melancholische gesteigerten maskulinen guten Benehmen. Ledersessel und Tische, auf denen die *Times* lag (jeden Morgen von Liz gebügelt), das entsprach ihrer Vorstellung, und an den mit weinrot gemustertem Damast bespannten Wänden hingen Ölgemälde mit mythologischen Themen, so altersverfärbt, daß die gemalten Szenen in den schweren goldenen Rahmen voll mit dem Honig eines antiken Sonnenlichts schienen, der sich zu einer süßen Kruste kristallisiert hatte. All diese Bilder, einige der venetianischen Malerei zugehörig und zweifellos höchst erlesen, sind schon lange zerstört, mit Mutter Nelsons Haus zusammen, aber eins davon werde ich nie vergessen, denn es ist wie in mein Herz eingraviert. Es hing über dem Kamin, und ich brauche Ihnen kaum zu erzählen, daß es Leda und den Schwan darstellte.

Alle, die ihre Bildergalerie sahen, wunderten sich darüber, daß Nelson die Bilder nie reinigen ließ. Sie sagte immer – nicht wahr, Liz –, daß die Zeit selbst, der Vater der Verwandlungen, der größte Künstler sei, dessen unsichtbare Hand um jeden Preis respektiert werden mußte, da sie in unerkannter Komplizenschaft mit der Hand jedes menschlichen Malers zusammenarbeitete. So sah ich wie durch einen Spiegel in einem dunklen Wort, was meine eigene Urszene hätte sein können, meine eigene Zeugung, den himmlischen Vogel, wie er in der weißen Majestät seiner Federn mit herrscherlicher Begierde auf das halbbetäubte und doch selbst in Leidenschaft erregte Mädchen herniederstieß.

Als ich Mutter Nelson fragte, was das Bild bedeutete, sagte sie, es sei ein Sinnbild der blendenden Herbeikunft der fleischlichen Gnade.«

Bei dieser bemerkenswerten Mitteilung warf sie Walser einen listigen Seitenblick zu, unter Wimpern hervor, die ein wenig dunkler waren als ihr Haar.

Merkwürdiger und merkwürdigerer, dachte Walser, wie Alice im Wunderland; eine einäugige, metaphysisch veranlagte Madam in Whitechapel im Besitz eines Tizian? Soll ich es glauben? Soll ich so tun, als glaubte ich es?

»Ein Freier, dessen Namen ich nicht zusammenbringe, hat ihr die Bilder geschenkt«, sagte Lizzie. »Er hat sie gemocht, weil sie ganz glattrasiert war.«

Fevvers warf Lizzie einen mißbilligenden Blick zu, verdarb aber die Wirkung, indem sie kicherte. Lizzie kauerte nun zu Fevvers' Füßen und benutzte dabei ihre eigene Handtasche als Schemel, ihre große Handtasche, ein Gerät aus rissigem Leder mit Schließen von verfärbtem Messing. Ihr Hakenkinn ruhte auf den Knien, die sie mit leberfleckigen Händen umklammert hielt. Es knisterte um sie, sie war von ihrer eigenen Elektrizität umgeben; nichts entging ihr. Der Wachhund. Oder… könnte am Ende gar etwa… war es möglich… Und Walser ertappte sich dabei, wie er sich die Frage stellte: Sind die beiden in Wirklichkeit Mutter und Tochter?

Aber wäre dies so, welcher nordische Riese hatte dann die

eine mit der dunklen, kleinen anderen gezeugt? Und wer und wo in dem ganzen Geschäft war der Svengali, der mephistophelische Impresario, der das Mädchen in ein Stück totale Künstlichkeit verwandelt, der aus ihr eine wundervolle Maschine gemacht und ihr eine Lebensgeschichte entworfen hatte? War die einäugige Hure, wenn sie existierte, der erste Manager dieser bizarren Komplizen gewesen?

Er blätterte eine Seite in seinem Notizbuch um.

»Stellen Sie sich vor, Sir, wie ich, nur mit Mutter Nelsons Schal bekleidet, in das Empfangszimmer schlich, wo die Läden fest verriegelt und die karmesinroten Samtvorhänge vorgezogen waren, wo alles noch die dunkle Nacht der Lust vorspiegelte, obwohl die Kerzen in den Kristalleuchtern ausgebrannt waren. Das duftende Feuer der letzten Nacht war nur noch ein Häufchen verkohlter Stecken im Kamin, und die Gläser, in denen nur der schale Bodensatz der Ausschweifung geblieben war, lagen verstreut auf dem Buchara-Teppich, wie sie hingefallen waren. Das schwächliche Lichtlein der dünnen Kerze, die ich bei mir trug, berührte die Majestät des Schwanengottes an der Wand und ließ mich träumen, träumen und waghalsig handeln.

So gutgewachsen ich war, ich mußte einen Stuhl an den Kaminsims rücken, um hinaufzusteigen und die vergoldete französische Uhr herunterzuholen, die dort unter einem Glassturz stand. Diese Uhr war sozusagen das Zeichen, das Emblem von Mutter Nelsons kleinem privatem Reich. Die Figur der Zeit mit der Sense in der einen Hand, einem Schädel in der anderen, stand über einem Zifferblatt, auf dem die Zeiger immerwährend entweder Mitternacht oder Mittag wiesen, großer und kleiner Zeiger wie im Gebet zusammengeschoben, denn Mutter Nelson sagte, die Uhr in ihrem Empfangszimmer müsse das genaue Zentrum des Tages oder der Nacht zeigen, die schattenlose Stunde, die Stunde der Visionen und Offenbarungen, die ruhige Stunde im Zentrum des

Sturmes der Zeit. – Sie war schon merkwürdig, die Mutter Nelson.«

Das glaubte Walser ohne weiteres.

»Ich nahm die alte Uhr weg, damit ich Platz hatte, mich zu bewegen, und setzte sie sorgfältig neben dem verschmutzten Kamin ab. Dabei drang aus dem alten, längst dahingeschiedenen Mechanismus ein schwaches, melodisches Klingen, als wollte mich das Uhrwerk ermutigen. Da kletterte ich hinauf und stand nun, wo der alte Sensenmann gestanden hatte, die bärtige Zeit, und wie ein Mann, der sich erhängen will, stieß ich mit dem Fuß den Stuhl weg, damit ich nicht in Versuchung kam, wieder auf ihn hinunterzuspringen.

Was für eine große Strecke schien es zum Boden hinab! Es waren nur ein paar Fuß, verstehen Sie, keine große Entfernung an sich – aber sie gähnte vor mir wie eine Schlucht, und in der Tat könnte man sagen, daß dieser Schlund, der nun vor mir lag, den großen Abgrund darstellte, den Abyssos, die scharfe Grenzscheide, die mich von da an von der gemeinen Menschheit trennen würde.«

Mit diesen Worten richtete sie ihre immensen Augen auf ihn, diese Augen, »für die Bühne geschaffen«, deren Botschaften man von den Stehplätzen auf der Galerie aus entziffern konnte. Die Nacht hatte ihre Farbe vertieft: die Iris war nun purpurn und stimmte mit den Parmaveilchen vor dem Spiegel zusammen, und die Pupillen hatten sich so an der Dunkelheit gemästet, daß die ganze Garderobe und alle Personen darin spurlos in diesen zwingend leeren Öffnungen hätten verschwinden können. Walser hatte ein äußerst seltsames Gefühl, als ob die Augen der Artistin zwei endlose Reihen ineinandergeschachtelter Behältnisse wären (wie russische Puppen), als ob jedes davon sich öffnete in eine Welt hinein und wieder in eine Welt und in eine Welt, eine unendliche Pluralität von Welten, und diese unausdenklichen Tiefen übten auf ihn die höchste nur vorstellbare Anziehungskraft aus, so daß er sich zittern fühlte, als stünde auch er auf einer unbekannten Schwelle.

Von seiner eigenen Verwirrung überrascht, schüttelte er innerlich rasch sein Bewußtsein, um seinen Pragmatismus zu erfrischen. Sie senkte die Lider, als wüßte sie: genug ist auch genug, und nahm einen Schluck von dem abgestandenen Champagner, ehe sie fortfuhr. Ihre Augen kehrten zum Zustand einfacher blauer Augen zurück.

»Ich stand auf dem Kaminsims und schauderte ein wenig, denn es war verdammt kalt dort im Zimmer, ehe Lizzie Feuer machte, und der Teppich schien weiter entfernt denn je. Aber dann denk ich mir: wer wagt, gewinnt. Und hinter mir, wahrhaftig, Sir, an der Wand, ich hätte schwören können, daß ich da, trotz aller Spinnweben der Zeit dazwischen, das starke Schlagen von großen weißen Flügeln gehört habe. So breitete ich mich aus. Und ich schloß meine Augen und warf mich nach vorn – ich hab mich ganz der Gnade der Schwerkraft anvertraut.« Sie schwieg einen Moment und kratzte mit dem Fingernagel Linien in den schmutzigen Satin, der sich über ihren Knien spannte.

»Und, Sir – ich fiel. Wie Luzifer bin ich gefallen. Hinab, hinab, hinab stürzte ich, krach auf den Perserteppich drunten, flach aufs Gesicht zwischen diese Blüten und Tiere, die man noch nie in einem natürlichen Wald gesehen hat, diese Kreaturen aus Traum und Abstraktion, etwa so wie ich, Mr. Walser. Und da wußte ich, daß ich noch nicht soweit war, daß ich auf meinem Rücken die große Bürde meiner Unnatürlichkeit tragen könnte.« Sie schwieg genau drei Herzschläge lang.

»Ich fiel – und hab mir meine arme Nase vielleicht an dem messingnen Feuerbock angeschlagen –«

»– und so hab ich sie gefunden, als ich zum Feuermachen hereingekommen bin, Hintern in die Höhe und die kleinen blonden Flügel noch am Flattern, armes Gänschen, und obwohl sie so einen Sturz hinter sich hatte und ihre Nase beinahe entzwei war – oh! wie das geblutet hat –, hat sie keinen Laut geweint, nicht einen, tapferes kleines Ding, und nicht eine Träne hat sie vergossen.«

»Was scherte mich meine blutige Nase, Sir?« rief Fevvers leidenschaftlich. »Denn einen kurzen Moment lang – ein winziges Zögern, ein Stottern der Zeit, so kurz, daß die alte französische Uhr, wäre sie in Gang gewesen, es nie mit ihren plumpen Rädern und Federn hätte messen können, einen ganz kleinen Augenblick lang, nur das rascheste Flattern eines Schmetterlings ... habe ich geschwebt.

Ja. Geschwebt. Nur so kurz, daß ich beinahe hätte denken können, ich hätte es mir eingebildet, denn es war das Gefühl, das zuweilen auf der Schwelle des Schlafes uns überkommt ... und doch, Sir, wie kurz auch immer, die Luft war unter meine jungen Flügel gestiegen und hatte mir den Zug nach unten verweigert, den die große, runde Welt auf uns ausübt, an der sich bisher alle menschlichen Wesen notwendigerweise festgeklammert hatten.«

»Da ich die Haushälterin war«, unterbrach Lizzie, »hab ich glücklicherweise alle Schlüssel an einem Ring in meinem Gürtel gehabt, und als ich mit meinem Armvoll Sandelholz ins Zimmer geklappert kam, da hatte ich das Heilmittel für das Nasenbluten zur Hand, ich hab ihr den Haustürschlüssel zwischen die Flügel geklatscht, der war einen Fuß lang und kalt wie die Hölle. Der Schock hat das Blut gestillt. Dann hab ich sie mit meiner Schürze abgewischt und in die Küche runter genommen, in die Wärme, hab sie in eine Decke gewickelt und ihre Schürfwunden mit Jod eingerieben, hier und dort ein Pflaster hingeklebt, und als sie dann so gut wie neu war, hat sie ihrer Lizzie alles über die merkwürdigen Gefühle erzählt, als sie sich vom Kaminsims in die Luft geworfen hat.

Und ich war voll Erstaunen, Sir.«

»Aber obwohl ich jetzt wußte, daß ich in die Luft steigen konnte und daß sie mich tragen würde, war die Technik des

Fliegens selbst mir unbekannt. Wie kleine Kinder das Gehen erst lernen müssen, mußte auch ich erst lernen, das fremde Element zu erobern, und ich mußte nicht nur die Kräfte und Grenzen meiner gefiederten Gliedmaßen kennenlernen, sondern auch das luftige Medium studieren, das fortan meine zweite Heimat sein sollte, wie der, der Matrose werden will, sich mit den mächtigen Strömungen vertraut machen muß, den Gezeiten und Strudeln, all den Launen und Stimmungen und widersprüchlichen Temperamenten der wäßrigen Zonen der Welt.

Ich lernte zuerst, wie die Vögel auch, von den Vögeln.

All dies geschah zu Beginn des Frühlings, gegen Ende des Monats Februar, als die Vögel gerade aus ihrer winterlichen Lethargie erwachten. Wie der Frühling die Knospen der Narzissen in unseren Blumenkästen am Fenster hervorlockte, so begannen die Tauben Londons ihr Liebeswerben, und die Tauber blähten die Brust und stolzierten komisch-pompös hinter den Weibchen her. Und es traf sich, daß die Tauben ein Nest auf dem Gesims vor unserem Dachzimmer bauten und dort ihre Eier legten. Als die kleinen Täubchen schlüpften, beobachteten Lizzie und ich sie mit größerer Sorgfalt, als Sie sich vorstellen können. Wir sahen, wie die Taubenmutter die Kleinen lehrte, an der Mauerkante entlangzustolpern, betrachteten in den winzigsten Einzelheiten, wie sie ihnen stumme Anweisungen gab, ihre Luft-Arme zu gebrauchen, ihre Gelenke: Handgelenk, Ellenbogen, dann ihre eigenen Bewegungsabläufe nachzuahmen, die – wie mir klar wurde – tatsächlich nicht sehr von denen eines menschlichen Schwimmers verschieden waren. Aber glauben Sie nur nicht, daß ich diese Studien allein betrieb – wenn sie auch das Fliegen nicht beherrschte, meine Lizzie übernahm die Rolle der Vogelmutter.

In den ruhigen Nachmittagsstunden, wenn die Freundinnen und Schwestern, mit denen wir zusammenlebten, sich über ihre Bücher gebeugt vertieften, konstruierte Lizzie auf kariertem Papier eine Kurve, um den großen Gewichtsunterschied zwischen einem gut gebauten vierzehnjährigen Menschenmädchen und einem kleinen Täubchen darzustellen, damit wir wußten, bis zu welcher Höhe ich mich emporschwingen konnte, ohne das Los des Ikarus herauszufordern. Und die ganze Zeit, während die Monate verstrichen, wurde ich größer und stärker, stärker und größer, bis Liz sich gezwungen sah, ihre mathematischen Untersuchungen beiseite zu legen und mir eine ganze Garderobe neu zu nähen, in deren Kleidungsstücken Raum für die bemerkenswerte Entwicklung meines Oberkörpers war.«

»Das muß ich Mutter Nelson lassen, sie hat alle Kosten ohne ein Wort beglichen, aus lauter Liebe zu unserem kleinen Kindchen, und dazu hat sie noch den Plan sich ausgedacht, daß wir überall erzählen sollen, sie sei bucklig. Jawohl.«

»Ganz genau. Jede Nacht mimte ich die geflügelte Siegesgöttin in der Nische im Empfangszimmer und zog alle Augen auf mich, aber Nelson streute aus, daß diese strahlenden goldnen Flügel auf meinem Rücken mit einem kräftigen Klebemittel über einen Buckel geleimt waren und gar nicht mir gehörten, so daß mir die Demütigung eingehender Neugier erspart blieb. Und obwohl ich nun nach und nach viele, viele Angebote für mein Blümchen bekam, Angebote, die zum Teil vierstellig waren, Sir, hat Nelson sie alle abgelehnt, aus Furcht, dann wäre die Katze aus dem Sack.«

»Eine wirkliche Lady«, sagte Lizzie. »War eine gute Frau, Mutter Nelson.«

»Das war sie«, stimmte Fevvers zu. »Sie hatte eine Eigenheit, Sir – wegen Ihres Übernamens hat sie immer die volle Galauniform eines Flottenadmirals angehabt. Nicht, daß ihr irgend etwas entgangen wäre, ein messerscharfer Blick, sie hat immer gesagt: ›Bei mir an Bord herrscht Disziplin!‹ Ihr Schiff, ihr Kriegsschiff – obwohl sie manchmal lachte und sagte: Es ist ein Piratenschiff und segelt unter falscher Flagge – ihre Lustbarke, die ausgerechnet in den trägen Wassern der Themse vor Anker lag.«

Lizzie fixierte Walser mit glitzerndem Blick und schob nun das Rad der Erzählung weiter.

»Von der obersten Rah oder aus dem Krähennest dieses Schiffs, sozusagen, da hat mein Mädchen seinen ersten Flug gemacht. Und das kam so: –

Stellen Sie sich mein Erstaunen vor, als ich an einem hellen Junimorgen mit der üblichen Wachsamkeit meine Taubenfamilie beobachtete, da sah ich doch, wie eines von den kleinen Wesen am Rand des Mauersimses entlangschwankt und hin- und herzögert, also genau wie ein Schwimmer, der sich überlegt, ob denn das Wasser auch warm genug ist für ihn – da sah ich, wie die liebende Mutter hinter ihm auftaucht und den Zögerling glatt vom Sims schubst!

Zuerst fiel er wie ein Stein, und mein Herz mit ihm, und ich schrie traurig auf, aber beinahe noch ehe der Schrei von meinen Lippen gekommen war, mußten alle seine Lektionen auf einmal seinem kleinen Kopf wieder eingefallen sein, denn plötzlich stieg er empor zur Sonne, mit einem blinkenden Schlag der ausgebreiteten weißen Flügel, und ward nicht mehr gesehen. Da sage ich zu Fevvers: ›Es nützt nichts, meine Liebe, deine Liz muß dich vom Dach schubsen.‹«

»Mir war es so«, sagte Fevvers, »als ob Lizzie mit diesem Vorhaben, mich in die freie Umarmung der wirbelnden Luft zu stoßen, meine Vermählung mit dem Winde selbst vorbereitete.«

Sie schwenkte sich auf ihrem Klavierstuhl herum und bot Walser ein Gesicht von so bräutlichem Strahlen, daß er mit den Augen zwinkerte.

»Ja! Ich mußte die Braut dieses wilden, blicklosen, unfleischlichen Wanderers werden, oder ich konnte nicht fortexistieren, Sir.

Nelsons Haus war gut fünf Stockwerke hoch, und dahinter lag ein säuberlich angelegter kleiner Garten, der sich zum Fluß hinunterzog. In der Decke unserer Dachkammer war eine Falltür zum Speicher, und der hatte wieder eine Dachluke, die direkt ins Freie führte. Und in einer Juninacht oder genauer gesagt an einem frühen Junimorgen, gegen vier oder fünf, in einer mondlosen Nacht – denn wie Zauberinnen brauchten wir Dunkelheit und Einsamkeit für unsere Unternehmungen – krochen Lizzie und ihr Lehrling auf die Dachziegel hinaus.«

»Mittsommer«, sagte Lizzie. »Entweder Mittsommernacht, oder ganz früh am Mittsommermorgen. Erinnerst du dich nicht, Liebling?«

»Mittsommer, ja. Der grüne Angelpunkt des Jahres. Ja, Liz, ich erinnere mich.«

Pause (einen einzigen Herzschlag lang).

»Die Geschäfte des Hauses waren vorbei. Die letzte Kutsche war mit dem letzten Kunden davongerollt, der zu arm war, um die Nacht über zu bleiben, und alle hinter den vorgezogenen Vorhängen schliefen nun endlich. Selbst die Diebe, Halsabschneider und nächtlichen Streuner, die die schäbigen Straßen um unser Haus durchwanderten, hatten ihr Bett aufgesucht, entweder mit ihrer Beute zufrieden oder nicht, je nach ihrem Glück.

Es schien, als fülle eine schweigende Erwartung die Stadt, als warte alles in einer erlesenen Spannung still auf ein beispielloses Ereignis.«

»Und sie, obwohl es eine kühle Nacht war, sie hatte keinen einzigen Faden am Leib, weil wir befürchteten, daß jedes Kleidungsstück die freie Bewegung ihres Körpers behindern könnte. Auf die Dachziegel krochen wir hinaus, und der kleine Wind, der in den oberen Regionen wohnt, kam herbei und strich um die Schornsteine – es war weiches, kühles Wetter, und meine Hübsche hatte eine Gänsehaut, nicht wahr?

Wie es dich geschaudert hat. Das Dach hatte eine sanfte Neigung, und wir krochen zur Dachrinne hinunter, und von dieser Seite des Hauses konnten wir die Themse sehen, den alten Fluß, der wie schwarzes Ölzeug glänzte, wo die schwankenden Positionslichter der Schiffer ihn berührten.«

»Nun, wo es soweit war, hatte ich große Angst. Nicht nur die Angst, daß unser Experiment mit der Entdeckung enden würde, daß meine Flügel wie die einer Henne oder wie die rudimentären Stummel des Straußenvogels waren, daß diese Flügel in sich eine Art Trug der Natur darstellten, nur ornamental gemeint, nicht zum Gebrauch, wie die Schönheit bei manchen Frauen, Sir. Nein; ich war nicht nur voll Angst, weil das Morgenlicht, das schon dem weiten Himmel unter den Rock langte, mich dann, wenn seine kitzelnden Finger das Haus berühren würden, als Bündel zerschmetterter Knochen in Mutter Nelsons Garten liegen sehen könnte. Mit der einfachen Angst vor körperlichem Schmerz vermischte sich ein seltsamer Terror in meiner Brust, der mich dazu brachte, im letzten, keuchenden Augenblick mich an Lizzies Röcke zu klammern und zu betteln, sie möge doch unseren Plan aufgeben – denn ich litt unter dem tiefsten nur vorstellbaren Entsetzen angesichts des unauslöschlichen Unterschiedes, dessen Zeichen ich beim Gelingen des Versuchs tragen würde.

Ich fürchtete mich vor einer Verletzung nicht des Leibes, sondern der Seele, Sir, einem nicht zu überbrückenden Zwiespalt zwischen mir und dem Rest der Menschheit.

Ich fürchtete mich vor dem Beweis meiner eigenen Einzigartigkeit.«

»Und wenn es sprechen könnte, würde nicht jedes kluge Kind aus dem Mutterschoß hervorrufen: ›Laßt mich hier im Dunkel! Laßt mir die Wärme! Laßt mich als Möglichkeit!‹ Aber die Natur läßt sich nicht abweisen. So hat das junge Wesen zu mir geschrien, sie wollte nicht sein, was sie werden mußte, und wenn mich auch ihre Klagen gerührt haben, daß ich tränenblind war, ich wußte, was sein wird, muß sein und – ich stieß sie fort.«

»Die durchsichtigen Arme des Windes fingen die Jungfrau auf. Als ich an den Fenstern der Dachkammer vorbeistürzte, in der ich jene kostbaren, wachen, unschuldigen Nächte der Mädchenzeit verbracht hatte, stieg der Wind unter meinen ausgebreiteten Flügeln auf, und mit einem Ruck fand ich mich mitten in der Luft hängen, der Garten lag unter mir wie das Brett eines wundervollen Spiels und *blieb wo er war*. Die Erde stieg mir nicht entgegen. Ich lag sicher in den Armen meines unsichtbaren Liebhabers!

Aber der Wind genoß meine staunende Reglosigkeit nicht lange. Langsam, langsam begann er – während ich starr vor Verblüffung an ihm hing –, mich durch seine Finger gleiten zu lassen, als ärgere ihn meine Passivität, und wieder fing mein furchtbarer Sturz an... bis mir meine Lektionen wieder einfielen! Und ich stieß meine Fersen nach oben, die ich nun eng zusammenpressen mußte, wie ich es von den Vögeln gelernt hatte, damit sie ein Steuerruder bildeten für dieses kleine Boot, für meinen Körper, das kleine Boot, das in den Wolken Anker werfen konnte.

So schwang ich meine Fersen empor, und dann, als wäre ich eine Schwimmerin, führte ich die längsten und biegsamsten meiner Schwungfedern über dem Kopf zusammen. Dann – mit langen, zunehmend sicheren Stößen – öffnete ich sie und schloß sie wieder – ja! So mußte es sein! Ja! Ich schlug meine Schwungfedern wieder zusammen, wieder, wieder, und der Wind liebte das und zog mich wieder an seine Brust, und ich entdeckte, daß ich mich mit ihm zusammen weiterbewegen konnte, wie ich nur wollte, und trieb mir so einen unsichtbaren Gang durch die Luftflüssigkeit.

Ist noch eine Flasche da, Lizzie?«

Lizzie kratzte erneut die Metallfolie von einem Flaschenhals und füllte die Gläser. Fevvers trank durstig und goß sich von neuem ein, mit einer nicht mehr völlig sicheren Hand.

»Daß du mir nicht zu unruhig wirst, mein Mädchen«, sagte Lizzie leise. Fevvers' Kinn fuhr hoch, beinahe beleidigt.

»Ach, Lizzie, der Herr hier muß die Wahrheit wissen!«

Und sie blickte Walser durchdringend, abschätzend an, als wolle sie sich versichern, wie weit sie gerade eben noch bei ihm gehen konnte. Ihr Gesicht mit seiner riesenhaften Symmetrie, wie das einer Prinzessin von Brobdingnag, hätte aus Holz geschnitzt und grellbunt bemalt sein können, von den Handwerkern geschaffen, die Karusselldamen für die Jahrmärkte oder Galionsfiguren für Segelschiffe anfertigen. Es zuckte ihm durch den Kopf: Ist sie ein Mann?

Ein Knarren und Ächzen vor der Tür kündigte einen Schlag dagegen an – der alte Nachtwächter in seinem Ledermantel.

»Was denn, noch da, Miss Fevvers? 'zeihung... hab Licht unten im Türspalt gesehen, wissen Sie...«

»Wir bewirten die Presse«, sagte Fevvers. »Dauert nicht mehr lang, mein Schatz. Hier, Schlückchen Kobolzwasser.«

Sie füllte ihr Glas bis zum Überfließen und schob es zu ihm hinüber; er leerte es auf einen Zug und schmatzte zufrieden.

»Das bringt's. Sie wissen ja, wo Sie mich finden, wenn was ist, Miss –«

Fevvers warf Walser unter ihren Wimpern hervor einen ironischen Blick zu und lächelte dem sich trollenden Nachtwächter nach, als wollte sie sagen: »Meinst du nicht, daß ich mit dem fertig werde?«

Lizzie fuhr fort:

»Stellen Sie sich mal vor, wie froh und stolz und erstaunt ich meinem Liebling zusah, wie sie nackt wie ein Stern um die Ecke des Hauses verschwand! Und, um die Wahrheit zu sagen, ich war sehr erleichtert, weil wir beide im Innersten wußten: es war ein Versuch auf Leben und Tod.«

»Aber – ich hab's gewagt, ich hab's geschafft, Sir!« fiel Fevvers ein. »Auf diesem ersten Flug kreiste ich nur einmal um das Haus, in einer Höhe, die gerade über den Kirschbaum in Nelsons Garten hinwegging, der etwa dreißig Fuß hoch war. Und trotz meiner großen Sinnesverwirrung und dem Übermaß an Konzentration, das die Übung meiner neuentdeckten Fähigkeit erforderte, versäumte ich doch nicht, meiner Lizzie eine Handvoll der Früchte zu pflücken, die gerade auf den obersten Zweigen ihre ganze Reife erreicht hatten – Früchte, die wir normalerweise den Amseln als kleinen zwangsläufigen Tribut überlassen mußten. Kein Mensch auf der verlassenen Straße, der mich hätte sehen können oder denken können, ich sei eine Vision, ein Wachtraum, ein Phantom aus den Gin-Dämpfen der Kaschemme. Mit Erfolg beschloß ich meine Umsegelung des Hauses und stieg dann, strahlend vor Stolz, wieder zum Dach empor, um zu meiner Freundin zurückzukehren.

Aber jetzt, nach all der ungewohnten Anstrengung, fingen … o Gott! fingen meine Flügel an, mir den Dienst zu versagen. Denn in die Höhe zu steigen, dazu braucht's ein ganz anderes System von Hebeln und Zügen, Sir, als hinabzufliegen, obwohl ich das da noch nicht wußte. Unsere Studien in vergleichender Anatomie lagen noch vor uns.

So sprang ich empor, etwa wie ein Delphin in die Höhe springt – heute weiß ich, daß das *nicht* die richtige Methode ist –, und schon hab ich falsch eingeschätzt, wie hoch ich springen soll, und meine müden Flügel schließen sich unter mir. Mein Herz setzt einen Schlag lang aus. Ich denke: Mein erster Flug wird auch mein letzter sein, für meine Hybris zahle ich mit meinem Leben.

Die Kirschen, die ich gesammelt hatte, verstreuten sich als weicher, schwarzer Hagelschlag über den Garten, als ich verzweifelt nach der Dachrinne faßte und oh! und ach! die Dachrinne unter mir nachgab. Das alte Stück Blei trennte sich vom Gebälk mit einem aufstöhnenden Seufzer, und da baumelte ich, wieder ganz Frau, die Flügel geschlossen in vollständigem Entsetzen vor einem menschlichen Schicksal –«

»– aber ich hab rausgelangt und sie bei den Armen gepackt. Nur die Liebe, große Liebe konnte mir solche Kräfte geben, Sir, daß ich sie wieder auf das Dach ziehen konnte, gegen den Sog der Schwerkraft, wie man wohl eine Ertrinkende gegen die Flut ins Schiff zieht.«

»Und so kauerten wir auf dem Dach in enger Umarmung, schluchzten zusammen vor Freude und Erleichterung, während die Morgendämmerung über London aufstieg und die große Kuppel von Sankt Paul vergoldete, bis sie aussah wie der göttliche Nippel der Stadt, die ich in Ermangelung einer anderen meine natürliche Mutter nennen muß.

London mit der einen Brust, die Amazonenkönigin.«

Sie schwieg. Aus irgendeinem Gegenstand im Zimmer, vielleicht aus den Rohren der Heißwasserleitung, drang ein metallisches Klirren und Klingeln. Lizzie schob sich auf ihrer ächzenden Handtasche von einer Backe auf die andere und hustete. Fevvers blieb eine Weile in Gedanken versunken, und der Wind wehte den Stundenschlag von Big Ben herüber, Mitternacht; so einsam, so verloren schien Walser der Klang, daß die Uhr in einer verlassenen Stadt hätte schlagen können, für sie, die einzigen noch darin Lebenden. Obwohl er kein Mann mit viel Phantasie war, spürte selbst er die schlimme Nachtstunde, wo uns die Dunkelheit riesenhaft überragt.

Das letzte Echo der Glockenschläge erstarb. Fevvers seufzte tief, daß die Oberfläche ihres Satinbusens in Bewegung geriet, und tauchte aus ihrem Schweigen auf, von neuem lebhaft.

»Jetzt lassen Sie mich noch etwas von meinem Berufsleben zu dieser Zeit erzählen – was ich getrieben habe, wenn ich nicht gerade wie eine Fledermaus durch die Wolken flatterte, Sir! Sie werden sich erinnern, daß ich jede Nacht als

Nike im Empfangszimmer stand, und Sie haben sich vielleicht gefragt, wie das zuging, wo ich doch Arme habe –« (sie streckte sie von sich, und durchmaß damit die halbe Garderobe) – »und die geflügelte Siegesgöttin hat keine.

Nun, Mutter Nelson erzählte herum, daß ich die Vollendung, das verlorene Original, das eigentliche Modell jener Statue darstellte, die als Torso, als zerbrochenes Fragment die Phantasie zweier Jahrtausende mit ihrem Versprechen einer vollkommenen, aktiven Schönheit gereizt hat, welche sozusagen von der Geschichte verstümmelt worden ist. Mutter Nelson, in Betrachtung der Existenz meiner Arme – alles komplett –, beschäftigt sich nun mit der Frage: Was könnte die geflügelte Nike in den Armen gehalten haben, als der vergessene Meister sie einst aus dem Marmorblock erlöst hatte, der ihren unerschöpflichen Geist umschloß? Und Mutter Nelson kam bald auf die Lösung: ein Schwert.

So stattete sie mich mit eben dem vergoldeten Uniformdegen aus, der zu ihrer Admiralsuniform gehörte, den sie an der Seite zu tragen pflegte, und mit dem sie manchmal wie mit einem Amtsstab die Festlichkeiten anführte und regelte – ihr Zauberstab, wie der Prosperos. Und nun hielt ich das Schwert in der Rechten, die Spitze nach unten, um zu zeigen, daß ich keinem ein Leid wollte, wenn man mich nicht herausforderte, und meine Linke hing locker an meiner Seite herab, die Faust geballt. Wie war ich für meine Rolle gekleidet? Mein Haar war mit Kalk weißgepudert und mit einem Band hochgebunden, und auch meine Flügel waren kalkweiß, so daß eine Staubwolke von mir aufstieg, wenn man mich berührte. Mein Gesicht und der Oberkörper waren mit der weißen Schminke besprüht, welche die Clowns im Zirkus verwenden, und vom Nabel bis zu den Knien war ich mit weißem Stoff drapiert, aber Waden und Füße waren wieder weißgeschminkt.«

»Und wunderschön hat sie ausgesehen«, rief die loyale Lizzie. Fevvers senkte bescheiden die Augenwimpern.

»Wunderschön oder nicht, Mutter Nelson hat sich stets vollkommen zufrieden mit meinem Auftritt gezeigt. Bald nannte sie mich nicht mehr die ›Geflügelte Viktoria‹, sondern ihre ›Viktoria mit Flügeln‹, das geistige Flaggschiff der Flotte, war doch einst Nelson auf der *Viktoria* gefahren; als wäre nun eine Jungfrau in Waffen der beste Schutzengel eines Hauses voll Huren. Und doch kann es sein, daß eine große Frau mit einem Schwert nicht die beste Werbung für ein Bordell darstellt. Denn langsam, aber sicher ging seit meinem vierzehnten Geburtstag der Umsatz zurück.

Nicht so sehr, was unsere treuesten Klienten betraf, diese alten Roués, die vielleicht noch Mutter Nelson selbst in den fernen Tagen der bartlosen Jugend und der vorzeitigen Ejakulation eingeweiht hatte, oder die Kunden, die so enge Bindungen an Annie oder Grace eingegangen sein mochten, daß man von einer Art Ehe sprechen konnte. Nein. Diese Gentlemen konnten ihre lebenslangen Gewohnheiten nicht ändern. Mutter Nelson hatte sie mit jenen schattenlosen Stunden des Mittags und der Mitternacht vertraut gemacht, sie waren der Klarheit der gekauften Lust hörig, der Einfachheit des Vertragsverhältnisses, die in dem duftenden Empfangszimmer zelebriert wurde.

So ein freundlicher alter Zausel gab der halben Frau, der halben Statue gütig-väterlich einen halben Sovereign oder ein Perlenkettchen – hatte er sie doch schon in frühesten Tagen gekannt, wo sie Amor gespielt und manchmal in kindlichem Vergnügen ihre Spielzeugpfeile verschossen hatte, hier ein Ohr treffend, da ein Paar runde Backen, dort ein Paar Eier.

Aber mit ihren Söhnen und Enkeln war es etwas anderes. Wenn für sie die Zeit gekommen war, La Nelson und ihre Mädels zu treffen, dann kamen sie hereingetrabt, verschüchtert und doch aggressiv, errötet bis runter an den steifen Kragen, zitternd vor Nervosität und ängstlicher Erwartung, und dann sahen sie das Schwert in meiner Hand, und Louisa oder Emily hatten dann nachher ihre liebe Not mit ihnen.

Ich führe das alles auf den Einfluß von Baudelaire zurück, Sir.«

»Wie bitte?« rief Walser, hinreichend verblüfft, um seine professionelle Unerschütterlichkeit zu vergessen.

»Ein französischer Dichter, Sir; ein armer Kerl, der die Huren nicht wegen des Vergnügens an der Sache liebte, sondern wegen des *Entsetzlichen*, wie er es sah, als wären wir nicht berufstätige Frauen, die es für Geld tun, sondern *verdammte Seelen*, die es nur machen, um die Männer in den Untergang zu treiben, als hätten wir nichts Besseres zu tun... Und wir waren doch alle Suffragetten in diesem Haus, ach, Nelson war voll und ganz für Den Frauen das Stimmrecht!, ich kann's Ihnen sagen.«

»Erscheint Ihnen das merkwürdig? Daß der Vogel im Käfig das Ende der Käfige sehen möchte, Sir?« fragte Lizzie mit einem stählernen Klang in der Stimme.

»Ich sage Ihnen: Hinter Mutter Nelsons Tür begann eine vollkommen weibliche Welt. Selbst der Wachhund war eine Hündin und alle Katzen weiblich, die eine oder andere immer von Jungen umgeben oder gerade dabei, zu werfen, so daß ein Kontrapunkt der Fruchtbarkeit unter der glänzenden Sterilität der fleischlichen Freuden dahinlief, die in unserer Akademie zur Verfügung standen. Das Leben in diesen Mauern wurde von einer sanften und liebevollen Vernunft regiert. Ich habe nie gesehen, daß eine der Schwestern, die mich aufzogen, die andere auch nur ein einziges Mal geschlagen hätte – kein böses Wort, nicht einmal eine im Zorn erhobene Stimme. Bis um acht Uhr, wenn die Arbeit begann und Lizzie ihren Posten am Guckloch in der Haustüre einnahm, blieben die Mädels in ihren Zimmern, und die friedliche Stille wurde vielleicht nur vom Staccato der Schreibmaschine unterbrochen, wenn Grace Stenographie übte, oder vom lyrischen

Plätschern der Flöte, auf der sich Esmeralda als Virtuosin erwies.

Was dann jedoch kam, nachdem sie ihre Bücher zur Seite legten, war nur der Broterwerb von armen Mädchen, und wenn manche der Kunden schworen, daß Nutten es aus reinem Vergnügen machen, dann sagt man das doch nur, um das eigene Gewissen zu beruhigen und sich nicht ganz so töricht vorzukommen, wenn man bares Geld für Lust hinlegt – für die Lust, die nicht wirklich existiert, wenn sie nicht frei gegeben wird. Ach, als ob wir nicht gewußt hätten, daß wir nur die Imitation, das Phantom der Lust verkauften! Keine Frau würde ihren Bauch für den Beruf hinhalten, wenn nicht der ökonomische Zwang dahinterstünde, Sir.

Ich verdiente mir die Reise auf Mutter Nelsons Schiff als lebende Statue, und während der Jahre meines Aufblühens, vierzehn bis siebzehn, existierte ich nur als Objekt in den Augen von Männern, nachdem das nächtliche Klopfen an der Tür begonnen hatte. Das war meine Lehrzeit für das Leben, denn vertrauen wir uns auf unserer Reise durch die Welt nicht dem Erbarmen der Augen anderer Menschen an? Ich stand da wie in eine Muschel eingeschlossen, denn die weiße Schminke wurde auf meinem Gesicht und meinem Körper hart und bedeckte mich wie eine Totenmaske, doch im Inneren dieser marmornen Erscheinung vibrierte in mir eine Welt von Möglichkeiten. In dieses künstliche Ei, diesen Sarkophag der Schönheit eingesiegelt wartete, wartete ich ... obwohl ich nicht hätte sagen können, worauf. Außer, ich kann es Ihnen versichern, daß ich keineswegs auf den Kuß eines Prinzen wartete, Sir! Mit meinen beiden Augen sah ich jede Nacht, wie mich solch ein Kuß für immer in meiner Erscheinung festbannen würde!

Ich war aber besessen von der Idee, daß ich für ein besonderes Schicksal gefiedert worden war, wenn ich mir auch nicht vorstellen konnte, was das sein mochte. So wartete ich mit steinerner Geduld, daß dieses Geschick sich zu erkennen gab. Wie ich jetzt warte, Sir«, sagte sie direkt zu Walser gewandt, dem sie sich zugedreht hatte, »während die letzten Spinnweben des alten Jahrhunderts verwehen.«

Dann schwang sie sich auf ihrem Stuhl vor den Spiegel zurück und steckte sich nachdenklich eine widerspenstige Locke auf.

»Andererseits – bis Liz die Tür aufmachte und die Männer einließ und wir alle Haltung annehmen und uns wie Frauen verhalten mußten, bis dahin hätte man sagen können, daß in unserem wohlgeordneten Hauswesen alles *luxe, calme et volupté* war, wenn auch nicht ganz so, wie der Dichter es sich vorstellte. Wir befaßten uns alle mit unseren intellektuellen, künstlerischen oder politischen –«

Lizzie hustete.

»– Neigungen, und ich meinerseits widmete diese langen Mußestunden dem Studium der Aerodynamik und der Physiologie des Fluges, in Mutter Nelsons Bibliothek, deren reichem Bücherschatz ich entnommen habe, was immer ich an bescheidenem Wissen besitze, Sir.«

Hier blinzelte sie Walser mit ihren langen Wimpern im Spiegel zu. Bei der hellen Länge dieser Wimpern – gut und gern drei Zoll – hätte er meinen können, daß sie ihre falschen gar nicht abgelegt hatte, wären diese nicht unter dem beeindruckenden Abfallchaos auf dem Tisch zu sehen gewesen, schlaff herumliegend und haarig wie Stachelbeeren. Er machte sich immer noch mechanisch Notizen, aber indem die Frauen die Verwicklungen ihrer ineinander zusammenhängenden Geschichten entfalteten, kam er sich mehr und mehr vor wie ein kleines Kätzchen, das sich in einem Wollknäuel verfängt, welches es eigentlich gar nicht hatte aufrollen wollen, oder wie ein Sultan zwischen zwei Scheherazaden, beide fest entschlossen, tausend Geschichten in einer Nacht zusammenzudrängen.

»Bibliothek?« fragte er nach – unbeirrbar, wenn auch mit einer Spur von Müdigkeit.

»*Er* hat sie ihr hinterlassen«, sagte Lizzie.

»Wer hat wem was hinterlassen?«

»Dieser Alte. Hat Nelson seine Bibliothek hinterlassen. Weil, sie war nämlich die einzige Frau in London, bei der er noch einen hochgekriegt hat –«

»*Lizzie*! Du weißt, ich verabscheue Vulgaritäten!«

»– und das trotz ihrer schwarzen Augenklappe und ihren Mannskleidern. Oder deswegen. Ach, ihre dicken Schenkelchen in den Rehlederhosen! Wie sah sie lieb aus! Er war ein Gentleman aus Schottland mit einem langen Bart. Erinnere mich gut. Hat nie seinen Namen gesagt, natürlich. Er hat ihr die Bibliothek hinterlassen. Unsere Fevvers hat immer dort rumgewühlt, die Nase in einem Buch, nur eine Tüte Pfefferminzhumbugs zur Gesellschaft.«

Humbugs, notierte sich Walser mit erneutem Enthusiasmus. In England, eine Kindersüßigkeit; in Amerika –

»Mit dem Fliegen war es folgendermaßen«, fuhr Fevvers unerbittlich fort. »Sie müssen sich klarmachen, daß meine Größe, mein Gewicht und mein Körperbau allgemein nicht so sind, daß mir das Fliegen leichtgefallen wäre. Ich habe zwar genügend Platz in der Brust für Lungen von der nötigen Größe. Aber die Knochen der Vögel sind mit Luft gefüllt und meine mit solidem Mark, und wenn mein bemerkenswert entwickelter Thorax sich dem Wind genauso wie die Brust einer Taube entgegenwölbt, dann hört doch die Ähnlichkeit da auch sofort auf. Balanceprobleme und die elementaren Fragen des Umgangs mit dem Wind – der ein unsteter Liebhaber ist – haben mich lange Zeit beschäftigt.

Sind Ihnen meine Beine aufgefallen, Sir?«

Sie steckte ihr rechtes Bein durch die Öffnung des Morgenmantels. Der Fuß trug einen abgetretenen Slipper aus rosa Samt, mit angeschmutzten Schwanendaunen abgesetzt. Das

Bein selbst, vollkommen bloß, war bewundernswert lang und schlank.

»Meine Beine stimmen mit meinem Oberkörper nicht zusammen, vom rein ästhetischen Standpunkt aus betrachtet, wissen Sie. Sollte ich wirklich die genaue Kopie der Venus sein, dann müßte eine mit meinen Maßen Beine wie Baumstämme haben, Sir – diese schwächlichen kleinen Stelzen sind mir schon mehr als einmal unter dem topplastig verteilten Gewicht meines Torsos zusammengeknickt, die haben mich hinschlagen und mit dummem Gesicht daliegen lassen. Das Gehen ist bei mir nicht ganz das Wahre, Sir, zu sehr auf den Spitzen – jeder Vogel mit meinen Proportionen hätte kleine kurze Beine, die er unter sich ziehen könnte, um als reiner Keil die Luft zu spalten, und ich gutes altes Steckenbein bin halt unten weder wie ein richtiger Vogel noch wie eine Frau eingerichtet.

Als ich dieses Problem mit Lizzie besprochen habe –«

»– hab ich einen Sonntagsspaziergang in den Zoo vorgeschlagen, einen Nachmittag bei den Störchen, Kranichen und Flamingos –«

»– und der Anblick dieser langbeinigen Kreaturen versprach mir – herrlich! – die Möglichkeit langdauernden Fluges, was ich für unmöglich gehalten hatte. Denn die Kraniche überqueren ja ganze Kontinente, sie überwintern in Afrika und sind im Sommer an der Ostsee! Ich schwor mir, ich würde lernen, wie die großen Vögel zu schweben, zu steigen, herabzustoßen, endlich den Albatros nachzuahmen und freudig über die hohen Breitengrade zu gleiten, die Brüllenden Vierziger, die Wütenden Fünfziger, diese Winde wie der Atem der Hölle, die den weißen Südpol bewachen! Denn so wie mir die Beine wuchsen, wuchs meine Spannweite, und mein Ehrgeiz wuchs und hielt mit beiden Schritt. Nie würde ich mich mit kurzen Hüpfern in die Hackney Marshes zufriedengeben. Von Geburt vielleicht ein Cockney-Spatz, aber nicht aus Neigung!

Ich sah meine Zukunft als ein unaufhörliches Hin- und Herkreuzen um den Globus, denn ich wußte noch nichts von den Zwängen, welche die Welt uns auferlegt: Ich wußte nur, daß mein Körper die Wohnstatt grenzenloser Freiheit war.

Am Anfang muß man mit Wenigem zufrieden sein, Sir. In mondlosen Nächten aufs Dach steigen, wenn niemand es sieht, und zu geheimen Flügen über der schlafenden Stadt aufbrechen... Einige frühe Versuche konnten wir, wie wir entdeckten, in unserem eigenen Vorderzimmer durchführen, das vertikale Abheben zum Beispiel.«

Lizzie wiederholte wie eine Lektion aus einem Lehrbuch: »Wenn der Vogel plötzlich senkrecht nach oben steigen will, senkt er seine Ellenbogen, nachdem er den entsprechenden Impetus erzeugt hat –«

Fevvers schob ihren Stuhl zurück, hob sich auf die Zehenspitzen und reckte das Gesicht zur Zimmerdecke, auf dem plötzlich der Ausdruck paradiesischer Seligkeit lag, das Gesicht eines Engels aus einem Sonntagsschulbilderbuch – eine bemerkenswerte Verwandlung. Sie kreuzte die Arme über ihrer massiven Büste, und die Schwellung hinten unter ihrem Satinmorgenrock begann zu beben und zu flattern. Risse erschienen in dem alten Stoff. Alles schien aufbrechen und hervortreten zu wollen. Doch die losen Haarlocken, die sich oben auf ihrem hochgetürmten Chignon regten, streiften bereits den einen oder anderen herabwehenden Spinnwebfaden von der rauchverfärbten Decke, und Lizzie warnte:

»Nicht genügend Platz hier, Kindchen. Mußt du schon seiner Phantasie überlassen. Nelsons Zimmer war doppelt so hoch wie dieses lausige Loch unterm Dach hier, und unser Mädel war halb so groß damals – bist nur so in die Höhe geschossen mit siebzehn, nicht wahr, mein Liebling.« O, die Liebkosung in ihrer Stimme!

Fevvers sank zögernd auf ihren Stuhl zurück; ihre Stirn umschattete sich düster.

»Da war ich siebzehn, und dann begannen unsere schlimmen Jahre, die Jahre in der Wüste.« Wieder ein vulkanisches Aufseufzen. »Noch was von dem Sekt da, Liz?«

Lizzie spähte hinter den Wandschirm.

»Ist es zu glauben, wir haben die Kiste verarztet.«

Leere Flaschen, die auf dem Boden zwischen der vermieften Unterwäsche umherrollten, gaben dem Zimmer ein wüstes Aussehen.

»Na, dann mach uns ein Täßchen Tee, sei so lieb.«

Lizzie lief geduckt hinter den Wandschirm und kam mit einem Blechkessel zurück: »Ich geh mal rasch an den Wasserhahn im Gang draußen.«

Als er mit der wunderbaren Riesin allein war, sah Walser die Unterströmung des Mißtrauens ihm gegenüber, die sie während des Interviews teilweise verborgen hatte, an die Oberfläche treten. Ihre joviale Freundlichkeit zerging: Sie sah ihn mit halbgeschlossenen Augen unter ihren dicken hellen Wimpern beinahe feindselig an, schien sich unbehaglich zu fühlen, spielte gelangweilt mit ihrem Veilchenstrauß. Irgend etwas, irgendwo, klappte und klirrte, vielleicht der Deckel des Teekessels. Sie horchte. Dann trieb die geräuschlose Nacht ihnen wieder die Glockenschläge von Big Ben zu, und plötzlich war sie wieder lebhaft und geschwätzig.

»Schon zwölf Uhr! Wie die Zeit doch vergeht, wenn man von sich selbst erzählt!«

Zum ersten Mal in dieser Nacht war Walser ernstlich beunruhigt.

»He, einen Moment! Hat diese Uhr nicht schon vor einer Weile Mitternacht geschlagen, nachdem der Nachtwächter da war?«

»Hat sie das, Sir? Wie soll das zugehen? Aber nein doch, Sir! Hat sie nicht grade eben – zehn, elf, zwölf – geschlagen? Sind wir nicht beide dagesessen und haben's gehört? Schauen Sie auf Ihre Uhr, Sir, wenn Sie mir nicht glauben.«

Walser sah gehorsam auf seine Taschenuhr: Die Zeiger berührten sich zur Mitternacht. Er hielt sie ans Ohr, wo sie wie gewöhnlich geschäftig tickte. Lizzie kehrte mit dem tropfenden Kessel zurück.

Die Garderobe war für die Zubereitung von Tee vollständig eingerichtet: Ein messingner Spirituskocher stand im Schrank neben dem Kamin, ebenso ein Lacktablett, auf dem eine untersetzte braune Teekanne und dicke weiße Becher wohnten. Lizzie entzündete mit einem Streichholz die kleine Flamme und griff wieder in den Schrank, um eine blaue Zuckertüte und einen Milchkrug hervorzuholen.

»Wieder leer«, stellte sie nach einem Blick in den Krug fest.

»Dann müssen wir ihn halt schwarz trinken.«

»Nun – nun ja, vielleicht hab ich mich verhört«, murmelte Walser und schob die Uhr in seine Brusttasche zurück.

»Wie war das?« stach Lizzie zu, die scharfe Ohren hatte.

»Er glaubt, wir haben Big Ben eine Stunde zurückgestellt«, sagte Fevvers mit unbewegtem Gesicht.

»Höchstwahrscheinlich«, sagte Lizzie verächtlich. »Sehr plausibel.«

Fevvers war ein ausgesprochenes Leckermaul: Sie maß sich den Zucker gar nicht erst ab, sondern kippte ihn direkt aus der Tüte in langem Strom in ihren dampfenden Becher. Sich die Hände an der Rundung wärmend – denn, welche Zeit es nun auch sein mochte, es war die Kühle der Nacht – begann sie wieder.

Ihre Stimme. Es war, als sei Walser der Gefangene ihrer Stimme geworden, ihrer düsteren, wie unterirdisch hallenden Stimme, einer Stimme, geschaffen, um den Sturm zu überschreien, dieser Stimme eines himmlischen Fischweibs. Zwar war sie seltsam melodisch, doch es war keine Stimme für den Gesang – sie enthielt Dissonanzen, ihre Tonleiter umfaßte zwölf Töne. Ihre Stimme, mit den verschobenen, gemütlich-ordinären Cockney-Vokalen und den nachlässig plazierten

Aspiraten. Ihre dunkle, rostige, schwankende, springende Stimme, gebieterisch wie die einer Sirene.

Eine solche Stimme hätte wiederum ihren Ursprung fast außerhalb ihrer Kehle haben können, in irgendeinem ingeniösen Mechanismus hinter dem Wandschirm; Stimme eines betrügerischen Mediums bei einer Séance.

»Mutter Nelson fand ihr Ende furchtbar rasch. Eines Tages rutschte sie auf irgendeinem nicht hergehörigen Gegenstand aus, Obstschale oder Hundekot, während sie die Whitechapel High Street überquerte, auf dem Weg zu Blooms, um uns allen Sandwiches mit Pökelrindfleisch zu kaufen ... sie fiel unter die Hufe und Räder eines Brauereigespanns und wurde sofort zermalmt.«

»Tot, als sie im Krankenhaus eingeliefert wurde, die arme Alte«, fiel Lizzie wie eine gesprungene Glocke ein. »Nicht einmal mehr Zeit für ein ›Küß mich, Hardy‹ wie bei Trafalgar oder so, keine letzten Liebesworte. Wir haben sie schön zu Grabe getragen – schwarze Straußenfedern und ein Leichenkondukt mit lauter schwarzumflorten Zylindern, Sir, Whitechapel hat so was nie zuvor und nie nachher gesehen! Dem Trauerzug folgten Scharen kummervoller Huren.«

»Aber als wir im Wohnzimmer zu Hause ein wenig beim Leichenschmaus saßen, ganz unter uns, nachdem wir das liebe alte Mädchen zur Ruhe geleitet hatten, klopft es plötzlich an die Tür wie beim Tag des Gerichts.«

»Und es war auch der Tag des Gerichts, Sir, denn wen laß ich zur Tür herein als einen Methodistenpfarrer, Priesterkragen bis zu den Ohren, und knirscht mit den Zähnen und schreit: ›Der Sünde Sold mag nun das Werk des Herrn bezahlen!‹

Nelson hatte nämlich, als sie im besten Alter von uns ging – nicht viel älter, als meine Lizzie jetzt ist –, nicht daran gedacht, ein Testament zu machen, wenn sie uns auch als ihre Adoptivtöchter ansah, aber an den Tod zu denken, das konnte sie nicht ertragen. Und da sie ohne testamentarische Verfügung gestorben war, fiel alles ganz legal an diesen überlebenden Verwandten. An den so strengen älteren Bruder (Ironie des Schicksals), der sie mit seinem steinernen Herzen aus dem Haus gejagt hatte, als sie als Mädchen zuerst gestrauchelt war, und so ihren Ruin besiegelte – so gesehen; anders betrachtet: ihr Glück.

Gibt es keine Gerechtigkeit im Himmel oder auf Erden? Anscheinend nicht. Denn eben dieser grausame und unnatürliche Bruder kam nun an, gesetzlich dazu berechtigt, sie postum auszuplündern, und wenn wir nicht schon aus der Haushaltskasse den Grabstein bezahlt hätten –«

»– als Inschrift haben wir ›Im sicheren Hafen‹ gewählt –«

»– dann hätte er schon dafür gesorgt, daß diese gute, anständige, gütige Frau in die Erde zurückgekehrt wäre, aus der sie geboren worden war, ohne daß auch nur ein *Kieselstein* an ihren Lebensweg erinnert hätte.

Er ertrug den Anblick nicht, wie wir dasaßen und ein Essen verzehrten, das, wie er meinte, ihm gehörte. Er warf die Pasteten um und verschüttete den ganzen alten Port von Mutter Nelson auf die Teppiche, den wir aus dem Keller geholt hatten. Und er verkündet: unsere Zeit ist um, er gibt uns in seiner Herzensgüte bis morgen früh um neun, um aufzubrechen und uns mit Sack und Pack zu verziehen. Das einzige Heim zu verlassen, das wir je hatten, und auf die Straße hinauszugehen. So wollte er ›den Tempel von den Gottlosen säubern‹, obwohl er gnädig genug war, anzudeuten, daß Gott auf diejenigen von uns möglicherweise herniederlächeln würde, die sich zur Reue bereitfinden und bleiben würden – denn als Instrument der ausgleichenden Gerechtigkeit beabsichtigte er, aus seinem Erbe ein Heim für gefallene Mädchen zu machen, und er dachte sich, eine reuige Metze oder zwei wären da ganz praktisch, der Wilderer als Feldschütz sozusagen.«

»Aber keine von uns wollte diesen Wärterinnenposten, den er ausbot. Nein danke!«

»Nachdem er sich in einer Kutsche in sein Pfarrhaus in Deptford verzogen hatte, berieten wir zusammen unsere Zukunft, die nun voraussichtlich keine gemeinsame mehr sein würde. Obwohl wir das betrauerten, trieb uns nun die Notwendigkeit auseinander, die uns einst zusammengeführt hatte, und so beugten wir uns der Notwendigkeit, wie wir alle es tun müssen, wenn auch die unsichtbaren Bande der Zuneigung uns immer verbinden würden, wohin unsere Wanderungen uns auch führen mochten.

Die unerwartete Krise fand unsere Freundinnen jedoch nicht völlig unvorbereitet. Sie erinnern sich, daß Mutter Nelson wußte: die großen Tage des alten Hurenhauses waren gezählt, und die Mitglieder ihrer Akademie immer drängte, sich für die weite Welt vorzubereiten.

Louisa und Emily hatten sich in jener engen Verbindung aneinander angeschlossen, welche Frauen in diesem Geschäft oft mit dessen Härten versöhnt, und lang vor dem Heimgang von Mutter Nelson hatten sie beschlossen, sich früh vom Beruf zurückzuziehen, wenn sie genügend gespart haben würden, um eine kleine Pension im Seebad Brighton aufzumachen. Lange hatten sie sich sehnsüchtig mit diesem Plan beschäftigt, und oft vertrieben sie sich die Zeit, während irgendein Dreckskerl mit seinem unbeholfenen Gerät in ihnen herumfuhrwerkte, indem sie überlegten, ob die Kissenbezüge schlicht oder spitzenbesetzt sein sollten oder wie sie das Eßzimmer tapezieren würden. Obwohl der plötzliche Abbruch unserer Verträge diese umsichtigen Mädchen zwang, ihr Abenteuer mit etwas weniger Kapital zu beginnen, als eigentlich wünschenswert gewesen wäre, überprüften sie sofort ihre Sparbücher und schworen: nur wer wagt, gewinnt! worauf sie gleich nach oben gingen, ihre Koffer zu packen, um am nächsten Tag nach Süden an die Küste zu fahren und die Suche nach einem passenden bescheidenen Haus zu beginnen.

Annie und Grace hatten auch ein wenig gespart und entschieden sich nun, ihr Geld zusammenzulegen und damit eine kleine Agentur für Schreib- und Büroarbeiten zu eröffnen, denn Grace konnte auf ihren Schreibmaschinentasten klappern wie mit Kastagnetten, und Annie hatte so einen Kopf für Zahlen, daß sie seit Jahren Mutter Nelsons Buchhaltung fein säuberlich geführt hatte. Also packten auch die beiden ihre Sachen und würden am nächsten Morgen irgendwo zur Untermiete einziehen und passende Büroräume suchen. Und ich darf Ihnen auch sagen, Sir, daß diese Mädchen erfreulicherweise durch harte Arbeit und gute Planung weit gekommen sind.

Aber unsere Jenny, die war zwar die hübscheste und warmherzigste Hure, die je über den Piccadilly gelaufen ist, aber irgendein besonderes Talent besaß sie nicht, und nie hatte sie einen Penny gespart – alles den Bettlern gegeben. Ihr einziges Kapital war ihre Haut, und jetzt das Begräbnis und der Hinauswurf und ein wenig zu viel von Mutter Nelsons Port: Da fing sie an zu weinen: ›Was soll aus mir werden?‹ Denn allein sich durchzuschlagen, schien ihr nach der Sicherheit und Kameradschaft der Akademie allzu schlimm. Und wie wir sie noch trösteten und ihr die Augen trockneten, klopft es poch! poch! poch! an der Türe, und siehe da, es ist der Telegrammbote. Und was haben ihr die singenden Drähte gebracht? Na, einen Ehemann! Denn die Botschaft lautet: ›Ein Tod zieht den anderen nach sich, wird jedenfalls behauptet, und meine Frau hat soeben Anker im selben Hafen geworfen wie der Admiral.‹ (Er hat Mutter Nelson immer den Admiral genannt.) ›Liebste Jennifer, sei nun mein vor den Augen Gottes und der Menschen! Gezeichnet: Graf –‹.«

»Rotz«, warf Lizzie mit bleiern-ironischer Diskretion dazwischen.

»Graf Rotz«, stimmte Fevvers nachdenklich zu. »So wollen wir ihn nennen, denn Sie wären höchst überrascht, Sir, wenn ich Ihnen seinen Namen sagte und Sie sähen ihn im Adelskalender nach. Nun sagt man aber wiederum auch, daß nach zwei Todesfällen unweigerlich der dritte folgt. Sie haben also geheiratet, und es war eine höchst elegante Angelegenheit in St. John's, Smith Square, sie in Altweiß, weil er allen gesagt hat, es handelt sich um eine Witwe aus der Provinz. Und nachher beim Empfang im Savoy nur das Beste vom Besten –«

»– und er erstickt an der *bombe surprise*«, sagte Lizzie mit einem abrupten scharfen Gackern, wofür Fevvers sie einen Moment vorwurfsvoll ansah.

»Und so erbte sie dreißigtausend pro Jahr, einen Landsitz in Yorkshire, noch einen in Schottland, und ein sehr hübsches Haus am Eaton Square obendrein. Und unser kleines Häschen hätte prächtig leben können im allergrünsten Klee, wenn sie nicht eine sentimentale Seele gewesen wäre und recht sehr um den Seligen getrauert hätte, da sie als alte Optimistin sich auf ein langes und glückliches Leben mit dem Burschen gefreut hatte.«

»Nur eine Hure«, verkündete Lizzie mit plötzlichem Nachdruck, »konnte sich so viel von der Ehe erwarten.«

»Schwarz stand unserer Jenny gut, weil sie rothaarig ist, und in ihrer Trauer beschloß sie, ein wenig nach Monte Carlo zu gehen und ihr Glück zu versuchen – daheim war trübes Novemberwetter, und wenn sie eine Schwäche hatte, dann war es das Spiel. Da sitzt sie also am Spieltisch, in einem schwarzen Kostüm von Worth, nur mit den zurückhaltendsten witwenhaftesten Diamanten –«

»– als sie bemerkt, daß ein Gentleman aus Chicago sie betrachtet, der Nähmaschinen herstellt –«

»Sie meinen doch nicht –«, entfuhr es Walser.

»Genau der.«

Walser klopfte abwesend mit der Spitze des Bleistifts

gegen seine Zähne: Nun hatte er die erste überprüfbare Tatsache von ihr bekommen, und die konnte er nicht überprüfen. Die dritte Mrs. ---- per Telegramm fragen, ob sie je in einem Bordell bei einer einäugigen Hure namens Nelson gearbeitet hatte? Aus geringfügigeren Anlässen hatte man schon Leichen gefunden.

Fevvers und Lizzie seufzten nun unisono.

»Wie man hört, fühlt sich dieser Gatte Nr. 2 in letzter Zeit gar nicht mehr so extra. Armes Mädel, man fragt sich«, intonierte Lizzie mit Pokergesicht, »ob seine ganzen Millionen sie über ihren Verlust hinwegtrösten können.«

Fevvers ließ ihr linkes Lid kurz über ihr linkes Auge hinabgleiten.

»Und Esmeralda«, hob Fevvers wieder an, »die hatte so tapfer auf ihrer Flöte gedudelt, daß einer der Stammkunden von Mutter Nelson, ein Herr aus der Theaterbranche, den sie gut kannte, diesen höchst angemessenen Moment wählte, um ihr per Eilboten mitzuteilen, daß er sie für eine Nummer gebucht hat, wo sie als Schlangenbeschwörerin eine Schlange aus einem Waschkorb aufsteigen läßt – die Schlange ist, wie sich herausstellt, ein junger Mann von hübschem Aussehen und beinahe übernatürlicher körperlicher Agilität, auf der Bühne als Der Menschliche Aal bekannt. Esmeralda tritt in einem Tigerfell und griechischen Sandalen auf. So stellt sich ihr Instrument als Zauberflöte heraus und mit dieser überaus künstlerischen Darbietung hat sie ganz Großbritannien und Europa unter großem Beifall bereist.

Und der Menschliche Aal hat sich bald in Esmeraldas Herz geschlängelt, so sehr, daß sie nun zwei eigene kleine Aalraupen haben, liebe Dinger, und Liz und ich sind die Paten, Sir.«

»Wir beide sind auch nicht heimatlos geblieben. Im Lauf der Jahre haben Fevvers und ich unseren ganzen Verdienst und alle Trinkgelder in das Geschäft meiner Schwester gesteckt, und da wartete nun ein Zimmer auf uns. Wir beschlossen also, uns dorthin zurückzuziehen, ›zurückfallen, um besser vordringen zu können‹, wie die Franzosen sagen. Meine Schwester Isotta. Bestes Speiseeis in London. Beste Cassata außerhalb Siziliens. Altes Familienrezept. *Il mio papa* hat's mitgebracht. Und unsere *bombe surprise* –«

»Hoppla!« rief Fevvers, die in diesem Augenblick durch irgendeine ungeschickte Bewegung ihre Puderschachtel umgeworfen hatte. Wie peinlich! Es brauchte eine gewisse Zeit, bis der verschüttete Puder von den Gegenständen auf dem Schminktisch entfernt worden war, und dann fuhr Fevvers selbst wieder fort.

»So waren wir Mädels alle zufriedenstellend versorgt, und keine von uns hat in dieser Nacht ein Auge zugetan, da wir alle mit Planen und Packen beschäftigt waren. Als nun alles endlich verstaut war, versammelten wir uns im Empfangszimmer, um die letzte Flasche von Mutter Nelsons Port zu leeren, die Esmeralda klug hinter den Kaminschirm geschoben hatte, als dieser wahnsinnige Pfarrer hereingestürmt kam. Wie traurig war es, einander Lebewohl zu sagen und von diesem Raum Abschied zu nehmen, in dem so viele bittersüße Erinnerungen ruhten, Demütigung und Gemeinschaft, Hurerei und schwesterliches Leben. Und für mich wird dieses Zimmer in meiner Erinnerung immer geheiligt sein als der Ort, wo ich mich zuerst von der Schwerkraft frei machte. Wir nahmen jede ein kleines Souvenir zum Andenken mit an die tapfere Nelson.«

»Ich –«, sagte Lizzie, »ich hab die französische Uhr genommen, die immer Mitternacht oder Mittag zeigt –«

»– denn ist die nicht der augenscheinliche Beweis dafür, daß die Zeit stillsteht, Sir?«

Und Fevvers öffnete ihre großen Augen weit und sah ihn wieder an, mit einem solchen Sausen ihrer Wimpern, daß die Seiten seines Notizbuchs im Luftzug raschelten – wenn auch wegen der späten Stunde das dicke, leuchtende Weiß ihrer Augen nun leicht rotgeädert war.

»Diese Uhr – Sie finden sie gleich dort, auf dem Kaminsims, denn wir bewegen uns nie ohne sie, keinen Zoll. Ach, was ist denn das! Da hab ich doch meine Höschen in der Eile beim Ankleiden für die Show heute abend drübergeworfen, daß sie ganz verdeckt ist!«

Sie streckte einen langen Arm durch das Zimmer und zupfte die voluminösen Unterhosen von einer sehr hübschen altmodischen Uhr, der Uhr ihrer Erzählung, mit der allegorischen Figur der Zeit mit Sense und Schädel über dem Zifferblatt und den beiden Zeigern für alle Ewigkeit auf der Zwölf. Dann ließ sie die Hosen zu einem Häufchen Spitzen auf Walsers Schoß zusammensinken. Die Frauen lachten vor sich hin, als er sie mit taktvollem Daumen und Zeigefinger entfernte und sie hinter sich aufs Sofa legte.

»Und ich«, sagte sie, »ich hab mein Schwert genommen, das Schwert der Viktoria, das Schwert, das sein Leben auf Nelsons Bein begonnen hat.«

Sie fuhr mit der Hand in den Ausschnitt ihres Morgenrocks und zog ein vergoldetes Schwert hervor, um es dann über ihrem Kopf zu schwingen. Obwohl es nur das kleine Spielzeugschwert der Paradeuniform eines Admirals war, blitzte und glitzerte es so scharf in dem müden Licht, daß Walser zusammenzuckte.

»Mein Schwert. Ich hab es immer dabei, aus Gründen der Erinnerung sowie der Selbstverteidigung.«

Als sie sich vergewissert hatte, daß er die Schärfe der Klinge bemerkt hatte, schob sie es an seinen Ort zurück.

»Gegen Ende der Nacht hockten wir zusammengedrängt wie traurige Vögel in dem Salon und nippten unseren Port und knabberten ein wenig an dem Teekuchen, den Lizzie für Weihnachten gebacken hatte, den aufzuheben jetzt aber keinen Sinn mehr hatte. Wie traurig der Raum war, und wie kalt!

Wir hatten uns nach der Beerdigung nicht die Mühe gemacht, ein Feuer anzuzünden, und jetzt lag nur noch ein wenig nostalgische Sandelholzasche im Kamin. Dauernd ging's ›Weißt du dies noch?‹ und ›Weißt du das noch?‹, bis unsere Jenny sagt: ›Hört mal, warum machen wir nicht mal die Vorhänge auf und lassen Licht auf die Chose fallen, denn dieses Zimmer, das sehen wir nie mehr.‹

Und die Vorhänge waren nie, so lange ich zurückdenken konnte, geöffnet worden, noch konnte sich auch nur eine von den anderen Mädchen daran erinnern, wann diese Vorhänge das letzte Mal zurückgezogen worden waren, denn mit diesem Stoff war die künstliche Nacht der Lust erzeugt worden, die die immerwährende Jahreszeit des Salons gewesen war. Da nun aber die Zeremonienmeisterin ins Dunkel gegangen war, schien es nur ordentlich und angemessen, das Zimmer dem normalen Tage zurückzugeben.

So warfen wir die Vorhänge zurück, und die Läden auch, und dann das hohe Fenster, das sich auf den melancholischen Fluß öffnete, von dem ein kühler, aber erfrischender Wind herüberdrang.

Es war das kalte Licht der Morgendämmerung, und wie traurig, wie mitleidlos erleuchtete es den Raum, den trügerische Kerzen so herrlich hatten erscheinen lassen! Wir sahen nun, was wir nie zuvor gesehen hatten: wie die Motten die Polster zerfressen hatten, die Mäuse die Perserteppiche benagt, und wie der Staub die Stukkatur verschmiert hat. Der Luxus des Ortes war nur eine Illusion gewesen, geschaffen von den mitternächtlichen Kerzen, und beim Licht des Morgens war alles verdorrt und zerfallen. Wir sahen die feuchten Flecken und den Schimmel an der Decke und auf dem Damast der Wände; die Vergoldung der Spiegel war fleckig und trüb, und ein dünner Staubfilm verdunkelte das Spiegelglas, daß wir beim Hineinsehen nicht die frischen jungen Frauen erblickten, die wir waren, sondern die alten Vetteln, die wir einst sein würden, und wußten, daß wir so sterblich waren wie die Lust endlich.

Da begriffen wir, daß das Haus für uns seinen Dienst getan hatte, denn das Zimmer selbst fing an, vor unseren Augen zu flackern und zu verschwinden. Selbst die Massivität der Sofas schien nun fragwürdig, denn sie und die schweren Ledersessel hatten nun das zweifelhafte Aussehen eines aus Rauch geformten Mobiliars.

›Hört her!‹ rief Esmeralda, niemals lange melancholisch. ›Wie wär's, wenn wir dem guten alten Mädchen einen Scheiterhaufen anzünden wie einst den Heidenkönigen, und gleichzeitig dem Herrn Reverend seine Erbschaft versalzen!‹

Und sie rennt in die Küche hinaus und kommt mit einem Kanister Petroleum zurück. Wir tragen alle eilig unseren ganzen Kram auf den Rasen hinaus und stellen ihn in sicherer Entfernung ab, und dann salben wir feierlich die Wände und Türen des alten Hauses mit Öl. Die Keller werden gut angefeuchtet, die verdammten Betten durchweicht, die Teppiche besprengt. Lizzie war die Haushälterin gewesen, und sie ließ sich den letzten Akt des Aufräumens nicht nehmen – sie entzündete das Streichholz.«

»Ich hab geweint«, sagte Lizzie.

»Wir Mädchen standen auf dem Rasen, und der Morgenwind vom Fluß schlug uns die Röcke um die Beine. Wir erschauerten – vor Kälte, vor Sorge, vor Traurigkeit über das Ende eines Teils unserer Leben und vor Begeisterung über unseren Neubeginn. Als das Feuer sich festgesetzt hatte, gingen wir im Gänsemarsch davon, den Weg am Flußufer entlang, bis wir zur Hauptstraße kamen und eine Reihe Kutschen mit schläfrigen Fahrern unter dem Tower fanden, die höchst zufrieden waren, zu dieser Morgenstunde schon Kundschaft zu sehen. Wir küßten uns und nahmen Abschied und gingen jede ihren eigenen Weg. Und so ging das erste Kapitel meines Lebens in Flammen auf, Sir.«

III

»Was für eine lange Fahrt war das nach Battersea! Aber was für ein Willkommen dort, als die kleinen Nichten und Neffen vom Frühstückstisch aufsprangen und uns umarmten und Isotta lief, um frischen Kaffee aufzusetzen! Ein wenig altmodisches Familienleben kam uns beiden nicht ungelegen nach so langer Zeit anderer Lebensweise, und wir halfen im Geschäft mit – ich drehte morgens die Kurbel der Eismaschine, und Fevvers stand, diskret in ein Umschlagtuch gehüllt, hinter der Theke.«

»Ene mene Eis am Stiel
Schmeckt so gut und kost nicht viel –
Ich liebe es, die kleinen Kinder um mich zu haben, Sir! Ihr Geplapper zu hören und wie die kleinen Stimmchen lispelnd ihre Verse singen! Ach, Sir – kann man sich einen unschuldigeren Beruf vorstellen, als gutes Eis zu bescheidenen Preisen an kleine Kinder zu verkaufen, wenn man so viele Jahre schmierigen alten Männern die Spezialität des Hauses verkauft hat? Jeder Tag in dem weißen, saubergescheuerten, glänzenden Eissalon war wie eine rituelle Reinigung! Glauben sie nicht, Sir, daß wir im Himmel alle nur noch Eis essen werden?« Fevvers lächelte engelsgleich, rülpste und unterbrach sich: »Sag mal, Liz... gibt es eigentlich hier noch irgendwas zu essen? Ich bin wieder völlig ausgehungert. All das Gerede über mich selbst, Sir; Gotteswillen, das macht einen ganz schwach...«

Lizzie schaute unter die Serviette, die den Korb bedeckte, fand aber nur das schmutzige Geschirr.

»Will dir was sagen, mein Schatz«, sagte sie, »ich geh einfach rasch zum Standplatz am Piccadilly, da haben sie die ganze Nacht offen, ich bring ein paar Schinkenbrote mit, ja? Nein, Sir! Lassen Sie Ihr Geld stecken. Sind eingeladen.«

Lizzie zog schnell eine Jacke aus grauem, beunruhigend anonymem Fell über ihr Kleid und spießte sich einen kuriosen, schweigsamen kleinen schwarzen Hut mit einer wilden Hutnadel auf den kurzgeschorenen Kopf. Sie war immer noch taufrisch. Beim Hinausgehen grinste sie Walser ostentativironisch zu.

Nun war Walser mit der Riesin allein.

Die verstummte, wie schon das erste Mal, als Lizzie sie zusammen alleingelassen hatte, und wandte sich ab, um in die invertierte Welt ihres Spiegels zu blicken, wo sie eine Augenbraue glattstrich, als wäre es wesentlich für ihren Seelenfrieden, daß die Haare in makelloser Ordnung lagen. Dann – vielleicht in der Hoffnung, daß ihr Duft sie erfrischen würde – zog sie die triefenden Veilchen aus dem Marmeladenglas und vergrub ihr Gesicht in den Blüten. Wurde sie müde? Nachdem sie aus den Blumen aufgesogen hatte, was immer sie ihr geben konnten, gähnte sie.

Aber nicht so, wie eine ermüdete Frau gähnt. Fevvers gähnte mit erstaunlicher Energie, öffnete einen roten Rachen von der Größe eines Haifischmauls, sog genügend Luft in sich ein, um eine Montgolfière in die Höhe schweben zu lassen, und dann streckte sie sich plötzlich groß aus, jeden Muskel ausspannend, wie eine Katze zu tun pflegt, bis es schien, sie wolle den ganzen Spiegel, den ganzen Raum mit ihrem Körper füllen. Als sie die Arme erhob, wurde es Walser beim Anblick ihrer dick gepuderten Achselhöhlen, wo die rasierten Haare stoppelig nachwuchsen, ganz schwach: Mein Gott! sie konnte ihn mit Leichtigkeit in ihren gewaltigen Armen erdrücken, wenn er auch ein starker, großer Mann war, mit der Kraft der kalifornischen Sonne in seinen Gliedmaßen. Eine erotische Unruhe durchschütterte ihn konvulsivisch – wenn es nicht der verdammte Champagner war. Er stolperte in plötzlicher Panik auf die Füße, Unterwäsche verstreuend, sich die Kopfhaut schmerzhaft am Kaminsims kratzend.

»Autsch – Sie verzeihen, Ma'am – ein Bedürfnis –«

Wenn er nun einen Augenblick aus ihrem Zimmer herauskonnte, wenn er – sei es für noch so kurze Zeit – allein in dem kalten schmutzigen Gang stehen durfte, der von ihrer Gegenwart hinwegführte, wenn er seine Lungen nur einmal mit einer Luft füllen konnte, die nicht bis zum Ersticken mit »Fevvers-Essenz« gesättigt war, dann würde er vielleicht den Sinn für normale Verhältnisse wiedererlangen.

»Pinkeln Sie in den Topf hinter dem Wandschirm, Süßer. Nur zu. Wir sind hier nicht förmlich.«

»Aber –«

»NUR ZU.«

Es sah so aus, als dürfe er den Raum nicht verlassen, bis sie und ihr dienstbarer Geist mit ihm fertig waren. So schritt er gehorsam hinter den Wandschirm, um den bräunlichen Bogen aus exzessiv genossenem Champagner in den weißen Porzellantopf zu richten, wie befohlen. Dieser Vorgang, diese elementarste menschliche Handlung holte ihn wieder auf den Erdboden zurück, denn das Pissen enthält keinerlei metaphysisches Element, zumindest nicht in *unserer* Kultur. Als er seine Hose zuknöpfte, stellte sich das Gefühl des Gewöhnlich-Irdischen um ihn wieder her. Die Garderobe zischte plötzlich förmlich vom salzig-würzigen Geruch gebratenen Schinkens, und eine Hand mit der braunen Teekanne tauchte an der Kante des Wandschirms auf und kippte den kalten Teerest in Fevvers' schmutziges Badewasser, auf dessen häutiger grauer Oberfläche bereits die letzte Ladung Teeblätter trieb. Als er hinter dem Wandschirm hervortrat, stand die Korridortür offen, und ein willkommener Luftzug mengte sich frisch in die dicke alte Luft. Im Zimmer hallte die Melodie laufenden Wassers und das Klingen der Leitungsröhren, als Lizzie den Kessel wieder am Wasserhahn auf dem Gang füllte. Walser seufzte beruhigt.

»Hören Sie!« sagte Fevvers und hob die Hand.

Auf der lautlosen Nachtluft kam die Melodie von Big Ben herüber. Lizzie knallte die Tür, als sie zurückkam, und stellte den Kessel auf den sausenden Kocher. Die Flammen, mauve und orange, zuckten und schwankten.

Big Ben fuhr fort mit seinem Spiel, dann schlug die Uhr – und fuhr fort, zu schlagen.

Walser sackte auf das Sofa zurück, wobei er nicht nur ein Schlangenknäuel von seidener Unterwäsche herunterwarf, sondern auch den bisher verborgenen Stapel von Broschüren und Zeitungen, der darunter gelegen hatte. Entschuldigungen murmelnd raffte er die starkriechenden Kleidungsstücke wieder zusammen, während Lizzie, wütend schnatternd und schimpfend, ihm die Schriften entriß und sie in den Eckschrank stopfte. Seltsam war das – daß sie ihn nicht ihre alten Zeitungen sehen lassen wollte.

Aber noch seltsamer: Big Ben hatte wiederum Mitternacht geschlagen. Die Zeit draußen entsprach noch immer der, welche die stehengebliebene vergoldete Uhr hier drinnen anzeigte; innen und außen entsprachen sich präzise, aber mit beiden war es durchaus nicht richtig.

Hm.

Er lehnte ein Schinkensandwich ab: Die rostigen Fleischstreifen, zwischen die Treppenstufen des Weißbrots geklatscht, schienen ihm nur einer Situation extremsten Hungers angemessen. Fevvers aber langte genießerisch zu, kräftig kauten große Zähne, volle Lippen schmatzten, fettverschmiert. Lizzie reichte ihm einen frischen Becher Schwarztee, mit dem er sich die Gurgel verbrennen konnte. Alles geradezu penetrant normal, außer der Stunde.

Das Essen gab der Artistin neue Kraft. Ihr Rücken straffte sich, und sie begann wieder zu glänzen, ganz hell, als sie sich noch einmal den Mund am Ärmel abwischte, wobei glitzernde Spuren von Schinkenfett auf dem schäbigen Satin zurückblieben.

»Wie gesagt«, nahm sie den Faden wieder auf, »wir lebten eine Weile bei Isotta in Battersea inmitten all der Freuden einer gemütlichen Häuslichkeit. Und ganz besonders schön war es, daß wir nur einen Katzensprung von dem guten alten Victoria-Theater weg waren, dem Old Vic in der Waterloo Road, wo wir zu sehr vernünftigen Preisen oben im Olymp hockten und über Romeo und Julia weinten, den buckligen König Dick auszischten und -buhten, uns dämlich lachten über Malvolios gelbe Strümpfe –«

»Wir lieben Shakespeare, den großen Barden, Sir«, sagte Lizzie knapp. »Wieviel geistige Nahrung er uns bietet!«

»Und Opern haben wir uns auch schon mal angesehn – unsere Lieblingsopern, Sir? Nun –«

»*Hochzeit des Figaro*, wegen der Klassenanalyse«, schlug Lizzie unbewegten Gesichts vor. Fevvers' lautes Lachen verbarg ihre Irritation nicht völlig.

»Ach, Liz, du bist mir eine! Was mich betrifft, Sir, ich schätze besonders Bizets *Carmen*, wegen der unbezähmbaren Energie der Heldin.«

Sie richtete das blaue Bombardement ihrer Augen auf Walser, Herausforderung und Attacke zugleich, ehe sie weitererzählte.

»So lebten wir in Battersea, frohe Tage! Aber es kam ein entsetzlich kalter Winter mit sehr wenig Bedarf an Speiseeis, und Gianni –«

»– Isottas Mann, mein Schwager –«

»Giannis Lungenkrankheit verschlimmerte sich. Da sie fünf Kleine hatten und das nächste in der Röhre, mußten wir bei den schlechten Umsätzen arg sparsam sein, ich kann's Ihnen sagen. Dann wurde das Baby krank und wollte nichts zu sich nehmen, und wir waren alle verrückt vor Sorge.«

»Eines Morgens, die älteren Kinder in der Schule, Gianni geschäftlich unterwegs in dem eisigen Novembernebel, die arme Seele, mit seinem Husten, Isotta oben bei dem Baby mit ihrem Kummer, ich selbst in der Küche, hab Zitronat kleingeschnitten, Fevvers im Zimmer hinter dem Laden, bringt der Vierjährigen das Alphabet bei –«

»Obwohl ich schon wußte, daß ich keines besonders verwöhnen sollte, und ich hab sie auch wirklich alle lieb wie meine eigenen, nun, meine Violetta...«

Sie streckte die Hand aus, um das Sträußchen Parmaveilchen zu streicheln, das auf dem Tisch stand, mit einem Lächeln, das dieses eine Mal nicht für Walsers Augen bestimmt war.

»Mit meiner Violetta auf meinem Knie erforschen wir gerade das große Abenteuer von A und B und C, als die Türglocke klappert und klingelt, und im Laden steht die seltsamste alte Dame, die ich je gesehen habe, in den Kleidern ihrer Jugend, das heißt: etwa fünfzig Jahre hinter der Mode, ein Kleid aus schwarzem Chiffon, das nur noch wie Fetzen aussah, über einer solchen Masse Taftunterröcken, daß man zuerst nicht sehen konnte, wie dünn sie war, daß sie eine Dame nur aus Haut und Knochen war. Auf dem Kopf trug sie einen altmodischen Schutenhut aus stumpfem schwarzem Satin mit Jettornamenten zu beiden Seiten, von dem vorn ein schwarzer gepunkteter Schleier herabhing, so dicht, daß man ihr Gesicht nicht sehen konnte.

›Laß mich ins Hinterzimmer gehen, Geflügelte Nike‹, sagte sie, und sie hatte eine Stimme wie der Wind in den Telegraphendrähten.

Violetta brach beim Anblick meiner Besucherin in Tränen aus, und ich schickte sie rasch in die Küche, wo sie sich von Lizzie mit Nüssen und Zitronat verwöhnen lassen sollte, aber ich war selbst vor dieser Erscheinung einigermaßen außer Fassung und bot ihr den besten Stuhl am Kaminfeuer an (denn man konnte sehen, daß sie eine vollkommene Dame war), während ich stotterte und konfus hin- und herlief, wie es für mich ganz ungewöhnlich war. Sie streckte ihre Hände nach den Flammen aus – sie trug jedoch diese großtantenmäßigen Handschuhe aus schwarzer Spitze, die nur bis zum ersten Fingerglied reichen, so daß man von ihren Händen nur Knochen und Nägel sah.

›Ich denke mir, daß es dir recht schlecht gehen mag, seit Nelson nicht mehr da ist‹, sagt sie.

›Rosig sieht es nicht gerade aus‹, sage ich, obwohl ihre bloße Gegenwart mich erschauern läßt und obwohl sie während des ganzen Gesprächs nicht den Schleier hebt.

›Nun, Fevvers, ich habe dir ein Angebot zu machen‹, sagt sie. Und sie nennt mir eine Zahl, die mir den Atem verschlägt. ›Und nichts zu tun dabei, sei nur ganz beruhigt!‹ sagt sie zu mir. ›Nicht, bis du willst, heißt das!‹ Mir ist nun klar, daß sie alles über mich gehört hat, wie ich Mutter Nelsons Flaggschiff war, aber mich nie an der Schlacht beteiligt habe; daß Nelson mich nie zur Schlachtbank geführt hat, so daß mich der ganze Londoner Untergrund als die Jungfräuliche Hure kannte.

›Ich will dich für mein Museum weiblicher Monstrositäten haben‹, sagt sie. ›Laß dir Zeit für deine Entscheidung.‹ Im Aufstehen legt sie ihre Karte auf den Kaminsims, und dann geht sie, und als ich ihr aus der Ladentür hinterherschaue, sehe ich ihre kleine altmodische Kutsche, von allen Seiten geschlossen, von einem kleinen schwarzen Pony gezogen und auf dem Kutschbock ein Schwarzer mit einer traurigen Eigenart: Er war ohne Mund geboren. Dann verschlang sie der säuerliche braune Nebel, der vom Fluß aufstieg, aber ich hörte den Hufschlag, der auf die Chelsea Bridge zusteuerte, wenn ich auch die Räder nicht hören konnte, denn die waren aus Gummi.«

»Es war die berühmte Madame Schreck«, sagte Lizzie tonlos, als sei die bloße Erwähnung des Namens für sich schon eine ausreichend schlechte Nachricht.

Berühmt in der Tat; Walser wußte schon von ihrer Existenz, vage Gerüchte in Herrenklubs, über dem Cognac und den Zigarren, wobei der Name nie von dem gewöhnlichen

Grinsen, den Rippenstößen, dem Lachgebrüll begleitet wurde, sondern von kargen, geflüsterten Andeutungen von etwas höchst Seltsamem, von merkwürdigen Offenbarungen, die einen hinter den dreifach verschlossenen Türen Unserer Lieben Frau der Furcht begrüßten, hinter Türen, die sich nur widerwillig mit einem lauten Gerassel von Ketten und Riegeln öffneten, und dann mit einem langen Stöhnen wie verzweifelnd sich wieder schlossen.

»Madame Schreck«, schrieb Walser auf. Die Geschichte nahm eine makabere Wendung.

»Ach, mein armes Mädchen!« rief Lizzie in einem Aufseufzen aus. »Wenn nur... wenn nur das Baby nicht noch kränker geworden wäre, und wenn Giannis Husten sich nicht entzündet hätte, daß er das Bett hüten mußte, wenn nur Isotta nicht so unglücklich die Treppe hinuntergefallen wäre, daß der Doktor schwor, sie müßte unbedingt drei Monate lang auf dem Küchensofa flach liegen... Ach, Mr. Walser, die Schmerzenslitanei des Unglücks der Armen ist eine lange Reihe von ›wenn nur' s‹.«

»Hätten die Arztrechnungen nicht in diesem Winter unsere ganzen Ersparnisse aufgezehrt, und dann die Aktivitäten des Sonderkommandos –«

Diesmal war es Lizzie, die hart gegen Fevvers' Knöchel trat; die kam bei ihrer Erzählung keinen Augenblick aus dem Takt und fuhr glatt mit etwas anderem fort.

»Und die Kleinen, was für ein Schicksal – langsam verhungern! Ach, wenn unser Haushalt nicht durch diese Serie unvorhersehbarer Katastrophen überwältigt worden wäre, die arme Leute wie unsereinen in den Abgrund des Elends stoßen, ohne eigene Schuld –«

»›Tu's nicht, Fevvers!‹ hat unser Gianni sie angefleht, aber dann hat er Blut gespuckt.«

»So bin ich eines Morgens aufgestanden, ehe noch das Haus erwacht war, als niemand mich hindern konnte, zu gehen; ich ließ Lizzie schlafend in unserem Bett liegen, packte hastig ein paar Sachen in eine Reisetasche und vergaß nicht meinen Talisman, Mutter Nelsons kleines Schwert, das mir Mut machen sollte. Ich ließ einen hastig bekritzelten Zettel auf dem Küchentisch zurück und marschierte über die Chelsea Bridge, als gerade der Mond unterging. Es war bitter-, bitterkalt, und nicht einmal bei Nelsons Begräbnis war mein Herz so schwer gewesen. Als ich den letzten Laternenpfahl auf der Brücke erreichte, erlosch die Lampe, und ich verlor Battersea in der Dunkelheit vor dem Morgen aus den Augen.«

IV

»Jetzt haben Sie Ihr Notizbuch vollgeschrieben«, bemerkte Lizzie. Walser drehte es um, damit er auf den freigebliebenen Rückseiten fortfahren konnte. Er spitzte seinen Bleistift mit der Rasierklinge, die er zu diesem Zweck stets in einer Innentasche bei sich trug. Er schüttelte und entspannte das schmerzende Handgelenk. Lizzie goß ihm seinen Becher wieder voll, wie um ihn für diese Tätigkeiten zu belohnen, und Fevvers hielt ihr auch den Becher hin. »Durstige Sache, so eine Autobiographie«, sagte sie. Ihr überschwenglich wucherndes Haar fing an, sich Lizzies Haarnadeln zu entwinden, und streifte schon ausgelassen über ihren stiermassiven Nacken.

»Mr. Walser«, fuhr sie ernsthaft fort und kreiselte auf ihrem Stuhl zu ihm herum: »Sie müssen verstehen – Nelsons Akademie stand denjenigen zur Verfügung, die in ihren Körpern geschwächt und verwirrt waren und sich dessen versichern wollten, daß die Freuden des Fleisches, wieviel sie auch kosten mochten, wie schillernd mehrdeutig sie sein mochten, im Grunde etwas Herrliches waren. Madame Schreck aber bediente die, deren Verstörung … in der Seele lag.«

Finster konzentrierte sie sich einen Augenblick auf ihren schwarzen, sirupflüssigen Tee.

»Es war ein düsteres herrschaftliches Gemäuer in Kensington, an einem Platz, in dessen Mitte ein melancholischer Garten voll zertretenem Gras und laublosen Bäumen lag. Die Fassade des Hauses war vom Ruß Londons geschwärzt, als ob die ganze Stukkatur in Trauer wäre. Ein niedriger Portikus hing drohend über der Eingangstür, Sir, und alle Läden waren lückenlos verriegelt. Und der Türklopfer ominös mit schwarzem Krepp verhüllt wie bei einem Trauerhaus.

Derselbe Mann ohne Mund, armer Kerl, öffnet mir die Tür, nachdem innen eine ganze Menge Riegel zurückgeschoben und Ketten abgenommen worden sind, und heißt mich mit beredten Gesten eintreten. Nie habe ich Augen so voller Trauer gesehen, Trauer des Exils und der Verlassenheit; seine Augen sagten, klarer als seine Lippen es vermocht hätten: ›O Mädchen! geh nach Hause! Rette dich, solang noch Zeit ist!‹, wenn er mir auch gerade meinen Hut und meinen Umhang abnimmt, aber ich bin die gleiche arme Kreatur unter Zwang wie er, und wie er bleiben muß, so auch ich.

So früh am Morgen es für ein Freudenhaus war – es war noch nicht sieben –, Madame Schreck war anscheinend bereits wach, wenn auch noch im Bett, wo sie ihre Schokolade nahm. Sie ließ mich niedersitzen und eine Tasse mit ihr trinken, was ich bereitwillig genug tat, trotz meiner zitternden Furcht, denn der lange Weg hatte mich erschöpft, und ich war sehr hungrig. Die Läden waren geschlossen, die Jalousien herabgezogen, die schweren Vorhänge zu, und das einzige Licht in ihrem Schlafzimmer war ein kleines Nachtlicht oder Totenlicht auf dem Kaminsims, so daß ich kaum sehen konnte, was für eine Hexenbrühe eigentlich in meiner Tasse ist, und sie liegt da, in einem alten Baldachinbett, dessen bestickte Vorhänge beinahe ganz zugezogen sind, so daß ich Gesicht und Gestalt nicht erkennen kann, und alles kalt wie die Hölle.

›Freut mich, dich bei mir zu sehen, Fevvers‹, sagt sie, und ihre Stimme war wie der Wind in den Friedhöfen. ›Toussaint wird dir dann dein Quartier zeigen, und du kannst dich bis zur Essenszeit ausruhen; dann werden wir deine Maße nehmen, für das Kostüm.‹ Wie sie es sagte, hätte man gemeint, dieses Kostüm sollte ein Leichentuch sein.

Als sich meine Augen an das Halbdunkel gewöhnt hatten, sah ich, daß das einzige andere Mobiliar des Zimmers neben ihrem Bett und meinem Stuhl in einem Safe bestand, so groß wie ein Kleiderschrank, mit dem dicksten messingnen Kombinationsschloß, das ich je gesehen habe, und in einem fest verschlossenen Rolladenschreibtisch.

Das war alles, was sie zu mir sagte. Ich beeilte mich mit meiner Schokolade, das kann ich Ihnen sagen. Dann legt mir der Diener, Toussaint, mit einer ganz sanften Bewegung die Hand vor die Augen, und als er sie wieder wegnimmt, ist Madame Schreck aufgestanden und steht angekleidet vor mir, in ihrem schwarzen Kleid und einem dichten Schleier, wie ihn eine spanische Witwe trägt, der bis zu ihren Knien reicht – und mit ihren Handschuhen, alles stimmt.

Nun glauben Sie nicht, Mr. Walser, daß ich eine ängstliche Frau bin, aber obwohl ich recht gut wußte, daß alles nur Theater war – die schwarze Kutsche, der Stumme, die Gefängniskühle –, trotz allem war etwas Unheimliches an ihr, über die Illusion hinaus, das einen denken ließ: vielleicht fände man unter ihren düsteren Kleidungsstücken nichts als eine Art böser Marionette, die ihre eigenen Fäden zieht.

›Fort mit dir!‹ sagt sie. Aber ich dachte an meine kleinen Neffen und Nichten, die in eben diesem Augenblick Lizzie umkrähen würden und was zum Frühstück haben wollten, wo wir uns doch das Letzte, was im Haus war, gestern beim Abendessen geteilt hatten – und ich rief: ›Wie wär's mit einem kleinen Vorschuß, Madame Schreck? Oder ich fliege gleich durch den Kamin davon, und Sie sehen mich nicht wieder.‹ Und ich lief zum Kamin hinüber, der noch nie im Leben ein Scheit Holz hat brennen sehen, und schob den Kaminschirm zur Seite, bereit, mein Versprechen wahrzumachen.

›Toussaint!‹ sagt sie. ›Laß sofort jemand kommen, der alle Schornsteine blockiert!‹ Aber als ich anfange, die Feuerböcke wild klirrend durcheinanderzuwerfen, sagt sie widerwillig: ›Nun gut‹, tastet unter ihrem Kissen nach einem Schlüssel, achtet wohl darauf, daß sie direkt zwischen mir und dem Safe steht und ich die Kombination nicht entziffern kann, und schon schwingt die Tür auf. Aladins Schatzhöhle! Der Inhalt des Safes leuchtete in seinem eigenen Glanz, Säulen hinter Säulen goldener Sovereigns, ein Kronschatz von Diamantenhalsbändern und Perlen, Rubinen, Smaragden, aufgehäuft, wie es gerade kam, zwischen Wechseln, Aktien, für verfallen erklärten Hypotheken und dergleichen mehr. Mit äußerstem zögerndem Widerwillen wählt sie fünf Sovereigns aus, zählt sie noch einmal und reicht sie mir schließlich mit so peinvoller Langsamkeit hin, als wären es Tropfen ihres Herzbluts.

Wie fuhr ich zusammen, als ich das Kratzen ihrer Fingerspitzen auf meiner Handfläche spürte – denn sie waren wirklich so hart, als wäre kein Fleisch an ihnen. Später, als ich wieder frei war, da hat mir Esmeraldas Mann, der Menschliche Aal, erzählt, daß diese Madame Schreck, wie sie sich nannte, tatsächlich als Lebendes Skelett in der Jahrmarktsbude begonnen hatte und schon immer eine knochige Frau war.

Wie ich aus dem Schlafzimmer hinausgehe, schau ich noch mal über die Schulter, was die Alte jetzt macht, und, Scheiße noch mal, hat sie sich doch richtiggehend in den Safe hineingeworfen und preßt seine Reichtümer mit dem Ausdruck größter Leidenschaft gegen ihre knochige Brust, wobei sie schwache, wiehernde Laute ausstößt.

Ich vertraue Toussaint, der mir sofort sympathisch war, diese Sovereigns an, die er gleich nach Battersea bringen soll, bette meinen Kopf auf das harte flache Kissen und fliehe sofort in den Schlaf – erst nach Stunden, als schon die Nacht kommt, wache ich wieder auf. Das war das kahlste, kargste Zimmer, das man je gesehen hat, mit einem schmalen Eisengitterbett, einem hölzernen Waschtisch und Eisenstangen vor dem Fenster, durch das ich die nackten Bäume in dem verlassenen Garten sehen kann und ein paar Lichter in Häusern auf der anderen Seite des Platzes. Diese Lichter in zufriedenen Heimen zu sehen, das treibt mir die Tränen in die Augen, Sir, denn ich bin in einem Haus, wo kein Licht brennt, kein Licht.

Dann geht mir auf, daß ich vielleicht diesen Ort nie wieder verlassen werde, nachdem ich nun einmal freiwillig hergekommen bin; daß ich mich aus freiem Willen selbst in ein Gefängnis zu den Verlorenen begeben habe, wegen Geld, wenn auch mit gutem Grund; daß nun mein Schicksal besiegelt ist.

In diesem katastrophalen Augenblick geht die Türe auf, ich sehe einen Schatten hinter einer Öllampe, ich fahre aus dem Bett auf und schreie – und der Schatten spricht in breitem Yorkshire-Dialekt: ›Ist doch nur die alte Fanny, Liebes, hab du nur keine Angst!‹

Und ich finde in der Gemeinschaft der Verlorenen meinen einzigen Trost.

Wer hat für Madame Schreck gearbeitet, Sir? Nun, natürlich die Wunder der Natur, wie ich zum Beispiel. Die liebe alte Vier-Augen-Fanny, und das Dornröschen, und das Wunder von Wiltshire (die war keine drei Fuß hoch), und Albert/Albertina, die zweigeteilt war, das heißt: halb und halb und keins von beidem, und das Mädchen, das wir Spinnweb nannten. Während meiner Zeit bei Madame Schreck war das die ganze Belegschaft, und wenn sie auch immer hinter Toussaint her war, er solle bei den *tableaux vivants* mitmachen, war er nie bereit dazu, da er ein Mann großer Würde war. Nur die Orgel hat er gespielt.

Und im Keller wohnte eine betrunkene Köchin, aber von der haben wir nie viel gesehen.«

»Dieser Toussaint«, sagte Walser und klopfte nachdenklich mit seinem Bleistift gegen die Zähne, »wie hat der –«

»Gegessen, Sir? Mit einem Schlauch durch die Nase, Sir. Nur Flüssigkeiten, aber zum Überleben ausreichend. Erfreulicherweise kann ich Ihnen sagen, daß ich nach meinem Erfolg am Variété und seit ich begonnen hab, die Bekanntschaft von Männern der Wissenschaft zu machen, Sir S-- J-- für Toussaints Fall interessieren konnte, und letzten Februar waren's zwei Jahre, daß er im Bartholomäuskrankenhaus erfolgreich operiert worden ist. Und jetzt hat Toussaint einen

Mund so gut wie Ihrer oder meiner, Sir! Sie können einen ausführlichen klinischen Bericht in der *Lancet* vom Juni 1898 nachlesen, Sir.«

Sie teilte ihm diesen wissenschaftlichen Beweis für Toussaints Existenz mit einem blendenden Lächeln mit.

Es stimmte, daß Fevvers nun mit vielen Wissenschaftlern befreundet war. Walser erinnerte sich, daß die junge Frau die Neugier des gesamten Royal College of Surgeons drei Stunden lang unterhalten hatte, ohne auch nur ihr Mieder aufzuknöpfen, und daß sie bei einer Vollversammlung der Royal Society den Bewegungsablauf des Vogelfluges mit derart provozierender Bestimmtheit und einem solchen Reichtum wissenschaftlicher Terminologie diskutiert hatte, daß nicht ein einziger Professor die Unhöflichkeit wagte, sie nach dem Ausmaß ihrer eigenen persönlichen Erfahrungen zu fragen.

»Ach, der Toussaint!« sagte Lizzie. »Wie der die Menge rühren kann! Solch eine Beredsamkeit, wie der Mann sie hat! Wenn doch alle, die solche Dinge zu erzählen hätten, auch Münder hätten! Aber es ist das Los derer, die sich mühen und leiden, daß sie stumm sind. Bedenken Sie nun aber die Dialektik der Sache, Sir«, fuhr sie mit neuer Frische fort, wie knisternd vor Energie: »Es war ja sozusagen dieselbe weiße Hand des Unterdrückers, die der Sprache in der Kehle einen Weg freischnitt, welche sie einst stumm gemacht hatte, und –«

Fevvers schleuderte Lizzie einen Blick sengenden Zornes zu, daß die Hexe so plötzlich verstummte, wie sie begonnen hatte. Walser zog im Geiste die Augenbrauen hoch: hinter der Anstandsdame steckte mehr, als man auf den ersten Blick wahrnahm. Aber Fevvers fing ihn mit dem Lasso ihrer Geschichte wieder ein und schleifte ihn hinter sich her, ehe er Lizzie fragen konnte, ob –

»Ehe er Madame Schreck getroffen hatte, Sir, hat Toussaint auf den Jahrmärkten gearbeitet, was man auf Ihrer

Seite des großen Teichs die Freakshow nennt. So kannte er sich mit Würde und Würdelosigkeit aus und sagte immer, die feinen Herren, die ihre Goldstücke hinlegten, um uns zu beschnüffeln und bespähen, seien unnatürlich, nicht aber wir. Denn was heißt ›natürlich‹ oder ›unnatürlich‹, Sir? Die Form, in der die menschliche Gestalt geprägt wird, ist höchst zerbrechlich. Das leiseste Pochen mit dem Finger, und sie zerbricht. Und Gott weiß warum, Mr. Walser, aber die Männer, die zu Madame Schrecks Haus kamen, waren einer wie der andere von bemerkenswerter Häßlichkeit; ihre Gesichter mochten einen denken lassen, daß der, der zu Anbeginn die menschliche Form geprägt hat, sich nicht besonders auf sein Projekt konzentriert hat.

Toussaint konnte uns natürlich mühelos verstehen, und oft schrieb er rasch ein paar ermutigende Worte oder kleine Sentenzen auf den Block, den er bei sich trug, und er war damals in unserer Gefangenschaft ein ebensogroßer Trost und eine Ermunterung, wie er es jetzt für eine größere Welt sein wird.«

Lizzie nickte bedeutungsvoll. Fevvers fuhr behende fort.

»Madame Schreck organisierte ihr Museum folgendermaßen: Unten, im ehemaligen Weinkeller, hatte sie eine Art Gruft oder Krypta konstruieren lassen, mit wurmstichigen Balken oben und unangenehm klammen Pflastersteinen zu Füßen der Besucher, und dieser Ort hieß ›Tief drunten‹ oder auch ›Der Abgrund‹. Die Frauen mußten alle in Nischen stehen, die aus den schleimigen Steinwänden gehauen waren, außer dem Dornröschen, das dalag, weil ja das immerwährende Daliegen ihre Spezialität war. Und davor hingen kleine Vorhänge, und vor dem Vorhang brannte je eine kleine Lampe. Dies waren ihre ›profanen Altäre‹, wie sie es nannte.

Irgendein feiner Herr klopfte dann an die Tür, bumm! bumm!, ein weiches, tödliches Donnern, gedämpft durch die Kreppumhüllung des Türklopfers. Toussaint machte auf und ließ ihn ein, nahm ihm den Mantel und den Hut ab und führte ihn in das kleine Empfangszimmer, wo der Kunde dann in dem Kram im großen Kleiderschrank herumwühlte und sich ein Meßgewand oder ein Ballettröckchen hervorzog oder was immer sein Fall war. Was mir aber am wenigsten gefiel, das war die Scharfrichterskapuze; ein Richter, der regelmäßig kam, gab immer diesem Kleid den Vorzug. Und dabei wollte er nichts anderes, als daß ein weinendes Mädchen ihn anspuckte! Und für dieses Privileg entrichtete er hundert Guineen. Außer an den Tagen, wo er die schwarze Haube trug, wie sie die Richter bei der Verkündung eines Todesurteils auftun, und dann ging's nach oben, in das ›Schwarze Theater‹, wie es Madame Schreck nannte, und da legte ihm Albert/Albertina eine Schlinge um den Hals und zog ein wenig, aber nicht so, daß es wirklich weh tat, worauf er ejakulierte und ihm/ihr einen Fünfer als Trinkgeld gab, aber La Schreck hat sich *darum* gleich gekümmert.

Wenn der Klient die Kleidung seiner Wahl angelegt hatte, wurde das Licht heruntergedreht. Toussaint eilte nach unten und nahm seinen Platz am Harmonium ein, das hinter einem durchbrochenen gotischen Wandschirm stand. Er begann dann mit viel Pedal irgendeine ermutigende Melodie zu spielen, etwa ein nettes *Kyrie* aus einem Requiem. Das war das Zeichen für uns, die Umschlagtücher und Jacken abzulegen, in die wir uns wegen der Kälte gehüllt hatten, die Partien Bezique oder Backgammon zu unterbrechen, mit denen wir uns die Zeit vertrieben, auf unsere Sockel zu klettern und die Vorhänge zuzuziehen. Dann kam die alte Wachtel selbst wie Lady Macbeth in den Keller herabgestolpert, als Führerin des glücklichen Klienten. Viel Kettengerassel ertönte, da es verschiedene Türen zu öffnen galt, und alles war dunkel bis auf ihre Laterne: ein kleines Talglicht in einem Totenschädel.

So standen wir alle in Habachtstellung, und dann öffnet sich die letzte Tür, und sie tritt ein wie Vergil im Inferno, mit ihrem kleinen Dante, der hinterhertrabt und mit herrlichschaurigen Vorgefühlen vor sich hinquiekt, und das Kerzenlicht wirft alle möglichen Schattenformen gegen die schwitzenden Mauern.

Sie hielt dann wahllos vor einer Nische an und fragte: ›Soll ich den Vorhang öffnen? Wer weiß, welch grotesker und unnatürlicher Anblick dahinter wartet!‹ Und die sagten dann ja oder nein, je nachdem, ob sie schon einmal dagewesen waren, denn dann hatten sie sich ihre Sehnsüchte schon ausgesucht. Und wenn es ›ja‹ hieß, dann zog sie den Vorhang zurück, während Toussaint auf dem alten Harmonium einen grellpfeifenden Mißklang anschlug.

Und da stand sie dann.

Es kostete noch einmal hundert Guineen, wenn das Wunder von Wiltshire einem einen blasen sollte, und glatte zweihundertfünfzig, Albert/Albertina nach oben mitzunehmen, da er/sie von jedem etwas war und deshalb noch einmal etwas dazu – und der Tarif sprang in steilen Sprüngen nach oben, wenn man irgend etwas Ungewöhnliches bestellen wollte. Was aber mich und das Dornröschen betraf, so hieß es: nur anschauen, nicht berühren, da Madame Schreck sich entschieden hatte, uns in einer Reihe lebender Bilder auszustellen.

Wenn die Tür wieder ins Schloß geklirrt war, stieg ich hinunter und machte Licht an, warf eine Decke über das Dornröschen, hob das Wunder von ihrem Sockel (es war zu hoch für sie, als daß sie hätte hinunterspringen können), und Toussaint brachte uns eine Kanne heißen Kaffee mit etwas Cognac oder Tee mit Rum, denn es war erbärmlich kalt dort drunten. Ach, es war schon leichte Arbeit, besonders für mich und Dornröschen, aber ich konnte mich niemals an den Anblick jener Augen gewöhnen. Denn es gab keinen Schrecken in dem Haus, den die Kunden nicht mitgebracht hätten.

Angeblich sollten wir pro Woche jede einen Zehner kriegen, plus Prämien für jede Nummer (für die, die welche brachten), aber davon behielt sie einen Fünfer für unseren Unterhalt zurück, der mager genug war, zerkochtes Rindfleisch, Karotten, bleichen Rosinenpudding; und den Rest – der ja einen Reichtum dargestellt hätte, von dem die meisten berufstätigen Frauen nicht zu träumen wagen –, von dem sahen wir nie auch nur einen Penny. Sie ›legte das für uns in ihrem Safe zurück‹ – ha! Ein Witz! Die fünf Sovereigns, die ich ihr am Tag meiner Ankunft aus der Nase gezogen hab, das war das einzige Geld, das ich während der ganzen Zeit meiner Arbeit dort zu Gesicht bekommen habe.

Denn in dem Moment, in dem die Eingangstür hinter dir ins Schloß fiel, warst du ihre Gefangene. Tatsächlich warst du ihre Sklavin.«

Liz, nun wieder zu Fevvers' Füßen hingekauert, zog am Saum des Morgenrocks der Trapezkünstlerin.

»Erzähl ihm von Dornröschen«, drängte sie.

»Ach, was für ein tragischer Fall, Sir! Sie war die Tochter eines Landpfarrers, fröhlich und lebendig wie ein Heimchen, bis sie eines Morgens in ihrem vierzehnten Jahr – an ebendemselben Tag, an dem ihre Menses begannen – nicht erwachte, erst gegen Mittag, und am Tage darauf erst zur Teestunde, und am nächsten Tag, als ihre besorgten Eltern neben ihrem Bett wachten und beteten, öffnete sie abends ihre Augen und sagte: ›Jetzt wär ein wenig Milchsuppe schön.‹

Also richteten sie sie mit ein paar Kissen auf und fütterten sie mit dem Löffel, und als sie alles aufgegessen hatte, sagte sie: ›Ich könnte um nichts in der Welt die Augen offenhalten‹, und schläft wieder ein. Und so ging es fort. Nach einer Woche, einem Monat, einem Jahr, kam Madame Schreck, die durch einen Zufall von diesem einzigartigen Fall gehört hatte, in das Dorf und gab sich als philanthropisch interessierte reiche Dame aus, die sich des armen Mädchens annehmen und die besten Ärzte hinzuziehen würde, und Dornröschens Eltern, schon etwas bejahrt, konnten ihr Glück kaum fassen.

Man lud sie auf einer Bahre in den Gepäckwagen des Zugs nach London, und so kam sie nach Kensington, wo ihr Leben sich fortsetzte wie zuvor. Stets wachte sie bei Sonnenuntergang auf, wie Blumen, die sich nachts öffnen – sie aß, sie füllte eine Bettschüssel, sie schlief wieder ein. Nur mit einem Unterschied: Jede Nacht zur Mitternacht hob Toussaint den träumenden Körper empor und trug sie in die Krypta. Sie war wohl etwa einundzwanzig, als ich sie kennenlernte, bildhübsch, wenn auch ein wenig ausgezehrt. Ihr weiblicher Ausfluß wurde weniger und weniger, während sie schlief und schlief, bis er am Ende kaum mehr ihre Binde fleckte und schließlich ganz vertrocknete, aber ihr Haar wuchs immerfort, bis es so lang war wie sie selbst groß. Fanny unternahm es, dieses Haar regelmäßig zu kämmen und zu bürsten, denn die alte Vieraug war eine zärtliche Frau mit einem liebevollen Herzen. Die Finger- und Zehennägel wuchsen dem Dornröschen ebenfalls weiter, und es war die Aufgabe des Wunders von Wiltshire, sie zu pflegen, wegen der wundervollen Geschicklichkeit ihrer kleinen Finger.

Weil das Gesicht von Dornröschen so dünn geworden war, wirkten ihre Augen besonders groß und eindringlich, und ihre geschlossenen Lider waren dunkel wie die Unterseite von Pilzen und mußten in all den langen durchschlummerten Jahren sehr schwer geworden sein, denn jeden Abend, wenn sie ihre kleinen Fensterchen beim Nahen der Dunkelheit öffnete, kostete es sie eine größere, immer noch größere Anstrengung, als ob es der ganzen matten Kraft bedurft hätte, die ihr noch geblieben war, die Fensterläden aufzutun.

Und jedesmal fürchteten wir, die wir wachten und mit ihrem Abendessen warteten, diesmal könnte es das letzte Mal sein, daß sie sich so tapfer anstrengte, zu erwachen; fürchteten, daß vielleicht der weite, unbekannte Ozean des Schlafes sie an diesem Abend mit seiner geheimnisvollen Strömung, auf der sie wie ein Wrack dahintrieb, so weit von der Küste hinweggetragen haben könnte, daß sie nicht mehr zurückkehren würde. Aber während ich im Haus von Madame Schreck war, erwachte das Dornröschen noch jedesmal lange genug, um ein wenig Hühnerfrikassee oder einen Löffel Süßrahm zu sich zu nehmen, und sie schied ein wenig in die Bettschüssel aus, Halbflüssiges, welche ihr Fanny unterhielt. Dann versank sie mit einem kurzen Seufzen wieder unter dem weichen Gewicht ihrer Träume.

Denn Sie dürfen nicht glauben, daß sie traumlos schlief. Unter jenen weichen geäderten Häutchen bewegten sich die Augäpfel unaufhörlich hin und her, als sehe sie seltsamen Tänzen zu, die über die Innenseite ihrer Lider zogen. Und manchmal zuckten und schlossen sich ihre Zehen und Finger, wie die Pfoten eines Hundes, der von Kaninchen träumt. Oder sie stöhnte leise oder stieß einen schwachen Schrei aus, und zuweilen lachte sie ganz, ganz leis, was überaus sonderbar war.

Und einmal, als Fanny und ich in einer Nacht am Backgammonbrett saßen und nur wenig Betrieb war, rief das Wunder, das dieser Träumerin gerade eine Maniküre machte, plötzlich aus: ›Oh! Entsetzlich!‹

Denn unter den Wimpern hervor quollen ein paar Tränen.

›Und ich hatte gedacht‹, sagte das Wunder, ›sie sei allem Leiden entrückt.‹

Obwohl sie von so kleiner Gestalt war, war das Wunder von Wiltshire ebenso vollkommen geformt wie ihre historischen Vorläuferinnen – die hübsche kleine Vertraute von Königin Elizabeth, Mrs. Tomysen, oder jene Anne Gibson, die den kleinen Herrn geheiratet hat, der Miniaturen malte, oder die wunderschöne Anastasia Borculaski, die klein genug war, unter dem ausgestreckten Arm ihres Bruders zu stehen, und der Bruder war selbst ein kleiner Mann. Außerdem war das Wunder eine höchst kunstreiche Tänzerin und konnte die Beine in die Luft werfen, daß es war, als öffne sich eine kleine Stickschere.

Also sag ich mal zu ihr: ›Wunder, warum würdigst du dich selbst herab und arbeitest in diesem Haus, das nun wirklich ein Haus der Schande ist, wenn du auf der Bühne dein gutes Auskommen hättest?‹ ›Ach, Fevvers‹, antwortet sie, ›lieber zeig ich mich einem Mann und dann dem nächsten als einem ganzen Theater voll von den schlimmen ekelhaften haarigen Dingern – und hier bin ich sicher vor der schmutzigen, finsteren Menge der Welt draußen, in der ich so viel gelitten habe. Unter den Monstern bin ich gut versteckt: Wer sucht nach einem Blatt im Walde?

Laß dir sagen, wie ich zur Welt gekommen bin; das war so. Meine Mutter war eine lustige Kuhmagd, die nichts mehr liebte als einen Streich. In der Nähe unseres Dorfes stand ein Hügel, ganz rund und vom Gras überwuchert, aber beinahe hohl, weil er durch und durch mit Gängen durchsetzt war, wie die Gänge von Generationen von Mäusen. Ich habe sagen hören, dieser Hügel sei keine Naturform, sondern ein riesiges Grab, ein Ort, wo die, die vor uns in Wiltshire gelebt haben, vor den Normannen, vor den Sachsen, selbst noch ehe die Römer kamen, ihre Toten bestattet haben, aber die Leute im Dorf nannten das den Elfenhügel und wichen ihm nachts aus, denn sie glaubten, wenn es schon kein verfluchter Ort sei, dann doch sicherlich einer, wo uns Menschen seltsame Schicksale und Verwandlungen zustoßen konnten.

Meine tolle Mutter aber, angestachelt vom Sohn des Gutsherrn, der mit ihr um ein silbernes Sixpencestück wettete, sie würd's nicht wagen, der Tunichtgut, meine Mutter hat einmal eine ganze Mittsommernacht in dieser Hügelburg verbracht. Sie nahm sich etwas Brot und Honig mit und eine Kerze und drang dann bis in die Kammer im Herzen des Hügels vor, wo ein langer Stein lag, ganz wie ein Altar, aber wahrscheinlich eher der Sarg eines längst schon toten Königs von Wessex.

Auf dieses Grab setzte sie sich nieder, um ihr Vesper zu verzehren, und nach und nach erlosch ihre Kerze, daß sie nun im

Dunkeln saß. Eben als sie ihre unbedachte Kühnheit zu bereuen begann, hörte sie leise, leise Schritte. ›Wer ist da?‹ ›Aber Meg – wer anders als der König der Elfen?‹ Und dieser unsichtbare Fremdling legte sie sogleich auf die Steinplatte und gab ihr solche Lust – so sagte sie zumindest – wie noch nie ein Mann zuvor oder danach. ›In dieser Nacht war ich wirklich im Elfenreich!‹ sagte sie; und der Beweis war nach neun Monaten mein winziges Auftauchen auf der Welt. Sie bettete mich in eine Walnußschale, deckte mich mit einem Rosenblatt zu, packte meine Windeln und mein Zeug in eine Haselnuß und trug mich fort nach London, wo sie sich für einen Shilling pro Nase als ›Die Elfen-Amme‹ sehen ließ, während ich wie eine Klette an ihrer Brust baumelte.

Aber alles, was sie einnahm, ging für das Trinken und die Männer wieder dahin; sie war ein leichtlebiges Stück. Als ich zu groß geworden war, um mich noch länger als Säugling auszugeben, sagte ich: ›Mutter, so geht es nicht weiter! Wir müssen an unsere Versorgung und an das Alter denken!‹ Sie lachte herzlich, als sie ihre Tochter so daherpiepsen hörte, denn ich war erst sieben Jahre alt und sie noch keine fünfundzwanzig, und es war ein schwarzer Tag für mich, als ich es mir in den Kopf setzte, dieses unbesonnene Geschöpf auf die Zukunft hinzuweisen, denn ich hatte Erfolg: Sie verkaufte mich.

Für fünfzig goldene Guineen bar auf die Hand verkaufte mich meine eigene Mutter einem französischen Konditor mit Korkenzieherschnurrbart, der mich ein paar Jahre lang in seinen Torten servierte. Die große Kochmütze verwegen-schräg auf dem Kopf kam er mit seinem Silbertablett aus der Küche und setzte es vor dem Geburtstagskind ab, denn der *Patisseur* besaß immerhin noch soviel Gefühl, daß ich nur Kindern als Überraschung vorgeführt wurde. Das Geburtstagskind blies die Kerzen aus und hob das Messer, um die Torte anzuschneiden, aber der Bäcker hielt die eigene Hand auf dem

Griff, um die Klinge zu führen, damit ich nicht aus Versehen verletzt und sein Eigentum beschädigt würde. Dann sprang ich aus dem Loch, in einem flitterbesetzten Kleid, und tanzte um die Tafel, wobei ich Luftschlangen, kleine Geschenke und Bonbons verteilte.

Aber manchmal brachen die genäschigsten Kinder in Tränen aus und sagten, das sei gemein, sie wollten Kuchen und keinen Besuch aus dem Elfenreich.

Vielleicht wegen der Umstände meiner Zeugung habe ich schon immer unter Klaustrophobie gelitten. Ich konnte die Enge dieser ausgehöhlten Torten kaum ertragen. Mit größter Angst wartete ich auf den Augenblick meiner Gefangensetzung unter dem Zuckerguß, und ich bat und flehte meinen Herrn an, mich freizulassen, aber er drohte mir mit dem Backofen und sagte, wenn ich nicht seinen Befehlen gehorchte, würde er mich das nächste Mal nicht in der Torte auftragen, sondern mich in einen *vol-au-vent* hineinbacken.

Schließlich überwältigte mich eines Tages die Angst. Ich kletterte in meinen Sarg, ließ den Deckel über mir sich schließen, ertrug die rüttelnde Kutschenfahrt zur Adresse des Kunden, wurde ohne große Umstände in der Küche auf das Silbertablett umgeladen, und dann kam der Gang zur Tafel. Halb ohnmächtig, schwitzend, vor Luftmangel in der runden Enge – nicht größer als eine Hutschachtel – beinahe erstickend, angewidert vom Geruch der Eier und der Butter in der Backmasse, klebrig vor Zucker und Rosinen, konnte ich es nicht mehr länger ertragen. Mit der Kraft einer Besessenen stieß ich meine Schultern durch die Teigkruste hindurch und tauchte vor meiner Zeit auf, mit Zuckerguß bedeckt, Krümel aus meinen Augen zwinkernd. Mein Hervorbrechen warf nach allen Seiten die Kerzen um und ließ kandierte Veilchen durch die Gegend prasseln.

Das Tischtuch fing Feuer, und all die lieben Kleinen heulten Zeter und Mordio, als ich die lange Tafel hinabraste, mein

Haar und mein Tüllkleid in Flammen, verfolgt von dem wütenden Konditor, der sein Kuchenmesser schwang und schwor, er würde mich als Leckerbissen verspeisen.

Ein Kind aber verlor in diesem Chaos die Fassung nicht; sie saß ernsthaft unten an der Tafel, bis ich ihren Teller erreichte, worauf sie ihre Serviette über mich warf und die Flammen löschte. Dann hob sie mich auf und schob mich in ihre Tasche und sagte zu dem Konditor: ›Gehen Sie weg, Sie schrecklicher Mann! Wie können Sie es wagen, ein menschliches Wesen so zu quälen?‹

Wie sich herausstellte, war dieses kleine Mädchen die älteste Tochter des Hauses. Sie trug mich ins Kinderzimmer davon, und die Kinderfrau tat mir kühlende Salbe auf meine Verbrennungen und zog mir ein Seidenkleid an, welches die eigene Puppe der jungen Dame für mich opferte, obwohl ich mich durchaus selbst hätte anziehen können. Später am Abend, nach dem Essen, wurde ich Mama und Papa vorgestellt, die noch über ihrem Kaffee saßen (von dem sie mir auch gaben, da er in Tassen serviert wurde, deren Größe für mich gerade recht war). Papa schien mir wie ein Berg, dessen Gipfel vom Rauch seiner Zigarre verhüllt wurde, aber was für ein guter, freundlicher Berg! Und nachdem ich meine Geschichte erzählt hatte, so gut ich es vermochte, stieß der Berg eine purpurne Qualmwolke hervor, lächelte Mama an und sprach. ›Nun, kleine Frau, es scheint, als bliebe uns nichts anderes übrig als dich zu adoptieren.‹ Und Mama sagte: ›Ich muß mich schämen. Ich hätte nie gedacht, daß dieser furchtbare Auftritt mit dem Kuchen einem lebenden Wesen ein Leid bedeuten könnte.‹

Sie behandelten mich auch nicht wie ein Haustier oder ein Spielzeug, sondern wahrhaftig wie jemand ihresgleichen. Ich empfand bald tiefe Zuneigung zu dem Mädchen, das mich gerettet hatte, und sie zu mir, so daß wir unzertrennlich wurden, und wenn meine Beine den ihren nicht mehr folgen konnten, trug sie mich in der Ellenbeuge. Wir nannten einander ›Schwester‹. Sie war gerade acht Jahre alt; ich war neun. Mein Schiffchen war in einem glücklichen Hafen gelandet.

Die Zeit verging. Wir Mädchen träumten davon, unser Haar aufzustecken, unsere Rocksäume herunterzulassen … von all den reizvollen Geheimnissen des *Erwachsenwerdens*, die vor uns lagen … obwohl ich für mein Teil wußte, daß ich nie in irgendeinem wörtlichen Sinne *wachsen* würde, was mich zuweilen traurig stimmte. An einem Weihnachtsabend sollte es in das traditionelle Pantomimentheater gehen. Irgendein sechster Sinn warnte mich vielleicht vor der Gefahr, die mir bevorstand. Ich sagte Mama, ich hätte nun die kindischen Dinge abgetan und würde lieber an diesem Abend daheimbleiben und mein Buch lesen. Aber meine Schwester war mir etwas hinterher, war noch ein wenig kindlicher und sehnte sich nach den hellen Lichtern und dem bunten Flitter – und sie sagte, wenn ich nicht mit der Familie ins Theater ginge, wäre der ganze Abend verdorben. Ich gab ihrer zärtlichen Erpressung nach. Wie sich herausstellte, wurde *Schneewittchen* gegeben.

Ich wurde in unserer Loge erst zu Feuer, dann zu Eis, als die Szenenfolge sich vor mir entfaltete, denn so sehr ich auch meine Familie liebte: es gab stets den unabänderlichen Unterschied zwischen uns. Es war nicht so sehr die Unbeholfenheit ihrer Gliedmaßen, ihre plumpen Bewegungen, die mich bedrückten, nicht einmal der Donner ihrer Stimmen, war ich doch mein ganzes Leben nicht ein einziges Mal ohne Kopfschmerzen zu Bett gegangen. Nein. All dies hatte ich von Geburt an gekannt, und ich hatte mich an die monströse Häßlichkeit der Menschheit gewöhnt. Ja, mein Leben in dem freundlichen Haus hätte mich beinahe diesen Tieren – einigen davon zumindest – ihr viehisches Wesen verzeihen lassen können. Doch als ich meine Naturverwandten auf der Bühne sah, selbst als sie hüpften und sprangen und sich als komische Zwerge gebärdeten, hatte ich eine Art Vision einer Welt *en miniature*, eines kleinen, vollkommenen, himmlischen Ortes, wie er sich im Auge eines weisen Vogels winzig spiegeln könnte. Und es schien mir, daß dieser Ort meine Heimat sei und diese kleinen Männer seine Bewohner, die mich nicht als ›kleine Frau‹ lieben würden, sondern als – Frau.

Und dann war es vielleicht… vielleicht floß wirklich das Blut meiner Mutter in diesen winzigen Adern! Vielleicht… vielleicht genügte mir bloße ruhige Zufriedenheit nicht. Vielleicht war ich immer schon ein böses Mädchen, und nun zeigte sich meine Schlechtigkeit am Ende in meinen Handlungen.

Es war mir ein Leichtes, mich im Gedränge nach dem Ende der Vorstellung von der Familie zu trennen; leicht, den Bühneneingang zu finden und am Pförtner vorbeizulaufen, als der gerade einen Blumenstrauß für Schneewittchen abzuliefern hatte. Bald fand ich die Tür, auf welche jemand boshaft-scherzhaft sieben kleine Sterne geklebt hatte. Ich klopfte. Drinnen saß ein überaus gutaussehender junger Mann auf einem Sofa, das gerade die richtige Größe für uns beide hatte, und war damit beschäftigt, ein kleines Paar Hosen zu flicken – mit einer, wie es deinen Augen erschienen wäre, Fevvers, unsichtbaren Nadel und einem unsichtbaren Faden.

›Von welchem dreikäsehohen Planeten kommst *du* denn daher?‹ rief er, als er mich sah.‹

Dann bedeckte das Wunder ihr Gesicht mit den Händen und weinte bitterlich.

›Ich will dir die traurigen Einzelheiten meines Niedergangs ersparen, Fevvers‹, sagte sie, als sie sich wieder in der Gewalt hatte. ›Es mag genügen, daß ich mit ihnen sieben lange Monate reiste, vom einen an den anderen weitergereicht, denn sie waren Brüder und teilten alles. Ich fürchte, gut haben sie mich nicht behandelt, denn sie waren zwar klein, aber sie waren Männer. Wie sie mich ohne Geld in Berlin zurückließen und wie ich unter die fürchterliche Obhut von Madame Schreck geraten bin, das sind Geschehnisse, die ich mir jede Nacht selbst erzähle, wenn ich die Augen schließe. Immer wieder durchlaufe ich eine Ewigkeit entsetzlicher Erinnerungen, bis es Zeit ist, wieder aufzustehen und mich davon zu überzeugen, daß jene, die kommen, an meiner kleinen Person ihre phantastische Lust zu kühlen, tiefer gesunken sind, als ich je sinken könnte.‹«

Fevvers seufzte.

»Sie sehen also, wie dieses liebliche Geschöpf wahrhaftig glaubte, so weit sich von ihrer Würde entfernt zu haben, daß sie nie wieder aus dem Abgrund emporsteigen könnte; und sie betrachtete ihr eigenes hübsches, reines Selbst mit äußerstem Ekel. Nichts, was ich sagen konnte, konnte sie dazu bringen, sich selbst als etwas anderes zu sehen als einen winzigen Penny im Kontoverkehr der Welt. Sie sagte oft: ›Wie ich das arme Wesen‹ (sie deutete dabei auf das Dornröschen) ›beneide – mit einer Ausnahme: sie träumt.‹

Fanny dagegen war etwas ganz anderes, ein großgewachsenes, grobknochiges, frei und herzlich daherredendes Mädel aus Yorkshire, an dem man auf der Straße ohne einen zweiten Blick vorübergegangen wäre; höchstens das fröhliche Rot ihrer Wangen und ihr elastisch-gesunder Schritt hätten die Aufmerksamkeit erregt. Wenn Madame Schreck den Vorhang vor Fanny zurückzog, stand sie da, ein hübsches groß-ungefüges Mädchen, bekleidet nur mit einem Hemd und einer Augenbinde.

Und die Schreck sagte dann: ›Schau ihn an, Fanny.‹ Da nahm Fanny ihre Augenbinde ab und strahlte ihn an.

Da sagte Madame Schreck stets: ›Ich habe gesagt: *Schau ihn an*, Fanny!‹ Dann hob Fanny ihr Hemd.

Denn wo sie ihre Brustwarzen hätte haben sollen, hatte sie Augen.

Und Madame Schreck sagte nun: ›Schau ihn richtig an, Fanny.‹ Da öffneten sich jene anderen zwei Augen.

Sie waren schäferblau, wie die in ihrem Gesicht – nicht groß, aber sehr hell.

Ich hab sie einmal gefragt, was sie mit ihren Brust-Augen sähe, und da sagt sie: ›Na, genau wie mit denen oben, nur weiter unten.‹ Aber ich glaub doch, daß sie bei all ihrem freien, offenen Wesen insgesamt zuviel von der Welt sah und daß sie deshalb gekommen war – mit all uns anderen enteigneten Kreaturen, für die es keinen Zweck gab –, in dieser Rumpelkammer der Weiblichkeit auszuruhen, diesem Lumpentrödelladen des Herzens.

Wenn ich Fanny so sah, wie sie den Kopf Dornröschens gegen ihre Brust hielt, um geschlagenes Ei zwischen die hilflosen Lippen zu löffeln, sagte ich: ›Warum heiratest du denn nicht, Fanny? Jeder Mann wäre froh an dir, wenn er erst einmal über den Schock hinweggekommen ist. Und warum bringst du nicht die eigenen Kinder zur Welt, nach denen du dich sehnst und die du verdienst?‹ Und ganz ruhig und gelassen sagt sie: ›Wie will man ein Kind mit salzigen Tränen stillen?‹ Aber sie war immer fröhlich, immer ein Lächeln und ein Scherz, Spinnweb dagegen, die sagte nie viel, eine melancholische Kreatur, die viel für sich allein saß und Patiencen legte. Das war ihr Leben, sagte sie: Patience, Geduld.«

»Warum wurde sie Spinnweb genannt?« fragte Walser voll Widerwillen, voll Verzauberung.

»Ihr Gesicht war bedeckt damit, Sir, von den Augenbrauen bis zu den Backenknochen. Was hat nicht Albert/Albertina alles angestellt, um sie zum Lachen zu bringen! Er/sie war richtig komisch, immer voller Späße, aber nein – Spinnweb hat nie auch nur gelächelt.

Das waren die Frauen hinter den Vorhängen, Sir, die Bewohner des ›Tief Drunten‹, alle mit Herzen, die schlagen wie Ihres, und Seelen, die leiden, Sir.«

»Und was haben Sie gemacht?« fragte Walser und kaute an seinem Bleistift.

»Ich? Die Rolle, die ich in Madame Schrecks imaginärer Schreckenskammer gespielt habe? Das Dornröschen lag splitternackt auf einer Marmorplatte, und ich stand ihr zu Häupten, Flügel weit gebreitet. Ich bin der Grabmalsengel. Ich bin der Engel des Todes.

Wenn Sie mit dem Dornröschen schlafen wollten, schlafen im passiven und nicht im aktiven Sinne, da sie bei so prekärer Gesundheit war und Madame Schreck Sorge hatte, sie könnte die Gans töten, die die goldenen Eier legte... Wenn Sie sich neben den lebenden Leichnam legen wollten und mit Ihren zitternden Armen das ganze Geheimnis des Bewußtseins umschließen wollten, welches zugleich ist und nicht ist, nun, dann war das kein Problem, bei Barzahlung. Toussaint legte Ihnen dann eine Kapuze über den Kopf und führte Sie aus dem Abgrund empor in das Theater, und dort warteten Sie dann, nichts hörend, nichts sehend... absolute Dunkelheit, absolute Stille, und Sie allein mit Ihren Gedanken und mit den Phantomen, die sich Ihre Einbildungskraft aus dem Anblick der Frauen drunten destilliert hatte. Dann zog Toussaint rasch die Kapuze weg, und da waren wir: Er hatte uns in der Zwischenzeit mit einem gutgeölten Lastenaufzug durch die Mauer von unten heraufgezogen.

Nur ein vielarmiger Kerzenleuchter verbreitete ernstes Licht und warf ernste Schatten über Dornröschen auf seiner Bahre und mich, über sie geneigt, mit meinen vorgewölbten Flügeln und meinem Schwert, der Tod als die Hüterin, wissen Sie? Und wenn irgendeiner irgendwas probieren will, was im Tarif nicht enthalten ist, dann kann ich ihm gleich eins über die Knöchel geben. Dornröschen seufzte und murmelte und nahm all die Zeit nichts wahr, aber ich beobachtete die kläglich zitternde Figur, die sich die Möglichkeit gemietet hatte, unsere Bilder zu benutzen, die sich heranschlich wie zur Guillotine, und ich dachte mir mit Hamlet: ›Welch ein Meisterwerk ist der Mensch!‹

Im Lauf der Zeit fing einer der Herrn an, mit wundersamer Regelmäßigkeit wöchentlich zu kommen, immer am Sonntag. Er legte immer ein höchst sonderbares Kostüm an, wenn er sich nach drunten wagte, eine Art samtnen Rock, der bis über die Knie hinab reichte, pflaumenfarben und mit grauem Pelzwerk abgesetzt, und an den Füßen glänzendrote Lederstiefel mit kleinen Glöckchen an den Knöcheln, die mit süßem Klang ertönten, wenn er daherschritt. Um den Hals hing ihm an goldener Kette ein massivgoldenes Medaillon von seltsamer Arbeit, das ich Madame Schreck oft neidvoll beäugen sah.

Auf diesem Medaillon war, wenn Sie die Formulierung gestatten, Sir, ein *Glied* eingraviert, eins von der männlichen Sorte, ein Phallus also, in einem Zustand, den man in der Heraldik als steigend bezeichnet, und an den Eiern waren kleine Flügel angesetzt, auf die ich gleich aufmerksam wurde. Um den Schaft dieses virilen Gliedes schlang sich der Stiel einer Rose, deren Blüte ein wenig neckisch an jenen Punkt geschmiegt war, wo sich die Vorhaut zurückspannt. Ob das Ding antik oder neu war, konnte ich nicht erkennen, aber es stellte sicher eine wertvolle Investition dar.

Der sich mit diesem eigenartigen Schmuckstück zeigte, war am Ende seiner mittleren Jahre angelangt, lang, mager, etwas gebeugt, mit einer Haut, die ein wenig ins Rötlich-Violette, Fleckige ging, als litte er unter der Kälte, aber mit schönen, schmalen Zügen, einer hohen, gekrümmten Nase und peinlich sauber rasierten Wangen. Und mit einem Paar umherwandernder, wäßriger blauer Augen, Augen eines Mannes, der unglücklich über seine Welt ist. Um seine Kleidung zu vervollständigen, trug er stets einen großen runden Biberhut, wie eine Trommel, den Rand jedoch ringsherum aufgeschlagen, und darunter war kein Haar zu sehen. Als

Madame Schreck das erste Mal den Vorhang vor mir beiseite zieht, fährt er richtig zusammen und ruft aus: ›Azrael!‹ Danach kommt er nur noch, um mich zu sehen. Mit dem Dornröschen hatte er nichts vor, sondern läßt mich allein nach oben kurbeln und geht dann um mich herum, winselt vor sich hin, spielt unter seinem Röckchen mit sich selbst, und Fanny, um mich zu necken, nennt ihn meinen treuen Verehrer.

Sechs Sonntage kommt er, um vor meinem Altar anzubeten, aber am siebten schickt Madame Schreck, gerade als wir Mädels uns zum Essen niedersetzen, Toussaint mit einer Nachricht: Ich soll zu ihr kommen.

Unser Essen war in diesem morbiden Mausoleum immer eine trostlose Sache. Die süffelnde Alte in der Küche hätte sogar ein weiches Ei anbrennen lassen, wenn sie einmal ein Glas intus hatte, so daß Fanny sich immer selbst um die Invalidenkost für das Dornröschen kümmerte; ich erinnere mich an diesen Sonntag ganz besonders, weil die Köchin sich am Samstagabend bereits betrunken hatte und Fanny Toussaint fortgeschickt hatte, um etwas Schweinefleisch auf Kredit zu holen. So lief nun Fanny am Herd hin und her und brachte ein anständiges Stück Fleisch mit schöner brauner Kruste und einem Schlag Apfelsauce für uns auf den Tisch, und gerade als wir zulangen, werde ich in Miladys Schlafzimmer zitiert, und dann war's das letzte Sonntagsdinner, das ich in dem Haus gegessen habe.

›Einer der Herren hat ein Angebot gemacht‹, sagt Madame Schreck. Sie sitzt an ihrem Schreibtisch mit dem Rücken zu mir, und nur ein Gaszylinder über ihr, zischend wie eine Schlange, gibt etwas Licht.

›Welcher Herr und wieviel?‹ frag ich, sogleich mißtrauisch.

›Er gibt seinen Namen mit Christian Rosencreutz an und ist äußerst großzügig.‹

›Wie großzügig ist äußerst großzügig?‹

›Fünfzig Guineen für dich, abzüglich der Vermittlungsgebühr‹, sagt sie über die Schulter und kritzelt die ganze Zeit weiter in ihrem verdammten Hauptbuch, und plötzlich verlor ich die Geduld mit ihr.

›Was, fünfzig miese Guineen für die einzige gefiederte virgo intacta der gesamten Weltgeschichte? Sie wollen eine Kupplerin sein?‹

Ich schnapp sie mir an der Schulter und heb sie aus ihrem Stuhl in die Höhe und schüttel sie tüchtig durch. Sie ist leicht wie ein Reisigbündel und klappert ein wenig. Wie sie kreischt und: ›Hände weg!‹ schreit. Aber ich schüttel sie immer weiter, bis sie schließlich keucht: ›Nun gut – hundert Guineen.‹

›Wer's glaubt!‹ denk ich mir, denn auch das glaub ich nicht einen Moment, und ich sage: ›Verehrte verdammte Madame Schreck, Sie werden keinen einzigen Penny Vermittlungsgebühr kassieren, da Sie mir seit den fünf Glänzemännchen vor einem halben Jahr nichts bezahlt haben und mich hier gefangen gehalten haben!‹

Und wieder hab ich sie geschüttelt, bis sie quiekt: ›Also gut, keine Gebühr! Das macht zweihundert Guineen, du Blutsaugerin.‹ Dann laß ich sie los.

›Machen Sie den Safe auf‹, befehle ich.

Sie geht zum Bett und wühlt unter dem Kissen den Schlüssel hervor. Sehr zögerlich macht sie das. Sie schlurft rasch über den Boden in ihren schwarzen Fetzen und ihrem Schleier, bewegt sich schräg, mit den Füßen scharrend, und ihr Kopf geht von einer Seite zur anderen, als suche sie ein Rattenloch, in das sie fahren könnte, aber jetzt bin ich der Racheengel, und sie kann mir nicht entkommen. Während sie mir den Rücken dreht, ergreife ich die Gelegenheit: Ich streife meine Bluse ab und schüttle mein Gefieder hervor. Sie öffnet den Safe, schiebt ihre behandschuhte Hand hinein, doch gerade als ihre zitternden Finger das Gold berühren, packe ich sie wieder bei den Schultern, und – hinauf! Hinauf! Gott sei für hohe Zimmerdecken gedankt! Hinauf, bis mein Kopf gegen den Stuck stößt, und ich hab das alte Mädchen am Kragen an das Ende der Gardinenstange gehängt und hab sie dort hängen lassen, fuchtelnd und hampelnd und strampelnd, und die kleinen Arme und Beine zucken durch die Luft, und sie kann gar nichts machen.

›Jetzt kann ich aus einer Position der Stärke heraus verhandeln‹, sage ich. ›Wieviel hat er wirklich geboten?‹

›Tausend! Laß mich runter!‹ Und sie quietscht und quiekt.

›Wieviel hat er im voraus bezahlt?‹ frage ich, denn ich bin ein ehrliches Mädchen.

›Die Hälfte im voraus! Laß mich runter!‹ Aber ich fliege allein hinab und fahre mit beiden Händen in den Safe, mit der Absicht, mir nur das zu nehmen, was mir rechtens zusteht, und ihre Gebühr dazu – aber als ich auf ihrem Bett saß und die glänzenden Goldstücke abzählte, da ertönt von der Tür her ein gigantisches Klopfen. Wer da auch klopft, er hat den schwarzen Krepp abgerissen, um seinem Begehr Nachdruck zu verleihen: Noch nie hat man so einen Höllenlärm gehört.

Das Gold hielt mich in der Falle fest, denn ich konnte es nicht über mich bringen, den gehäuften, glitzernden Schatz von mir zu werfen und zu fliehen, selbst als ich krachende Schritte auf der Treppe hörte. Toussaint kommt hereingerannt, bleich unter der Schwärze seiner Haut, macht die wildesten Gesten mit den Händen, und ihm auf dem Fuß folgen zwei große breite Lümmel, denen das Ende am Galgen im Gesicht geschrieben steht, in langen Gewändern, Sandalen und Umhängen, wie für eine komische Oper kostümiert, und zwischen sich tragen sie ein Fischernetz.

Ich breite sofort meine Flügel aus, aber wohin soll ich fliegen? Die Fenster sind alle zugenagelt … zur Decke hoch, und dort die ganze Nacht lang flattern? Mich meiner alten Madame am anderen Ende der Gardinenstange anschließen und dort mit ihr hängen wie ein Paar Wasserspeier? Ich wußte mir nicht zu helfen, und als ich umherflügelte wie der eingesperrte Vogel, der ich war, hatten mich diese Grobiane im Nu gefangen, das Netz eingeholt und schleiften mich die Treppe hinab, daß mir bei jeder Stufe der Hintern anschlug. Zurück blieben ein aufklaffender Safe, ein Haufen Geld, ein völlig verwirrter Bedienter und die alte Fledermaus, die hoch droben, halbwegs zum Himmel, baumelte, und weiter wird sie auch nie kommen, Fluch ihrer Seele.

Die Haustür knallte hinter dem um sich schlagenden Bündel aus Furcht und Federn ins Schloß, das ich nun war, ich werde in eine Kutsche gehoben, und in wirbelnder Fahrt geht es davon in die Nacht.

Ich fordere Auskunft von diesen Herren: Wohin bringt ihr mich? Aber beide sitzen still wie die Statuen mit verschränkten Armen da, starren geradeaus vor sich hin und sagen kein einziges Wort. Die Vorhänge sind zugezogen, die Pferde galoppieren dahin wie die wilde Jagd. Und ich finde mich mit dem Zufallsschicksal ab, Sir, da mir nichts anderes übrig bleibt.«

V

»Meiner Schätzung nach vergingen nicht mehr als zwei Stunden, ehe die Pferde ihren vorwärtsstürzenden Galopp verlangsamten. Wir hielten an. Einer der Ganoven hielt die Tür auf, und der andere nahm mir das Netz ab, wobei er es sich nicht nehmen ließ, meinen Busen ausführlich zu betatschen. Ich schlug ihm mit dem Ellenbogen in die Zähne, und er ließ mit einem Fluch von mir ab. Ich warf die Reisedecke um mich, wies die Hilfe der beiden Scheißkerle zurück und stieg stolz mit eigener Kraft aus der Kutsche, als sei ich eingeladen und nicht entführt.

Vor mir sah ich ein Herrenhaus im gotischen Stil, ganz mit Efeu überwuchert, und über den Türmchen schwebte ein dünner Mond, wie das Weiße eines Fingernagels, mit einem Stern in den Armen. In der Nähe heulte ein Hund. Um uns lag die geheime Stille waldbestandener Hügel. Obwohl das Haus in so altertümlichem Stil errichtet war, war es erst kürzlich erbaut worden: Neue, wie rohe Mauersteine waren unter dem Efeu erkennbar, und die Haustür aus künstlich rauchgeschwärzter Eiche war mit neuen Messingbeschlägen verziert, welche alten Nägeln nachempfunden waren. Diese Tür stand offen und ließ viel helles Licht aus der Eingangshalle nach draußen strömen.

Die Grobiane nahmen nun jeder einen von meinen Armen, wie vorher, und hätten mich wie eine Gefangene die Treppe hinaufmarschieren lassen, hätte ich mich nicht freigerungen – frei, aber nirgendwohin zu gehen als durch diese Tür, die sich krachend hinter mir schloß.

Nur die aktuelle Ausgabe der *Times* auf einer Eichentruhe war der Beweis, daß ich nicht auf irgendeine Weise zauberisch in ein früheres Zeitalter zurückversetzt worden war, wo alles neu war, *weil* es neu war, nicht weil es eine Imitation war. Ich stand in einem Vorraum mit quadratischem Grundriß, erbaut aus großen, quadratisch zugehauenen Steinen. Der Boden mit Pflastersteinen gedeckt, in der zentralen Wölbung der kannelierten Decke – sinnvollerweise – dasselbe Symbol des geflügelten rosigen Phallus, das Mr. Rosencreutz um den Hals trug. Dies war aus einem dunklen Stein gemeisselt, vielleicht aus Marmor. Alles hell erleuchtet – wie ich vermutete, elektrisch, aber die Lichtquellen waren hier und dort in Mauernischen verborgen.

Durch ein steinernes Portal war ein kleiner, ringsum holzgetäfelter Raum zu sehen, und ich erblickte einen Mann, der in einem von zwei geschnitzten Eichenstühlen neben einem niedrigen Eichentisch saß, auf dem eine Vase schöner weißer Rosen stand. Sein Gesicht war unkenntlich, da er in einem großen Buch las, wie eine Bibel, mit metallenen Schließen.

Einen Augenblick lang erkannte ich Mr. Rosencreutz nicht ohne seinen Hut – er war wirklich kahl wie ein Ei, sein Kopf glänzte, als hätte das Hausmädchen ihn mit demselben Tuch poliert wie das Tafelsilber. Auch hatte er nicht seinen pflaumenfarbenen Rock an, sondern eine Art langes, weißes Nachthemd, mit einem Strick gebunden. Als ich aber sein Medaillon sah, erkannte ich meinen Mann und bereute bitterlich die tausend Guineen, die ich bei Madame Schreck zurückgelassen hatte, ich kann's Ihnen sagen. Da fiel mir ein, wie die Abmachung gewesen war, halb im voraus, halb bei Lieferung, es war noch eine Rate fällig. Also sage ich sehr höflich: ›Guten Abend, Mr. Rosencreutz.‹

Jetzt läßt er sich herbei, sein Buch sinken zu lassen, und zweifellos bin ich für ihn ein enttäuschender Anblick, in dieser alten Decke und ganz zerzaust. Aber er läßt es sich nicht mit dem kleinsten Muskelzucken anmerken.

›Willkommen, Azrael‹, sagt er. ›Azrael, Azrail, Ashriel, Azriel, Azaril, Gabriel – dunkler Engel mit vielen Namen. Sei mir willkommen, der du dein Heim im dritten Himmel verlassen hast. Siehe, ich begrüße dich mit Rosen, die nicht weniger paradox und frühlingshaft sind als deine Gegenwart hier, die du wie Proserpina aus dem Totenreich heraufkommst, neues Leben zu verheißen!‹

Das ist natürlich alles schön und gut, aber in diesem Fall, dachte ich, könnte er mich zumindest einladen, Platz zu nehmen, und das fällt ihm überhaupt nicht ein – noch hat er mir nach meiner höchst anstrengenden Reise irgend etwas anzubieten, nicht einmal eine Tasse Tee, sondern lächelt mich nur fortwährend an; die armen alten Augen schwimmen in Wasser.

›Und was für ein hübscher Engel!‹ sagt er sentimental. ›Selbst wenn sie einen Fleck auf der Nase hat!‹

›Dann zeigen Sie mir mal das Badezimmer, daß ich mich waschen kann‹, geb ich zurück, und er hört abrupt auf, seine Neuanschaffung zu bewundern, als hätte er nicht erwartet, daß sie Widerworte gibt. Etwas bedrückt murmelt er: ›Durch diese Tür, die Treppe hinauf, erste Tür rechts auf dem Absatz‹, und wendet sich wieder seinem Buch zu, das – wie ich im Vorbeigehen sehe – in lateinischer Sprache geschrieben ist und sich nennt: *Mysterium Baphometis Revelatum.*

Was für ein Badezimmer, lieber Gott, so etwas von ›Ich lebt' in Marmorhallen‹! Und zolldicke Handtücher! Und Mengen von heißem Wasser dampften aus den Hähnen hervor! Das ist das wahre Leben, dachte ich, und goß eine halbe Flasche Limonenessenz in die Wanne, bevor ich mich in das aromatisch duftende Bad sinken ließ.

Aber vorher hängte ich als erstes meinen Unterrock vor das Schlüsselloch, damit Mr. Rosencreutz nicht einen heimlichen Blick riskieren konnte.

Nun, Sir, vielleicht fragen Sie sich, wie das mit meinen Flügeln ist, wenn ich ein Bad nehme? Wie bei allem Federvieh ist mein Gefieder wasserabstoßend, aber ganz so wie bei einer Ente, von deren Rücken das Wasser sprichwörtlich herunterrollt, ist es leider bei mir nicht bestellt. Am besten nicht die

Flügel durchnässen, oder es zieht mich nach unten. Ich kämme sie ein bißchen mit den Fingerspitzen, so weit ich reichen kann, und spritze sie noch ein wenig ab, und schüttele mich kräftig, und dann bin ich so gut wie neu. Also hab ich achtgegeben, daß meine Schwingen aus der Badewanne draußenblieben, aber meinen Rest hab ich ganz normal gewaschen, und mit seiner Zitronenseife und allem ging's mir ausgezeichnet.

Als ich mich mit dem Badetuch frottierte, hörte ich – hatte ich es nicht gewußt? – ein Rascheln und Kratzen an der Tür, und ich sage scharf: ›Das reicht jetzt! Und überhaupt komme ich erst aus diesem Badezimmer raus, wenn Sie mir etwas Anständiges zum Anziehen bringen!‹

›Nun, ich kann dir versichern‹, sagte Mr. Rosencreutz, ›es würde dir schlimm ergehen, Azrael, wenn du nach deinen Waschungen in denselben Fetzen wieder hervorkämst, in denen du hineingegangen bist, deshalb schlage ich ein kleines Rätsel vor. Magst du Rätsel, Azrael?‹

Ich sagte nichts.

›Wenn du mir dies Rätsel löst, gebe ich dir eine Prämie von hundert Pfund zusätzlich zu dem, was ich bereits schulde, und ohne daß es etwas mit Madame Schreck zu tun hat.‹

›Rätseln Sie los‹, sag ich sofort, und er gackert entzückt vor sich hin.

›Schöne Frau, die du weder das eine noch das andere bist, nicht Fleisch und nicht Fisch und doch wie ein Fisch im Wasser – hihi! hihihi! –, um das Ritual durchzuführen, für das ich dich engagiert habe, mußt du weder nackt noch bekleidet aus dem Wasser hervorkommen.‹

Er keucht und kichert hinter der Tür, entzückt von seiner eigenen Schläue.

›Und ich laß dich erst dann aus dem Bad heraus, wenn du es rätst!‹ fügt er hinzu. Dann dringt als einziges Geräusch sein schweres Atmen durch das Schlüsselloch.

Der Gedanke an diese hundert Pfund half meiner Konzentration sehr nachdrücklich, und ich setzte mich auf den Rand der Badewanne, bis ich die Rätselfrage gelöst hatte. Wie Sie sehen können, Sir, hat mir die Natur sehr langes und dichtes Haar geschenkt. Also hab ich es gelöst, gekämmt und mich damit in derselben Weise bedeckt, wie Lady Godiva sich flüchtig, doch züchtig auf ihrem berühmten Ritt durch Coventry eingehüllt hat. Ich hatte mehr als genug Haar, um mich darin zu bergen, gottseidank, aber wie nun das Ganze sichern? Ich flocht eine einzige Haarsträhne zu einem Zopf und schnitt sie mir mit Nelsons kleinem Schwert ab, das ich, wie stets, in meinem Mieder bei mir hatte. Und mit diesem Zopf gürtete ich meine Hüften, daß alles sicher war, und vergaß dabei nicht, darunter meinen vergoldeten Talisman zu befestigen, direkt auf der Haut, das können Sie mir glauben.

›Alles klar!‹ rief ich und schloß die Tür auf – und in einer Wolke zitronenduftenden Dampfes stehe ich plötzlich vor ihm, und er schluckt und gackert vor sich hin, halb erfreut, halb vielleicht enttäuscht, denn wer weiß, was er sich ausgedacht hat für den Fall, daß ich nicht die richtige Lösung finde.

Erfreulicherweise ist im Zimmer unten während meines Bades ein sehr substantielles Essen aufgetragen worden – Salat, Käse, ein kaltes Hähnchen. Und ich bin so ausgehungert, daß ich an einem Bein davon knabbere, obwohl ich sonst, wenn ich die Wahl habe, kein Huhn und keine Ente anrühre, kein Perlhühnchen, nichts, denn ich will nicht die Kannibalin spielen. Doch diesmal flüstere ich in meiner extremen Lage ein Gebet um Vergebung an meine gefiederten Vorfahren und greife zu. Und da steht auch eine sehr anständige Flasche Rotwein zum Hinunterspülen, und ich nehm mir auch davon. Mr. Rosencreutz fängt sogleich an zu schwatzen.

›Laß dir nicht einfallen, daß an unserem Treffen irgend

etwas Fleischliches, irgend etwas Unanständiges oder auch nur im entferntesten Körperliches ist – in dieser Nacht der Nächte, wo der leuchtende Stern in des Mondes keuscher Umarmung liegt, gerade über diesem Haus, was den göttlichen nachsintflutlichen Ablaß bedeutet, die Versöhnung des Entsetzlichen, denn es gibt eine geheime Weisung, die in jenem Motto bloßer Höflichkeit verwirrt und vernebelt wird – es heißt nämlich nicht: Honi soit qui mal y pense, sondern *Yoni* soit qui mal y pense, wobei Yoni natürlich in der Sprache der Hindus das weibliche Teil, oder die Leere, das fürchterliche Loch, den schlimmen Abgrund bedeutet, den Abyssos, Tief Drunten, den Vortex, der alles aufs schrecklichste nach unten saugt, hinab, hinab, wo das Entsetzen herrscht...‹

Also dies war die Bedeutung seines goldenen Medaillons! Der Penis – symbolisiert durch sich selbst – sucht den Aufstieg in höhere Sphären (die Flügel!), wird jedoch nach unten gezerrt (die ihn umschlingende Ranke) durch das weibliche Teil, symbolisiert durch die Rose. Hm. Hier haben wir's mit einer ketzerischen, möglicherweise manichäischen Version neoplatonischen Rosenkreuzertums zu tun, denk ich mir; aufgepaßt, Mädel! ermahne ich mich selbst.

Er ist selbst so entsetzt bei der Vorstellung jener Öffnung, daß der arme Alte nun langsamer murmelt und wimmert und stockt, obwohl ihm der Abgrund kaum fremd sein kann, pflegte jeden Sonntag zu kommen, bloß um sich zu überzeugen, daß es genauso schrecklich war, wie er sich's immer vorgestellt hatte. Ich schenk mir noch ein Glas Wein ein, um mich zu kräftigen, und auch eins für meinen Gastgeber, der's anscheinend nötig hat. Er stürzt es abwesend hinunter, und nach einigen Augenblicken hat er sein Gleichgewicht wiedergefunden und wendet sich glücklicheren Gedanken zu.

›Flora!‹ ruft er. ›Rascher, frischer Geist der erwachenden Welt! Geflügelt und nach oben strebend! Flora, Azrael, Venus

Pandemos! Dies sind nur einige wenige der Namen, mit welchen ich meine Göttin ehren könnte, aber heute nacht will ich dich oft und oft Flora nennen – denn weißt du nicht, welche Nacht nun herrscht, Flora?‹

Ich probiere einen Happen seines exzellenten Stilton und denke, während ich bedächtig den Käse koste, über den barocken Eklektizismus seiner Mythologie nach.

›Der dreißigste April‹, sage ich, mißtrauisch, ob sich nicht ein neues Rätsel hinter seiner Frage verbirgt.

›Und morgen ist der erste Mai, Flora mia‹, versichert er mir. ›In wenigen Momenten wird *dein* Tag anbrechen, die grüne Türangel des Jahres dreht sich. Die Tür des Frühlings öffnet sich und läßt den Sommer ein. Es wird der frohe Maienmorgen sein!‹

Nervös stärke ich mich mit einem weiteren Glas Wein.

›Nun ist bekanntlich der Maibaum ganz offensichtlich nichts anderes als eine Darstellung des Phallos, das heißt: ein Lingam, ergo ein durchdringender und befruchtender Speer wie die Lanze des Longinus – beachte dies *long*! Die lange Lanze des Longinus …‹ Doch hier zwinkert er und stottert, denn er ist drauf und dran, sich in seiner eigenen Mythologie zu verirren, und es wird ihm ganz artus- und gralmäßig, und gleich steckt er in der Sackgasse. Mit zitternder Hand schenkt er sich Wein nach und stolpert in seine Fruchtbarkeitsriten zurück.

›Maibaum, Phallus, Lingam – ha! Hinauf! Zieht ihn hoch! Da steht er! Morgen werden auf allen Dorfplätzen des guten alten England die heiligen phalloi dieser gesegneten Jahreszeit emporschnellen, und deshalb habe ich die heutige Nacht unter allen Nächten auserwählt, dich aus deinem dunklen Hause zu holen, aus dem Abgrund, dem Erebos des ewigen Winters, regiert von jenem alten Höllenzwerg Madame Schreck.‹

Nun paßte ja ›alter Höllenzwerg‹ eigentlich hervorragend

auf die besagte Mrs. S., und ich dachte mir, wo er recht hat, hat er recht, und besah den Verrückten freundlicher.

Würden Sie gern seinen Namen erfahren, Sir?« unterbrach sie sich plötzlich und warf Walser abrupt einen Blick zu wie scharfen blauen Stahl. Ihre Haarnadeln hatten alle unter den stürmischen Wogen ihres Viertelzentners Haar nachgegeben, das sie nun überall umfloß und umschwang, und sie schaute erhitzt und gerötet drein, was ihr ein wildes, mänadisches Aussehen verlieh. Walser fühlte sich in der Hitze ihrer vollen Aufmerksamkeit zusammenschrumpfen.

»Sie sehen ganz erledigt aus, Sir«, sagte Lizzie mit unerwarteter Fürsorge. Und Walser fühlte sich tatsächlich wie kurz vor dem Zusammenbruch. Die Hand, die dem Diktat der Frauen gehorsam wie ein Hündchen über das Papier folgte, schien nicht länger ihm zu gehören. Sie baumelte schlaff von ihrem Gelenk. Trotzdem:

»Nein, nein«, log er. »Alles in Ordnung.«

»Sie müssen den Namen dieses Gentleman erfahren!« sagte Fevvers nachdrücklich und ergriff sein Notizbuch, um ihn niederzuschreiben. Sie hatte eine schöne, feste, fließende Kursivschrift. Als er es las –

»Meine Güte«, sagte Walser.

»Ich hab erst gestern in der Zeitung gelesen, daß er im Parlament eine äußerst eindrucksvolle Rede über das Frauenstimmrecht gehalten hat. Wo er dagegen ist. Weil Frauen eine von den Männern verschiedene seelische Substanz besitzen, geistig anders beschaffen sind, insgesamt und überhaupt zu rein und rar und kostbar sind, um ihre hübschen kleinen Köpfchen mit den Angelegenheiten der Welt zu belasten, wie der irischen Frage und dem Burenkrieg.

Im Verlauf unserer endlosen, wenn auch einseitigen Unterhaltung eröffnet er mir, wie sehr ihn der Gedanke des Alterns ängstigt. Und wem ginge es nicht so! Wer fürchtet nicht das unerbittliche Kreisen des himmlischen Rades, von dem abzustürzen wir alle verurteilt sind, eines Tages. Und nach vielem Geräusper und Hin und Her und mystischem Drumherum läßt er endlich die Katze aus dem Sack: daß Artephius der Weise einen kabbalistischen Magneten erfunden hat, der insgeheim aus den Leibern junger Frauen ihr geheimnisvolles Fluidum der Jugendblüte, der Effloreszenz heraussog – ›Effloreszenz, Flora‹, sagt er mit bedeutungsvoller Betonung. Indem er sich mit seinen magischen Künsten ein Konzentrat dieser Fluida einverleibte und sich so ständig verjüngte, herrschte das ganze Jahr hindurch Frühling für Artephius, und so, hofft Mr. Rosencreutz, soll es auch mit ihm geschehen.

Darüber hinaus, gibt Mr. Rosencreutz zu bedenken, hat nicht König David selbst, als das Alter herankam, Abisag von Sunem in seinen Armen schlafen lassen, und so ›wurde ihm warm‹, und er lebte noch zwei-, dreihundert Jahre länger und wurde einer von den neun guten Helden? Er verbreitete sich auch über einen gewissen Signor Guardi, dem Mr. Rosencreutz selbst in Venedig begegnet war, und darüber, wie dieser Signor Guardi ihm ein Porträt seiner selbst zeigte, das ihn als jungen Mann darstellte, gemalt von Tizian. Was bewies, daß dieser Signor Guardi glatt dreihundert Jahre oder so alt war, und er hatte Mr. Rosencreutz erzählt, wie er sich von dreizehn jungen Mädchen aus den Apenninen am ganzen Leibe hat einreiben lassen, wobei das Massageöl ein Destillat aus Frühlingsblumen war und aus chemischen Extrakten, nur ihm selbst bekannt. Doch es glitt ein sehr verschlagen-verstohlener Ausdruck über Mr. Rosencreutz' Gesicht, als er von Signor Guardis Rezept redete, und ich dachte: Hier behält er etwas für sich.

Etwas aber eröffnet er mir: Seit er sich zuerst in den esoterischen Gesetzen und den magischen Künsten geschult hat, weiß er von meiner Existenz, von dem lichten Engel, der ihn aus den Fesseln des Materiellen erlösen wird, dem geflügelten Geist des universalen Frühlings – und er wußte auch, daß ich unter der Erde in der Hölle gefangen war. Hm, denk ich mir, und wieder hmm, als er in seinem Buch zu blättern und zu suchen anfängt und mit seinem Stumpffinger auf die Seiten einsticht, wo ihm gesagt wird, daß Tod und Leben alles eins sind. Und dann gleitet ihm das Buch vom Schoß, so sehr zittert er, und schließlich sagt er mir – errötend, sich verhaspelnd und mit gesenkter Stimme –, daß er glaubt, wenn er seinen Körper mit dem von Azrael, dem Engel des Todes, auf der Schwelle des Frühlings vereinigt, kann er den Tod selbst betrügen und für immer weiter leben, und Flora wird für immer frei von der Winterkälte sein.

Dies hat er in den sieben Wochen, seit er mich entdeckt hat, durch alle möglichen kabbalistisch-geometrischen Berechnungen bewiesen, deren Schlüsse er mir gerne zeigen will. Aber ich goß mir den Rest des Rotweins ein, ohne ihm etwas anzubieten, und dachte mir, daß zweitausend Guineen noch billig war, und sagte es ihm auch, aber er war zu tief in seine eigenen ekstatischen Träumereien versunken, als daß er mich gehört hätte. Ich dachte, zum allermindesten könnte er noch eine Flasche Wein auffahren, wenn er schon das ewige Leben zum Schleuderpreis bekam und ich nur den halben Gewinn aus diesem bizarren Geschäft zog, doch er war für den Augenblick blind und taub, lauschte nur den unsichtbaren Engeln, die ihm in die Ohren schrien, so daß ich laut mit dem Buch auf den Tisch schlug, worauf im Nu einer seiner Grobiane erschien – aus einer Art Geheimtür, die in der Täfelung verborgen war.

›Wenn der Herrr nicht durch die Gegenwart seiner Besucherin so überwältigt wäre, würde er sicherlich noch eine Flasche Wein kommen lassen‹, sage ich. ›Probieren wir mal den Achtundachtziger, wenn der Keller das bringt.‹

(Denn ein gutes Glas Wein schätze ich sehr, wenn sich die Gelegenheit ergibt, Mr. Walser.)

›... verglichen mit den hermetischen Adepten sind die

Monarchen arm zu nennen‹, murmelt Mr. Rosencreutz traumverloren, und der Grobian blinzelt mir zu, während er das schmutzige Geschirr aufs Tablett häuft, und flüstert: ›Seine Brieftasche hat er immer in der obersten Schublade im Schreibtisch im Schlafzimmer, wenn du sie findest, kannst dich an mich erinnern.‹

In der Tat kann ich mich an ihn erinnern, es ist der, der mir an den Titten rumgemacht hat, und beinahe tut mir mein armer Pinsel leid – von seinen Bedienten ausgenommen, von Scharlatanen genarrt; aber da kommt der Spitzbube mit der Flasche zurück, Mr. Rosencreutz erwacht, sagt: ›Was soll das? Kann deine geistigen Potenzen nicht durch niedere Säfte abstumpfen lassen!‹ und gießt den Rotwein in die Vase mit den weißen Rosen, die erröten. So muß ich auf einem entsetzlich harten Stuhl sitzen, durstig, daß mir die Zunge heraushängt, und auf die Morgendämmerung warten, damit wir unser Geschäft hinter uns bringen.

Denn mein Plan ist es, mir dann mein Geld auszahlen zu lassen und zu verschwinden.

Nicht – niemals! – zurück zu Madame Schreck natürlich, sondern direkt nach Hause nach Battersea, denn das, was Mr. Rosencreutz bereit ist, für das Privileg zu bezahlen, daß er ein Fetzchen Gewebe perforieren darf, damit kann meine ganze Familie hinfort behaglich existieren, das kann ich Ihnen sagen. Und ich verlebte die Stunden dieser kurzen Sommernacht glücklich genug, dumm wie ich war, denn ich war eifrig mit dem Bau von Luftschlössern beschäftigt, während Mr. Rosencreutz seine kryptischen Litaneien wiederholt, denn die Apotheose, die ihm, wie er glaubt, in meiner Umarmung winkt, erregt ihn dermaßen, daß er halb von Sinnen scheint.

Irgendwo schlägt eine Uhr die Stunden, und als es vier, viertel fünf ist, faßt er sich ein wenig und sagt mir, ich müsse mich nun vorbereiten.

›Wie soll ich mich vorbereiten, Meister?‹ frage ich listig.

›Durch reine Gedanken‹, erwidert er und nennt mich: ›Königin der Zweideutigkeiten, Göttin der Zwischenstufen, Wesen auf der Grenze der Arten, Manifestation von Arioriph, Venus, Achamatoth, Sophia.‹

Ich kann Ihnen kaum sagen, was für ein Schreck mich durchfuhr, als er mich ›Sophia‹ nannte. Wie war er auf meinen Taufnamen gekommen? Es war, als sei ich dadurch in seiner Macht, daß er meinen Namen wußte, und obwohl ich gewöhnlich nicht abergläubisch bin, wurde ich nun seltsam beängstigt.

›Herrin der Nabe des himmlischen Rades, Kreatur halb aus Erde, halb aus Luft, Jungfrau und Hure, Versöhnerin von Fundament und Firmament, Versöhnerin der gegensätzlichen Zustände kraft der Vermittlung deines ambivalenten Leibes, Versöhnerin der erhabenen Gegensätze von Tod und Leben, du, die du mir weder nackt noch bekleidet gegenübertrittst, warte nun mit mir auf die Stunde, da es weder dunkel noch licht ist, die Stunde der Dämmerung vor Tagesanbruch, wenn du dich mir hingeben wirst, ich dich aber nicht besitzen werde.‹

Hingeben, so ein Witz! dachte ich – bedenkt man die Summe Geldes, die hier den Besitzer wechseln sollte. Nach außen aber gab ich mich unterwürfig und fragte mit demütiger Stimme: ›Wie soll ich dies tun, großer Weiser?‹

›Den Rest des Rätsels mußt du zur vorbestimmten Stunde lösen‹, psalmodiert er. Das mußte mir also genügen.

Sie werden sich zu Recht fragen, Sir, warum ich nicht einfach aus dem Fenster hinaus und auf und davon bin, aber alles, was ich über meinen Aufenthaltsort wußte, war, daß er irgendwo in den Bezirken um London lag – genauer konnte ich es mir unmöglich vorstellen. Und da wäre ich in einer schönen Situation gewesen, mitten in unbekanntem Gelände, splitternackt, von Baum zu Baum mich weiterduckend wie ein gottverdammter Hund, den ganzen Weg bis nach Battersea!

Ich muß auch sagen, daß ich die freie Landschaft hasse und fürchte. Ich bin nicht gerne dort, wo keine Menschen sind, muß ich Ihnen offen sagen. Ich liebe den Anblick, den Gestank, das Gewirr der Menschen, und eine Landschaft ohne Menschen, ohne freundlichen Rauch aus dem Schornstein irgendeiner menschlichen Behausung, ist für mich wie eine Wüste. Nicht daß ich je besonders viel Zeit in Wald und Flur verbracht hätte, Gott sei Dank, aber manchmal zu Mutter Nelsons Zeiten hat sie uns an einem Feiertag im August alle in einen Landauer gepackt, und wir sind zum Picknicken in den New Forest gefahren, und ich war immer von Herzen froh, wenn ich wieder in der Whitechapel High Street angekommen war, denn da hab ich freier geatmet – Cockney bis auf die Knochen, Sir!

Außerdem, Sir, bin ich eine ehrenhafte Frau. Und der arme alte Idiot hatte schließlich pünktlich bezahlt, nicht wahr, wenn ich auch bis jetzt nichts von dem Geld zu sehen bekommen hatte. Aber ich machte mir große Hoffnungen auf die Tausend bei Vertragserfüllung, plus die Hunderterprämie, die er mir versprochen hatte. Ach, ich hatte mir bereits eins von diesen schönen großen Häusern am Lavender Hill gekauft und es für Gianni und Isotta und Violetta und Lizzie und mich und den Rest unserer Familie dort hübsch gemütlich eingerichtet.

Es war die verlockende Aussicht auf Bargeld, die mich dort festhielt, und außerdem dachte ich mir, na, mit dem alten Esel hast du keine großen Schwierigkeiten, wenn's Ernst wird, denn er sah mir ganz aus wie einer, bei dem es schnell geht und kommt. Und in meiner Unschuld dachte ich an ein schlimmeres Schicksal als an dieses nicht – gar nicht!

So verging die Zeit, wie sie es manchmal tut, er brabbelte vor sich hin, bis die Butzenscheiben blasser und heller wurden. Da brach es aus ihm heraus, er stimmte ein Lied an:

›Vereinigt euch! Oh, vereinigt euch alle!

Denn heute ist uns der Sommer bescheret.‹

Und er springt auf, dreht das Licht aus, wirft die Fensterläden zurück. Ein leichter Frühlingswind, noch ein wenig kühl, bläst ins Zimmer, und ich weichherziges Dummchen mach mir um seine ältliche Gesundheit Gedanken.

›Passen Sie auf Ihren bloßen Kopf auf, oder Sie holen sich den Tod!‹

Dieses Wort, ›Tod‹, hatte eine elektrisierende Wirkung auf ihn; er schrie auf und wieherte, krähte und brüllte, wobei er sich am Fensterrahmen festklammerte, als ob er ohne diesen Halt schlaff zu Boden fallen müßte, doch der krampfartige Anfall war bald vorbei, und er rief mit schwankender Stimme:

›O meine Verjüngerin! Die befruchtende Sonnenscheibe streift eben zuhinterst jenes Hügels empor! Leg dich auf den Altar!‹

Mr. Walser, Sir, so verlegen es mich macht, dies einem Mann auseinanderzusetzen, ich bin zwar *intacta,* wußte jedoch genug, daß mir klar war: würde ich mich auf den Rücken legen, würde es mir nicht nur keine Freude bereiten, der Versuch einer Verbindung auf diese Weise würde auch zu einem Chaos führen wie ein Ringkampf in einer Daunenkissenfabrik.

›Ihr dürft mich nur von hinten berühren, o großer Weiser, wegen meiner Federn!‹ warnte ich ihn hastig, obwohl mir gleichzeitig durch den Kopf geht, wie sehr er diese Öffnung verabscheut, und schon da, wie in einer blitzartigen Erkenntnis, kommt es mir, daß seine Vorstellung von Sexualmagie und die meine möglicherweise nicht übereinstimmen.

›Kümmere dich nicht darum!‹ rief er in seinem Wahn. ›Leg du dich nur hin!‹

Er kommt wieder zu mir her gehüpft und räumt den Tisch,

auf dem mein Abendessen serviert worden war, mit einem Schwung seines hageren Armes ab, daß Buch und Rosen zu Boden stürzen. Und doch war trotz all des heiligen Schrekkens seiner Züge in seinem blauangelaufenen Gesicht noch etwas anderes, das ich da sah, etwas, was mich entsetzlich beunruhigte, denn es war genau jener Ausdruck entschlossener Unartigkeit, den ich im Gesicht meiner Patentochter Violetta ertappt habe, wenn sie gerade dabei ist, ihre Finger in die verbotenen Herrlichkeiten des Schokoladeneises zu stekken. Und dann denke ich: Dieser Mann wird mir ein Leid tun.

Als er den Schatten des zögernden Widerwillens auf meinem Gesicht sieht, faßt er sich etwas und wappnet sich mit der ganzen Autorität eines Industriemagnaten, indem er wiederholt:

›Leg dich auf den Altar!‹

Verwundert und nachdenklich strecke ich mich mit dem Gesicht nach unten auf dem Eßtisch aus. Er nähert sich mit entschlossenem Schritt. Ich hätte die Zähne zusammengebissen und an England gedacht, hätte ich nicht bei einem Blick über meine Schulter ein glänzendes Etwas gesehen, das seinen haarigen hageren alten Schenkel entlanghing, als die Robe aufglitt. Dies Etwas war wesentlich aggressiver anzusehen als seine andere Waffe, das arme Dingelchen, das ungeladen, ungefüllt, ungeschärft umherbaumelte... im kalten, grauen Licht des Maienmorgens sah ich, daß dieses *Etwas* – eine Klinge war.

Blitzschnell zog ich meine eigene Waffe! Wie ich mir mein kleines vergoldetes Schwert lobte! Er wich zurück, plappernd: Unfair, unfair... er hatte nicht gedacht, daß der Engel bewaffnet kommen würde. Und doch, Sir, zustoßen konnte ich nicht und ein anderes sterbliches Menschenwesen verletzen, nicht einmal zu meiner Verteidigung... und offen gesagt fand ich es selbst in meiner großen unruhigen Verwirrung wahnsinnig komisch, zu beobachten, wie der arme alte Dummkopf völlig durcheinander war, daß seine Pläne schiefgingen, und er war ebenso hilflos, als ich ihm ins Gesicht lachte, wie beim Anblick des Spielzeugs von Mutter Nelson.

Ehe er sich noch fassen konnte, war ich wie der Blitz aus dem offenen Fenster, zwischen den zurückgeworfenen Läden hindurch, hinaus ins Freie. Obwohl es eng war, kann ich Ihnen sagen, und ich am Fensterrahmen genügend Federn ließ, daß man eine ganze Matratze damit hätte stopfen können. Der arme Irre stößt ein schrilles, quiekendes Kreischen aus, als er seine fleischliche Flasche voll *elixum vitae* entschwinden sieht, und erst jetzt kam er hinter mir her mit dem, was sich als ein alter Speer herausstellte, den er irgendwo gefunden hatte, und es gelang ihm sogar, mir am rechten Ballen eine Wunde zu versetzen, von der ich noch heute die Narbe trage – sehen Sie hier!«

Sie zog den einen Fuß aus dem Slipper und schob ihn auf Walsers Knie, wobei sein Notizbuch zu Boden fiel. Quer über die Sohle lief eine blasse, zusammengekniffene Naht durch das Fleisch.

»Augenschein«, sagte Lizzie, die ein Gähnen unterdrücken mußte. »Was man sieht, muß man glauben.«

Walser holte sich mit schwachen Bewegungen sein Notizbuch zurück.

»Von dem Sprung in die Höhe, am Vorabend in Madame Schrecks Schlafzimmer, einmal abgesehen, hatte ich meine Flügel glatt ein halbes Jahr nicht mehr eingesetzt, aber die Angst gab mir übermenschliche Kräfte. Ich stieg hoch, weg, fort von diesem bösen Ort, flog über den Maibaum auf dem Rasen vor dem Haus hinweg, dem sich gerade in diesem Moment ein Trupp Kinder näherte, die er im Dorf angeworben haben mußte; sie trotteten trotz des leichten Regenschauers in dünnen Gazegewändern herbei, mit Kränzen aus Gänseblümchen im Haar, bereit, für den schrecklich erfrischten Adepten zu tanzen und zu singen, der mich als Maiopfer haben wollte, Sir.

Sie stoben alle voll Angst auseinander und schrien nach ihren Mamas, als ich vorbeiflog.

Ich suchte in einem kleinen Wäldchen in der Nähe Zuflucht, in den hohen Ästen einer Ulme, wo ich eine schläfrige Schar Krähen aufstörte. Als ich wieder ruhiger atmen konnte, spähte ich hinaus, um zu sehen, was vor sich ging, und sah Mr. Rosencreutz' Grobiane, nun als Wildhüter gekleidet, das Unterholz nach mir durchsuchen; also blieb ich, wo ich war, bis es wieder dunkel wurde. Dann flog ich vorsichtig von einer Baumgruppe zur anderen, mich stets verbergend, bis ich zur Eisenbahnlinie kam und auf einem Güterzug mitreiste – ich kletterte zu einer Ladung Kartoffeln und zog mir die Plane über den Kopf, weil ich zu dieser Zeit noch nicht so hoch fliegen konnte, daß die Wolken mich verdeckt hätten, und ich kann mir kaum etwas Auffälligeres vorstellen (selbst bei Nacht) als eine nackte Frau, die dahinfliegt und versucht, den Telegraphendrähten auszuweichen, und über Streckenwärterhäuschen hinwegflattert – denn ich mußte der Eisenbahn folgen, um nach London zurückzufinden. Zu meiner großen Freude dampfte der Zug bald durch Clapham Junction, und ich schlüpfte gerade auf der Höhe des Batterseaparks hinaus, um so geschwind wie möglich durch das leere Dunkel die Queenstown Road hinaufzueilen, mich immer wieder hinter den Vorgartenhecken versteckend, bis ich glücklich daheim landete.

Und wen finde ich da in meinem eigenen Bett neben Lizzie – wen anders als Dornröschen?

Ich war so müde, so zerrupft, so hungrig und so erregt von meiner schlimmen Erfahrung, daß ich zusammenbrach und weinte, als für mich kein Raum mehr in der Herberge war, und Lizzie wachte auf.«

»Und hab ich mich vielleicht gefreut, sie zu sehen! Denn

Toussaint hatte uns alles erzählt, und wir hatten das Schlimmste befürchtet. Unser Haus war bis unters Dach mit den Flüchtlingen aus dem Hause von Madame Schreck vollgepfropft, und wenn Fevvers uns nun eine Geschichte zu erzählen hatte, oh!, was hatten wir für eine zu berichten! Ich machte ihr eine schöne Tasse Kaffee mit Milch, und sie bekam ein paar weiche Eier und Toast, und bald lächelte sie wieder. Was Toussaints Rolle in dieser kaum glaublichen Geschichte betrifft, Sir, so hat er alles auf ein Stück Papier geschrieben, das ich glücklicherweise in meiner Handtasche bei mir habe.«

Drauf grub Lizzie drei makellose Manuskriptseiten aus ihrer Tasche hervor (geschrieben auf Rechnungsformularen eines Eissalons); der Text lautete:

Nachdem die Männer gekommen waren und Sophia entführt hatten, war ich sehr beunruhigt und wäre ihnen gefolgt, hätte sich nicht die Kutsche zu rasch meinem Blick entzogen. Ich kehrte in das Haus zurück und ging in Madame Schrecks Zimmer. Obwohl die Witwenkleider noch von der Gardinenstange hingen, waren sie nun reglos. Sie bewegte sich nicht.

Der Gedanke kam mir, daß *nichts* mehr in den Kleidern geblieben sein mochte und daß vielleicht nie etwas in den Kleidern gesteckt hatte als ein paar vertrocknete Knochen, bewegt nur durch die Kraft eines infernalischen Willens, und eine Stimme, die nicht mehr gewesen war als der künstliche Ausstoß von Luft aus einer Blase oder einem Sack; daß sie nichts gewesen war – oder doch schließlich zu nichts anderem geworden war – als eine Art Vogelscheuche der Begierde. Ich stieg auf einen Stuhl und hob sie herunter. Sie war ohne Gewicht, wie ein leerer Korb, und ihre Handschuhe fielen mit einem weichen Klatschen auf den Boden. Ein wenig Staub sickerte aus den abgeschnittenen Fingern. Ich legte die Trauerkleider auf das Bett: Sie waren starr und trocken wie der abgestreifte Panzer eines Insekts.

Auf dem Schreibtisch lag ein Kaufvertrag. Sie hatte Fevvers an diesen Mr. Rosencreutz verkauft, nicht für zwei-, sondern für fünftausend Pfund, die Hälfte bei Vertragsabschluß direkt an Madame Schreck zu zahlen, der Rest... »nachher« an sie zu erstatten. (Alles, was man Fevvers gesagt hatte, war gelogen.) Dies »nachher« gefiel mir durchaus nicht, doch fand ich mich völlig hilflos vor der Frage, was nun zu tun sei. Ich wußte, daß ich der stumme Zeuge infamer Handlungen gewesen war, doch würde mir die Polizei glauben, daß ich, der letzte, der Madame Schreck lebend gesehen hatte, der erste gewesen war, der sie dann fand – nicht tot, denn wer kann jetzt sagen, wann sie gestorben ist, oder ob sie je gelebt hat, aber... dahingegangen? Und wer wußte besser als ich, welch mächtige Freunde die alte Kupplerin bei der Polizei besaß, da mir jeden Freitag, seit ich in ihre Dienste getreten war, die Aufgabe zugefallen war, einen gewichtigen Briefumschlag persönlich auf der Polizeiwache von Kensington abzugeben, mit strikter Anweisung, nicht auf eine Quittung zu warten?

Fanny half mir mit ihrer Stärke. Aus Madame Schrecks offenem Safe nahm sie das Geld, das Fevvers geschuldet war, und darauf – nach einigen Berechnungen – eine Summe, die ausreichte, die restlichen fünf, Dornröschen eingeschlossen, zu entschädigen für die Mühen, die sie an diesem elenden Ort erduldet hatten – keinen Penny mehr, keinen weniger. Nachdem sie ehrlich mit Madame Schrecks Nachlaß abgeschlossen hatte, sagte sie: »Und jetzt verschwinden wir ganz rasch, oder wir machen uns noch der Beihilfe zur Tat schuldig.«

»Welcher Tat?« fragte ich voller Furcht. Doch wir konnten nichts tun als zu beten, daß Fevvers' Klugheit und Phantasie sie vor Schaden bewahren würden. Als Zufluchtsort für uns Freundlose fiel mir nur die Adresse ein, die Fevvers selbst mir einmal gegeben hatte – jene, wohin ich das erste und einzige Geld gebracht hatte, das Madame Schreck ihr gab. Wir mußten uns entfernen, und zwar rasch, ehe die ersten Klienten der Nacht eintreffen würden.

Ich trug selbst das Dornröschen zu Madame Schrecks Kutsche in dem Stall im Hof. Ich würde als den mir zustehenden Teil den Wagen und das Pony nehmen; verdiente es der Sklave nicht, die Mittel zur Flucht als Erbteil zu erhalten? Wir kamen eben nach Mitternacht in Battersea an, und diese freundlichen Leute standen aus ihren Betten auf, um uns ein gastfreundliches Willkommen zu bereiten, trotz ihrer Aufregung, als sie vom Verschwinden ihres geliebten Mädchens erfuhren, und Isotta suchte für uns alle Matratzen, Decken und Lagerstätten zusammen.

Der nächste Tag schien uns endlos, wir waren in einem Zustand sich stündlich steigernder Erregung und warteten auf Nachricht von unserer schönen Freundin. Erst nach langen durchwachten Nachtstunden legte sich das Haus schließlich zu unruhigem Schlaf nieder, als sie dann wunderbarerweise zurückkehrte.

Walser las dieses Dokument, betrachtete die Gelehrtenhandschrift, die sichere Signatur, die nur allzuleicht überprüfbare Adresse. Er reichte es mit ergebener Bescheidenheit an Lizzie zurück. Sie verstaute es wieder, mit einem wohlgefälligen Nicken.

»Der Toussaint!« sagte sie. »Der kann mit Worten umgehen.«

»Was ist aus ihnen allen geworden, Sir?« fragte Fevvers und antwortete sich selbst sogleich: »Sie sind alle ihrer Wege gegangen! Isotta und Gianni, selbst die liebevollsten Eltern, haben das Wunder überredet, daß kein Kind so tief sinken kann, daß eine Mutter oder ein Vater sich nicht hinabbeugen würde, es wieder aufzuheben, und so ging sie zurück zu ihren Adoptiveltern, die vor Freude weinten, sie nach so vielen Jahren in den Schoß der Familie zurückgekehrt zu sehen, nachdem alle anderen Kleinen schon lange ausgeflogen waren. Albert/Albertina fand eine Stelle als Kammerzofe bei unserer reichen Jenny, obwohl er/sie sagt, das ständige Tragen von Frauenkleidern enge ihn/sie doch sehr ein, mag Jenny ihren Schatz nicht mehr missen. Fanny ging in ihre Heimat nach Yorkshire zurück, wo sie mit dem Geld von Madame Schreck in einer Fabrikstadt ein Waisenhaus für die Kinder von Arbeitern einrichtete, die bei Unfällen an den Spinnmaschinen ums Leben gekommen waren, und so hat sie nun zwanzig liebe Kinderchen, die ›Mama‹ zu ihr sagen. Glücklicherweise konnte ich, nachdem ich meine Karriere gemacht habe, einen guten Freund für das Schicksal von Spinnweb interessieren, den Akademiemaler Sir R–F––. Er erkannte ihren einzigartigen Blick und lehrte ihre Hand, dem Blick zu folgen. Nun hat sie einen bedeutenden Ruf als Chiaroscuro-Malerin, so daß man sagen könnte, daß sie zwar immer noch im Schatten lebt, jedoch nun auch von den Schatten leben kann. Und das Dornröschen –«

»– die ist immer noch bei uns.«

Pause, drei Herzschläge lang.

»Sie schläft. Und jeden Tag wacht sie nun ein klein wenig kürzer auf. Und Tag für Tag nimmt sie ein bißchen weniger Nahrung zu sich, als reue sie der kürzeste Augenblick des Wachens, denn nach den Bewegungen unter ihren Lidern zu schließen und nach den Gesten ihrer Hände und Füße im Schlaf, scheint es, als würden ihre Träume immer dringlicher und intensiver, als wolle das Leben, das sie in der abgeschlossenen Welt des Traumes führt, sie nun ganz in Besitz nehmen, als wären ihre kleinen, immer widerwilliger ertragenen Wachzeiten Unterbrechungen einer wesentlicheren Existenz, so daß sie ungern selbst die paar notwendigen Momente des Wachens mit uns verbringt, eines Erwachens so seltsam wie ihr Schlaf. Ihr wunderliches Schicksal – ein Schlaf, lebendiger als das Leben, ein Traum, der die Welt verzehrt. Und, Sir«, fuhr Fevvers fort, mit einer Stimme, die nun den ernsten, majestätischen Klang einer großen Orgel annahm, »wir glauben, daß ihr Traum ... das kommende Jahrhundert sein wird.

Und, o Gott ... wie oft sie weint!«

Es folgte eine tiefe Stille, in der die Frauen sich bei den Händen hielten, wie zum Trost, und Walser erschauerte, denn die Garderobe war nun kalt wie der Tod.

Dann trieb auf der lautlosen Nachtluft wieder der Klang von Big Ben zu ihnen herüber, aber der Wind mußte sich etwas gedreht haben, denn die ersten Schläge waren schwach, wie von ferne, und als sie sie hörte, erstarrte Fevvers und »stand« wie ein großer goldhaariger Jagdhund. Sie schob die Nase in die Höhe, als schnüffle sie die Witterung der Luft ein; die Nackenmuskeln spannten sich und spielten. Eins, zwei, drei, vier, fünf ... sechs ...

Während des winzigen, unmeßbar geringen Zeitraums, in dem der letzte Schlag erstarb, entstand ein schwindelndes Gefühl, als stürzten Walser und seine Gefährtinnen und die ganze Garderobe selbst auf einmal einen großen Schacht hinunter. Als hätte der Raum, der ohne Walsers Wissen auf irgendeine Art aus dem alltäglichen Zeitkontinuum herausgenommen worden war, eine Zeitlang über der dahinwirbelnden Welt gehangen und würde nun – fallengelassen, zurück an seinen Platz.

»Sechs Uhr! Schon so spät!« rief Lizzie und sprang mit erneuerter Energie auf. Doch Fevvers schien völlig überwältigt, erschöpft bis zum Zusammenbrechen, ganz plötzlich, wie vom Nachlassen eines gewaltigen Kraftfeldes. Ihre Brust flatterte, als wollte ihr Herz hervorfliegen. Ihr schwerer Kopf hing herab wie eine Glocke, die aufgehört hat, zu schlagen. Sie schien sogar von geringerem Umfang zu sein, zusammengeschrumpft auf Ausmaße, die nur ein klein wenig kolossaler waren als die gewöhnlich-menschlichen. Sie schloß die Augen und stieß mit einem langgezogenen Aufseufzen den Atem aus. Die Farbe wich aus ihren Wangen, und sie sah verfallen und stark gealtert aus im farblosen Licht des Morgens, welches das lila Glühen der Gaslampen leblos und unnatürlich erscheinen ließ. Es blieb Lizzie überlassen, die Geschichte zu Ende zu führen, was sie rasch und geschäftig tat.

»Nach unserem frohen Wiedersehen«, begann sie knapp, »als wir nun alle noch am Frühstückstisch saßen, obwohl wir schon lange fertig waren, wer kommt zu einem Besuch vorbei – Esmeralda und der Menschliche Aal mit einer kleinen Aalraupe im Kinderwagen. ›Sag mal, Fevvers‹, meint sie, ›hast du schon mal ans Trapez gedacht?‹«

Dann hüpfte Lizzie von ihrem Stuhl, fing an, die Unterwäsche auf dem Sofa zu ordnen und zu falten; sie entließ Walser mit diesem Signal. Fevvers aber regte sich ein wenig. Sie sah Walser im Spiegel an, fügte müde noch eine Coda hinzu.

»Der Rest ist Geschichte. Esmeralda verschaffte mir das erste Engagement im Cirque d'Hiver. Ich hatte mich kaum aufs Trapez gewagt, als ich schon Triumphe feierte. Paris, Berlin, Rom, Wien ... und jetzt mein eigenes geliebtes London. Am ersten Abend hier im Alhambra, nachdem ich über einen Berg von Blumensträußen von der Bühne geklettert bin, als Lizzie mir die Schminke runtermacht – gerade so, wie Sie uns hier gefunden haben –, klopft es an der Tür. Und da steht ein Mann mit einem flachen runden Hut und einer Weste über seinem Wanst, die aus der amerikanischen Flagge gemacht ist, die guten Stars und Stripes persönlich, Sir, und direkt über dem Nabel ein verdammt großes Dollarzeichen. ›Hallo, meine kleine gefiederte Freundin!‹ sagt er, ›ich bin hier, um dich reich zu machen!‹«

Sie gähnte, nicht wie ein Wal, nicht wie eine Löwin, wie ein Mädchen, das zu lange aufgeblieben ist.

»Und so werde ich zweifellos bald in Sankt Petersburg

Triumphe feiern, in Tokio, in Seattle, in San Francisco, Chicago, New York – wo immer ein Dachbalken hoch genug für mein Trapez sich findet, Sir. Wenn Sie jetzt mit allem zu Ende sind –«

Walser klappte sein Notizbuch zu. Es war kein Platz mehr, nicht für ein einziges Wort.

»Das bin ich. Sehr gut, Miss Sophie, ausgezeichnet.«

»Fevvers«, korrigierte sie ihn scharf. »Nennen Sie mich Fevvers. Und jetzt müssen Lizzie und ich heim und ins Bett.«

»Kann ich Ihnen einen Wagen rufen?«

»Um Himmelswillen! Gutes Geld für eine Droschke hinauswerfen? Wir gehen immer nach der Show zu Fuß nach Hause.«

Aber sie schwankte ein wenig, als sie aufstand. Die Nacht hatte ihren Tribut gefordert. Sie tauschte eine letzte unergründliche Grimasse mit ihrem verzerrten Spiegelbild.

»Entschuldigen Sie mich, Sir, ich muß mir was anziehen.«

»Ich werde am Bühneneingang warten, Ma'am«, sagte Walser und steckte sein Notizbuch ein. »Vielleicht gestatten die Damen, daß ich sie begleite?«

Sie sahen einander an.

»Oh... er kann bis zur Brücke mitkommen, oder?«

Der Pförtner in seinem knarrenden Ledermantel braute sich auf einem kleinen Ölofen Tee; er kochte nach indischer Art die Teeblätter, die Milch und den Zucker zusammen auf. Walser bekam ein kochendheißes Marmeladenglas davon ausgehändigt. Das Licht des Oktobermorgens verstärkte sich Augenblick um Augenblick, doch es wurde nicht eigentlich heller, es war ein grauer Tag mit tiefhängenden Wolken. Der Gehsteig draußen war mit dem Abfall des Vergnügens übersät.

»Ham Sie die ganze Nacht bei Fevvers verbracht, was?« sagte der Theaterpförtner, Walser mit einem konspirativen Rippenstoß zuzwinkernd. »Nicht so gemeint, Herr Doktor, nehm Sie's nicht übel. Die Lizzie ist ja der reine Wachhund. Außerdem ist sie 'ne richtige Dame, unsre Fevvers.«

Und doch sah sie nun aus – in ein altes schwarzes Tuch gewickelt, mit einem Gesicht, in dem sich die großen Knochen scharf abzeichneten, dunkle Flecken unter jenen blauen Augen, das lange Haar achtlos wieder aufgesteckt – wie irgendein Straßenmädchen, das nach einer erfolglosen Nacht nach Hause zieht, oder gar wie eine Lumpensammlerin, die die schmerzlich zusammengescharrte Beute einer Nacht auf dem Rücken in einem Sack heimträgt: die enorme Last, die zwischen ihren Schultern hervorragte, die sie nach unten zu beugen schien. Sie funkelte noch einmal auf, für den alten Pförtner theatralische Lebhaftigkeit imitierend: »Ich seh dich dann, alter Schlawiner!« Aber den Arm, den Walser ihr bot, lehnte sie ab, und sie gingen schweigend durch Piccadilly, zwischen den Frühaufstehern auf ihrem Weg zur Arbeit hindurch. Sie gingen um die Nelsonsäule, Whitehall hinunter. Die kalte Luft wurde durch den Morgen nicht frischer; es herrschte ein bedrückender Geruch nach Ruß und Pferdescheiße.

Am Ende von Whitehall, die breite Straße entlang, an der Mutter der Parlamente vorüber kam in raschem Trott ein Kohlenwagen, von klappernden, klingelnden Gäulen gezogen, und hinterher eine rasch zusammengeströmte Prozession von Frauen der ärmsten Klasse, ohne Mäntel oder Umschlagtücher, in Baumwollschürzen, in struppigen Unterröcken, abgetragene Hausschuhe an den bloßen Füßen, auch kleine Kinder ohne Schuhe, alle rannten und stolperten hinter dem Karren her, die Mädchen und Frauen mit ausgestreckten Schürzen, um jedes kleinste Kohlenbröckchen aufzufangen, das herunterfallen mochte.

»O mein London!« sagte Fevvers. »Die leuchtende Stadt! Das neue Jerusalem!«

Sie sprach so tonlos, daß er nicht erkennen konnte, ob sie es ironisch sagte. Sonst sagte sie nichts. Dies Schweigen nach solcher Beredsamkeit faszinierte Walser: Es war, als hätte sie ihn auf der dreisten Flugbahn ihrer stählern klingenden Stimme so weit geführt, wie sie konnte, ihn mit dem Garn ihrer Erzählung umknotet, und dann – innegehalten. Ihn fallengelassen.

Über dem leuchtenden Filigran des Parlaments deuteten die vergoldeten Zeiger von Big Ben auf fünf Minuten vor sieben. Beide Frauen schauten zum Zifferblatt empor und lächelten ein rasches, kleines Komplizenlächeln, dessen matten Schluß Walser bekam, als sie sich zu ihm wandte, um ihm die Hand zu schütteln. Ein kräftiger, fester, maskuliner Händedruck. Keine Handschuhe.

»Es war mir ein Vergnügen, Mr. Walser«, sagte sie. »Ich hoffe, Sie haben genug für Ihre Arbeit. Wenn Sie noch weitere Fragen haben, wissen Sie, wo Sie mich treffen. Von hier aus finden wir leicht allein nach Hause.«

»Es war mir ein Vergnügen«, stimmte Lizzie mit einer seltsamen, zusammenknickenden kleinen Verneigung ein und reichte ihm einen Glacéhandschuh.

»Das Vergnügen war ganz auf meiner Seite«, sagte Walser.

Der Minutenzeiger der großen Uhr über ihnen kroch über das Zifferblatt. Die Frauen brachen über die Westminster Bridge auf, in den verqualmten Süden Londons, gegen den ratternden Verkehr, der nun in die Stadt hineinströmte. Wegen des Größenunterschieds konnten sie nicht Arm in Arm gehen, und so hielten sie sich an den Händen, daß es von ferne aussah, als hole eine blonde heroische Mutter ihre kleine Tochter von einer unglücklich verlaufenen Expedition ins Westend zurück nach Hause – die Alter verwischt, die Beziehung verkehrt. Ihre Füße schleppten sich langsam dahin wie die Armut, doch auch das war eine Illusion: Mit Diamanten beworfen, mit Perlen überschüttet, war sie zu geizig, einen Wagen zu nehmen.

Die Uhr hustete den rasselnden Vorlauf zu ihrem Geläut,

und dann erklang die Melodie, welche dem Stundenschlag vorausging. Als der Wind plötzlich Fevvers' Haar packte, es aus den Nadeln riß und in einem hohen flachsblonden Bogen über den düsteren Fluß wehen ließ, erwartete er beinahe, daß sie selbst sich entfalten würde, ganz scharlachrotes Gefieder, und daß sie ihre kleine sorglich geführte Tochter, ihre Mutter, an die Brust ziehen und mit ihr hinauf zu den niedrigen Wolken wirbeln würde, hinauf und hinweg. Er schüttelte den Kopf, um sich die Flausen zu vertreiben.

Es schlug sieben. Nun so groß wie eine große Puppe, eine kleine Puppe, hatten sie das andere Ende der Brücke erreicht und blickten zurück; er sah die blassen Flecke ihrer Gesichter. Dann verdeckte sie der Verkehr.

»Droschke, Sir?« Das wartende Pferd blies schnaubend eine Fontäne Hafer über den Rand des Futterbeutels.

In seinem Zimmer in Clerkenwell wusch sich Walser, rasierte sich, zog ein frisches Hemd an und entdeckte, daß er an diesem Morgen dem gewöhnlichen Tee den »amerikanischen Kaffee« vorzog, an dem sich seine Wirtin zu seinen Ehren (wenn auch höchst ungeschickt) versuchte; Lizzie hatte seinen Magen in starkem Tee gebeizt, nach dieser Nacht mußte seine Speiseröhre mahagonibraun sein ... Er blätterte in seinen Notizen. Welch ein Auftritt! Der Stil! Die Kraft! Und wie hatten die beiden Frauen den Trick mit den Uhren inszeniert? Mit welcher Fingerfertigkeit... Ohrenkünste, besser gesagt... Als er seine eigene Taschenuhr hervorzog, sah er ohne Überraschung, daß sie genau um Mitternacht stehengeblieben war.

Aber wie hatte sie das gemacht, oder gewußt?

Merkwürdiger und immer merkwürdiger.

Ein Kriegskorrespondent zwischen den Kriegen und ein leidenschaftlicher Sammler unwahrscheinlicher Geschichten, unglaublicher Geschichten, ging er später am Morgen bei seiner Londoner Redaktion vorbei, wo sein Chef mit einem grünen Augenschutz über den letzten Meldungen aus Südafrika brütete.

»Wie war es bei der Cockney-Venus?«

»Es ist der Ehrgeiz«, sagte Walser, »eines jeden echten amerikanischen Jungen, von zu Hause wegzulaufen und zum Zirkus zu gehen.«

»Und?« fragte der Redaktionsleiter.

»Ich glaube, Chef, es ist Ihnen nicht ganz klar, wie gerne ich mal eine Pause zwischen diesen harten Reportagen hätte. Das Gelbfieber neulich in Panama hat mich doch mehr mitgenommen, als ich dachte. Lassen Sie mich ein Weilchen fern von den Schlachtfeldern arbeiten! Ich brauche Erholung. Ich muß mir mein Organ für das Erstaunliche aufpolieren. Was sagen Sie zu einer Artikelserie, ›hinter den Kulissen‹, über Exotik und Wunder, Lachen und Weinen und atemlose Spannung und überhaupt? Wie wäre es, wenn unser Mitarbeiter inkognito der begabtesten Schwindlerin der Weltgeschichte zu den wundersamsten Städten des Planeten folgen würde? Durch die weglose Einöde Sibiriens und dann … bis in das Land der aufgehenden Sonne?

Noch besser: Warum schreibt sich Ihr Mitarbeiter nicht inkognito zusammen mit Fevvers für Captain Kearneys Große Kaiserliche Tour ein? Die Story direkt aus der Manege! Chef, darf ich Sie zu einer langen Reihe von Zirkusnächten einladen?«

TEIL II

ST. PETERSBURG

I

»Es war einmal ein Schwein«, sagte die Babuschka zu Klein-Iwan, der, die Augen weit aufgerissen, neben ihr auf einem dreibeinigen Schemel in der Küche hockte, während sie die Holzkohlenglut unter dem Samowar mit einem großen Blasebalg schürte, der in hellen Farben bunt bemalt war mit den Blumen und Schnörkeln der Volkskunst.

Der von langen Mühen verkrümmte Rücken der Babuschka neigte sich demütig vor dem Gefäß, in dem es sprudelnd kochte, mit der ohnmächtigen Unterwerfung eines Menschen, der um eine Frist oder eine Gnade fleht, die sich – wie ihm bereits klar ist – nicht einstellen wird; ihre Hände, diese abgenutzten, geäderten Hände, die in Jahrzehnten unwillkürlich die Holzgriffe des Blasebalges poliert hatten, daß sie glänzend leuchteten, diese ihre uralten Hände entfernten sich langsam voneinander und gingen ebenso langsam wieder zusammen, in einer Geste hypnotischer Wiederholung, als wollte sie sie zum Gebet falten.

Als wollte sie die Hände zum Gebet falten. Aber stets im letzten Augenblick – als erinnerte sie sich, daß noch etwas im Haushalt zuerst besorgt werden müßte – fingen die Hände wieder an, sich voneinander zu entfernen. Dann verwandelte sich Martha wieder in Maria und widersprach der Martha in sich: was wäre wichtiger als das Gebet? Und doch, wenn die Hände wieder beinahe zusammengekommen waren, rief die Martha wieder die Maria zu jenem zurück, was vielleicht wirklich wichtiger war, was immer es sein mochte … und so immer fort. Wäre der Blasebalg unsichtbar gewesen, wäre solcherart das Drama der immerfort wiederholten Unterbrechung einer Abfolge erschienen, und das Bild der Alten, die mit dem Blasebalg die Holzkohlenglut nährte, hätte – wäre ein Wind gekommen und hätte ihr das Werkzeug fortgerissen

– eine kleine Allegorie von Fleisch und Geist und der Spannung zwischen beiden sein können, obwohl »Spannung« ein bei weitem zu energisches Wort dafür gewesen wäre, denn ihre Müdigkeit beeinflußte den Rhythmus dieser imaginären Unschlüssigkeit so sehr, daß man als Fremder einfach gedacht hätte: sie sei faul.

Mehr noch – zu Ihrer Arbeit schien eine Art unendlicher Unabgeschlossenheit zu gehören: die Frauenarbeit, die nie ans Ende kommt, die Arbeit aller Marthas und auch aller Marias, alle Arbeit, zeitlich wie geistlich, in dieser Welt und in der Vorbereitung für die nächste, die nie zu Ende sein wird. Immer wird eine widersprüchliche Anforderung jegliche Aufgabe ins Unendliche aufschieben. Also… gab es keinen Grund, sich zu eilen!

Was auch gut war, denn sie war… fast… am Ende der Kräfte.

Ganz Rußland lag in der Begrenzung, der Zurückgebundenheit ihrer Bewegungen beschlossen, und viel vom Wesen ihrer mißbrauchten und vertrockneten Weiblichkeit. Symbol und Frau, symbolische Frau, hockte sie vor dem Samowar.

Die Holzkohle wurde rot, dann schwarz, schwärzte und rötete sich im Rhythmus asthmatischen Stöhnens, das ebenso aus den erschöpften Lungen der Babuschka wie aus ihrem Blasebalg hätte dringen können. Ihre langsamen, ernsten Bewegungen, ihre langsamen, ernsten Worte waren von der Würde durchdrungen, welche die Hoffnungslosen haben.

»Es war einmal…« – puuh! – »ein Schwein…« – puuh! – »das ging nach Petersburg hinein…«

Petersburg! Da glühte die Holzkohle auf und zischte; Petersburg – allein der Name war eine Ermunterung, selbst wenn man dort lebte; selbst die erschöpfte Seele von Mütterchen Rußland regte sich ein klein wenig.

Sankt Petersburg, eine herrliche Stadt, die nicht mehr existiert. Heute reckt sich eine andere herrliche Stadt mit einem anderen Namen über die mächtige Newa. An ihrer Stelle stand einst Sankt Petersburg.

Rußland ist eine Sphinx. O großartige Unbeweglichkeit, alt, hieratisch, mit einer Flanke dich über Asien räkelnd, mit der anderen auf Europa, welch beispielhaftes Schicksal webst du aus Blut und Sehnen der Geschichte in deinem schlafenden Schoß?

Sie gibt keine Antwort. Die Rätselfragen prallen von ihrem Leib ab, dessen Seiten so fröhlich bemalt sind wie eine Bauerntroika.

Rußland ist eine Sphinx: Sankt Petersburg das wundervolle Lächeln auf ihrem Antlitz. Petersburg, lieblichste aller Halluzinationen, die zitternde Luftspiegelung, die man in der Wildnis des Nordens einen Augenblick lang zwischen dem schwarzen Wald und der vereisten See erschaut.

In der Stadt die süße Harmonie der geometrischen Perspektiven, draußen das grenzenlose Rußland und der nahende Sturm.

Walser unterbrach sich, um seine erkalteten Finger zu strecken und ein neues Blatt Papier in die Schreibmaschine zu spannen.

Auf den Befehl des Herrschers hin verwandelten sich die Felsbrocken der wilden Landschaft in Paläste! Der Herrscher streckte seine gebieterische Hand aus, zog das Nordlicht herab, hängte es als Kristallüster auf... Ja! Errichtet nach der Laune eines Tyrannen, der seine Erinnerung an Venedig an einer sumpfigen Küste am Ende der Welt unter einem unwirtlichen Himmel in Stein wiederauferstehn sehen wollte, trägt St. Petersburg, diese Stadt, Stein für Stein zusammengesetzt von Dichtern, Scharlatanen, Abenteurern und verrückten Priestern, von Sklaven, von Exilanten, trägt diese Stadt den Namen jenes Herrschers, der derselbe ist wie der des Heiligen, der die Schlüssel des Himmelreiches bewahrt... Sankt

Petersburg, eine Stadt, errichtet aus Hybris, Einbildungskraft und Begehren ...

Wie wir selbst zusammengesetzt sind; oder wie wir es sein sollten.

Die alte Frau und das Kind beachteten das Klappern der Schreibmaschine hinter sich nicht. Sie wissen nicht, was wir über ihre Stadt wissen. Sie lebten weiter, ohne Wissen, ohne Ahnung, in dieser Stadt, die dabei ist, zur Legende zu werden, aber noch nicht ganz soweit. Diese Stadt, dieses Dornröschen von einer Stadt regt sich und murmelt vor sich hin, sehnt sich nach und fürchtet sich vor dem groben und blutigen Kuß, der sie wecken wird; sie zerrt an den Ankertauen, die sie an die Vergangenheit ketten, will aufbrechen, voll Verlangen, durch die Gegenwart hindurch in die Gewalt jener authentischen Geschichte hineinzubrechen, zu der (wie mittlerweile allen klar geworden ist!) diese Erzählung nicht gehört ... *ihre Boulevards aus pfirsich- und vanillefarbenem Stuck verschwimmen in den Nebeln der Herbste ...* im Zuckersirup der Nostalgie nehmen sie den Charakter komplexer Künstlichkeit an – ich erfinde mir Stück für Stück eine imaginäre Stadt. Auf die trottet nun das Schwein der Babuschka zu.

»Es war einmal ein Schwein, das ging nach Petersburg hinein, und dort da wollt es beten«, sagte die müde Babuschka und legte den Blasebalg beiseite, auf dem die einzigen Blumen im sterilen Garten ihres Lebens blühten. Sie drehte den Hahn des Samowar auf und füllte ein Glas. Wie ihre alten Knochen schmerzten! Wie bitter sie es bereute, daß sie dem Kind eine Geschichte versprochen hatte!

»Was war dann mit dem Schwein?« drängte Klein-Iwan, ganz Augen und spillerige Beinchen, und kaute an einem heißen marmeladegefüllten Kuchen.

Doch es zeigt sich, daß die Babuschka sich nicht weiter um das Schwein und seine Geschichte bekümmern kann. Keine Scheherazade.

»Der Wolf hat's gefressen. Jetzt geh und bring dem Herrn den Tee und sei mir nicht immer im Weg. Geh nach draußen. Geh, Junge, geh spielen.«

Sie kniete vor der Ikone nieder. Sie hätte für die Seele ihrer Tochter gebetet, der Mörderin, wäre sie nicht so müde gewesen, daß ihr nur die körperlichen Rituale ihres Glaubens übriggeblieben waren.

Im schattendunklen fernen Winkel des hart-kärglichen, rußfleckigen Raumes saß Walser, eine undeutliche und doch lebhaft-auffällige Gestalt, an einem grob gezimmerten Holztisch vor einer verbeulten alten Underwood-Reiseschreibmaschine, seiner treuen Gefährtin in Kriegen und Aufständen, und schrieb laut ratternd seine ersten Eindrücke von der Stadt auf. Das Kind mit seinen Filzstiefeln schlich zögernd näher und stellte das Glas Tee so weit entfernt von dem Schreibenden wie nur möglich auf den Tisch.

»Spassibo!« Walsers fliegende Finger hielten inne, und er bot dem Jungen eines seiner wenigen russischen Worte wie ein Geschenk an. Klein-Iwan warf einen einzigen verstohlenen Blick auf Walsers Gesicht, das über und über mit roter und weißer Schminke bedeckt war, stöhnte leise und war verschwunden. In seinem ganzen einstigen Leben hatte Walser nie ein Kind erschreckt; dies Kind hatte sehr große Angst vor Clowns, eine tiefsitzende Furcht, in der Faszination keimte.

Walser las seinen Text durch. Die Stadt drängte ihn zu Hyperbeln – noch nie hatte er mit so vielen Adjektiven um sich geworfen. Walser der Clown konnte, so schien es, sein Wörterbuch mit solchem Enthusiasmus durch die Luft wirbeln lassen, daß Walser der Berichterstatter dabei etwas verlegen wurde. Er lachte leise vor sich hin, als er daran dachte, wie sich die Stirn seines Chefs bei der Lektüre dieses Berichts runzeln würde, und ließ zwei rauhe Rechtecke grauen Zucker in das Glas mit der bernsteinfarbenen Flüssigkeit gleiten – er hatte zu große Achtung vor seinen Zähnen, um den Zucker so wie die Babuschka zwischen kleinen Schlucken wie kostbare Bonbons zu lutschen. Wieder keine Zitronen. Die Clowns waren in den ärmsten Häusern einquartiert.

Er spürte Zug an seiner Stirn. Seine Maske war vom Typ »Dummer Junge«, mit weißem Hemd, weiten kurzen Hosen, komisch übertriebenen breiten Hosenträgern, eine Schülermütze oben auf eine zerzauste Perücke gestülpt – und diese war ins Rutschen gekommen. Hastig rückte er sie zurecht und wandte sich wieder der Tastatur zu. Datum, Sankt Petersburg, eine mit Läusen und Perlen besetzte Stadt. Undurchdringlich verborgen hinter einem fremden Alphabet. Eine wunderschöne, ranzig angegangene, unleserliche Stadt. Draußen auf dem schmutzigen Hof fingen Klein-Iwan und seine Freunde eine streunende Katze und hielten sie fest, daß sie mit ihnen auf und ab auf den Hinterbeinen über die Pflastersteine gehen mußte. Sie wollten die arme, verhungerte, erbärmlich maunzende Kreatur tanzen sehen, gerade so wie ihre Vettern, die eleganten geheimnisvollen Tiger, in Colonel Kearneys Zirkus tanzten.

Wenn ein Schwein zum Gebet nach Petersburg trottete, so reiste ein anderes weniger frommes Ferkel zum Vergnügen und in Geschäften nach Petersburg, zwischen seidenen Laken in einem *wagon lit* erster Klasse. Dieses glückliche Schwein, die enge Freundin des großen Impresario, besaß besondere Begabungen: Sie konnte jedermanns Schicksal und Bestimmung mit Hilfe eines auf Kärtchen geschriebenen Alphabetes herausbuchstabieren – ja, in der Tat! konnte mit ihrer Trüffelschnauze die Zukunft aus vierundzwanzig Großbuchstaben herausriechen, wenn sie ordentlich vor ihr aufgereiht lagen, und das war bei weitem noch nicht die Summe ihrer Talente. Als Walser sich zuerst im Hotel Ritz in London vorstellte und um eine Anstellung beim Zirkus nachsuchte – Elefantenfüttern, Pferdestriegeln, was immer seine Anonymität wahren würde –, bat Colonel Kearney sein Schwein um eine Stellungnahme, ob er den jungen Mann nehmen solle oder nicht.

»Ich hab schon immer viel Schwein gehabt«, sagte Colonel Kearney im unnachahmlichen Singsang Kentuckys. »Gestatten Sie, daß ich Ihnen das Schwein vorstelle.«

Liebevoll in seine Ellenbeuge geklemmt trug er eine magere, agile junge Sau, deren Kopf – was sie so enthauptet aussehen ließ wie Johannes den Täufer, dessen Kopf auf einer Schüssel hereingetragen wird – auf einer breiten, steifgestärkten weißen Taftkrause saß. Ihre kleinen Schweinsfüße, zierlich wie die einer Spitzentänzerin, hatte sie säuberlich unter der Brust gefaltet, und ihre raschen, hellen, nicht unfreundlichen Äuglein schauten Walser glitzernd an wie rosa Kristallämpchen. Sie war von herrlich rahmgelber Farbe und glänzte wie ein Schwein aus Gold, denn der Colonel massierte sie jeden Morgen mit dem feinsten Olivenöl aus Lucca, damit ihre zarte Haut nicht aufsprang. Der Colonel fuhr ihr nun zärtlich unters Kinn, daß ihre lose herabbaumelnden Ohren flappten.

»Mister Walser – Sybil, meine Partnerin im Großen Spiel.«

Der Colonel lag bequem in einen Drehstuhl gefläzt, die Lackstiefel vor sich auf dem Schreibtisch ausgestreckt zwischen den Ingredienzien für einen morgendlichen Julep – die Flasche Bourbon, der Kübel mit Eiswürfeln, ein Büschel Minze, deren frisches Grün die Luft durchdrang. Ein kleiner dicker Mann mit kurzen, pfeffer-und-salz-farbenen Haarstoppeln, passend zu dem Ansatz eines Ziegenbärtchens an seinem Kinn – für den Haarwuchs besaß er keine große Fertigkeit. Eine Stumpfnase und lilaschimmernde glattrasierte Wangen.

Eine Kupferschließe, geformt wie ein Dollarzeichen, hielt den Ledergürtel genau unter seinem Dickbauch zusammen – wohl das Dollarzeichen, von dem Fevvers gesprochen hatte.

Selbst hier privat in der relativen Zurückgezogenheit seiner Suite trug der Colonel sein Kostüm, das insgesamt ein einziges Markenzeichen war: ein Paar enggeschnittene rot-weiß gestreifte Hosen und eine mit Sternen übersäte blaue Weste.

Die amerikanische Fahne selbst, Old Glory, oben mit einem vergoldeten Adler besetzt, baumelte mit großartiger Beiläufigkeit in der Ecke von einer achtlos abgestellten Stange – vielleicht mochte er wirklich in Kentucky geboren sein, aber ein patriotischer Südstaatler war er nicht! Es hingen keine Profitmöglichkeiten heutzutage an der Fahne von Dixie: Er war allemal für die Stars and Stripes. Seine bis zu den Ellenbogen hochgerollten Hemdsärmel waren mit vernickelten Bändern festgeklammert. Sein altmodischer Gehrock mit langen Schwalbenschwänzen hing von der Lehne seines Stuhls, auf deren Ecke seine Melone hockte. Wie wiederkäuend schmatzte er an einer Havanna, lang wie ein Kinderarm. Duftender violetter Qualm taumelte träge um seinen Kopf.

Die damastbespannten Wände seines Zimmers waren mit einer unsicher schwankenden Reihe von Plakaten behangen, auf denen Walser zum ersten Mal mit denen bekannt wurde, die seine Reisegefährten sein sollten: die junge Dame mit der großen Raubkatze, die sich die Prinzessin von Abessinien nannte; Der Große Buffo mit seiner Truppe weißgeschminkter Clowns; Monsieur Lamarcks Gelehrte Affen (»Sie beantworten alle Fragen mit affenartiger Geschwindigkeit«). Seiltänzer, erderschütternde Elefanten – endlos waren die Wunder, die der Colonel um den Erdball karren wollte, friedlich vereint unter dem Zeichen der Dollarnote.

Und da war auch sie wieder, Fevvers, das größte Wunder von allen: schwungvoll zeigte sie Walser ihr imponierendes Rückgrat, indem sie sich zu irgendwelchen höheren Sphären jenseits des Rahmens emporhob. So viele Plakate – es war, als hätte sich der Colonel innerhalb der allzu soliden Mauern des Hotels ein leichtes, momentanes, wundervolles Zelt errichtet. Nicht nur drängten sich die bunten, locker an die Wände gesteckten Plakate raschelnd aneinander, als wetteiferten sie um Aufmerksamkeit, sich blähend und bauschend, auch aus einem riesigen Papierkorb ergoß sich ein gewaltiger Katarakt von Zeitungsausschnitten, Verträgen, Geldscheinen (der Papierkorb als Aktenschrank) –, und alles zappelte und knisterte im Zug vom Fenster her, das sich auf die muntere Unruhe des Piccadilly Circus öffnete. Alles drinnen schien in Bewegung, wollte auf und davon.

Auf dem Boden neben dem Colonel stand ein beruhigend bewegungsloses Faß mit Äpfeln. Von Zeit zu Zeit beugte sich der Colonel vor und griff sich einen für Sybil, die ihn im Flug aufschnappte.

»In der Tat, Sir, wir sind schon lange Experten, wir sind Veteranen des Großen Spiels, Sybil und ich«, fuhr die heisere Stimme des Colonels fort. Er nahm die Zigarre zwischen seinen verfärbten, lückenhaften Zähnen hervor und starrte mit zusammengekniffenen Augen vertraulich auf die glühende Spitze. »Vor Jahren, ach, vor Jahren drunten auf der Farm von Daddy in Lexington, Kentucky, ich war ja noch ein Kind, ging einem richtigen Schwein gerade bis ans Knie, nicht wahr, Sybil, da machte ich die Bekanntschaft der wunderbarsten kleinen Dame, die je Schweinemast gefuttert hat, Anwesende immer ausgenommen, jawohl Sir! Das war von Miss Sybil hier die ureigene Urgroßmama, Sir. Die erste in der großen Dynastie meiner borstenbewehrten Assistentinnen.

Ich war als junger Mann arbeitsscheu, aber hartnäckig, und ich hatte mein ganzes elftes Lebensjahr damit verbracht, die Technik der Hosenflöte zu meistern, Sie verstehen, was ich meine? Bin in der Schule auf die Bank gesprungen, wenn der Lehrer uns den Rücken gekehrt hat, und hab den Refrain von ›My Old Kentucky Home‹ mit dem Hintern geblasen, während er die hauptsächlichen Flüsse und Gewässer Europas an die Tafel geschrieben hat, so war ich eben, junges Blut, konnte mich auf alles konzentrieren, wenn es nur keinen Nutzen hatte, und sobald ich Sybils Urgroßmama sehe, denk ich mir: das ist mal eine Herausforderung!

Hab die Schule geschwänzt, hat mich drei Monate pausenloser Anstrengung gekostet, bis das alte Mädchen auf den Hinterfüßen stand und die Fahne schwenkte. Hab mir zuerst ja gar nichts gedacht dabei, nur damit die Zeit vergeht, aber nachdem ich drunten in der Bar meinen ersten Nickel für den Anblick des patriotischen Schweins kassiert hatte, jawohl Sir! da waren wir auf unserem Weg. Früh krümmt sich undsoweiter, Sie wissen Bescheid, junger Mann? Mein universales Fest, meine Oper fürs Auge, meine an alle Orte versetzbare Feier des Lebens und Lachens – all das begann an einem stikkigen südlichen Morgen vor all diesen Jahren, als die Urgroßmama von Miss Sybil hier sich tatsächlich auf ihre Hinterfüße gestellt hat und mich so etwas gelehrt hat, was ich in der Schule nie erfahren hatte – wissen Sie, was das war, junger Mann?«

Breit durch den Vorhang aus Zigarrenrauch hindurchgrinsend hielt er inne, nicht weil er auf eine Antwort wartete, sondern wegen des Effekts – und dann rief er laut, zufrieden, fröhlich das Motto des Großen Spiels: »Den Narren brennt das Geld in der Tasche!«

»Ho! Ho! Ho!« dröhnte er, wie der Weihnachtsmann. »Wie wär's mit noch einem Julep?« Einen Vorrat an Gläsern bewahrte er in der rechten Schreibtischschublade auf.

»Und Sie kommen also aus dem sonnigen Kalifornien, via Kap Horn, junger Mann? Und wie jeder echte amerikanische Junge möchte er davonlaufen und mit dem Zirkus weiterziehen ...«

Seine blaßblauen kleinen Augen, die wie rotumrandete Kiesel glänzten, irrten nach da und dort: Er hörte nie auf, einen anzusehen, nie aber geschah es direkt. Beruhigend war seine Gesellschaft nicht, unter der Oberfläche seiner Jovialität lag etwas Ruheloses, Unstetes, Turbulentes, er ließ sich von niemand für dumm verkaufen und nahm keine Rücksicht auf Dummköpfe. Walser hatte keine besonderen Fähigkeiten zu bieten, konnte nicht auf dem Hochseil gehen und wäre auf dem Zebra geritten wie ein Matrose zu Pferde, und doch sagte seine reichliche Intuition dem Colonel, daß sich dieser gutaussehende junge Mann billig anstellen ließe, daß er stark war, flexibel, vielleicht auf der Flucht, sicher ein günstiger Kauf, aber, möglicherweise, nicht trotz, sondern wegen alledem ein Risiko. Der Colonel zog seine Partnerin zu Rate.

»Was meinst du, Sybil? Heuern? Feuern?«

Sie legte einen Augenblick lang den Kopf zur Seite und betrachtete Walsers Gesicht genau. Dann stieß sie einen seltsamen, knurrigen kurzen Quietschlaut aus – und nickte, mit flappenden Ohren.

»Nun, ein hübscher junger Mann wie Sie kann ja wohl einer schönen Dame beim ersten Blick den Kopf verdrehen«, bemerkte der Colonel verführerisch und schaute Walser wieder von der Seite an. Er zog sich den speichelgeränderten Zigarrenstummel aus dem Mund und klopfte sechs Zoll Asche auf den Teppich. Dann holte er den berühmten Satz eselsohriger, fettfleckiger Alphabetkarten aus der Westentasche, ließ sie prüfend zwischen den Fingern rauschen, ob alle da waren, fegte mit einem Schwung seines Armes die ganze Unordnung vom Tisch. Die leere Bourbonflasche plumpste harmlos auf einen rotbebänderten Stapel Vorladungen. Schweratmend legte der Colonel die Karten aus, während Walser erstaunt und amüsiert zusah. Der Colonel ließ das kleine Schwein auf alle viere zu Boden fallen, direkt vor die Karten mit den Blockbuchstaben.

»Nun sag mir als nächstes, Sybil, auf welche Art und Weise kann uns der kühne Caballero hier nützlich sein?«

Sybil studierte die Karten einen Augenblick lang, warf

Walser wieder einen Blick zu, schien eine kurze Zeit gedankenverloren und stupste dann, mit ihrer suchenden Schnauze, die Lösung zurecht: C-L-O-W-N.

Und setzte sich zufrieden auf die Hinterbeine. Der Colonel belohnte sie, indem er reichlich Beifall klatschte und ihr einen Apfel zuwarf, stülpte nun den Papierkorb um und enthüllte in seinen raschelnden Tiefen ein ganzes Lager »Old Grandad«. Er zog einer frischen Flasche den Korken – »Eis und Minze vergessen wir jetzt mal« – und goß ihren Gläsern zu. Das Schwein sprang ihm auf den Schoß, wo es mit Streicheln und Schmätzchen willkommengeheißen wurde, aber die ruhelosen Augen des Colonels, klar wie die Sybils und ohne die roten Ränder des Trinkers, wanderten auf Walser hin und her: Was spielt der für ein Spiel, was will er, was treibt er? Ist er so blöd, wie er aussieht, oder noch blöder?

»So, junger Mann«, sagte er, »da wären Sie nun ein Erster Mai. Fragen Sie mich nicht, wie dieser Übername aufgekommen ist – so nennt man bei uns die Neophyten, die Jungfrauen der Manege, die grünen Anfänger der Kunst des Spielens. Nur ein paar Fragen. Zunächst: scheut sich das liebe Kleine vor Wanzen?«

Als Walser lachend den Kopf schüttelte: »– das ist hervorragend, denn es gibt für Wanzen nichts Besseres als einen Zirkuszug. Ein Zirkus ist für *cimex lectularius* ein einziges großes Festessen, der Zirkuszug ein einziger Speisewagen.«

Er brachte es nun fertig, Walser mit seinem zuckenden Blick eine ganze Sekunde lang direkt zu fixieren, gleichzeitig aber kaute er weiter auf der Zigarre, daß der Rauch um ihn aufsprang, und seine knochigen Finger mit den abgenagten Nägeln zogen immer wieder an Sybils Ohren. Auch das Schwein legte den Kopf schief und starrte den jungen Mann aufmerksam an, als wäre auch sie erwartungsvoll gespannt, Walsers Antwort auf die zweite Frage des Colonels zu hören, die er nun stellte:

»Und wie hält es Demütigungen aus?«

Verblüfft hustete Walser an seinem Schluck Bourbon.

»Wie ich sehe, haben Sie nicht die geringste Ahnung von der Arbeit eines Clowns«, sagte der Colonel mit melancholischer Stimme. »Nun gut. Mir ist's recht. Manche sind als Narren geboren, manche werden zum Narren gehalten, manche machen selbst einen Narren aus sich. Nur zu. Machen Sie einen Narren aus sich. Ich nehme Sie als Lehrling für Dummen August – Vertrag: sechs Monate, wir nehmen Sie mit quer durch Sibirien. Sibirien! Ah, diese Herausforderung, dieses Abenteuer! Die Stars and Stripes über der Tundra!«

Er warf behende Sybils Ohr nach oben, fuhr mit den Fingern hinein, zog eine lange Reihe kleiner Seidentaschentücher, bedruckt mit der amerikanischen Flagge, hervor und schwenkte sie über seinem Kopf.

»Ich kann doch wohl bei einem amerikanischen Landsmann davon ausgehen, daß er die ruhmvolle Größe des Unternehmens erfaßt! Alle Nationen vereint im großen Spiel, unter dem Banner der Freiheit! Sehn Sie den tiefen Sinn, junger Mann? Die Stars and Stripes über der Tundra, gekrönte Häupter neigen sich vor dem demokratischen Spektakulum! Und dann, denken Sie doch nur, Elefanten voran zum Land der Aufgehenden Sonne, junger Mann! Hannibals Elefanten senkten ihre Stoßzähne nach den Alpen, aber meine sollen um die ganze Welt ziehen! Noch niemals zuvor in der gesamten Geschichte der Unterhaltung hat ein freier a-me-ri-kanischer Zirkus den Globus umrundet!«

Welche visionäre Kraft!

»Und nach diesem beispiellosen und epochalen historischen Ereignis werde ich Sie sanft und sicher zu Hause in den guten alten Staaten absetzen. Yessir!«

Und damit hieb er mit der Faust (die immer noch die ineinander verknüpften Seidentücher hielt) auf den Schreibtisch, daß Flasche und Gläser klirrten, und rief, ganz ohne Ironie und Spott und offensichtlich aus der Fülle eines froh erregten Herzens:

»Willkommen beim Großen Spiel!«

Als Walser sich zum ersten Mal schminkte, schaute er in den Spiegel und erkannte sich nicht. Und wie er den Fremden betrachtete, der fragend aus dem Spiegelglas zurücksah, spürte er den Beginn eines schwindelerregenden Gefühls von Freiheit, das ihn während der ganzen Zeit beim Zirkus des Colonels nie völlig verlassen sollte – bis zu jenem letzten Moment, als sie sich trennten, erfuhr er die Freiheit, die hinter der Maske liegt, in der Verstellung: die Freiheit, mit dem eigenen Wesen zu jonglieren und mit der für unser Wesen entscheidenden Sprache, jene Freiheit, die das Herz der grotesken Komik ist.

Nach Beendigung ihrer ewig wiederholten Gebete legte sich die Babuschka auf den Ofen und begann bald zu schnarchen. Walser tippte »ENDE« unter seinen Bericht, da er fürchtete, das Klappern der Maschine könnte ihren greisen Schlaf stören. Er wollte keine Aufmerksamkeit auf seine journalistische Tätigkeit lenken, aber er war zu seinem August-Kostüm verdammt, solange der Zirkus in der Stadt war, denn die Clowns liefen als wandelnde Plakate für Colonel Kearneys Zirkus umher. So ging er zur Küchentür und pfiff nach dem kleinen Iwan. Selbst wenn das Kind die Gegenwart der Clowns als unaussprechlich beunruhigend und unheimlich empfand, konnte man es mit ein paar Kopeken bestechen, daß es von seinem Spiel weglief und Walsers versiegelten Umschlag zur britischen Botschaft brachte, wo er dann diskret im Kuriergepäck nach London zurückkehren würde. (Walser sah, wie sehr das Kind es verabscheute, seine Hand zu berühren.)

Wenn er nicht in der schreienden, spottenden Gesellschaft

des halben Müßiggangs und Straßenbettels der großen Stadt zur Arbeit gehen wollte, mußte er sich durch Nebenstraßen drücken, durch stinkende wäscheverhängte Gäßchen, an den düsteren Toren kahler Mietskasernen vorbei. Von dieser schönsten aller Städte hat Walser am Ende tatsächlich nur die abstoßend häßliche Rückseite gesehen – eine gelbe Lampe im Fenster eines Drogisten, zwei nasenlose Frauen unter einer Straßenlaterne, ein in einen Torweg gerollter Betrunkener in einer Lache Erbrochenem... Eis im Fell des toten Hundes, der einen dreckigen Kanal hinuntertreibt. Nebel und der aufziehende Winter.

Fevvers, die sich im Hotel de l'Europe unter einem venezianischen Lüster zusammenkuschelt, hat von der Stadt, in der Walser wohnt, nichts gesehen. Sie hat Schwäne aus Eis gesehen, zwischen den Flügeln reich mit Kaviar besetzt; Kristall und Diamanten; sie hat all die hellstrahlenden, durchsichtigen, luxuriösen Dinge gesehen, bei deren Anblick ihre blauen Augen vor Begierde zu schielen beginnen.

Ihre Wege laufen nur im Ziegelgewölbe des kaiserlichen Zirkus selbst zusammen.

II

Der Colonel schmeichelte, insistierte, flehte, forderte, daß Old Glory, die amerikanische Flagge, während seines Besuchs die eigene Fahne des Zaren am Flaggenmast ganz oben auf dem Kaiserlichen Zirkus ablösen sollte – und da hing sie nun, schlaff, als sei sie der Lethargie der fremden Lüfte erlegen. Der Zirkus selbst, erbaut, um in Permanenz Spektakel des über die Schwerkraft und den Verstand triumphierenden menschlichen Willens zu beherbergen, war ein hohes Sechseck aus rotem Backstein. Eine pompöse Freitreppe führte zu einem Eingang hinauf, den zehn Fuß hohe mit Taubendreck bekleckste Karyatiden in Gestalt geschmückter Elefanten, auf den Hinterbeinen hockend und die Vorderbeine in die Höhe gereckt, flankierten. Solcherart waren die Wächter dieses Ortes, die Elefanten, Schutzgeister und Säulen des Zirkus, welche die ganze Show auf ihren königlich gewölbten Stirnen tragen, so, wie sie den Kosmos der Hindus stützen.

War der Besucher einmal am Kassenfenster vorbei, so ließ man seinen Pelz in einer Garderobe, die während der Vorstellung ein Schatzhaus von Zobel, Fuchs und den Fellen kostbarer kleiner Ratten wurde, als streifte man dort die Haut der eigenen Viehheit ab, um die Tiere der Manege nicht in Verlegenheit zu bringen. Nach dieser Erleichterung erreichte man ein weites Foyer mit einer spiegelbesetzten Champagnerbar und stieg eine weitere Freitreppc empor, diesmal im Halleninneren und aus Marmor, um zur Arena zu gelangen.

Den innersten Kreis um die Manege bildeten Logen aus rotem, goldgesäumtem Plüsch, die plüschigste mit dem goldenen kaiserlichen Adler bezeichnet. Über dem Artisteneingang schwebte eine vergoldete Plattform für das Zirkusorchester. Alles war elegant, sogar üppig, ausgestattet mit einem schweren, ein wenig übersättigten Luxus, der stets schwarze Fingernägel zu haben schien, dem Luxus der Provinz, des Landes. Aber das Aroma von Pferdeäpfeln und Löwenpisse durchdrang jeden letzten Winkel des großen Gebäudes, so daß der kitzelnd-erregende Kontrast zwischen den weichen weißen Schultern der schönen Frauen, die von jungen Offizieren hierhin und dorthin geleitet wurden, und dem rauhen Pelz der Tiere im Ring sich in der nächtlichen Vermengung französischen Parfums mit Steppen- und Urwaldgerüchen löste, wo Moschus und Zibet sich als gemeinsames Element zu erkennen gaben.

Unter der Manege, in den Kellern, war die Menagerie untergebracht, deren kaiserliche Bewohner zwischenzeitlich zugunsten der Tiere von Colonel Kearney ausgezogen waren. Ein Gang führte zu einem ummauerten Hof auf der Rückseite des Gebäudes. Diesen Hof betrat Walser nun durch ein bescheidenes Holztörchen, den Artisteneingang. Zu dieser toten Nachmittagsstunde, unter einem traurigem Himmel, lavendelfarben wie in Halbtrauer, lag der Hof leer da; nur ein langbeiniger kleiner Vogel pickte feinschmeckerisch Pflanzenfasern aus einem Hügel gelben Elefantenkots auf den Pflastersteinen. Eine zersplitterte Flasche, eine rostende Blechdose; eine Pumpe, aus der Wasser tropfte, das beim Aufschlag auf den Boden gefror.

Die einzigen Geräusche trieben aus der Menagerie herauf: das ständige schnurrende Murren der großen Katzen, wie ein fernes Meer, und das schwache Klirren von Colonel Kearneys Elefanten, den Elefanten aus Fleisch und Blut, die wie stets und ständig die Ketten an ihren Beinen rasseln ließen, was sie in all ihren wachen Stunden taten, da sie in einer jahrtausendalten und langlebigen Geduld wohl wußten, daß in hundert Jahren, oder tausend Jahren, oder aber vielleicht morgen, in einer Stunde, denn alles war ein Glücksspiel, eine Million zu eins, trotzdem eine Chance *kam*, wenn sie weiter ihre Ketten schüttelten, daß sich eines Tages, an irgendeinem Tag die Schlösser ihrer Fußfesseln lösen würden.

Ein verlorener, ausgestorbener Ort. Das heimeligste Detail: eine Reihe frischgewaschener Musselinkleider, an einer Wäscheleine festgeklammert, und die knarrten bereits in der Todesstarre, die der einsetzende Frost mit sich führte.

Die Prinzessin von Abessinien hatte offenbar alle ihre Kleider auf einmal gewaschen, denn als sie nun herauskam, um die Wäsche einzusammeln, trug sie nur einen Unterrock und ein Leibchen mit einer schrecklichen Schürze darüber, steif von Blut, in der sie ihren Raubtieren aufgewartet hatte. Sie hängte die vom Frost gestärkten Kleider ab und versetzte jedem einen scharfen Schlag in die Taille, daß es sich genügend bog und sie es über den Arm hängen konnte. Sie war klein und schmal; die langen Locken fielen ihr bis zu den Hüften. In der Manege sah sie aus wie ein Kind an ihrem weißen Bechsteinflügel, groß genug für zwei ihrer Statur, an dem sie für ihre brüllenden Tiergefährten spielte, aber aus der Nähe war ihr Gesicht – zwar ohne alle Falten und Linien – alt wie Granit, mit den groben, introspektiven Zügen der Frauen Gauguins, und von einem weichmatten bitteren Braun.

Krack! fuhr ihre dünne Pianistinnenhand auf ihre Kleider aus Eis nieder.

Das Tor auf das Sträßchen vor dem Hof öffnet sich. Lizzie tritt auf, in ihrem (Hunde-?)Pelzjäckchen, ihrem der Jahreszeit nicht angemessenen steifen Strohhut, und sie trägt ein mit einem weißen Tuch verhülltes Tablett, dessen Bedeckung den herrlichen Geruch frischer Pfannkuchen nicht zurückhalten kann. Sie tritt das Tor mit dem Fuß hinter sich zu und trabt eine klappernde metallene Feuerleiter hinauf, durch eine Tür oben, die sie hinter sich offenstehen läßt.

Aus dieser offenen Tür treibt auf der stillen Luft der Klang einer rauhen Stimme hervor, erhoben in recht melodiösem, wenn auch etwas grellem Sang:

»Nur ein Vogel... im Käfig aus Gold...«

Dann klappte auch diese Tür zu.

Walser zwang sich, den Blick von der geschlossenen Tür zu lösen, und stieg in den Gang hinab, auf dem Weg in die Manege.

Was für eine billige, praktische, expressionistisch-klare Bühne, diese Sägemehlarena, dieses kleine O! Rund wie ein Auge, ein ruhender Strudel in der Mitte – aber wenn man ein wenig daran reibt, wie an Aladins Wunderlampe, wandelt es sich im Nu in die Uroborosschlange mit dem Schwanz im Maul, altes und dauerhaftes Bild, das Rad, das sich zum Ausgangspunkt zurückdreht, das seinen Kreis vollendet, Anfang gleich Ende, Rad der Fortuna, Töpferscheibe, auf deren kreisender Bewegung unser Ton sich formt, das Lebensrad, auf das wir alle geflochten sind. O! des Erstaunens; O! des Schmerzes.

Walser überlief es wie immer beim Anblick dieses Bildes mit seiner abgeschmackten und doch so viele Bedeutungen in sich beschließenden Romantik.

Im Augenblick war der magische Kreis von Lamarcks gelehrten Affen besetzt. Ein Dutzend Schimpansen, sechs jeden Geschlechts, saßen zu zweien in Matrosenanzügen an kleinen hölzernen Schulbänken, und jeder hatte eine Schiefertafel und einen Griffel in den ledrigen Händen. Ein weiterer Schimpanse in einem strengen schwarzen Anzug – die Uhrkette über der Brust, einen Doktorhut in flottem Winkel auf den Kopf gestülpt – stand mit einem Zeigestock an der Tafel. Die Schüler waren still und aufmerksam, in auffälligem Kontrast zu der jungen Frau im schäbigschmutzigen bunten Morgenmantel, die auf der plüschbezogenen Barriere der Arena saß und sich abwesend gähnend die Fingernägel feilte. Sie beachtete die Affen nicht. Die Schimpansen übten selbst – die Frau des Besitzers war nur ihre Wärterin, und Monsieur Lamarck, ein dumpfer Trunkenbold, ließ sie ihre Proben in eigener Regie betreiben.

Walser konnte mit dem Diagramm nichts anfangen, das mit Kreide an die Tafel gemalt war, aber die Schimpansen schienen damit beschäftigt, es auf ihre Schiefertafeln zu übertragen. Die Scheitel mitten auf ihren glänzenden Köpfen waren weiß wie Honigwaben. Der Professor machte mit der Linken ein paar rasche Gesten und deutete auf die untere rechte Ecke des Diagramms; ein Weibchen ziemlich hinten in der Klasse hob eifrig den Arm. Als der Professor mit dem Zeigestock auf sie wies, antwortete sie mit einer Reihe von Gesten, welche Walser an die Handbewegungen balinesischer Tänzerinnen erinnerten. Der Professor überlegte, nickte und zeichnete mit seiner Kreide eine neue Arabeske in das Diagramm ein. Die säuberlich gescheitelten glänzenden Köpfe beugten sich sofort einträchtig nach vorn, und das kreischende Kratzen eines Dutzends von Griffeln klang auf, wie ein Schwarm Stare, der in eine Hecke einfliegt.

Walser lächelte unter dem stumpfen Weiß seiner Maske: wie unwiderstehlich komisch, diese behaarten Studenten! Und doch hatte diese geheimnisvolle Gelehrsamkeit seine Neugier erregt. Er betrachtete nochmals angestrengt das Diagramm, konnte ihm aber keinen Sinn entlocken. Und doch schien ... konnte das sein? War es möglich? ... Waren Schriftzeichen an der Tafel angeschrieben? Wenn er sich zur Zarenloge hinüberschlich, könnte er es vielleicht besser erkennen ... Leise schob er sich zwischen den ansteigenden Bankreihen entlang, in den langen Clownsschuhen, die er noch nicht beherrschte: Unbeholfen stieß die Schuhspitze an eine leere Wodkaflasche, die gegen eine Treppenstufe gerollt war. Die Flasche hüpfte die restlichen Stufen hinab und polterte gegen die Barriere.

Bei diesem unverhofften Geräusch wandte sich die ganze stille Gruppe um und betrachtete den Eindringling mit dem festen Blick von dreizehn dunklen, raschen Augenpaaren. Walser glitt auf eine Bank und versuchte, sich klein und unauffällig zu machen, aber er wußte, daß er auf ein Geheimnis gestoßen war, als die Lektion sofort unterbrochen wurde.

Der Professor zog blitzschnell einen gelben Tafellappen hervor und hatte auch schon das Diagramm ausgelöscht. Das Weibchen, das die Frage gestellt hatte, machte auf dem Dekkel ihrer Bank einen feierlichen Kopfstand. Ihr Nebensitzer zog eine Schleuder aus der Tasche und schoß dem Professor ein tintentriefendes Papierkügelchen mitten ins Gesicht, daß er mit bizarrer Mimik wütend zu schnattern begann.

Die gelangweilte Wärterin feilte weiter ihre Nägel. Es war bloß die Nummer »Die Affen in der Schule«.

Mit diesem Aufstand in seinem Klassenzimmer konfrontiert, stieß der Professor glücklicherweise hinter der Tafel auf einen Haufen von Mützen mit Eselsohren, wie sie in Dorfschulen faule Schüler tragen müssen. Er hüpfte durch die Manege und stülpte auf jeden hin- und herfahrenden Kopf eine solche Narrenkappe. Dann sprang er plötzlich, einem Impuls folgend, mit leichtem Schwung über die Sperre, und Walser bekam auch eine Narrenmütze. Das Gesicht des Professors, grinsend wie die Cheshire-Katze, war keine sechs Zoll von Walsers Gesicht entfernt, als er sie ihm aufsetzte. Ihre Augen trafen sich.

Walser vergaß nie diesen ersten, intimen Blickwechsel mit einem jener Wesen, deren Leben dem seinen parallel verlief, diesem Bewohner des Zauberkreises des Andersseins, unerreichbar … aber nicht unbegreiflich; diesen Austausch mit den beredten Augen der Stummheit. Es war, als lichte sich ein Nebel. Dann drückte der Professor – als bestätige er ihre Begegnung über den Abgrund des Andersseins hinweg – seinen harten Zeigefinger auf Walsers aufgemaltes Lächeln und hieß ihn schweigen.

Die Schimpansen, die nun ohne irgendeine Anstrengung ihr gesamtes Programm durchprobierten, rasten jetzt auf flinken Einrädern durch die Manege, herum und herum. Sie hatten alle ihre Matrosenanzüge abgestreift und trugen nun kurze Satinhosen; sie spielten einander alle möglichen Streiche. Die einen steckten ihre gewitzten fünffingrigen Füße in die Speichen der anderen Räder, um die Fahrer abzuwerfen; manche kletterten auf die Sättel hinauf und standen dort auf einem Bein, bis die Schwerkraft sie aus ihrer Balance warf. Walser aber bemerkte, daß der Professor diesen Spielen mit melancholischem Ernst zusah, und die Schimpansen selbst schienen an ihren Kapriolen kein Vergnügen zu haben und führten alles wie erzwungen, mechanisch, lustlos auf – vielleicht sehnten sie sich zurück zu ihren Studien, was immer diese sein mochten, denn nichts ist langweiliger, als zum Spiel gezwungen zu werden.

In der Ferne das vage Röhren der großen Katzen.

Der Professor ergriff Walsers Hand, als sei er zu einem Entschluß gekommen. Obwohl er neben Walsers mehr als sechs Fuß nur etwa dreieinhalb Fuß groß war, war er bemerkenswert stark und entschlossen, und sein Drängen zog Walser gewaltsam hinab in die Manege. Die im Kreis wirbelnden Schimpansen hielten an, stiegen ab, ließen ihre Räder liegen und schoben sich in einem gestikulierenden Kreis dicht um ihn zusammen, daß er hätte schwören können, sie diskutierten, was mit ihm geschehen solle, wenn auch die ganze Beratung in lärmender Stille stattfand. In diesem Augenblick kam Samson, der Starke Mann, in seinem Lendenschurz aus Tigerfell herein, geradewegs vom Heben der Gewichte, Schenkel und Bizeps ölglänzend. Der Starke Mann schenkte den Affen ebensowenig Beachtung wie sie ihm; die Frau des Affen-Besitzers jedoch legte ihre Nagelfeile beiseite.

Der Professor deutete auf Walsers Narrenmütze. Die Schimpansen schaukelten auf den Fußsohlen vor und zurück, wie in lautlosem Gelächter. Dann erschreckte ihn plötzlich das Weibchen, welches die wichtige Frage gestellt hatte (Walser erkannte sie an ihrer grünen Haarschleife), indem sie hochsprang, direkt in seine Arme, und dann – seinen Leib mit ihren haarigen Schenkeln umklammernd – nach hinten griff, den Kragenknopf in seinem Nacken fand, der sein ganzes Vorhemd festhielt, und ihn abriß. Sie sprang herunter.

Die Hand des Starken Mannes holte aus dem Morgenmantel der Frau des Affen-Besitzers eine kleine weiße Brust hervor, während ihre frisch manikürten Finger aus dem Tigerfell-*cache-sexe* ein Glied befreiten, das den Ausmaßen seines Besitzers entsprach, gekrümmt wie ein Säbel. Walsers mißliche Lage nahmen beide nicht wahr.

Grünes Haarband legte Walsers Vorhemd sorgfältig auf eine Bank und bedeutete ihm durch Gesten, seine Flickenjacke auszuziehen. Nervös schaute Walser, um einen Rat verlegen, zu seinem neuen Freund, dem Professor, hinüber. Der Professor nickte: Ja. Was wollen sie von mir? fragte sich Walser, als er sich gehorsam auszog. Als der Professor seinen Zeigestock aufhob, kehrten die Affen zu ihren Bänken zurück, und Walser beantwortete sich seine eigene Frage zögernd: »Vielleicht … eine Anatomiestunde …«

Ganz offensichtlich hatten die Affen schon übergenug praktische Demonstrationen biologischer Zusammenhänge zu sehen bekommen, denn sie würdigten ihre Wärterin keines Blickes, wie sie nun ausgestreckt auf dem roten Plüsch einer Sitzbank dalag, während die Zwillingsmonde des Hinterns des Starken Mannes über ihr aufstiegen und sanken, wenn auch den Augen des Mädchens unsichtbar.

Nun trug Walser nichts mehr außer der Narrenmütze, die zu entfernen sie sich keine Mühe machten, wenn sie ihn auch die Schuhe ausziehen ließen, damit der Professor die Anzahl seiner Zehen kontrollieren konnte. Es fiel Walser ein, daß sie denken mochten, sein weiß-rot-schwarzes Clown-Make-up sei sein richtiges Gesicht, und daß sie ihn für einen Verwandten des Pavians halten mochten und deshalb ihm gegenüber freundschaftliche Gefühle empfanden. Ob sie (überlegte er) sich mit Darwins Theorie abmühten – vom anderen Ende aus? Grünes Haarband ging in ihre Bank zurück, und die Stunde begann nun wirklich. Walser stand vor ihnen, nackt und beispielhaft, und der Professor stieß ihn sanft mit dem Zeigestock in den Bauch und machte jene raschen Handbewegungen, mit welchen sie sich zu verständigen schienen. Walser schrumpfte unter den prüfenden Augen seiner kleinen Vettern und Cousinen zweiten Grades zusammen. Quietsch! machten die Griffel auf den Schiefertafeln; dann wieder ein leichter Stoß mit dem Stock, und Walser drehte sich gehorsam herum und zeigte der Klasse seine Rückseite. Der Professor drückte sein besonderes Interesse an dem rudimentären Schwanzknochen am Ende des Rückgrats aus.

Eine tiefe und ungewöhnliche, ja beunruhigende Stille erfüllte nun das Gebäude, unterbrochen nur vom rhythmischen Stöhnen des kopulierenden Paares.

Der Professor machte einige rasche, brüske Handbewegungen, als kündige er nun einen neuen Gegenstand an. Er drehte Walser mit dem Gesicht zur Klasse, und das Schrillen der Griffel brach wieder los, als er Walsers Mund leicht mit seinem Zeigestock berührte und seine Lippen öffnete. Dann holte sich der Professor einen Eimer, den ein nachlässiger Stallbursche in der Manege zurückgelassen hatte, drehte ihn um und stellte sich darauf, um besser in Walsers Mund schauen zu können. Danach starrte er Walser direkt in die Augen, was in Walser wieder jenc schwindelerregende Ungewißheit aufsteigen ließ, was menschlich war und was nicht. Wie ernst, wie inständig bittend sah der Professor aus, als er selbst anfing, seinen Mund zu öffnen und zu schließen, wie ein Goldfisch, der ein Gedicht aufsagt.

Das Keuchen des Starken Mannes beschleunigte sich.

Walser begriff schließlich, daß der Professor wollte, daß er zu ihnen spräche – daß sein Sprechen für sie von höchster

Wichtigkeit war. Der Professor kauerte noch immer auf dem Eimer und starrte angestrengt in Walsers Mund, um die Bewegungen der Zunge und des Zäpfchens zu beobachten, als Walser zögernd begann:

»Welch ein Meisterwerk ist der Mensch! Wie edel an Vernunft! Wie unendlich an Begabung!«

Der Starke Mann kam in einer Kaskade viehischer Schreie zum Orgasmus, ein solcher Lärm, daß Walser bei seinem Vortrag ins Stocken geriet, doch mitten in der Ekstase des Starken Mannes schoß Sybil wie eine Kanonenkugel in die Manege, mit einer für ein Schwein bemerkenswerten Geschwindigkeit. Bänke und Schüler flogen nach allen Seiten. Ihre weiße Halskrause war verschoben und zerrissen, und sie kreischte, als sollte es ans Messer gehen.

Mit einem gewaltigen Satz übersprang sie die Barriere und vergrub sich prompt in der kaiserlichen Loge, wobei sie ihr betäubendes Geschrei auch dann noch weiter vollführte, als sie sich schon tief unter die Samtteppiche gewühlt hatte, um dort Schutz zu suchen.

Der Starke Mann brüllte, Sybil quiekte, es erhob sich der kummervolle Schrei des Colonels, dessen Schwein in Gefahr war, und aus der Menagerie drang plötzlich eine gewaltige Fuge röhrender Schreie, als seien all die Raubkatzen Pfeifen einer gewaltigen Orgel, die mit einem Mal machtvoll gespielt wird. Dann, ein entsetzlicher Ruf:

DER TIGER IST LOS! DER TIGER IST LOS!

Der Professor stieß in seiner Eile den Eimer klirrend um. Die Schüler hüpften über die umgestoßenen Bänke und kletterten die Stangen zur Orchesterplattform hinauf, wo sie sich zwischen den Notenständern zusammendrängten, großäugig und vor Erregung schnatternd und zwitschernd, voll atavistischer Dschungelangst. Das Liebespaar auf der Plüschbank erhob sich bleich und zitternd.

Walser, nackt, von den Affen zurückgelassen, dachte: »Ich

trete dem Tod *nicht* mit einer Narrenmüze entgegen!« Und riß sie sich vom Kopf.

Er rannte. Er flankte über die Barriere und hatte den halben Weg zurückgelegt, den Gang durch das Amphitheater zum Hauptportal hinauf, als er – wie Lots Weib – einem Blick zurück nicht widerstehen konnte.

Der Tiger rannte, Sybils Spur verfolgend, in die Manege.

Er kam wie orangenes Quecksilber aus dem Gang hervor, oder wie ein selteneres flüssiges Metall, wie Quickgold. Er rannte nicht, er floß eher, ein witternder Strom aus Braun und Gelb, ein heißer fließend-geschmolzener Tod. Er schlich knurrend durch die Überreste des Affen-Klassenzimmers und sog in seine immensen geblähten Nüstern das köstliche Aroma der Freiheit ein, die nach freilaufendem Fleisch duftete. Wie gelb seine Zähne waren – die stinkenden Zähne des Fleischfressers.

Der Starke Mann riß sich die klammernden Arme der Frau vom Leib, schlang das Lendentuch um seine Genitalien und lief zur Einlaßtür. Er war ein schönes Exemplar in bester Form; von Bankreihe zu Bankreihe schwang er sich, an Walser vorbei, der wie eine Salzsäule dastand, hinauf, hinweg. Die Tür fiel hinter ihm zu. Walser hörte das Geräusch der vorgeschobenen Riegel.

Nun war der einzige Weg aus der Manege der, auf dem der Tiger sie betreten hatte.

Ich befinde mich in einer tödlich perfekten Falle, dachte Walser.

Die Frau des Affenbesitzers, deren Knöchel von ihrem abgestreiften Schlüpfer so sicher gefesselt waren wie von einer Bola, stieß einen markerschütternden Schrei aus.

Wir befinden uns in einer tödlich perfekten Falle, dachte Walser.

Als der Tiger die Frau schreien hörte, wußte er, daß etwas Besseres als Schweinefleisch auf der Karte stand. Er krümmte den Rücken. Der Schwanz nahm Haltung an. Er hob den schweren Kopf. Die gelben Augen umkreisten die Manege wie Suchscheinwerfer und hielten Ausschau nach dem Ursprung des Schreis.

Die angstgeschüttelte Frau strampelte sich aus ihrer Unterwäsche und rannte den Kreis der Sitzbänke entlang.

Die hin- und herkreisenden Augen des Tigers erblickten sie. Der Tiger scharrte mit seinen Hintertatzen; kleine Sägemehlwolken stiegen auf. Er legte seine runden, törichten Ohren an. Ihr Morgenmantel, wie ein Segel flappend, verfing sich an einem schlecht eingehämmerten vorstehenden Nagel und brachte sie zu Fall. Sie lag mit dem Gesicht nach unten im Gang.

Walser gewann den Gebrauch seiner Gliedmaßen zurück; ehe ihm noch klar war, daß er eine Entscheidung getroffen hatte, hatte er sich die Stufen der Zirkusarena hinunter dem bernsteinäugigen Ungeheuer entgegengeworfen, das gerade zum Sprung ansetzte. Unfreiwillig – wie sein ganzer Heroismus – stieß er einen riesenhaft lauten, wortlosen Kriegsschrei aus: Hier kommt der Clown, den Tiger zu töten!

Töten – wie? Vielleicht mit den bloßen Händen erwürgen?

III

Dann war da ein Raum, in dem grünliches Gaslicht zischte, als Walser die Augen aufschlug und eine Gestalt vor sich aufragen sah, die Verbandsstoff in eine Schüssel mit rosa Wasser tauchte, das durchdringend nach Karbolsäure roch. Er lag auf einer Art Diwan. Es war sein Blut, welches das Wasser rosa färbte. Er schloß wieder die Augen. Fevvers drückte den feuchten Tupfer unsanft gegen seine Schulter. Nun, da er bei Bewußtsein war, heulte er auf.

»Immer schön vorsichtig«, riet Lizzie, die den Rand eines Bechers mit heißem süßem Tee gegen seine Lippen schob und langsam kippte. Tee mit Kondensmilch. Englischer Tee. Fevvers ließ mit dem Druck auf seinen Verband nicht nach. Sie trug ein strenges weißes Hemd, am Hals mit einer starkgemusterten Krawatte zusammengehalten, doch ließ sie dies keinesfalls maskulin erscheinen. In dem schneeweißen Leinen wirkte ihr Busen mächtig wie der einer Mutter für das Kind, über dessen Krankenbett sie sich beugt. Ihr Mißfallen war deutlich zu spüren.

»Wir sind also fortgelaufen und zum Zirkus gegangen, Süßer?« fragte sie unfreundlich. Offenbar empfand sie es nicht länger als notwendig, ihn mit »Sir« anzureden.

Walser zuckte unter ihrer Pflege immer wieder zusammen, so daß sich der Schal verschob, in den sie ihn gepackt hatten. Dieses Umhängetuch war aus Dutzenden kleiner gestrickter Quadrate zusammengenäht, und seine Technik zeigte die rührende Unbeholfenheit von Kindern: erster *wirklicher* Beweis, wie er sich einprägte, für die Existenz jenes Rudels von Cockney-Neffen und Nichten, von denen sie immer erzählten. Seine Perücke war verschwunden, und sein Haar war triefnaß.

»Der Tiger hat Ihnen eins verpaßt, und dann hat die Prinzessin den Wasserschlauch angeworfen«, sagte Lizzie. »Schhhwupp! Mit dem Spritzschlauch volle Pulle draufgehalten, das bringt's. Haut ihnen den Atem aus den Rippen. Haut sie auf den Rücken. Dann kann man sie mit dem Netz einsammeln.«

In Fevvers' neuer Garderobe standen vertraute, beruhigende Gegenstände. Eine vergoldete Uhr, darauf die Figur der Zeit mit Stundenglas und Sense; die Zeiger auf Zwölf. Ein eselsohriges Plakat an der Wand. Ein Dampfwolken ausstoßender Kessel auf einem Spirituskocher. Lizzie gab ihm noch mehr Tee.

»Natürlich handelt es sich eigentlich nicht um einen Tiger!« teilte ihm Fevvers mit. »Hat Ihnen ja nicht viel Zeit gelassen, mal genauer nachzusehen. Tigerin. Das ewig Weibliche. Hätte Sie beinahe ganz schön hinangezogen, was?«

»Greift eine verdammte Tigerin an!« rief Lizzie. »Was zum Teufel ist in ihn gefahren?«

»Er hat's mit dem Frauchen von dem Affenmann getrieben, nicht wahr?« sagte Fevvers ein wenig ausdruckslos. Sie drückte zu stark auf den Verband, daß Walser wieder heulend aufschrie.

»Leugnen hilft gar nichts.«

»Schnelle Arbeit«, sagte Lizzie.

»Die ist der reinste Briefkasten«, sagte Fevvers.

»Ich nehme an«, sagte Lizzie zu Walser, »Sie möchten inkognito bleiben.«

»Wir sind die einzigen, die es *wissen*«, sagte Fevvers im Ton von jemand, der sich Erpressungsmöglichkeiten überlegt.

»Aber was zum Teufel spielt er für ein Spielchen?« fragte Lizzie Fevvers, als wäre er gar nicht da.

»Weiß ich bestimmt nicht.«

»Ich bin hier, weil ich eine Story schreiben will«, sagte er. »Eine Story über den Zirkus. Über Sie und den Zirkus«, fügte er hinzu, so besänftigend, wie ihm nur möglich war.

»Und dazu gehört es, die Frau vom Affenmann zu vögeln, ja?«

Sie musterte den Verband eingehend und ließ ihn dann in Ruhe, leerte die Wasserschüssel in den Eimer unter dem Waschtisch und wischte sich die Hände mit einer endgültigen Geste an ihrem Faltenrock ab. Und doch behandelten ihn die Frauen mit rauhem Mitgefühl, als folgten sie einem Szenario, das aus der Zeit stammte, als er sie noch nicht enttäuscht hatte. Ein Arzt im Schwalbenschwanzrock kam bald herein und verband seine Kratzwunden; Fevvers bezahlte ihn.

»Können Sie dann später glatt machen«, sagte sie à la Die Hure mit dem Goldenen Herzen.

Ein Schimpansenweibchen (mit einer grünen Haarschleife) gab einen Stapel säuberlich zusammengelegter Kleider ab, einschließlich Perücke und Schülermütze, und sie kleideten ihn wieder ein, bevor sie ihn zurück zum Haus der Clowns schickten, nach Clown Alley. Fevvers klatschte ihm sogar hastig eine Schicht weiße Schminke ins Gesicht, da sein rechter Arm ihn viel zu sehr schmerzte, als daß er selbst seine Verkleidung hätte aufrechterhalten können. Trotzdem fühlte er sich in ihren Augen stark reduziert und war froh, ihre Garderobe verlassen zu können.

Als er die Tür hinter sich schloß, sagte Lizzie nachdenklich zu Fevvers: »Was meinst du, wie er seine Berichte durch die Zensur kriegt?«

Unter ziemlichen Schmerzen leidend und schmerzhaft dessen eingedenk, daß er eben durch den »Heroismus« seiner extravaganten Geste sich – wie der Colonel es vorhergesagt hatte – »zum Narren gemacht« hatte, ging Walser etwas schwankend durch den Hof zurück, wo nun die Kinder der Charivaris vom Hochseil, mit Fäustlingen und Wollschals vermummt, spielerisch die leere Wäscheleine der Prinzessin entlangwackelten. Es war schon dunkel. Aus dem Affenhaus hörte man rhythmische Aufschläge, die in der Nachtluft widerhallten; der Affen-Mann schlug seine Frau methodisch, wie man einen Teppich klopft.

IV

Clown Alley, der generische Name für all die zeitweiligen Wohnungen von Clowns, augenblicklich in dieser Stadt in dem verrottenden hölzernen Mietshaus angesiedelt, wo die Feuchtigkeit wie Tau von den Wänden tropfte, war ein Ort, wo die düstere Stimmung eines Gefängnisses oder Irrenhauses herrschte; im Umgang miteinander atmeten die Clowns dieselbe Art verstümmelter Geduld, die man bei den Insassen geschlossener Anstalten findet – eine willentlich erzwungene entsetzliche Aufhebung des eigenen Wesens. Bei Tisch hatten die weißen Gesichter, die sich um den scharfen Dampf von Babuschkas Fischsuppe versammelt hatten, die leblose Förmlichkeit von Totenmasken, als wären sie in einem wesentlichen Sinne selbst bei der Mahlzeit nicht anwesend und hätten unbewohnte Duplikate zurückgelassen.

Man beachte in diesem Moment der Ruhe hinter den Kulissen den Großen Buffo, den Meister der Clowns, der, wie es sein Recht ist, nicht am Kopf der Tafel, sondern an ihrem meisterlichen mittleren Platz sitzt, dort, wo Leonardo den Christus sitzen läßt, und der sich die sakramentale Aufgabe vorbehält, das schwarze Brot zu brechen und es seinen Jüngern zu geben. Buffo der Große, der furchtbare Buffo, überwältigend, angsterregend-spaßhaft, der Meister der Clowns mit seinem runden weißen Gesicht und den zollbreiten Rougeringen um die Augen, und dem viereckigen Mund, wie eine Fliege aufgeschminkt, und – Spott und Hohn! – unter seinem weißen Kegelhut, verwegen schräg aufgesetzt, trägt er eine Perücke, die kein Haar nachahmt. Tatsächlich ist es eine Blase. Man bedenke. Er trägt sein Innerstes nach außen gewandt, und einen Teil seines obszönsten und intimsten Innersten dazu. Damit man meine, er sei kahl, trägt er sein Hirn in jenem Organ, das üblicherweise Pisse beherbergt.

Er ist ein großer Mann, sieben Fuß groß und entsprechend breit, so daß man lachen muß, wenn er über kleine Gegenstände fällt. Sein Umfang ist dabei schon der halbe Witz: daß er so groß, so übergroß ist und doch die simpelsten Bewegungsabläufe nicht bewältigt. Dieser Riese ist das Opfer der Tücke des Objekts. Die Objekte sind gegen ihn. Sie führen Krieg mit ihm. Wenn er eine Tür aufmachen will, bleibt ihm die Klinke in der Hand.

In Augenblicken der Verblüffung schießen seine Augenbrauen, buschig und mascaraschwarz, die Stirn hinauf, und sein Unterkiefer fällt herunter, als zögen einander entgegengesetzte Magneten an Stirn und Kinn. Die Zunge verwundert gegen die gelben Grabsteinzähne schnalzend setzt er die Klinke mit übertriebener Sorgfalt vorsichtig wieder an. Macht einen Schritt zurück. Nähert sich der Tür wieder mit lachhaft unberechtigter Zuversicht. Nimmt die Klinke fest, fest in die Hand: diesmal weiß er, es kann nichts geschehen… hat er sie nicht eben erst selbst befestigt? Jedoch –

Gegenstände zerfallen in ihre Bestandteile, wenn nur sein Tritt den Boden in Schwingung versetzt. Er selbst ist das Zentrum, das keine bewahrende Kraft mehr hat.

Seine Spezialität ist gewalttätiger Slapstick. Gerne verbrennt er Clownpolizisten bei lebendigem Leibe. Als verrückter Priester steht er Clownhochzeiten vor, bei denen Grik oder Grok in Frauenkleidern erlesensten Demütigungen unterworfen werden. Sie führen auch ein beliebtes »Weihnachtsessen der Clowns« auf, bei dem Buffo seinen Christusplatz an der Tafel einnimmt, Tranchiermesser in der einen Hand, Gabel in der anderen, und irgendein armer August wird mit einem Hahnenkamm auf dem Kopf als Festgeflügel aufgetragen. (Zahlreiche Gags mit den langen Würsten, mit denen die Hosen des Vogels vollgestopft sind.) Doch dieser Braten, so geht es in Buffos Welt, steht auf und will davonlaufen…

Buffo der Große, der Clown der Clowns.

Er verehrt die alten Späße, die zusammenbrechenden Stühle, die explodierenden Torten. Er sagt: »Die Schönheit des Clownesken liegt darin, daß sich niemals etwas ändert.«

Auf dem Höhepunkt seiner Nummer, nachdem alles um ihn herum zerschellt ist, als hätte eine Bombe eingeschlagen, beginnt er selbst sich aufzulösen. Sein Gesicht verzerrt sich in den entsetzlichsten Grimassen, als ob er das nasse Weiß, mit dem es bedeckt ist, von sich schleudern wollte: Schüttel dich! Rüttel dich! Schüttel die Zähne heraus, rüttel die Nase hinweg, schüttel die Augäpfel fort, laß alles in einem konvulsivischen Akt der Selbstverstümmelung davonfliegen.

Er fängt an, sich auf der Stelle um sich selbst zu drehen.

Und dann, wenn man denkt, diesmal *muß* der Große Buffo tatsächlich in all seine Einzelteile auseinanderfliegen, als wäre er zu seiner eigenen Zentrifuge geworden, endet der grollende Trommelwirbel, der diese außergewöhnliche Darbietung begleitet hat, und Buffo springt zuckend hoch in die Luft, um auf den Rücken zu fallen.

Schweigen.

Die Lichter werden schwächer.

Ganz, ganz langsam und traurig beginnt nun der Trauermarsch aus *Saul*, angeführt von Grik und Grok, den Musikclowns, mit Baßtrommel und Pikkolo, mit winziger Geige und riesigem Triangel (geschlagen mit einem Fußtritt nach hinten), Grik und Grok, die in sich ein ganzes Orchester enthalten. Dies ist die als »Des Clowns Begräbnis« bekannte Nummer. Der Rest der Clowns trägt einen überdimensionalen Sarg herein, drapiert mit dem Union Jack. Sie stellen den Sarg in das Sägemehl neben Buffo. Sie fangen an, ihn hineinzulegen.

Aber paßt er hinein? Natürlich nicht! Seine Beine und Arme lassen sich nicht biegen, lassen sich nichts befehlen! Niemand kann *diese* Naturkraft einsargen, selbst wenn sie tot ist. Pozzo oder Bimbo rennt davon und holt eine Axt, mit der man hier und da ein Stück von ihm abhauen kann, damit er sich dem Sarg anpaßt. Die Axt ist, wie sich herausstellt, aus Gummi.

Schließlich und endlich nach allen möglichen kuriosen Kapriolen gelingt es ihnen, den Toten in den Sarg zu befördern und den Deckel draufzulegen, wenn der sich auch immer wieder regt und verschiebt, denn der tote Buffo kann und will nicht stilliegen. Die Clowns heben den Sarg auf die Schultern; sie haben gewisse Schwierigkeiten, sich als Träger aufeinander abzustimmen. Einer fällt auf die Knie, und als er sich wieder erhebt, sinkt ein anderer zu Boden. Früher oder später aber ruht der Sarg auf ihren Schultern, und sie schicken sich an, in feierlicher Prozession die Manege zu verlassen.

Da bricht Buffo durch den Sargdeckel! Direkt hindurch. Mit einem lauten splitternden Krachen, ein großes gezacktes Loch zurücklassend, seine eigene Silhouette in dem zerbrechlichen Holz. Da ist er wieder, lebensgroß und über und über weiß und rot und schwarz! »Donner und Blitz, habt wohl gedacht, ich wär tot!«

Tumultuarische Auferstehung des Clowns. Er springt aus dem Sarg, während die Träger ihn noch auf den Schultern haben, und landet nach einem Doppelsalto auf dem Boden. (Er hat als Akrobat angefangen.) Beifallsgebrüll und Jubelrufe. Er rennt um die Manege herum, schüttelt Hände, küßt die Babys, die nicht vor Schrecken weinen, fährt starräugigen Kindern durchs Haar, die nicht recht wissen, ob sie lachen oder Tränen vergießen sollen. Buffo war tot, und nun lebt er wieder.

Und alle springen davon, von dem dämonischen, boshaften, verzauberten Bacchanten angeführt, fort aus der Manege.

Die anderen Clowns nannten ihn den Alten, als Zeichen des Respekts, obwohl er noch nicht ganz fünfzig war und sich langsam seinem Klimakterium näherte.

Seine persönlichen Gewohnheiten wurden von seinem gigantischen und immerwährenden Durst regiert. Seine Taschen waren stets mit Flaschen vollgestopft; er trank mächtig, doch das Trinken schien ihm selbst immer irgendwie unbefriedigend, als wäre der Alkohol ein unzureichendes Surrogat für ein stärkeres oder solideres Rauschmittel, als hätte er gerne die ganze Welt auf Flaschen gezogen, wenn er gekonnt hätte, sie in seine Kehle gegossen und gegen eine Wand gepißt. Wie Fevvers war er ein waschechter Cockney – sein richtiger Name war George Buffins, aber den hatte er lange schon vergessen; doch war er ein großer Patriot, britisch bis auf die Knochen, wenn es ihn auch ebenso weit umhergetrieben hatte wie die Truppen des britischen Empire, im Dienste des Witzes.

»Wir bringen uns selbst um«, sagte der Große Buffo. »Oft hängen wir uns an jenen bunten Hosenträgern auf, von denen unsere Hosen gehalten werden – die weit sind, wie die Gewänder der Moslems, welche sie tragen, damit der Messias keinem Manne geboren werde. Oder manchmal kann man auch dem Löwenbändiger eine Pistole entführen, die Platzpatronen mit echter Munition vertauschen. Peng. Eine Kugel durch den Kopf. In Paris kann man sich vor die Metro werfen. Oder wenn man das Glück hat, sich allen modernen Komfort leisten zu dürfen, kann man sich in seinem einsamen Dachstübchen den Gashahn aufdrehen, wie? Die Verzweiflung ist die ständige Gefährtin des Clowns.

Denn häufig enthält das Auftreten des Clowns kein Element von Freiwilligkeit. Oftmals, müßt ihr wissen, wenden wir uns einer Existenz als Clown zu, wenn alles andere gescheitert ist. Unter der undurchdringlichen Maske weißer Schminke könnte man, wenn man nur nachsehen wollte, die Züge derer entdecken, die einstmals stolz waren, sichtbar durchs Leben zu gehen. Dann findet man, zum Beispiel, den Seiltänzer, den die Nerven verlassen haben, den Kunstreiter, der einmal zu oft vom Pferderücken gefallen ist, den Jongleur, dessen Hände so sehr zittern – vom Trunk, vor Gram –, daß er seine Bälle nicht mehr in der Luft halten kann. Und was bleibt dann außer der weißen Maske des armen Pierrot, die zu jenem Gelächter einlädt, das sich sonst ungebeten einstellen würde.

Das Lachen des Kindes ist rein, bis es das erste Mal über einen Clown gelacht hat.«

Die großen weißen Köpfe um den langen Tisch nicken langsam zustimmend.

»Die Heiterkeit, die der Clown hervorruft, wächst mit dem Ausmaß der Demütigungen, die er erleiden muß«, fuhr Buffo fort und füllte sich sein Glas wieder mit Wodka. »Und doch könnte man, nicht wahr, sagen, daß der Clown das getreue Abbild Christi ist.« Mit einem Nicken weist er auf die milde glänzende Ikone in der Ecke der stinkenden Küche, wo die Nacht in Gestalt der Kakerlaken umherkriecht. »Der Verschmähte und Verworfene, der Sündenbock, auf dessen gebeugte Schultern sich die Wut des Mobs entlädt, der Gegenstand und doch – und doch! auch das Subjekt allgemeinen Gelächters. Denn was wir sind, haben wir uns zu sein gewählt.

Ja, junger Mann, junger Jack, junger Erster Mai, wir unterwerfen uns bewußt dem Gelächter. Wir sind die Huren der Fröhlichkeit, denn wie eine Hure wissen wir, was wir sind: Wir sind bloß gemietet und arbeiten hart, und doch sehen uns die, die uns gemietet haben, als Wesen, deren Leben ein einziges Vergnügen ist. Unsere Arbeit ist ihr Genuß, und deshalb nehmen sie an, unsere Arbeit muß auch unser Genuß sein, so daß stets ein Abgrund ist zwischen ihrer Vorstellung von unserer Arbeit als Vergnügen und unserer von ihrer Muße als unserer Mühe.

Und was die Fröhlichkeit und das Gelächter betrifft, o ja, Jung-Jack!« – zu Walser gewandt und ein mahnendes Glas in seine Richtung schwenkend – »Glaub nicht, daß ich nicht schon oft über das Gelächter meditiert habe, während ich in meinen allzumenschlichen Lumpen im Sägemehl daliege. Und willst du wissen, was ich glaube? Daß man im Himmel nicht lacht, nein, nein, im Himmel wird nicht gelacht.

Stellen wir uns die Heiligen als die Nummern eines großen Zirkus vor. Katharina jongliert mit ihrem Rad. Der heilige Laurentius auf dem Rost könnte in jede Freakshow passen. Sankt Sebastian, die beste Messerwerfernummer, die es je gab! Und Hieronymus und sein gelehrter Löwe mit der Tatze auf dem Buch, hervorragende Dressurnummer, läßt diese abessinische Fose und ihre Miezen weit hinter sich!

Und der große Zirkusdirektor über den Wolken, mit dem weißen Bart und dem erhobenen Zeigefinger, für den alle diese und viele andere weniger heilige Artisten ihre Auftritte in dem endlosen Manegenring aus Feuer einstudiert haben, der den kreisenden Globus umgibt. Aber kein Lacher, kein Kichern dort droben. Die Erzengel können rufen: ›Wir wollen die Clowns!‹ bis sie heiser sind, aber das himmlische Orchester wird niemals mit seinen Harfen und Pauken den ›Einzug der Gladiatoren‹ intonieren, keine Angst! Denn wir sind dazu verdammt, hier drunten zu bleiben, an das Kreuz der endlosen Demütigungen dieser Welt genagelt!

Die Menschensöhne. Vergiß es nie, mein Junge, wir Clowns sind die Menschensöhne.«

Die anderen psalmodierten eintönig nach: »Wir sind die Menschensöhne«, wie eine rituelle Antwort.

»Du mußt wissen«, fuhr Buffo mit seiner Grabesstimme zu Walser gewandt fort, »du mußt wissen, daß das Wort ›Clown‹ vom altnordischen ›klunni‹ herzuleiten ist, und das heißt unbeholfen, tölpelhaft. ›Klunni‹, verwandt mit dem dänischen ›kluntet‹, plump, ungeschickt, und dem Dialektwort ›gormless‹ aus Yorkshire, was bekanntlich dieselbe Bedeutung hat. Du mußt wissen, wozu du geworden bist, junger Mann, wie das Wort dich definiert, nachdem du jetzt dich entschlossen hast, den Kopf im Beruf des Clowns zu verlieren.«

»Ein Clown!« murmelten sie leise-verträumt vor sich hin. »Ein Clown! Willkommen in Clown Alley!«

Inzwischen war die Mahlzeit zugleich mit Buffos Predigt weitergegangen. Löffel kratzten Steingutschüsseln mit Fischsuppe leer; die spreizfingrigen weißbehandschuhten Hände langten nach den Brocken schwarzen Brots – Nahrung, traurig und dunkel wie die Leidensgemeinde, die um den wackligen Tisch versammelt war. Buffo, ein Glas verächtlich von sich weisend, goß sich nun Wodka direkt aus der Flasche in den Hals.

»Es gibt eine Geschichte, die man sich von mir erzählt, ja, von mir, Buffo dem Großen, und die man sich von jedem Clown erzählt hat seit Anbeginn dieses leidvollen Berufes«, intonierte Buffo. »Einst von dem melancholischen Domenico Biancolette erzählt, über den sich das siebzehnte Jahrhundert schieflachte; erzählt von Grimaldi; erzählt von dem französischen Pierrot, Jean-Gaspard Deburau, dessen Erbteil der Mond war. Diese Geschichte ist nicht ganz genau wahr, aber sie hat die poetische Wahrheit eines Mythos, und so heftet sie sich ausnahmslos an jeden Erzeuger des Gelächters. So geht sie:

›In Kopenhagen erfuhr ich einst die Nachricht vom Tode meiner geliebten Mutter, durch ein Telegramm, am Morgen desselben Tages, an dem ich meine angebetete Frau beerdigt hatte, die gestorben war, nachdem sie einen totgeborenen Sohn zur Welt gebracht hatte, den einzigen, der je meinen Lenden entsprungen ist, wenn ›entsprungen‹ nicht ein zu energisches Wort ist für diesen zögerlichen Fleischklumpen, der ihrem Schoß entkrochen ist, bevor sie den Geist aufgab. Alle, die ich liebte, mit einem furchtbaren Schlag ausgelöscht! Und trotzdem, bei der Matinée im Tivoli kugele ich in der Manege umher, und das Publikum hält sich die Seiten. Von untröstlichem Kummer überwältigt rufe ich: ›Der Himmel ist voll Blut!‹ Und alles lacht noch mehr. Wie komisch der ist, mit den Tränen auf den Wangen! In Zivil dann, in Trauer, in irgendeiner Kneipe zwischen den Vorstellungen, sagt das nette Mädchen hinter der Theke: ›Mensch, Alter, was für ein langes Gesicht! Ich weiß, was du brauchst. Geh ins Tivoli, schau dir den Großen Buffo an. Da lachst du gleich wieder!‹

Der Clown mag die Quelle der Heiterkeit sein, aber – wer wird den Clown zum Lachen bringen?«

»Wer wird den Clown zum Lachen bringen?« flüsterten sie zusammen und raschelten wie hohle Puppen.

Der kleine Iwan, der den Sinn des ausländischen Geplappers nicht erfassen konnte, das aus den weißgekalkten Lampiongesichtern um den Tisch herum drang, lief umher und sammelte die klappernden Suppenteller ein, voll Angst und doch mehr und mehr fasziniert von dieser Invasion mürrischer, geschminkter Komödianten. Das Mahl, wenn man es so bezeichnen konnte, war vorüber. Alle holten Pfeifen, Tabak und neuen Wodka hervor, während die Babuschka vor dem Samowar kniete und mit ihren Händen, die von Jahrzehnten alltäglicher Mühsal deformiert waren, ihre endlosen, inhaltslosen, gebetsähnlichen Gesten machte. Ihre Tochter, die Mörderin, die einen mit der Axt erschlagen hatte, war weit weg in Sibirien, doch obwohl das Leben der Babuschka sich aus jenen Gesten zusammensetzte, die einem Gebet glichen, hatte sie nicht mehr die Energie, für die Seele ihrer Tochter zu beten. Die Holzkohle glühte rot auf, wurde schwarz, glühte rot.

»Und doch«, begann Buffo wieder, nach einem Zug an der Flasche, »besitzen wir ein Privileg, ein seltenes Privileg, das unsere verachtete und ausgestoßene Stellung zu etwas Wundervollem, etwas Kostbarem werden läßt. Wir können unsere eigenen Gesichter erfinden! Wir erschaffen uns selbst.«

Er deutete auf das Weiß und Rot, das über seinen eigenen, niemals sichtbaren Gesichtszügen lag.

»Die Regeln des Zirkus gestatten keine Nachahmung, keine Veränderung. Wie sehr auch Buffos Gesicht dem von Grik zu gleichen scheinen mag, oder dem von Grok, oder von Coco, oder Pozzo, Pizzo, Bimbo, oder dem Gesicht irgendeines anderen Pierrot oder August, es ist trotz allem ein Fingerabdruck von echter Verschiedenheit, ein echter Ausdruck meiner Eigenständigkeit. Und so trete ich hinter meinem Gesicht zurück. Ich bin zu diesem Gesicht geworden, das nicht meines ist, und doch habe ich es frei gewählt.

Wenigen ist es gegeben, sich selbst so zu formen, wie ich es getan habe, wie wir es getan haben, wie du es getan hast, junger Mann, und in diesem Moment der Entscheidung – köstliches Zögern zwischen den Stiften... was für Augen soll ich haben, was für einen Mund? – liegt eine vollkommene Freiheit. Doch ist die Wahl einmal getroffen, bin ich entsprechend dazu verdammt, für immer ›Buffo‹ zu sein. Buffo auf ewig; lang lebe der Große Buffo! Der weiterleben wird, solange sich irgendwo ein Kind an ihn erinnert als an ein Wunder, ein Rätsel, ein Monster, ein Ding, das man, hätte es nicht existiert, hätte erfinden müssen, um kleine Kinder die Wahrheit über das dreckige Leben in dieser dreckigen Welt zu lehren. Solange sich noch ein Kind erinnert...«

Buffo streckte seinen langen Arm aus und griff Klein-Iwan zielbewußt von hinten zwischen die Beine, als er mit den Teegläsern vorbeiging.

»... ein Kind wie der kleine Iwan«, sagte Buffo, der nicht wußte, daß Iwan oben auf dem Ofen versteckt zugesehen hatte, wie seine Mutter seinen Vater zusammenhieb, und annahm, das Kind sei unschuldig und naiv.

»Jedoch –«, fuhr er fort, »bin ich jener Buffo, den ich erschaffen habe? Oder habe ich, als ich mein Gesicht so geschminkt habe, daß es wie das von Buffo aussah, *ex nihilo* ein anderes Selbst geschaffen, das nicht Ich ist? Und was bin ich ohne mein Buffo-Gesicht? Gar nichts! Man nehme mir meine Schminkmaske, und darunter liegt lediglich Nicht-Buffo. Eine Lücke. Eine Leere.«

Grik und Grok, das Paar Musikclowns, alte Veteranen, stets zusammen, Philemon und Baucis unter den Clowns, wandten ihre Gesichter in Walsers Richtung, wobei sie sich vorneigten, um das schwache Lampenlicht besser zu nutzen, und er sah, daß diese Gesichter Spiegelbilder waren, in jeder Einzelheit übereinstimmend, nur daß Griks Gesicht sozusagen linkshändig war, Groks rechtshändig.

»Manchmal scheint es«, sagte Grok, »daß die Gesichter eine eigene Existenz haben, unabhängig, in einem körperlosen Irgendwo, und sie warten, welcher Clown sie tragen wird, wer sie zum Leben erwecken wird. Gesichter, die in den Spiegeln unbekannter Garderoben warten, unsichtbar in den Tiefen des Glases wie Fische in staubigen Teichen, Fische, die aus der tiefen Dunkelheit aufsteigen, wenn sie den einen erkennen, der sein eigenes Bild besorgt und prüfend betrachtet und das Gesicht sucht, das jenem fehlt... menschenfressende Fische, die darauf warten, dein Wesen zu verschlingen und dir statt dessen ein anderes zu geben.«

»Aber wir, wir alten Kameraden, wir alten Hasen«, sagte Grik, »brauche ich zum Beispiel einen Spiegel, wenn ich mich schminke? Aber was! Ich muß nur meinem alten Freund hier ins Gesicht schauen, denn als wir zusammen unsere Gesichter entworfen haben, da haben wir aus dem Nichts jeder den Siamesischen Zwilling des anderen erschaffen, unseren nächsten Angehörigen, verbunden durch ein Band, das so stark ist wie nur eine gemeinsame Leber. Ohne Grik ist Grok eine verirrte Silbe, ein Druckfehler im Programm, der Schluckauf eines Schildermalers auf dem Plakat –«

»– und so ist er ohne mich. Ach, junger Mann, du Erster Mai, wir können es Ihnen nicht sagen, wie könnten wir ausreichende Worte finden, um Ihnen zu sagen, wie ganz und gar nutzlos wir waren, ehe Grik und Grok zusammenkamen und ihre zwei Nutzlosigkeiten zusammenwarfen und ehe wir unsere getrennten leeren Gesichter mit dem einen Gesicht vertauschten, unserem Gesicht, das gemeinsame Kind unserer beiden Impotenzen zu Bett brachten, das mehr als die Summe unserer Teile war, wie es der Dialektik der Nutzlosigkeit entspricht, die da lautet: Nichts plus Nichts gleich Etwas, sofern –«

»– sofern man weiß, was Plus bedeutet.«

Nach dieser Belehrung über die dialektische Gleichung strahlten sie zufrieden unter ihrem undurchdringlichen Make-up. Aber Buffo wollte davon nichts wissen.

»Scheiße«, sagte er mit schwerer Stimme und rülpste. »Verzeihung, aber: am Arsch, mein Alter. *Nichts* kommt von nichts. Das ist das Herrliche daran.«

Und die ganze Gesellschaft wiederholte, leise wie das Rascheln dürrer Blätter: »Das ist das Herrliche! Nichts kommt von nichts!«

Doch die Musikclowns – so viel althergebrachte Autorität besaßen sie innerhalb der Horde – begannen sogleich starrsinnig den Beweis anzutreten, daß sie wenigstens ein kleines Etwas aus dem Nichts hervorlocken konnten, denn Grik fing an, eine ganz leise, ganz winzige Melodie zu summen, während Grok, sein alter Freund, sanft mit den behandschuhten Fingerspitzen auf die Tischplatte zu trommeln begann – Summen einer schläfrigen Biene, Rhythmus schwach wie ein Pulsschlag, aber genug für die Clowns, denn die anderen erhoben sich nun von ihren Bänken und fingen an, im Dämmerdüster der Petersburger Küche zu tanzen.

Es war die Bergamasca, der Tölpeltanz, und er begann mit derselben Parodie graziöser Bewegung wie der Tanz der tölpelhaften Handwerker im *Sommernachtstraum*; bald verzerrte sich ihr Takt, wurde grausam, wurde zu einem wilden Hohn auf jegliche Vorstellung von Tanz.

Wie sie tanzten, fingen sie an, sich im Takt mit den übriggebliebenen Schwarzbrotrinden zu bewerfen und gossen ihre Wodkaflaschen einer dem anderen über den Köpfen aus; sie mimten in grotesker Übertreibung Schmerz, Empörung, Verzweiflung, Agonie, Tod, standen wieder auf, warfen, gossen, wie du mir: so ich dir. Die Babuschka döste nun auf dem Ofen, ihre umfangreichen Sorgen vergessen, doch der kleine Iwan verbarg sich verzaubert im Schatten und konnte bei aller Angst es nicht lassen, zuzusehen, den Daumen fest in den Mund geschoben, zum Trost.

Die blakende Paraffinlampe warf schräge Schatten auf die rauchgeschwärzten Wände, Schatten, die nicht fielen, wie die Gesetze des Lichtes sie hätten fallen lassen müssen. Einer nach dem anderen stiegen die Clowns, begleitet von ihren verzerrten Schatten, auf den Tisch, an dessen beiden Enden Grik und Grok sitzengeblieben waren, wie Grabsteine, summend und trommelnd.

Ein langer Schlaks mit mohrrübenroten Haaren, dessen Anzug ein prismatisch buntes Rautenmuster hatte, hielt die karierten weiten Hosen einer kleinen Kreatur mit einer roten Samtweste fest und goß einen ganzen Halbliter Wodka in die so entstandene Öffnung. Der Zwerg brach in einen Orkan lautlosen Weinens aus und warf sich mit einem Salto rückwärts seinem Angreifer in den Nacken, wo er sich wie der Alte Mann vom Meere festklammerte und reitend hockenblieb, obwohl der Harlekin nun in ununterbrochenem Radschlagen herumzuwirbeln begann, daß er in einem bunten Kreisel verschwand, um schließlich seinerseits auf dem Rücken des Zwerges wiederaufzutauchen. An diesem Punkt verlor Walser das Paar im Chaos des wilden Tanzes aus den Augen.

Welch tierische, obszöne Gewalttätigkeiten sie aufführten! Einer schob einem August die Wodkaflasche in den Arsch; der August beantwortete dies sofort, indem er seine Vagabundenhosen fallen ließ, um ein Glied von priapischen Ausmaßen zu enthüllen, leuchtend purpurfarben und mit gelben

Sternen übersät, von dem zwei kirschrote Ballons baumelten. Da zog ein zweiter August mit schlimmem Grinsen eine Schere aus der hinteren Hosentasche und schnitt das schreckliche Ding ab – doch wie er es triumphierend in der Luft schwenkte, erschien ein zweiter greller Phallus an Stelle des ersten, diesmal hellblau mit scharlachfarbenen Tupfen und roten Hoden, und so weiter, bis der Clown mit der Schere mit einem Dutzend der Dinger jonglierte.

Es schien, als tanzten sie den Raum zuschanden. Während die Babuschka schlief, schmolz die allzufeste Küche unter den Schlägen ihrer Unordnung zu Fragmenten, als sei sie immer nur eine raffinierte Kulisse gewesen, und die purpurne Nacht Sankt Petersburgs schob sich in schartigen Keilen durch die Wände um den Tisch, auf dem diese Komödianten mit so wenig Freude herumtobten, in einem Tanz, der schien, als sollte er das Ende der Welt heraufrufen.

Dann winkte Buffo, der die ganze Zeit an seinem Christus-Platz gesessen hatte, mit der Reglosigkeit des Maskierten, Klein-Iwan – dem unschuldigen kleinen Iwan –, damit er den schwarzen eisernen Kessel brächte, aus dem die Fischsuppe geschöpft worden war, und ihn vor ihn hinstellte. Und so trat das wie in Trance sich bewegende Kind in das Spiel.

Mit zeremonieller Würde sich erhebend fischte der Meister der Clowns in dem Kessel herum und fand dort alle möglichen unanständigen Gegenstände – Unterhosen, Klobürsten und lange, lange Rollen Klopapier. (Analität, die eine Eigenschaft, die sie in der Tat mit Kindern gemeinsam hatten.) Nachttöpfe erschienen aus dem Nichts, und bald trugen sie einige auf den Köpfen, während Buffo immer mehr und noch mehr widerliche kleine Überraschungen aus den Zaubertiefen seines Topfes hervorholte und sie mit kaiserlicher Großzügigkeit seinem Gefolge servierte.

Tanz der Auflösung und der Regression, Feier des Urschleims.

Klein-Iwan sah starräugig zu, am Rande der Panik, der Hysterie, und doch war alles still wie ein Sommertag – nur Gesumm und Pulsschlag von Grik und Grok und gelegentlich, wie ein Laut aus einer anderen Welt, ein Schnarchen und Aufseufzen der Babuschka auf dem Ofen.

Trotz Fevvers' Pflege und der Hilfe des Arztes fühlte sich Walser immer noch steif und wund von der Umarmung des Tigers, und obwohl er wußte, daß diese Darbietung in gewisser Weise zu seinen Ehren stattfand, sogar eine Art Initiation darstellte, war sie nicht sehr nach seinem Geschmack, und er schlüpfte durch einen der Risse, welche die Festlichkeit geschaffen hatte, auf die eiseskalte Straße hinaus. Bei der Berührung der Kälte sirrte seine Wunde wie eine Säge.

An einer bröckelnden Mauer, widerwillig erleuchtet von einer kärglichen Straßenlaterne, hing ein frischgeklebtes Plakat. Er konnte die kyrillische Aufschrift nicht lesen, aber sie konnte er sehen – Fevvers, in all ihrer Üppigkeit, mitten in der Luft schwebend, in ihrer neuen Inkarnation als Zirkusstar. Der Colonel hatte den Entwurf des französischen Zwerges übernommen, hatte aber von weniger geschickter Hand Bilder der Prinzessin von Abessinien, von den Katzen, den Affen, der Clowns selbst hinzufügen lassen, so daß sie alle von Fevvers' gebreiteten Flügeln beschirmt schienen, wie die Armen der Welt Schutz unter dem Mantel der erbarmungsreichen Madonna finden.

Als Walser das Plakat mit sardonischem Lächeln besah, löste sich ein Schatten aus den anderen Schatten unter der Laterne, kam wie ein Windstoß über die Straße gelaufen und warf sich weinend zu Walsers Füßen, seine Hand mit Küssen überschüttend.

V

So kam es, daß Walser die Frau des Affen-Mannes erbte, obwohl er kein Wort von dem verstand, was sie sagte, ihren Namen ausgenommen: Mignon; und sie blieb auf der Straße hingekauert sitzen und klammerte sich mit ihren armen knochigen Händen an seine kurzen Hosen.

Sie trug immer noch dasselbe wie am Morgen – den dünnen, verblichenen baumwollenen Morgenmantel, keinen Mantel, kein Tuch, und ihre bloßen Arme waren mauvegefleckt vor Kälte. Die kleinen weißen Kaninchenknochen ihrer Knöchel waren über den zerrissenen Filzpantoffeln an ihren nackten Füßen zu sehen. Ihr schlaffes, helles Haar hing in nassen Rattenschwänzchen von ihrem kleinen Kopf. Mit seiner Linken – der guten Hand – zog er sie herauf, und sie richtete sich widerstandslos auf, leicht wie ein leerer Korb. Sie lehnte sich gegen ihn, während sie ihr Weinen endete, und rieb sich wie ein Kind mit den Fingerknöcheln die Augen. Die dunklen Stellen in ihrem Gesicht mochten Tränenspuren sein oder die Zeichen von Schlägen.

Nichts sonst regte sich in dieser Straße schiefer, verrammelter Häuser. Der Nebel drückte nach unten wie der Deckel auf den Topf. Ein melancholischer Hund bellte in der Ferne. Im Mietshaus hinter ihm die böse Fiesta der Clowns. Nirgendwo, wohin er diese Waise hätte bringen können, die ihm der Zufall hergeführt hatte, außer – die Madonna der Manege wackelte vom Plakat herüber mit ihrem Popo: sein Entschluß war gefaßt. Er schnalzte und gurrte beruhigend auf das Mädchen ein wie eine Kunstreiterin, die ein scheues Pferd gefügig macht, und führte sie durch ein Labyrinth von Baracken, bis sie plötzlich auf eine glitzernde Straße hinaustraten.

Welch donnernder Lärm! Welch strahlende Lichter! Die Menge der Menschen, der Pferde, der Kutschen! Es rührte

Walser, zu sehen, wie die kleine Mignon, nur an ihre armseligen Wohnungen, an Wohnwagen und die schäbige Rückseite des Zirkuslebens gewohnt, bald zu schluchzen aufhörte und erstaunt und aufgeregt umherblickte. Sie hatte anscheinend Polypen und atmete durch den Mund, aber sie hatte eine blasse, unterernährte, ungesunde Hübschheit. Als sie zu weinen aufhörte, hatte sie Atem genug, um zu husten.

Sie gaben ein seltsames Paar ab. Eine geschminkte Prostituierte mit verschleierten Augen und einem schönen Mantel mit Pelzkragen drehte sich um und sah ihnen nach. Sie bekreuzigte sich, dachte, sie habe ein Paar heiliger Narren gesehen, doch der Türsteher des Hotel de l'Europe in seiner braunen Uniform, weniger abergläubisch, kam ihnen mit abwehrend ausgestreckter Hand entgegen und verbot den Eintritt durch die Glastüre mit der Geste des Engels vor dem Paradies.

Walser versuchte es mit seinen wenigen Worten Russisch und wiederholte »bitte« einige Male, doch der Portier lachte und schüttelte den Kopf. Er trug die Epauletten und die Mütze eines Generals, mindestens. Mignon, die an Walsers Arm hing, schaute und schaute durch die Glastür auf das Märchenland dort drinnen, das Leuchten des elektrischen Lichtes, die weichen Teppiche, die feinen Damen (nicht hübscher als sie selbst), die ihre Busen den sich verbeugenden Herrn in Abendtoilette zeigten. Sie schaute mit glücklicher Ehrfurcht, beinahe mit Dankbarkeit, daß solcher Luxus existierte. Sie erwartete nie, daß der Türsteher sie einließe – warum sollte er? Sie wußte besser als der törichte Clown, daß diese Freuden nicht für solche wie sie waren, und doch war der Anblick dieses verbotenen Leckerladens von einem Hotelfoyer in sich genug, sie für einen Tag zu entschädigen, an dem ihr Liebhaber sie der Gnade eines hungrigen Tigers ausgeliefert hatte, an dem sie dann von ihrem Ehemann verprügelt und schließlich grün und blau und halbnackt auf die Straße geworfen worden war, im russischen Winter. Sie stieß kleine gutturale Laute sehnsüchtiger Bewunderung aus. Ihre Augen waren wie Mühlsteine rund und groß.

Dann dachte Walser, er könnte den Portier vielleicht mit einem Schmiergeld besänftigen, doch als er unter seinem Hemd nach dem Brustbeutel tastete, in dem seine Rubel zu verstecken ihn die Clownkollegen gelehrt hatten, legte sich eine feste Hand in bronzefarbenem Lederhandschuh auf seine intakte Schulter, während eine zweite, identisch gekleidet, vor den Augen des Portiers zwei rosa Zettelchen präsentierte, die er als Freikarten für den Premierenabend der Größten Show der Welt erkannte. Er und Mignon wurden sogleich in die warme duftende Luft des Hotelinneren hineingeweht, hinter Fevvers her, während der Türsteher sich mit serviler Dankbarkeit beinahe bis zum Boden verbeugte.

Ihre Suite schien ausschließlich mit Blumenarrangements möbliert, aber unter einigen Zentnern weißem Flieder entdeckte Fevvers einen rotsamtenen Lehnstuhl von der Größe einer Sitzbadewanne und ließ sich hineinplumpsen; sie kickte ihre Stöckelschuhe von den Füßen und warf schulterzuckend einen blumig gewebten spanischen Umhang von sich: Gesten wütender Müdigkeit. Unter dem Umhang trug sie ein extravagantes Satinkleid in jenem Rot, das Blondinen, wie es immer heißt, vermeiden sollten, weil es ihnen »die Farbe nimmt«. Doch Fevvers, deren Rouge noch leuchtender war, schadete es nichts. Das Kleid war mit schwarzen Spitzen besetzt und beinahe bis zu den Brustwarzen ausgeschnitten, wohl um von ihrem Flügel-Buckel abzulenken. Trotzdem:

»Morgen«, knurrte sie übellaunig, »werden alle die feinen Dämchen von Petersburg einen Buckel tragen. Wieder ein gesellschaftlicher Triumph, Mister Walser.«

Die Madonna misericordiae war sehr schlecht aufgelegt.

»Und was ist uns hier zugelaufen?« wollte sie mit einem

kalten Blick auf Mignon wissen. »Schnell, Liz, laß ein Bad einlaufen, eh sie uns mit irgendwas ansteckt.«

Lizzie sah Walser streng an und stampfte davon ins Badezimmer, um ihren Auftrag auszuführen.

In glücklicher Unkenntnis des kühlen Empfangs war das Mädchen – unter dem erbarmungslosen Licht der elektrischen Kronleuchter sah sie nicht älter als dreizehn aus – völlig überwältigt von dem Zimmer und drehte sich auf ein und derselben Stelle des Teppichs immer wieder um sich selbst, um alles in sich aufzunehmen; die schönen Bilder an den Wänden, dünnbeinige Tischchen mit Onyxaschenbechern und Zigarettendosen aus Chalzedon, das fröhliche Kaminfeuer, Plüsch, Glanz und tiefe Teppiche. Ooooooh!

Beim Anblick des Entzückens dieses halbverhungerten Mädchens kämpfte Fevvers' Gutmütigkeit mit ihrem Ärger. Sie seufzte, ließ sich erweichen und sprach Mignon in raschen Salven verschiedener Sprachen an, italienisch, französisch, deutsch, alles barbarisch ausgesprochen und grammatisch verquer, aber rasch wie Maschinengewehrfeuer. Als sie bei Deutsch angekommen war, lächelte das Mädchen.

Fevvers wühlte unter einer welkenden Sammlung Orchideen, fand eine mit Bändern umwundene Schachtel von der Größe einer Kesselpauke, warf den Deckel beiseite und enthüllte gehäufte Lagen von Pralinen in Spitzentutus aus weißem Papier. Sie hielt die Schachtel mit einer abrupten Bewegung Mignon hin.

»Auf geht's. Hau rein. *Essen. Gut.*«

Mignon, unbeholfen wie ein Junge, preßte die Schachtel an ihre Brust, sog den Geruch mit halbgeschlossenen Augen ein und wurde fast ohnmächtig über den sich vermengenden Düften kindischer Wollust – Kakao, Vanille, Veilchen, Karamellen, Nougat –, die aus den spitzengesäumten Tiefen emporstiegen. Sie schien kaum zu dem Wagnis in der Lage, die Pralinen zu berühren. Fevvers wählte brüsk eine dicke

Schokoladenpraline mit einem kandierten Ingwerstückchen obendrauf und schob sie in den blaßrosa Mund, der sich wie eine Seeanemone öffnete und schloß. Eine glitzernde Schnekkenspur, der Samen des Starken Mannes, lief Mignons Bein hinunter. Sie stank. Ehe sie den Affen-Mann geheiratet hatte, übte sie einen seltsamen Beruf aus: Sie stellte lange Zeit die Toten dar.

Sie war das Kind eines jungen Mannes, der seine Frau, die Mutter seiner Kinder, tötete, weil sie mit den Soldaten einer nahegelegenen Kaserne Verkehr hatte. Dieser junge Mann führte die Frau zu einem Teich am Rande der Stadt, schnitt ihr die Kehle durch und kam in die Wohnung zurück, wo er noch genug Zeit hatte, den Kindern ihr Essen zu machen. Mignon und ihre kleine Schwester spielten auf dem Platz vor dem Haus. Mignon war beim Seilhüpfen, ihre Schwester schwang das Seil. Sie war sechs, ihre Schwester war fünf.

Sie sahen ihren Vater zurückkommen. »Das Essen ist gleich fertig«, sagte er. Er ging ins Haus. An seinem Hemd war Blut, aber arbeitete er nicht im Schlachthaus? War es nicht seine Arbeit, dort den Boden zu säubern? So beachteten sie das Blut an seinem Hemd und seine nassen Hosen nicht weiter.

Aber er kam gleich wieder aus dem Haus auf die Straße. »Das Brotmesser ist weg«, sagte er. »Ich muß das Brotmesser finden.« Später fragte man die Kinder, ob er sich ungewöhnlich benommen habe, aber wie kann ein sechsjähriges, ein fünfjähriges Kind sagen, was ungewöhnliches Benehmen ist und was nicht? Das Brotmesser war noch nie verloren gegangen. Das war ungewöhnlich. Aber Vater machte oft das Essen, weil Mutter die Wäsche für die Soldaten in der Kaserne wusch und abends wegging, um die gestärkten Hemden für die Offiziere abzuliefern, damit sie frisch für das Diner bereit waren.

»Bad ist fertig«, sagte Lizzie, die in einer Wolke blütenduftenden Dampfes unter der Tür stand.

Mignon kämpfte mit ihrem Mantel, aber da sie die Pralinenschachtel nicht loslassen wollte und diese, mit ihren Ärmeln ringend, unter den einen und dann wieder den anderen Arm klemmen mußte, dauerte es einige Zeit, bis sie aus ihm herausfand. Sie preßte die bebänderte Schachtel so eng an sich, daß man hätte glauben können, sie habe sich in die Pralinen verliebt.

Da er das Essen nicht bereiten konnte, ohne Brot aufzuschneiden, ging der Vater weg, um das Brotmesser im Teich zu suchen, und suchte so fleißig, daß er sich in fünf Fuß tiefem Wasser ertränkte. Sie fanden das Brotmesser, als der Teich abgesucht wurde. »Ist dies euer Brotmesser?« fragte der Richter freundlich. »Ja«, sagte Mignon und streckte die Hand danach aus, aber sie wollten es ihr nicht zurückgeben. Das war dann später.

Die kleinen Mädchen spielten auf dem Platz weiter, bis es dunkel wurde. Mignon schwang jetzt das Hüpfseil. Das andere Ende war an der Türklinke angebunden. Jetzt waren alle Fenster im Hause hell, aber ihres nicht. Dann war ihre Schwester hungrig, deshalb banden sie das Springseil ab und gingen die Treppe hinauf nach oben. Mignon wußte nicht, wie man Licht macht, aber sie fand den Brotlaib im Dunkeln durch Tasten auf dem Tisch und brach Stücke für die Schwester und für sich selbst ab, also aßen sie das.

»Gotteswillen!« rief Fevvers, als sie Mignon nackt sah. Mignons Haut war rötlich-blau, grünlich, gelblich von den Schlägen. Und es war noch mehr als die Spuren von frischen Schlägen auf abheilenden Spuren über abgeheilten Spuren; es war, als hätte man sie flach und platt geschlagen, hätte allen Glanz, allen Wuchs aus ihrer Jungmädchenhaut geprügelt, hätte sie fadenscheinig gehauen. Als hätte man sie gedroschen, zu der Dünne gehämmerten Metalls geschlagen – und die Prügel hatten sie fast in den Anschein der Kindheit zurückgestoßen, denn ihre kleinen Schulterblätter standen in spitzem Winkel ab, sie hatte keine Brüste und war beinahe unbehaart bis auf eine kleine flachsgelbe Strähne auf ihrem Venushügel.

Sie ließ den Mantel zu Boden fallen und – sich der erschrokkenen Blicke ganz unbewußt – hüpfte davon ins Badezimmer, ganz Beine und Ellenbogen. Ihre Pralinen vergaß sie nicht mitzunehmen. Lizzie hob das zurückgelassene Kleidungsstück mit der Feuerzange auf und ließ es in den Kamin fallen, wo es aufflammte, knisterte, sich in ein schwarzes Gespenst seiner selbst verwandelte und in den Schornstein entschwebte. Fevvers drückte auf die Serviceklingel.

Die kleinen Mädchen weinten und schliefen ein. Am Morgen kam der Vater nicht, nur die Nachbarn kamen. An die Gerichtssitzung hatte Mignon nur eine ganz schemenhafte Erinnerung, weniger deutlich als an die Kutteln, die in der Pfanne hüpften, wenn der Vater eine Handvoll Eingeweide aus dem Schlachthaus gestohlen hatte, oder an das hübsche Band, das ihr ein Soldat geschenkt hatte und das die Mutter ihr wieder wegnahm. (Warum hatte sie das getan?)

Und nun, da sie ein großes Mädchen war, hätte sie sich von ihrem Vater nur den Geruch ältlichen Fleisches ins Gedächtnis zurückrufen können und einen blonden Schnurrbart, dessen Spitzen immer herabhingen, seinen Schnurrbart, der schon lange verzweifelt gewesen war, ehe er das Brotmesser ergriffen und in seinem Hemd versteckt hatte, seine Frau bei der Hand genommen hatte und mit ihr hinausgegangen war, um den Sonnenuntergang anzuschauen, wie er sich in der Wasserfläche spiegelte.

Von der Mutter, feuchte Hände voll Seifenschaum; Hände, die ihr Sachen wegnahmen. Und Tränen, unerfindlich in der Erinnerung wie damals im Leben, diese Tränen, die kamen, wenn die untreue Frau ihre Töchter an ihre Brust zog, wie sie es gelegentlich, wenn auch nicht häufig, tat.

In der kurzen Zeit, die Fevvers in Sankt Petersburg verbracht hatte, hatte sie sich anscheinend genügend schlechtes Russisch angeeignet, daß sie eine Mahlzeit bestellen konnte – und nachträglich fiel ihr noch eine Flasche jenes internationalen Getränks ein: Champagner. Es war deutlich, daß Mignons Lage ihr Herz erweicht hatte, wenn man es auch nicht vermutet hätte beim drohenden Blitz ihrer blauen Augen, wenn sie Walser trafen.

Im städtischen Waisenhaus untergebracht, beteten die Kinder und verbrachten den Rest ihrer Zeit mit Haushaltsarbeit. Dann war es, als ginge ihre Schwester in die eine Richtung davon und Mignon in die andere: an einem Morgen erwachten sie im selben Bett, eine in den Armen der anderen, und am Abend dieses Tages schlief Mignon auf einem Lumpenhaufen in der Ecke einer Küche ein, umgeben von dunklen Umrissen von Töpfen, Bratspießen, Krügen und Klopfhölzern für das Geflügel.

Sechs Monate hielt sie es aus, denn es war Winter, und das Haus, in das sie als Küchenmagd gekommen war, lag mitten auf dem Land mitten im Schnee. Als es aber Frühling wurde, rannte sie weg, und ein Bauer, der eine Wagenladung Kraut in die Stadt brachte, nahm sie dorthin mit, nachdem sie ihm einen geblasen hatte. Sie wagte es nicht, in das Waisenhaus zurückzugehen, obwohl sie lange Zeit draußen herumstrich in der Hoffnung, die Schwester könnte vielleicht noch dort sein, aber sie sah sie nie, und da nahm sie an, daß sie wohl auch irgendwo eine gute Stelle gefunden hatte.

Den ganzen Sommer lang ernährte sich Mignon davon, daß sie auf dem Markt weggeworfene Blumen aufsammelte und zu krüppelhaften Sträußen band. Sie lernte, eine gewisse Phantasie beim Arrangement dieser Sträußchen zu entwikkeln und ihre *trouvailles* mit Blüten zu ergänzen, die sie in den öffentlichen Parkanlagen pflückte, aber es war kein gutes Leben, es war kaum verhüllte Bettelei, und sie stahl auch anderes, Essen, hie und da ein Kleidungsstück, um sich durchzuschlagen.

Sie schlief, wo sie konnte – in Passagen, unter Brücken, in Toreinfahrten, und das ging auch an, solange es warm war. Bald hatte sie viele Bekannte unter den anderen Straßenkindern, der vom Zufall verworfenen Jugend der großen Stadt, und als die kalte Jahreszeit kam, tat sie sich mit einer ganzen Bande von Kindern und Jugendlichen zusammen, die ihr Hauptquartier in einem verlassenen Lagerhaus hatten.

Vom Bettler zum Dieb ist nur ein Schritt, aber ein Schritt, der zugleich in zwei Richtungen führt, denn was ein Bettler, moralisch gesehen, verliert, wenn er zum Dieb wird, das gewinnt er an Selbstachtung hinzu.

Wie geschickte Taschendiebe sie aber auch sein mochten, diese Kinder des gesellschaftlichen Abgrunds blieben – Kinder. Sie machten sich riesige Lagerfeuer des Nachts, teils, um sich zu wärmen, teils wegen des Vergnügens an den knisternden Flammen, sie spielten Fangen und Verstecken und Durch-die-Funken-Springen, sie verstrickten sich in kindische Streitereien und Auseinandersetzungen, und dann wurde das Feuer größer, zu groß, verzehrte ihr Zuhause, fraß auch ein paar von ihnen auf. Das Heim und die Familie, die sich Mignon erfunden hatte, gingen in Rauch auf, und sie war wieder auf sich allein gestellt.

So stahl sie ein wenig und holte nervösen Jungen in Seitensträßchen für ein paar Kupfermünzen einen runter und ließ es sich für ein paar Münzen mehr reinstecken, gegen eine schmutzige Wand gelehnt. Da war sie etwa vierzehn.

Der Kellner klopfte und rollte einen geschirrklingelnden Servierwagen herein. Eine Terrine und Champagner in einem silbernen Sektkübel, köstlich kalt angelaufen. Der Kellner deckte an einem der lustigen kleinen Tischchen einen Platz mit einem glänzendweißen Tischtuch, wobei er die ganze Zeit verstohlen in Fevvers' nobles Dekolleté spähte, bis Walser in sich den merkwürdigen Wunsch aufsteigen spürte, dem jungen Mann eins auf die Nase zu geben. Wenn Fevvers auch nur für Mignon zu Essen bestellt hatte, gab es doch vier Gläser, wie gestielte Untertassen – die ließ sie mit einer raschen Handbewegung des Befehls durch Champagnerkelche ersetzen, eine Geste skrupulöser Eleganz, die Walser sehr gefiel.

Fevvers hob den Deckel der Suppenterrine – Weißbrot in warmer Milch für das mißhandelte Kind, sehr mütterlich. Sie holte sich ein Pröbchen mit dem Finger, versuchte es, schnitt ein Gesicht und streute reichlich Zucker aus einer silbernen Büchse in das Gericht. Sie setzte den Deckel wieder auf und schlug eine Serviette um die Schüssel, daß alles schön warm blieb. Trotz dieser gastlichen Vorbereitungen war die Cockney-Venus noch immer in übler Stimmung und warf Walser verächtliche und gereizte Blicke zu – aus Augen, die an diesem Abend dunkelblau wie Matrosenhosen waren.

Ekstatisches Planschen und kleine Entzückensschreie drangen durch die Ritzen der Badezimmertür, zusammen mit winzigen Dampfwölkchen. Dann begann Mignon zu singen.

Sie hatte einen lieblichen, kunstlosen Sopran – so weit, so gut; insofern paßte ihre Stimme zu ihrem unreifen Körper. Doch es war, als fände die kaum vorstellbare Tragödie ihres Lebens, dieses Meer von Elend und Verhängnis, in dessen Gefahr sie in ihrer unschuldigen Verderbtheit umherschwamm, als fände all dies jenseits ihres Bewußtseins oder ihrer Absicht Ausdruck in ihrer Stimme. Sie sang:

»So we'll go no more a-roving
So late into the night
Though the heart be still as loving
And the moon shine still as bright.«

Alle drei Lauschenden spürten, wie sich ihnen die Haare im Nacken sträubten, als sei diese schöne Stimme etwas Unheimliches, als gehöre sie einer Zauberin oder jemandem unter einem Bann.

»Ich dachte, sie kann kein Englisch«, murmelte Fevvers irritiert, als hätte das Kind sie alle getäuscht.

»Begreifst du nicht?« flüsterte Lizzie. »Sie kann die Wörter singen, aber sie weiß nicht, was es bedeutet.«

In einer Winternacht, als die Schneeflocken um die Schornsteine wirbelten, wanderte Mignon, kühn vor Hunger, in die Geschäftsstraßen der Innenstadt, wohin sie sich sonst selten wagte. Ein Herr in warmem Wintermantel und mit einem Zylinder, den die Schneelast auf seiner Krempe melancholisch niederdrückte, kam auf dem Gehsteig auf sie zu geeilt, in seine eigenen Unternehmungen versunken. Sie stellte sich ihm in den Weg. Sie hatte seit zwei Tagen nichts gegessen. Sie war so dünn, daß sie keinen Schatten warf. Er hob die Hand, um sie beiseite zu streifen wie eine Fliege, die sich auf seinem Arm niedergelassen hatte, doch dann starrte er nachdenklich in ihr Gesicht, und ein Ausdruck berechnender Verschlagenheit und schlauer Erwartung trat auf das seine.

Er war ein Medium und hatte seine Sprechzeiten in seiner behaglichen Wohnung über einem Krämerladen im nächsten Block. Herrliche Gerüche nach Nelken, getrockneten Aprikosen und Schinkenwurst stiegen durch die Dielenritzen herauf, und zum ersten Mal in ihrem Leben bekam Mignon genug zu essen. Sie nahm jedoch nicht zu; es war, als äße etwas in ihr alles auf, ehe es zu ihr selbst gelangte, doch hatte sie keine Würmer.

Dieser Mann, Herr M., war von einem Gottesdienst in der Spiritistenkirche zurückgekommen, wie er ihn dort gelegentlich hielt, als er das kleine Straßenmädchen mit dem Kopftuch getroffen hatte. Er war in der Tat mit einem ernsten Problem beschäftigt gewesen, für das ihr Erscheinen die Lösung bot. Denn erst letzte Woche war seine Assistentin, ein fülliges Mädchen aus Schleswig-Holstein, in die er vollkommenes Vertrauen gesetzt hatte, mit einem brasilianischen Herrn auf und davon gegangen, einem Handlungsreisenden, der den

Krämer im Erdgeschoß mit Kaffeeproben besuchte. Eines Tags war sie rasch nach unten geeilt, um etwas Käse und Brot zu kaufen, und der pomadisierte und ausladend gestikulierende Lateinamerikaner ließ seine Beutel mit grünen Kaffeebohnen im Stich, um in einem unwiderstehlich synkopierten Akzent ein wenig mit ihr zu flirten. Sie nahm seine Einladung an, an einem Sonntag, wenn Herr M. seine alte Tante in einem laubüberschatteten Vorort besuchen würde, mit ihm in einem bekannten Restaurant zu speisen. Eins kam zum anderen, und wenn das Medium auch scharfäugig in die nächste Welt sehen mochte, so war Herr M. doch blind wie ein Maulwurf für die Entwicklung gerade vor seiner Nase – bis er unter dieser Nase (genau dort: an das Kopfkissen, auf welchem er beim Erwachen ihren bezopften Kopf vorzufinden gewohnt war, mit einer Nähnadel angeheftet) einen Zettel vorfand, der ihm mitteilte, sie befände sich bereits im Zug, der sie zu dem Hafen bringen würde, wo sie und ihr Beau sich nach Rio einzuschiffen gedächten. Ha!

Die durchgegangene Assistentin hatte sich ein paar Kleinigkeiten mitgenommen wie zum Beispiel Herrn M.s goldene Uhr und ein Bündel Banknoten, das er sicherheitshalber in der Standuhr verborgen hatte, aber er war ein großzügiger Mann und dachte sich, daß er ihr soviel zumindest schuldig war. Auch erleichterte ihn der Gedanke, daß sie fern im sonnigen Brasilien bei ihrem Senhor nichts ausplaudern konnte, was ihn in Verlegenheit gebracht hätte. Sie hinterließ jedoch eine peinliche Lücke: Er brauchte eine Assistentin, und seine Begegnung mit Mignon erschien ihm als von der Hand der Geister vorherbestimmt.

Es war ihre Ähnlichkeit mit einem Phantom, welche ihn am meisten beeindruckte.

»For the sword outwears the sheath
And the heart outwears the breast
And love itself must cease

And the heart itself take rest.«

Mignon sang ihr fremdes Lied ohne Sinn, ohne Fühlen, als leuchte das Lied durch sie hindurch, als wäre sie aus Glas; sie sang, ohne zu wissen, daß man ihr zuhörte; sie sang ihr Lied, das die Qual eines Erdteils in sich schloß.

Herr M. – ein Einmal-pro-Nacht-Mann, rauf und wieder runter – vögelte Mignon mit der geistesabwesenden Regelmäßigkeit, mit der er die Standuhr aufzog, wenn auch niemals ebenso lange. Mignon aber konnte ihr Glück kaum fassen: ein Bett mit Laken, ein Sessel, ein warmer Ofen, ein Tisch mit einem Tischtuch, Mahlzeiten! Er ließ sie entlausen, bezahlte den Arzt für eine Untersuchung, bei der festgestellt wurde, daß sie wie durch ein Wunder sich nicht angesteckt hatte, schickte sie zum Zahnarzt, der ihre verfaulten Backenzähne zog, was die Ähnlichkeit ihres Gesichtes mit einem Totenkopf verstärkte. Da sie nur die Lumpen an ihrem Leib für alltags besaß, kaufte er ihr Wäsche, ein paar nüchterne Kleidchen, halb Wolle, halb Baumwolle, und für die Arbeitszeit ein paar hübsche weiße Nachthemdchen mit *broderie anglaise*. Einen Mantel brauchte sie nicht, da er sie nie aus der Wohnung ließ. Mignon fühlte sich im Himmel, aber im buchstäblichen Sinn hätte man Herrn M.s Etablissement als ein Paradies der Toren bezeichnen können.

Herr M. hatte sich schon frühzeitig folgenden Grundsatz zurechtgelegt: Warum stehlen, wenn im Betrug eine größere intellektuelle Befriedigung liegt?

Mignons tägliche Arbeit bestand von nun an darin, die Toten darzustellen und für die Photographien der Toten Modell zu stehen.

Jeden Morgen studierte Herr M. beim Frühstück die Todesanzeigen in der Zeitung und markierte die Todesfälle junger Frauen mit dickem schwarzem Bleistifttrauerrand. Obwohl junge Ehefrauen, vorzugsweise die im Kindbett gestorbenen, manchmal höchst befriedigendes Material lieferten, waren die ehelichen Beziehungen unter Umständen ein delikates Problem, und am liebsten war ihm das Hinscheiden der einzigen Tochter eines älteren Elternpaars. Epidemien von Diphterie und Scharlach ließen ihn immer freudvoll lächeln und mit besonderer Munterkeit mit dem Löffel auf das Frühstücksei pochen. Nachdem er sein Ei, seinen Käse, seine Salami, seinen Toast und ein paar Löffel verschiedener Marmeladen verzehrt hatte – er hielt viel auf ein herzhaftes Frühstück –, setzte er sich mit einer zweiten Tasse Kaffee an die Arbeit und trug die befriedigenden Ergebnisse seiner Forschungen in eine Kartei ein.

Manchmal besuchte er, feierlich wie ein Leichenbestatter und ähnlich gewandet, jene Begräbnisse, von denen er annahm, daß so wenige Trauergäste anwesend sein würden, daß sein Auftauchen im Gedächtnis haften bleiben müßte. Zu anderen schickte er erlesene Blumengebinde – ein weißes Veilchensträußchen, einen Kranz noch fast geschlossener Rosenknospen – mit seiner schwarzumrandeten Karte. Im allgemeinen verfolgte er jedoch keine Strategie des raschen Zuschlagens. Nein. Er ließ den ersten wilden Kummer verklingen, ehe er zugriff. Er zog es vor, mit Kunden zu arbeiten, die aus Erfahrung wußten, daß sie untröstlich waren.

Er war stolz auf seine Kenntnis des Menschenherzens.

So verließ er sich in der Hauptsache auf Flüsterpropaganda und unterhielt hervorragende Beziehungen zu Kranzschleifendruckereien, Grabsteinmetzen, Friedhofsgärtnereien und Sargschreinern. Von allen Klienten waren ihm die am liebsten, die von alleine zu ihm kamen. Die Wangen von Tränenspuren gefurcht kamen sie und erkundigten sich, oft beinahe verlegen, in der Spiritistenkirche, wo der Mesner, ein greiser Swedenborgianer von unerschütterlich integerem Wahnsinn die Namen und Adressen notierte und es Herrn M. gestattete, sie aufzusuchen, wenn es ihm beliebte. Er ließ sie gerne ein wenig warten, nicht zu lange, gerade genug, damit sie begriffen, wie schwierig die Unterhandlungen waren, die er führen mußte.

»Und werden wir sie sehen? Werden wir sie tatsächlich sehen?«

O ja. Sie wird den großen Abyssos überschreiten und aus dem Drüben zurückkehren, sie wird ihr Lager auf den Asphodeloswiesen verlassen und hier, in diesem Zimmer, sich verkörpern, wenn die Vorhänge zugezogen sind, im Dämmerlicht … sie kann den Sonnenschein nun nicht mehr ertragen, verstehen Sie, noch die künstliche Grelle der Gasbeleuchtung, sie hat ihren eigenen leuchtenden Nebel bei sich.

Alle jungen Mädchen sehen nach einer langen Krankheit gleich aus. Mignon trug ein bis zum Halse zugeknöpftes weißes Nachthemd und offenes Haar. Die Hinterbliebenen saßen um den runden Mahagonitisch, auf dem die rote Plüschdecke mit den perlenbesetzten Fransen lag. Sie hielten sich an den Händen. Herr M. wirkte solide und verläßlich wie der Filialleiter einer Bank in seiner breit sich spannenden Weste und dem dunkelgrünen Samtjackett, mit seiner öligen Sentimentalität. Bei den Séancen setzte er ein kleines Käppchen auf, bestickt mit arkanen Symbolen. Das hatte ihm seine Tante genäht.

Die einfachsten Illusionen waren für ihn die besten. Als Hobby jedoch experimentierte er mit verschiedenen optischen Spielereien und Laterna-Magica-Vorrichtungen der raffiniertesten Art. Herr M. gab bedeutende Summen für solche Apparate aus und beschäftigte sich mit höchst respektablen Forschungen zu Systemen der mechanischen Wiedergabe von Bildern – in vieler Hinsicht hatte er die Züge des Wissenschaftlers, der seinen Beruf verfehlt hat. Die Kunst, das Handwerk der Illusion faszinierten ihn tatsächlich, und während der ganzen Zeit, die Mignon bei ihm verbrachte, führte er einen gelehrten Briefwechsel mit einem gewissen Mr. Robert Paul in London über eine Erfindung, die Paul sich hatte patentieren lassen. Mr. Paul behauptete, seine Erfindung würde dem menschlichen Begehren, gleichzeitig in Vergangenheit, Gegenwart und Zukunft zu leben, eine materielle Grundlage verschaffen. Sie bestand aus einer Leinwand, auf welche in einer dem Zufall überlassenen Reihenfolge Bilderreihen projiziert wurden, die nachgestellte Szenen aus der Vergangenheit, Gegenwart und der zu erwartenden Zukunft darstellten, während die Zuschauer in ihren komfortablen *fauteuils* einem sanften Luftzug ausgesetzt waren, der von einer per Handkurbel bedienten Windmaschine herrührte und den Reisewind andeuten sollte. Herr M. trat sogar im Auftrag seines Kollegen in Verhandlungen mit einer Tanztruppe aus einem Variété, das er kannte, damit sie historische Gestalten vor seiner Kamera darstellten. (Er war, wie nicht erwähnt werden muß, ein ausgezeichneter Photograph.) Alles höchst korrekt und geschmackvoll.

Doch wenn er auch leidenschaftlich seinem Hobby anhing und fast seine ganzen freien Stunden im Arbeitszimmer mit dem Praxinoskop, dem Phasmatrop und dem Zoopraxiskop verbrachte, wo er auf einer weißen Leinwand Photographien von Pflanzen und Tieren erscheinen ließ, die oft wirkten, als bewegten sie sich, so waren diese Studien doch für sein Geschäft nur von marginaler Bedeutung; das bestand darin, den Lebenden das Geld dafür aus der Tasche zu ziehen, daß er ihnen Unterredungen mit ihren Toten verschaffte.

Sie will nicht reden, will nicht lächeln …

Ah, wie die Krankheit sie verändert hat! wie ihr kleines Gesichtchen entstellt ist! doch in dem glücklichen Lande, wo sie nun wohnt, gibt es nicht Krankheit noch Schmerz.

»Ach, mein Liebling!«

»Still! Belasten Sie sie nicht mit Ihrem Gram! Haben Sie Erbarmen mit ihr!«

Woraus man ersieht, daß Herr M. durchaus menschliche Züge besaß, zu welchen er sich oft selbst beglückwünschte – spendete er nicht Trost, stillte er keine Schmerzen? Beruhigte er nicht in der Güte seines mitfühlenden Herzens die leidenden Seelen, die ihre Qual in sein Wohnzimmer trugen? Hatte er nicht jene mitleidsvolle Neuerung entdeckt, die ihn von allen anderen Medien unterschied, konnte er nicht seinen unglücklichen Klienten authentische Bilder ihrer teuren Dahingeschiedenen verkaufen, die den Beweis erbrachten, daß sie – in welcher Welt sie nun auch weilen mochten – noch immer blühten?

Geschäftig interpretierte er unhörbare Stimmen, mit den besten Absichten.

»Sie bittet Sie: Papa! Mama! Nicht weinen!« Oder: »Sie sagt, sie fände keinen Frieden, solange Sie noch an Ihrem Kummer trügen.« Herr M. schob die Geldscheine in seine Standuhr und empfand dabei eine Befriedigung, die nicht rein finanzieller Natur war, die zumindest teilweise die eines barmherzigen Samariters war.

»Würden sie nicht bezahlen, würden sie auch nicht *glauben*, und dann hätten sie gar nichts davon.«

In seinem L-förmigen Wohnzimmer hingen Spitzenvorhänge um den Rundbogen, der zum Fuß des L führte, neben der grünglasierten Jardinière, auf der ein Topf mit Farnkraut stand. Auf diesen Alkoven war die Mahagonikamera von Herrn M. gerichtet, die wie ein kleines holzgetäfeltes Zimmer für sich wirkte. Hinter der Kamera stand der runde Tisch, an dem Herr M. die Hände der Eltern mit solcher Feierlichkeit ineinanderlegte, als vermähle er sie, und sie bat – mit dringlichem Flüstern! –, völlig regungslos zu bleiben. Wenn auch ihr Gesichtsfeld teilweise durch die Kamera verdeckt wurde, taten sie doch immer, wie er sie geheißen hatte, reckten nie die Hälse, um besser zu sehen, zu sehr von Ehrfurcht erfüllt. Kam ein Trauernder allein, legte Herr M. seine oder ihre Hände fest auf den Tisch und versicherte ihnen, daß der Geist sofort verschwände, wenn der Kontakt mit der Plüschoberfläche auch nur eine Sekunde unterbrochen würde.

Der Alkoven selbst lag stets im Dunkel, und purpurne Wolken stiegen aus Räucherwerk in chinesischen Vasen. Das Bücherregal an der hinteren Wand ließ sich an sorgfältig geölten Scharnieren zur Seite schwenken. Herr M. ging umher und drehte die Beleuchtung herunter.

»Es sind nur Mammi und Pappi, mein Kleines, die dich besuchen kommen.« Oder: »Willst du nicht zu deinem Männe kommen? Zurück zu deinem lieben kleinen Mann?« Was immer dem Status des Klienten angemessen war. Sie saßen am Tisch, hielten sich an den Händen und hofften.

»Komm, wenn ich auf den Tisch klopfe, Kleine.«

Mignon, in ihrem Nachthemd, schlüpfte hinter dem Bücherregal hervor in den Alkoven. Sie hielt eine elektrische Taschenlampe unter dem Hemd, so daß ihr Umriß leuchtete. So einfach war es. Von unten beleuchtet, von Räucherschwaden eingehüllt, halb verborgen hinter den Spitzengardinen, den vielfingrigen Farnzweigen und der massiven Kamera, hätte sie jedes junge Mädchen sein können.

Und wenn sie ihre Sehnsucht zu Gesicht bekamen, waren ihre Augen oft tränenblind.

Sie lächelte. Manchmal hielt sie eine Lilie in der Hand, hinter der sie sich verstecken konnte, wenn die taktvollen Erkundigungen von Herrn M. irgendeine Besonderheit des Gesichtes der Dahingegangenen ergeben hatten – ein Schielen, eine Hasenscharte.

Ein leichter Luftzug strich durch den Raum und entlockte der Glasharfe hinter ihr süße Klänge.

Herr M. senkte rasch seinen Kopf unter das schwarze Tuch der Kamera. Im unerwarteten Donner und Blitz des Magnesiums sah Mignons Gesicht für jeden, der es sah, aus wie das genaue Abbild der Verlorenen.

Wenn der Rauch sich verzog, war sie verschwunden, und Herr M. ging durch das Zimmer und drehte die Gaslampen höher.

Warum gelang es ihm nur, weibliche Geister heraufzurufen? Weil, ließ er durchblicken – sein tabakduftendes Taschentuch ziehend und sich schneuzend, als einer, der männliche Gefühle auf männliche Weise verbirgt –, weil auch er einst, vor langer Zeit, in entschwundenen Tagen... in einem Reich am Meere... Sie war ein Kind, und ich war ein Kind... Ihr hochgeborener Gevatter kam schließlich und nahm sie mit sich fort, doch Herrn M. gelang es, zu einer Abmachung mit dem hochgeborenen Gevatter zu kommen, unter der Bedingung, daß er nur Geister ihrer Art beschwor: kleine Mädchen.

Trotz dieser Begründung erschrak Mignon sehr, als er sie das erste Mal photographierte. Sie ging aus Neugier mit ihm in die Dunkelkammer und sah aufgeregt zu, wie sich im Säurebad das Bild wie durch Zauberei auf dem Papier kristallisierte. Dann aber schob sie die Unterlippe hinter ihre ein wenig vorstehenden Vorderzähne: Sie hatte Angst. Denn das Gesicht, das aus der Säure emporschwamm, stieg in gleicher Weise aus ihrem Gedächtnis auf.

»Mutter...«

Herr M. zog sie in echtem Mitgefühl an sich.

»Dumme Zufälle gibt es immer wieder«, entschuldigte er sich.

In seinem schwarzen Leichenbestatteranzug trug er persönlich die Photographien aus, jede in ein knisterndes Leichenhemdchen aus Seidenpapier gehüllt. Die Geister sind scheu, beschwor er seine Kunden; sie will, daß nur die sie so sehen, die sie am meisten liebt. Zeigen Sie *niemand* diese Photographien, oder ihr Gesicht verschwindet! Die undeutlichen Züge, die ins Dunkel verschmolzen, waren diejenigen, die Sehnsucht und Phantasie aus ihnen schufen.

Er rückte an seinem düsteren Zylinder und nahm die Bezeugungen der Dankbarkeit entgegen, die ihm gebührten.

Mignon stellte die Toten so erfolgreich dar, daß sich Herr M. sogar ein Zeitlang überlegte, ob er ihr über Kost und Logis hinaus ein Gehalt geben sollte, entschied sich aber dagegen, da sie sich etwas ersparen und dann davonlaufen könnte. So lebten sie zusammen ein seltsames Leben, ungesetzlich und respektabel. Es freute ihn, zu entdecken, daß sie ein wenig singen konnte, und oft fragte er sich, ob man nicht ihre frische, ungeübte Stimme irgendwie in den Auftritt einbringen könnte – Engelsstimmen vielleicht? Doch dann dachte er: Die Sache würde zu kompliziert. Und er ließ sie häufig allein, in einem Lehnsessel des Wohnzimmers zusammengekauert und in zusammenhanglose Tagträume versunken, während er in seinem Arbeitszimmer die Probleme der Stetigkeit des Blickes studierte.

Er konnte es lange so treiben, weil er betrog, aber nicht gierig war und sich stets taktvoll, diskret und sogar freundlich verhielt. Schließlich konnte eine Mutter nicht widerstehen und zeigte die Photographie des toten Lieblings einer älteren Schwester, die den Nachkömmling schon zu Lebzeiten eifersüchtig verfolgt hatte und nun den Gedanken an eine postume Konkurrenz nicht ertrug; sie stahl das Porträt und brachte es auf die Polizei. Sich als trauernder Onkel ausgebend, warf ein stämmiger Detektiv die Kamera in eben dem Moment um, als Herr M. den Magnesiumblitz auslöste, und fing Mignon am Zipfel ihres Nachthemds, als sie hastig durch das drehbare Bücherregal verschwinden wollte. Wie sie kicherte! Es war nie mehr als ein Spiel für sie gewesen.

Alles kam auf. Herr M., vernünftig wie immer, legte ein umfassendes Geständnis ab und ließ vor Gericht Mignon in ihrem Nachthemd als unwiderlegbaren Beweis vorführen. Der Skandal brachte unglücklicherweise seine alte Tante ins Grab, aber Herr M. saß nur zwei von sechs Jahren Gefängnis ab, maximaler Straferlaß wegen guter Führung, und machte einige wertvolle Bekanntschaften unter anderen ehrbaren Betrügern, Hochstaplern und Schwindlern. Nach seiner Entlassung zog er sofort in eine andere Stadt, wo er sich nach einigen schwierigen Monaten wieder geschäftlich zu betätigen begann, obwohl er diesmal dem Spiritismus absagte und sich ganz auf Liebhaberphotographien spezialisierte.

Er nahm seine Korrespondenz mit Mr. Paul wieder auf, und sie entwickelte sich so vielversprechend, daß er nach ein, zwei Jahren die Pornographie hinter sich ließ und ins Kinematographengeschäft ging. Er wurde wohlhabend. Nur manchmal, seiner eigenen Skepsis zuwider, spürte er eine kleine Versuchung – nur einmal zu versuchen, den Schleier zu lüften, diesmal *wirklich*, und ein wenig mit Tantchen zu reden, die er so sehr vermißte.

Doch viele von denen, die Herr M. getäuscht hatte, glaubten sein Geständnis nicht. Sie nahmen die kostbaren Photographien aus den lavendelduftenden Kommodenschubladen, wo sie in einer alten Handschuhschachtel zusammen mit einer Strähne Babyhaar oder vielleicht ein paar klimpernden Milchzähnen lagen, und wie angespannt sie auch die glänzenden Abzüge besahen, sie erkannten nie Mignons Gesicht, sondern sahen das einer anderen und hörten wieder die leise vertraute Stimme, die das Unmögliche verlangte: »Mama! Papa! Nicht weinen!« So könnte man sagen, daß die Beweise für Herrn M.s Vergehen zurückblieben als Zeugnisse völliger Unschuld. O teure Illusion! Und immer noch schläft Mama mit dem Bild unter ihrem Kissen.

Mignon kam straflos davon, es wurde nicht einmal Anklage erhoben, da sie die sichere Verteidigung des nicht verantwortlichen Opfers hatte. Nun hatte sie ein paar nette Kleider, fand eine anständige Stelle in einer anständigen Wirtschaft als Bedienung, hatte ein kleines Zimmer für sich und dankte ihrem Glück. Sie sang auch, wenn der Mann mit dem Akkordeon vorbeikam. Sie liebte es zu singen. Manchmal ging sie mit dem Akkordeonspieler nach Hause, manchmal nicht, sie traf ihre Wahl. Das war ihre beste Zeit, obwohl doch immer etwas Unsicheres an ihr war, etwas Schlaffes und beinahe Angstvolles in ihrem allzuhäufigen Lächeln, daß man beim Anblick von Mignons Glück stets denken mußte: »Es dauert nicht lang.« Sie hatte die etwas fieberhafte Fröhlichkeit eines Wesens ohne Vergangenheit, ohne Gegenwart – und doch existierte sie so ohne Erinnerung oder Geschichte nur, weil ihre Vergangenheit zu schlimm war, um sich daran zu erinnern, ihre Zukunft zu schrecklich, darüber nachzudenken: Sie war die geknickte Blüte der Gegenwart.

Eines Samstagabends kam ein Herr im Abendanzug unter einem eleganten rotgefütterten Cape in die Bar, Hand in Hand mit einer Miniaturausgabe seiner selbst, von den Füßen abgesehen, denn diese kleine Gestalt – untersetzt, ein wenig langarmig – konnte in keinem Schuhgeschäft der Welt Schuhe finden, die ihm gepaßt hätten. Sie setzten sich an einen Ecktisch, und Mignon lief voller Neugier hinüber, um sie zu bedienen. Die kleine Person hatte ihr glattes, schwarzes Haar mit einem strengen Mittelscheitel gekämmt. Mit zeremonieller Feierlichkeit zog er die Nelke aus seinem Knopfloch und reichte sie Mignon. Sie brach in Gelächter aus. »Kränken Sie seine Gefühle nicht«, sagte der Affen-Mann mit charmantem französischem Akzent. Mignon nahm die Blume und steckte sie sich ins Haar.

Der Affen-Mann bestellte eine Flasche Wein, und Mignon erbat sich eine Banane in der Küche. »Mein Freund und Kollege – der Professor. Geben Sie der hübschen Dame einen Kuß, Professor.« Der Professor untersuchte bereits die Banane, aber nun legte er sie sorgfältig auf den Teller zurück, stellte sich auf seinen Stuhl, lehnte sich über den Tisch, legte die Arme um Mignons Hals und gab ihr einen schmatzenden, kitzelnden Kuß auf die Wange. Man konnte sagen, daß der Professor dem Affen-Mann das Flirten abnahm. O ja, sie würde gern ein Glas von ihrem Wein mittrinken.

Sie war erst fünfzehn, und er nahm sie nur aus dem einen Grunde mit: um sie zu mißhandeln. Er hatte eine so feine

Nase für ein Opfer, daß es erstaunlich war, daß er sich ein Leben unter klugen Schimpansen gewählt hatte, die vor seiner Stiefelspitze zur Seite hüpften und die, wenn er ihnen kein Abendessen gab, seine Brieftasche aus dem Jackett stahlen, während er betrunken auf dem Bett lag, und in die Stadt gingen und sich selbst ihr Essen kauften. Er war ein dunkler Mann aus Lyon, und seine Augenbrauen waren zusammengewachsen. Sie ging mit ihm zu seinem Wohnwagen – damals war er bei einem Wanderzirkus, der sein Zelt auf der Wiese aufschlägt – und riß am nächsten Morgen wie ein kleines Kind die Augen auf, als die weisen Affen sich in einem Eimer das Gesicht wuschen und sich in einer Reihe anstellten, um sich vor der kleinen gesprungenen Spiegelscheibe in ihrem Reisekäfig die Haare zu kämmen.

Sie ging nicht erst in ihr Zimmer zurück, um ihre Kleider zu holen, sie lief einfach mit dem Zirkus davon. Es stellte sich heraus, daß er ein Trinker war, hart, schweigsam, gewalttätig.

Am dritten Tag auf der Straße schlug er sie, weil sie die Schnitzel anbrennen ließ. Sie war eine entsetzliche Köchin. Am vierten Tag schlug er sie, weil sie vergessen hatte, den Nachttopf zu leeren, der nun übergelaufen war, als er hineinpinkelte. Am fünften Tag schlug er sie, weil es ihm zur Gewohnheit geworden war. Am sechsten Tag legte sie einer von den Stallknechten hinter der Freakshow flach. Die Schläge waren nun eine sich stets erfüllende Erwartung. Am siebten Tag nahmen sie drei marokkanische Akrobaten in ihren Wohnwagen mit, gaben ihr Raki zu trinken, der sie husten machte, ein wenig Haschisch, das ihre Augen glänzen ließ, und gebrauchten sie dann einer nach dem anderen auf verschiedene einfallsreiche Weisen zwischen dem glänzenden Kupfer und den Kristallglasornamenten der Teakholzeinrichtung. Was mit Mignon war, sprach sich schnell herum.

Sie hatte ein überaus kurzes Gedächtnis; nur das rettete sie vor der Verzweiflung.

Ein Stallbursche aus England, ein seltsamer Typ, hörte sie singen, während sie die Schimpansenkäfige ausfegte, und brachte ihr eine Menge neuer Lieder bei – einige davon, aber nicht alle, mit sehr unanständigen Texten, die Mignon aber nicht verstand. Es gefiel ihm, das blasse Waisenmädchen Obszönitäten singen zu hören, die keine Bedeutung für sie hatten, aber er hörte sie auch gern andere Lieder singen, denn er war ein musikalischer Junge, und sie lernte ein paar deutsche Lieder von ihm, über die muntere Forelle und das Röslein auf der Heiden, und noch andere.

Er sprach gutes Deutsch, hielt sich aber überall zurück, denn er hatte ein Geheimnis: Er war vor einem Skandal an seiner Public School fortgelaufen, er mochte andere Jungen zu gerne und ließ Mignon in Ruhe, wofür sie ihm dankbar war. Sie ging oft mit ihm, und sie setzten sich in einer streng riechenden Ecke einer Pferdebox nieder und sangen zweistimmig »Jolly Boating Weather« oder »The lark now leaves his watery nest«.

Eines Tages schlug ihn der Affen-Mann mit einem Besenstiel bewußtlos und verprügelte sie dann, bis der Besen brach, aber der Junge erlangte das Bewußtsein nicht mehr wieder. Sie waren auf der Landstraße, der Zirkus lagerte vor einem blankgescheuerten schweizerischen Städtchen wie aus lauter Kuckucksuhren, und der Affen-Mann zerrte den Jungen in ein Gebüsch und ließ ihn liegen.

Abendanzug und Cape des Affen-Mannes, die Uniform, in der er seine Schützlinge in die Manege führte, baumelten von einem hölzernen Kleiderbügel (in einem Hotel in Paris gestohlen) an einem Haken in Wohnwagen, Pensionen, Theatergarderoben. Sie nahm dem Anzug nichts übel, wenn er sie auch getäuscht hatte, und wenn sie auch bald das Interesse an den Affen verlor, behandelte sie sie doch nicht schlecht.

Sie wusch ihre Wäsche und flickte die Kostüme. Der Professor gab ihr nie wieder eine Blume, aber andererseits gab sie ihm auch nie wieder eine Banane.

Was die Schimpansen von all dem hielten, ist die Frage. Nach einem eingehenden Studium dieser Kreaturen bei ihren Nummern, welche uns verspotten – das Radrennen, die Teegesellschaft, das Klassenzimmer –, hätte man zu dem Schluß kommen können, daß die Affen ihrerseits ihre eigenen genauen Beobachtungen unserer Eigenheiten parodistisch, ironisch, satirisch nutzten. Je mehr der Affen-Mann trank, desto vollständiger ignorierten sie ihn.

Ein Klopfen an der Tür kündigte die Ankunft des Kellners mit den Kelchgläsern an. Fevvers winkte ihm irritiert Schweigen.

»Though the night be made for loving
And the day return too soon
Yet we'll go no more a-roving
By the light of the moon.«

Dann hörte man das Brausen des Wassers, das aus der Badewanne herausgelassen wurde.

»Sie versteht den Text nicht«, wiederholte Fevvers. Ihr Gesicht war naß vor Tränen. Als er das sah, fühlte Walser eine außerordentliche Empfindung in seiner Brust: Sein Herz schmolz. Er streckte seine Hand nach der Frau aus und spürte das Sprühen eines scharfen Schmerzes in seiner zerkratzten Schulter; schrie auf; merkte, daß auch er weinte. Sie sah ihn an, die nacht-dunklen Augen übergehend, und dieses eine Mal war keine Ironie, keine Bosheit, kein Mißtrauen zwischen ihnen. Sein geschmolzenes Herz strömte aus seiner Brust und strömte zu ihr hinüber wie ein Tropfen Quecksilber zum anderen.

In diesem Moment kam Mignon durch die Badezimmertür zurück.

Sie war in einen fleckenlosen Frotteemantel gehüllt, und

ihr frischgewaschenes Haar stak in einem weißen Handtuch. Nun war sie blitzblank sauber und ganz Lächeln, wenn auch immer noch bedeckt von den grünlichen Spuren der Schläge. Sie hielt immer noch die große Papptrommel voller Pralinen unter dem Arm, aber von der obersten Lage war nur ein Häufchen knisternder Papierchen übriggeblieben. Sie schaute ein wenig enttäuscht drein, als Fevvers – die sich die Nase ziemlich unschön mit den Fingern geschneuzt hatte – ihr eine Kinderschüssel mit Brot und Milch hinschob, aber sie wurde wieder fröhlich, als sie den Champagner sah, saß lammfromm am Tisch nieder und begann gehorsam zu futtern.

Fevvers begann nun eine rasche Konferenz mit dem Kellner, an deren Ende sie in ihren Ridikül griff und eine weitere Premierenfreikarte hervorholte; sie mußte genügend Russisch gelernt haben, um einen Witz zu machen, denn der Mann brüllte mit abruptem Gelächter auf, bevor er sich tief verbeugte und verschwand. Lizzie riß schon das Zinnhäubchen von der Flasche. Fevvers stieß in der Runde mit allen Gläsern an. Ihre Augen waren nun ganz trocken und seltsam blaß. Es war mit einem Mal etwas Hartes, Helles und Gefährliches an ihr.

»Wir machen noch eine ehrliche Hure aus ihr!« trank sie auf die Besucherin mit einer Stimme, rauh wie eine Tigerzunge, und Walser erkannte mit nervösem Entzücken, daß sie glaubte, Mignon sei seine Geliebte, und – dem Himmel sei Dank! – von Eifersucht verzehrt wurde. Fevvers leerte ihr Glas auf einen Zug, rülpste und warf es in eine Ecke, wo es zerbrach. Diese Geste schien mehr der Ausdruck von Wut als ein Zugeständnis an die Landessitten.

»Hierher«, befahl sie Walser kurz. »Liz – die Abschminkcreme.«

»Knien Sie nieder, Mister Walser.«

Auf alles gefaßt kniete Walser ihr zu Füßen, um sich zwischen Schenkeln festgehalten zu finden, die es gewohnt waren, ein Trapez zu umklammern. Ein plötzliches Gefühl erotischen Schwindels überlief ihn, und er versuchte, ihre Augen wieder mit seinem Blick zu erreichen, doch sie schaute stetig von ihm weg, während sie seine Perücke herunterriß und sein flach angeklebtes blondes Haar mit einer großen Schwesternhand aufbürstete, kompetent, unpersönlich, gereizt. Dann überschwemmte sie ihn mit der Creme.

»Macht Sie hübscher«, sagte sie. Als er sprechen wollte, stopfte sie ihm eine Handvoll Creme in den Mund. Sie nahm eine Serviette von dem Kellnerwagen und schrubbte seine mattweiße Schminke mit solcher Energie weg, daß er ziegelrot und wie ein Parkett gebohnert zum Vorschein kam. Mignon, die bereits vor Champagner kicherte, nahm sich eine zweite Portion aus der Terrine. Lizzie – aus irgendeinem Grund starr vor Mißbilligung – entzog sich der Szene, holte eine Broschüre oder etwas dergleichen aus ihrer Tasche und versenkte sich in die Lektüre. Fevvers rückte Walsers Krawatte zurecht und musterte ungnädig sein Kostüm.

»Gott, das arme Mädchen! Vom Affenhaus nach Clown Alley! Vom Regen in die Traufe! Wissen Sie nicht, daß ich Clowns inständig hasse, junger Mann? Ich halte sie wirklich für ein Verbrechen gegen die Menschlichkeit.«

Der Kellner kam nun zurück und stand erwartungsvoll an der Türe. Lizzie blätterte eine Seite um: präzis-scharfes Rascheln der Verstimmtheit. Mignon war mit dem Essen fertig und sah neugierig umher, was nun kommen mochte.

»Also, auf geht's«, sagte Fevvers. »Auf die Beine mit Ihnen, tragen Sie sie auch schön über die Schwelle. Ich hab Euch ja schließlich die Hochzeitssuite besorgt.«

Der schrill kichernde Kellner verbeugte sich und öffnete die Tür. Walser erhob sich so würdevoll, wie er es vermochte, zeigte Fevvers sein breitestes Grinsen und bot Mignon seinen unverletzten Arm mit demonstrativer altmodischer Höflichkeit, daß die Riesin mit den Fingern auf die Sessellehne zu trommeln anfing. Mignon sprang noch einmal zurück und hob die Pralinenschachtel auf, die sie bei dem raschen Gang der Ereignisse beinahe vergessen hätte. Eine törichte Fährte von Pralinenpapierchen verstreute sich hinter ihrem Abgang. Als die beiden Frauen allein zurückblieben, warf Lizzie ihr Pamphlet zur Seite und verkündete griesgrämig: »Äußerst komisch! Du erlaubst, daß ich dann nächste Woche lache.«

In der Hochzeitssuite, einem den Erwartungen entsprechenden Nest aus rosa Seide und vergoldeten Spiegeln, lenkte der Kellner mit grandseigneuraler Geste die Aufmerksamkeit Walsers auf einen roten Rosenstrauß, steife Blumen ohne Duft, die offenbar als spezielle Aufmerksamkeit Fevvers' neben dem Bett standen, und zog sich dann strahlend, ja, lachglucksend zurück.

Walsers erster bedauerlicher Impuls war es, sich auf das arme Kind zu werfen und sie zu zwingen, um jemand – es war ihm nicht genau klar, wem – eine Lektion zu erteilen. Aber er war ein anständiger Mann, und der scharfe Schmerz in seinem verletzten Arm, als er Mignon an der Schulter packte, erinnerte ihn daran, daß dies ungerecht wäre, und so ließ er sie los.

Wenn Mignons Tag auch schlimm begonnen hatte, so kam er doch zu einem guten Ende. Tatsächlich endete er wie ein Wahrheit gewordener Jungmädchentraum, besonders, als sich Walser zurückzog. Und an den Rosen konnte sie sich nicht sattsehen! Sie gurrte auf sie ein, streichelte sie, näherte sich ihnen mit sanften, liebevollen Gesten, schnurrte und umschwebte sie mit solch herzzerreißender unbewußter Anmut, daß Walser – durchaus kein fühlloser Mann – beinahe ein Schluchzen gerührter Ratlosigkeit ausstieß.

»Ach, Mignon, was fang ich nur mit dir an?«

Direkt auf Englisch angesprochen zu werden, brachte etwas in jenem merkwürdig wählerisch arbeitenden Organ, ihrem Gedächtnis, zum Erklingen. Sie zog sich das Handtuch vom Kopf und ihr gretchengelbes Haar spritzte in alle Richtungen. Sie lächelte. Dieses Lächeln enthielt ihre ganze Lebensgeschichte und war kaum zu ertragen.

»God Save the Queen«, sagte sie.

Walser hielt es nicht mehr aus und stürzte aus dem Zimmer.

VI

Zwei Dinge sind bis jetzt zusammengekommen, um Walser aus seinem Gleichgewicht zu werfen: Sein rechter Arm ist verletzt, und obwohl er rasch heilt, kann er nicht schreiben, bis es besser geworden ist, so daß er seinen Beruf verloren hat. Deshalb verkleidet für den Augenblick seine Verkleidung – nichts. Er ist nicht länger ein Journalist, der sich als Clown kostümiert hat – ob er will oder nicht, die Gewalt des Zufalls hat ihn in einen richtigen Clown verwandelt, für alle Zwecke, die hier in Betracht kommen, und dazu noch in einen Clown mit dem Arm in der Schlinge: Typ »Verwundeter Krieger«.

Zum zweiten: Er hat sich verliebt, ein Zustand, der ihm Sorgen macht, weil er ihn noch nicht erlebt hat. Bis jetzt waren Eroberungen leicht zu machen und blieben ansonsten unbeachtet. Aber keine Frau hat, soweit er sich erinnert, bis jetzt versucht, ihn zu demütigen, und das hat Fevvers getan, und zwar mit Erfolg. Dies bringt sein bis dato unerschüttertes Selbstgefühl in Konflikt mit dem Mangel an Achtung, mit welchem die Frau ihn behandelt. Er leidet an dem Gefühl, daß – nicht so sehr, daß die Frau und ihre Gefährtin ihn genarrt haben (er ist immer noch davon überzeugt, daß sie einfallsreiche Schwindler sind, und das wäre nur ein Teil der Story), sondern daß er zu ihrem Narren geworden ist.

In einem Zustand geistigen Tumults, Konflikts und Richtungsverlustes wandert er durch die eiskalte Nacht der Stadt. Jetzt schaut er auf das Eis hinunter, das sich auf den dunklen Wassern der Newa immer höher türmt, jetzt schaut er mit unklarem Entsetzen zu dem großen Reiterstandbild hinauf, als wäre der Reiter nicht das Denkmal des Stadtgründers, sondern der Herold von vier noch mythischeren Reitern, die in der Tat auch unterwegs sind, Petersburg für immer zu besiegen, doch noch sind sie nicht eingetroffen, noch nicht.

VII

Heller scharfer Wintermorgen, unter einem Himmel, der eine blaue Glasglocke so vollkommen nachahmt, daß es aussieht, als würde er beim leisesten Stoß eines Fingernagels in fröhlichem Geläut erklingen. Dicker Rauhreif überall, daß alle Dinge festlich und wie mit weihnachtlichem Glitzerstaub gepudert aussehen. Das seltene Sonnenlicht des Nordens gleicht durch seine strahlende Brillanz aus, was ihm an Wärme mangelt, wie manche nervösen Temperamente. Heute flattern die Stars and Stripes tapfer über dem Hof des Kaiserlichen Zirkus, und der Hof ist so voller Leute und voller Tätigkeiten wie ein Breughel – alles in Bewegung, alles in eiligem Hin und Her!

Unter Lachen, Neckereien und Fetzen von Liedern stampfen die Stallburschen pfeifend mit geröteten Wangen auf und ab, hauchen sich in die Hände, rennen mit Heuballen und Hafersäcken hin und her, Säcken mit Gemüse für die Elefanten, Bananenstauden für die Affen, oder sie werfen mit Mistgabeln Kotklumpen, deren Anblick einem den Magen umzudrehen droht, auf einen Stapel schmutzigen Strohs. Sorgsam mit Fäustlingen und Schals ausgerüstet gehen die kleinen Charivaris ihrer vertrauten Beschäftigung auf der Wäscheleine der Prinzessin nach, mit viel Gelächter daherschwankend, während die Besitzerin der Wäscheleine, gegen die Kälte in einen Sack über ihrem gewohnheitsmäßigen morgendlichen Negligé gehüllt, das Abladen einer fürchterlichen Fracht blutigen Fleischs aus dem Karren eines Pferdemetzgers überwacht, den eine hagere unruhige Mähre zieht, die selbst nur noch einen Zoll vom Schlachtbeil entfernt ist.

Lärmende Straßenhändler aus der Stadt fallen in das ambulante Imperium des Colonels ein und rufen heiße Marmeladenkuchen und Kwas aus Fässern auf Radkarren aus. Ein trauriger Zigeuner wandert auf den Hof, und das Winseln seiner Fiedel gesellt sich zum Klappern der Stiefel auf dem Pflaster, dem Babel von Stimmen, dem immerwährenden leisen Klirren, wenn die Elefanten innen in dem Gebäude an ihren Ketten ziehen, dem Geräusch, welches den Colonel stets aufs neue mit einem kleinen Aufschrecken der Begeisterung an die unerhörte Kühnheit seines Unternehmens erinnert (»Tuskers across the tundra!« – ach, die Stoßzähne, die triumphierend über den Kontinent ragen werden!).

Denn Colonel Kearney, der Frühaufsteher, präsidiert der ganzen Jahrmarktsszenerie – wie er das Hinundherhasten liebt, mit reiner Liebe, es leidenschaftlich um seiner selbst willen liebt! Die Eile berührt ihn wie die Russen die Trägheit. Er hakt seine Finger in die Taschen seiner sternenübersäten Weste, die sich wölbt, als sei ein Dickbauch schwanger mit Profiten, während er auf seinen kurzen Krummbeinchen in den gestreiften Hosen herumstolziert, grellbunt und gekrümmt wie Zuckerstangen. Er hat soeben seine Dollar-Gürtelschnalle poliert, er selbst ist das Emblem des Projektenmachers.

Hin und her wetzt er zwischen seinen Angestellten, die ihren Pflichten nacheilen, und er hält sich die eingeborenen Verkäufer mit raschen Stößen des Ellenbogens vom Leibe, unter welchem die intelligent quiekende Sybil verstaut ist – eine bewegliche Wolke blauen Zigarrenrauchs umschwebt seinen Kopf, und auf seinem zufriedenen Gesicht steht ein freundliches und optimistisches Lächeln, während er allen und jedem ein freundliches Wort zuruft.

An diesem Morgen steht in den Zeitungen eine anonyme Zuschrift, in welcher die Behauptung aufgestellt wird, daß Fevvers gar keine Frau ist, sondern ein kunstvoll konstruierter Automat aus Fischbein, Gummi und Sprungfedern. Der Colonel strahlt beim Gedanken an die Konsternation, welche dieser Trick hervorrufen wird, an das Klingeln der Kassen in der köstlichen Flut von Gerüchten: Gibt sie's? Gibt sie's nicht? Sein Motto heißt: Je greller der Schwindel, desto lieber läßt sich das Publikum blenden! So spielt man das Große Spiel! Alles ist erlaubt! Leg sie aufs Kreuz! Das Spiel will gewonnen sein!

Yessir!

Er plant bereits eine neue Zeitungsmeldung, die morgen von seinen Verbindungsleuten unter die Auslandsmeldungen lanciert werden wird: Sie wird dem infamen Uhrwerk-Gerücht widersprechen und erklären, daß Fevvers – die durch und durch Frau ist – daheim in England eine geheime Verlobung mit dem Prince of Wales eingegangen ist.

Yessirree!

Die Affen hatten bereits ihre Nachttöpfe auf den Abfallhaufen ausgeleert und sie unter der Pumpe gespült. In ihrem Quartier fegten sie den Boden, legten frisches Stroh aus und machten ihre Kojenbetten. Dann saßen sie in schweigenden Gruppen da, die Köpfe über Bücher gebeugt. Gelegentlich gestikulierte einer in der ihnen eigenen dringlich-gemessenen Art, und dann nickte ein anderer oder schüttelte den saubergekämmten Kopf oder antwortete mit einem kurzen Fingertanz. Monsieur Lamarck, der Affen-Mann, war nirgends zu sehen und lag gewiß, betrunken schnarchend, im Sägemehl einer Spelunke.

Ein flüchtiger Beobachter hätte denken können, daß die Affen – erfahrene kleine Artisten, perfekt programmierte Organismen – sich auch nicht einen Augenblick lang der Routine ihrer Nummern entziehen konnten und nun für »Die Affen in der Schule« probten. Tatsächlich war ihre Hingabe an das Lernen grenzenlos. Selbst die Abwesenheit Mignons, für die sie distanziertes Mitleid empfanden, störte ihre Studien nicht. Das Weibchen mit der grünen Haarschleife dachte jedoch einmal an den verwundeten Clown.

Wenn bei den Affen auch alles ruhig war, so brachen aus den Käfigen der großen Katzen ungeheuerliche Geräusche hervor. Die Tiger brüllten, erst einer, dann ein zweiter, dann alle zusammen: Wo bleibt unser Frühstück? Gestern sind wir schon um unseren schmackhaften Clown gekommen! Jetzt wollen wir unser Rind-, unser Pferdefleisch, unsere Ziegenfüße und Ziegenrippen!

Als sie diese Befehle sich über dem allgemeinen Lärm erheben hörte, füllte die Prinzessin ihre ausgebreiteten Arme mit blutigem Fleisch.

Die Prinzessin von Abessinien hatte niemals – nicht einmal geschäftlich – das Land besucht, dessen Königstitel sie usurpiert hatte, noch kam sie aus irgendeinem anderen Teil Afrikas. Ihre Mutter, eine Eingeborene von Guadeloupe (auf den Inseln über dem Winde), gab zu ihrem Lebensunterhalt Klavierunterricht, bis sie eines Tages alles liegenließ und mit einem Mann davonlief, der ihre schläfrige Stadt mit einem Wanderzirkus besuchte. Dieser Mann hielt einen räudigen, zahnlosen Löwen in einem Käfig, der als eine der Sideshows während der Pause der Zirkusvorstellung gezeigt wurde, und er nannte sich einen Äthiopier, obwohl er eigentlich aus Rio de Janeiro stammte. Die Flucht trug sie nach Marseille, wo ihre Tochter geboren wurde. Ihre Eltern waren einander zugetan; die Mutter saß im Käfig und spielte Mozartsonaten. Es ging ihnen gut. Der Vater krönte sich zum König und sattelte auf Tiger um – gab es auch keine Tiger am Horn von Afrika, so stammte er ja auch nicht von dort. Beim Tode ihrer Eltern erbte die Prinzessin das Klavier und die Katzen. Sie baute die Nummer zu ihrer gegenwärtigen Brillanz auf. Soviel zu ihrer Geschichte, die geheimnisvoll nur insofern war, als sie niemand je erfuhr, da die Prinzessin mit niemandem sprach.

In der Manege sah sie aus wie die Absolventin eines Provinz-Konservatoriums bei der Abschlußfeier: in einem weißen Kleidchen mit gestärkten Rüschen, weißen Baumwollstrümpfen, Schuhen mit Riemchen und flachen Absätzen und einer weißseidenen Schmetterlingsschleife in ihrem Haar, das, spröd-wollig abstehend, ihr halb den Rücken hinunterreichte. So spielte sie Klavier, und die Tiger tanzten.

Zu Beginn der Nummer sprangen die Katzen in den Ring und brüllten, um ihre Wildheit zu beweisen, während die Stallknechte um die mit Gittern abgeriegelte Arena herumrannten und Platzpatronen abfeuerten. Dann kam sie herein, in ihrem Kleinmädchenkleid, und setzte sich an den Bechsteinflügel.

Dies war der einzige Moment – wenn sie sich mit dem Rükken zu ihnen hinsetzte –, daß sie sich einsam fühlte. Unruhig. Bei den ersten Akkorden sprangen die Katzen (die sie nicht sehen konnte) auf die halbkreisförmig angeordneten Podeste, die für sie bereitstanden, und saßen hockend da, hechelnd, mit sich selbst zufrieden wegen ihres Gehorsams. Und dann kam es ihnen, immer wieder als neue Überraschung, wie oft sie auch auftraten, daß sie nicht in Freiheit gehorchten, sondern einen Käfig gegen einen größeren getauscht hatten. Dann – nur einen unbeschützten Augenblick lang – vertieften sie sich in das Geheimnis ihres Gehorsams und erstaunten darüber.

Nur diesen einen Augenblick lang, da sie wußte, daß sie sich fragten, was um alles in der Welt sie hier eigentlich zu suchen hatten, während ihr verletzbarer Rücken ihnen zugekehrt und ihre beredten Augen abgewandt waren, diesen einen Augenblick fühlte die Prinzessin ein wenig Angst und fühlte sich vielleicht ein wenig menschlicher, als sie es gewohnt war. Dann dachte sie manchmal, wie gerne sie jemand zum Gefährten, zum Komplizen hätte, jemand anderes mit ihr im Ring, nicht einen Stallknecht, nicht einen Wärter, jemand, dem sie traute, jemand, der während dieses gespannten Augenblicks die Katzen im Auge behielte, wenn sie die Aufforderung zum Tanz, die Einladung zum Walzer spielte und sich dabei fragte, ob heute vielleicht unter allen

Tagen der gekommen sein mochte, wo sie ihre Einladung ablehnen würden. Ob nicht heute, nach all den Nächten ihres gemeinsamen Abkommens, die Katzen *nicht* eine nach der anderen der Musik erliegen und herabsteigen und den Tanzpartner wählen würden, sondern …

Sie hatte immer ein Gewehr auf dem Klavier liegen, für alle Fälle, und das war nicht mit Platzpatronen geladen.

Trotzdem lebte sie in engster Vertraulichkeit mit ihren Katzen und nistete selbst zum Schlafen neben ihren Käfigen in einem Ballen frischen Strohs. Sie wusch ihnen die Augen mit Borsäure und Argyrol aus, um Entzündungen zu verhüten. Sie rieb ihnen Salbe in die empfindlichen Füße. Aber sie lächelte ihre Katzen nie an, denn der Pakt zwischen ihnen war kein freundlicher, er diente der Vermeidung von Feindseligkeiten, nicht der Förderung von Freundschaft. Und immer schwieg sie; wie zu Kindern hätte man zu der Prinzessin sagen können: »Hat die Katze deine Zunge geholt?« Denn zeitig in ihrer Laufbahn hatte sie bemerkt, wie sie hinten im Rachen knurrten und die Ohren anlegten, wenn sie die menschliche Sprache hörten, welche ihnen die Natur versagt hatte.

Gerüchte wollten wissen, sie sei selbst das Ziehkind einer Tigerin, im Dschungel verlassen und von wilden Bärinnen gesäugt. Aber bei Marseille gibt es keinen Dschungel. Da sie nie etwas sagte, bestritt sie die Geschichten nicht. Der Colonel setzte sie großzügig in Umlauf.

Bei den seltenen, zufälligen Gelegenheiten, wenn sie einen anderen Menschen in ihr Bett im Stroh neben den schlafenden Tigern mitnahm, liebten sie sich immer im Dunkeln, denn ihr Leib war – Zoll um Zoll – mit Krallennarben übersät, wie eine Tätowierung. Dies war der Preis, den sie sie für ihre Zähmung zahlen ließen.

Jetzt vermengt sich das brutzelnde Parfum von gebratenen Würstchen und Speck mit den schweren Gerüchen von

Kot, Fleisch, Brot und wilden Tieren im Hof. Die Kochbude – ein Herd, eine Theke – hat aufgemacht und serviert (dem Himmel sei Dank! rufen die Stallburschen) anständiges britisches Frühstück.

Als der Starke Samson ankam – die russischen fliegenden Händler stieß er mit xenophoben Verwünschungen beiseite –, um sich seinen Morgenkaffee mit dicker Butterstulle zu holen, mußte er sich die Spötteleien der Arbeiter gefallen lassen, die auf ihren Schinkenbroten herumkauten und ihn damit aufzogen, daß er (wie der rasch zirkulierende Zirkusklatsch wußte) seine Inamorata an einen Clown verloren hatte. Samson sagte kein Wort davon, daß er Mignon der Gnade des entlaufenen Tigers überlassen hatte, und daß *dann* der Clown gekommen war, im Gegenteil, er prahlte (und ließ dabei seine glänzenden Muskeln spielen), was er mit diesem Bastard von einem Clown anstellen würde, wenn er ihm in die Finger käme – und sein Stolz war tatsächlich dadurch verletzt, daß Mignon ihrem Retter hinterher nach Clown Alley gelaufen war. Bei all dem Gerede hatte Mignon die Rolle der Frau: Ursache von Streit zwischen Männern zu sein. Wie sonst könnte sie, für diese Männer, eine wirkliche Rolle in ihrem Leben spielen?

Der Colonel nimmt schwungvoll seinen steifen Hut ab – zufrieden, planend, begeistert –, als Fevvers vorbeistapft und nicht im geringsten aussieht wie Gummi, sondern durchaus wie Fleisch für den Prince of Wales, diesen Kenner. Ihr Gang ist so unschön wie der einer unberittenen Walküre, doch ihre erstaunlichen Kurven verheißen Genüsse, von denen der Colonel des öfteren träumt.

Lizzie, die mit ihrer Handtasche dahertrottete, welche aussehen mochte wie die einer Hebamme oder einer Engelmacherin, warf dem Colonel einen haßerfüllten Blick aus irgendwelchen unergründlichen Tiefen sizilianischer Bosheit zu. Der Colonel selbst betrachtete diese Kammerzofe als das

Hindernis zwischen sich und einem intimen *diner à deux* mit der Trapezkünstlerin, das zu weiterem führen könnte, zu weiterem… Yessir!

Er stieß bei diesem Gedanken eine lange Rauchfahne von sich und preßte Sybil so enthusiastisch an sich, daß sie schrill aufquiekte.

Lizzie hielt an und warf dem Zigeunergeiger eine Kopeke zu, der sich mit einem Schwall unverständlicher Dankbarkeit revanchierte sowie – aus irgendeinem Grund – mit einem Traktätchen oder Moritatentextheft, das sie, ohne einen Blick darauf zu werfen, in ihre Handtasche versenkte. Der Colonel dachte sich nichts weiter dabei, wenn auch der Kuchenverkäufer, ein Mitglied der Geheimpolizei, an dieser Transaktion sehr interessiert gewesen wäre. Doch Fevvers hatte gerade in diesem Augenblick sein ganzes Angebot aufgekauft und es großzügig unter die Charivarikinder verteilt, die beim Anblick dieser Gastlichkeit von der Wäscheleine gepurzelt kamen und mit solchem südlichen Enthusiasmus den Kuchenhändler umsprangen, daß er kaum genug sah, um sein Geld einzusacken.

Die beiden Frauen hatten ein Mädchen dabei oder besser eine junge Dame – blond, schlank, flott gekleidet in roter Wolle. Dem Colonel kam es wie eine vage Erinnerung: Die hab ich doch schon einmal gesehen? Und sie hinterließ überhaupt keinen Eindruck bei dem Starken Mann, so vertieft war er darin, seinen Freunden die Verletzungen zu schildern, die Walser sich bei ihrem nächsten Zusammentreffen zuziehen würde.

Der Colonel kaute an seiner Zigarre und seufzte, denn Fevvers nickte ihm nur ganz kurz und abrupt zu, als die beiden Frauen mit ihrem Gast an ihm vorüber in die Menagerie eilten, wo sie rasch verschwanden, als verfolgten sie die Blutspur, welche die Prinzessin hinter sich hergezogen hatte. Die Bewunderung, die der Colonel für Fevvers empfand, wuchs proportional zu deren Gleichgültigkeit und zum Vorverkauf.

Jedoch: »Heda! He! Hallo!« Seine leicht ablenkbare Aufmerksamkeit richtete sich auf den tumultartigen Auftritt der Clowns mit ihrer Horde kläffender Hunde. Sein neuer Rekrut, stellte er mit Zufriedenheit fest, war pünktlich anwesend, wenn auch ein wenig ramponiert – Arm in der Schlinge, und so.

»Jetzt – auf geht's!« sagten die Stallburschen unter Gelächter zu Samson, aber dem genügte ein Blick auf Buffo, groß wie ein Haus und bereits halb hinüber, wie er seine Schäflein mit gewohnter majestätisch-irrer Würde wachsam in den Zirkus drängte und mit dem Gebaren eines Mannes, dem es auf schwerste Körperverletzungen nicht ankommen sollte. »Wohl kaum«, entschied der Starke Mann, der nun strategisch zu denken begann: Er schob seinen Kaffeebecher wieder auf den Tisch und verpißte sich; mal warten, bis er solo auftaucht.

Buffo führt seine Clowns an. Das Dutzend Clowns. Augenblick: was ist das? Ein Dutzend mit Zuschlag! Wo es gestern zwölf waren, sind es heute dreizehn, und der dreizehnte auffällig klein geraten.

Die Clowns. Betrachten wir sie als eine Truppe von Terroristen. Nein, das ist nicht ganz richtig: nicht Terroristen – Freischärler. Eine Einheit von Freischärlern, denen die wildesten Übergriffe gestattet sind, solange – nur eben solange – sie als bizarre Erscheinungen auftreten, damit ihre gewalttätige Darlegung unserer Umgangsformen noch diesseits der Grenze zum Terror bleibt, wenn wir auch notwendigerweise das Lachen über sie erst erlernen müssen und das Gelächter zum Teil aus der erfolgreich unterdrückten Angst geboren wird.

Klein-Iwans Beziehung zu den Clowns entwickelte sich folgendermaßen: Erst fürchtete er sie, dann war er von ihnen bezaubert, endlich wollte er werden wie sie, damit auch er erschrecken, faszinieren, zerstören, vernichten und dabei doch immer in Sicherheit bleiben könnte – daß er alles tun dürfte und ihm doch jegliche Tathandlung verboten bliebe, damit die Babuschka zu Hause die Holzkohle weiter und weiter rotglühend und schwarz werden lassen konnte, wenn auch die Clowns die ganze Stadt um sie herum in die Luft jagten, und nichts würde sich wirklich verändern. Nichts. Die explodierten Häuser würden unwirklich wie Seifenblasen in die Luft emporschweben und sanft wieder an ihren alten Ort zurückwehen, genau dahin, wo sie vorher schon gestanden hatten. Die Körper würden sich winden, an den Gelenken auseinanderfahren, sich in ihre Gliedmaßen zerlegen – dann ihre einzelnen Teile aufheben, um mit ihnen zu jonglieren, ehe sie wieder an dieselbe Stelle geheftet würden: vollzählig angetreten! Zu Befehl!

Dann würde man's wissen, dann hätte man den Beweis dafür gesehen, daß die Dinge immer bleiben würden, wie sie je gewesen waren, daß die Katastrophe keine Folgen hat, daß das Chaos die Stasis beschwört.

Es war, als hätte jedem Clown bei der Geburt eine Fee eine paradoxe Gabe zuteil werden lassen: Du kannst tun, was immer du willst, solange es niemand ernst nimmt.

Buffo nähte Schellen an eine dreizipflige Narrenkappe für seinen jüngsten Lehrling: »damit er's nicht rieseln hört, wenn das Hirn ausläuft«.

Klein-Iwan mit seiner Narrenkappe rollte in Purzelbäumen durch dic Manege, als wollte er sich endgültig vom aufrechten Gang emanzipieren, bis er mit Buffo zusammenstieß, der in Gegenrichtung durch die Manege purzelte. Dann wurde er verprügelt, weil er im Weg war, und mindestens fünf Minuten lang überlegte er sich es noch einmal, ob er wirklich mit dem Zirkus fortlaufen sollte – aber auch während er schmollend, Daumen im Mund, in der ersten Reihe saß, konnte er den Blick nicht von den Komödianten wenden.

Buffo dachte sich eine Nummer speziell für Walser aus, der nun keinen Handstand mehr machen konnte.

»Kräh wie ein Hahn.«

»Kikeriki!« sagte Walser gehorsam.

»Kikerikiski!« verbesserte Buffo, als kleinen Tribut an den Herrscher aller Reußen. »Schlag mal ein bißchen mit den Armen.«

»Kikerikiski!« Walser spielte mit, stellte sich auf die Zehenspitzen und flügelte mit seinen Armen umher, so gut es mit der Schlinge ging.

»Damen und Herren, Jungs und Mädels –«, intonierte Buffo, »ich habe hier –: das menschliche Hähnchen! Da habt ihr ihn!«

Grik fand ein Ei – nicht mehr ganz frisch – in seiner Geige und klatschte es Walser zwischen die Augen. Buffo krächzte beifällig. Grok entdeckte ein paar Eier im Bauch seines Tamburins. Unter Schreien begeisterten Hohnes taten es alle Clowns ihnen nach und zogen blitzschnell Eier aus verschiedenen Teilen ihrer Kleider und Körper hervor, mit denen sie Walser bewarfen, bis ihm Kaskaden von Ei über das Gesicht liefen und ihn blendeten. Grik und Grok stimmten »Was gleicht wohl auf Erden dem Jägervergnügen« auf ihren Instrumenten an. Klein-Iwan dachte, wie viele Pfannkuchen wohl seine Oma mit all diesen Eiern hätte bereiten können, die nun das Sägemehl bekleckerten, aber lange dachte er nicht daran, weil er zu sehr lachen mußte, um zu denken.

Walsers unsichtbare Quälgeister fegten ihre seidenen Rockschöße zur Seite, wenn er sie zu packen suchte, ließen ihn über ihre langen Schuhe stolpern, schoben ihm die Stelzen in den Weg, um ihn zu stürzen. Als er das Lachgeschrei des kleinen Iwan hörte, stieg die Wut in ihm auf. Was zum Teufel war hieran so komisch? Und er schlug blindlings um sich, er wußte nicht, wohin.

Später erzählten sie ihm, daß seine ohnmächtigen Gesten

der Wut das Komischste gewesen seien, während sie ihn mit Schlägen und Spottrufen durch das Manegenrund trieben – seine ohnmächtigen Gesten der Wut und die komische Wunde.

Von nun an wird Walser einen Hahnenkamm tragen. Und Buffo beschloß, nachdem er sich eine Weile nachdenklich das große, eckige, weiße Kinn gerieben hatte, daß das menschliche Hähnchen umgehend auf dem Menü des Weihnachtsessens der Clowns stehen sollte, mit seinem Kamm und seinem Krähen.

Walsers neuer Beruf begann gewisse Anforderungen an ihn zu stellen.

Indessen machte Fevvers in der Menagerie lebhafte, wenn auch einseitige Konversation mit der Prinzessin, in krassem Französisch.

»Quelle chantuhse!« sagte sie. »Quelle spectacle!«

Die Prinzessin mit ihrer blutfleckigen Schürze öffnete ein Käfiggitter und schleuderte einen halben Metzgerladen hinein. Die Tiger warfen sich auf das Festmahl, knurrend und sich in ihrer Gier gegenseitig mit Prankenhieben hinter die Ohren wegdrängend. Die Prinzessin sah ihnen zu, und ihr dunkles Gesicht war das der Kali und der Duft um sie stark genug, scharf und durchdringend genug, um eine unsichtbare Schranke zwischen ihr und allen anderen, die kein Fell trugen, zu errichten. Fevvers wußte, daß diese Frau ein harter Brocken war. Sie ließ sich nicht entmutigen.

»Elle s'appelle Mignon. C'est vachemant chouette, ça.«

Mignon lehnte sich an Fevvers' Schulter und folgte mit abwesendem Blick den Bewegungen von Stäubchen im Licht; sie wußte nicht, daß sie Gegenstand der Unterhaltung war. Wenn ihr neues rotes Kleid mit den militärisch wirkenden Schnurbesätzen ein wenig an die Uniform der Portiers des Hotel de l'Europe erinnerte, dann deshalb, weil es genau das bis sechs Uhr an diesem Morgen noch gewesen war. (»Ach was, hier ein Stich, da eine Naht, und es paßt ihr perfekt.

Macht dir doch nichts aus, mein Guter?«) Lizzie hatte ihr das blonde Haar in Zöpfen hochgesteckt. Sie sah aus wie eine Pfarrerstochter, nicht wie die Vagabundenwaise eines Mörders.

Die Prinzessin sah Fevvers fragend-fordernd an und berührte leicht ihren eigenen Mund. Fevvers begriff.

»Singen ist nicht sprechen«, sagte Fevvers; ihre Syntax war präziser als ihre Aussprache. »Wenn sie die Sprache hassen, weil sie uns von ihnen trennt, dann nimmt der Gesang der Sprache ihre Funktion und macht sie göttlich. Der Gesang verhält sich zur Sprache wie der Tanz zum Gehen. Und sie lieben es ja, zu tanzen.«

(»Daumen drücken. Jetzt kommt's drauf an«, fügte sie bei sich selbst hinzu.)

Die Tiere der Prinzessin gähnten und reckten sich. Sie nahm die Schürze ab. Sie besah sich Mignon von oben bis unten. Sie waren beide genau gleich groß, beides zierliche kleine Dinger, eine so blond und hell wie die andere dunkel, Zwillings-Gegensätze. Und beiden war eine Distanz eigen: das Exil war ihnen gemeinsam, die Entferntheit von uns anderen, wenn auch die Prinzessin sich ihr Exil unter den Tieren gewählt hatte und Mignons Verbannung ihr gewaltsam auferlegt worden war. Vielleicht war es dieses Gefühl der Heimatlosigkeit um Mignon, das die Prinzessin zu einem Entschluß kommen ließ. Sie nickte.

Die gesättigten Katzen lagen, die schweren Köpfe zwischen die Tatzen gebettet, zwischen den blutigen Knochen, ein schönes Stilleben – nature morte – aus orange-braunen Formen, um den geöffneten Bechsteinflügel der Prinzessin komponiert. Sie lagen schläfrig wie ungewecktes Begehren, wie unentzündetes Feuer. Ein apfelsinenfarbenes Tigerjunges hatte sich zu einem Schläfchen auf dem Klavierhocker zusammengerollt.

Mignon wurde sich zum ersten Mal der Pläne bewußt,

welche die Erwachsenen für sie gemacht hatten, und als die Prinzessin in den Käfig hineinschritt, blieb sie zurück und maunzte leise vor Angst, sich an Fevvers' Hand klammernd – aber Fevvers strahlte ermutigend, umarmte sie, hob sie einfach hoch und stellte sie innen ab, die Tür hinter ihr mit einem Ruck schließend. Die Prinzessin bedeutete Mignon mit einem Wink, sie solle sich neben dem Klavier aufstellen, von wo aus sie dem Blick der Katzen begegnen konnte. Doch die genossen nach dem Mahl ihren Schlaf und nahmen von Mignons Gegenwart nur mit dem leisesten Zucken der Nüstern und Barthaare Notiz. Die Prinzessin klopfte auf das Gewehr, das auf dem Flügel lag. Dies beruhigte Mignon ein wenig.

Die Prinzessin hob das schlafende Tigerchen hinab in das Stroh und setzte sich auf seinen Platz. Sanft fingerte sie über die Tasten, als könnte das Klavier vielleicht selbst die angemessene Musik vorschlagen.

Mignon hielt sich in enger Nähe des Klaviers, doch bald faszinierte sie der Anblick der schwarzen Finger der Prinzessin auf den weißen Tasten so sehr, daß sie vergaß, sich zu fürchten. Fevvers, die mit äußerster Konzentration zusah, streifte abwesend ihre Glacéhandschuhe ab, um an den Nägeln zu kauen. Lizzie hockte auf ihrer Handtasche und murmelte rasche Sätze in einer Sprache vor sich hin, die nicht ganz mit dem Italienischen identisch war.

Als das Klavier der Prinzessin sagte, was sie spielen sollte, schob sie sich mit einer großen Geste das Haar hinter die Ohren und attackierte die Tasten nun im Ernst. Mignon schrak auf, als sie die Musik erkannte.

Glaubt nicht, der englische Schuljunge, den ihr Mann umbrachte, habe vergessen, Mignon jenes eine Lied zu lehren, das für sie geschrieben worden war, ehe sie geboren wurde – wie hätte er, nachdem er ihren Namen einmal wußte, dem widerstehen können? Entzückt zögerte er zwischen Liszts Vertonung und der von Schubert. Wie seltsam sich auch die Begleitung auf seiner asthmatischen Mundharmonika anhörte, er brachte Mignon ihr eigenes Lied bei und ging sicher, daß sie es beherrschte, obwohl sie die Worte nicht begriff, wenn sie auch in ihrer eigenen Sprache waren.

Sprechen ist eines. Singen etwas ganz anderes.

Hier und dort regten sich die Lider der Katzen.

Fast als überwältige sie ihr eigener Mut, zitterte Mignons Stimme, als sie sie fragte, ob sie das Land kennten.

Die Katzen bewegten sich im Stroh.

Nein. Nein, es ist zu früh am Morgen.

Kennst du das Land, wo die Zitronen blühen?

Ach! Laß uns noch ein wenig schlafen. Eben erst haben wir gefressen!

Kennst du jenes Land, wo die Zitronen blühen, fragte, bat Mignon, als sie ihre Augen sich öffnen sah, ihre Augen wie kostbare Früchte.

Sie regten sich, streckten sich, es raschelte. Denn könnte dieses Land nicht das Eden unseres frühesten Beginns sein, wo unschuldige Tiere und weise Kinder unter den lieblichen Zitronenbäumen miteinander spielen, wo der Tiger seiner Wildheit absagt, das Kind seiner Schläue? Ist es das? Ist es dort?

Die Katzen hoben alle ihre Häupter, und ihren Augen entflossen bernsteinfarbene Tränen, wie für ihr eigenes stummes Geschick. Langsam, langsam krochen alle die Tiere auf die Quelle der Melodie zu; die Schwänze schlugen sanft in das Stroh. Am Ende der ersten Strophe stieg ein leises ekstatisches Schnurren von ihnen empor, von allen, bis die ganze Menagerie wie das Innere eines gewaltigen Bienenstocks klang.

Und dann, dann Berg und Fels...

Als sich Mignons Stimme – zuerst noch unsicher – zu Gewißheit und Kraft sammelte und durch die Menagerie schwebte, sahen die Affen mit nicht zu beantwortenden Fragen in den Blicken von ihren Büchern auf; selbst die Clowns wurden still und schwiegen; die Elefanten hörten für die Weile des Liedes auf, mit ihren Ketten zu rasseln.

Die Prinzessin wußte, daß ihr Problem gelöst war: Die Angst des Anfangsaugenblicks war überwunden.

Als das Lied geendet hatte, seufzten die Katzen und schoben sich ein wenig auf den Hinterbeinen hin und her, doch der Einsatz für den Tanz kam nicht; die Prinzessin küßte Mignon.

Fevvers und Lizzie holten tief und erleichtert Atem und küßten sich ebenfalls.

»Das brutale Geschlecht hat sie wie einen alten dreckigen Handschuh weggeworfen«, sagte Fevvers.

»– aber wir Fraun haben sie glücklich in die Reinigung gebracht!« schloß Lizzie triumphierend.

Damit schien das Anstellungszeremoniell beendet. Die Prinzessin ließ Mignon vor den Katzen knicksen. Die Frauen kamen Hand in Hand aus dem Käfig. Die Katzen ließen ihre Schnauzen wieder zwischen die Pfoten sinken. Die Prinzessin küßte Fevvers auf beide Wangen, zum Dank.

»Wirklich eine Klasse-Nummer«, sagte Fevvers gratulierend. Sie verließen die beiden, wie sie begannen, den Walzer zu proben.

Und jetzt hatte sich der Hof geleert wie eine Badewanne, der man den Stöpsel gezogen hat, die Morgengeschäfte hier waren erledigt. Der Colonel war die Kasse prüfen gegangen, der Koch hatte seinen Stand mit hölzernen Läden verschlossen, die Stallburschen und Arbeiter hatten sich in die warmen Gerüche der Menagerie verzogen, um dort Karten zu spielen und Wodka zu süffeln. Die kleinen Charivaris lagen mit schrecklichen Magenschmerzen von den Kuchen des Geheimpolizisten in ihren Kojen, mit Wärmflaschen auf dem Bauch. Mama war böse auf Fevvers. In der öden Stille kamen die Vögel zurück, um im Abfall umherzupicken, und ein junger Mann in komisch übertriebenen Hosenträgern beugte sich unter die Pumpe, um sein Gesicht abzuwaschen, so gut dies mit einem Arm ging.

»Der Mann deiner Träume«, sagte Lizzie mißmutig. »Yankee-doodle-dandy, dieser Reporter.«

Fevvers trat hinter Walser, wartete ihren Moment ab und hielt ihm die Hände über die Augen, als sein Gesicht unter dem strömenden Wasser hervorkam.

»Buh!«

Die Liebe war er nicht gewöhnt, und so führte er es auf seine schlaflose Nacht zurück, als sein Herz bei ihrem Anblick laut zu schlagen anfing. Sie betrachtete ihn widerwillig-nachdenklich und schwang auf ihren hohen Absätzen ein wenig vor und zurück, mit denen sie ihm gegenüber ein paar Zoll im Vorteil war, ein Vorteil, den sie genoß.

»Was macht der kaputte Arm«, erkundigte sie sich.

Er zeigte ihr die Schlinge.

»Passen Sie gut auf damit. Kratzer von einem Tiger, das kann sich ganz schön gemein entzünden, so was.«

Ihre Stimme sank und wurde leise, klang ölig-schmeichelnd.

»Wie ich höre...«, sagte sie, »sind Sie gestern abend dem kleinen frischgebadeten Kätzchen davongelaufen, nach allem. Hab ich mich wohl vertan, Süßer. Scheint so, als ob Sie ihr gar nicht nachgestiegen sind.«

Walser verbarg sein Gesicht und rieb sich mit dem Ärmel die letzten Eispuren ab. Fevvers kicherte und gab ihm einen leichten Schlag mit ihren Handschuhen; die mürrische Unruhe der Nacht war ganz verflogen, eine geheimnisvolle Koketterie war an ihre Stelle getreten.

»Ich muß schon sagen, Mister Walser«, fuhr sie in spöttisch-lockendem Ton fort, »es ist äußerst schmeichelhaft, daß Sie mich auf diese Art und Weise verfolgen, bis ans Ende der Welt, sozusagen. Hmm?«

Ehe Walser antworten konnte, zog ihn Lizzie – als könne

sie ihre Ungeduld über dieses Werbungs-Ritual nicht länger zügeln – am Ärmel seines heilen Arms.

»Ach, Mister Walser, es geht um ein paar Briefe nach Hause… wir – Fevvers und ich, heißt das – wir haben gedacht, ob Sie wohl…? Ach ja? Sie berichten gerade nicht, wegen Ihrer Verletzung? Na, da hat ja unseres um so mehr Platz!«

Aus ihrer enormen Handtasche zog sie einen Armvoll Papiere und zwang sie ihm in die Hand.

VIII

Da der Star noch nie vorher in einem Zirkus aufgetreten war, stand ihr die Zirkustruppe größtenteils recht ablehnend gegenüber, vor allem aber die Charivaris, selbst seit Jahrhunderten auf dem Hochseil zu Hause, die dieselbe Auseinandersetzung mit der Schwerkraft führten wie sie – nur, daß sie mogelte! Sie waren sich dessen sicher, sie wußten es in ihrem tiefsten Inneren, sie brauchten keine Beweise. Und die Betrügerin hatte sie nun von ihrem angestammten Platz ganz oben auf den Plakaten mit Hilfe von mechanischen Tricks verdrängt. Sie neigten sogar ein wenig zu der Gummi-Theorie, was Fevvers' Körperbau betraf. An eben diesem Morgen, beim Milchkaffee der Frühstücksrunde, hatten die Kinder gefragt, ob es denn keine Möglichkeit gäbe, sie mal vom Himmel fallen zu lassen – sehn, ob sie aufhüpft. Mama sagte tadelnd: »Ungezogene Kinder! So etwas sagt man nicht«, doch sie und Papa tauschten einen nachdenklichen Blick. Als Fevvers mit ihrem Geschenk vergifteter Kuchen den Kindern den Magen verdarb, war das Maß voll.

Böse versammelten sie sich, um Fevvers' Orchesterprobe zu beobachten – Dutzende von ihnen, Papa, Mama, Brüder, Schwestern, Vettern. Sie besaßen in vollem Umfang die italienische Begabung, als Menge zu erscheinen, so daß die Charivaris *en masse* viel gewaltiger wirkten als die Summe der einzelnen Teile, selbst ohne die kleinen Kinder, die stöhnend daheim in den Betten lagen. Als wäre es ihr ureigenstes Recht, besetzten die Charivaris die Hofloge, denn die Familie hatte schließlich seit den Tagen Neros jeden bedeutenden europäischen Kaiser unterhalten. Tatsächlich empfanden sie sich selbst als einen entscheidenden Teil der Geschichte des Zirkus, und einer solch reichen Tradition schien Fevvers eine Nase drehen zu wollen. Alle trugen auf ihren Gesichtern den starren Ausdruck von Feindseligkeit und Verachtung. Kleine, zart gebaute, aber drahtige Menschen im Trikot. Die Frauen hatten zum Ausdruck der Geringschätzung die Lockenwickler im Haar gelassen.

Es ist ein spezifisches Phänomen der Trapezartistik, daß die Menschengestalt am Trapez immer überlebensgroß wirkt. Deshalb sind die in der Zirkuskuppel arbeitenden Artisten immer klein und schmal (wie es auch, wie die Charivaris gut wußten, die Regel für das Hochseil ist); ein großer Flugkünstler wirkt unbeholfen, ganz gleich, wie gut er seine Kunst beherrscht. Die ideale Trapezkünstlerin wiegt, sagen wir, hundert Pfund und steht nicht höher als fünf Fuß zwei Zoll in den Schuhen. Ihr Partner hat ihr vielleicht noch zehn Pfund und drei Zoll voraus, wird aber auf dem Erdboden immer noch ein kleiner Mann sein, mag er auch wie ein griechischer Gott aussehen, wenn er mit mehr als sechzig Meilen pro Stunde durch die Luft wirbelt. Fevvers war, wie man sich erinnert, sechs Fuß zwei Zoll in Strümpfen und brachte vierzehn English stone auf die Waage.

Mein Gott, sah sie *riesig* aus. Ihre karmesinroten und purpurnen Flügel verdeckten im Fluge das Dachgebälk des Kaiserlichen Zirkus. Doch ihre marmornen immensen Arme und Beine wirkten bei ihren gelassen-langsamen Schwimmbewegungen durch die Luft blaß und wenig überzeugend, als wären sie willkürlich an das Gefiederkostüm angeklebt.

Walser, den es wie eine Motte zum Licht an den Rand der Manege zog, dachte wie schon zuvor: »Sie sieht wunderbar aus, aber sie sieht aus, als ob etwas an ihr nicht *stimmt.*«

Und doch konnte er nicht genau bezeichnen, was nicht stimmte, konnte nicht ausmachen, wie es genau zuging, daß die Proportionen gestört schienen, da es keine korrekten Proportionen gab, mit welchen man sie hätte vergleichen können. Oder lag es daran, daß um sie etwas war, das einen spüren ließ: während sie andere überzeugen mochte, blieb sie selbst sich im unklaren, wie nun genau ihre eigene Illusion zustandekam.

Die Langsamkeit ihrer Flugbahn, ihre bescheidene Geschwindigkeit (25 Meilen die Stunde) – das war der ganze Trick. Die Charivaris schnaubten verachtungsvoll.

Mit ihrer rechten Hand ergriff sie den Querstab des Trapezes.

Es gab einen schnappenden, volltönenden Riß.

Ein Seil ging entzwei.

Der Colonel, der in stupider Panik zu ihr hinaufsah, so wie er noch vor einem Augenblick in törichter Ekstase emporgesehen hatte, war aus Werbegründen nicht mit den üblichen brotlosen Musikern zufrieden gewesen, sondern hatte unbedingt die Crème der Petersburger Musikakademie als Zirkusorchester engagieren müssen. Das Problem war nun, daß diese erlesen langhaarigen Künstler die erste Regel des Showbusineß nicht beherrschten: daß die Show weitergehen muß. Und nun brach der Walkürenritt – superb gespielt – mit einem entsetzten Mißklang ab, als das Trapez Fevvers zehn, zwölf Fuß nach unten stürzen ließ, daß sie wie ein Pendel über dem winzigen Auge aus Sägemehl hin und her schwang, dem Vortex der Schwerkraft, da drunten, tief unten.

Ihre Flügel zitterten, und die kleinen Federn an den Rändern peitschten nervös die Luft. Aber sie zeigte keine Furcht, selbst wenn sie welche empfinden mochte. Sie wand sich herum und winkte mit der freien Hand grandios salutierend der Hofloge zu. Sie streckte sogar die Zunge heraus. Die Musiker, Hörner und Geigen in ihren Händen baumelnd, der Colonel, Walser sahen zu, hilflos, angsterfüllt, eine endlose Minute lang. Nervös warteten die Charivaris.

Erst, als sie bereit war, fing sie an, ihr Pendel in Bewegung zu setzen. Schneller und schneller schwang sie hin und her, und als sie genügend Schwung gesammelt hatte, ließ sie los und durchmaß das Zelt, um auf der anderen Seite der Kuppel auf dem zweiten Trapez zu landen. Dort setzte sie sich abrupt hin, schlug ihre Flügel um sich, verschränkte die Arme wie ein zorniges Waschweib und ignorierte den Tumult, der unter ihr ausbrach – riesenhaft, unbeweglich, trotzig.

Verworrenes Gemurmel drang aus der Hofloge; man konnte den Klang von Enttäuschung heraushören.

»Bastarde!« rief Lizzie und wiederholte und erweiterte ihre Verwünschungen in verschiedenen italienischen Dialekten. Die Charivaris schossen energisch zurück. Der Colonel steckte sich eine frische Zigarre an und schien sein Schwein um einen Rat anzuflehen. Hoch droben kauerte Fevvers schmollend auf dem Trapez.

Nein. Sie kommt nicht herunter. Sie ist hier oben wohl noch am sichersten. Warum hat niemand das Seil überprüft? Welche mörderischen Schweine haben hier ihre Wichsfinger im Spiel gehabt?

So hoch sie schwebt, man kann jedes Wort verstehen.

Ein Arbeiter entdeckt, daß das Seil, welches gerissen ist, säuberlich bis zur Hälfte durchschnitten war.

Ein Komplott!

Der Verdacht fällt sofort auf die Charivaris. Die Charivaris brechen lauthals in chaotisches Argumentieren aus, springen auf, rennen auf den Brüstungen der Logen hin und her. Lizzie wirft dem Colonel einen Wasserfall rascher zorniger Rede entgegen, während die gestikulierenden Charivaris alle erdenklichen Verteidigungen vorbringen, die ihnen irgendwie von Nutzen erscheinen. Der Colonel beißt auf seine Zigarre, kitzelt seinem Schwein die Ohren und weiß im Grunde, daß es nur eins geben wird, wenn Sybil quiekt und nickt: die Charivaris hinauszuwerfen. Eine Abfindung zusätzlich zu ihrer noch unverdienten Gage, sie werden aus dem Programm gestrichen und mit dem nächsten Zug nach Mailand zurückgeschickt.

Entweder das, oder er verliert Fevvers. Was unvorstellbar

ist. Besonders da Fevvers eingewilligt hat, heute abend mit ihm zu dinieren, unter der Bedingung, daß er sich Mignons neue Nummer ansieht.

Natürlich wird das nicht alles sein, soweit die Charivaris betroffen sind. Während ihrer ganzen weiteren Karriere wird die gesamte Familie an Fußpilz leiden, an Furunkeln am Hintern, Kopfschmerzen, Verdauungsstörungen ... all die kleinen irritierenden schmerzhaften Leiden, die einem das Leben vergiften, ohne daß sie wirklichen bleibenden Schaden anrichten würden, all das, was einen nicht umbringt, aber einem permanent die Form vermiest. Nichts, was in sich genug wäre, um einem von ihnen den Auftritt auf dem Seil unmöglich zu machen – nur werden sie von nun an alle ein wenig schlechter sein. Nicht gut in Form. Ihr kollektives Geschick wird es sein, dauernd nicht gut in Form zu sein. Die Kinder, die Fevvers gummiartig aufhüpfen sehen wollen, werden sich nie restlos von den Kuchen des Geheimpolizisten erholen. Sie werden ihre Eltern nie ganz einholen, nicht einmal jetzt, wo diese nicht ganz in Form sind. In Zukunft wird, wenn Lizzie auch nur an die Charivaris denkt, der eine oder andere des Familienclans ein undefinierbares Reißen oder Zwicken verspüren. Der ehrwürdige Stamm, der vor Nero, Karl dem Großen, den Borgias, vor Napoleon auf dem Seil getanzt hat ... die Charivaris treten nun einen langen langsamen Abstieg an. Am Ende werden sie auswandern, und zwei Jahrtausende Zirkuskunst werden in einer Pizzeria in der Mott Street in New York enden.

Gute Nacht.

Als der Colonel zögernd einwilligte, die Charivaris zu entlassen, kam Fevvers wieder auf den Boden herunter, obwohl sie nicht sprang, wie sie im Alhambra gesprungen war, sondern wie jeder andere Trapezkünstler die für diesen Zweck bestimmte Strickleiter nahm. Ihr Knurren und ihre Flüche wurden lauter, als sie sich der Manege näherte.

Walser war, zwischen Lachen und besorgtem Erstaunen, beinahe überzeugt, daß die Frau ebensowenig in Gefahr gewesen war wie ein Papagei, den man von der Stange schubst. Und obwohl er durchaus nicht bereit war, zu glauben, daß dies so sein könnte, war er bezaubert von dem Paradox: Wenn sie wirklich ein *lusus naturae*, ein unerhörtes Flügel-Wesen war – dann war sie kein Wunder mehr.

Sie wäre dann nicht länger eine außergewöhnliche Frau, nicht mehr die größte *aerialiste* der Welt, sondern – ein Freak. Staunenswert, in der Tat, aber ein erstaunliches Monstrum, ein singuläres Wesen, dem das menschliche Privileg von normalem Fleisch und Blut versagt blieb, stets Gegenstand der Beobachtung, nie gewöhnlich-menschliche Sympathie empfangend, eine fremde, ewig entfremdete Kreatur.

Sie ist es sich selbst schuldig, eine Frau zu bleiben, dachte er. Es ist ihre Menschenpflicht. Als symbolische Frau hat sie eine Bedeutung, als eine Anomalie keine.

Als eine Anomalie würde sie wieder ein Ausstellungsstück in einem Kuriositätenmuseum werden, wie sie es schon einmal gewesen war. Aber was würde sie werden, wenn sie weiter eine Frau bliebe?

Dann sah er, daß sie unter dem Rouge blaß war, als erhole sie sich gerade von wirklicher Angst, und daß sie sich in ihren Federmantel hüllte, als würde er sie wärmen. Sie sah ihn mit einem dünnen Lächeln an.

»Beinahe wär's alles aus gewesen, hm?« sagte sie zweideutig.

Lizzie rannte mit einer halbvollen Flasche Cognac von der Bar zu ihr hin. Der Colonel war diskret um sie herum, sprach kosende Schmeichelworte, aber Fevvers ließ sich in einen Sitz der ersten Reihe sinken und brachte ihn zischend zum Schweigen, als lautes Eisenklirren den Aufbau des riesigen Käfigs ankündigte, in dem die Prinzessin und ihre Katzen auftraten.

»Meine Protégée«, sagte Fevvers und trank Cognac. »*Jetzt* werden Sie was erleben.«

Walser versuchte, sich neben sie zu setzen, aber Lizzie schob ihn nachdrücklich weg, und er nahm neben dem Colonel Platz.

Ganz mit Mignons Debut beschäftigt, hatte die Prinzessin mit keinem Gedanken mehr an sich selbst gedacht, hatte vergessen, auch nur ein Kleid anzuziehen, und ihr Unterrock wie ihr Leibchen hätten schon lange in die Wäsche gehört, da der Saum des einen mit dem Kot der Käfige beschmiert war und die Taille des anderen blutige Spuren trug, wo sie sich abwesend die Hände abgewischt hatte. Doch Mignon – welche gute Fee hatte die kleinen Waise von der Straße mit ihrem Zauberstab berührt?

Ihr flachsblondes Haar türmte sich in weichen Locken und wurde mit einer rosa Seidenrose zusammengehalten. Ein richtiges Ballkleid, weiß wie Zuckerguß, voll romantischer Rüschen und Spitzen, war so geschnitten, daß man gut sehen konnte, wie schön ihre blauen Flecke heilten. Sie reckte ihren mageren Busen, als wollte sie einem darin gefangenen Vogel die Freiheit geben.

Nur fing der Colonel bei der zweiten Strophe an, raschelnd hin- und herzurutschen.

»Lieder im Tigerkäfig!« überlegte er laut. »Die Nummer hat echt Klasse. Yessir. Aber könnte es nicht sein, daß das Ganze zu viel Klasse hat? Wenn Sie verstehn, was ich meine? Zu viel Niveau? Verschwendet an den Herrn Omnes? Könnte doch sein, daß...«

»Pssst!« zischte Fevvers tadelnd.

Walsers Augen brannten, und die Empfindung leichten Schwindels, die er nun nachgerade mit der Gegenwart der *aerialiste* verband, überwältigte ihn, obwohl er wußte, daß dieses Mal auch die Musik etwas damit zu tun hatte.

Prasselnder Applaus der kleinen Zuschauergruppe, gefärbt von dem aggressiven Schweigen Sybils, das in gewisser Weise die Besorgnis des Colonels rechtfertigte, denn er hielt große Stücke auf den Geschäftssinn seines Schweins. Nein. Nicht für diese Show. Nicht so ein Lied. Mit der Sängerin war Geld zu holen, aber nicht, wenn sie und ihre Begleiterin die Manege in einen Konzertsaal zu verwandeln drohten. Er versuchte sich daran zu erinnern, wie sein großer Vorläufer Barnum damals Jenny Lind vermarktet hatte, die schwedische Nachtigall, Liebling des amerikanischen Publikums ... Mignon unter Vertrag nehmen, gut; aber unter Vertrag für diese Katzennummer? Hmmm. Sehr problematisch.

»Was andres«, fragte er heiser und brüsk, auf seinem Stummel kauend, »kannst du noch irgendwas andres?«

Mignon, die ihre romantischen Röcke mit wunderbarer Geschicklichkeit handhabte, näherte sich dem größten Tiger und machte vor seinem Podest einen Knicks. Damenwahl!

Der Schwanz des Tigers zuckte, und die Nüstern sogen den Reiz ein, der von dem Zibetduft in ihrem Parfum ausging. Die Prinzessin schlug einen Akkord an. Er sprang von seinem Podest herab.

Die Prinzessin entschied sich aus Respekt vor der Stadt für den großen Walzer aus *Eugen Onegin*. *Eins*, zwei, drei. Mignon tanzte mit dem Tiger. *Eins*, zwei, drei. Das große Tier, ein wenig steif und großväterlich, beugte sich zärtlich über die Debütantin, auf den Hinterbeinen ganze sechs Fuß hoch und anscheinend ein wenig behindert durch die Lederfutterale, die wie Handschuhe mit Schnur um seine Vorderpranken gebunden waren, damit er nicht in momentaner Erregung seine zurückgezogenen Krallen zeigte – was für Mignons bloße Schultern katastrophale Folgen gehabt hätte, die nur so aussahen, als wären sie aus Marmor.

Herum und herum tanzten sie, und Mignon summte mit abwesender, verzaubernder Stimme die Melodie, so stolz auf sich selbst und zufrieden mit dem Eindruck, den sie machte, wie jedes Mädchen auf seinem ersten Ball. Doch die Braut des Tigers war traurig, daß man ihr den Partner weggeholt hatte, und vielleicht sogar eifersüchtig, ihn an ein hübsches Mädchen verloren zu haben. Sie legte die Ohren an und stimmte einen drohend-knurrenden Kontrapunkt an.

Eine Hand in der Tatze des Tigers, winkte Mignon grüßend der Menge, wie die Prinzessin es ihr gezeigt hatte, dann machte sie ihren Knicks vor dem Tiger, dann vor den anderen Tänzern; sie strahlte mit dem ihr eigenen Mangel an Unterscheidung, denn für sie war alles eins, die Toten nachzuahmen oder mit den furchtbaren Lebenden zu tanzen.

Lauterer Beifall, viel lauter als zuvor, da alle Gelehrten Affen sich auf die oberen Bankreihen geschlichen haben. Wenige der menschlichen Besucher des Kaiserlichen Zirkus hätten sich mit größerem Anstand betragen können als sie, wie sie nun ihrer einstigen Wärterin in ihrer neuen Inkarnation applaudierten. Eine davon, mit einem grünen Haarband, blinzelte ihm zu, als Walsers Blick sie streifte. Den Affen-Mann hatte wohl wie üblich der Alkohol an irgendeine Kneipentheke genagelt.

Diesmal konnte Sybil ihrem Enthusiasmus kaum Genüge tun, und die Zweifel des Colonels verschwanden. Er war über den Verlust der Charivaris ganz hinweggetröstet.

»Wenn das nicht alles in den Schatten stellt, was, Sybil? Die hat Nerven! Einsame Klasse! Was für 'ne Nummer! Na, und das braune Mädel, total erstaunlich! Will dir was sagen«, murmelte er zu Sybil, »wie wär's, wenn wir das Lied rauslassen. Einfach raus damit. Vergessen wir's. Raus mit dem Lied und gleich den Tanz.«

Mignon führte ihren Partner zu seinem Podium zurück und hauchte einen Kuß auf den Plüschpelz seiner Stirne, ehe sie ihm höflich beim Hinaufsteigen half. Doch aus dem Auge der Tigerin fiel eine große bernsteinfarbene Träne, und noch eine. Die Prinzessin klickte nachdenklich ihren Fingernagel gegen die Zähne und winkte dann ungeduldig zu den Zuschauern hinüber. Walser spürte, wie etwas seinen verletzten Arm anstieß und merkte beim Hinabschauen, daß Sybil ihn mit ihrem Rüssel stupste.

»Sehen Sie denn nicht, was los ist, Junge«, übersetzte der Colonel mit julepdurchwehtem Flüstern, »die Prinzessin braucht einen Freiwilligen. Sybil weiß Bescheid. Sybil merkt's. Auf geht's, junger Mann, tun Sie Ihre Pflicht! Tun Sie Ihre Pflicht dem Großen Spiel gegenüber und für Colonel Kearneys Zirkus!«

»He, einen Moment, Mister Colonel«, sagte Fevvers, »ist das nicht bißchen viel verlangt?«

Wieder winkte die Prinzessin; wieder stieß Sybil, diesmal wild.

»Sind Sie denn kein *Amerikaner*?« sagte der Colonel beschwörend. »Wo bleibt Ihr Einsatz?«

»Aber das ist die Tigerin, die mich fressen wollte!« rief Walser in entsetztem Staunen.

»Seid einander also schon vorgestellt worden, was? Um so besser!«

»Aber mein Arm –«

»Der arme Kerl ist schließlich verwundet –«

Walser sah nach links und rechts, einen Fluchtweg suchend, sah jedoch statt dessen, daß der Starke Mann erschienen war, um Mignon anzugaffen. Wie eine Vision glänzend eingeölter Muskulatur stand er da und sah Walser im selben Augenblick. Sein Bizeps hob sich reflexartig. Fevvers legte eine Hand über die Augen und führte mit der anderen die Cognacflasche zum Mund.

»Mein Name ist zwar Walser, Ma'am, aber ich fürchte, daß es mit dem Walzen nicht so weit her ist«, entschuldigte Walser sich bei seiner rotbraun-orangenen Partnerin, doch das schöne Wesen legte mit der Erleichterung des erlösten Mauerblümchens ihren Kopf mit sanftem, beruhigendem

Druck auf seine heile Schulter, und es war immerhin gut, daß sie in einer gesänftigten Stimmung war, denn Zeit, ihre Handschuhe zu holen, war keine mehr. Sie führte. Sie steuerte Walser mit völliger Sicherheit und wunderbar ernsthafter Fürsorge durch den Ring.

Eins, zwei, drei. *Eins*, zwei, drei.

Mignon flog vorüber und schenkte dem Clown ein aufblitzendes Lächeln. Walser, vom ungeschmiedeten Stahl der Tigertatzen gestützt, dachte: La Belle et la Bête. Die Schöne und das Tier. Dann blickte er in die tiefenlosen Juwelenaugen der Tigerin und sah dort das ganze fremde Wesen einer Welt aus Fell, Sehnen und Anmut gespiegelt, in der er der plumpe Eindringling war, und während die Tigerin seine überwältigte Verwunderung noch einmal um das weiße Klavier der Prinzessin herumsteuerte, ließ er den Gedanken bei sich ein, wie die Tiger ihn denken würden: *Hier* kommt die Schöne, *da* das Tier!

Der Atem der Tigerin stank erstaunlich, da ihr die verfaulenden Reste ihres Frühstücks noch zwischen den Zähnen saßen. Dies war der einzige störende Umstand.

All die anderen Tiger waren nun auf den Hinterbeinen und tanzten Walzer wie in einem magischen Ballsaal im Land, wo die Zitronen blühn.

Die Gitterstäbe der Manege zogen vorbei, erst einer nach dem anderen, dann, als das Tempo schneller wurde, glitten sie zu einem einzigen verwischten Gitterstab zusammen, einer Sperre, die man wahrnahm, aber nicht mehr empfand, bis schließlich auch dieser Stab sich auflöste und nur noch die grenzenlose Landschaft von Musik zurückblieb, in welcher sie für die Dauer des Tanzes in vollkommener Harmonie zusammenlebten.

Diesmal war der Beifall orkanartig, und nicht nur die Prinzessin stimmte mit ein, sondern jedes einzelne Mitglied der Zirkustruppe (mit Ausnahme der verbitterten Charivaris), denn als Walser sich verbeugte, sah er alle Stallburschen, Arbeiter und Pferdewärter, sah Elefanten und Kunstreiter, deren Namen ihm unbekannt waren, fremde Parterreakrobaten und Jongleure, Mädchen, die aus Kanonen geschossen wurden, und vollzählig alle Clowns, alle von dem erstaunlichen Schauspiel angezogen, ihm alle erlegen. Der Colonel rutschte tiefer in seinen Sitz und strampelte mit seinen kurzen Beinen entzückt in der Luft. Fevvers grüßte Walser mit der leeren Cognacflasche.

Walser führte die Tigerin zu ihrem Podest zurück und verbeugte sich. Sie warf ihn mit ihrem dröhnenden, dankbaren, übelriechenden Schnurren beinahe um. Mit exquisiter Contenance küßte ihn die Prinzessin auf beide Wangen, Mignon aber küßte sie auf den Mund, und die beiden Mädchen hingen ein wenig länger aneinander, als der Anstand erlaubt hätte, nur einen Moment länger, wenn es auch – so groß war die Erregung des Beifalls – niemand bemerkte außer jenen, welche es nicht überraschte.

Dann schlug die Prinzessin den Deckel des Klaviers zu, nahm ihr Gewehr und winkte befehlend damit. Die Katzen sprangen von ihren Podesten und verschwanden den Laufgang hinunter. Plötzlich war der Zauber vorbei.

Der Colonel war mit den Fortschritten des von ihm selbst ausgesuchten August wohlzufrieden – jetzt war er sowohl Menschliches Hähnchen wie Gigolo der Tigerin. Doch später am Nachmittag schlug der Starke Mann Walser zusammen, und nur das Dazwischentreten der Trapezkünstlerin rettete ihn.

Der gehörnte Ehebrecher trägt ein doppeltes Geweih – die Stirn des Starken Mannes barst fast unter dem Gewicht. Er lauerte im ruhigen Gestank der Menagerie, wartete, bis Walser aus den Eingeweiden des Zirkusgebäudes hervorkam, um im Hof zu pinkeln, und sprang ihn dann von hinten an. Er warf ihn vor der elementaren Gleichgültigkeit der Elefanten auf die Pflastersteine. Walsers Hahnenkamm und die Perücke fielen ab.

Der Starke Mann kniete auf Walsers Rücken und trat ihn immer wieder mit den Knien in die Nieren, doch man hätte meinen können, er litte größere Schmerzen als Walser, denn er schluchzte wie ein Kind. Walser, dessen rechter Arm nutzlos war, konnte nichts tun, sich zu verteidigen, und wand sich unter dem großen keuchenden Inkubus, bis ein Guß Wasser auf sie beide niederklatschte.

Das löschte das Feuer des Starken Mannes. Er rollte von Walser herunter, heulend und triefend, ein elender Anblick. Diesmal war es Fevvers, die den Schlauch hielt, mit dem die Prinzessin schon einmal Walser gerettet hatte. Sie schüttelte die letzten Tropfen auf eine beunruhigend maskuline Weise ab und legte ihn weg. Mignon spähte aus der Tigerstallung nach dem Lärm hervor. Als sie den Starken Mann Samson in solch rührend-nasser Elendigkeit erblickte, ging ein Aprilwetter von Sympathie-Tränen über ihr Gesicht. Ihr Gedächtnis war zu kurz, als daß sie jemandem etwas nachgetragen hätte.

Walser, sich selbst überlassen, stand auf und suchte nach seinen Kopfbedeckungen. Wasser rann aus seinen Ärmeln und seinen Hosenbeinen. Fevvers scheuchte die Kombattanten in die Wohnung der Prinzessin, doch als der Starke Mann sah, wie die Tiger sich aufmerksam aufrichteten, begann er wieder zu brüllen, diesmal aus Angst. Er war wie gewöhnlich nur mit seinem Lendentuch aus Tigerfell bekleidet, auf das die Prinzessin mit bedeutungsvoller Geste wies.

»Sie will sagen: runter damit«, sagte Fevvers zu ihm. »Die schätzen diesen Anblick nicht.«

Er rieb sich die Fäuste in die Augenhöhlen und rührte sich nicht, so daß sie es selbst abnahm, wobei einen Augenblick lang sein enormer Schwanz zum Vorschein kam, jetzt in sich zusammengefallen und geschrumpft, nur noch das Schemen seiner selbst, ehe sie ihm ein Handtuch umlegte und den Lendenschurz in sichere Entfernung wegwarf. Walser beeilte sich, seine Hosen selbst auszuziehen, ehe – oh! entsetzliche, oh! ekstatische Vorstellung – sie Hand auch an ihn legen könnte. Bald waren beide in Handtücher gehüllt und saßen auf Strohballen. Es war vier Uhr, und Mignon rannte zu der eben wieder geöffneten Kochbude, um wärmenden Tee zu holen.

Mignons Ballkleid hing an einem hölzernen Kleiderbügel, auf dem »Hotel de l'Europe« stand, an einer Stange. In ihrer Behausung wirkten die beiden Raubtier-Dompteusen wie ein Paar Schulmädchen, die bei einem Spiel im Schlafsaal überrascht worden sind. Wie die Prinzessin machte sich auch Mignon nicht die Mühe, sich zu Hause anzuziehen, aber ihre Unterwäsche war brandneu, feinster Batist und *broderie anglaise*. Ein Preisschildchen hing noch am Saum des Unterrocks.

Der Starke Mann nahm einen Schluck Tee, und dann begannen seine Tränen wieder hervorzubrechen. Fevvers nahm mit unparteiischer Mütterlichkeit seinen Lockenkopf in die Arme und bettete ihn auf ihre Brust. Walser war beleidigt, denn er war der Zerschlagene, und um ihn kümmerte sich niemand – außer Mignon, die unvermutete praktische Fähigkeiten in sich entdeckte und im Vorbeigehen ein Beefsteak nahm und es gegen sein Gesicht legte, um das Anschwellen eines monströsen Veilchens zu verhindern. Doch ihre Aufmerksamkeit war nicht die, die er wollte, und je mehr der Starke Mann schluchzte und sich anschmiegte, desto ungerechter fühlte Walser sich verkannt und mißachtet.

»Ich hab sie nie angerührt!« sagte er mit Betonung in Richtung Samsons hinüber, was nur einen neuen Tränensturm auslöste. Der Starke Mann murmelte etwas zwischen Fevvers' Brüsten, was nur sie hören konnte.

»Er sagt, er liebt dich«, teilte sie Mignon mit. Mignon

blickte sie reglos an. Fevvers übersetzte hastig ihre eigenen Worte. Mignon lachte. Der Starke Mann weinte und murmelte noch etwas.

»Er sagt, er liebt dich, aber er ist ein Feigling.«

Diesmal lachte Mignon nicht; sie stieß ihren bloßen Zeh in das Stroh.

Gemurmel, Gemurmel.

»Er sagt, er liebt dich, er ist ein Feigling, und er kann es nicht ertragen, daran zu denken, daß du in den Armen eines Clowns liegst.«

Es war die Prinzessin, die diesmal in Gelächter ausbrach, aber Mignon schüttelte den Kopf: »Nein! Nie mit einem Clown!«

Dies beruhigte den Starken Mann ein wenig, und es gelang ihm, seinen Tee zu trinken.

Das Wort EISEN war mit groben Lettern auf die Knöchel seiner Rechten geschrieben, und STAHL auf die der Linken. Die Tätowierungen sahen erbärmlich und grausam aus, wie mit einem Taschenmesser eingeritzt und dann mit Tinte eingerieben, in einer lieblosen, sich selbst verstümmelnden Kindheit. Sein ganzer Riesenbau war Muskel und schlichte Dummheit, es saß kein Fleisch, kein Fett, kein Witz an seinem Körper. Er hatte eine gut geformte stumpfe Nase, und wie er nun aufhörte zu schniefen, nahm sein Gesicht den gewohnten Ausdruck verwirrter Unschuld an, ständigen Staunens darüber, wie es auf der Welt hergeht.

Der Starke Mann war naiv, er konnte keine besonderen Tricks für seinen Auftritt. Während der Pausen zwischen den einzelnen Nummern, während der Käfig oder die Trapeze vorbereitet wurden, während die Clowns herumtobten, schritt Samson um den Ring und hielt ein Pferd über seinen Kopf erhoben.

Ja, er war sehr stark, und – wie er im Innersten wußte – ein geistiger Schwächling. Jedoch war er – und dies wußte er nicht von sich selbst – höchst sentimental, so daß er die ganze Zeit, als er die Frau des Affen-Mannes vögelte, nicht groß über sie nachdachte, nur wahrnahm, daß sie leicht zu haben war, doch sobald sie mit dem Clown davonging (wie er annahm) und ein Bad nahm und frisiert wurde, ein schönes Kleid bekam, ein Star wurde!, da flog das Herz in ihm jedesmal auf die andere Seite wie ein Pfannkuchen bei dem Gedanken, daß er nun nie mehr sein mächtiges Glied in ihr unterbringen würde. Doch glaube niemand, daß in der Geschichte der Welt nicht schon große Liebe aus noch unwahrscheinlicheren Ursachen entstanden ist. Wenn der Starke Mann bei dem Anblick, wie der Tiger mit Mignon hinweg, für immer aus seiner Reichweite hinaus tanzte, sein Herz brechen fühlte, mag er sentimental gewesen sein, doch es brach tatsächlich. Aus dem Riß hervor mochte eine neugeborene Empfindungsfähigkeit feucht ihren Kopf hervorrecken.

Während alle unentschlossen im Raubtierhaus herumsaßen, hörte man ein Geräusch von Schleifen, Zerren, Anstoßen: der Professor trat ein und zog den besinnungslosen Affen-Mann an den Füßen hinter sich her. Der Professor mußte sich sehr anstrengen und ließ das auch merken: keuchend, schnaufend und schweratmend war er sich der Würdelosigkeit seines Unternehmens peinvoll bewußt. Der Kopf des Affen-Mannes schlug bei jedem Zerren an den Stiefeln gegen die Pflastersteine, aber das Lächeln auf den bewußtlosen Zügen blieb fest.

»Mein Mann!« sagte Mignon.

»Auf, Samson, mein Alter, geh mal her und hilf dem armen haarigen Herrn da, bevor er einen Herzklaps kriegt«, sagte Fevvers. Der Starke Mann erhob sich gehorsam und schlang sich die Enden des Tuchs fest um die Hüften. Er schleppte den Affen-Mann weg ins Bett; der Professor trottete nebenher und schimpfte schnatternd vor sich hin vor lauter Empörung.

Fevvers machte eine Bemerkung auf Deutsch, die Mignon

lächeln ließ, eine auf Französisch, die auch die Prinzessin zum Lächeln brachte, doch sie lächelten nicht Fevvers zu, sondern sie lächelten einander an, und eine weiße Hand und eine braune streckten sich aus und erfaßten einander.

»Soweit dieses.« Endlich wandte sie sich an Walser. »Schnappen Sie sich Ihre Klamotten und kommen Sie mit, Kollege. Lassen wir die Turteltauben hier alleine.«

Turteltauben? Aber ja.

Hand in Hand gingen die Mädchen nun in den Käfig zurück, wo die Tiger ihren Nachmittag verschliefen, denn die Prinzessin lehrte Mignon neue Lieder. Sie würde also nicht in der Manege singen: auch gut. Um so besser! Dann würden sie in liebevollem gemeinsamem Alleinsein die Musik auskosten, die ihre Sprache war, in der sie den Weg zueinander gefunden hatten.

Als der Starke Mann von den Affen zurückgelaufen kam, rüttelte er – die ausgesperrte Liebe – an den Käfigstangen, die ihn von der Geliebten fernhielten, doch das musikalische Paar hörte ihn nicht, so sehr waren sie versunken.

Der Professor, nun allein, durchsuchte die Taschen des Affen-Mannes. Er zog die Brieftasche hervor, fand, was er suchte – Monsieur Lamarcks Vertrag mit dem Colonel –, las ihn durch und zerriß ihn. Er sah den bewußtlosen Mann mit einem durchdringenden Blick reiner tierischer Verachtung an. Dann nahm er den Mantel des Affen-Mannes vom Fuß des Bettes, damit er sich unbemerkt in der Menge bewegen konnte, und eilte davon.

Im Hof stieß er auf Walser, der zum zweiten Mal an diesem Tag sein Gesicht unter der Pumpe wusch, um Blut und verschmierte Schminke loszuwerden. Der Professor ergriff seinen verletzten Arm, was ihn zusammenfahren ließ, und zog ihn – nachdem er, gereizt wie er war, andererseits sein Bedauern zu zeigen versucht hatte – auf die Gasse hinter dem Hof hinaus. Obwohl Walser, der nur ein Handtuch trug, nachdrücklich protestierte, machte der Professor ihm klar, daß er wollte, der Clown solle ihm eine Droschke rufen.

Da der Colonel an diesem Abend mit seinem Star essen gehen wollte – ein Rendezvous, in das er große Hoffnungen setzte –, kehrte er zeitig ins Hotel zurück, um seine bläulichen Wangen noch einmal sauber zu rasieren. In hochgerollten Hemdsärmeln, um seine fest zwischen den Zähnen gehaltene Zigarre herum »Casey Jones« summend, attackierte er seinen Bartwuchs im Badezimmer der Suite mit einem langen Rasiermesser, als der Professor – in zu großer Eile, um sich an der Rezeption auf Diskussionen einzulassen – eine Regenrinne hochgeklettert kam und barsch an die Scheibe des Badezimmerfensters klopfte. Der Colonel ließ nach einigen Kentucky-Ausrufen des Erstaunens den Professor ein und drängte ihn in den Salon, wo er warten sollte, bis der Colonel sich den Seifenschaum aus dem Gesicht gewischt hatte. Als er zurückkam, saß der Professor am Schreibtisch und schrieb mit rascher Feder auf dem Briefpapier des Hotels.

»Die Natur hat mir die Stimmbänder versagt, doch bei Monsieur Lamarck hat sie auf das Gehirn verzichtet. Er ist ein hoffnungsloser Alkoholiker ohne jeglichen Geschäftssinn. Ich beabsichtige deshalb, als Manager der ›Gelehrten Affen‹ alle Geschäfte zu übernehmen, und fordere, daß die Gage, die bisher an Monsieur Lamarck entrichtet wurde, sowie alle Spesen an mich ausbezahlt werden.«

»Nun schau dir das an, Sybil«, wandte sich der Colonel an sein Schwein. »Die Irren wollen die Anstalt übernehmen.«

Ungerührt schrieb der Schimpanse nun die Summe auf, die er als angemessen für die Dienste seiner selbst und seiner Kollegen empfand; die Augenbrauen des Colonels gingen nach oben, als er die Notiz sah, und er bot dem Professor einen Drink unter Freunden an – unter diesen Umständen kaum eine sehr taktvolle Offerte, und der Professor lehnte sie auch ärgerlich ab. Mit den Zähnen eine neue Flasche Bourbon entkorkend strich sich der Colonel sein von der Rasur straffgespanntes Kinn und bemerkte amüsiert:

»Ach, hören Sie doch auf, Professor! Wenn kein Mann mit euch in der Manege ist, glauben die Leute, ihr seid bloß ein Haufen Oberschüler in Affenkostümen!«

Der Professor gab einen unbeschreiblichen Laut von sich, der keiner Stimmbänder bedurfte, um seine Bedeutung klar auszudrücken.

»Ich möchte doch um etwas Höflichkeit bitten, Professor! Nun, Sir, Sie wissen, was ich immer sage – befragen wir das Orakel.«

Mit einem Grunzen hüpfte Sybil auf den Teppich, als der Colonel die Alphabetkarten ausstreute.

»Ist noch billig«, grübelte der Colonel. »Na, Sybil, so ungern ich dir widerspreche, dieser Herr hier ist ein knallharter Verhandlungspartner. Bist du ganz sicher, daß er unersetzlich ist? Du bist es? Verdammich …«

Er sah Sybil nachdenklich an, zum ersten Mal von einem Zweifel an ihrer Integrität befallen – daß es eine Art Solidarität unter den Tieren geben könnte, daß sie etwas wie einen Pakt gegen ihn schließen könnten, war eine beunruhigende Vorstellung, die ihm vorher nie gekommen war. Endlich streckte er widerwillig entschlossen dem Professor die Hand hin. »Ein Handschlag unter Gentlemen ist so gut wie ein Vertrag da, wo ich herkomme. Oh. Verstehe, da, wo Sie herkommen, nicht. Nun gut –«

Zögernd setzte er sich an den Schreibtisch und formulierte einen neuen Vertrag, doch selbst dann war er gezwungen, eine Reihe von Klauseln zu streichen, und mußte dem Professor gestatten, eine zusätzliche Bestimmung anzufügen, ehe der Schimpanse unterschrieb. Er lehnte es ab, auch nur einen von Sybils Äpfeln zur Besiegelung des Abkommens zu sich zu nehmen, und fegte davon, diesmal durch die Tür; der Colonel blieb höchst irritiert zurück.

»Schnitzel mit Bohnen«, drohte er Sybil. »Rippchen. Räucherschinken.«

Doch sie sprang auf ihr Kissen zurück und schloß bedachtsam die Augen, jede weitere Diskussion abbrechend. Der Colonel hätte seine Rasur mit noch geringerer Gelassenheit beendet, wenn er gewußt hätte, daß der Professor beim Verlassen des Hotels die Hilfe der eben vorbeikommenden Lizzie benutzt hatte, um sich von einem Hotelangestellten ein Exemplar von Cooks Internationalem Eisenbahnfahrplan zu beschaffen.

IX

Um die kaviargefüllten Pfannkuchen und die saure Sahne hinunterzuspülen, den Karpfen in Aspik, die eingelegten Pilze und den Räucherlachs, zog der Colonel Bourbon dem Wodka vor. Anschließend stellte er fest, daß Bourbon den Borschtsch leichter verzehrbar machte. Fevvers trank weißen Burgunder zum ersten Gang, roten Burgunder mit der Suppe und setzte ihr silbernes Besteck energisch ein. Wohlvertraut mit den Strategien des Verführungsdiners gehörte es zu ihren Prinzipien, reichlich zuzugreifen, und der Colonel scheute keine Kosten. Gänsebraten mit Rotkohl und Äpfeln? Das ließ sie allerdings vorbei, wählte statt dessen Wild und wechselte zu einem Rotwein, Châteauabzug. Der Colonel blieb beim Bourbon und beschränkte sein Essen nun auf Krümel von den Brötchen, die er nervös in den Händen drehte. Fevvers jedoch fand noch Platz für ein Eis zum guten Schluß, sowie für ein Glas Château d'Yquem, rülpste behaglich und nickte, als er – rotgesichtig und bereits über-eifrig dem Ereignis entgegensehend – sie zu einem letzten Drink in seine Suite einlud.

Sie genoß ihren gut gekühlten Champagner, während der Impresario neben ihr auf dem Sofa einschlief. Sie nahm ihm die Bourbonflasche aus der Hand und griff neugierig in seinen Hosenlatz, den er eben noch aufgefingert hatte, ehe er entschlummert war – sie zog an langer Schnur eine Reihe kleiner seidener amerikanischer Flaggen hervor. Sybil grunzte leise vorwurfsvoll.

»Wie ging's?« fragte Lizzie in ihrem eigenen Hotelzimmer, in dem es stark nach Treibhausblumensträußen und dem geschmolzenen Wachs roch, das die alte Frau sorgfältig aus einer Kerze träufelte. Es sah aus wie ein Hexenritual, doch es ging um etwas gänzlich anderes.

»Hat seine Stars and Stripes nicht hochgekriegt«, antwortete Fevvers. »Britannias Rache für den Krieg von 1812. Sag mal, Liz, bist du noch nicht fertig mit der unsichtbaren Schrift?«

»Für die nächste Sendung wird es fertig sein«, erwiderte Lizzie ruhig.

Fevvers zog den Brokatvorhang zurück und schaute hinaus auf die gefrorene kleine Mondsichel, die auf dem Rücken im weiten Himmel lag. Sie seufzte. »Eigentlich eine Schande, einem netten jungen Mann so einen Streich zu spielen …«

»Noch nicht ausgeschlüpft«, urteilte Lizzie. »Die Clowns mögen ihn mit Eiern bewerfen, als ob's Eier umsonst gäbe, aber seine eigne Eierschale, die bricht noch nicht. Er ist zu *jung* für dich, Mädchen. Er ist der lebende Beweis, daß Reisen nicht bildet; es macht einen Mann nur *banal.*«

»Bin nicht so sehr an seiner Bildung interessiert«, sagte Fevvers.

»Ach, Sophie, du brauchst nur ein hübsches Gesicht sehen –«

»Bin nicht so sehr an seinem *Gesicht* interessiert –«

Ein Klopfen an der Tür unterbrach sie. Ein gähnender Page lieferte einen duftenden, kostbaren Hügel von Parmaveilchen ab. Ihre Glücksblume! Sie stieß einen leisen Schrei der Überraschung aus: Woher wußte der unbekannte Absender das? Lizzie griff sich die Karte, die bei den Blumen gelegen hatte, las sie, preßte den Mund zusammen und warf sie ins Feuer, aber Fevvers untersuchte gierig die feuchten, mit Bändern umwickelten Blumenstengel mit ihren geschickten Schwesternhänden und entdeckte eine Chagrinlederschachtel. In der Schachtel – was Lizzies Unmut steigerte – lag glitzernd ein Diamantarmband, wie eine kalte Bandage.

»Ein hübsches Gesicht ist eines, Liz«, erklärte Fevvers und probierte gleich das Armband an, »aber Diamanten was anderes. Hier haben wir einen Mandanten, der für einiges gut ist.«

Ihre Pupillen zogen sich zu £-Zeichen zusammen.

X

Nach dem schwindelerregenden Triumph der großen Galapremiere hatte Fevvers die Blumen über (selbst die Veilchen) und sagte dem Portier des Hotel de l'Europe, er solle alle Blumengeschenke in die Entbindungsabteilung bringen lassen. Mit Einladungen überschwemmt, gestattete sie sich nur, ein einziges Abendessen zu verabreden, und das in der letzten Nacht des Aufenthaltes in der Stadt. Diese Einladung kam begleitet von einer Lederschachtel, dem Zwilling derer mit dem Diamantarmband, die ein Paar Diamantohrringe mit haselnußgroßen Steinen enthielt sowie eine Karte, die für den fraglichen Abend eine dazu passende Halskette versprach. Sie schloß daraus, daß dieser Interessent bereit war, für seine Sehnsüchte zu bezahlen – oder doch für die erhoffte Befriedigung seiner Sehnsüchte.

Am letzten Abend trug es sich zu, daß der Große Buffo – der die Stimme des Trunkenen Rußland vernommen hatte – ausgegangen war, um mit dem Affen-Mann zusammen den Abschied von der Stadt des Wodkas zu feiern. Der düstere Franzose, das erste Opfer des Festes, fiel in einer schäbigen Schnapsbude in sich zusammen und wurde wie ein Stück Holz zur Seite geräumt und liegengelassen. Der kleine Iwan war es, der auf seiner besorgten Suche in den Kneipen der Nebensträßchen Buffo noch auf den Beinen fand, wenn auch schwankend, und ihn nach Clown Alley zurückbrachte, wo man ihn vor einem Rechteck gesprungener Spiegel auf einen Schemel setzte und wo Buffo um sich schlegelte, sich wand, seufzte und kämpfte, um Grik und Grok daran zu hindern, die Schäden in seiner Maske zu beseitigen, welche die Sauftour hinterlassen hatte.

Denn er sah bejammernswert aus. Seine natürliche Haut zeigte sich in gespenstischen Streifen und Falten unter der mattweißen Schminke, und irgendwann während seines ambulanten Feierns war ihm seine Glatzenperücke abhanden gekommen, so daß nun eine kärgliche Krause struppigen ergrauenden Haars, mit Schweißtröpfchen besetzt, sein scheckiges Gesicht krönte, das jetzt – im Gegensatz zu seiner üblichen inhumanen Maskenstarre – etwas entsetzlich Halb-Menschliches hatte. Grik und Grok klagten, schalten und rangen die Hände über den Zustand, in dem der Meister der Clowns vor ihnen saß, aber Buffo war schon weit hinüber und brüllte wie ein Stier:

»Heut nacht da kommt mein Golgatha! Gott, die lassen wir platzen vor Lachen!«

Er sah aus wie ein Wiedergänger, der in flatternden Leichentüchern dem Grab entsteigt, mit Kot, Schlamm und Erbrochenem befleckt, doch er war störrisch, ja, wahnsinnig fest entschlossen, seine Sause fortzusetzen. Er leerte eine Flasche, die er aus der Tasche geholt hatte, während er vor den Spiegeln schwankte. Grik und Grok suchten ihm eine neue Glatzenperücke heraus und setzten ihm in verwegenem Winkel einen neuen Spitzhut auf. Dies freute ihn aus irgendeinem Grund, und er schob seine geschminkten Lippen vor, wie ein junges Mädchen seinen Schmollmund im Spiegelbild betrachtend, und dann entleerte er sich plötzlich, und Grik und Grok liefen jammernd nach Wasser, nach einer Bürste, einem neuen Paar Hosen, während auf den Befehl des großen Clowns Klein-Iwan in die andere Richtung davontrabte, um noch eine Flasche Wodka zu besorgen.

Der Colonel zählte im Kassenraum die Einnahmen und wischte Walsers Bericht über Buffos obszönen und gefährlichen Zustand beiseite. »Je besoffener, desto komischer ist er.« Er stopfte eine letzte Handvoll regenbogenfarbener Banknoten in den Safe und schloß ihn mit zufriedenem Gesicht ab, denn heute abend hieß es wiederum »Ausverkauft« und »Nur noch Stehplätze«, und im Publikum saßen mehr Großherzöge, Erzherzoginnen, Prinzen und Prinzessinnen, als selbst der Colonel in seinem Leben Brathähnchen verzehrt hatte.

Als das Orchester mit dem »Einzug der Gladiatoren« begann, füllte sich dem Colonel das Herz mit einer Art heiliger Ehrfurcht, daß er für ein so illustres Publikum ein so reichhaltiges Festmahl des Erstaunens aufgetischt und dabei so profitabel abkassiert hatte. Er fühlte sich ruhmvoll, berühmt; gleichzeitig als den großen Strategen des Ruhms. Über seinen Haarborsten schwebte ein unsichtbarer, aus lauter Dollarnoten gebildeter Heiligenschein.

Die große Einzugsparade ging ohne Zwischenfall vorbei. Buffos schwankender Gang und die unkoordinierten Ausschläge seiner Gliedmaßen blieben unter den Faxen der anderen Clowns unbemerkt, die sich in bizarren Sprüngen, Stürzen und Verrenkungen überboten, um Buffos Hilflosigkeit zu verbergen. Als er über einen Pudel stolperte, waren sofort Grik und Grok da, um die beiden Enden seines planlos zuckenden Leibes zu fassen und ihn in einer improvisierten Version von »Des Clowns Begräbnis« davonzutragen, wobei sie sich imaginäre Tränen mit ausladenden Gesten ihrer weiten Ärmel aus den Augen wischten. Buffo bäumte sich immer wieder zwischen den Schultern seiner Träger auf, als machten ihm die Todeszuckungen so viel Spaß, daß er gar nicht aufhören konnte, und seine schrille, ohrenzerreißende Stimme stotterte Verwünschungen, die – solange man sie nicht verstand – von unglaublicher Komik waren: diese ohnmächtige Wut, dieser unbegreifliche Zorn! Die Clowns trugen Buffo um die Manege und wieder hinaus, hinter einer Abteilung hochbeinig daherschreitender und verächtlicher Pferde, die ihre Yahoos kannten; Buffo verfluchte die Welt und alle, die darin wohnen, zum verständnislosen Entzücken aller Zuschauer.

Seine Träger luden ihn in der Menagerie ab, um auf ihren

letzten Auftritt zu warten. Er schickte Klein-Iwan im Galopp fort, noch eine Flasche Wodka zu holen, und als es Zeit war für das Fest der Narren, das Weihnachtsessen der Clowns, da verlor der Herr des Chaos selbst – besessen von den Geistern der Flasche – den Verstand.

Sie trugen den langen, aufgebockten Tisch in die Manege, und mit dem üblichen Reichtum grotesker Nebenhandlungen deckten sie ihn mit einem weißen Tuch und legten die Messer und Gabeln und Teller aus Gummi auf, wobei sie aufeinander einstachen, -piekten, -dolchten, daß immer wieder Lachstürme aufwehten. Sie nahmen ihre Plätze um den Tisch herum ein, steckten sich die Serviettenzipfel in den Kragen, und das Publikum schöpfte ein wenig Atem.

Buffo leerte hinter der Manege die neue Flasche und warf sie zur Seite. Als er die gleißenden Bogenlampen sah, schlug er die Hände vors Gesicht und kreischte. »Siehst du es nicht!« schrie er zu Klein-Iwan hinunter. »Der Mond ist zu Blut geworden!« Doch der kleine Iwan verstand kein Englisch und begriff nur Buffos Aufkreischen. Der stolperte in den Ring, und das Kind lief ihm besorgt hinterher.

Seine frische Schminke bröckelte bereits wieder ab; seine künstliche Glatze schob sich in Falten zusammen und drohte den Hut abzuwerfen. Er hob das Tranchiermesser auf und gestikulierte fürchterlich damit; von der Spitze schwebte ein ominöses Bündel roter Bänder. Klein-Iwan hatte die Aufgabe, ihm die blaue Metzgerschürze umzubinden, und er hüpfte herum und herum um den schwankenden Koloß, nun auf die eine, jetzt gleich wieder auf die andere Seite, um ihn immer wieder in eine stets bedrohte Balance zurückzuschieben, wenn er sie zu verlieren schien. Das Publikum röhrte vor Lachen, als es ihn sah, lachte, als ob nicht zu lachen die härtesten Strafen nach sich ziehen würde. Buffo der Große! Es gibt keinen mehr wie den Großen Buffo!

Klein-Iwan führte und zerrte ihn zum Kopf der Tafel, und

Buffo brach auf seinem zusammenbrechenden Stuhl zusammen. Wenn der nun folgende Kampf mit dem Stuhl den ganzen verzweifelten Mut von Jakobs Ringen mit dem Engel hatte, so hatten doch nur die Clowns den Verdacht, daß heute nacht der harmlose Stuhl in Buffos Phantasie tatsächlich die Gestalt eines durchaus nicht angelischen Widersachers angenommen hatte, und während er und der Stuhl miteinander kämpften, rückte die Tischgesellschaft etwas enger zusammen, ihre Lumpen und Fetzen raschelten, als bliese ein Wind der Verwirrung, des Entsetzens durch sie hindurch, und dann brachen auch sie wie alle Kinder im Zirkus in einen lauten Freudenschrei aus, als Buffo endlich wunderbarerweise den keinen Widerstand mehr leistenden Stuhl auf seine vier Füße stellte, den Sitz mit einem krachenden Schlag seiner Handfläche geradehieb und zu guter Letzt seinen Hintern daraufsetzte.

Draußen kauerte Walser, das Menschliche Hähnchen, den Hosenboden vollgestopft mit Wurstgirlanden, in einer japanischen Gehorsamshaltung auf einem großen silbernen Tablett, umgeben von einem Kreis von Bratkartoffeln aus Pappmâché. Grik steckte ihm ein Sträußchen Petersilie in den Kamm.

»Lang dir das Tranchierbesteck«, sagte Grik. »Lang dir das Besteck, nimm's ihm ab, wenn's geht.«

»Wozu? Was soll das?« fragte Walser beunruhigt.

»Im Suff kann er schon echt mörderisch sein.«

Dann senkte sich die Kuppel auf den silbernen Präsentierteller und auf Walser und stürzte ihn in eine metallisch riechende, hallende Dunkelheit, in der wie der Klang von Wellen in einer Muschel die Echos der geflüsterten Worte des alten Clowns zischten und wisperten: »Mörderisch … mörderisch …«

»Los geht's«, sagten Grik und Grok. Sie hoben den Braten zwischen sich und wankten in die Manege.

Buffo betrachtete die große silberne Deckelschüssel, die vor ihn hingestellt wurde, mit einer gewissen Überraschung. Einen Augenblick lang, nur einen Augenblick, sanken die wogenden, wirbelnden Schreckgestalten um ihn her zu einer Art turbulenter Ruhe zusammen. Das Brüllen der Menge, der Gestank nach Schminke und Naphtha, die bizarre Versammlung von Jüngern, die ihn umgab und deren Gesichter ihm zugewandt waren – dies tröstete ihn und wärmte ihn, und wenn auch jeden Moment der Hahn dreimal krähen mochte, er war doch für diesen letzten Zeitraum weniger Herzschläge – zehn, fünfzehn – noch einmal der liebende Vater, der gleich seinen Kindern das Mahl zuteilen wird. Eine letzte gnädige Berührung streifte ihn – war er nicht in der Tat selbst der Jesus, der am weißgedeckten Tisch mit seinen Jüngern beim Abendmahl saß?

Aber wo war das Brot? Und vor allem: Wo versteckte man den Wein? Er schaute umher und konnte weder einen Laib noch eine Flasche entdecken. Ein ungeheurer Verdacht erwachte in seinen rotgeränderten Augen. Er bemerkte, daß er das Tranchierbesteck in der Hand hatte und schlug leicht mit der Gabel gegen das Messer, daß die blutroten Bänder wehten.

Der elastische Augenblick dehnte sich, und dehnte sich noch mehr, und war nun zu weit zerdehnt, um die komische Spannung noch aufrechtzuerhalten. Das Lachen erstarb. Eine Regung irritierter Enttäuschung lief durch die Menge. Obwohl Walser in der Schüssel nichts sehen und hören konnte, besaß er doch bereits soviel Bühneninstinkt, daß ihm klar war: wenn Buffo nicht mehr in der Lage war, das Entrée aufzudecken, muß das Entrée selbst auftauchen.

Walser spannte seine Muskeln wohlig, denn seine Lage unter dem silbernen Sturz war höchst unbequem und verkrampft, und er stieß ein schallendes »Kikerikiski!« aus. Der Deckel hüpfte und sprang die Tafel hinab und stieß die Gummigedecke nach allen Seiten davon. Wie Venus aus dem Schaum der Wellen stieg Walser aus seinen Beilagen auf, in einem Regen von Petersilie und Bratkartoffeln, Würste aus seinem Hosenschlitz hervorbrechen lassend, und mit flügelnden Armen rief er wieder:

»Kikerikiski!«

Buffo stieß ein entsetzliches Aufkreischen hervor und ließ das Tranchiermesser krachend niedersausen.

»Oh, mein *Gott*!« sagte der Colonel in der hintersten Reihe; er umklammerte Sybil so fest, daß sie quiekte, biß so hart auf seine Zigarre, daß sie entzwei ging. »Mein *Gott*!« Er sah seinen Ruhm zergehen, seinen Heiligenschein davonfliegen.

Doch Walser, dessen Reflexe durch seine Angst aufs höchste gespannt waren, tat in ebendemselben Augenblick einen riesigen Satz in die Luft, als er im furchtbaren Spiegel des Auges den Verstand des großen Clowns zerbrechen sah.

Buffos Tranchiermesser fuhr nur in die Trümmer auf dem Silbertablett nieder, der Vogel war entflogen.

Entzücktes Geheul!

Der Heiligenschein flatterte auf den Kopf des Colonels zurück, wenn er nun auch einen unsicheren, nicht dauerhaften Eindruck machte. Der spie beunruhigt die zerstörte Zigarre aus, suchte in seiner Tasche nach einer anderen und lief dann – von einer wütenden Konvulsion Sybils getrieben – in das Foyer hinaus, um einen Arzt holen zu lassen.

Kaum war das Menschliche Hähnchen wieder auf den Beinen, als es auf und davonlief, den ganzen langen Tisch hinunter. Buffo wurde einen Augenblick aufgehalten, als er das Messer wieder aus dem Tisch herauszog – denn sein Hieb hatte die Klinge durch die Silberplatte hindurch in das Holz darunter getrieben –, und dann nahm er mit einem hohen, wiehernden Schrei die Verfolgung auf.

Alle Anwesenden waren sich einig, daß dies der angemessene Höhepunkt der Karriere des großen Clowns war, die

Jagd nach dem Menschlichen Hähnchen, immer um die große Manege herum, rund wie ein Augapfel, im Kaiserlichen Zirkus der Kaiserstadt Sankt Petersburg. Wie die kleinen Hunde ihren Spaß an der Jagd hatten und nach den Knöcheln von Jäger und Wild schnappten und bissen, wie sie mit Wurstringen davonliefen, Fußball mit den Kartoffeln spielten, allen zwischen die Füße gerieten! Während die anderen Clowns hierhin und dorthin rannten, sich hilflos fragten, was zu tun wäre, nur besorgt, den Anschein des *beabsichtigten* Chaos aufrechtzuerhalten, denn die Show muß weitergehen. Und selbst wenn es Buffo gelungen wäre, am Ende sein Tranchiermesser in die Eingeweide des Menschlichen Hähnchens zu bohren, hätte keiner in dieser großen Versammlung fröhlicher Menschen glauben dürfen, daß dies wirklicher Totschlag wäre – man hätte sie statt dessen glauben gemacht, es sei der Gipfel des Witzes.

Und nun begann Buffo in seinem Delirium zu zittern. Es durchrüttelte und durchzitterte ihn auf das schrecklichste, er fing an, sein Gesicht furchtbar zu verzerren und sich so zu winden, daß sein immenser Leib überall zugleich zu sein schien, sich scheinbar in ein Dutzend Buffos auflöste, bewaffnet mit einem Dutzend mörderischer Messer, von denen allen blutige Fetzen wehten, und wie er auch springen und hüpfen mochte, Walser konnte keinen Ort in der Manege finden, wo Buffo nicht war, und er gab die Hoffnung für sein Leben auf.

Warum rannte Walser nicht aus der Manege hinaus, denselben Weg zurück, den man ihn hereingetragen hatte? Weil der Ausgang bereits von den Eisengittern des Käfigs der Prinzessin blockiert war und die Katzen, die Blut und Wahnsinn witterten, unruhig murrten und mit hin- und herschlagenden Schwänzen auf- und abschritten; die beiden Mädchen starrten hinter dem Gitter hervor, besorgt, bis schließlich die Prinzessin die Sache selbst in die Hand nahm und mit dem Ventil des Wasserschlauchs in der Hand aus dem Käfig trat.

Der Schock des aufprallenden Wasserstrahls fegte Buffo wieder in eine einheitliche Form zurück, fegte ihn von den Füßen, fegte ihn im letzten Salto seiner Karriere hoch in die Luft und drückte ihn dann platt auf den Rücken. Einige Augenblicke später – während sich die Menge die schmerzenden Seiten hielt und die tränenden Augen wischte – zog Samson, der Starke Mann, den zusammengesackten, durchnäßten, halb bewußtlosen, Schreckbilder halluzinierenden Buffo den Gang zum Foyer hinauf, und kleine Kinder gaben ihm kichernd einen letzten Schubs, der ihm Glück bringen sollte, ehe er vom Angesicht der Erde verschwand, und die Clowns rannten in den Kreisen der Bankreihen herum und herum und küßten Babys ab und verteilten Bonbons und lachten, lachten, lachten, um ihre gebrochenen Herzen zu verbergen.

Der befrackte Doktor wartete in der Champagnerbar, begleitet von zwei strengblickenden mongolischen Riesen, die zwischen sich einladend geöffnet eine Zwangsjacke hielten. Als die Prinzessin in der Manege den Deckel ihres weißen Flügels öffnete und Mignon ihre spitzenbesetzten Röcke drapierte, führte man Buffo, der Obszönitäten vor sich hin plapperte, in eine wartende Kutsche – er verließ zum letzten Mal den Zirkus, auf einem Weg, den er nie zuvor gegangen war: durch den Vordereingang, wie Herren zu tun pflegen.

Lebwohl, Alter. Aus dem Sarg deines Wahnsinns ist kein Entrinnen.

Walser – bleich, zitternd und wieder einmal bis auf die Haut durchnäßt – entzog sich dem Tanz mit der Tigerin und suchte Zuflucht in Fevvers' Garderobe, nur um zu entdecken, daß es hier intensiv nach Streit und Verstimmung roch. Lizzie war über irgendeine Nachricht nach Hause gebeugt und ließ die *aerialiste* selbst und ohne Hilfe ihr Kostüm anlegen. Fevvers gab Walser Cognac und ein Handtuch, freundlich genug, doch sie schnalzte nur beiläufig bedauernd mit der Zunge, als er die entsetzliche Geschichte von Buffos Abendmahl erzählte, und es war offensichtlich, daß etwas ganz anderes sie beschäftigte. Ihr rotseidenes Abendkleid pendelte hinter der Tür an seinem Bügel: anscheinend bereit, sie nach der Vorstellung zu geheimen Freuden zu begleiten. Das Plakat des französischen Zwerges – von den Reisen etwas eselsohrig – raschelte an der Wand wie als Erinnerung daran, wozu sie fähig war.

Fiebrig erregt und irgendwie verboten aussehend saß sie im Morgenmantel vor dem Spiegel. An ihrem rechten Handgelenk saß ein großes Diamantarmband, und an ihren Ohren befestigte sie ein Paar Ohrringe, deren jeder einen Stein trug, daß der Kohinoor ins Blinzeln geraten könnte.

»Gefällt Ihnen das?« sagte sie und ließ Lichtblitze in Walsers Richtung schießen. »Die besten Freunde eines Mädchens.«

Lizzie prustete höhnisch auf und hätte etwas gesagt, wäre nicht in diesem Moment aus dem fernen Zuschauerraum ein solches Aufbrüllen leidenschaftlicher (aber nicht zu bestimmender) Emotion herübergedrungen, daß sie es sogar in ihrem kleinen Zimmer hoch über dem Hof hörten. So mußte ein römisches Publikum sich angehört haben, wenn ein Löwe einen Christen fraß.

Dann das Krachen eines Schusses.

Während das Orchester in angestrengte Musik ausbrach, kam von der Garderobentür ein wildes Hämmern und Klinkenrütteln.

Es war der Colonel, der sich wie ein Ertrinkender an Sybil festhielt und wie an der Mutterbrust an dem schwarzen Stummel einer erloschenen Zigarre sog. Tränen standen in seinen rotgeäderten Augen. Wenn er Fevvers eine Weile aus dem Weg gegangen war, nach dem Debakel ihres Rendezvous', so kam er jetzt, um sie flehentlich zu bitten.

»Fevvers, meine Liebe, Sie kommen als Nächste! Können

nicht auf die Pause warten. Unerwarteter Zwischenfall. Plötzliche Katastrophe –«

Er brach zusammen und schluchzte wie ein Säugling. Fevvers erhob sich gelassen und betrachtete den Colonel über die majestätische Brüstung ihres Busens hinweg.

»Jetzt aber«, sagte sie. »Seien Sie ein *Mann* und reißen Sie sich zusammen.«

Vom Hof unten drang das Geräusch empor, wie ein schweres Gewicht über das Pflaster geschleift wurde, begleitet vom Schluchzen einer Frau. Am Fenster zusammengedrängt wurden sie im trüben Licht des Mondes Zeugen einer traurigen Prozession. Zuerst kam Samson, zum zweiten Mal in dieser Nacht wegen seiner Kräfte gerufen, und er zog an einem um seine Hüften geschlungenen Seil den Tigerleichnam von Walsers einstiger Tanzpartnerin, der eine blutige Spur hinterließ, und hinterher schritten die Hauptleidtragenden beim Leichenbegängnis der Tigerin, die Schultern in den weißen Kleidern achtlos entblößt in der eiskalten Nacht, doch beide dieser Kleider mit Blut beschmiert und das von Mignon in zerfetzten Streifen ihren Rücken hinabhängend.

Die Prinzessin trug das Gewehr, mit dem sie die Tigerin erschossen hatte, eine unvergleichlich gezielte Kugel mitten zwischen die Augen im Augenblick, nachdem (einen einzigen Augenblick nachdem) die eifersüchtige Tigerin, ihres Partners beraubt, den Anblick nicht länger ertragen konnte, wie Mignon mit ihrem Tiger tanzte. Die Prinzessin erschoß die Tigerin sofort, als sie von ihrem Podest herunter zwischen die im Tanz kreisenden Katzen gesprungen war und ihre Klauen in Mignons Rüschen geschlagen hatte – sie erschoß die Tigerin, eben bevor sie ihre Krallen in Mignons Fleisch schlug. Doch war es Mignon, die weinte.

Fevvers schlug das Fenster zu. Die langmähnigen Akademiker im Orchester hatten ihre Lektion gut gelernt: die Show ging in der Tat weiter. Aber die unnachgiebige Munterkeit der

Zirkusmusik konnte das Geschrei der Menge nicht übertönen.

»Keine Bange, Colonel«, sagte Fevvers. »Ich sorge dafür, daß sie's vergessen. So was wie mich haben die noch nie erlebt.«

Als sie ihren Mantel zu Boden gleiten ließ und ihren federbesetzten Kopfputz aufgesetzt hatte, war es, als sei ein großer und nicht unbedingt freundlich gesinnter Vogel unter ihnen erschienen. Sie warf einen Blick auf die im Spiegelglas reflektierten Reichtümer, bewunderte ihren eigenen Busen. Im Publikum rief man nach ihr. Sie legte lauschend den Kopf ein wenig schräg.

»Dummköpfe«, sagte sie. »Wollen, daß man ihnen was vormacht.«

Lizzie warf mürrisch den Federmantel über die Schultern ihrer jungen Freundin, und die Trapezkünstlerin stampfte hinaus und knallte die Tür hinter sich zu, um sie dann noch einmal zu öffnen; ein Pfeilschuß zum Abschied:

»Für das hier erwarte ich eine Prämie.«

Diesmal ließ das Türenschlagen die Gasflammen zittern.

»Sie ist in einer miesen Stimmung«, sagte Lizzie. »Sie muß und will unbedingt zu diesem Großherzog abendessen gehen. Sie hört auf keinen Rat. Stur. Und käuflich. Stur und käuflich. Haare auf den Zähnen. Hier, mein kleiner Liebling« – plötzlich auf das Schwein einsäuselnd – »willst doch sicher gern ein bißchen Schokolade, jaa?«

Während sie in ihrer Handtasche wühlte, erholte sich der Colonel zumindest soweit, daß er sich aus der Tür warf, um Fevvers hinterherzurennen. Nachdem er an diesem Abend schon zwei Starnummern verloren hatte, wagte er es nicht, die Cockney-Venus auch nur eine Sekunde aus den Augen zu lassen. Sybil, um ihre Schokolade gebracht, protestierte schrill in seinen Armen. Die klagenden Töne von »Only a Bird in a Gilded Cage« stiegen aus der Manege empor, als liefe alles nach Plan, als könne der Zirkus wie eine Boa Constrictor Wahnsinn und Tod begeistert in sich hineinfressen und wohlgenährt weitermachen.

Walser ließ sein rasches Reporterauge durch den Raum gleiten und entdeckte eine Karte, die in den Rand eines Spiegels gesteckt war; drei Worte konnte er entziffern: »allein« und »ohne Begleitung«, ehe Lizzie ihm ein Bündel Papiere in die Hand drückte und ihn drängte, mit aller möglichen Eile damit zum diplomatischen Kurierdienst zu gehen, am besten gleich, sofort, in dieser Sekunde.

Wäre nicht der plötzliche Stich der Eifersucht gewesen, den es ihm bei dem Gedanken an Fevvers versetzte, »allein«, »ohne Begleitung«, in ihrem grellen Kleid in den Armen des Großherzogs, dann hätte er aus reiner Neugier Lizzies Briefe angeschaut, die unbedingt noch auf die Post mußten, ehe der Zug Petersburg verließ. Hätte vielleicht den Code entdeckt, die unsichtbare Schrift. Wäre damit auf eine Geschichte gestoßen, die ihn wieder zum Journalisten gemacht hätte. So aber war er zu unglücklich, als daß es ihn gekümmert hätte, und er ließ sich von der gereizten Lizzie (der seine verletzte Miene gleichgültig war) aus dem Zimmer drängen.

Während sie die Fläschchen und Döschen mit Rouge, Wimperntusche und Puder in Reisekörbe verstaute, Decke und Haarnadeln einpackte, das signierte Plakat aufrollte, kochte sie vor schlechter Laune wie ein Topf auf dem Feuer, und als Fevvers, leuchtend vom Applaus, wieder hereinwehte, machte sie den Mund auf –

»Nein, nein, nein!« schnitt ihr die hoch aufragenden Frau das Wort ab. »Ein für allemal, du kommst nicht mit, du hinkst mir nicht hinterher wie eine gottverdammte alte Kupplerin, wie du das immer bringst, du alte Kuh.«

»Na, paß nur gut auf dich auf«, sagte Lizzie finster. »Verfluchte Aristokraten. Man kann den verfluchten Aristos nicht trauen.«

Nachdem sie ohne Hilfe ihr Make-up entfernt und ihr Abendkleid angezogen hat, sitzt Fevvers vor dem Spiegel und begrüßt vorgelehnt ihr wirkliches Gesicht mit einem strahlenden Lächeln.

»Heute hier, morgen dort. Tatsächlich, Lizzie, sind wir sogar heute schon nicht mehr hier; schon heute abend *dort*. Der Zug fährt um Mitternacht ab, oder? Na, den kann ich ja gar nicht verpassen, und wenn es noch so schlimm wird.«

Sie warf einen bedeutungsvollen Blick auf die stehengebliebene Uhr und lachte.

»Pah!« sagte Lizzie. »Wenn du glaubst, ich würde auch nur einen Finger rühren, um dir zu helfen, dann täuschst du dich aber gewaltig, mein Kind. Es ist die reine Geldgier und nichts anderes bei dir.«

»Was kann ein bißchen Schampus mit einem Großherzog schaden, Liz? Nichts, wenn die Kutsche draußen wartet, Menschenskind. Hat er nicht gesagt, er schenkt mir heute abend die passende Halskette? Solang ich nur alleine komme. Ich will dich nicht dabeihaben – du verdirbst mir mein Flair, du ranzige alte Madam. Kannst du mir grade mal das Haar hochmachen?«

Lizzie ging mürrisch zum Spiegel, doch sie konnte nicht widerstehen und küßte den wehrlosen Nacken ihrer Ziehtochter, während sie die Locken hochsteckte.

»Paß gut auf dich auf.«

»Du würdest bei der geringsten Chance eine Handgranate auf den armen alten Herrn werfen. Ich ziehe da subtilere Strategien vor.«

Mit der großen Geste eines Zauberkünstlers zog sie ein vergoldetes Spielzeugschwert aus dem Korsett und führte ein paar Fechtstöße damit aus.

»Bedenke doch, daß ich bewaffnet in den Kampf gehe, Lizzie! Methode Nelson. Glaubst du, ich würde ausgerechnet heute abend meine Waffe daheimlassen?«

Lizzie streckte die Hand aus, um mit dem Daumen die Schärfe der Klinge zu prüfen.

»Geh auf die Eier los, wenn's zum Schlimmsten kommt«, riet sie zufriedengestellt.

In ihren roten und schwarzen Spitzen tat es dem Auge weh, Fevvers anzusehen, und sie war noch dazu strahlend-gerötet, nachdem sie gerade dem Zirkus nach der Katastrophe den Sieg gerettet und die Erinnerung an den Wahnsinnigen und das Raubtier durch das Flügelwunder ihres Erscheinens ausgelöscht hatte. Sie fühlte sich heute nacht übernatürlich begabt. Sie wünschte sich Diamanten zum *Essen*.

Am Hoftor stand eine prächtige *droshky* für sie bereit, hinter einem melancholischen Wagen vom Pferdemetzger. Während ein in Pelze gehüllter Lakai Fevvers in das eine Gefährt steigen half, warf der Starke Mann die Leiche in das andere.

Unter all dem Hin und Her des Abbaus, wo Arbeiter und Stallburschen in alle Richtungen durcheinanderliefen, Pferde wieherten, wo das Klirren der Elefantenketten sich erneuerte, als die Wärter die großen Füße der Kälte wegen in Lederstiefel schoben, trat nun der Professor auf.

Er trug eine prallgefüllte Reisetasche in der einen Hand und eine glänzend neue Aktenmappe in der anderen. Seine Kollegen marschierten hinter ihm. Alle trugen feste Wintermäntel, und ein oder zwei hatten die breiten Schaffellmützen oder *chapkas* der Bauern auf, die sie auf dem Markt gekauft hatten, um ihre Ohren warm zu halten. Alle waren mit Taschen beladen, mit Pappkoffern und Hutschachteln, oder sie trugen kleine Lederkoffer auf den Schultern. Einer hatte eine zusammengeklappte Tafel dabei. Verfolgt wurden sie von dem erregten Colonel; Sybil, ausnahmsweise mit eigener Kraft sich fortbewegend, begleitete ihn in raschem Schweinsgalopp.

Der Colonel holte den Professor ein, ergriff ihn an den

Schultern und schüttelte ihn, daß er seine Aktenmappe verlor. Dies machte den Professor furchtbar wütend, er kreischte und schnatterte, und der Colonel verlegte sich offensichtlich auf einen eher besänftigenden Ton und begann zu bitten und zu argumentieren. Sybil richtete sich einmal auf die Hinterfüße auf und legte einen beschwörenden Fuß auf den Arm des Professors. Der streichelte sie abwesend, doch er hielt nicht inne in seinem emphatischen Kopfschütteln und zeigte nun dem Colonel ein Stück Papier, bedeckt mit Wachssiegeln, das er aus einer Innentasche zog. Er wies mit einem klobigen Finger auf eine mit roter Tinte angestrichene Vertragsklausel, die am Rand mit mehreren Ausrufezeichen versehen war. Einer nach dem anderen hörten die Stallburschen auf zu arbeiten und genossen die Auseinandersetzung.

Der Colonel versuchte, vernünftig mit dem Professor zu reden. Die Stallburschen sahen interessiert zu. Der Professor verlor völlig die Beherrschung, knüllte sein Papier zu einer Kugel zusammen und schob es dem Colonel in den Hals. Die Stallburschen begrüßten diese Aktion mit ironischen Hurrarufen und vereinzeltem Beifall. Der Professor, der sich jetzt erst des Publikums bewußt wurde, machte eine rasche kleine Verbeugung. Er kraulte Sybils Ohren, anscheinend zum Abschied. Dann stürzten er und die ganze Truppe ins Freie und ließen den Colonel hustend stehen. Nur eine Schimpansin, unter deren flottem Schlapphut ein grünes Haarband hervorlugte, sah sich noch einmal um, fast ein wenig traurig, vielleicht um Walser ein letztes Mal zu erblicken, aber Walser war nicht da: Er mußte Lizzies Post erledigen.

Nachdem er den Vertrag ausgespuckt hatte, sagte der Colonel: »Die haben Fahrkarten für den Nachtzug nach Helsinki. ›Sibirien – nicht mit uns‹, sagt er. Oder vielmehr schreibt er. Kommt nach der Show zu mir, frech wie Oskar, und teilt mir mit – krakelt eine Notiz, entsetzliche Handschrift, furchtbar – teilt mir mit, daß sie eine Prämie verdient haben, weil der Beifall nach ihrer Nummer länger war als fünf Minuten. Hat die Klausel selbst in den Vertrag geschrieben. Ich hab's zu meiner Schande unterzeichnet. Nach *meiner* Uhr war der Beifall genau vier Minuten und neunundfünfzig Sekunden. Blöder Affe, will einem nicht zuhören, wenn man vernünftig mit ihm reden will. Blöder Affe.«

Der Colonel zog Sybil in eine weitausholende Umarmung und schmiegte sein untröstliches Gesicht gegen den Nacken des Schweins, obwohl Sybil, zwischen verschiedenen Loyalitäten hin- und hergerissen, nachdenklich vor sich hingrunzte.

Und die Affen waren keinesfalls die einzigen Deserteure in dieser Nacht. Manch ein Stallbursche, bereits am Abenteuer gesättigt, kroch unter dem Zaun durch und benutzte seinen Lohn, um damit ein Ticket am Finnländischen Bahnhof zu kaufen und durch die Kiefernwälder nach Hause zu rollen. Der Große Buffo war in einem russischen Irrenhaus eingesperrt. Die Tigerin lag in einem Schlachthaus Petersburgs. Es war eine zusammengeschmolzene Truppe, die der Colonel durch die Tundra führen würde, zu den Inseln, über denen nun schon die Sonne aufging.

Und in dieser Nacht verlor er auch beinahe seinen Star.

IX

Inmitten des angenehm maskulinen Geruchs der Lederpolsterung, bis zu den Augen in eine Decke aus Zobelfellen eingehüllt, rollte Fevvers durch die herrliche Stadt, in der ringsum der Schnee in riesengroßen weichen Flocken herabgewirbelt kam. Die alte Frau, die große Babuschka im Himmel, schüttelte oben ihre Betten aus, schüttelte sie kräftig und ausgelassen, als bereite sie das Federbett für ein gigantisches Brautlager vor. Der Schnee schwirbelte in die Newa hinab, wo er sich im schon mit Eis durchsetzten Wasser auflöste; Schnee hing an den Kronen und den verschränkten Armen der Denkmäler, an den Gesimsen, Giebeln und Brüstungen, an Mähne und Schwanz des Rosses des Bronzenen Reiters – ein verwandelndes weißes Fallen, die erste Berührung des Winters, eine Heimsuchung mit so magischer Liebkosung, daß man es zuerst kaum zu glauben vermag, daß der Winter dieser Breiten einen am Ende gelassen und zu seiner Zeit töten wird, wenn man ihm die Gelegenheit gibt.

Doch Fevvers sah keinen Tod im Schnee. Nur das festliche Glitzern der kalten Lichter, das sie an Diamanten denken ließ.

Sie zog den Zobel fest um sich zusammen, als sie die eisglatten Stufen zu seinem Portal emporstieg, unter einem Schirm, den die Lakaien über ihren Kopf hielten. Ein Paar bocksfüßiger Atlanten bewachte die Tür und darüber schwebte ein Wappen: ein Einhorn, das einen Ritter durchbohrt. Die Straße war leer. Gelbe Straßenlaternen siebten den unerbittlichen Schnee. Der Lakai verbeugte sich, verschwand und überließ es Fevvers, selbst die melodisch erschallende Klingel zu ziehen. Der Großherzog erwies ihr die Ehre, sie persönlich einzulassen. (Demnach war die ganze Dienerschaft diese Nacht fortgeschickt worden? Hm.)

»Ich möchte die Kutsche genau um halb zwölf wieder

haben«, teilte sie ihm knapp mit und ließ die Zobeldecke zu Boden gleiten. Soll er selber aufheben, wenn er mag.

Sein Haus war ein mineralisches Reich, ein Palast der Metalle und des Glases – Gold, Marmor, Kristall; blasse Flure und endlose Spiegel und glitzernde Lüster, die im Zug von der Eingangstür her wie Windglöckchen klangen ... und ein beinahe greifbares Gefühl von Kälte, von Sterilität, beinahe mit Händen faßbar in den harten, kühlen Oberflächen und leeren Räumen.

Immer dasselbe! dachte Fevvers tadelnd. Geld ist an die Reichen bloß verschwendet. Sie selbst, wenn sie so krösusreich gewesen wäre wie ihr Gastgeber, sie hätte sich als Zuhause etwas wie den großen Pavillon in Brighton ausgesucht, etwas, das alle Vorübergehenden lächeln macht, ein Geschenk, das sich ständig an die zurückgibt, von denen der Reichtum stammt.

Und umgekehrt – fuhr sie bei sich fort und bleckte beim Anblick des großherzoglichen Palastes verächtlich die Zähne – ist die Armut an die Armen verschwendet, die nie wissen, wie sie das Beste aus etwas machen können, die bloß Reiche ohne Geld sind, die ebensowenig auf sich selbst aufpassen können, ebensowenig mit dem Geld umgehen können wie die Reichen, die es ebenso wie jene an bunte, hübsche, nutzlose Sachen verschwenden.

Ich will euch etwas über Fevvers mitteilen, wenn ihr es noch nicht selbst bemerkt haben solltet: Sie ist eine Frau, die zu philosophischen Reflexionen neigt.

Da es das Geld ist, das uns reich oder arm macht, Herrgott, dann schaffen wir doch einfach das Geld ab, sagte sie manchmal zu Lizzie. Denn Geld ist am Ende nur ein symbolisches Hilfsmittel zur Erleichterung von Tauschvorgängen, die von Rechts wegen freiwillig oder überhaupt nicht stattfinden sollten.

Aber Lizzie pfiff durch ihren Schnurrbart, voll Spott auf

Fevvers' Naivität, und antwortete: Der Bäcker kann keinen Brotlaib aus deiner Spalte backen, Süße, und was anderes könntest du ihm gar nicht anbieten für ein Stück Brot, wenn die Natur aus dir nicht die Art von Mirakel gemacht hätte, wofür die Leute gutes Geld bezahlen, um mal einen Blick draufzuwerfen. Du kannst dir deinen Unterhalt nur verdienen, wenn du dich zur Schau stellst. Dazu bist du verurteilt. Du mußt dem Auge was bieten, oder du bist zu gar nichts gut. Für dich ist es immer um einen symbolischen Tausch auf dem allgemeinen Markt gegangen – kannst ja nicht sagen, daß du je in der Produktion gearbeitet hättest, oder?

Aber *der* hier hat auch noch nie gesät und geerntet, dachte Fevvers im Palast des Großherzogs. Und doch ist er so reich, daß Geld keine Bedeutung mehr für ihn besitzt. Die Summen, die er an mich buntes, hübsches, nutzloses Ding verschwenden will, haben mit meinem Wert als solchem überhaupt nichts zu tun. Wenn alle Frauen auf der Welt Flügel hätten, dann würde er seine Juwelen behalten und auf dem Eis der Newa damit Murmeln spielen. Mein Wert für ihn ist der einer *rara avis*.

In seinen Marmorhallen lächelte sie wie ein Raubvogel. Hier kommt die Umverteilung des gesellschaftlichen Reichtums e. V., um dir deine Diamanten abzunehmen, Großherzog!

Sie stolzierte eine in weitem Wurf ansteigende Marmortreppe hinauf, der Großherzog aufmerksam hinter ihr, den Blick unverwandt auf die pulsierenden Hügel unterhalb ihrer Schultern gerichtet, und während des Anstiegs schätzte sie den Preis der Kerzenhalter, der Spiegel, der orientalischen Vasen – selbst der Treibhausblumen darin. Sie drang vor wie ein Auktionator, und mit jedem Schritt fügte sie dem Preis eine weitere Summe hinzu, den sie schon für die Unterhaltung, welche er von ihr erwarten mochte, zu fordern entschlossen war.

Sein Arbeitszimmer war etwas besinnlicher, ein hoher

ovaler Raum, um den eine im Schatten liegende Galerie lief. Büsten von Dante, Shakespeare und Puschkin schauten auf einen Tisch herab, der für ein intimes Abendessen gedeckt war. Kleine Gläser für den Wodka, Kelche für den Champagner und in der Mitte etwas, das sie unwillkürlich erstaunt aufseufzen ließ: Sie selbst aus Eis. Lebensgroß! Die Flügel weit gebreitet, ein unsichtbares Publikum grüßend und lächelnd, ein kaltes Meisterwerk, das zu einer Eispfütze geworden sein würde, wenn die Morgendämmerung sie über die Taiga rattern sähe – wie es auch geschehen würde; sie wiederholte sich ihr eigenes Versprechen.

Die Eisskulptur stand mit den Zehenspitzen eines Fußes im Kies schwarzen Kaviars, und um ihren Hals loderten die tausend und abertausend regenbogenglänzenden Facetten der herrlichsten *parure*, die sie je gesehen hatte. Ach, die feurigen Steine! Es juckte sie in den Fingern, die Kette zu holen. Aber sie konnte ja kaum aus ihrem Mieder hervorplatzen, hinaufflattern und mit ihrem Raub davonfliegen, ehe noch die Suppe serviert worden war – sie war ja schließlich ein anständiges Mädchen! Oder etwa nicht? Sie schluckte die gestaute Gier hinunter. Gleich würde sie trotzig und mürrisch dreinschauen.

»Nun …«, sagte sie und sank auf ein Sofa, wo sie ihre langen schwarzen Handschuhe auszog, damit sie etwas zu tun hatte. Der Großherzog ergriff eine Hand, sobald sie bloßlag, und preßte seinen bärtigen Mund gegen ihre Handfläche, was ihr das Gefühl nasser, drängender, unangenehmer, haariger Hitze gab.

»Mögen Sie in der Wärme meines Hauses schmelzen, so wie *sie* schmilzt«, murmelte er mit einem Nicken in die Richtung der Eisstatue. So weit kommt's noch, dachte Fevvers, nahm ihre Hand weg und wischte die Spuren von Speichel, die er hinterlassen hatte, an einer Serviette ab. Seine Begrüßung gefiel ihr nicht; sie warf einen nervösen Blick auf die

Eisskulptur, um sicherzugehen, daß sie noch nicht zu schmelzen begonnen hatte.

Er war ein Mann von mittlerer Größe in einem hervorragend geschnittenen grünsamtenen Smokingjackett. Sein Französisch entsprach seinem Stil. Er besaß eine grenzenlose Anzahl Werst schwarzer Erde, Kiefernwald und öder Tundra, unter welcher Öl hervorsprudelte. Fevvers hielt ihr spanisches Tuch eng um sich geschlungen. Sie vermied es, seinem Blick zu begegnen. Er glaubte, sie sei von allem überwältigt. Sie schätzte verblüfft den abgenutzten Perser unter ihren Füßen und fügte eine weitere Null zu ihrem Preis (in englischen Pfund) hinzu, dafür, daß sie ihm einen runterholen würde.

Er bot ihr Wodka an. Sie war froh um einen Drink, betrachtete aber mit Mißtrauen den Stapel von Gläsern neben der Flasche: beabsichtigte er, nachher seine Freunde hereinzubitten? Nein, jetzt stellte er lächelnd die Gläser zu einer Reihe lateinischer Buchstaben auf. Sie beobachtete sein Arrangement mit zusammengekniffenen Augen vorsichtig, bis ihr klar wurde, daß er die Lettern ihres Namens mit den Wodkagläsern schrieb. Ihr Taufname: S-O-P-H-I-A. Aber – woher weiß er das?

Oooha, dachte sie. Das alte Schauergefühl aus dem Märchen: Es geht jemand über mein Grab. Sie haßte es, wenn Fremde sie Sophia nannten.

»Ein alter russischer Brauch«, sagte er mit einer steifen leichten Verneigung zu ihr. »Zu Ihren Ehren.«

Dann füllte er alle Gläser bis zum Rand mit Wodka.

Er kann ja auf keinen –

Eins nach dem anderen leerte er sie. Sie zählte hypnotisiert. Fünfunddreißig.

Und immer noch aufrecht!

An diesem Punkt kam sie zu der Ansicht, daß der Großherzog nicht war wie andere Männer, und hätte sich beinahe gewünscht, daß sie Lizzie doch hätte mitkommen lassen.

»Ein wenig Kaviar?« lud er sie ein.

Sie liebte Kaviar, den sie am liebsten mit einem Suppenlöffel aß, und sie hielt es für das Beste, sich für das, was immer auf sie zukommen mochte, zu stärken. Während sie zulangte, sagte der Großherzog: »Sie werden beim Souper Musik zu hören bekommen. Sie müssen wissen, daß ich ein großer Sammler von allen möglichen *objets d'art* und Wunderdingen bin. Ich liebe nichts mehr als Spielzeug – wundervolle und unnatürliche Artefakte.«

Er blinzelte ihr auf eine Weise zu, die sie sowohl unanständig wie beleidigend fand. Ob er wohl – fiel ihr ein – die Geschichte des Colonels glaubt? Meint er, ich sei wirklich aus Gummi? Wenn ja, was glaubt er, wo der Kaviar hingeht?

Er drückte auf einen Knopf an der Seite des Kachelofens, und ein Abschnitt der Bücherregale, mit denen die Wände bedeckt waren, flog auf. Die goldgeprägten Lederrücken waren die ganze Zeit nur *trompe l'œil* gewesen! Ein Musikantentrio, versammelt auf einem runden, auf Rädern laufenden Podium, kam aus der dunklen Höhlung in der Wand hervorgerollt. Die Wand fiel mit einem sanften Klappen wieder zu.

Diese Musikanten waren beinahe ausgewachsen, etwa von der Größe sizilianischer Marionetten, nur ein wenig kleiner, als wir es sind und gebildet aus Edelmetallen, Halbedelsteinen und dem Gefieder von Vögeln – wobei letzteres Fevvers erschauern ließ wie einen Cowboy, der einen blonden Skalp am Gürtel eines Indianers hängen sieht.

Und eine der Figuren war auch in der Form eines Vogels geschaffen, einer Drossel oder Nachtigall, aber eines sehr großen Vogels, und der kunstreiche Handwerker, der sie gemacht hatte, hatte ihr ein Josephsgewand, einen bunten Rock aus allen möglichen weichen, dunklen, wein- und topasfarbenen Tönen gegeben und scharfe kleine Augen aus roten Juwelen. Die Figur stand auf zwei stämmigen Füßen, bedeckt mit einander überlagernden Schuppen aus gehämmertem Gold. Statt eines Schnabels trug sie eine Flöte, eine aus Elfenbein in komplizierten Windungen geschnitzte Flöte.

Es gab auch ein Saiteninstrument: eine Harfe oder Lyra in Gestalt einer hohlen Frau oder besser: einer Frau ohne Torso. Denn da waren Kopf, Schultern und Brüste, und da ein Bekken, aber zwischen den Brüsten und dem Becken nichts außer einer Reihe von Saiten, die oben und unten an Wirbeln befestigt waren. Auch Arme hatte sie, Arme, ausgebreitet in einer flehenden Geste, die ganz zufällig war, denn die Arme waren einfach so stehengeblieben, als der Uhrwerkmechanismus das letzte Mal abgelaufen war. Ihre Arme endeten in wunderschönen, subtil in allen Gelenken beweglichen Händen mit Fingern und Fingernägeln, nichts fehlte, und sie war aus Gold, mit Perlmuttnägeln, und einer Masse Haar aus goldenem Draht, und schönen Augen aus Lapislazuli auf weißem Emaille. Gereizt durch einen beiläufigen Luftzug gab sie spontan ein einziges gespenstisches Saitenklirren von sich.

Das Schlagwerk sah am wenigsten beunruhigend aus. Es bestand nur aus einem Bronzegong, der in einem Ebenholzrahmen hing, doch ein Schlegel war nicht zu sehen.

Der Großherzog betrachtete sein Uhrwerkorchester mit zufriedener Miene. Ein gelangweilter Kaiser hatte sich die Figuren vor langer Zeit in China fertigen lassen. Ein Mandarin hatte den Kaiser ermordet, um sie an sich zu bringen. Ein gelangweilter Vorfahr des Großherzogs hatte den Mandarin ermordet, um sie selbst zu besitzen. Sie hatten den wahren Glanz, die unbezahlbare Aura von Gegenständen, die nur für das Vergnügen da sind, die unreine Lockung des absolut Funktionslosen. Wieder drückte der Großherzog auf einen Knopf.

Der Gong regte sich von selbst und dröhnte in zartem Donner. Die goldene Schulter der Harfenfrau rührte sich und setzte mit dieser Bewegung einen komplizierten verborgenen Mechanismus von Rädern und Zügen in Gang, welche ihre Ellenbogen hoben und die Hände bis zu ihrer Herzstelle brachten, gegen die Saiten. Die goldenen Finger, die perlmutternen Fingernägel krümmten und streckten sich. Sie schlug einen Akkord in sich selbst an, während der große Vogel auf seiner Nase eine seltsame, tritonische Beinahe-Melodie blies, die ihre mathematischen Kombinationsmöglichkeiten durchlief, in einer Zeit, die nicht diesem Planeten anzugehören schien, sondern einem fernen und frosterstarrten Anderswo.

Fevvers dachte: In dem Vogel steckt eine Spieldose. Und jeder, der eine Kuckucksuhr zusammenbasteln kann, kann auch diese Harpyie konstruieren. Und der Gong wird durch elektrische Impulse gelenkt. Trotz allem sträubten sich ihr die Nackenhaare leise, und der Großherzog lächelte sie befriedigt an, als wäre es schon immer sein Wunsch gewesen, daß sie sich vor ihm fürchte.

Das erste Mal in ihrem Leben lehnte sie Champagner ab.

Nun trat noch eine rhythmische Note zu den seltsamen Harmonien: Ein Tropfen fiel von der Nase der eisgeformten Fevvers und schlug klingend gegen den Glasrand der Kaviarschale. Einen bestürzten Moment lang war ihr, als sei ein Diamant geschmolzen.

Der Großherzog reichte ihr den Arm: Kommen Sie auf die Galerie und sehen Sie sich den Rest meiner Sammlung an! Sein Atem, wodka-glühend, sengte ihre Wange, die von Augenblick zu Augenblick kälter wurde, wie die fremde Geometrie der traumhaft-zirkulären, nicht ganz und doch beinahe zufälligen, völlig unmenschlichen Musik die Winkel des Raumes verformte.

Die Galerie war mit einer langen Reihe Glasvitrinen besetzt, die so geschickt mit einer gedämpft-indirekten Beleuchtung versehen waren, daß jeder Glaskasten wie eine eigene kleine Welt in sich glänzte.

»Meine Eier«, sagte der Großherzog, »stecken voller Überraschungen.«

Glaub's gern, dachte Fevvers.

Doch jede Vitrine enthielt ein Ei, wahrhaftig ein Ei, ein wunderbares Ei, das keinem Huhn entstammte, sondern der Werkstatt eines Juweliers, und er erklärte ihr, sie könne sich aussuchen, welches Ei sie haben wolle, sobald sie ihren Umhang abnähme und ihm ihre Flügel zeigte.

»Erst das Ei.«

»Hinterher.«

»Nein.«

»Doch.«

»Nein.«

Der Großherzog zuckte die Achseln und drehte ihr den Rükken zu. Mit einem Mal erloschen alle Lampen im Raum, und sie stand im Dunklen, nur das Piepen, Klirren, Rattern der künstlichen Musikanten drunten zur Gesellschaft, und das leise Klatschen der Tropfen, die von ihrem Ebenbild fielen. Als sie ihre Nase schmelzen hörte, wurde ihr schwindlig.

»Na gut«, sagte sie trotzig. Als das Licht wieder anging, hatte sie ihr Umschlagtuch abgenommen, und der Großherzog trat hinter sie, um sich die Doppel-Schwellung ihres Mieders genau zu besehen.

»Aber Anfassen ist nicht!« sagte sie. Selbst in dieser Situation lag ein stählerner Ton in ihrer Fischweibstimme, der ihn seine Hände bei sich behalten ließ.

Wie innerlich-geheimnisvoll seine Eier waren! Und in der Tat voller Überraschungen. Denn dies hier ist aus rosa Emaille: Es öffnet sich der Länge nach und enthüllt eine innere Schale aus Perlmutter, die sich wiederum öffnet und eine hohle Dotterkugel aus Gold zeigt. Im Dotter eine goldene Henne. In der Henne ein goldenes Ei. Nun sind wir bei liliputanischen Maßstäben angelangt, doch noch nicht fertig: In dem Ei steckt der allerwinzigste aller Bilderrahmen, mit kleinsten Brillanten besetzt. Und was enthält der Rahmen anders als eine Miniatur der *aerialiste* selbst, die Flügel gebreitet wie auf dem Trapez und mit blonden Haaren, blauen Augen, wie im Leben.

Trotz des wachsenden Gefühls des Kleinerwerdens, des Sichverringerns, das sie empfand, und trotz der merkwürdigen Formen, welche die Musik aus den Ecken des Raums erschuf, fühlte sich Fevvers durch dies winzige Kompliment geschmeichelt, und ihr grobschlächtiger Sinn für Gerechtigkeit sagte ihr, daß es nur angemessen war, dem Großherzog zu gestatten, mit den Händen über ihre Brüste zu streicheln und durch ihre Achselhöhlen zu fahren. Nachdem er festgestellt hatte, daß sie nicht aus Gummi war, seufzte er (vielleicht vor Genugtuung) und fing wieder an, das unter dem roten Satin raschelnde Gefieder zu betasten.

Quieken, Klirren, Dröhnen und Klatschen von unten. Quieken, Klirren, Dröhnen, Klatschen!

Ein schlichtes Ei aus Jade saß in der nächsten Vitrine in einem juwelenbesäten Eierbecher, als warte es auf den öffnenden Schlag des Löffels. Fevvers blickte den Großherzog erwartungsvoll an, trotz ihrer Unruhe eifrig wie ein Kind. Sie erriet, daß sich hinter diesem Ei mehr verbarg. Er unterbrach sein Gefinger einen Moment.

»Lassen Sie mich diesen kleinen Schlüssel drehen …«

Da sie sah, daß sich sein Glied nun unter dem Kord seiner Reithosen markant abzeichnete, überlegte sie sich, daß er in gewisser Hinsicht *doch* wie andere Männer sein mußte, und streichelte es mit einer raschen, beruhigenden Bewegung, wie um ihm klarzumachen, daß es noch ein wenig warten mußte.

Die Eischale fiel in zwei hohle Wölbungen auseinander, die einen kleinen Baum zum Vorschein brachten, der in einem Kübel aus weißem Achat stand, besetzt mit goldenen Spalieren. Der Baum war mit Blättern bedeckt, die einzeln aus dunkelgrünen Halbedelsteinen geschnitten waren. Die goldenen Zweige waren mit Blüten bestreut, die aus vierfach um einen diamantenen Mittelpunkt herum geöffneten Perlen bestanden, und mit Früchten aus Zitrin. Der Großherzog löste widerwillig seine Hand von ihren Forschungen unter den Schulterblättern seiner Besucherin und berührte eine dieser Früchte. Auch sie fiel auseinander, und heraus flog der kleinste aller Vögel, den man sich nur vorstellen kann, aus rotem Gold geschaffen. Er drehte den Kopf nach allen Seiten, schlug seine Schwingen und öffnete den Schnabel, und hervor drang ein schrillsüßes Zwitschern: »Only a Bird in a Gilded Cage.« Fevvers fuhr zusammen. Der Vogel beschloß den Refrain, faltete die Flügel, und die Jadeschale schloß sich wieder.

Trotz all des Entzückens, das sie beim Anblick dieses herrlichen Spielzeugs spürte, empfand Fevvers diesen Baum und diesen Vogel als äußerst beunruhigend und wandte sich mit dem Gefühl unmittelbarer und tödlicher Gefahr von der Vitrine.

Aufgepaßt, wiederholte sie bei sich.

Quieken. Klirren. Dröhnen. Klatschen; Quieken. Klirren. Dröhnen. Klatschen. Und sie kam sich unsicherer und unsicherer vor, weniger und weniger Herrin der Lage. Walser hätte diese Empfindung, von der sie nun umklammert wurde, wiedererkannt: Er hatte so ziemlich dasselbe erlebt, als es in der Garderobe im Alhambra zum dritten Mal Mitternacht geschlagen hatte.

Vielleicht verliere ich hier *wirklich* den Überblick, dachte sie. Ach, Lizzie, Lizzie, mein Liebling! Wo bist du nun, da ich dich brauche!

Trotz allem – da alles seinen Preis hat und er für so viel Bemühungen eine gewisse Entschädigung verdient hatte – griff sie hinter sich und öffnete die Haken und Ösen an ihrem Kleid. Es gab ein sausendes Aufrauschen befreiten Gefieders, und der Großherzog stieß einen leisen Schrei aus. An ihr herumschmatzend bat er sie, sich noch etwas auszubreiten, und sie tat es; gleichzeitig ließ ein tiefer Instinkt der Selbstverteidigung sie seinen Hahn aus dem Hühnerstall hervorholen, auch wenn er nicht darum gebeten hatte, und sie fuhr ihm durchs Gefieder, so wie er ihre Federn begriff.

Doch zu diesem Zeitpunkt – als ihre Augen durch den schattenerfüllten, zweistöckigen Raum gingen – sah sie, daß nirgendwo ein Fenster war, und als die Arme des Großherzogs sich um sie fester schlossen, erkannte sie, daß er ein Mann von ganz außergewöhnlichen Körperkräften war, der sogar sie zu Boden werfen konnte.

Dann geschah das Schlimmste, das sie sich im Augenblick vorstellen konnte: seine Untersuchungen ihres Leibes brachten Nelsons Schwert aus ihrem Mieder zutage.

»Geben Sie das wieder her –«

Doch er hielt das tödliche Spielzeug außerhalb der Reichweite ihrer Hände, prüfte es neugierig, lachte leise unter seinem Schnurrbart hervor, ehe er sein Knie hochwinkelte, um darauf das Schwert in zwei Stücke zerknacken zu lassen. Er warf die Stücke in hohem Bogen nach rechts und links in die Enden der Galerie, wo sie in der Dunkelheit verschwanden, die wie Wasser durch die Wände hereinsickerte. Nun war sie schutzlos. Sie hätte weinen mögen.

Unten fuhren die mechanischen Musikanten fort, zu spielen, und das Eis schmolz weiter.

Sie faßte sich, so gut sie konnte, und ging entschlossen zur nächsten Vitrine, wobei sie weiter an ihm herumspielte, als hinge ihr Leben davon ab. Er bewegte sich langsamer und bemerkte bei seinen seligen Empfindungen kaum, daß sie mit der freien Hand den Glassturz öffnete.

Und hier fand sie, in einem silbernen Ei, das mit einem Rautengitter aus Amethystsplittern bedeckt war, zu ihrem ungläubigen Entzücken eine Spielzeugeisenbahn – eine Lokomotive in schwarzem Emaille und einen, zwei, drei, vier Erster-Klasse-Waggons aus Schildpatt und Ebenholz, alles wie eine Schlange umeinander aufgerollt, und auf jedem Wagen an der Seite in kyrillischen Buchstaben die Aufschrift: Transsibirische Eisenbahn.

»Das will ich haben!« rief sie und griff begierig in den Glaskasten. Ihr Ausruf und ihre plötzliche Bewegung rissen den Großherzog aus der Trance, in die sie ihn versetzt hatte, trotzdem sie nicht aufgehört hatte, ihn zu liebkosen; sie hatte nicht umsonst ihre Lehrzeit an Mutter Nelsons Akademie absolviert.

»Nein, nein, nein«, verbot er ihr den Zugriff, obwohl seine Stimme dicklich vor angeschwellter Erwartung war. Er versetzte ihr einen schwachen Klaps auf die Hand, welche den Eisenbahnzug hielt, doch sie ließ nicht los. »Nicht dieses. Das nächste ist für dich. Ich habe es extra bestellt. Heute morgen ist es geliefert worden.«

Es war aus weißem Gold und bekrönt mit einem wunderschönen kleinen Schwan – ein Tribut vielleicht an ihre vermutete Herkunft. Und es enthielt – wie sie vermutete – einen Vogelkäfig aus goldenem Draht und darin eine kleine Sitzstange aus Rubinen, Saphiren und Diamanten: die guten alten Farben Rot, Weiß und Blau. Der Käfig war leer. Es saß noch kein Vogel auf der Stange.

Fevvers verlor nicht den Kopf, doch sie war sich sogleich der furchtbaren Möglichkeit bewußt, daß sie immer mehr in sich zusammensinken, zusammenschrumpfen, kleiner und kleiner werden könnte … Sie sagte dem Diamantenhalsband drunten Lebwohl und versuchte, sich ein Leben als Spielzeug vorzustellen. Mit undurchdringlicher asiatischer Rätselhaftigkeit definierte das Orchester die Geometrie des Unwahrscheinlichen, und an seinem sich mehr und mehr verdickenden Glied, an den nun von selbst erfolgenden Bewegungen, dem keuchenden Atem und dem glasigen Blick merkte Fevvers, daß nun wohl die Zeit für den Großherzog gekommen war.

Ein nasses Krachen und Klappern ertönte, als die Eisstatue ihrer selbst unten in die Überreste des Kaviars stürzte und die Halskette, welche sie in Versuchung geführt hatte, zwischen das schmutzige Geschirr warf. Das bittere Bewußtsein, daß man sie übertölpelt hatte, ließ Fevvers handeln. Sie ließ den Spielzeugzug auf den Ispahanteppich fallen (glücklicherweise landete er auf den Rädern), als der Großherzog, grunzend und pfeifend den angehaltenen Atem ausstoßend, sich ergoß.

In den wenigen Sekunden, in denen sein klares Bewußtsein aussetzte, rannte Fevvers, so schnell sie nur konnte, den Bahnsteig hinunter, öffnete die Tür des Erster-Klasse-Abteils und kletterte hinein.

»Schau dir nur an, was für eine Schweinerei der auf deinem Kleid angerichtet hat«, sagte Lizzie.

Das weinende Mädchen warf sich der Frau in die Arme. Es war der finstere Abgrund der Nacht, in den die Mondsichel hinabstürzt. In diesem Abgrund hatte sie ihr zauberisches Schwert verloren.

Der Stationsvorsteher pfiff und schwenkte die Signalflagge. Der Zug zog langsam, langsam seine riesige Länge aus dem Bahnhof und zerrte dabei seine Last von Träumen mit sich.

»Ich hab meine Lektion gelernt«, sagte Fevvers. Sie setzte sich auf und riß sich das Armband und die Ohrringe ab.

Im Gang entstand plötzlicher Lärm: wütender Protest eines kleinen Jungen. Die Tür des Luxusabteils platzte auf und herein kam Walser, in den Armen ein strampelndes und lauthals opponierendes Bündel in Clownskleidung.

»Tut mir leid, Sie stören zu müssen, Ma'am«, sagte er zu Fevvers, »aber *dieser* junge Specht hier brennt mir noch nicht mit dem Zirkus durch, noch ein paar Jährchen nicht!«

Der Zug glitt langsam an einer dick mit frischgefallenem Schnee bestäubten Bahnsteigplattform vorbei. Lizzie ließ das Fenster herunter, daß ein Schwall kalter Luft hereindrang, und Walser ließ das heulende Kind nach draußen fallen, in eine Schneewehe.

»Jetzt rappel dich auf und lauf gleich heim zu deiner Großmutter!«

»Und gib ihr *die* hier!« rief Fevvers.

Klein-Iwan kugelte in einem Hagel von Diamanten durch den Schnee. Durch unsere Kinder werden wir vielleicht erlöst.

Der Zug nahm etwas Geschwindigkeit auf. Walser hängte sich aus dem Abteilfenster, bis er ganz sicher war, daß der kleine Iwan nicht weiter hinten am Zug wieder aufgesprungen war, dann zog er das Fenster an seinem dicken Lederriemen nach oben. Als alles gesichert war, wandte er sich zu den Reisenden im Abteil und starrte stumm auf Fevvers, die tränenüberströmt, mit aufgelösten Haaren, das Zigeunerkleid zerrissen und spermaverklebt, nun versuchte, so gut es gehen mochte, ihre bloßen Brüste mit einem schmutzigen, aber unbestreitbaren Gewirr aus Schwungfedern zu bedecken.

TEIL III
SIBIRIEN

I Wie leben die hier? Wie werden sie damit fertig? Oder vielleicht sollte nicht grade ich diese Frage stellen, ich hab grundsätzlich mit Landschaft nichts am Hut, mir wird's schon auf Hampstead Heath irgendwie komisch. Sobald ich die menschlichen Behausungen nicht mehr sehe, bricht mein Herz durch wie verrottete Fußbodendielen, aller Mut verläßt mich. Parks, ja, die liebe ich, und Gärten. Und kleine Felder mit Hecken und Gräben drumrum und nützlichen Kühen obendrauf. Aber wenn wir schon einen wilden Gebirgsabhang anschaun müssen, dann sollten wenigstens ein, zwei Schafe malerisch auf einem Felsen gruppiert stehen, zur Schur bereit, irgendsowas... Ich hasse es, irgendwo zu sein, wo die Hand des Menschen schlimme Spuren hinterlassen hat, und hier fahren wir über die breite Stirn der Welt, die das Zeichen Kains von Anbeginn eingebrannt bekommen hat, so wie der alte Mann an der Station, der uns die Bären verkaufen wollte, die er geschnitzt hat, und dem sie »Sträfling« auf die Wange gebrannt haben.

Ich hab ihm alle seine Bären abgekauft, um sie den Kindern zu Hause zu schicken, wenn wir in Wladiwostok sind und ein Postamt zu Gesicht bekommen. Eine billige Geste kann man's insofern nicht nennen, als er sich die Dinger teuer genug hat bezahlen lassen, muß ich leider hinzusetzen. *Und* ich mußte mir dann noch allerhand anhören: Lizzie hat sich nicht davon abbringen lassen, daß ich's »für die Nachwelt« mache, womit sie natürlich meint: damit es der junge Amerikaner bemerkt.

»Seit er sich in Petersburg wieder bei uns eingeführt hat, hast du dich mehr und mehr benommen wie du selbst«, sagt sie.

Draußen vor dem Fenster gleitet die unfaßbare und öde

Weite vorüber, wo es jetzt Nacht wird; die Sonne geht in entsetzlichem blutübergossenem Glanz unter, und dieser Sonnenuntergang breitet sich wie eine öffentliche Hinrichtung über einen halben Kontinent, wo nur Bären leben und Meteore stürzen und die Wölfe erstarrendes Eis aus dem Wasser lecken, welches in sich den ganzen Himmel beschließt. Alles weiß unter dem Schnee wie Mobiliar unter weißen Staublaken, wie gleich nach der Lieferung auf ewig zugedeckt und weggesperrt, niemals zu benutzen oder zu berühren. Entsetzlich! Und wie bei einem Zyklorama rollt dieses unnatürliche Spektakulum mit etwas über zwanzig Meilen in der Stunde in einem säuberlichen Rahmen aus Spitzengardinen vorbei, die nur ein wenig rußfleckig sind, und aus Vorhängen von schwerem, staubig-dunkelblauem Samt.

Das Knirschen der Holzkohle im Gang bedeutet, daß der Samowar angeheizt wird und daß es bald Tee gibt. Wie gemütlich wir's haben.

Draußen Frostbeulenwetter, aber hier drin im Abteil ist es mollig warm – wir haben unseren eigenen kleinen Ofen. Und einen runden Tisch mit einer Plüschdecke, blau, damit's zu den Vorhängen paßt, und einen ebenso gepolsterten Sessel, in dem die Lizzie sitzt und sich eine Patience legt.

Patience. Nur Geduld.

»Was ich sagen will, du wirst mehr und mehr wie deine eigenen Werbekampagnen«, sagt Lizzie. »Cockneymädel mit dem goldenen Herzen. Immer frischweg, pfeift auf die Formen.«

»Na, wer *soll* ich denn sein, wenn nicht ich selbst«, fahre ich sie an, in übler Laune, auf dem Bauch liegend wie Frau Wirtins Tante auch, notwendigerweise, auf der Sitzbank, die nachts als mein Bett hergerichtet wird.

»Das ist ja wohl noch eine ganz andere Frage, nicht wahr«, antwortet sie unerschütterlich wie immer. »Du hast noch nie existiert. Es gibt niemand, der sagen könnte, was du tun sollst oder wie. Du bist das Jahr Eins. Du hast keine Geschichte, und es werden keine Erwartungen in dich gesetzt außer denen, die du selber schaffst. Aber wenn du auf den Hintern fällst, Gotteswillen, dann aber auch gleich richtig, hm? Du flirtest tatsächlich mit dem Gegner, als ob er seine Listen vergißt, wenn du so tust wie ein gewöhnliches Mädchen. Ich hab Angst um dich. Deshalb laß ich dich so ungern alleine. Denk an diesen gottverdammten Großherzog. Hat deinen Talisman zerbrochen, der dir soviel bedeutet hat.«

Sie weiß, wie man verletzt. Eine Wunde finden und dann drin herumstochern – Lizzies Methode.

»Hat deinen Talisman zerbrochen und könnte *dich* gebrochen haben. Er hat's beinahe geschafft, hätte dich fast endgültig erledigt, keine Zukunft, kein Jahr Zwei und keine anderen Jahre mehr. Nichts, nix, garnix.«

Nichts.

Der Zug kam nun mit einem erschöpften Seufzen zum Stillstand. Die Lokomotive jaulte leise, die Räder klickten und stöhnten, doch nichts war zu sehen, nicht einmal einer dieser wie laubgesägten kleinen Holzbahnhöfe, wie Lebkuchenhäuser, die sie hierzulande aufstellen und die mit ihrem Märchen-Aussehen die Wildnis verspotten. Nichts außer Schneewehen, die meilenlang in unnatürlichem Weiß sich gegen den purpurnen Horizont abheben. Wir sind mitten im Nirgendwo.

»Nirgendwo«, eines dieser Wörter (wie »Nichts«), die sich in einem öffnen wie eine tiefe Leere. Und fahren wir nicht durch die Weite des Nichts zu den Enden des Nirgendwo?

Manchmal erschreckt es mich, wie weit ich gehe, um Geld zu bekommen.

In der plötzlichen, beinahe übernatürlichen Stille hörten wir den Donner eines Tigerbrüllens und das Klingeln der Elefantenketten, das nie aufhört.

»Tuskers across the tundra!« Die Elefantenkarawane durch Sibirien! Welche Hybris dieses fetten kleinen Colonels!

Der Zug hielt oft auf diese unerklärliche Weise an. Aus der Taiga hervor kamen wie Kobolde, aus der Luft beschworen, Kinder angelaufen und rannten am Gleis entlang, kleine Waren in den Händen – eine gebackene Kartoffel, eine Papiertüte mit halberfrorenen Beeren, Sauermilch in einer Flasche, die zum Verkauf zu kostbar war, so daß man die eigene geschliffene Kristallglasflasche mit der Milch füllen mußte. Doch heute abend waren wir schon zu weit entfernt von allen Bauerndörfern oder einsamen Weilern. Die flachsköpfigen schmutzstarrenden Verkäufer wagten sich nie hierher, wo die Wildnis war.

Ein kalter Wind kam auf und heulte ein wenig.

»Sag mal, Lizzie, können wir nicht… die Sache ein bißchen beschleunigen?«

Lizzie, über ihre Karten gebeugt, schüttelte den Graukopf. Keine Tricks. Warum nicht? Denn die Sachen, die meine Ziehmutter tun kann, wenn sie es sich in den Kopf setzt, die glaubt man nicht! Schrumpfen, Aufschwellen, Uhren, die einem wie verspielte Hündchen voraus oder hinterher laufen – aber es liegt eine Logik darin, irgendeine Logik der Maßstäbe und Dimensionen, die nicht mit sich spaßen läßt und zu der sie allein den Schlüssel hat, so wie sie den Schlüssel zu Nelsons Uhr in ihrer Handtasche hat und mich nicht dran rühren läßt.

Ihre »Magie für den Hausgebrauch«, wie sie es nennt. Was würde einer denken, der sieht, wie das Brot aufgeht, und nicht weiß, was Hefe ist? Man würde die alte Liz glatt für eine Hexe halten. Oder Streichhölzer! Die sogenannten »Lucifers«: die kleinen hölzernen Soldaten des Lichtengels, mit dem man sie in Komplizenschaft glauben würde, wenn man nicht wüßte, was Phosphor ist.

Und wenn ich denke, daß ich einst Milch aus diesen platten alten, trocknen alten Brüsten unter deinem schwarzen Seidenmieder getrunken habe, dann, Lizzie, o ja! dann weiß ich, was du mit »Zauberei« meinst.

Jetzt hört man weiter hinten im Zug, im sogenannten Salonwagen, die Prinzessin das Harmonium ausprobieren. Bruuuumm, brumm, brumm. Ach, welche Ekstasen der Langeweile habe ich auf der Transsibirischen Eisenbahn erlebt!

Nicht, daß der Salonwagen nicht sehr nett ist, wenn es einem nicht dabei graust, durch diese Wildnis, leer wie die präadamitische Welt, in der Reproduktion eines Empire-Salons zu fahren, alles weißlackiert und mit genügend Spiegelglas für ein fahrbares Bordell.

Ich hasse das.

Wir haben kein Recht, hier zu sein, in diesem Komfort, in dieser Gemütlichkeit, mit unseren dicken Hintern auf dieses schnurgerade Gleis geklebt, von dem wir nie abweichen, wie Seiltänzer, die im Traum einen unerkannten Abgrund in behaglichem Fünf-Sterne-Komfort überqueren, durch die Tiefe des Winters, durch diese feindselige Landschaft.

»Kommst dir vor wie der Vogel im goldenen Käfig, ja?« fragte Lizzie, der das unruhige Hin- und Herrutschen ihrer Ziehtochter auffiel. »Wie würdest du denn gerne reisen?«

So direkt gefragt fiel Fevvers keine Antwort ein. Die Sprungfedern sangen unter ihr, als sie sich anders hinhockte, das mürrische Kinn auf den Knien und die muskulösen Hände um die Schienbeine geschlungen. Wie lange knirschen wir schon durch diese leere Zwischenwelt? Eine Woche? Zwei Wochen? Einen Monat? Ein Jahr?

Die Prinzessin kam schließlich zu Streich mit dem Harmonium und spielte darauf eine Fuge von Bach, welche die Tiger verstummen ließ, während die Welt von der Sonne fort kippte, hinein in die Nacht, den Winter und das neue Jahrhundert.

»Denk an dein Bankkonto, Kindchen«, riet Lizzie ironisch ihrer mürrischen Ziehtochter. »Du weißt doch, das heitert dich immer auf.«

Fevvers, ohne Strümpfe und ohne Korsett, in ihrem Unterrock, wühlte nach einer kleinen Schere in Lizzies Handtasche und fing in Ermangelung irgendeiner anderen Tätigkeit an, sich die Zehennägel zu schneiden. Sie bot einen schlampigen Anblick – die Wurzeln der Haare zeigten einen halben Zoll dunkle Färbung, und das ungekämmte Haar verfing sich in dem zerzausten Gefieder, das bereits einen staubigen Eindruck machte. Das eingeschlossene Leben bekam ihr nicht.

Dann, während sie an ihren Zehennägeln herumschnippte und -schnappte, begann sie ohne besonderen Grund – so wie der Zug ohne besonderen Grund angehalten hatte – zu heulen.

Woher soll ich wissen, warum ich plötzlich derart zu plärren angefangen habe? Ich, die ich seit dem Tod von Mutter Nelson nicht geweint habe. Aber jetzt an Nelsons Begräbnis zu denken, ließ mich nur noch lauter heulen, als ob die enorme Trauer, die ich verspürte, die Angst vor der Einsamkeit unseres verlassenen Zustandes in einer Welt, die sich auch ohne uns selbst vollkommen genug ist – als ob meine plötzliche irrationale Verzweiflung sich an einen vernünftig erklärbaren Kummer anklammerte und dort um jeden Preis festhielt.

»Weine!« sagte Lizzie, und an den in ihrer Stimme aufhallenden Echos erkannte ihre Ziehtochter, daß plötzlich ihre Fähigkeit, Dinge vorauszusehen, über sie gekommen war. »Weine, soviel du willst. Weiß nicht, ob du später noch genügend Zeit haben wirst.«

So unerklärlich, wie er angehalten hatte, setzte sich der Zug nun wieder in Bewegung. In der Holzklasse spielten die Clowns unter einem lila Baldachin aus Zigarettenrauch Karten, oder sie schliefen. Eine schwere Schläfrigkeit lag auf ihnen – sie schienen in einem Zustand wie im Koma, im Traum, im Halbschlaf, da und doch nicht da. Gelegentlich bemerkte der eine oder der andere, daß sie nun eine ganze Serie neuer Nummern ohne Buffo ausarbeiten müßten.

»Dazu ist noch Zeit genug«, kam die Antwort. Doch die Tage vergingen, und sie taten nichts außer die Karten zu mischen und wieder zu mischen. Der Schaukelpferdrhythmus des Zuges lullte sie in ein Gefühl passiver Zustimmung zu allem, in welchem sie darauf warteten (wenn es auch keiner gestanden hätte), daß ihr Christus auferstünde. So bestand auch keine Notwendigkeit neuer Nummern, keine Notwendigkeit. Gib die Flasche rüber, teil die Karten aus. Er kommt zurück. Oder ... wir gehn zu ihm.

Der Colonel aber trottete die Gänge hinauf und hinunter, in ihm kochte die Aufregung des Pfadfinders, dessen, der zuerst einen neuen Weg geht, eine auffällige Gestalt in seinem gestreiften Trikot mit der besternten Weste – »Flagge zeigen«, wie er es nannte. Er hatte umfangreiche Bourbon-Vorräte mitgebracht und lehrte den Steward im Speisewagen bald, einen ganz passablen Julep zuzubereiten, wobei Zweiglein von einem Topf Pfefferminze zur Verwendung kamen, den der Colonel in weiser Voraussicht bei einem Petersburger Gärtner aufgegriffen hatte.

Bald stand er im Ruf eines »Originals«. Er und sein Schwein fuhren oft vorne auf der Lokomotive mit. Der Lokomotivführer lehnte sich zurück, die Papirossa an die Unterlippe geklebt, und der Colonel durfte sich an der Armatur verlustieren. Doch am meisten gefiel ihm der Besuch bei den Elefanten, denen er Kuchenbrot mitbrachte, das er körbeweise bei den Bauersfrauen mit ihren Kopftüchern an den Bahnhöfen kaufte. Dann meditierte er über dieses glänzende Ereignis: daß er, der gute alte Junge aus Kentucky, den Helden des Altertums, Hannibal den Karthager, besiegt hatte – denn wenn dieser seine Jumbos über die Alpen geführt hatte, hatte er nicht seine Elefantenbullen über den Ural gebracht?

Selbst für sein optimistisches Auge war es jedoch offensichtlich, daß den Elefanten die Reise nicht gut bekam. Sie waren bequem genug untergebracht, in Stroh gepackt in einem Viehwagen, der für gewöhnlich Einwanderer durch die Taiga transportierte, und um den Komfort der Dickhäuter noch zu heben, hatte man diesen Wagen sogar mit einem Ofen ausgerüstet. Doch die Elefanten glichen nicht länger den Säulen der Welt, fähig, auf ihren breiten Stirnen das Firmament zu tragen. Die kleinen Augen tränten und waren verklebt; manchmal husteten sie. Der Zug fuhr sie tiefer und tiefer in die bittere Kälte, die ihre Lederstiefel durchdringen und ihre Füße erfrieren lassen würde, die ihre Lungen erobern und verwüsten sollte. Weit im Norden, viel weiter nördlich, in dem hohen, unvorstellbaren Norden, dessen vergleichsweise gemäßigter Rand das Gebiet hier war, da lagen ihre Vettern, die Mammuts, vom Eis eingeschlossen... So schien es, daß das Eis auch diese Atlanten der Welt überwältigen wollte, und der Colonel hatte, bei all seiner Blauäugigkeit, einzelne ihn innerlich verwundende Augenblicke des Zweifels, als er sah, daß seine Elefanten schwächer wurden und erliegen wollten. Dann drängte er den Schaffner, mehr Holzkohle in den Ofen zu geben, es war ihnen sicher nur ein wenig kalt, momentan... und was ihre depressive Stimmung anging, na, da würde ein wenig Kuchen Wunder wirken!

Er ignorierte seine Zweifel wie einen leise schmerzenden Zahn, der still wird, wenn man fest daraufbeißt, und weigerte sich, seinen Augen zu trauen.

Die Tiger beobachteten seit der letzten Vorstellung die Prinzessin so, wie ihre kleinen unter uns lebenden Vettern einen Vogel in einem Baum beobachten, der zu hoch ist, um ihn zu erklettern. Die Prinzessin bat den Colonel – über Mignon, die jetzt für sie sprach und von Fevvers recht und schlecht übersetzt wurde –, ihr den Salonwagen zur Verfügung zu überlassen, und der Colonel willigte nach langem Kauen auf der Zigarre auf den Rat von Sybil hin ein, die glaubte, ein Tapetenwechsel würde alle vom Gewesenen ablenken. Keiner der Schaffner wagte es von da an, den

Salonwagen zu betreten, doch die Tiger wußten auf ihre Art das neue Quartier zu schätzen. Sie rissen mit ihren Pranken die blassen Brokatüberzüge von den Lehnsesseln, machten sich Lager aus dem Inhalt der Polster und hieben spielerisch nach den Ebenbildern in den Spiegeln, welche ihre Streifen vervielfältigten. Mignon lehnte an der Schulter der Prinzessin, und sie probierten ein ganz neues Repertoire aus, passend zum Harmonium: sentimentale Salonmusik, Bach-Choräle, die Hymnen des methodistischen Gesangbuchs, alles, was nur die Tiger beruhigen mochte. Doch die Prinzessin wußte, daß die Katzen ihr nicht länger vertrauten – und, schlimmer, sie selbst traute den Katzen nicht mehr. Sie verzehrte sich in Schuld und Verzweiflung, weil sie ihr Gewehr benützt hatte.

Der Colonel hörte das Harmonium nicht gern, weil der Gedanke an den Leichnam der Tigerin jene fatale letzte Nacht in Petersburg als ein Crescendo, eine Fuge des Mißlingens ihm ins Gedächtnis zurückrief. Tatsächlich hatte seine ständige muntere Erregung etwas Fiebriges und Verzweifeltes, denn die Affen hatten ihn im Stich gelassen, sein Meisterclown hatte sich mit einem Satz aus der Manege ins Irrenhaus begeben – der Verlust der Prinzessin war das wenigste! Und im Innersten (wenn auch sein Hirn es hitzig bestritt) wußte er, daß die Elefanten jeden Tag schwächer wurden. Es war ein ungewöhnlich schmal besetzter Zirkus, der vor dem Gottkaiser von Japan auftreten würde, es sei denn, er könnte unterwegs noch ein, zwei dressierte Bären auftreiben… Andere Rekruten bot Sibirien nicht.

Er wußte nur zu gut, daß die, die das Große Spiel spielen, manchmal gewinnen, manchmal – verlieren (o die demütigenden Schlagzeilen in *Variety*!). Sein Herz übersprang einen Schlag als er Mignon singen hörte: »O Haupt voll Blut und Wunden«, und er stellte sich seinen eigenen behaarten Kopf, vom Schicksal zugerichtet, eindringlich vor.

Vor dem Salonwagen stand der Starke Mann mit verschränkten Armen. Er war der Wachhund.

Wenn Samsons Herz immer noch in seiner Brust schlug wie ein Vogel in einer Hutschachtel, sobald er Mignons zerbrechliche Gestalt sah, so hatte er doch gelernt, sich weit genug unter Kontrolle zu bringen, daß er nun die Botengänge für die Mädchen erledigte, bei ihnen saubermachte, ihnen mit all den Leistungen half, zu denen ihn seine Muskeln verurteilten.

Unerwiderte Liebe setzte einen seltsamen alchemischen Prozeß in dem Starken Mann in Gang, und doch änderte auch der Gegenstand seiner Liebe sein Wesen. Die nackte Lust nach Mignon löste sich allein durch die Nähe in eine beinahe furchtsame Verehrung dieser beiden, die als ein Paar ihre Individualität hinter sich zu lassen schienen. Er wußte, daß er die eine nicht lieben konnte ohne die andere, so wie er die Sängerin nicht ohne ihren Gesang lieben konnte, und daß er beide lieben mußte, ohne die eine oder die andere anzurühren – so daß er schrittweise sich von seiner reinen Körperlichkeit entfernte. Er hatte angefangen, Kleider anzuziehen – ein sichtbares Zeichen seines gewandelten Selbstgefühls, hatte sich ein grobes russisches Hemd mit einem Gürtel gekauft und sah bereits weniger bewußtlos-brutal aus. Er nährte seine Sensibilität, dieses noch zarte Pflänzchen, indem er die beiden bewachte.

Er ließ den Colonel mit einem knappen Nicken vorüber.

Der Colonel konzentrierte sich über der Fischsuppe im Speisewagen auf das, was ihm noch geblieben war: Er hatte, Gottseidank! noch immer die exklusiven Rechte an der geflügelten Cockney-Venus.

Das weiche Rosa des Schirms der Tischlampe milderte die hysterische Brillanz des Rouge, mit dem sie die Spuren ihres Tränenausbruchs beseitigt hatte. Obwohl ein Korsett heute abend wirklich zuviel war, hatte sie doch eine Geste in die Richtung großer Gala gemacht und ein Hauskleid aus crèmefarbener Spitze angelegt sowie ihr Haar hochgesteckt, damit man die dunklen Wurzeln des Scheitels nicht sah. Aber das Hauskleid, das so geschnitten war, daß seine Falten über ihren Busen fielen, stand ihr nicht: Es ließ sie ältlich und dicklich wirken, und die hochgesteckten Locken lösten sich bereits und hingen schlaff herunter. Die »Glücks«-Veilchen, die sie sich tapfer an die Schulter geheftet hatte, waren wenig überzeugende Imitationen, billig, schäbig, vielleicht das Geburtstagsgeschenk eines Kindes.

Der Kellner sah fasziniert zu, wie der Colonel eine Serviette um Sybils Nacken band.

»Schweine essen alles, was der Mensch ißt«, informierte er die Tafel. »Deshalb schmeckt der Mensch genau wie ein Schwein. Daher nennen die Kannibalen den gebratenen homo sapiens auch ›Langschwein‹, yessir! Allesfresser, nicht wahr, Omnivoren. Gibt uns beiden diesen interessanten Geschmack.«

Als hätte die Erwähnung von Kannibalismus seinen Appetit angeregt, attackierte er nun mit großem Gusto ein Kalbskotelett, obwohl das Kotelett, so wie es sich anfühlte, schon vor einigen Tagen im Bahnhofsrestaurant von Irkutsk gekocht, dann in den Zug geladen und nun in einer Soße wiedererhitzt worden war, die bei weitem zu hellbraun war, um authentisch sein zu können.

Was mich betrifft, so habe ich das widerliche Ding auf meinem eigenen Teller zu Sybil rübergeschoben, die es rasch beseitigte, genau wie der Colonel vorhergesagt hatte. Ich muß sagen, ich mochte die kluge kleine Sau sehr, und sie sah auch gut aus auf der Reise, wesentlich besser als ich. Ihre Halskrause war so blendend rein wie am Tag, als wir Petersburg verließen, eher noch sauberer – wen hatte der Colonel wohl dazugekriegt, sie zu plissieren? Das Mädchen am Samowar? Den Steward? Und sie glänzte schön; so betrunken war der Colonel nie, daß er vergaß sie einzureiben, und ich dachte bei mir, daß ich auch eine Massage brauchen könnte, wenn unser Jackie sie mir geben würde.

Da kommt er.

Woran erinnert mich nur dieser junge Mann? Ein Musikstück, komponiert für ein bestimmtes Instrument und auf einem anderen gespielt. Eine Ölfarbenskizze für ein großes Gemälde. O ja, er ist unfertig, grade wie Lizzie sagt, aber trotz alledem – seine sonnverbrannte Haut über den Knochen! Sein sonnengebleichtes Haar! Unter seiner Schminke liegt dieses Gesicht wie ein geliebtes Gesicht, das man vor langer Zeit gekannt hat, und dann war es verschwunden, und nun ist es wieder da, obwohl ich ihn nie gekannt habe, obwohl er ein Fremder ist, trotzdem dieses Gesicht, das ich immer geliebt habe, eh ich es je gesehen habe, so daß sein Anblick voll Erinnerung ist, wenn ich auch nicht weiß, an wen ich mich erinnere, es könnte aber das vage phantasierte Gesicht des Begehrens selbst sein.

Abwesend biß sie in ein Stück Brot, das Farbe und Textur eines Schokoladekuchens hatte. Während der Colonel Sybil auf den Schoß nahm, um gastfreundlich Platz für Walser zu machen, fühlte der junge Mann die hungrigen Augen auf sich ruhen, und es schien ihm, als schlössen sich die Zähne um sein Fleisch und er empfände auf lustvollste Weise nicht den geringsten Schmerz dabei.

Sie hatte lediglich die notwendige Unschuld des Abenteurers genau umrissen und sich dann ihrer bedient.

Löffel klingelten an Suppentellern, Messer knirschten an Koteletts; die fransenbehangenen rosa Lämpchen schwankten hierhin und dorthin, in den dunklen Fenstern gespiegelt, als wären es Blüten an den Zweigen der Baumreihen entlang den Gleisen, an denen sie nun vorbeifuhren; die Kellner rollten wie auf unsichtbaren Rädchen freundlich hin und her, die Teller elegant auf ihren ausgestreckten Armen aufgereiht; aus der unsichtbaren Küche drang das Klappern von Töpfen.

Zum Dessert gab es Obstsalat.

Dann, gerade als die Prinzessin und Mignon mit blutigen Schürzen im Speisewagen ankamen, Samson hundetreu hinterher, entstand ein donnerndes Dröhnen. Und wie auf den Befehl des lautesten Trommelwirbels in der Geschichte des Zirkus erhob sich der Speisewagen in die Luft.

Für einen Sekundenbruchteil schwebte alles – Lampen, Tische, Tischtuch. Die Kellner schwebten hoch, und die Teller hoben sich von ihren Armen. Sybil wurde ebenso in die Höhe gehoben wie das Stück Ananas, um das sich ihre Kiefer gerade schließen wollten. Die Füße des dunklen und die Füße des hellen Mädchens unter der Tür wurden von dem sich erhebenden Boden hochgeschleudert. Dann – ehe noch Schock oder Erstaunen sich auf den Gesichtern zeigen konnten – fiel alles wieder herunter und flog mit gewaltigem, zerreißendem Krachen in eine große Zahl von Fragmenten auseinander.

Der Zug hörte sofort auf, ein Zug zu sein, und verwandelte sich in viele einzelne Holzsplitter, verformte Metallteile, Schreie und Rufe, während der Wald zu beiden Seiten des verwüsteten Geleises in Flammen aufging, entzündet von den brennenden Scheiten, welche die Feuerung der nun zerstörten Lokomotive verstreut hatte.

Die Riesin fand sich unter dem zusammengebrochenen Tisch eingezwängt, an dem sie blaßrote Maraschinokirschen aus ihrem Obstsalat auf den Teller des Schweins gelöffelt hatte. Ihre ersten Empfindungen waren Überraschung und Empörung. In der Nähe sprach ihre Ziehmutter im Dunkeln beredt in ihrem heimatlichen Dialekt vor sich hin, aber keiner von Lizzies Tricks konnte sie aus dieser Lage befreien. Nur die Kraft ihrer eigenen Muskeln, die Fevvers nun aufs äußerste anspannte, konnte die Wrackteile über ihnen beiseiteschieben und sie mit all ihren blauen Flecken und Quetschungen ins Freie stolpern lassen, was an sich gefährlich genug war, denn draußen war die Luft voll Flammen und umherfliegender Fetzen. Der Wind, nun zum Sturm geworden, versengte sie.

Ich hab meinen rechten Flügel gebrochen. Indem der erste Schock abklingt, spüre ich den Schmerz. Tut ebenso weh wie ein sauberer Bruch im Unterarm. Aber auch nicht mehr. Viel Grund zur Dankbarkeit, kann meinen rechten Arm noch bewegen, wenn auch der Flügel gebrochen ist. Gott, tut das weh. Könnte schlimmer sein. Reiß dich zusammen, Mädchen, sag dir immer wieder: Es könnte viel schlimmer sein.

Tatsächlich sieht es aus, als hätten wir im Speisewagen alle Glück gehabt. Da kommt Mignon hervorgekrochen! Mit einem blauen Auge, verursacht durch eine fliegende Cognacflasche, aber sonst unverletzt, zieht sie die Prinzessin unter einer Moräne von Geschirr und Besteck hervor, das sie geschnitten, gekratzt und betäubt hat. Lizzie untersucht sie rasch, nichts gebrochen, aber wecken kann sie die Prinzessin nicht, sie bleibt ohnmächtig... Was den Colonel angeht, so muß *er* wohl aus Gummi sein, nicht ich, so wie er jetzt aus den Trümmern hervorgehüpft kommt, sein Schwein sicher im Jackett verstaut. Hat Sybil mit all ihrer Begabung als Orakel dieses Chaos vorhergesehen? Wohl kaum. Ihre Halskrause zählt allerdings zu den Opfern, platt wie ein Pfannkuchen. Der Colonel streift sie ab – von jetzt an wird dieses kleine Schweinchen nackt herumlaufen.

Von meinem jungen Mann nichts zu sehen.

Dann sah ich, in den Ruinen des Salonwagens, ein großes Wunder. Denn die Tiger waren alle in die Spiegel eingegangen. Wie soll ich es beschreiben? Der Salonwagen lag auf seiner Seite, aufgerissen wie das Geschenkpapier um ein Weihnachtsspielzeug von einem ungeduldigen Kind, und von all den herrlichen Geschöpfen nicht eine Spur von Blut oder Sehnen, nichts. Nur überall haufenweise die Scherben zerbrochener Spiegel, die die lodernde Nacht um uns in tausend gezackte Fragmente zerlegten – so daß man hätte meinen können, mit genügend Zeit oder Geduld hätte man alles wieder zusammenfügen können, und alles wäre wie zuvor gewesen, der Wald, die Ebene, die Doppelspur der Eisenbahnlinie, welche die hübschen kleinen Eisenbahnwagen zur Unendlichkeit des Horizonts trägt, und der qualmende Zug, der mir jetzt als eine Art Fehdehandschuh schien, der Natur hingeworfen, eine Provokation, welcher die Natur sich gestellt hatte – sie hatte den Handschuh aufgehoben und ihn verächtlich auf die sich windende Erde zurückgeworfen, wo er in Stücke zersprang.

Und die Tiger... als hätte die Natur sie wegen ihres unnatürlichen Tanzens mißbilligt, waren sie in ihre eigenen Spiegelbilder eingefroren und erstarrt und zersprangen zu Stükken, als die Spiegel zerbrachen. Als hätte sich die brennende Energie, die man zwischen den Gitterstäben ihres Fells ahnen konnte, in einem großen Aufbäumen antwortend mit der Energie vereinigt, welche dem Feuer um uns entströmte, und als hätten sie, indem sie explodierten, ihre Erscheinung auf das Glas geworfen, in dem ihnen sterile Doppel erwachsen waren. Auf dem einen zerbrochenen Spiegel-Teilchen eine Tatze mit blanken Krallen, auf einem anderen ein Knurren. Als ich einen Teil einer Tigerflanke aufhob, verbrannte das Glas meine Finger, und ich ließ es rasch fallen.

Mignon hatte die Prinzessin in ihre Arme gezogen. Gelegentlich – selbst nach Art der Tiger tuend – leckte sie die Stirn an ihrer Schulter. Doch was soll die Dompteuse tun, wenn die Tiere verschwunden sind? Oder Orpheus ohne seine Leier? Denn ich war mir nicht klar darüber, wo ihr eigenes Klavier hingeraten sein mochte, und das Harmonium aus dem Salonwagen lag in einzelnen Teilen im schmelzenden Schnee.

Es war eine frostkalte Nacht, doch der Schnee schmolz in der Hitze. Droben standen die Sterne prächtig wie nie.

Und von meinem Clown keine Spur.

Der Rest von Clown Alley fing jedoch an, unter den Trümmern der Holzklasse sich zu regen und emporzutauchen, wischte sich die Fetzen aus den Augen – gewöhnt an Katastrophen, wie sie es nun einmal waren, mochte es für sie nicht mehr als eines der ihnen vertrauten brennenden Vehikel sein. Ihre Hunde schüttelten sich und rannten herum und schnappten nach allem und jaulten und liefen allen zwischen die Beine. Und ihn konnte ich immer noch nicht finden.

Obwohl ich meine Arme noch gebrauchen kann, ist mir etwas unbehaglich. Stell dir vor, du hättest einen zusätzlichen Arm, am Rücken, und der hängt schlaff herunter, er ist gebrochen.

Ich kniete mich in den Speisewagen und grub in einer Halde von Kalbskoteletts, die aus dem Eisschrank hervorgebrochen sein mußten und einen Punkt verdeckten, wo meine verwunderten Augen eine Bewegung erhascht zu haben glaubten. Und die Schaffner und Lokomotivführer und jeder einzelne der Kellner, alle, wie es schien, noch in einem Stück, kamen her und drängten sich um mich und hinderten meine Suche, als sie nach den Wodkavorräten des Zugs zu fahnden begannen, doch von dem jungen Mann, der mein Ziel war, nicht einmal ein großer Zeh oder ein kleiner Finger, den man als Souvenir in einem Medaillon hätte tragen können.

Dann griff mich ein weiches, feuchtes, tastendes Etwas im Nacken an, und ich sprang erschrocken auf. Es war – bei Gott – das Ende eines Elefantenrüssels.

Denn, arme Dinger, dies ist nun ihr Schicksalsmoment, der Augenblick der Erfüllung, wenn wirklich alle Ketten sich lösen und sie frei sind! Doch frei wozu? Sie erreichen die ersehnte Freiheit in eben dem Moment, wo sie völlig unnütz ist.

Sie hatten sich mühelos aus den Resten ihrer Waggons herausgekämpft, und nun standen sie in einer einwandfreien geraden Reihe angetreten da, einige reichten sich Trümmerteile weiter, andere füllten die Rüssel mit geschmolzenem

Schnee und spritzten ihn auf die Flammen, um sie zu löschen. All dies, als hätten sie noch nie etwas von Lungenentzündung gehört. Die Jumbos waren uns allen eine Lektion und ein Vorbild, und wenn wir die Gelegenheit gehabt hätten, uns ihrem verdienstvollen Projekt anzuschließen, hätten wir das Wrack des Zugs sicherlich im Morgengrauen tiptop aufgeräumt gehabt, doch wir mußten alles ihnen überlassen, denn während ich noch nach irgendeiner kleinen Erinnerung an den jungen Amerikaner grub, wurden wir Überlebenden aus Colonel Kearneys Zirkus entführt, alle ohne Ausnahme.

Liz erzählte, unsere Entführer seien plötzlich aus einem Birkenwäldchen aufgetaucht wie die Wächtergeister des Waldes – eine Bande rauher Burschen in Schafspelzen, bis an die Zähne bewaffnet. Offenbar hatten sie keine Pferde oder Zugtiere, denn ein oder zwei von den Männern zogen seltsame Geräte hinter sich her – lange Lärchenpfähle, kreuz und quer mit Lederriemen verbunden, die Art von Karren, die man wohl erfand, wenn einem das Rad nicht einfiel. Sie kamen, als seien sie darauf vorbereitet, die Verwundeten zu transportieren, wenn auch nur die Prinzessin eine Bahre benötigte. Sie brüllten ein paar Befehle, von denen meine Freunde kein einziges Wort verstanden (nicht sehr sprachbegabt), doch die Sprache des Gewehrs lernt sich rasch, und unsere Räuber schoben sie bald mit den Gewehrkolben zu einer Marschkolonne zusammen.

Doch ich habe an all das keine richtige Erinnerung, ich weiß nur, was Liz mir erzählt hat. Daß ich wie eine Besessene kreische und in den Trümmern kratze und wühle und sie irritiert beiseitedränge, als sie kommen und mich mit den Gewehren anstoßen. Worauf man mich einfach hochhebt und auf einen der Karren wirft, Gesicht nach unten. Lizzie glaubt sich zu erinnern, daß sie mir noch eine Decke überlegt, die sie gerettet hat, da ich nicht mehr in der Verfassung bin, daran zu denken, mich selbst zuzudecken.

So geht es davon, unter der Drohung der Gewehre, und die restlichen Überlebenden – denen ist es scheißegal! Die haben gerade den Spirituosenschrank entdeckt und drehen nicht mal den Kopf, obwohl ich, wie Liz erzählt, gewaltigen Lärm mache. Aber ich weiß davon gar nichts mehr.

Man sagt, der Engel Tubiel wacht über *kleine* Vögel, aber ich bin für solchen Schutz doch schon etwas zu groß. Große Vögel müssen sich um sich selbst kümmern, also sollte ich mich rasch wieder darauf besinnen, wo ich bin!

II

Walser schlief tief; er war lebendig begraben. Durch einen Schlag auf den Kopf bewußtlos geworden, als eine Schranktür in der Wand über ihm aufflog, ging er sofort in einem Erdrutsch dort verstauter Tischtücher und Servietten unter (einige sauber, einige für die Wäsche bestimmt). Die geschäftigen Elefanten türmten verschiedene andere Gegenstände aus dem zerstörten Speisewagen – Menages, Korkenzieher, Keksdosen – auf das weiche Grab, in dem seine Abenteuer geendet hätten, wenn nicht nach einer langen bewußtlosen Zeit eine Mörderin ihn ausgegraben hätte.

III

Obwohl kein Wegweiser die Richtung dorthin anzeigt, obwohl selbst der Pfad, den die mit Ketten beschwerten Füße der Bewohner jenes Ortes auf ihrer leidvollen Reise dorthin hinterlassen, rasch vom üppigen Sommerwuchs von Moos und Kraut verborgen oder von winterlichem Schneefall getilgt wird und keine Spur ihrer Ankunft zurückbleibt –: wir befinden uns nahe der Siedlung R., in deren Umgebung im Jahre 18-- die Gräfin P., nachdem sie mit Erfolg ihren Gatten über einen Zeitraum von Jahren hinweg mit einer Arsenverbindung vergiftet hatte, ohne entdeckt zu werden, und nachdem sie in ihrer Witwenschaft sich von der Vorstellung gefesselt fand, daß andere Frauen dasselbe Verbrechen begangen hatten (jedoch mit geringerem Erfolg), mit der Erlaubnis der Regierung eine private Anstalt zur Unterbringung weiblicher Krimineller ihres eigenen Schlages eingerichtet hatte.

Es wäre irrig, anzunehmen, daß dies aus einer Regung schwesterlicher Solidarität heraus geschehen wäre. Wenn sie selbst im Verlauf der Jahre nie die genaue Zusammensetzung der Würzmischung vergaß, die sie dem Borschtsch und den Piroschki ihres Seligen zugesetzt hatte, so beruhigte sie das Gewissen, welches sie plagte, indem sie selbst einen Kanal, eine Art Leitung für die Erweckung der Reue anderer Mörderinnen darstellte, oder zumindest diesen Anspruch erhob.

Mit der Hilfe eines französischen Kriminologen, der sich in die Phrenologie vertieft hatte, wählte sie aus den Gefängnissen der großen russischen Städte Frauen aus, die wegen der Tötung ihrer Ehegatten verurteilt worden waren und deren Schädelbildung die Möglichkeit einer Errettung andeutete. Sie richtete ihr Gemeinwesen nach den strengstmöglichen wissenschaftlichen Richtlinien ein und ließ es durch die weiblichen Häftlinge selbst erbauen – derselben Logik folgend, welche die mexikanischen *federales* veranlaßte, ihre vor der Erschießung stehenden Gefangenen das eigene Grab schaufeln zu lassen.

Es war ein Panoptikon, das sie sie zu errichten zwang, ein Ring von Zellen um einen freien Raum, deren nach innen gehende Wände aus Stahlgittern gebildet waren; mitten in dem überdachten Innenhof stand ein ringsum von Fenstern umgebenes Gemach. In diesem Zimmer saß sie täglich, den ganzen Tag, und sie starrte und starrte und starrte ihre Mörderinnen an, und die wiederum saßen den langen Tag und starrten auf sie.

Es gibt viele Gründe, weshalb eine Frau ihren Mann ermorden könnte, und meist gute Gründe. Mord mochte der einzige Ausweg sein, sich noch einen Rest, einen Fetzen von Würde zu bewahren – zu einer Zeit, an einem Ort, wo Frauen juristisch einfach zum Hab und Gut zählten oder, mit Tolstois berühmtem Vergleich, wie Weinflaschen galten, die man austrank und dann am besten zerschlug. Keine vernünftige Frau hätte der Gräfin P. einen Vorwurf daraus gemacht, daß sie ihren dicken, dummen, plumpen Grafen vergiftet hatte, wenn auch die Mischung aus Langeweile und Habgier, die sie antrieb, ihre privilegierte Stellung anzeigte: Sie litt genügend Muße, um sich langweilen zu können; der Reichtum ihres Mannes erregte ihre Habsucht. Was aber Olga Alexandrowna betraf, die dem betrunkenen Zimmermann einen Beilhieb versetzte, der sie einmal zu oft durch die Stube geprügelt hatte – Olga Alexandrowna handelte aus der Überzeugung heraus, daß das Auge des Herrn selbst über den Sperling wacht und deshalb sogar über eine solch schwache, furchtsame und unwürdige Kreatur wie sie, so daß das Leben, welches sie unter den Schlägen verlassen wollte, sicherlich im Weltenplan ebenso großen Wert besaß wie das Leben des Mannes mit den Fäusten – vielleicht, da sie eine liebende Mutter war, mehr. Es stellte sich aber heraus, daß der

Gerichtshof anderer Ansicht war, und so litt sie eine Zeitlang große Qualen, als sie entdecken mußte, daß das Gericht sie für eine sündhafte Frau hielt.

»Du hast Glück«, sagte der Wärter der Gefangenen, nachdem der Phrenologe ihren Kopf gemessen und dem Gericht die Bitte unterbreitet hatte, die Verurteilte der »Wissenschaftlichen Anstalt zum Studium weiblicher Verbrecher« der Gräfin zu überstellen. Wahrlich ein Glück! Keine Zwangsarbeit, keine Peitschenhiebe für Olga, die nun dem Seminar der Gräfin bestimmt war. Und der Wärter lachte, vergewaltigte sie und kettete sie an. Am nächsten Tag begann ihre Reise nach Sibirien.

In den Stunden der Dunkelheit waren die Zellen erleuchtet wie ein Kreis kleiner Theater, in denen jede Schauspielerin allein in der Falle ihrer unablässigen Sichtbarkeit saß, in jenen Zellen, geformt wie die Portionen eines großen Kranzkuchens. Die Gräfin saß in ihrem Observatorium auf einem Drehstuhl, dessen Geschwindigkeit sie beliebig regulieren konnte. Immer herum, immer im Kreis drehte sie sich, manchmal mit großer Schnelligkeit, manchmal langsam, und nahm mit ihren eisblauen Augen (sie war preußischer Abstammung) die unglücklichen Frauen im Rund unter Beschuß. Das Tempo wechselte sie ständig, so daß die Insassinnen nie im voraus erraten konnten, in welchem Moment sie ihrer Überwachung ausgesetzt sein würden.

Wie die Lilien auf dem Felde arbeiteten die Insassinnen der Anstalt nicht und spannen nicht, genau wie Olga Alexandrownas Wärterin es ihr vorhergesagt hatte. Nicht einmal die Peitsche störte den ruhigen Ablauf ihrer Tage. Morgens und abends wurden sie gefüttert: Die Mahlzeiten (Schwarzbrot, Hirsebrei, Suppe) wurden durch eine kleine Türöffnung gereicht und waren sicherlich ebenso gut wie das Essen, das Olga Alexandrowna gewohnt war, wenn nicht besser. Einen Eimer voll Wasser gab es morgens, wenn der Kübel für die

Notdurft des Vortages gegen einen frischen ausgetauscht wurde. Einmal im Monat wurde das Bettzeug gewechselt. Es gab keine Post, und die isolierte Lage des Gebäudes, weit in der Taiga, hätte allein das Auftauchen von Besuchern verhindert, auch wenn Besuche nicht strengstens verboten gewesen wären.

An den Maßstäben ihrer Zeit und ihrer Gegend gemessen, leitete die Gräfin ihre Anstalt nach humanitären, wenn auch strikten Prinzipien. Ihr Privatgefängnis mit seinem unorthodox-wählerischen Aufnahmeprinzip war nicht in erster Linie als ein Ort der Strafe gedacht, sondern diente strenggenommen nur der Buße, dem Bereuen: ein Pönitenzapparat, eine Maschine, konstruiert zur Hervorbringung von Reue.

Denn die Gräfin P. hatte eine Theorie therapeutischer Meditation entwickelt. Die Frauen in den kahlen Zellen, in welchen es weder Privatheit noch Ablenkung gab, Zellen, gebaut nach dem Prinzip eines Nonnenklosters, in dem alles dem Auge Gottes sichtbar ist, die Frauen würden solange allein mit der Erinnerung an ihr Verbrechen leben, bis sie gestanden – nicht ihre Schuld, das hatten die meisten schon getan, sondern ihre Verantwortung. Und sie war sich sicher, daß mit der Verantwortung die Reue kommen würde.

Dann würde sie sie gehen lassen, denn mit ihrer Errettung (erreicht durch angestrengte Konzentration auf das von ihnen begangene Verbrechen) würden sie auch die Rettung der Gräfin vollzogen haben.

Bis jetzt hatte sich das Tor jedoch noch nie auch nur für eine einzige Rückkehr geöffnet.

Man konnte sich dieses Zuchthaus in der Form eines Rades als eine Art Gebetsmühlenrad vorstellen, welches die Gräfin (die Nabe des Rades) vor der Verdammnis retten sollte, obwohl das einzig Rotierende an der ganzen Anlage die Gräfin selbst war, auf dem sich drehenden Stuhl.

Olga Alexandrowna hatte nie viel gelesen, obwohl sie – im

Gegensatz zu vielen ihrer Nachbarinnen – ihr Alphabet gut gelernt hatte, war es ihr auch hart und sinnlos genug erschienen, als ihr die Aufgabe in ihrer Kindheit auferlegt wurde. Trotzdem hätte sie gerne die Heilige Schrift bei sich gehabt, die ihr bei einigen der moralischen Auseinandersetzungen hätte helfen können, welche sie mit sich selbst führte. Aber Bücher waren verboten, weil sie die Zeit vergehen machten.

So saß sie da und dachte nach, in dieser Besserungsanstalt, die keine Andeutung der Außenwelt einließ, denn es gab keine Fenster für das Tageslicht, und die Lüftung geschah durch ein System von Leitungsröhren. Über dem Torbogen des Einganges, der nur dann einen Schimmer des Tageslichtes einließ, wenn eine neue Insassin ankam, hing eine Uhr, welche die Moskauer Zeit anzeigte, die nicht die Zeit dieser Breiten war, und diese Uhr regelte ihr Aufstehen, ihr Essen, maß jede einzelne langsame Minute ihrer Haft, und manchmal schien sich das Zifferblatt nicht von dem fahlen Gesicht der Gräfin zu unterscheiden.

Die Gräfin beabsichtigte, sie anzusehen, bis sie bereuten. Aber manchmal starben die Frauen, wie es schien grundlos, oder als wäre das Leben in diesen unnatürlichen Bienenwaben etwas so Blasses und Welkes, daß jegliche Veränderung eine Verbesserung sein mußte. Wenn man starb, dann zerrte eine Wache den Leichnam aus der Zelle und begrub ihn unter den Pflastersteinen des kreisförmigen Korridors, auf dem sie sich morgens Bewegung machten. Selbst der Tod brachte keine Flucht aus der Besserungsanstalt. Sobald eine Zelle leer war, wurde eine neue Mörderin am Tor abgeliefert, das sich mit einem endgültigen Klirren hinter ihr schloß.

So begann die Qual der Buße, eine Folter, zusammengesetzt aus verschiedenen Formen bitterster Einsamkeit, denn hier war man niemals allein, wo doch ihr Blick stets auf einem ruhte, und doch war man es immer.

Jedoch – obwohl die Gräfin in ständiger Hoffnung lebte,

hatte bis jetzt noch keine von denen, die Gegenstand ihrer Blicke waren, auch nur die leiseste Regung der Reue gezeigt.

Am Ende des dritten Jahres ihrer Einkerkerung hätte Olga Alexandrowna nie gesagt, daß sie unschuldig wäre; sie hatte immer ihr Verbrechen offen bekannt. Aber Tag für Tag legte sie dem nachsichtigen und gnädigen Richter in ihrem Bewußtsein mildernde Umstände vor, und Tag um Tag machten diese größeren Eindruck auf den Richter. Jeden Abend, ehe sie sich auf ihrem strohgefüllten Polster ausstreckte und einschlief, erkannte er von neuem auf Notwehr, so daß sie zusehends erstaunter war, beim Erwachen sich wieder in ihrer kalten Zelle vorzufinden, wo der Blick der Gräfin über sie hinwegkratzte, wie ein Schürhaken durch die Asche ihres Verbrechens fegend, um dort immer eine tiefere Bedeutung bloßzulegen als nur Notwehr. Dann mußte der Advocatus Diaboli in Olga Alexandrownas Innerem den Antrag zu einer Wiederaufnahme des Prozesses stellen, und sie mußte ganz von vorn beginnen. So vergingen ihre Tage.

Die Böden der Zellen waren mit Filz belegt und ebenso die Wände, und darüber hinaus waren Wände und Decke in einem Abstand von fünf Zoll mit papierüberzogenem Maschendraht gesichert, damit die Gefangenen sich nicht durch Schläge und Klopfzeichen verständigen konnten. Es herrschte deshalb vollständige Stille an diesem Ort, die gedämpften Schritte der Wärterinnen ausgenommen, denen es verboten war, zu sprechen. Stille bis auf diese Schritte. Und der metallische Klang, mit dem die Durchreichegitter der Zellen geöffnet wurden. Und das fordernde Schrillen der Klingel, die morgens läutete, damit man erwachte, und die Klingel am Abend, die die Anweisung gab, daß es nun zu schlafen galt; die Klingel, die ankündigte, daß das Essen bevorstand, die Klingel, die befahl, die schmutzigen Näpfe und Teller zum Einsammeln bereit zu halten, die Klingel, die das Kommando gab, sich an der Türe aufzustellen und auf den Auslauf auf dem Korridor zu warten, immer um den Hof herum, wobei sich die Gräfin langsam drehte und das Tempo vorgab. Die Klingel, die den Hofgang beendete. Stille bis auf diese Geräusche, und das Ticken der Uhr.

Schneewehen stiegen an den Außenwänden der Besserungsanstalt empor; der Frühling kam, und der Schnee schmolz, aber die Insassinnen sahen weder den Schneefall noch das Verschwinden des Schnees, und die Gräfin ebensowenig, denn der Preis, den sie für ihre hypothetische Errettung durch indirekte Reue bezahlte, war ihre eigene Haft, und sie war durch ihre eigene Macht ebenso sicher in ihrem Wachtturm gefangen wie die Objekte ihrer Macht in ihren Zellen.

Diese gnadenlose Frau hielt sich nichtsdestoweniger für die Verkörperung der Gnade (die sie für das Gegenteil der Gerechtigkeit ansah) – denn hatte sie nicht ihre Frauen aus der Sphäre entfernt, wo die notwendigerweise gnadenlose Gerechtigkeit ihrem Geschäft nachgeht: aus dem Gericht, aus dem Gefängnis, und hatte sie in dieses Laboratorium zur Erzeugung von Seelen gesteckt?

Vom immerwährenden Schauen waren ihre Augen ganz weiß.

Wie schlief sie? War ihr Schlaf unruhig? Nein, unruhig nicht, doch flüchtig und unregelmäßig, da sie nie gerne ihre Augen schloß, obwohl selbst sie, der es an gewöhnlichster Menschlichkeit fehlte, zwangsläufig ihre Energien auf die gewöhnliche Menschenweise erneuern mußte. Wenn sie aber ein Nickerchen machte, zog sie an ihren Fenstern Rouleaus herunter und ließ das Licht brennen, so daß die Gefangenen nicht wußten, ob sie tatsächlich schlief oder nur so tat – denn manchmal zog sie die Rouleaus herab, wenn sie *nicht* schlief, um zu beweisen, daß sie der Tyrannei der anderen Augen jederzeit entkommen konnte, wenn sie wollte, daß jene aber nie frei von der ihren waren. Dies war der einzige Spielraum freier Entscheidung, den sie hatte, obwohl sie die Erfinderin und Betreiberin dieser totalen Einschließung war.

Auch die Wärterinnen waren gefangen, Frauen (denn die Besserungsanstalt war ausschließlich mit Frauen besetzt), deren Leben wie in einer Kaserne inmitten derer verlief, die sie bewachen mußten, und die durch ihre Vertragsbedingungen ebenso sicher festsaßen wie die Mörderinnen. So waren alle in dem Gebäude eingekerkert, doch nur die Mörderinnen wußten dies auch.

Je länger Olga Alexandrowna die Umstände des Todes ihres Mannes bei sich nachvollzog – in ihrer reichlichen und wie es manchmal schien postumen Muße (denn an diesem Ort fühlte sie sich so gut wie tot) –, desto weniger fühlte sie sich schuldig. Immer und immer wieder ging sie alles durch, eins nach dem anderen, von Anfang, von der Kindheit in der Mietskaserne an. Ihre erschöpfte Mutter, gebeugt von mühseliger Arbeit, die Heirat, der Sohn, den sie nie mehr sehen würde, die Art, wie ihr Mann genüßlich alte russische Sprichwörter zum Ruhme des Weiberprügelns zitierte, der Tag, an dem sie ihren Ehering versetzte, um Essen zu kaufen, nur damit er ihr das Geld für seinen Schnaps fortnahm – mochte der Wodka schuld sein! Der Priester, der sie traute! Mochte der Stock schuld sein, der sie schlug, und die alten Sprüche, die ihn geformt hatten!

Aber ich bin nicht schuld. Und wie sie sich nun entlastet hatte, mochte der Richter denken, was er wollte – sie zumindest schlief sanft, verbrachte ihre erste ruhige Nacht in dieser Anstalt. Sie war eine Frau von beträchtlicher Intelligenz, welche der Phrenologe als »niedrig-bäuerische Verschlagenheit« klassifiziert hatte. Schnell hatte sie gelernt, das Vorübergehen der Tage festzuhalten, indem sie jeweils mit ihrem Fingernagel einen Strich in den Gips kratzte, welcher das Gitter umgab, durch das hindurch sie und die Gräfin sich gegenseitig beobachteten: dies war der einzige Fleck in der Zelle, der von außen nicht einzusehen war. Obwohl sie, bevor die Situation sie dazu zwang, nie besonders gut im Rechnen gewesen war, hatte sie seit ihrer Ankunft hier bedeutende Fortschritte in einfacher Addition hinter sich, und die geheime Innenfläche war mit den Narben leerer Tage förmlich übersät, als sie – am Morgen nach dem ruhigen Schlaf – zusammenzuzählen begann und herausfand, daß ihr drittes Jahr an diesem Ort vorbei war und das vierte gerade begonnen hatte.

Da sie alle diejenigen überlebt hatte, die hier gehaust hatten, als sie eingeliefert worden war, war sie nun schon eine alte Insassin. Sie entschied, daß nun die Zeit gekommen war, wo sie sich hier häuslich einrichten und sich umsehen würde.

Nun war es eine strenge Regel, daß die stummen Wärterinnen bei der Verteilung der Mahlzeiten Kapuzen tragen mußten, Kapuzen, die alle Züge des Gesichtes verhüllten außer den Augen, da selbst die Gräfin das Zugeständnis machen mußte, daß sie sehen müßten, wohin sie die Füße setzten. Doch sie wollte, daß sie anonyme Werkzeuge blieben, ohne persönliche Eigenschaften zu zeigen, die in die Isolation der Häftlinge dringen könnten, und deshalb hoben sie nie die Augen und hielten die Blicke auf den Boden gesenkt, bei der Morgenmahlzeit wie am Abend und ebenso, wenn sie die Käfige öffneten, damit die Frauen sich Bewegung machen konnten.

Doch ihre behandschuhten Hände waren in Gefahr, wenn sie die Tabletts durch die Öffnung im Gitter schoben. Olga Alexandrowna, die in ihrem einstigen Leben den Beruf einer Näherin gehabt hatte, besaß schöne, schmale Finger und außerdem eine gesellige Natur. Waren ihr auch Sprache und Blick versagt, so dachte sie doch, es könnte ihr gelingen, eine dieser Mitgefangenen zu berühren – denn Olga Alexandrowna, die dasaß und nachdachte, saß und dachte, während die Uhr die Tage tickte, die zu Wochen, Monaten, Jahren wurden, war zu dem offensichtlichen Schluß gelangt, daß die Wachen ebenso Opfer der Anstalt waren wie sie selbst.

An diesem Morgen wartete sie, an der Öffnung sitzend, auf ihre Mahlzeit, ein Auge auf die kreisende Gräfin gerichtet, eines auf die Uhr, und als der Minutenzeiger auf die Stunde ruckte, als die Klingel ertönte und das Gitter an der Öffnung sich mit einem metallischen Knirschen hob, schob sie ihre schöne Hand (denn es war eine schöne Hand) in die Öffnung und ergriff die Hand in dem Lederhandschuh, die von der anderen Seite das Tablett hereinschob.

Unter der Berührung der weißen Finger von Olga Alexandrowna erzitterte die Hand in dem schwarzen Handschuh. Mit wachsendem Mut drückte Olga Alexandrowna das Leder mit wärmerem Griff. Mit einer Kühnheit jenseits aller Erwartungen von Olga Alexandrowna hob die Frau mit der Kapuze ihren Blick, bis ihre Augen die Augen von Olga Alexandrowna trafen, die nun ihren Blick fest auf sie gerichtet hatte.

Dann schrillte die Klingel, und das Gitter klirrte herunter, und Olga Alexandrowna kam um ihr Frühstück, weil das Tablett außen vor der Zelle hinfiel und der Brei auf den Boden floß, aber das war ihr gleich.

Obwohl das Licht hinter den Rouleaus brannte, mußte die Gräfin einen Augenblick lang eingenickt sein, denn sie sah diesen stummen Austausch nicht, wenn auch sie beide einander deutlich sahen. Und dies war der Moment, schon bevor das Tor sich öffnete und sie alle ziehen ließ (wie es nun nach dieser Berührung früher oder später geschehen mußte), da Olga Alexandrowna wußte; wer immer nun in Wahrheit über sie zu Gericht saß, hatte sich entschieden, die Anklage abzuweisen.

An diesem Abend – nachdem bei der Essensausgabe heimlich, aber reichlich Blicke gewechselt worden waren – fand Olga Alexandrowna einen Zettel im ausgehöhlten Inneren ihres Brötchens. Sie verschlang die Liebesworte begieriger, als sie das Brot gegessen hätte, an dessen Stelle sie getreten waren, und sie waren nahrhafter. Natürlich hatte sie keinen Stift in ihrer Zelle oder Feder und Tinte, doch wie es sich fügte, hatte sie ihre Tage, und (kluge Strategie, die nur der Frau offensteht) sie tauchte ihren Finger in den Fluß, schrieb eine kurze Antwort auf die Rückseite des Zettels, den sie bekommen hatte, und gab sie jenen braunen Augen, die sie nun unter Tausenden, Tausenden von braunen Augen hätte erkennen können, in der unverletzlichen Abgeschlossenheit ihres Kübels.

An die geheime Stelle in ihrer Zelle malte sie mit dem Blut ihres Schoßes ein Herz.

Das Begehren, jene Elektrizität, welche die aufgeladene Berührung zwischen Olga Alexandrowna und Vera Andrejewna übertragen hatte, übersprang den tiefen Abgrund zwischen den Wachen und den Bewachten. Oder es war, als ob ein wildes Samenkorn in der kalten Erde des Gefängnisses Wurzel geschlagen hätte und schließlich seine Blüte wiederum Samen um sich verstreut hätte. Die schale Luft des Zuchthauses hob und regte sich, war von Strömen der Ahnung, der Erwartung durchdrungen, die von Zelle zu Zelle die gereiften Samen der Liebe wehten. Die langsame Stunde des Rundganges um den überdachten Innenhof, wo die Wächterinnen mit den Insassinnen Schritt hielten, wo gerade für diese einzige Stunde die Gitterstäbe sie nicht länger trennten, bekam etwas Hochzeitliches, Festliches, als die jenen Samen entsprossenen Blumen schweigend wuchsen, wie Blumen es tun.

Der Kontakt wurde zuerst durch verbotene Berührung und verbotenen Blick aufgenommen, dann durch verbotene Briefe – oder, wenn Wache oder Insassin sich als Analphabeten herausstellten, durch Zeichnungen auf und mit allen möglichen Materialien, auf Fetzen der Kleidung, wenn es kein Papier gab, in Blut (menstrual oder aus den Adern der Haut), selbst in Kot, denn keine Ausscheidungen der so lange Zeit vereinzelten Körper waren ihnen in dieser Krisis fremd. Zeichnungen, wie man dann sah, grob wie Graffiti, doch mit der Wirkung von Trompetensignalen. Und wenn die Wächterinnen alle durch die subversive Wirkung der Liebkosung, des Wortes, des Bildes die Menschlichkeit der Gefangenen erkannten, so erwachten die Gefangenen zu der Erkenntnis, daß zu beiden Seiten ihrer keilförmigen Raumabteile andere Frauen lebten, ebenso lebendig wie sie selbst.

Lautlos, heimlich durchdrang – während draußen der nicht wahrzunehmende Herbst zum Winter wurde – eine Wärme, ein Glühen die Besserungsanstalt, eine der Jahreszeit so unangemessene Wärme, daß selbst die Gräfin die Wirkungen des deutlichen Temperaturwechsels im Inneren des Gebäudes bemerkte, so heftig brach ihr der Schweiß aus. Und doch konnte sie, so angestrengt sie auch schaute, nicht eine einzige sichtbare Änderung der mechanischen Ordnung erkennen, welche sie festgelegt hatte, und obwohl sie den Schlaf gänzlich aufgab und ihre Kreisbewegungen einer hysterischen Zufälligkeit unterwarf, so daß es ihr manchmal ganz schwindlig wurde, sie ein andermal aber beinahe eine ganze Minute nach der Uhr unbeweglich dahockte, konnte sie nicht eine einzige verdächtige Einzelheit entdecken.

Sie kam nie auf den Gedanken, daß die Wachen sich gegen sie wenden könnten – hatte sie nicht ihre Verträge in einer verschlossenen Eisenkiste in ihrem Wachtturm? Hatte sie sie nicht gekauft? War ihnen nicht der Umgang mit den Insassinnen verboten? Verbot sich nicht das Verbotene von selbst?

Ihre weißen Augen waren nun geädert und rotumrandet. Immer und immer sich drehend trommelte sie nervöse Signale auf die Lehne ihres Stuhls.

Die Briefe, die Zeichnungen, die liebkosenden Berührungen, die Blicke – alle sagten auf verschiedene Weise »Wenn doch …« und »Ich sehne mich …« Und die Uhr tickte die Zeit eines anderen Lebens, einer anderen Gegend über dem Torbogen, der täglich in ihrer Phantasie sich größer wölbte, bis Uhr und Tor, die für sie das Ende der Hoffnung bedeutet hatten, nun von nichts anderem zu ihnen redeten als von Hoffnung.

So war es eine Armee der Liebenden, die sich endlich gegen die Gräfin erhob, am Morgen, als sich die Käfige zur letzten Runde um den Hof öffneten – und nie mehr schlossen. Wie mit einer Bewegung warfen die Wachen ihre Kapuzen ab, die Gefangenen traten heraus, und alle wandten sich zu der Gräfin mit einem tiefen, gemeinsamen Blick des Vorwurfs.

Sie zog die Pistole hervor, die sie in ihrer Tasche bewahrte, und gab Schuß nach Schuß ab, mit lautem Krachen, aber ohne Widerhall, als die Querschläger von den Steinen und Eisengittern des echolosen Raumes abprallten. Ihre Schüsse fanden *ein* Ziel: Sie hielt die Uhr an, schoß der Uhr die Zeit ab, zerbrach das Zifferblatt und ließ das Ticken für immer verstummen, so daß ab jetzt die Uhr sie nur an den Zeitpunkt erinnern würde, wo *ihre* Zeit endete und wo die anderen erlöst wurden. Aber das war Zufall. Sie war zu überrascht, um genau zu zielen, sie verletzte niemand und war rasch entwaffnet, schnatternd und kreischend vor Zorn.

Sie verschlossen ihre Tür, zogen den Schlüssel ab und warfen ihn in die erste Schneewehe, an der sie jenseits des Tores vorüberkamen. Sie ließen die Gräfin sicher eingeschlossen in ihrem Wachtturm zurück, ohne daß es weiter etwas zu überwachen gegeben hätte außer dem Phantom ihrer eigenen Tat, das sofort durch das offene Tor eintrat, um ihr nun immerfort zu erscheinen, während sie sich auf ihrem Stuhl drehte und drehte.

Küsse, Umarmungen und der erste Anblick ungesehener geliebter Gesichter. Als die erste Freude vorüber war, faßten die Frauen einen Plan – sie wollten sich zur Bahnstation durchschlagen, da sie keine Karte und nicht einmal einen Kompaß hatten, und dazu der Bahnlinie folgen. Wenn sie dann einmal genau wüßten, wo sie waren, würden sie sich entscheiden, wohin sie gehen sollten – ob sie, wie es einige selbst in der Erschütterung ihrer neuen Liebe wünschten, vier- oder fünftausend Meilen zu dem Dorf oder der Stadt zurückwandern wollten, wo ihre Mütter immer noch für ihre nach dem Gesetz zu Waisen gewordenen Kinder sorgten, ganz gleich, was dann kommen mochte, oder ob sie für sich allein fortgehen und in der endlosen Weite eine Siedlung von utopischer Einfachheit gründen wollten, wo niemand sie finden würde.

Vera Andrejewna wußte, welchen Platz im Herzen von Olga Alexandrowna der kleine Sohn einnahm, den sie zuletzt mit Milchzähnen gesehen hatte, und sagte nichts.

Sie waren alle bewaffnet und mit dicken Mänteln und mit Stroh ausgestopften Stiefeln aus der Wachstube ausgerüstet. Sie hatten genügend zu essen dabei. Die weiße Welt um sie herum sah neuerschaffen aus, ein leeres Blatt frisches Papier, auf dem sie jegliche Zukunft niederschreiben konnten, die sie sich wünschten.

So brachen sie – sich an der blassen Sonne orientierend – Hand in Hand auf und fingen bald an zu singen, vor Glück.

IV

Als es dunkel wurde, befanden sie sich im Schutze des Waldes und beschlossen, in kleinen Zweighütten zu biwakieren, damit sie sich in der Nacht nicht verliefen. Als sie sich gelagert hatten, bemerkten sie ein rotes Glühen am Himmel über den Bäumen, in Richtung der Eisenbahn. Olga Alexandrowna und Vera Andrejewna wurden mit allgemeiner Zustimmung als Späherinnen ausgesucht und krochen davon, sich, so gut es ging, in Gebüschen verbergend, bis ihnen von einer kleinen Anhöhe aus ein bemerkenswerter Anblick zuteil wurde: ein ganzer Eisenbahnzug, zerlegt wie ein zerbrochenes Spielzeug, die Wagen von einer Explosion zerrissen, welche die Gleise so verbogen hatte, daß sie wie ein von Katzen zerzaustes Strickzeug dalagen. Viele der Wagen loderten noch mit demselben Feuer, das die dem Bahndamm zunächststehenden Bäume in Brand gesetzt hatte, wenn auch anscheinend ein paar wirkungslose Versuche gemacht worden waren, den Brand zu löschen.

Und zwischen den Trümmern, umgefallen wie riesige Kegel, Außergewöhnliches, Unerhörtes – Wesen, wie Olga Alexandrowna sie einst in der Menagerie des Zaren in ihrer Geburtsstadt St. Petersburg gesehen hat. Elefanten! Genug tote Elefanten, um einen mittleren Friedhof zu füllen; und eine Regung unter den Trümmern ließ sie erkennen, daß eines der großen Tiere noch lebte und beschäftigt war, noch im Sterben Balken und verbogene Räder mit dem Rüssel von hier nach da zu heben.

Dann, höchst seltsam, Musik, die Klänge von Geige und Tamburin, und Vera Andrejewna zog Olga Alexandrowna hinter einen Baum zurück, um eine seltsame Prozession vorbeimarschieren zu lassen. Und sie zog vorbei, ohne daß die Banditen, die sie bewachten, die Frauen bemerkten, wofür sie dankbar waren. Banditen, vor Waffen starrend. Banditen mit Geiseln: ein blondes Mädchen, das weinte, und ein Koloß, gekleidet wie ein Bauer, der sie in einer fremden Sprache tröstete. Und ein kleiner Mann in gestreiften Hosen, der immer wieder schrie – wenn die Frauen ihn hätten verstehen können – »Ich bestehe darauf, den amerikanischen Konsul zu sprechen.« Und dann ein Paar primitive radlose Karren, von weiteren Banditen dahergezerrt, auf denen mit Decken verhüllte Formen lagen, eine still, die andere aber brüllend und schreiend. Und eine kleine dunkle, grauhaarige Frau, die in einer Sprache vor sich hinmurmelte, die verschieden war von der, welche die anderen benutzten, doch auch nicht Russisch. Alles höchst unerwartet. Und dann noch mehr Banditen.

Doch es war die buntscheckige Korona, die die Prozession beschloß, welche die Frauen sich bekreuzigen ließ, denn dies waren Männer jeglicher Größe und Form – manche zwergenklein, andere lang und hager wie Wäscheleinenpfähle, kaum ein Dutzend, in den zerfetzten Überresten einer einst höchst seltsamen Kleidung. Manche hatten große rote Nasen, andere große schwarze Ringe um die Augen, doch die Farbe blätterte von ihren Gesichtern, so daß sie alle gefleckt aussahen. Zwei dieser Männer, alt und in sich zusammengefallen und mehr der Statur von Zwergen zuneigend als der von Riesen, lieferten die Musik für den Festzug – aber die Geige war klein, als wäre sie eingegangen, und der andere ergänzte sein Tamburin mit einem Triangel aus Metall, das ihm vom Rükken hing und das er bei jedem Schritt mit dem Fuß anstieß. Und sie spielten mit einem Bravado, der die Herzen von Vera Andrejewna und Olga Alexandrowna vielleicht gerührt hätte, hätten sie die Melodie gekannt: »Rule Britannia!«.

Ein paar jappende Hunde von ebenso verschiedener Rasse wie dieser menschliche Zoo verschiedenster Typen rannten hin und her, und fingen sich häufig einen Tritt vom Fuß eines Banditen ein.

Die entkommenen Frauen besahen sich diese repräsentativen Beispiele der Welt, aus der sie in der Besserungsanstalt verbannt gewesen waren, mit kritischem Blick.

Sobald die Banditen und ihre fremden Gefangenen außer Sichtweite waren, kehrten die Frauen zu ihren Genossinnen zurück und diskutierten, was nun zu tun sei. Sie kamen bald zu einem Beschluß: den Banditen konnten sie nicht entgegentreten, also mußten sie die Gefangenen in der Hand des Schicksals lassen, das entsprechende Maßnahmen treffen würde, aber sie konnten und würden hinab zu dem Unfallzug gehen, selbst wenn eine Hilfsexpedition dort ankommen sollte und sie als Flüchtige und Deserteurinnen verhaftete, während sie den Verwundeten und Sterbenden die Hilfe zuteil werden ließen, die in ihrer Macht stand.

Unter den Sternen leuchtete der Schnee mit einem alptraumgrellen, strahlenden Blau, als ob ihm selbst eine Art Leichenphosphoreszenz entströmte. Aber wenn auch die Feuerflammen erstarben, gab es noch genügend Licht, daß die Frauen sehen konnten, wie wenig ihnen tatsächlich noch zu tun blieb.

Während sie sich näherten, raffte der letzte lebende Elefant seine letzten ihm verbleibenden Kräfte zusammen, hob einen geborstenen Schrank im Rüssel hoch und schleuderte ihn in den Wald, wo er in einem Hagel von Salzstreuern, Pfefferbüchsen und Essigfläschchen niederging. Dann – mit einem herzzerreißenden trompetenden Schrei, der einen Augenblick lang die ganze große Einsamkeit füllte – fiel der Elefant auf die Seite, fiel nicht langsam, nach und nach, sondern in einem krachenden Sturz in den schmelzenden Schnee. Danach herrschte eine furchtbare Stille, in der nur das Knistern des brennenden Unterholzes zu hören war, das loderte, als könne das Feuer es nicht verzehren.

Dann stolperte Olga Alexandrowna über einen Körper und dachte zuerst, es sei ein Leichnam – als sie die Flasche in seiner Hand sah, wußte sie, er lebte noch, wenn auch alles Treten und Zwicken ihn nicht zu einer Bewegung veranlassen konnte. Das gesamte Zugpersonal lag, wie sich herausstellte, wie zum Abschluß einer Bauernhochzeit lang hingestreckt um das Eisenbahnwrack – Schaffner, Kellner, Köche. Die Wärme der Flammen verhinderte ihr Erfrieren. Dies schienen die einzigen Überlebenden zu sein, und alle waren offenbar bei bester Gesundheit. Die Frauen hielten es für das Klügste, sie liegen zu lassen, da es klar war, daß ihnen nichts zustoßen würde.

Olga Alexandrowna, die von den bunten Farben angelockt worden war (wie sehr hatte sie nach Farben gehungert), zog eine Flickendecke aus einer Schneewehe, wie Kinder sie aus gestrickten Quadraten zusammennähen.

»Hier haben wir einen Schatz an nützlichen Dingen, der wie durch ein Wunder gerade für uns in der Wildnis gelassen worden ist!« sagte sie. Sie war eine praktische Frau.

Nach einem stärkenden Mahl aus Brot und Wurst, das sie mitgebracht hatten und nun in der willkommenen Wärme des Waldbrandes verzehrten, schwärmten sie aus, um zu bergen, was ihnen von Nutzen sein mochte.

Zuerst fand Olga Alexandrowna die vergoldete Figur eines alten Mannes mit einer Sense, die offenbar von einer zerschmetterten Kiste voll Sprungfedern und kleinen Messingrädchen abgebrochen war. Vera Andrejewna identifizierte die Figur vorsichtig als eine Darstellung der Zeit.

»Aber wohin wir auch gehen werden, solche Großväter, solche Väter werden wir nicht mehr brauchen«, verkündete sie. Also warfen sie die Figur weg.

Diesem Gedanken weiter nachgehend bat Vera ihre Freundin, den Vatersnamen nicht mehr zu gebrauchen, wenn sie sie ansprach, was Olga versprach; und auch sie bat ihre Freundin, umgekehrt dasselbe zu tun.

Unter einem Haufen zerbrochener Lüster und zerfetzter

Polster fand Olga als nächstes eine Spiegelscherbe, seltsam mit braunen Streifen auf Orange bemalt. Als sie sie berührte, verbrannte sie sich die Finger. Sie ließ das Stück Glas fallen. Es zerbrach in tausend kleinere Splitter und hinterließ zu ihrem Entsetzen eine Spur rauchender Flüssigkeit im Schnee. Eine abergläubische Angst überkam sie.

»Laß uns fortgehen von hier«, sagte sie zu Vera.

»Wohin sollen wir gehen, mein Liebling?«

Unter den langsam verlöschenden Sternen liefen die Eisenbahngeleise von ihrer feurigglühenden Endstation zurück, zurück, zurück, die tausend, abertausend Meilen nach St. Petersburg, zurück zu dem schmalbrüstigen Mietshaus, wo Olgas greise Mutter vor der Holzkohle unter dem Samowar kauerte und ständig ihre tägliche Mühsal wiederholte, während der kleine Junge, der sich nicht mehr an sie erinnern konnte, draußen in der Gasse spielte – Spiele, die sie sich nicht länger vorstellen konnte. Vera hielt den Blick gesenkt, wie sie es getan hatte, ehe ihre Finger sich berührten. Sie wußte, daß jeder Blick ein Zwang ist, und was immer ihnen noch zustoßen mochte, in diesem Augenblick hatten sie freie Wahl.

Olga setzte sich voll innerer Unruhe auf einen Stapel Tischtücher, der zum Vorschein gekommen war, als der Elefant den letzten Schrank hinweggeschleudert hatte. Nach den zerbrochenen Überresten von Tischen, Blumenvasen, Flaschen und Bestecken um sie herum zu schließen, mußte dies der Speisewagen gewesen sein. Andere Frauen, zu einem Entschluß gekommen, sortierten die Trümmer der Küche nahebei und legten alle möglichen Dinge zur Seite, die noch nützlich sein würden: Pfannen, Kessel, Töpfe, Messer, alles in Größen, die Gemeinschaftsküchen entsprechen würden.

Sie trugen Lebensmittelvorräte heraus, Säcke Mehl und Zucker und Bohnen, wenn sie auch die Bratensoße zurückließen, mit der die Küche so reichlich ausgerüstet war. Es gab sogar eine Menge Eier in Drahtkörben, denen die launische Explosion nicht geschadet hatte.

Unter all dem Geklapper und den Rufen: »Hier ist Erdbeermarmelade!«, »Schaut mal, Schokolade!«, »Ist es zu glauben, Liebe, ein Thermoskübel für Eis!«, glaubten Olgas gefängnisgeschärfte Ohren nun ein Stöhnen zu hören, wie es ein krankes oder verängstigtes Kind ausstoßen mochte, und es schien aus der Stelle zu kommen, auf der sie saß. Sie sprang auf und warf die Tischtücher und Servietten zur Seite.

So entdeckte sie ihn, einen rotgesichtigen, flachshaarigen jungen Mann in den kurzen weißen Hosen eines Kindes, fest schlafend wie zwischen weißen Laken unter einem Federbett. Sein Atem roch nicht nach Alkohol. Seine Stirn zeigte die Spuren eines Schlags.

»Wie sollen wir ihn wecken?«

»Die alten Geschichten schreiben einen Kuß als Kur für schlafende Dornröschen vor«, sagte Vera ironisch.

Olgas mütterliches Herz kümmerte sich nicht um diese Ironie. Sie drückte ihre Lippen auf seine Stirn, und seine Augenlider flatterten, öffneten sich langsam, und er hob die Arme und schloß sie langsam um ihren Hals.

»Mama«, sagte er. Dies weltumspannende Wort.

Lächelnd schüttelte sie den Kopf. Sie sah, daß Walser nicht mehr genügend wußte, um zu fragen: »Wo bin ich?« Wie die Landschaft ringsumher war sein Bewußtsein vollkommen leer.

Sie hoben ihn auf die Füße, um zu sehen, ob er gehen konnte. Nach ein paar Versuchen und Anleitungen begriff er, wie es ging, und lachte laut vor Freude und Stolz, als er mit zunehmendem Selbstvertrauen zwischen den Armen von Olga und Veras weniger willkommnenden Armen hin und her wackelte, bis er es schließlich alleine konnte. Kurz danach entdeckte er Empfindungen in sich. Er rieb mit kreisförmigen Bewegungen die Hand auf seinem Bauch und suchte in der Leere, wo sein Gedächtnis gewesen war, konnte aber nichts finden, was er hätte sagen sollen. So rieb er weiter.

Olga Alexandrowna fand ein Gefäß mit Milch in der Küche, brockte Brot hinein und ließ ihn davon etwas aus ihren Fingern nehmen, da er nicht mehr wußte, wie er einen Löffel gebrauchen sollte. Er freute sich über alles und gurrte, sich mit großen runden Augen umsehend. Als er mit Brot und Milch fertig war, rieb er sich wieder den Bauch, um zu sehen, was es diesmal wohl geben würde. Olga Alexandrowna hob den Drahtkorb mit den Eiern hoch.

»Will er vielleicht ein gutes Ei-Ei haben?«

Der Anblick der Eier setzte das Chaos hinter seinen Augen in Bewegung. Die verschiedensten Verbindungen schlossen sich. Auf die Zehenspitzen sprang er und schlug mit den Armen.

»Kikerikiski!«

»Armer Kerl«, sagte Olga Alexandrowna. »Hat den Verstand verloren, möge der Herr über ihn wachen.«

Dann drang ein schrilles Pfeifen durch die Nacht, und in weiter Ferne sahen sie die Funken und das Glühen des Tenders einer Lokomotive, die vom Bahnhof in R. herangerollt kam, und sie erkannten die Umrisse von Männern mit Fakkeln, Laternen, Stricken und Äxten, die neben der langsam fahrenden Lok einhergingen. Die weiße Schürze einer Krankenschwester blinkte auf, als sie sich aus dem Führerhaus beugte, um zu sehen, was für Arbeit vor ihr lag. So war die Entscheidung schon für Olga Alexandrowna gefällt, und alle beeilten sich, wichtige Werkzeuge und Utensilien zu Bündeln zu schnüren und sich damit in die Wälder zu schlagen, zu der leuchtenden Ungewißheit von Liebe und Freiheit.

Olga stach eilig mit einer Nadel in ein Ei und gab es Walser zum Aussaugen, was er eifrig tat.

»Kikeriki!«

»Ich lasse das arme Wesen ungern zurück«, sagte sie zu Vera.

»Er ist ein Mann, auch wenn er den Verstand verloren hat«, sagte Vera. »Wir kommen ohne ihn aus.«

Immer noch zögerte Olga, als dächte sie, daß es irgend etwas Nützliches geben *müsse*, was dieser junge Mann für sie tun könnte ... doch die Zeit war abgelaufen. Als sie Walser zum Lebwohl küßte, küßte sie zum Abschied ihren eigenen Sohn und die ganze Vergangenheit. Die Frauen verschwanden.

Walser kauerte über dem Eierkorb, mußte aber entdecken, daß die Eier leicht entzwei gingen. Ärgerlich trat er den Korb, daß er umfiel, und hatte ein wenig Spaß daran, wie die ganzgebliebenen Eier herumrollten. Das Rettungskommando näherte sich in gemessenem Tempo, denn wie groß auch der Notfall sein mochte, die archaische Maschine fuhr nur mit greisenhafter Geschwindigkeit. Walser amüsierte sich weiterhin damit, auf die rollenden Eier zu springen und sie zu zertreten, aber allzuviel Spaß brachte das nicht. Gelangweilt schlug er wieder mit den Armen.

»Kikeriki! Kikerikiski!«

Als ihm klar wurde, daß die freundlichen Damen alle fort waren, strömten die Tränen ungehindert aus seinen Augen. Wie ein Hahn krähend und mit den Armen auf und ab flügelnd rannte er davon und lief auf der Suche nach ihnen in die Bäume, doch bald vergaß er seine Suche, so verzauberte ihn der Anblick des in Fleckenmustern auf dem Schnee spielenden Sternenlichtes.

V

Sobald wir dem Zug den Rücken kehrten, hörte er zu existieren auf. Wir waren in eine andere Welt gezogen worden, ins Herz eines vergessenen Reiches, von dem wir keine Karte besaßen.

Tiefer und tiefer führten sie uns in die Ränder des Waldes hinein, der uns nicht hastig verschlang, sondern uns mit uralter Geduld langsam verzehrte. Ich brauchte lange Zeit, um mich einigermaßen zu fassen, und da staken wir schon so tief in seinem Bauch wie Jona im Wal und in beinahe ebenso undurchdringlicher Dunkelheit, denn die engstehenden Zweige der Nadelbäume löschten den Himmel aus – nur wenn ein Klumpen von dem Schnee, mit dem das Gezweig bedeckt war, uns wie der Kot von großen Kaltblütler-Vögeln auf die Köpfe fiel, zeigten sich ein paar Fetzen roten Scheins von dem Feuer, das wir verlassen hatten, durch die Lücke und malten die Nachtwolken blutig an.

Unsere Führer, deren Absichten mir von einem Augenblick zum nächsten immer sinistrer vorkommen, scheinen durch lange Übung und intimste Kenntnis des Waldes kein Licht zu benötigen, das ihnen den Pfad zeigen müßte, den sie zwischen den dichtwachsenden Stämmen herausgehauen hatten, und sie sprachen weder miteinander noch mit uns. Hie und da roch ich ein wenig von denen, die mich weiterschleiften, und sie stanken wie die Hölle, muß ich sagen.

Da ich nun bei Bewußtsein war, der Länge nach auf der holpernden Rutsche ausgestreckt, schlug ich auf ihre Hintern ein, bis sie mich aufstehen ließen, und da kam auch die Lizzie, und ich gab ihr einen Kuß auf den Teil ihrer Anatomie, den ich gerade erreichen konnte – ihre Nase, wie sich herausstellte.

»Bist du jetzt zufrieden, so zu Fuß?« begrüßte sie mich, die alte Hexe. »Findest diese Art der Fortbewegung vielleicht der Landschaft angemessener?«

Wenn ich nun Liz eine »Hexe« nenne, muß man das cum grano salis nehmen, denn ich bin ein vernünftiger Mensch und – was noch schwerer wiegt – habe ihre eigene Rationalität mit der Muttermilch eingesogen, und man könnte sagen, daß ihr ein Übermaß an Rationalität ihren nicht unverdienten Ruf verschafft hat, denn wenn sie zwei und zwei zusammenzählt, kommt manchmal fünf heraus, weil sie schneller denkt als die meisten. Wie vereinbart sie ihren politischen Standpunkt mit ihrem magischen Tralala? Frag mich nicht! Frag diese ihre Familie von anarchistischen Bombenbastlern! Wer hat bei Jennys Hochzeit die Bombe in die *bombe surprise* praktiziert? Hat unser Gianni im Handumdrehen gemacht, trotz seiner schwachen Lunge; und wer würde je nach Terroristen in einer Eisdiele suchen, noch dazu unter so süßen Kinderchen?

Und in eben diesem Augenblick fragen vielleicht die Kinderchen in Battersea: »Wo ist jetzt unsere Tante Liz? Wo ist Fevvers?« Aber die Frage können nicht einmal Liz und Fevvers selber beantworten! Und wie ich an die Kinder denke, da greife ich nach meinen Glücksveilchen, die mir Violetta zu Weihnachten geschenkt hat letztes Jahr, und natürlich sind sie nicht da, sie sind mir irgendwo in Sibirien abgefallen.

Da sie ein leises Aufschluchzen von mir hört, fragt Liz flüsternd: »Wie geht's dem gebrochenen Flügel?«

»Schlimm genug.«

Sie drückt meine Hand.

»Und jetzt hab ich noch meine Glücksveilchen verloren«, setze ich hinzu. Sie läßt meine Hand abrupt los: Sie haßt Sentimentalitäten.

»Scheiß auf deine Glücksveilchen, wo immer sie sein mögen«, sagt sie. »Mach dich aufs Schlimmste gefaßt, Mädchen, wir haben ja die verdammte Uhr verloren. Wahrscheinlich zu Asche verbrannt dort hinten. Erst dein Schwert, jetzt meine Uhr. Wir haben bald keine klare Vorstellung mehr von der Zeit, und was wird dann aus uns? Nelsons Uhr. Futsch. Und das ist noch nicht alles. Meine Handtasche. Die ist auch weg.«

Dies war eine Katastrophe von solchem Ausmaß, daß ich mich kaum getraue, an die schlimmen Folgen für uns zu denken.

Weiter gingen wir, tiefer und tiefer in das Unbekannte hinein, das gleichzeitig ein wachsendes klaustrophobisches Gefühl in uns auslöste: weil die Bäume uns einschlossen; und anderseits ein Gefühl der Platzangst, weil die Bäume eine so riesige Fläche füllten. Wir schleiften unsere zunehmend müden Füße hinter uns her, alles öde und unbegreiflich wie ein verregneter Sonntag, bis wir an eine Lichtung voll dreckigem Schnee kamen, wo hinter einer Palisade alle möglichen rasch errichteten Wohnungen standen – manche wie Wigwams aus Tierfellen, manche wie Zelte von Soldaten und dann ein paar Hütten aus rohem, grob zugehauenem Holz, die alle Merkmale eiligster Errichtung trugen; die Ritzen waren mit Erde verstopft. Ich konnte alles beim Licht zischender und spuckender Kienspäne sehen, die unsere Entführer nun entzündeten, und mein Verdacht, daß keine Frauen unter ihnen lebten, fand sich bestätigt. Ich kann nicht sagen, daß dies mein Vertrauen in unsere Gastgeber vermehrt hätte.

Sie alle drängten sich vor allem um mich, starrten nur mich an und murmelten und riefen dabei, aber für die Prinzessin oder Mignon hatten sie keinen Blick übrig. Anscheinend war ich ein ganz besonders exklusiver Teil der Speisekarte, obwohl ich die Decke fest um mich gewickelt hielt, kann ich euch sagen.

Aber sie behandelten uns ganz freundlich. Sie gaben uns heißen Tee und starken Schnaps und kalten Braten, Elch, glaube ich, aber ich konnte nichts essen. Törichtes Weinen überwältigte mich beim Anblick des Essens, und Liz sagte, das sei die Folge des Schocks, später aber versicherte sie mir, mich damals unfähig zu essen zu sehen, das sei der erste wirkliche Grund zur Besorgnis gewesen, den ich ihr seit dem Babyalter gegeben hätte.

Sie waren sogar noch rücksichtsvoller in jener Nacht: Da wir so verwirrt und wandermüde waren, fragten sie uns nicht aus oder verhörten uns, sondern führten uns alle in einen großen Schuppen, wo zum Schlafen eine hölzerne Plattform mit Stapeln von Pelzen stand, vor allem Bärenfelle, dem Geruch nach nicht besonders gut gegerbt. Sie ließen uns zusammengedrängt allein, die ärmlichen Reste von Colonel Kearneys Zirkus, und er keckerte vor Wut, da ihm abgesehen von der unwürdigen Behandlung, die wir hatten ertragen müssen, der Wodka nicht besonders zusagte und er seinen Bourbon herbeisehnte wie ein Säugling, den man von der Mutterbrust gerissen hat. Mit verlorener Miene forderte er immer wieder, der amerikanische Konsul solle herbeigeholt werden, »toot sweet«. »Toot damn sweet«, wiederholte er.

Draußen hörte man ein Klirren und Aufschlagen: Die Schweine haben unserer Tür den Riegel vorgeschoben, unter viel Disput auf Russisch. Denn diese Männer sind hier nicht einheimisch. Die eingeborenen Waldläufer sind klein gewachsen und von gelblicher Hautfarbe – manchmal haben wir sie an den Bahnhöfen gesehen, wie sie Felle von hochbeladenen Schlitten in die Gepäckwagen luden, und sie hatten seltsame Hüte auf, dreieckige, und an ihnen klingelten Schmuckstücke aus Blech. Aber unsere Männer hier sind große, stämmige Burschen, wenn wir auch zu weit entfernt von ackerbauenden Gegenden sind, als daß sie zu den Bauern gehören könnten, deren Vorfahren vor Jahrhunderten nach Sibirien umgesiedelt worden sind, damit sie dort das Land bestellten. Ich glaube, sie sind hier ebenso fremd wie wir.

Im Schuppen war ein Feuer, und ein Teil des Rauchs zog durch ein Loch im Dach ab. Ein kleiner Junge blieb bei uns zurück; seine Arbeit war es, die ganze Nacht am Feuer zu sitzen und es mit Zweigen zu füttern, denn die Heizung wollten sie uns nicht anvertrauen. Die Clownhunde hüpften hinüber, um sich den Kleinen anzusehen und mit ihm ein bißchen zu spielen, aber als eine schwarze Pudelhündin, die immer noch eine rote Seidenschleife in ihren Locken trug, freundschaftlich an ihm hochsprang, packte sie dieser sympathische kleine Typ und brach ihr mit einem sauberen Ruck seiner langfingrigen Hände das Genick, was alle Clowns in die mieseste Laune versetzte und mich hinsichtlich unserer Wirte durchaus nicht beruhigte.

Und die Blicke, die der Feuerjunge dem armen Schwein Sybil zuwarf, waren ganz genau die, welche die zerlumpten Gassenkinder, die auf der Queenstown Road Himmel und Hölle spielen, Gianni zuwerfen, wenn er »Eis! Eis! Eiskre-e-em!« ruft. Ich gab Sybil nicht mehr lang auf dieser Welt, kann ich euch sagen, und sie ist selbst auch nicht sehr optimistisch und klettert recht tief in die Weste des Colonels und verbirgt ihre Schnauze an seiner Brust und quiekt hie und da erbärmlich.

Trotz alledem überrede ich den Feuerwächter, ein Scheit zu spalten, damit Liz mir mit den Spänen einen Verband für meinen gebrochenen Flügel machen kann. Wir banden die Splinte mit Stoffstreifen fest, die sie von unserer Unterwäsche abriß, und dann war mir wohler. Wir konnten aber vor dem Jungen nicht verbergen, was da vorging, und seine Augen wurden groß und rund wie Wagenräder, als er sah, was ich zu bieten hatte. Mein Gott, starrte er herüber. Und, sollte man's glauben, er bekreuzigte sich.

Die Prinzessin wachte endlich auf und brach ihr lebenslanges Schweigen gründlich, aber ohne Sinn, denn sie plapperte hysterisch daher, und ihre Wörter waren unverständlich. Selbst Mignon konnte sie nicht trösten, denn es war offensichtlich, daß die Prinzessin wußte, daß Orpheus nun arbeitslos war. Sie hielt die Hände immer vor sich ausgestreckt, als gehörten sie ihr nicht mehr, als bräuchte sie sie von nun an nicht mehr *als* ihre Hände. Ihre armen Finger waren schon steif wie Garderobenhaken.

Sie machte solch ein Gezeter – vermutlich den Verlust ihres Klaviers und ihrer Tiger beklagend –, daß die Clowns ärgerlich wurden und nachdrücklich dafür waren, sie von dem Feuerjungen durch die zu öffnende Tür in den Schnee hinaussetzen zu lassen, aber Lizzie zog ein Pack Spielkarten hervor, und sie hockten sich wütend, aber ruhig wieder hin, während der leidenschaftliche Ausbruch der Prinzessin langsam in Mignons Armen abebbte und nur noch in erschöpftem Schluchzen nachhallte.

Liz umarmte mich und küßte mich, und wie sie sich auch immer unter ihrer ruhig-kühlen Oberfläche fühlen mochte, im Handumdrehen war sie unter den stinkenden Bärenfellen eingeschlafen, doch meine Nerven waren von der furchtbaren Tragödie so erregt, daß ich nicht schlafen konnte, obwohl schließlich die Clowns schliefen, Karten und Gläser in den Händen, der Colonel schlief, Mignon und die Prinzessin im Schlaf versanken.

Die Waldesstille wurde nur von Wolfsgeheul unterbrochen, ein Laut, der einem wegen seiner völligen Ferne von allem Menschlichen das Mark gefrieren läßt, und die Stille sagte mir nur, wie einsam ich war und wie die Nacht um uns nichts enthielt, die unendliche Melancholie dieser leeren Räume zu lindern.

Da lag ich, mein Gesicht in den Armen vergraben, und dann hörte ich leiseste Schritte auf dem Lehmboden, und dann spürte ich eine Berührung, die sanfteste, leiseste Berührung, an meinem Rücken. So rasch ich hochfuhr, ich erwischte ihn nicht dabei: Der Feuerjunge hockte wieder mit untergeschlagenen Beinen an der Feuerstelle, doch in seiner Hand war eine purpurne Feder.

Ich brachte es nicht übers Herz, mit ihm zu schimpfen.

Meine Bewegung hatte den Colonel aufgestört; er rollte auf den Rücken und schnarchte bald mit seinem Schwein um die Wette. Vielleicht sang mich dieses Duett in den Schlaf, denn geschlafen habe ich, obwohl mein junger Mann zu Asche verbrannt war – denn das nächste, an das ich mich erinnere, ist das Entriegeln der Tür.

Es stellt sich heraus, daß der Anführer der Banditen mich ganz alleine sehen will, und jetzt sind sie gekommen, um mich zu seiner Hütte zu führen. Sie setzten mich an einen grobgezimmerten Tisch vor ein ganz gutes Frühstück aus Sauermilch, Schwarzbrot und Tee. Der Schlaf hatte mich erfrischt, und ich dachte mir: Wo Leben ist, da ist noch Hoffnung. So tauchte ich trotz meiner Trauer das Brot in die Milch und brachte auch etwas hinunter. Er zog derweil an den Enden seines Schnurrbarts, die in dünnen Strähnen von seiner Oberlippe zu seinem Adamsapfel herabbaumelten, und unterzog mich einer durchdringenden Prüfung mit seinen dicht beieinanderstehenden, aber nicht in sich boshaften Augen.

Ich muß eine groteske Figur abgegeben haben, aufgeputzt in den Resten meines Hauskleids, das mir nie gestanden hat, nicht mal als es neu war, als Jux mal bei Swan & Edgar's gekauft. Ohne Unterrock. Mit einer toga-artig um mich herumgewickelten Decke. Seine Manieren hatten jedoch die ganze Würde der Armen – er fragte mich nicht nach meinen Federn, obwohl man sehen konnte, daß er sie zu gern gesehen hätte, aber er wußte, das wäre ungehörig.

»Nun seid Ihr in Transbaikalien, wo die Flüsse bis auf den Grund gefrieren und die Fische wie Fliegen im Bernstein umschließen«, verkündete er. Wie man weiß, hab ich eine Begabung für fremde Sprachen, fliegen mir zu wie Flöhe, und obwohl sein Russisch nicht das von St. Petersburg war, konnte ich ihm ganz gut folgen und auch selbst mein Scherflein beisteuern.

»Freut mich außerordentlich«, sagte ich.

»Willkommen bei der Bruderschaft der Freien Männer.«

»Bruderschaft«, wie? Ich bin kein Mann, und bin auch nicht dein Bruder! Seine brüderliche Begrüßung schmeckt mir nicht halb so gut wie sein Frühstück, und ich grinse ihn böse an, was er aber nicht zur Kenntnis nimmt – er fährt rasch fort:

»Wir sind, Madame, weder Gefangene noch Exilanten noch Siedler, obwohl unsere Reihen gelegentlich Männer aus all diesen Gruppen aufgenommen haben. Wir leben außerhalb eines Gesetzes, das uns kein Erbarmen zeigt, und wir beweisen durch unsere Leben und Taten, wie die wilde Existenz in den Wäldern denen Freiheit, Gleichheit und Brüderlichkeit bringen kann, die den Preis der Heimatlosigkeit entrichten, der Gefahr und des Todes. Schwerter sind unsere einzigen Schwestern, und unsere Frauen sind nunmehr die Gewehre, mit denen wir treu jede Nacht das Lager teilen und die wir eifersüchtig nie aus den Augen lassen. Wir gehen so freudig in den Tod wie zu unserer Hochzeit.«

Ich stehe dem Geist dieser Rede grundsätzlich nicht ohne Sympathie gegenüber, doch die Einzelheiten müßten etwas genauer durchdacht werden, meine ich. »Schwerter als Schwestern, Gewehre als Frauen«, tatsächlich? Was für eine Art Verkehr ist denn das? Und jeder mit einem Funken Verstand würde eher in die Ehe wie zum Galgen gehen als umgekehrt. Dieser Bursche bringt seine Metaphern durcheinander, wie ein Säufer seine Getränke mischt, und wird wahrscheinlich genauso besoffen davon. Außerdem scheint es mir, als ließe sich diese kleine Rede schön vertonen, für Blech und Trommeln, und ein Männerchor könnte auch nichts schaden. Trotzdem, auch wenn er uns entführt hat, insgesamt bin ich im Augenblick eher für als gegen ihn.

»Nur die Katastrophe«, fährt er fort, »kann einen Mann in dies entlegene Gebiet führen.«

Aber bin ich nicht der lebende Beweis dafür, daß auch die

Frau nicht freiwillig hier auftaucht? Um meine Gereiztheit zu verbergen, bitte ich um ein frisches Glas Tee. Dieser Bitte gibt er höflich statt, unter einem Klirren und Klappern seiner Waffen, denn neben dem Gewehr, das griffbereit an den Tisch gelehnt ist, hatte er ein Paar Pistolen im Gürtel und über seinem Kaftan kreuzten sich Patronengurte. Zur Vervollständigung seines Ensembles trug er ein breites Schwert von türkischem Aussehen. Es war die Ausrüstung eines demonstrativ wilden Mannes, schön ergänzt durch die ungezähmte Energie seines Schnurrbarts. Wenn sein Habit auch etwas nach den Banditen einer komischen Oper aussah, dann wohl eher, weil die Bühne seinesgleichen nachahmte, nicht umgekehrt, und sein Gewehr war sicherlich kein bloßes Requisit, wenn es auch alt genug aussah, um schon im Krimkrieg mitgewirkt zu haben.

»Jeder Mann hier, selbst den ersten Feuerjungen eingeschlossen, ist hier, weil die Flucht vor dem Gesetz ihn hierhergebracht hat – ein Gesetz, das zu bestrafen sucht für die Rache, die wir an den kleinen Beamten, den Armeeoffizieren, den Gutsbesitzern und solcherlei niederen Tyrannen genommen haben, die unseren Schwestern, Frauen und Geliebten aus Fleisch und Blut, wie wir sie alle einst hatten, mit Gewalt die Ehre geraubt haben, ihnen, die nun fern von uns sind.«

Das also ist der Platz der Frauen in diesem Libretto! Ferne Freundinnen!

»Was soll das heißen, die Ehre geraubt?« sage ich und fische angewidert eine tote Fliege aus meinem Tee, aber es ist zu kalt dort für Fliegen, nur ein Teeblatt, zu meiner Erleichterung. Ich komme wieder auf die Entehrungs-Frage zurück.

»Worin liegt die Ehre einer Frau, mein Alter? In ihrer Vagina oder in ihrem Bewußtsein?«

Und diese markige Rätselfrage würde sich vertont auch gar nicht schlecht anhören. Trotzdem machte sie ihm Mühe, obwohl es auch die Tatsache, daß ich ein unanständiges Wort in den Mund genommen hatte, gewesen sein mochte, was ihn kurze Zeit lang verstummen ließ. Er saugte seine Schnurrbartzöpfchen in den Mund und kaute nachdrücklich darauf herum; ungewohnt für ihn, daß man seine Ansichten in Frage stellte.

»Ich persönlich bin der Meinung«, fügte ich hinzu, »daß eine Frau immer ihre Vergewaltiger selbst erschießen sollte.«

Und ich warf einen so besitzergreifenden Blick auf das Gewehr, daß es ihn wohl – sollte er irgend etwas in dieser Art im Hinterkopf gehabt haben – auf andere Gedanken brachte.

»Meine Jungs waren es«, sagte er (da er offensichtlich diese Frage nicht länger erörtern wollte), »die die Gleise gesprengt haben.«

»Hervorragend!« sage ich ironisch. »Raffinierter Schachzug! Einen Zirkuszug in die Luft jagen! Was für eine Strategie soll denn da dahinter sein?«

Und dann, ach! der unschuldige großherzige starke Dummkopf, da liefen seine Augen über mit dicken Tränen, und er warf den Tisch zur Seite, wobei er in seinem Enthusiasmus die Reste meines noch kaum beendeten Frühstücks umschmiß, damit er vor mir auf die Knie fallen und seine große Arie anstimmen konnte.

»Bemerkenswerte Dame von jenseits der Berge und jenseits des fernen Meeres! Es ist wohlbekannt, daß der Zar, das Väterchen aller Russen, es nie zulassen würde – wüßte er nur, was vor sich geht! –, daß ehrliche Bauern wie wir vom Pflug getrieben werden und wie die Tiere weit von zu Hause weg außerhalb des Gesetzes leben müssen, nur weil wir getan haben, was auch er tun würde, wenn die Entehrung das Mütterchen oder eines seiner kostbaren Mädchen bedrohen würde.

Als wir zuletzt den Bahnhof in R. ausgeraubt haben, nahmen wir die Zeitungen mit, um zu sehen, ob Geschichten über uns darin zu finden sind, und wir haben gelesen, wie Ihr, die berühmte Trapezkünstlerin, das geflügelte Wunder, der britische Engel, intim mit der Königlichen Familie Englands –«

Verfluchter Colonel mit seinen Werbegags!

»– durch Transbaikalien kommen würdet, auf dem Weg zum Ozean, wo Ihr ins Drachenland gehen werdet, um dort mit einem anderen Kaiser zu plaudern. Wir haben die Eisenbahn nur gesprengt, liebe Dame, damit wir Euch als Geisel nehmen dürfen und Euch bitten, anflehen, auf den Knien anflehen können, mit der Stirne auf den Boden schlagend –« (er tat, wie er sagte) »– bitten, für uns bei Eurer zukünftigen Schwiegermutter einzutreten, der Königin von England.«

Was um alles in der Welt hat sich der Colonel jetzt ausgedacht? Was für Lügen hat er ausgestreut? Ich zahl's ihm noch heim!

»Einzutreten bei der großen Königin Victoria, der von allen geliebten Babuschka, die auf dem Thron von England sitzt und mit ihrem königlichen Blasebalg die Holzkohle unter dem sprudelnden Samowar des Empire glühend erhält, über dem die Sonne nicht untergeht. Ich bitte Euch, gnädiges und erstaunliches Wesen, leget ein Wort für uns ein bei dieser kaiserlichen Königin, sie soll den Mann ihrer Enkelin, den Zaren – Ihr seht, eine Familienangelegenheit! – bitten, daß der Zar uns allen verzeihen soll, daß wir als freie Männer in unsere Heimatdörfer zurückkehren können, den Pflug wieder aufnehmen dürfen, der auf dem Felde liegengeblieben ist, die Kühe melken, die schon so lange mit geschwelltem Euter warten, das Korn ernten, das nicht geschnitten ist.

Denn der Zar ist der Freund der schlichten Wahrheit und weiß nicht die Hälfte von dem, was seine Beamten heimlich nebenher anzuzetteln verstehen.«

Ich hätte lachen können, wenn ich nicht selbst mittlerweile den Tränen nahe gewesen wäre, Tränen über die erbarmungswürdige Einfachheit des Mannes, über die wahrhaft erschütternde Herzensgröße, die da glaubte, in all seinem Unglück gäbe es eine unfehlbare höhere Autorität, die die Wahrheit stets erkennen und lieben würde, wenn man sie ihr zur Kenntnis brächte, wie in Beethovens *Fidelio*. Edelsinn, Hand in Hand mit dem Mangel an präziser Analyse, das hat noch stets die Arbeiterklasse in die Pfanne gehauen. Obwohl ich den Banditenführer abzuhalten versuchte, bedeckte er den Saum meines Kleides mit nassen Küssen.

»Wunderbare Dame, Ihr werdet – Ihr müßt! ihr einen Brief schreiben, einen Brief an Königin Victoria, und wir werden ihn zum Zug bringen, und der Zug wird weit weg fahren damit, weit, weit, bis zur Stadt London. Und da wird an einem nebligen Morgen der Butler in seiner Livree unseren Brief hereinbringen mit seiner Fracht der Hoffnung und des guten Glaubens ehrlicher Männer, bis hin zu der Königin, wenn sie gerade mit ihrem goldenen Eierlöffel das Frühstücksei aufklopft in seinem goldenen Eierbecher, in die Kissen ihres Bettes im Buckingham Palace zurückgelehnt. Wenn sie Eure wohlbekannte und vielgeliebte Handschrift auf dem Briefumschlag sieht, wie freudig wird sie dann ausrufen: ›Ein Brief! Ein Brief von meiner lieben Fast-Schon-Schwiegertochter!‹ Und dann –«

Nun waren meine Knie triefnaß vor Tränen und Küssen, und ich ertrug es nicht länger.

»Ach, mein Lieber, man soll nicht alles glauben, was man in der Zeitung liest! Ich war nie mit dem Prince of Wales verlobt! Er hat doch schon eine völlig ausreichende Ehefrau! Ich bin nicht einmal *intim* mit ihm, Süßer, und die Intimität, die er jemandem wie mir zu bieten hätte, würde bei der Witwe in Windsor gar nicht gut ankommen, gar nicht gut! Was ist das für eine müßige Narretei, daß ihr glaubt, diese Großen kümmern sich auch nur im allergeringsten um die Ungerechtigkeit, die ihr erleidet? Spinnen die Großen nicht selbst das große Netz der Ungerechtigkeit, das den Erdball umgibt?«

Zuerst glaubte er mir nicht; dann, als meine Argumente ihn

überzeugten, brach er in einen Orkan von Wut, Kummer und Verzweiflung aus, der beinahe Wagnersche Ausmaße hatte – er verwünschte die Welt, die Zeitungen, die Grausamkeit der Könige und seine eigene Torheit, und ich muß sagen, ich fühlte aufrichtig mit ihm, doch dann begann er, jeden einzelnen Gegenstand in seiner Hütte zu zertrümmern, trat sogar den Tisch und die Stühle entzwei, so groß war der Zorn seiner Enttäuschung. All die anderen Banditen kamen angerannt, doch sie vermochten nichts gegen ihn, so daß ich sagte: »Holt Samson rüber«, und der gute alte Starke Mann Samson packte ihn mit einem halben Nelson und gab ihm eins auf den Kopf, und in der solcherart entstandenen Stille zogen wir uns in unseren Schuppen zurück – der mir bereits (so sehr konzentriert sich das Menschenherz auch in extremster Lage auf den geringsten Fluchtraum) wie »Zuhause« vorkam.

»Bastarde«, sagte Liz, als ich ihr alles erzählte, und sie meinte nicht die Banditen damit. Sogar der Colonel sah etwas bedrückt drein, was wohl auch das mindeste war, wenn er sich auch weigerte, irgendeine Verantwortung für unsere böse Lage zu übernehmen, und murmelte, das sei ein Fall von *caveat emptor*, und Dummköpfe müßten ihre eigene Verantwortung tragen.

Aber – was wird der Banditenhäuptling mit uns machen, wenn er wieder aufwacht? Wird er seine Wut an uns auslassen? Es nützt nichts, sich seiner Waffen zu bemächtigen, denn alle Banditen sind über und über mit Waffen behängt und haben die Läufe ihrer Gewehre auf uns gerichtet. Großartige Situation, muß ich sagen.

Die Prinzessin geht auf und ab, ihres Lebenssinns beraubt, die nutzlosen Hände ausgestreckt, entsetzlich aussehend wie Lady Macbeth in der Schlafwandlerszene, Mignon, einen Schritt hinter ihr, gibt acht, daß sie sich nichts tut; die Clowns haben sich jedoch wieder soweit berappelt, daß sie den Feuerjungen mit ein paar einfachen Kartentricks unterhalten, die

Geschichte mit dem Pudel entweder vergessen oder vergeben, aber ich sehe Stürme aufziehen, wenn ihnen die Zigaretten ausgehen. Der Colonel hat (vielleicht aus verdrängten Schuldgefühlen) seinen Widerstand gegen Wodka so sehr überwunden, daß er bald breit ist und immer wieder dieselben Lieder von Old Kentucky in seinem hohen Bariton vor sich hinsingt. Also setzen sich alle, die noch willens und in der Lage sind, einen Kriegsrat zu bilden, zusammen auf die hölzerne Plattform, nämlich: ich, Lizzie, und – Samson der Starke Mann.

Es ist mir bewußt, daß sich seltsame Veränderungen in Samsons Hirn vollziehen. Seine Augen, die einst so hell und leer waren, werden nun von Stunde zu Stunde dunkler und introspektiver, doch ist die Zeit noch nicht reif dafür, daß er zu reden beginnt. In dieser Hinsicht habe ich große Hoffnungen, wenn wir alle noch lang genug leben sollten. Wenn er also auch nicht an unserer Diskussion teilnimmt, folgt er ihr mit lebhaftem Verständnis und ist wie wir hin- und hergerissen zwischen echtem Mitleid für die getäuschten Banditen und der bangen Frage nach unserer eigenen Zukunft.

»The sun shines bright«, trällert der Colonel, »on my old Kentucky home.«

Sybil schien sich für die Zeit seiner Trunkenheit von ihm distanziert zu haben und hatte sich soweit entfernt wie möglich von dem Feuerjungen in die Bärenfelle gekuschelt, doch wir dachten uns, wir könnten schließlich auch das »Orakel« befragen, und Lizzie zog dem Colonel die Alphabetkarten aus der Tasche, was er überhaupt nicht bemerkte. Doch der einzige Rat, den Sybil gibt, besteht in der Anweisung A-B-W-A-R-T-E-N. Draußen fängt es wieder an zu schneien, was gottseidank den Feuerjungen aktiv werden läßt.

Dann hörten wir die unmißverständlichen Lärmgeräusche von Banditen, die ihre Sorgen ersäufen, und – Briganten aus einer komischen Oper, die sie nun einmal waren – jetzt begann ein Chor von klagenden Baßbaritonen in verschiedenen Stimmen zu lamentieren, wenn auch die Mehrstimmigkeit im Lauf der Zeit etwas ausfranste. Und es war eine traurige Musik, daß man sich am liebsten die Kehle durchgeschnitten hätte.

»Hier sind wir also nun«, bemerkte Liz, »im Arschloch des Universums mit einem Haufen schäbiger Buschklepper, die so tief im falschen Bewußtsein stecken, daß sie glauben, die Königin von England würde ihretwegen ein Tränchen zerdrücken, wenn sie's nur wüßte, und dein Flügel ist gebrochen, daß wir nicht fortfliegen können. Und unsere Uhr ist definitiv weg. *Und* wir können auf keine Weise herausfinden, ob die letzte Lieferung Post angekommen ist.«

Was wohl unser geringstes Problem sein dürfte, ob die Genossen in London brühwarm über den Kampf hier informiert werden. Als ich das sage, streiten wir uns – zum ersten Mal im Leben! Harte Worte fallen. Wir ziehen uns in verschiedene Ecken der Hütte zurück, um zu schmollen. Und mit alledem, mit unserer schlechten Laune und dem Weinen und Brüten der Prinzessin und Mignon, die sich vielleicht anstellt, und dem Colonel, der sich immer zusammenhangloser durch die Songs von Stephen Foster hindurchsingt, wie im Wettstreit mit dem Lamento der Banditen draußen, die an den Wassern Babylons weinen, und dazu noch das Heulen der Wölfe und das rauhe Gelächter, das die zunehmend unanständigen Spiele begleitet, die die Clowns mit dem Feuerjungen anstellen – mit all dem glaube ich langsam, daß ich in einem früheren Leben etwas Böses getan haben muß, um in einem solchen Chaos zu landen.

Und wenn es auch ein dummes, abergläubisches kleines Angstgefühl ist, das mich durchzittert, kindisch, launisch … trotzdem, das kleine Schwert, mit dem ich stets bewaffnet war, und die Uhr, die Zeit, die einst auf unserer Seite war – beide sind fort, sind verschwunden.

Außerdem habe ich den Verdacht, daß nicht nur mein Flügel, sondern auch mein Herz ein wenig gebrochen ist.

Es wurde uns kein Essen gebracht, da die Banditen mit ihren Klageliedern zu beschäftigt waren. Aber Lizzie, die ich aus dem Augenwinkel beobachte, erbettelt sich ein Messer von dem Feuerjungen und fängt an, die Bärenfelle zu zerschneiden, also hat sie die Absicht, uns allen gute neue Kleider zu machen, die dem Wetter draußen standhalten können, und ich muß mich doch fragen, ob sie sich in ihrem listigen alten Kopf einen eigenen Plan ausheckt. Aber fragen tu ich sie nicht, denn wir sprechen nicht mehr miteinander.

Dann klopft es an der Tür, und eine fremde, neue Stimme ruft in gebildetem Ton: »Ist jemand da?«

»Der Riegel ist draußen!« rufe ich. »Machen Sie auf und kommen Sie rein!«

So machten wir die Bekanntschaft des entsprungenen Sträflings.

VI

Früher Morgen. Der dunkelblaue Himmel färbt den Schnee dunkelblau. Der Mond erscheint und verschwindet spöttisch hinter einem Schleier blauer Gaze. Alles wirkt durchsichtig. Eine leicht-bewegliche Gestalt, das Kinn nun zart von einem silbrigen Bart umhüllt, huscht durch das Dickicht, offenbar immun gegen die Kälte, denn sie zeigt kein Unbehagen, obwohl sie seit dem Verlust ihrer Hosen, ihrer breiten Hosenträger und ihrer Perücke halb nackt ist. Im Haar stecken neben Kletten, Dornen, Zweiglein, Pilzen und Moosen Federn der Schneeule, des Goldauges, des Raben. Dieser Mann sieht aus, als sei er im und aus dem Walde geboren.

Er hält die Sterne für Vögel und zwitschert ihnen zirpend zu, als kenne er keine andere Sprache. Vielleicht hat der Engel, der seine Flügel über die kleinen Vögel breitet, ihn trotz seiner Größe adoptiert, denn außer zerkratzten Schienbeinen ist ihm kein Leid geschehen. Restchen und abgelegte Fetzchen, die in der Höhlung herumkugeln, die einst seinen Verstand beherbergt hat, treten kaleidoskopisch zum Bilde eines gefiederten, zärtlichen Dinges zusammen, das vielleicht, vor langer, langer Zeit, auf seinem Ei gebrütet haben könnte.

Obwohl sein Hahnenkamm schon längst dahin ist, ruft er immer noch: »Kikeriki!«

Als leeres Zentrum eines leeren Horizonts flattert Walser über die schneeige Wüstenei. Er ist noch immer ein mit seinen Sinnen ausgestattetes Lebewesen, doch nicht länger ein denkendes – tatsächlich ist er jetzt ganz Empfindsamkeit ohne das kleinste Körnchen Vernunft, und allein sinnliche Eindrücke haben die Kraft, ihn zu überwältigen. In seinem Zustand des Erhobenseins lauscht er dem Rhythmus einer Trommel.

Seltsames Phänomen dieser Landschaft! Als drängen die Laute aus der Erde unter dem Schnee hervor, als kämen sie aus den Himmeln darüber. Ein hohles, eindringliches Trommeln, leise erst, dann fordernd sich steigernd... tipp-tapp-tapp, rat-tat-tam, dann ein bumm-bamm-bomm. Rabbedidu-dab-di-dub und rat-ta-tam-ra-tat, Wirbel, Synkopen von einer mehr als afro-karibischen Komplexität.

Nicht, daß er das Trommeln als Trommeln erkennen könnte. Es könnte doch auch nichts als die Hervorbringung seines eigenen verwirrten Hirns sein. Er hält an und steht auf einem Bein, wie ein Storch, und riecht in die Luft, wie um zu wittern, aus welcher Richtung (wenn überhaupt) diese Anrufung dringt, doch die Kälte schnappt nach seinen Hoden, wenn er still steht, und mit einem kurzen Kreischen springt er wieder davon, bis er vor dem Geweih eines Rentierbullen stehen bleibt, das aus dem Schnee hervorragt und unabweisbar wie ein verlassener Hutständer aussieht.

Als Walser diesmal in die Luft roch, blähten sich seine Nasenflügel beim Anflug von etwas Aromatischem, etwas Wohlriechendem in der sonst blank vor Kälte daherwehenden Luft. Das Trommeln wurde lauter und lauter, die Rhythmen stets gewagter, während er dem köstlichen Duft folgte, bis er unter den Bäumen ein Kohlenbecken mit einem kleinen Feuer darin fand, aus dem wohlriechender Rauch aufstieg. Neben dem Feuer stand ein Wesen, das zusammengesetzt schien aus fransenbesetzten Lederstücken, bunten Lumpen und klirrenden metallenen Schmuckstücken. Mit dem hölzernen Stab, den er in der einen Hand hielt, rührte er eine mit Haut bespannte Trommel von der Größe eines Mülleimerdekkels – die Art, die man in Irland »bodhran« nennt, bunt bemalt mit allen möglichen seltsamen Zeichen, auf einen Holzrahmen montiert. Diese Trommel sprach mit der Wildnis in ihrer eigenen Sprache.

Der Schamane war durchaus nicht überrascht, Walser zu

sehen, denn er hatte sich in jenen Zustand transzendenter Ekstase hineingetrommelt, den sein Beruf erforderte, und sein Geist ging nun um mit einer Reihe gehörnter Vorfahren, mit Vögeln, die Fischflossen hatten, und Fischen auf Stelzen und vielen anderen physiologisch anomalen Erscheinungen, unter denen Walser eine recht alltägliche Figur machte. Walser hockte sich an das Feuer, genoß den Rauch und machte sich ganz von neuem wieder vertraut mit dem sinnlichen Reiz der Wärme, bis die Augen des Schamanen sich hervorwölbten, Schaum vor seine Lippen trat und er umfiel, wobei er die Trommel fallen ließ, die ein kleines Stück fort durch den Schnee rollte und dann auf der Seite liegen blieb.

Walser griff danach, mußte aber entdecken, daß er ihr nur ein wenig gedämpftes Grollen entlocken konnte. Er wußte nicht, wie man die Trommel sprechen läßt, und hätte er es durch Zufall herausgefunden, hätte er es doch nicht verstanden.

Die Zeit verging. Der Schamane seufzte, stand auf, schüttelte den Schnee von den Röcken seines Lederkleides und sah, daß Walser immer noch da war. Der Schamane war auf alles vorbereitet, wenn er auf die Geistesreise ging, und begrüßte Walser herzlich in der Annahme, er sei eine Emanation der Wildnis, die noch eine Weile hierzubleiben beschlossen hatte, nachdem die Trommel sie gerufen hatte, und die schließlich, wenn es ihr gefiel, sachte verschwinden würde. Als Walser aber – dessen eingedenk, daß angenehme Dinge gefolgt waren, als er das schon einmal machte – seinen Bauch mit kreisförmiger Bewegung zu reiben begann, war sich der Schamane nicht mehr so sicher.

Er redete Walser in seiner eigenen Sprache an, einem obskuren finnougrischen Dialekt, der in Kürze beginnen sollte, drei Generationen von Philologen Rätsel aufzugeben.

»Woher kommst du? Wohin gehst du?«

Walser kicherte, ging nirgendwo hin, fuhr fort, sich den

Bauch zu reiben. Aus der Tasche, in der er seine Fetische transportierte, holte der Schamane den Becher hervor, in dem er sich zur Stärkung nach seinen Anstrengungen Tee hatte bereiten wollen – mit einem Teeziegel auf dem Kohlebecken. Er wandte sich sittsam um, hob seinen Rock und pißte in den Becher. Dann bot er mit lächelnder, formeller Höflichkeit dem unerwarteten Gast das dampfende Glas mit der bernsteinfarbenen Flüssigkeit.

»Kein Zucker«, beklagte sich Walser. »Keine Zitrone.«

Doch er war durstig und trank.

Dann begannen seine Augen wie Feuerwerksräder in ihren Höhlen zu kreisen und zu sprühen. Selbst der Schamane, der die Wirkung von Fliegenpilzgift, durch die Nieren destilliert, bestens kannte, war überrascht. Walser trat sogleich in eine lange Flucht von Halluzinationen, in denen sich Vögel, Hexen, Mütter und Elefanten mit den Bildern und Gerüchen von Fisherman's Wharf vermengten, mit dem Alhambra in London, dem Kaiserlichen Zirkus in Petersburg und vielen anderen Orten.

Sein ganzes verflossenes Leben lief in konkreten, aber vereinzelten Fragmenten durch sein Hirn, und er konnte sich keinerlei Reim darauf machen. Er fing an, hilflos in einer dem Schamanen unbekannten Sprache zu stammeln, was dessen Neugier noch steigerte.

Der Schamane packte seine Sachen zusammen und schlang sich die Trommel über die Schulter. Er leerte das Feuer aus dem Becken und stampfte die Flammen aus. Er packte das Kohlenbecken ein. Er war sich mittlerweile ziemlich sicher, daß Walser – was immer er sein mochte – nicht eine seiner eigenen Halluzinationen war; vielleicht war er ein Schamanenlehrling von einem anderen Stamm (eines, wie ihm auffiel, deutlich unterschiedlichen physischen Typus), der auf einer schlecht vorbereiteten Fahrt vom Wege abgekommen war. Er zog Walser auf seinen Rücken – er war ein kleiner, aber kräftiger Mann – und brach mit ihm zu seinem eigenen Dorf auf.

Mit dem Kopf nach unten hängend fuhr Walser fort, nachdrücklich auf den bestickten Rücken des Zeremonialkleides des Schamanen einzureden. Der halluzinogene Urin warf den trägen Motor in seinem Schädel auf Übertouren.

»Oh!« deklamierte er in die aufziehende sibirische Morgendämmerung. »Welch ein Meisterwerk ist der Mensch!«

VII

Der Flüchtling öffnete, kam herein, wärmte sich ausgiebig am Feuer und freute sich höchlichst, so eine gemischte Gesellschaft als Geiseln im Lager der Banditen zu entdecken. Er war ein wohlerzogener Mann – Junge, sollte ich eher sagen, denn er war nicht über zwanzig und sah noch jünger aus, ein frischer, klaräugiger, eifriger kleiner Putto, der hervorragendes Französisch und ausreichend Englisch sprach. Und er brachte einen frischen Luftzug in die elende Bude, kann ich euch sagen, denn er sprach nie von »gestern«. Er konnte überhaupt nur von »morgen« reden, einem strahlenden Morgen des Friedens, der Liebe und der Gerechtigkeit, in dem die menschliche Seele, die in ihrer ganzen Geschichte nach Harmonie und Vervollkommnung gestrebt hatte, dies endlich erreichen würde. Und von dem heraufziehenden Jahrhundert erwartete er sich die wesenhafte Ankunft all der guten Dinge dieses idealen »Morgen«.

Er war verbannt worden, weil er versucht hatte, sein Utopia durch die Sprengung eines Polizeipostens einen Schritt näher zu bringen, weshalb Lizzie ihn zuerst gnädig anschaute. Als er aber verlegen gestand, daß es keinen Knall und keinen Schaden gegeben hatte, weil das Dynamit feucht gewesen war, schnalzte Liz mißbilligend mit der Zunge über so viel Ungeschicklichkeit, ihre Stirn verfinsterte sich, und sie kritisierte mit aller Schärfe seine »Seele«, sein »Morgen«.

»Zunächst mal, was ist denn diese Seele, von der Sie da reden? Zeigen Sie mir ihren Ort im menschlichen Körper, und dann glaub ich's vielleicht. Aber ich sag's Ihnen gleich, sezieren Sie, soviel Sie wollen, sie finden Sie nicht. Und etwas, was nicht existiert, können Sie auch nicht vervollkommnen. Also nehmen Sie mal die ›Seele‹ raus aus Ihrer Theorie. Zum Zweiten, wie wir bei uns zu Hause sagen: ›Morgen kommt nie‹, und deshalb kriegt man auch immer für morgen den Pudding versprochen. Wir leben immer hier und jetzt, in der Gegenwart. Die Hoffnung auf eine Zukunft zu richten, heißt, sie einer Hypothese zu überantworten, einem Nichts. Hier und jetzt ist das, mit dem wir uns auseinandersetzen müssen. Drittens – woran wollen Sie die Vollkommenheit erkennen, wenn Sie Ihnen begegnet? Sie können die vollendete Zukunft immer nur anhand der unvollendeten Gegenwart definieren, und die Gegenwart, in der wir unvermeidlicherweise alle leben, erscheint *irgend jemand* immer unvollkommen. Diese Gegenwart kommt so jemand wie dem Großherzog ausreichend vollkommen vor, der meine Ziehtochter hier seiner Sammlung einverleiben wollte. Für die elenden Bauern, deren Abgaben seinen Luxus finanzieren, ist die Gegenwart ganz einfach die Hölle.

Wenn wir einmal die Grammatik der Zeitenfolge beiseite lassen, dann stimme ich Ihnen sicher darin zu, daß diese Gegenwart, die wir als Zeitgenossen bewohnen, jämmerlich unvollendet und unvollkommen ist. Aber dieser traurige Zustand hat nichts mit der Seele zu tun oder mit dem, was man – ohne theologischen Bezug – die Menschennatur nennen könnte. Es liegt nicht in der Natur des Großherzogs, so schwer's einem fällt, das zu glauben, ein Schwein zu sein – noch in der Natur seiner Diener, Sklaven zu sein. Womit wir es hier zu tun haben, mein Junge, das ist der lange Schatten der Vorvergangenheit (um noch einmal auf die Grammatik zurückzugreifen), der historischen Zeit, die die Institutionen geschaffen hat, unter denen die menschliche Natur der Gegenwart erst entsteht.

Nicht die menschliche ›Seele‹ muß auf dem Amboß der Geschichte geschmiedet werden, sondern der Amboß selbst muß ausgewechselt werden, damit die Menschheit sich ändert. Dann werden wir vielleicht nicht die Vollkommenheit erleben, aber doch etwas, was ein wenig besser ist als die

Gegenwart, oder – um nicht allzugroße Hoffnungen zu wekken – etwas, was ein bißchen weniger schlecht ist.«

Ich merkte daran, daß sie sich wieder etwas munterer fühlte, und der Flüchtling fing sich eine Diskussion ein, mit der er kaum gerechnet haben dürfte, als er in dem Banditenlager Zuflucht suchte, doch ehe er und Lizzie sich nun wirklich in die Haare geraten konnten über das Thema, wie man wirkungsvoll die Menschheit bessern könnte, geh ich rasch dazwischen und frage ihn, was draußen eigentlich los ist.

Es scheint, daß die Banditen derart deprimiert sind, weil ich nicht die Prinzessin von Wales bin und auch wohl nie sein werde, daß sie ihren Kummer ertränken, was sie aber auch nicht aufheitert. Je mehr sie trinken, desto mehr weinen sie, als ob sich das wieder nach außen zwängte, was sie in sich aufnehmen, und wenn wir sie nicht trösten, irgendwie, dann, glaubt der Flüchtling, ist es sehr wahrscheinlich, daß sie zu ihren Gewehren greifen und Schluß machen. Das wär's. Gute Nacht. Finito.

Doch er hat noch mehr Neuigkeiten. Wie es scheint, ist er einer Gruppe von Frauen begegnet, die ins Innere des Landes zogen, von denen alle aus einer Anstalt für wahnsinnige Verbrecherinnen ausgebrochen waren, hier in der Nähe, wobei sie die Direktorin hinter sich eingeschlossen hatten, hochverdient, nach dem, was sie sagten. Diese Frauen hatten den Plan, ein weibliches Utopia in der Taiga zu errichten, und baten den Flüchtling um einen Gefallen: Er solle ihnen doch ein, zwei Gläser Sperma überlassen, das – bei den ungastlichen Temperaturen dieser Region rasch gefroren – in einem Spezial-Eiskübel, den sie dabei hatten, wie in einer enormen Thermosflasche gelagert werden konnte, damit sie es dann, wenn sie sich niedergelassen haben würden, anwenden könnten – so daß durch die Schwängerung derjenigen unter ihnen, die im Gebäralter waren, der Bestand dieser kleinen Republik freier Frauen gesichert wäre. Dieser Bitte hatte er gerne entsprochen. Man sah es ihm an, daß er ein vollendeter Gentleman war.

»Was machen sie denn mit den männlichen Babys? Verfüttern sie die an die Eisbären? Die Eisbärinnen?« fragte Liz, die in einer aggressiven Stimmung war und sich offenbar wie zu Hause in Whitechapel bei einer Sitzung des Godwin-and-Wollstonecraft-Debattierclubs vorkam. Ich brachte sie zum Schweigen. Die Erwähnung dieses patenten Eiskübels erregte meine Neugier.

»Ich fragte sie, woher sie das hätten«, sagte der Flüchtling. »Sie antworteten, er sei aus dem Speisewagen eines entgleisten Zuges der Transsibirischen Eisenbahn.«

Der Colonel brach zusammen, als er vom Schicksal seiner Elefanten erfuhr: wie die Frauen sie leblos wie eine lange Reihe umgekippter Möbelwagen um die Geleise hatten liegen sehen, und er wehrte seine Tränen nur dadurch ab, daß er sich wieder und wieder in seine kleinen amerikanischen Flaggen aus Seide schneuzte, von denen er anscheinend einen unerschöpflichen Vorrat bei sich trug. Ich aber drängte den Flüchtling, ob er keine Nachricht von menschlichen Überlebenden habe, und – lieber Gott! – es stellte sich heraus, daß die Frauen einen blonden Ausländer fanden, der in Tischtücher versunken nicht einen Kratzer abbekommen hatte, den sie aber zurückließen, als sie einen Rettungstrupp nahen sahen. Zum Zeitpunkt ihres Zusammentreffens mit dem Flüchtling bedauerten sie es bereits, ein so überzeugendes Samenreservoir nicht mitgenommen zu haben. Ich war von meinen Gefühlen überwältigt, als ich all das hörte. Ich vergaß mich soweit, zu rufen:

»Mein junger Mann kommt und rettet uns!«

»Wohl kaum, du sentimentales Kalb, hört sich an, als ob er sich kaum selber retten kann«, sagte Lizzie. »Da klingt mir der Rettungstrupp schon besser!«

Doch es stellt sich heraus, daß der Flüchtling in erster

Linie vor dem Rettungstrupp flieht, weil der ihn gleich in die Strafkolonie zurück retten würde. Und auch die Banditen sollten sich am besten rasch auf die Socken machen, oder man würde ihnen einige unangenehme Fragen stellen, wenn Feuerwehr, Krankenwagen und Polizei am Tatort einträfen.

Der Colonel aber ist ganz aus dem Häuschen vor strahlendem Glück. Ich kann ihm ansehen, daß er bereits die balkendicken Überschriften in allen Zeitungen plant – wartet nur, bis er einen Telegraphen erreicht! Er kalkuliert, daß diese Katastrophe ihn so oder so reich machen wird. Sein Optimismus hat etwas Unerbittliches, er sieht nur den Silberstreif und nie den Horizont, und seine plötzliche Explosion erneuter guter Laune (er stößt eine Reihe indianischer Kriegsschreie aus und tanzt durch die Hütte), sein Überschwang bringt mich wieder auf den Boden der Tatsachen zurück, denn was auch immer als nächstes geschehen wird, wir sitzen im Augenblick tief im Wald in einer Schneewehe fest, umgeben von sturzbetrunkenen und schwerbewaffneten Briganten, denen der Finger am Abzug sehr locker sitzt und die wir nun überzeugen müssen, daß sie uns in ihrem eigenen Interesse freilassen müssen, um rasch davonzulaufen.

»Also, Jungs«, sagt Lizzie zu den Clowns, »die Zeit ist da, wo ihr mal eure Lethargie abschütteln müßt. Ihr müßt für unsere Gastgeber hier eine solche Show hinlegen, daß sie aufwachen und daß man vernünftig mit ihnen reden kann. Bringt sie zum Lachen, dann können sie uns zuhören. Bringt sie wieder zum Leben, Jungs.«

Vielleicht war diese Wortwahl etwas unglücklich, da sie die Clowns an ihre alte Begräbnis-Nummer erinnerte, die sie nun nie wieder aufführen würden. Zuerst hielten sie gar nichts von Lizzies Idee, denn ohne Buffo, ohne ihre gesamten Requisiten, nur mit den Lumpen, die sie am Leibe hatten, und mit der Geige, dem Tamburin und dem Triangel, da sahen sie sich nicht in Hochform auftreten, wenn auch ihre Kartentricks bei dem Feuerjungen ein großer Erfolg gewesen waren.

»Nehmt es«, bat Lizzie, »als Requiem für Buffo.«

Da warfen sie sich alle einen Blick zu, einen seltsamen, dunklen, traurigen Blick, der – wäre er ein Klang gewesen – in langen Echos um sie verhallt wäre, wie die Töne einer feierlichen Orgel in einer großen Kathedrale. Als die letzten Echos dieses Blicks, dieser unausgesprochenen Botschaft, dieser stummen Bestätigung einer uns unbekannten Absicht erstarben, da nimmt der alte Grok sein Triangel auf und tritt dagegen, und Grik zieht die kleine Geige aus dem Hut. Ich kann nicht sagen, daß es mir besonders gefällt, als sie nun den Trauermarsch aus »Saul« anstimmen, ich habe wieder dieses Schritte-über-mein-Grab-Gefühl, das mir anzeigt: Es geht etwas vor. Aber es ist ein Anfang. Ein rothaariger August nimmt schließlich ein Holzscheit und zieht es einem Zwerg über. Der Feuerjunge bricht vor Lachen zusammen. Ich öffne die Tür, und sie marschieren hinaus.

Die Banditen hatten genügend Energie aufgebracht, mitten im Lager ein Feuer anzuzünden, und saßen alle ringsumher auf Baumstümpfen, in der Haltung von Rodins Denker. Ein leichter Schneefall; Schnee ruhte auf ihren Köpfen. Die Clowns hatten ihren Anführer verloren, so daß sie ein wenig Zeit brauchten, um sich zu entscheiden, was nun zu tun war. Einer schlug eher nebenher ein paar Räder, bis ihm ein anderer ein Bein stellte, und da – denn das waren sehr einfache Menschen – flackerte ein Lächeln über die Wangen des Banditenhäuptlings. Dies schien die Clowns zu ermutigen, sie faßten sich ein Herz, oder es fand doch irgendein Entschluß statt, denn sie stellten sich alle auf, Griks und Groks Musik wurde rhythmischer, und sie fingen an zu tanzen.

Doch was für eine Melodie spielten sie? Ich konnte ihr keinen Namen geben, unheimliche Töne von einem Hexensabbat. Und ihr Tanzen – war »Tanzen« das richtige Wort? Nichts an diesem Tanz stimmte fröhlich. Mein Gott, dachte ich, was für Narren wir sind – hast du selbst denn je, Fevvers, über einen Clown gelacht, jemals? Haben die Clowns dich nicht stets an die Auflösung von allem gemahnt, an Katastrophe und Tod?

Dieser Tanz war der Totentanz, und sie tanzten ihn für George Buffins, damit sie werden sollten wie er. Sie tanzten ihn für die Verdammten der Erde, daß sie ihre eigene Verdammnis begreifen mochten. Sie tanzten den Tanz der Ausgestoßenen für die Ausgestoßenen, die sie beobachteten, unter den drohend sich wölbenden Bäumen, unter dem aufziehenden Schneesturm. Und einer nach dem anderen hoben die Ausgestoßenen, die Banditen den Kopf, um zu schauen, und alle brachen wahrlich in ein Gelächter aus, aber es war ein freudloses Lachen. Es war das bittere Lachen, das man lacht, wenn man erkennt, daß das Schicksal sich nicht besiegen läßt. Als wir diese unfrohen Arabesken der Verdammten sahen und das Lachen derer hörten, die in diesen Höllenkreisen gefangen saßen, nahmen Liz und ich uns bei der Hand.

Sie tanzten die Nacht in die Lichtung herein, und die Banditen hießen sie mit Jubel willkommen. Sie tanzten den verwirrten Geist ihres Meisters, der mit einem starken Windstoß herbeikam und allen kalt wie der Tod ins Mark blies. Sie tanzten, wie alles wirbelnd zerging, das Ende der Liebe, das Ende der Hoffnung; sie tanzten das Morgen zum Gestern; sie tanzten die Erschöpfung der unerbittlichen Gegenwart; sie tanzten den Totentanz der vollendeten Vergangenheit, die alles festnagelt, daß es sich nicht mehr regen kann, sie tanzten den Tanz des Alten Adam, der die Welt zerstört, weil wir glauben, er ist unsterblich.

Die Ausgestoßenen machten voll Begeisterung mit. Mit Hurra und Bravo sprangen sie alle auf und warfen sich in die wilde Gavotte, ihre Gewehre abfeuernd. Der Schnee schlug nasse weiße Tücher in unsere Gesichter, und der Wind nahm die entsetzliche Musik der alten Clowns auf und verstärkte sie, daß man glaubte, verrückt zu werden. Dann blendete uns der Schnee, und Samson hob uns eins ums andere hoch und warf uns in den Schuppen hinein und lehnte sich dann innen gegen die Tür, um sie mit seinen mächtigen Schultern vor dem Sturm geschlossen zu halten.

Wenn auch Flintenkugeln durch die Wände krachten und der Wind durch die Astlöcher pfiff und Funken aus dem Feuer sog und sie umherwirbelte, daß wir dachten, wir müßten mitten in Schnee und Eis verbrennen, hielt der Schuppen stand. Er schwankte nach einer Seite, dann auf die andere, und es schien, als müßte jeden Moment das Dach davonfliegen, doch unsere kleine Gruppe, die wir, zwar ohne wirklichen logischen Zusammenhang, doch unser Vertrauen in die Vernunft setzten, wurden nicht der schlimmsten Wut des Sturms ausgesetzt. Der Flüchtling jedoch wurde angesichts dieses Aufstands des militanten Pessimismus bleich und murmelte tröstende Sätze aus Kropotkin und so weiter vor sich hin, wie jemand anders in solcher Lage den Rosenkranz gebetet haben mochte.

Als der Sturm sich verzog – denn endlich klang er dann ab –, machte der frischgefallene Schnee alles neu und löschte das Lagerfeuer. Hier lag ein Fetzen scharlachner Seide und dort Griks kleine Geige mit zerrissenen Saiten, doch von den Zelten, Hütten, Musketen und Säbeln der Banditen, von den Clowns und den Banditen selbst war nichts zu sehen, als hätte sie der Sturm vom Antlitz der Erde geblasen.

Doch ein armer Hund ist zurückgeblieben. Der Wirbelwind hat ihn wohl fallen lassen, armes Ding. Ein junger Mischling mit einer Quaste am Schwanz; winselnd läuft er im Kreis.

Und ich hoffe, daß der Wind den Banditenhäuptling in sein eigenes Dorf zurückgeweht hat, wo der Pflug auf seine Hand wartet, das geschwellte Euter der Kuh seine Finger herbeisehnt, wo die braune Henne gackert, daß er die unbeachtet gebliebenen Eier sammeln soll, und wo alles sei, wie es gewesen war – das Zuhause des Wunschtraums, reicher durch die Zeit in der Ferne. Doch wo die Clowns hin waren, wußte ich nicht. Feierten wohl ihr Wiedersehen mit George Buffins im Großen Irrenhaus im Himmel.

Lizzie versucht nicht, sich dafür zu entschuldigen, daß sie ungewollt dieses Ende herbeigeführt hat. Sie zuckt die Achseln, bemerkt: »Die sind wir los«, zieht sich aus und zieht dann eins von den Bärenfellen an, aus denen sie für uns alle Jacken und Hosen genäht hat. Mit ihrem Schnurrbart und dem braunen Gesicht und der Fellmütze, die sie sich gemacht hat, damit ihr die Ohren warm bleiben, sieht sie selber aus wie ein kleiner Bär.

»Zu Fuß gehn ist gesund«, sagt sie. »Los.«

Obwohl der sturmzerzauste Schuppen noch steht, hat keiner von uns Überlebenden große Lust, an diesem Unheilsort zu bleiben. Wir werden kühn ausschreiten und uns selbst retten. Wir legen die Erzeugnisse von Lizzies schneiderischer Improvisation an, die uns unterwegs warm halten sollen, und machen uns in der Richtung davon, wo – wie der Flüchtling annimmt – die Bahnlinie verläuft. Nach einigem Nachdenken hat er eingewilligt, als Führer mit uns zu kommen; der Colonel hat ihn mit extravaganten Versprechungen bezüglich eines amerikanischen Passes überhäuft, und dieser junge Mann hat ganz das Gesicht eines Menschen, der die wunderschönen Versprechen der Freiheitsstatue für bare Münze nimmt.

Die anderen sind erstaunt über das, was geschehen ist, doch Liz und ich wissen nur, daß die Clowns das Chaos angerufen haben und daß das Chaos, stets in allen menschlichen Angelegenheiten implizit, seinem Stichwort gefolgt ist. Aber der Flüchtling ist immer noch sehr beunruhigt, was dieser Vorfall wohl bedeuten mag, und versucht, mich in ein Gespräch darüber zu verwickeln.

»Hören Sie mal, Süßer«, sag ich schließlich zu ihm, weil mir der Sinn gerade nicht nach einer ästhetischen Diskussion steht, »wenn ich mir bei dem Zugunglück nicht einen Flügel gebrochen hätte, könnte ich uns alle wie nix nach Wladiwostok *fliegen*, insofern dürfen Sie nicht mich fragen, wenn es darum geht, was wirklich ist oder nicht. Ich bin wie das Schnabeltier, die eine Hälfte der Leute im Zoo glaubt nicht, was sie da sehen, die andere glaubt, sie bilden sich's bloß ein.«

Das ließ ihn verstummen.

Es freut mich zu sehen, daß der Colonel den Verlust seiner Clowns nach allem leicht nimmt, wahrscheinlich entwirft er im Geiste schon die Interviews, die er der Presse geben wird: »Clowns vom Schneesturm verweht! Augenzeugenbericht des berühmten Zirkusdirektors.« Aber andere sind weniger zäh. Mignon klammert sich fest an die Hand der Prinzessin, doch deren Augen sind leer.

»Wenn wir dem Mädchen da nicht bald ein Klavier besorgen, geht's böse aus«, sag ich zu Liz.

Samson hüllt sie in Felle ein und trägt sie, und Mignon läuft hinterher. So verlassen wir das Banditenlager oder das, was davon blieb, und der letzte kleine Clownshund kommt mit uns, er will wohl nicht allein zurückbleiben. Und was mich traurig stimmt: etwas weiter finde ich auf dem windverwehten Schnee die eine Feder, die purpurne Feder, die mir der Feuerjunge gestohlen hat, die aus seiner Jacke gefallen sein muß, als der Wind ihn davonriß.

Und so begannen unsere Wanderungen wieder, als wäre dieses Leben uns zu unserer zweiten Natur geworden. So jung ich bin, mein Leben war recht pikaresk; wird das nie enden? Ist das meine Bestimmung, eine Art weiblicher Don Quichote, mit Liz als Sancho Pansa? Und was ist dann mit dem jungen Amerikaner? Wird er sich als meine wunderschöne Illusion herausstellen, die Dulcinea jener Sentimentalität, die mir Liz immer zum Vorwurf macht und welche ihr zufolge nur die Kehrseite meines Vergnügens an barem Geld darstellt?

Latsch du nur immer weiter, Mädchen, und laß die Ereignisse selbst entscheiden.

Doch obwohl wir lange und weit gingen, blieben wir im Wald und schienen der Bahnlinie nicht näher zu kommen, und der Flüchtling setzt eine besorgte Miene auf. Hat er einmal die falsche Abzweigung genommen, hier draußen, wo es keine Abzweigungen gibt? Oder besser gesagt, hier in dieser spurenlosen Ödnis steht man an jedem Punkt an einer imaginären Kreuzung, am Zusammenstrom aller Richtungen, von denen vielleicht keine die richtige ist. Und weiter geht's, damit wir nicht an der Stelle festfrieren, wo wir innehalten.

Dann werden die Bäume spärlicher, und der Wald endet, und der Flüchtling ist höchst überrascht und verlegen, denn wir stehen am Ufer eines breiten zugefrorenen Flusses, den er überhaupt nicht in Betracht gezogen hat. Doch auf der anderen Seite des Flusses steht ein kleines Haus von jener höchst unpassenden Bauweise mit reichlichen gezackten Holzornamenten, die die Russen hierzulande bevorzugen, und der Flüchtling meint, das müsse wegen seiner einsamen Lage das Haus eines ebenfalls Verbannten sein, der uns willkommen heißen würde. So gleiten und stolpern wir über den Fluß, verfolgt von kleinen vor dem Wind treibenden Strudeln und Wirbeln aus lockerem Schnee, die wie Schlechtwetterdämonen um uns fahren, und dann gehen wir wohlerzogen zur Vordertür, als machten wir einen höflichen Besuch in Belgravia.

An der Hauswand neben der Tür ist ein Brett mit der kyrillischen Aufschrift »Konservatorium von Transbaikalien« angenagelt. Es folgt ein Name, mit verschiedenen Abkürzungen danach. Doch das Schild ist so moosüberwuchert und alt, daß der Name unleserlich ist; es sieht aus, als habe es schon einige Jahrzehnte lang erfolglos um Schüler geworben.

Der Flüchtling klopfte an die Tür. Nichts rührte sich. Kein Licht schien drinnen, kein Rauch stieg aus dem Kamin. Er klopfte noch einmal, und dann stießen wir die Tür auf, um innen zwar in der Tat dem Gestank menschlicher Behausung zu begegnen, doch zumindest im ersten Zimmer sonst keinem anderen Anzeichen. Das Haus selbst war aus Kiefernholz; als Boden gab es nur eine tiefe Schicht Fischgräten, die wie Elfenbein glänzten und uns sagten, daß der Bewohner dieses traurigen Ortes hauptsächlich Fisch aus dem Fluß aß.

Im nächsten Raum ein Ofen mit den kalten Resten eines Feuers und eine Öllampe, die nicht brannte. Der Colonel tauchte seinen Finger hinein, entdeckte, daß sie mit Fischtran gefüllt war, und erbat sich sogleich eine Dosis für Sybil, deren Haut ihren Glanz und ihre Geschmeidigkeit ohne die tägliche Massage zu verlieren drohte, so daß sie mehr und mehr wie eine Aktenmappe aussah. Liz ließ ihn ein wenig auf eine seiner kleinen Flaggen träufeln. Sogleich hockte er sich hin und wienerte los, als wäre sie kein Schwein, sondern Aladins Wunderlampe. Was für ein Aroma! Puh.

Ich sollte erwähnen, daß der Raum möbliert war – grob und spärlich, mit ein paar Stühlen und einem Tisch, deren rote Plüschbezüge trotz ihres Schimmels in rührender Weise auf einstige Geschmacksansprüche hindeuteten. An der Wand eine Daguerreotypie eines jungen Mannes, der neben einem Palmenkübel und einem Flügel steht. Und mehr noch: ein Stich, vielleicht sogar alt, der einen Knaben mit einer gepuderten Perücke zeigt, und Liz schwört, es ist Mozart. Wer immer hier also lebt, oder gelebt *hat* und, dem Geruch nach zu schließen, vor kurzem den Löffel abgegeben hat, es war jemand mit musikalischen Neigungen. Ich lenkte gleich die Aufmerksamkeit der Prinzessin auf diese Andenken, aber sie waren in sich nicht ausreichend, sie aufzuheitern.

Wir entzündeten die Lampe und machten mit dem Holz, das Samson im Schuppen hinter dem Haus fand, ein Feuer, damit der Sterblichkeitsgeruch sich ein wenig aus dem alten Haus verzöge, ehe wir die Tür zum dritten Zimmer öffneten.

Dort wie als Antwort auf ein stummes Gebet tatsächlich nicht nur ein Photo, sondern einen realen Flügel zu finden! Mit aufgeklapptem Deckel, wie ein großer schwarzer Schmetterling, der sich gerade hingesetzt hat, und oben auf dem Flügel ein Metronom. Die Prinzessin sagte nichts, doch der glasige Ausdruck wich aus ihren Augen, und sie öffnete und schloß ihre Finger und klatschte wie ein entzücktes Kind in die Hände. Im Augenblick wieder zu sich kommend sprang sie auf das Instrument zu, doch da erhebt sich etwas Großes, Hageres, uns bisher durch den Ebenholzschmetterling verborgen, von einem unsichtbaren Hocker vor der Tastatur und stößt einen klagenden Schrei aus.

Die Schatten, welche die von Liz emporgehaltene Lampe warfen, ließen ihn furchterregend, beinahe leichenhaft erscheinen. Haare bis zum Hintern, vermengt mit seinem Bart, der ihm bis zum Nabel reicht, und seine Fingernägel lang wie die vom Struwwelpeter. Man konnte sehen, daß er sich schon seit langer, langer Zeit nicht mehr getraut hatte, das Klavier anzurühren, obwohl er sich jetzt schützend über die Tasten warf, die so ein Pandämonium greller Noten von sich gaben, daß man hörte: auch das Instrument war seit Jahren nicht mehr gestimmt worden. Zweifellos dachte er bei unserem ersten Anblick, eine Horde Bären sei gekommen, um ihn zu besuchen. Er schrie wiehernd, seine Grashüpfergliedmaßen zuckten nach allen Richtungen, was eine Fülle atonaler Effekte hervorrief, und dann krabbelte er auf das Ding hinauf und schwenkte die Arme, als wolle er es entweder mit seinem Leben verteidigen oder in seine Eingeweide hinabtauchen, um dort Schutz zu suchen, er schien sich nicht ganz klar darüber zu sein. Das Metronom stieß er um, so daß es auf den Grätenteppich fiel und dort, auf der Seite liegend, wie eine Uhr zu ticken begann.

»Verrücktes Huhn«, sagte Liz. »Reif für die Zwangsjacke.«

Die Prinzessin stieß leise, maunzende Laute aus und streckte ihre Hände flehend dem Klavier entgegen, daß es das Herz eines Steins hätte erweichen können, doch der wahnsinnige alte Mann wußte nicht mehr, daß er ein Herz hatte. Mignon war es, die Lizzie mit brüsker Geste zur Seite wies, das tickende Metronom zertrat, sich räusperte, säuberlich ausspuckte und zu singen begann.

Als wir sie zum erstenmal singen hörten, in meinem Zimmer im Hotel de l'Europe, da klang es, als sänge sich das Lied selbst, als habe das Lied gar nichts mit Mignon zu tun und als sei sie nur eine Art fleischliches Grammophon, geschaffen, Musik wiederzugeben, die ihr nicht bewußt war. Das war, ehe sie eine Frau wurde. Nun ergriff sie das Lied im geschmeidigen Lasso ihrer Stimme und vermählte es mit ihrer neuentdeckten Seele, so daß das Lied sich vollkommen veränderte und doch sein Wesen unberührt blieb, wie ein vertrautes Gesicht dasselbe bleibt, wenn es aufs neue von dem Blick der Liebe aufgesucht wird. Wenn sie auch a capella sang und uns so nur die Hälfte des Liedes gab, war es doch beinahe zuviel für mich, denn sie wählte das letzte Lied der Winterreise, wo der wahnsinnige junge Mann hinter dem Leiermann her in das Schneetreiben verschwindet. Und wird sich auch die Winterreise des jungen Mannes, der so fern von mir ist, einem solchen Ende zuneigen? Und meine eigene Reise, wie ist es mit ihr? Meines Schwertes beraubt, verwundet und gelähmt ... eine Sensation von gestern, ein verblichenes Mirakel ... nimm dich bloß zusammen, Mädchen.

Der haarige alte Mann fuhr während der ersten Strophe fort, sich zu kratzen, wurde während der zweiten etwas langsamer und bei der dritten streckte er erst ein langes Bein vor, dann das andere, man hörte die Knochen knacken, und dann fiel er auf den Klavierhocker nieder. Ich habe nie ein so verstimmtes und grell klingendes Instrument gehört wie da, als er die kleine Melodie aus der Begleitung aufgriff, welche die Drehorgel nachahmt. Ganz langsam, mit einem wahrnehmbaren Klicken der Fingergelenke, suchte er sich die Töne für diese Melodie zusammen, wieder, noch einmal, und die Mißtöne machten keinen Unterschied, weil es ja klingen sollte, als wäre es ein verstimmter Leierkasten.

»Sollte natürlich eigentlich ein Bariton singen.«

Ich hatte noch nie die Prinzessin auch nur »Guten Morgen« sagen hören, so daß es ein Schock war, das echte, rauhe Französisch aus Marseille und – wie man sich hätte denken können – die tiefe Stimme, wie ein Knurren. »Verdammte Kacke«, sagte sie. »Dieses Klavier braucht 'nen Schraubenzieher.«

Glücklicherweise erinnerte sich der alte Mann nach einigem Nachdenken an ein wenig eingerostetes Französisch und versuchte es damit, und wir verließen die drei, wie sie sich glücklich über die beste Methode stritten, ein Klavier auseinanderzunehmen, und so weiter. Man konnte wegen des dichten Barthaars keine Veränderung im Gesichtsausdruck des alten Mannes ausmachen, aber er schien alles hinzunehmen, ohne mit der Wimper zu zucken.

In seinem Speiseschrank war nur ein kleines Stück geräuchertes Fleisch (Elch, nehme ich an) und eine halbgefrorene Ratte, letztere – denke ich doch – eher das zufällige Opfer eines privaten Unglücksfalls als ein regulärer Bestandteil des Küchenzettels. Als wir die Speisekammer so kahl vorfanden, kam es zu einer häßlichen Auseinandersetzung zwischen dem Colonel und dem Flüchtling, Sybil betreffend, die auf den einen den Eindruck eines guten Abendessens machte, für den anderen aber unter den Schutz des Tabus fiel, das die Schlachtung geliebter Tiere untersagt. Trotz dieses Tabus wäre Sybil vielleicht dem Hunger des Feuerjungen nur entkommen, um dem demokratisch organisierten Appetit ihrer Freunde zu erliegen, denn schließlich sagte der Flüchtling: »Stimmen wir ab.«

So gern ich das kleine Schwein hatte, war doch seit meinem unterbrochenen Frühstück kein Bissen über meine Lippen gekommen, und größere Liebe hat kein Schwein, denn daß es sein Leben gebe für seine Freunde ... Sybil wußte, daß etwas im Busch war, wenn auch ihr prophetisches Talent nicht ausreichte, es ihr genauer klarzumachen. Sie grub sich schutzsuchend tief unter die Weste des Colonels, wo sie zitterte wie ein unruhiger Schmerbauch.

»Eßt mich, eh ihr sie eßt!« rief der Colonel. »Bereitet euch ein Langschwein zum Abendessen, ehe ihr mein Schwein verzehrt! Kannibalen!« Doch der Flüchtling ignorierte emotionale Erpressungsversuche.

»Alle, die für Schweinbraten sind, Hand hoch!«

Eben als er, Liz, ich und Samson eine zögernde Majorität bildeten, lenkte der Clownshund, der uns bis hierher gefolgt war, törichterweise die Aufmerksamkeit auf sich, indem er an der Tür jaulte und hinausgelassen werden wollte – vielleicht um zu entkommen, aber wir kamen dem zuvor und aßen ihn an Sybils Statt, kochten ihn in geschmolzenem Schnee, weil er zu zäh zum Braten war, so daß es auch etwas Brühe gab. Fido oder Bonzo oder wie er geheißen haben mochte reichte unter uns sieben nicht weit, aber er vertrieb den schlimmsten Hunger, so daß dieser letzte Überrest der gigantischen Nutzlosigkeit der Clowns doch noch am Ende zu etwas nutze war. Und am nächsten Morgen – oder besser gegen Mittag, denn der Tag bricht zögerlich an im Winter dieser Breiten – riß sich der verrückte alte Mann lang genug aus dem Musikzimmer los, um uns Nicht-Musiker zum Fluß hinunter mitzunehmen und uns zu zeigen, wo er immer fischte. So verbesserte sich die Ernährungssituation ein wenig.

Die Kleider des alten Herrn waren zwar völlig angemessen für das Podium eines Konzertsaals, wirkten aber mitten im Nirgendwo etwas deplaciert, besonders da er außerhalb des Hauses einen Zylinder trug, der oben vielfältig geknickt war.

Aber er wußte, was er tat. Er ließ die Angelrute stehn und nahm ein großes Messer mit, und damit ging er folgendermaßen zu Werk: Er kniete sich auf das feste, tief reichende Eis, schnitt einen Block heraus und hielt ihn in die Höhe, ob ein Fisch darin zu sehen war. Beim dritten Mal hatte er Glück: Er hatte einen halbgefrorenen Karpfen herausgeschnitten. Dann griffen wir alle zu und trugen genügend fürs Frühstück nach Hause, obwohl das Eis sehr schwer war.

Lange ehe wir an der Haustür angekommen waren, hörten wir es. Klang breitet sich weit aus in der leeren Luft, und möglicherweise verbesserten die hölzernen Wände des kleinen Hauses wie ein Hallraum den Ton des Flügels und verstärkten seinen Klang. Jedenfalls: glockenrein. Sie hatte es so hingekriegt, daß er spielte wie neu, das erstaunliche Mädchen, und wenn ich mir für die Zukunft auch Streitigkeiten vorstellen konnte, wer nun der Solist sein durfte, war der alte Mann im Augenblick zu bewegt, sie zu hören, um sich zu beklagen.

Mignons Lied ist kein trauriges Lied, nicht rührend, keine Bitte. In ihren Fragen liegt Größe. Sie fragt dich nicht, ob du das Land, von dem sie singt, kennst, weil sie sich selbst unsicher wäre, ob es dies Land gibt – sie weiß, o! nur zu gut weiß sie, daß es irgendwo liegt, anderswo, hinter der Zone, wo keine Blumen blühen. Sie setzt die Existenz dieses Landes voraus, und alles, was sie wissen möchte, ist, ob auch du es kennst.

Eben als wir, von dem Magneten ihres Liedes angezogen und alles andere vergessend, am Gartentor ankamen, die tropfenden Eisbrocken schleppend, deren Gewicht wir uns in unserem Genuß nicht mehr innewaren, da fing Sybil, in der Weste des Colonels vergraben, zu quieken an, und ihre Schnauze zuckte.

Wir sahen, daß das Dach des Hauses mit Tigern gedeckt war. Echte Tiger, in ihrer schrecklichen Symmetrie so hell glühend wie die, die verloren waren. Dies waren die der Gegend einheimischen Raubtiere, die nie Gefängnis oder Zwang gekannt hatten; sie waren nicht zu der Prinzessin gekommen, sich zähmen zu lassen, soweit ich sah, wenn sie sich auch wie abgelegte Wintermäntel auf den Ziegeln streckten, von reiner Lust gefällt, und ihre Schwänze, die wie pelzige Eiszapfen über den Rand des Daches hingen, mit wunderbarer Sympathie zuckten. Ihre Augen, golden wie der Hintergrund einer Ikone, hatten die Sonne emporbeschworen, die nun ihre Felle beschien, daß sie unsäglich kostbar glänzten.

Unter dieser für die Jahreszeit ungewohnten Sonne oder unter dem Einfluß der Stimme und des Klaviers regte sich die ganze Wildnis wie mit neuem Leben. Ein schwaches Flirren von Vogelgesang, ein leises Rauschen wie von Flügeln. Sanftes Knurren und Maunzen, das Knirschen von Pfoten auf dem Schnee. Und ein fernes Krachen und Knacken, als wäre das Eis im Fluß ekstatisch entzweigebrochen.

Ich dachte: Wenn sich diese Tiger auf die Hinterfüße stellen, dann werden sie ihre eigenen Tänze erfinden – sie wären mit denen, die sie sie lehren würde, nicht zufrieden. Und die Mädchen werden neue, unerhörte Melodien für sie erfinden müssen, zu denen sie tanzen können. Es wird eine völlig neue Musik geben, zu welcher sie aus eigenem freiem Willen tanzen werden.

Die Katzen waren nicht unsere einzigen Besucher. Etwas entfernt am Waldrand erkannte ich eine Gruppe von Lebewesen, die zuerst beinahe ununterscheidbar vom Unterholz wirkten, denn sie waren in Häute und Felle derselben rötlichbraunen Farbe gekleidet. Einer aber davon war mit kleinen Amuletten aus geschnittenem Zinn behängt, die nun, da die Sonne hervortrat und auf ihn fiel, mit künstlichem Glanz aufstrahlten. Erst einer, dann ein anderer kamen sie vorsichtig näher; obwohl ihre mongolischen Züge typisch undurchdringlich waren, schien es mir doch, daß die meisten einen verwunderten Ausdruck zeigten. Sie waren, wie mir der erste Blick klarwerden ließ, die eingeborenen Waldbewohner.

Den Großen, der auf dem Ren ritt, sah ich erst, als das Tier, von der Musik angezogen, aus den schützenden Zweigen der Kiefern hervortrat. Ein Großer, ein Riesenhafter, zweimal so groß wie die anderen. Und oooh! wie er strahlte, er war so dicht mit Glitzerkram behängt, daß er glänzte wie ganz Piccadilly, und obwohl er zu weit entfernt war, als daß ich sein Gesicht hätte deutlich erkennen können, sah ich, daß es milchweiß war. Das Sonnenlicht funkelte silbern in seinem Haar und an seinem Unterkiefer, der zuerst silberbeschlagen schien, aber es war der Bart.

Der Bart täuschte mich zuerst, und seine langen haarigen Röcke mit den roten Bändern. Und die große Trommel, die er in der Hand hielt wie einen Schild, so daß er wild aussah. Welch eine Verwandlung! Eine Waldverwandlung... Ich dachte, er sei zu einer wilden, wilden Frau geworden, und dann sah ich sein Kinn strahlen wie silberbeschlagen, und es war nur – ein Bart. Er ist schon lange genug von mir getrennt, daß ihm ein Bart gewachsen ist! Ach, mein Herz...

Mein Herz ging pochdipoch, das sage ich euch, als ich ihn lauschen sah, als ob auch er wie die wilden Tiere (im Gegensatz zu seinen wilden Stammesbrüdern) von der Musik verzaubert wäre, obwohl er Sängerin und Lied so gut kannte. Mein Herz ging pochdipoch und drehte sich in mir um.

»Jack! Jack!« rief ich, die letzte Strophe – ich muß es leider zugeben – dadurch unterbrechend und leider auch den ganzen Zauberbann lösend.

»Jack Walser!«

Die Tiger hoben ihre Köpfe und brüllten unruhig-gereizt, als fragten sie sich, wie sie überhaupt in diese Lage gekommen waren. Die Leute, die aus dem Wald gekommen waren, schüttelten sich ebenfalls ein wenig, sahen sich die Tiger genau an, als hätten sie sie vorher noch nicht bemerkt und als gefiele ihnen das, was sie nun erblickten, nicht besonders. Würden sie weglaufen? Würde *er* weglaufen, ohne mich zu sehen?

Ich breitete meine Flügel. In der leidenschaftlichen Empfindung des Augenblicks breitete ich mich aus, kräftig genug, rasch genug, daß die Nähte meiner Bärenfelljacke barsten. Ich flügelte auf, sprengte meine Jacke, und hervor kamen meine Ihr-Wißt-Schon.

Dem Flüchtling stand der Mund offen, eine gefährliche Sache in diesem Klima, die Lunge kann einem gefrieren. Der alte Mann fiel auf die Knie und bekreuzigte sich voll zitternder Hast. Die Waldleute schauten alle in meine Richtung. Ein lauter Schrei stieg von ihnen auf. In der Lücke, die durch die unterbrochene Musik entstanden war, begann es zu trommeln: Der andere Bursche mit den Blechklunkern fing an, ums liebe Leben auf seiner Trommel zu rattern.

Mein Enthusiasmus trug mich ein paar Fuß durch die Luft, wahrhaftig, ich vergaß, daß mein Flügel gebrochen war. Mit der Hilfe des unverletzten Flügels flatterte ich schräg noch etwas weiter, bis ich mich nicht mehr in der Luft halten konnte und aufs Gesicht stürzte, in eine Schneewehe, und die Waldleute trieben ihre Reittiere an und flohen – der Trommler immer noch forttrommelnd –, und die Tiger, so erschrokken wie alle anderen, jagten auch davon, und wir waren wieder allein.

VIII

Der Einäugige wird unter Blinden nur König sein, wenn er in ihrem Land in vollem Besitz seiner Fähigkeiten eintrifft. Das heißt, daß er sich genau über das Wesen des Gesichtssinns im klaren ist und ihn nicht mit dem zweiten Gesicht verwechselt, oder mit innerer Schau, oder mit Wahnsinn. Als Walser langsam unter den Waldbewohnern wieder zu Verstand kam, war ihm dieser zu so wenig nutze wie ein Auge, ohne Fokus, ihm in der Gesellschaft der Blicklosen gewesen wäre. Wenn ihm – wie es manchmal geschah – Erinnerungen an die Welt außerhalb des Dorfes kamen, so glaubte er, dies sei Wahn. Alle seine einstigen Erlebnisse waren null und nichtig. Wenn diese Erlebnisse einst nie seine Persönlichkeit wirklich geformt hatten, so verloren sie nun alle Kraft, die ihnen hätte innewohnen können, um Walsers existentielle Glaubwürdigkeit wiederherzustellen – außer seiner Glaubwürdigkeit als Verrückter.

Walser hatte insofern Glück, als seine Gastgeber nicht schlechter von ihm dachten, weil er in seltsamen Zungen schrie. Im Gegenteil. Sie behandelten ihn nicht wie einen König, doch sie waren wirklich höchst freundlich – in genau dem Grade, in welchem sie ihn Halluzinationen unterworfen glaubten, denn die Eingeborenen dieser entlegenen Regionen Sibiriens betrachteten das Erzeugen von Halluzinationen traditionell als eine schwere Arbeit.

Nicht, daß ihr Land in irgendeiner Weise ein Land der Blinden gewesen wäre. Was den Gesichtssinn anging, so wußten sie ihre Augen zu gebrauchen. Spuren von Vogel und Tier im Schnee waren lesbar wie Sätze einer Schrift. Sie lasen den Himmel, um zu erfahren, aus welcher Richtung Wind, Schnee und das Tauwetter kommen würden. Die Sterne waren ihr Kompaß. Die Wildnis, die dem ignoranten Auge des Städters als ein Haufen leeres Papier erschien, war die mit Informationen vollgestopfte Enzyklopädie, in der sie Tag für Tag nachschlugen, für jedes ihrer Bedürfnisse, die Landschaft betrachtend, als wäre sie ein Handbuch universaler Instruktion, vom Typ »Frag mich«. Analphabeten waren sie nur im buchstäblichen Sinn, und was die Theorie und Sammlung des Wissens anging, so waren sie Pedanten.

Der Schamane war der Pedant aller Pedanten. An seinem System des Glaubens war nichts Vages – seine Form von Mystifikation setzte harte (wenn auch illusorische) Tatsachen voraus, und sein Kopf war voll konkret-spezifischer Details. Mit welcher akademischen Leidenschaft widmete er sich der Aufgabe, den verschiedenen Phänomenen ihren richtigen Platz in seiner subtil-komplizierten Theologie zuzuweisen! Wenn man bei ihm ständig um Exorzismen und Prophezeiungen nachsuchte und ihn oft bat, seine nekromantischen Kräfte zu benutzen, um kleinere Haushaltsgegenstände wieder aufzuspüren, die man verlegt hatte, so waren dies frivole Ablenkungen von der hauptsächlichen, dringenden, schwierigen Aufgabe, die vor ihm lag: die Interpretation der sichtbaren Welt um ihn herum durch die Informationen, die er durch seine Träume erhielt. Wenn er schlief – was er sehr häufig tat –, dann hätte er, wäre er des Schreibens mächtig gewesen, ein Schild an die Tür gehängt: Nicht stören/Hier wird gearbeitet.

Und sogar wenn seine Augen offen waren, hätte man sagen können, der Schamane »lebe in einem Traum«. Doch das taten sie alle. Sie hatten Teil an einem gemeinsamen Traum, der ihre Welt war, und man sollte es besser eine »Idee« nennen als einen »Traum«, da es ihre gesamte Empfindung gelebter Wirklichkeit umfaßte, die nur zufällig mit *realer* Wirklichkeit in Berührung kam.

Diese Welt – dieser Traum, diese geträumte Idee oder eingefleischte Überzeugung – erstreckte sich nach oben in die

Himmel und nach unten in die Eingeweide der Erde und in die Tiefe der Seen und Flüsse, mit all deren Bewohnern sie intimen Umgang pflegten. Aber sie hatte keine horizontale Ausdehnung. Sie konnten keine andere Interpretation der Welt, des Traums, die nicht ihre eigene war, in Betracht ziehen. Ihr Traum war vollkommen abgesichert. Ein geschlossenes System. Narrensicher, weil es ein geschlossenes System war. Die Kosmogonie des Schamanen war trotz all ihrer komplexen Formen, Impulse und ständig verschwimmender Seinsweisen, begrenzt, weil sie eben eine menschliche Erfindung war und nichts von der Unwahrscheinlichkeit realer Geschichte hatte. Und »Geschichte« war eine Vorstellung, mit der sie vollkommen unvertraut waren, wie auch mit jeder Form von Geographie, die mystisch-vierdimensionale ausgeschlossen, die sie sich selber erfanden.

Sie wußten um den Raum, den sie sahen. Sie glaubten an einen Raum, den sie wahrnahmen. Zwischen Wissen und Glauben war kein Platz für Vermutung oder Zweifel. Sie waren gleichzeitig unglaublich pragmatisch und, intellektuell gesprochen, ständig in wilder Ekstase.

Bis sie auf den russischen Pelzhändler trafen, der vor einem Jahrhundert eine Gonorrhöinfektion in den Stamm eingebracht hatte, die ihre historisch geringe Geburtenrate zum gegenwärtigen Zeitpunkt erklärte, hatten sie noch nie einen Fremden gesehen – das heißt, jemand, dessen Begriffsbezüge nicht ihre eigenen waren. Da sie kein Wort für »Fremdling« hatten, benutzten sie das Wort für »Teufel«, um den Pelzhändler zu bezeichnen, und später beschlossen sie, dieses Wort, das sich als so überaus angemessen erwiesen hatte, für alle diese Rundäugigen als generische Bezeichnung zu verwenden, die nun überall auftauchten.

Denn ehe man nur blinzeln konnte, stand schon eine ganze fremde Stadt um diese erste Holzhütte, und jetzt, wo die Eisenbahn auf dem Weg nach R. so nahe an ihnen vorbeifuhr, daß die kleinen Kinder neben den großen, ungefügen, schnaubenden Lokomotiven einherliefen und sie anfeuerten – wie lange würde diese Gemeinschaft der Träumer noch die primitive Integrität ihres kollektiven Unbewußten gegen die brutale Attacke der Technologie des Dampfzeitalters aufrecht erhalten können?

Vielleicht gerade so lange, wie sie sich verschworen, es zu ignorieren. Solange keines der beifallklatschenden Kinder beschloß, Lokführer zu werden, wenn es einmal groß war. Bis einer von ihnen sich fragte, woher die Züge wirklich kamen und wohin sie wirklich fuhren, anstatt ihnen mit gleichgültiger Verwunderung nachzusehen. Und es war Gleichgültigkeit, eine sorgfältig kultivierte Gleichgültigkeit, mit der sich die Stammesangehörigen gegen die gesamte Bedeutung der Stadt R. und ihrer Bewohner verteidigten.

Hinter dieser Gleichgültigkeit verbarg sich Furcht. Sie fürchteten nicht die Fremden selbst; er, der die Sterilität bei ihnen einführte, brachte auch die Feuerwaffen mit, und Eingeborene und Siedler lernten rasch, daß eine bewaffnete Neutralität das Beste war. Noch fürchteten sie die Gonokokken – es war eine andere Infektion, welche sie ängstigte, eine geistige Infektion der Unzufriedenheit, die man sich zuzog, wenn man sich dem Unvertrauten aussetzte, und deren Symptome Fragen waren. Deshalb besuchten sie die Siedlung R. zum Handel und zur Beutesuche in den Abfällen. Nichts sonst. Für sie war R. genauso eine Traumstadt wie ihr eigenes Dorf, und sie wollten, daß es auch so bliebe.

Obwohl Walser zweimal so groß war wie sie im Durchschnitt, weiß wie geschältes Birkenholz und seinen runden Augen die Mongolenfalte fehlte, wußten sie doch, daß er kein »Teufel« im Sinn von »fremder Teufel« war, mehr ein »Teufel« im Sinn von »dämonischer Besucher«, oder »Waldgeist« oder »Vertreter der Geisterwelt«, wegen der außerordentlichen Anfälle, die ihn zu fast allen wachen Stunden heimsuchten.

Der Schamane stellte seinen Findling dem Rest des Stammes mit den Worten vor: »Sehet diesen Träumer!« Sie lauschten dem Plappern Walsers respektvoll, und als sie ihn nicht verstanden, nahmen sie es als Beweis seiner heiligen Trance.

Als Walser sich nun langsam von der Amnesie erholte, die dem Schlag auf seinen Kopf gefolgt war, fand er sich zu einer dauernden Existenz heiligen Delirierens verurteilt – oder hätte sich so verurteilt gefunden, wenn sich ihm irgendeine andere Existenzmöglichkeit aufgetan hätte außer der des Wahns. So blieb sein Selbst verhangen.

Walser lebte mit dem Schamanen zusammen. Schon der Vater des Großvaters des Schamanen war ein Schamane gewesen. Als kränklicher Junge hatte er unter Ohnmachten gelitten, ebenso wie sie vor ihm. Während einer dieser Ohnmachtsanfälle besuchten alle seine wunderbaren Vorväter den Jungen. Einige trugen Hörner, andere Euter. Sie stellten ihn wie einen Holzklotz auf und schossen mit Pfeilen nach ihm, bis er in seiner Ohnmacht erneut in Ohnmacht fiel – anders ausgedrückt: während seiner Ohnmacht träumte er, er würde ohnmächtig. Dann schnitten ihn die Vorfahren in Stücke und aßen sein rohes Fleisch. Sie zählten die Knochen, die übrigblieben. Es war einer mehr als die übliche Zahl. So wußten die Vorfahren, daß ihr Nachkomme das richtige Zeug hatte, den Familienberuf zu ergreifen.

Das Ritual dauerte einen ganzen Sommer, und während sich die Vorfahren damit beschäftigten, durfte der kleine Junge nichts essen und nichts trinken und wurde deshalb sehr blaß. Nun, da er erwachsen war, sah der Schamane auf Walsers blasse Haut und dachte sich, daß das Zählen *seiner* Knochen sicher viel länger gedauert hatte als einen Sommer. Hatte es Probleme gegeben? Zu viel Knochen? Zu wenig? Und was mochten zu viele oder zu wenige Knochen im großen System aller Dinge bedeuten? Gerade die Art Rätselfrage, die der Schamane schätzte!

Nachdem die Vorfahren die Knochen gezählt hatten, fügten sie sie wieder zusammen und belebten den Jungen mit einem stärkenden Trank aus Rentierblut. Wie er in seiner Hütte lag, begann seine Zunge von selbst zu singen. Seine Mutter und sein Vater, die beide Schamanen waren, kamen und lauschten. Das Singen sagte ihnen, was für eine Trommel ihr Sohn tragen sollte, wenn er ging, die Geister zu rufen. Sie schlachteten ein Rentier und begannen gleich damit, ihm die Haut abzuziehen und sie zu trocknen.

Der Schamane gab Walser noch einen Becher Pisse, und Walser begann zu singen. Der Schamane lauschte mit großer Achtsamkeit. Walser sang:

So we'll go no more a-roving
So late into the night
Though the heart be still as loving
And the moon shine still as bright.

Welch zärtliche Anteilnahme der Schamane verspürte, als er Tränen die Wangen seines jungen Mündels herabrinnen sah! Doch der Klang des Singens kam ihm überaus seltsam vor, da er keine europäische Musik kannte. Aber er war sicher, daß er die Töne korrekt interpretiert hatte, und er schlachtete ein Ren und spannte die Haut zum Trocknen zwischen zwei Pfähle. Wegen des ungünstigen Wetters war er gezwungen, dies in der Hütte zu tun, die bald massiv roch. Er schürte das Feuer mit trockenen Thymian- und Wacholderzweigen, nicht, damit der duftende Rauch den Stank der faulenden Rentierhaut überdeckte (er selbst fand ihn recht angenehm, wenn es auch Walser ein wenig würgte), sondern weil der Qualm der brennenden Kräuter Visionen heraufrief. Walsers Augen drehten sich in den Höhlen herum und herum: ausgezeichnet!

Normalerweise teilte Walser das Essen des Schamanen, aber heute – als Experiment – beschloß der Schamane, Walser dieselbe Nahrung zu geben wie den Idolen der streng-kargen und fensterlosen Götterhütte des Dorfes, den menschenähnlichen Formen, vor denen er die Mysterien seiner Religion ausübte. Diese taten sich gütlich an zerstoßener Gerste, mit Piniennüssen und mit der Brühe von gekochtem Auerhahn zu einem Mus vermengt. Walser begann mißtrauisch zu essen, dann schob er das Mus mit dem Hornlöffel um den Rand der hölzernen Schale herum. Die trocknen Kräuter knisterten über dem Herd. Walsers Augen wurden starr.

»Hamburger«, sagte er versonnen. Der Schamane spitzte die Ohren. Walser schlenderte Geschmackserinnerungen nach; wer weiß, was für eine Litanei der Schamane ihn rezitieren zu hören glaubte?

»Fischsuppe.« Walsers Gesicht war der Spiegel seiner Erinnerungen, er schnitt eine Grimasse. Er versuchte es wieder. »Weihnachtsessen...«

Sein Gesicht verzerrte sich, und er jammerte auf. Die Worte »Weihnachtsessen« erinnerten ihn an etwas Entsetzliches, an eine furchtbare Gefahr; sie erinnerten ihn an den Hauptgang, sie erinnerten ihn an... »Kikeriki!«

Er schrie laut, von fürchterlichen, wenn auch unverständlichen Erinnerungen bedrängt, dann verfiel er in ein hallendes Schweigen, bis ihm ein glücklicherer Gedanke kam:

»Aalpastete und Kartoffelbrei.«

Hier lächelte er breit und rieb sich den Bauch. Mit gespannter Aufmerksamkeit goß ihm der Schamane, der Zeichendeuter, noch mehr Brühe ein und wartete auf weitere Enthüllungen.

»Aalpastete und Kartoffelbrei, junger Mann!« sagte Walser kennerisch.

Der Schamane entschied, daß Walser offenbar meinte, nun sei der Zeitpunkt da, wo man ihm eine Schamanentrommel machen müßte. Am nächsten Morgen verband er Walser die Augen mit einem Streifen Rentierhaut, packte ihn in warme Kleidung, führte ihn hinaus und drehte ihn dreimal auf der Stelle im Kreis, um seine Orientierung zu verwirren; dann gab er ihm einen kräftigen Stoß. Walser stolperte davon, der Schamane folgte ihm mit der Axt über der Schulter, angespannt lauschend, wie ihm die leisen Stimmen von Lärche, Birke, Tanne liebevolle kleine Botschaften zuflüsterten.

Walser wanderte unsicher voran, geplagt von zunehmend unangenehmen Reisen, die seine Phantasie augenlos hinter der Binde unternahm, bis er hätte schwören können, daß er im dröhnenden Sausen des Windes durchs Unterholz das Schallen eines einzigen Wortes hörte: »Mörderisch!«

Da riß sich Walser die Binde vom Gesicht und gab dem Schamanen eins auf die Nase. Doch der Schamane rechnete zuversichtlich mit irrationalem Benehmen und schlug zurück, wenn er auch dazu in die Höhe springen mußte, da Walser viel größer war als er. Danach ließ er jedoch Walser ohne die Binde weitertrotten.

Nach einer Weile hörte der Schamane ein leises, hartnäckiges Klopfen. Walser, der nichts hörte – und in der Tat gab es nichts zu hören –, beobachtete aus dem Augenwinkel mißtrauisch, wie der Schamane zu einem Baum ging, dessen Namen Walser nicht kannte, und das Ohr an den Stamm legte. Nach einem Moment schüttelte der Schamane ärgerlich den Kopf und winkte Walser, weiterzugehn.

Der trommelnden Baum hatte zu dem Schamanen gesagt: »Ha! Reingefallen!«

Bald begann ein anderer Baum zu trommeln, doch auch dieser erlaubte sich, wie sich herausstellte, nur einen Scherz mit dem Schamanen. Der begann vor sich hinzumurmeln. Der dritte aber bekannte traurig: »Ich bin es.« Der Schamane fällte ihn sofort und ließ Walser den Stamm nach Hause tragen. Er schnitt den Reifen für die Trommel aus dem Holz dieses Baumes, wie er in seinem starkriechenden Haus vor dem Ofen saß.

Der Schamane wohnte in einem hübschen, behaglichen, viereckigen, einstöckigen Haus aus Kiefernbalken. Über dem

Samowar hing ein Lederbeutel, geschmückt mit Adlerfedern, Schwänzen von Eichhörnchen und Kaninchen, Blechscheiben und kleinen Lederzöpfen. Dieser Beutel enthielt das Amulett, das er niemand sehen ließ, nicht einmal Walser, den er liebgewonnen hatte. In diesem Amulett steckte die ganze Quelle seiner ungewöhnlichen Kräfte. Sein Vater, von dem er es geerbt hatte, hatte ihm eingeschärft, daß er nie, niemals den Inhalt enthüllen dürfe. Er hütete das Geheimnis des Amulettbeutels so gut, daß er geradesogut auch leer hätte sein können.

Der Schamane und Walser lebten nicht allein. Ein Bär wohnte auch da, ein schwarzer, noch nicht ganz ein Jahr alt, fast noch ein Junges. Dieser Bär war halb Haustier, halb Schutzgeist; er war sowohl ein realer, pelziger und geliebter Bär und zur gleichen Zeit auch ein transzendentaler Meta-Bär, eine geringere Gottheit und auch zum Teil ein Vorfahr, denn die Waldbewohner schätzten die Zeugungsmöglichkeiten der anderen Spezies des Waldes sehr großzügig ein, und es gab viele Bären auf der Vaterseite in der Ahnentafel des Stammes.

Der Schamane glaubte, daß der Bär als Säugling in einer silbernen Wiege aus dem Himmel heruntergelassen worden war. Er hatte die Wiege an einer silbernen Schnur in ein Gebüsch fallen sehen, doch als er das Bärenbaby erreicht hatte, waren Wiege wie Schnur verschwunden. Er brachte den Kleinen in seiner Fetisch-Tasche nach Hause und gab ihm als Schnuller einen mit Rentiermilch getränkten Lappen. Als der junge Bär feste Nahrung zu sich nehmen konnte, aß er, was der Schamane aß – Süßwasserfisch, Brei, Wild. Bärensteaks würde man ihm erst darreichen, wenn er tot war.

Der Schamane durchbohrte dem Bärenjungen das Ohr und schenkte ihm ein kupfernes Ohrgehänge, damit er schön aussah, und auch ein Kupferhalsband und ein Kupferarmband für die linke Pfote. An seinem ersten Geburtstag würde er zur

Götterhütte geführt werden, wo man ihm vor einem bärengestaltigen Idol die Kehle durchschneiden würde, das auf einem hohen Hügel aus den Schädeln jener Bären saß, denen dieses Schicksal schon zuteil geworden war.

Der Schamane tat dies nicht selbst. Der Scharfrichter für den Bären wurde von den Geistern unter den Dorfbewohnern ausgewählt, die ihren Entschluß in Träumen oder durch andere außerirdische Mittel kundtaten, und der Schamane war froh darüber, da er stets so enge Beziehungen mit den Bären hatte, daß es ihm das Herz gebrochen hätte, sie zu töten, wenngleich er wußte, daß alles zum besten geschah. Das ganze Dorf drängte sich in die Götterhütte, um der Zeremonie zuzusehen, laut klagend und sich überschwenglich entschuldigend: »Armer Petz! Es tut uns so leid. Wie wir dich liebhaben, armer kleiner Petz! Wie hart es uns ankommt, dir das anzutun!« Dann schnitt man dem Bären den Kopf ab, und der Rest wurde über einem offenen Feuer gebraten. Der abgetrennte Kopf – immer noch mit den kupfernen Ohrgehängen – wurde in die Mitte der gemeinsamen Tafel gestellt und die ausgesuchtesten Leckerbissen, die Leber, das Bröschen, das zarte Fleisch der Lenden und Hinterbacken wurden vor der blutenden Reliquie serviert, während alle anderen sich den Rest des Bären schmecken ließen. Die Teilnehmer dieser sibirischen Sakramentalfeier taten so, als bemerkten sie nicht, daß der, dem man das Festmahl verdankte, selbst nie einen Bissen anrührte.

Petz, nun frei von seiner fleischlichen Hülle, würde Botschaften zu den Toten tragen; wer von ihm aß, würde an der Kraft und dem Mut des Bären teilhaben, und außerdem – da der Tod in dieser Theologie nicht geradezu Sterblichkeit bedeutete – würde Petz bald wieder aufstehen und von neuem geboren werden, wieder gefangen, wieder aufgezogen, wieder getötet werden in einem Zyklus immerwährender Wiederkehr.

Und er schmeckte so gut!

Wenn das Fleisch vom Schädel abgekocht war, flog dieser auf den Haufen in der Götterhütte, der, einmal gezählt, das überaus hohe Alter dieses Brauches verkündet hätte. Doch niemand zählte je den Schädelhaufen, da keiner unter ihnen wußte, wie sich die Vergangenheit von der Gegenwart unterschied. Sie waren sich auch nicht sicher, wo der Unterschied bei der Zukunft lag. Mittlerweile lebte der Bär in glücklicher Unwissenheit weiter.

Walser teilte mit dem Schamanen und dem Bären ein großes Messingbett, das der Schamane, damit nichts umkomme, vom Müllhaufen am Bahnhof von R. geholt hatte. Bald teilte Walser auch das Ungeziefer des Bären.

Der Schamane glaubte, daß Bären zu allen anderen Tieren des Waldes reden konnten, und daß früher oder später sein Bär ein sinnvolles Gespräch mit Walser beginnen würde, doch die Zeit verging, und der junge Mann und der Bär kamen zwar sehr gut miteinander aus, doch sie unterhielten sich nicht. Doch da es nichts anderes zu tun gab und ihm die Zeit an den Abenden lang wurde, lehrte Walser den Bären das Tanzen. Einem tiefen, beinahe instinktmäßigen Impuls folgend, führte Walser, wenn auch der Bär ebenfalls männlich war.

Als der Bär es das erste Mal richtig machte, fiel ein weiteres Stückchen des Puzzles von Walsers Vergangenheit in das Chaos seiner Gegenwart, wenn auch das Puzzle nicht nur unvollständig, sondern noch nicht einmal als Puzzle erkannt worden war. Er und der Bär kreisten durch die Hütte. Seine Füße wußten besser als sein Kopf, was er tat, und gehorchten den Befehlen eines sonst vergessenen Rhythmus: *eins*, zwei, drei, *eins*, zwei, drei ... Er und der brummende Bär beschrieben ihre Kreise auf dem Hüttenboden vor dem Ofen, auf dem der getrocknete Wacholder knackte und qualmte, wie er einst mit einem anderen krallenbewehrten Raubtier durch das

Sägemehl getanzt war. Wie er einst den Tanz getanzt hatte, den –

»Walzer!« rief er. Und dann mit frohem Wiedererkennen: »Walser! Ich Walser!«

Und ließ den Bär los, um sich auf die Brust zu schlagen.

»Walser ist ich!«

Der Schamane verstand vollkommen, und dieses eine Mal auch richtig. Er freute sich sehr, als sein Lehrling in seiner Ekstase einen barbarischen Tanz aufführte und, wiederum in einer Ekstase, sich seinen Berufsnamen gab. Walser würde schon bald, sehr bald sein Debut als Zauberer geben können. Der Schamane spannte die vorbereitete Rentierhaut über den Reifen der Trommel und ließ sie zum Trocknen liegen. Der Schamane schnitzte einen Trommelschlegel aus Erlenholz, fing einen Hasen, häutete ihn und überzog den Schlegel mit dem Fell, das zu dieser Jahreszeit weiß war wie der Schnee, der überall lag. Nun blieb nur noch, geduldig zu warten, bis Walser die Zeichen aufwies, den Schaum vor dem Mund, das Stürzen, die Schreie, die zeigen würden, daß er bereit war, sein Trommeln zu beginnen.

Walser fing nun selbst, ohne es zu wollen, ein paar Brocken der Sprache des Schamanen auf, wenn diese auch hart und klumpig war, starrend vor Ks und Ts, voller Glottallaute, all der klickenden, schluckenden Geräusche der Axt im Holz und der Stiefel im Schnee. In der zufälligen und doch funktionalen Weise, in der ein Kind sprechen lernt, lernte er zuerst Hauptwörter: Hunger, Durst, Schlaf. Dann eignete er sich eine rasch wachsende Zahl der vierundsiebzig Wörter an, die in jener Sprache »kalt« bedeuteten. Nicht lange, und er wagte sich in die Schnörkel ihrer Grammatik.

Seine allmähliche Eroberung der Sprache des Schamanen begründete einen Konflikt in ihm, denn seine Erinnerungen oder seine Träume (oder was immer es war) enthielten ihr Drama in einer durchaus anderen Sprache. Wenn er diese laut sprach, wandte der Schamane ihm viel größere Aufmerksamkeit zu, als wenn er in seinem Proto-Finnougrisch noch ein Glas Tee haben wollte, denn der Schamane setzte voraus, daß Walsers englische Erinnerungen den astralen Diskurs darstellten, den er nun seiner eigenen umfassenden Hypothese entsprechend interpretieren mußte – eine Reihe von Rätseln, die mit Hilfe von Meditation und des Destillats, mit welchem er Walser weiterhin versorgte, sich völlig lösen ließen.

Der Schamane hörte besonders aufmerksam auf das, was Walser nach einem Traum sagte, weil es den schmalen Rand auflöste, den der Schamane zwischen wirklich und unwirklich wahrnahm – wenn der Schamane selbst es auch nicht so formuliert hätte, da er nur den Rand erkannte, schmal wie eine Stufe, der zwischen einer Wirklichkeitsebene und der nächsten lag. Er machte keinen kategorischen Unterschied zwischen Sehen und Glauben. Man könnte sagen, daß für die Menschen dieser Region kein Unterschied zwischen Tatsachen und Fiktionen da war – statt dessen eine Art magischer Realismus. Seltsames Schicksal für einen Journalisten, sich in einer Gegend wiederzufinden, in der als solche keine Fakten existieren! Nicht daß Walser noch gewußt hätte, was ein Journalist ist. Mehr und mehr drangen Erinnerungen auf ihn ein. Er wußte es nicht, doch sein Kopf wurde von Tag zu Tag klarer (er krähte nicht mehr wie ein Hahn), doch seine Erinnerungen waren ihm unverständlich, bis sie ihm der Schamane auslegte.

Der Schamane brachte mühelos die Leichtigkeit, mit welcher Walser in Zungen redete, mit den Prinzipien seiner eigenen komplexen Philosophie in Zusammenhang. Wenn aber Walser auch die Auffassung akzeptierte, daß er ein ungewöhnlich begabter Träumer war – denn dies war die einzige Theorie, die ihm zur Erklärung seiner Unterschiedlichkeit zur Verfügung stand –, so hielt er doch manchmal inne, wie bei der Wiederentdeckung seines Namens:

»Gibt es, wie ich es mir zuweilen vorstelle, eine Welt jenseits dieses Ortes?«

Dann versank er in unruhiges Grübeln. So kam Walser zu einem »Innenleben«, einem Bereich der Spekulation und Ahnung in sich, der ganz ihm gehörte. Wenn er einst, bevor er mit dem Zirkus davonzog, um die Vogel-Frau zu verfolgen, wie ein möbliert zu vermietendes Haus gewesen war, so war er nun endlich bewohnt, wenn auch dieser innere Bewohner substanzlos war wie ein Phantom und manchmal tagelang verschwand.

Doch unter den Umständen war es sinnlos, nach einer Welt jenseits von hier zu fragen – denn der Schamane wußte ja, daß es sie gab! Besuchte er sie nicht dauernd? Während der Trance, zu welcher er eine vererbte Anlage hatte, reiste er oft dorthin. Der Schamane war nicht allein vertraut mit dieser Jenseitswelt – wann immer er auf die Reise ging, fand er die Lüfte über Transbaikalien voll fliegender Schamanen! Diese Welt war ihm so wohlbekannt wie die andere, in der er zeitweilig Anker geworfen hatte, um die Theorie einer anderen Welt mit Walser zu besprechen, und jene Welt und diese Welt mußten doch sicherlich dieselbe Welt sein wie die, die Walser in *seiner* Trance besuchte, denn alle Welten waren einzig und unteilbar.

Und das war's. Ende der Diskussion. Der Schamane begann seinen Bären zu liebkosen.

Doch Walser wanderte eines Tags den Bahndamm entlang und fand dort einen kleinen Jungen des Stammes auf einem Baumstumpf im Schnee hocken, die Augen in die Ferne gerichtet, wo sich ein Fleckchen Rauch eines abfahrenden Zuges langsam auflöste. Und auf dem Gesicht dieses Kindes sah Walser einen Ausdruck von Sehnsucht, der ihn rührte und der, mehr noch, sein Gedächtnis reizte, denn er kannte diesen Gesichtsausdruck, nicht mit den Augen, sondern mit dem Herzen. Nur einen Moment lang war er wieder der flachshaarige kleine Straßenläufer, der vor einem Vierteljahrhundert auf die schwellenden Segel, die rauchspeienden Kamine der Schiffe gestarrt hatte, die aus der Bucht von San Francisco nach den vier Ecken der Welt ausfuhren.

Und so erinnerte er sich an das Meer. Als er sich an die landlose Öde erinnerte, die grenzenlose Freiheit der ewig hin und her ziehenden Wasser, an die Fuge der Meerestiefen, wußte er, daß der Schamane all dies nie glauben könnte. Der Schamane lebte so tief im Landesinneren, daß er ein Ruder, hätte er je eins gesehen, in der Tat für einen Dreschflegel gehalten hätte. Und *diese* Vision konnte er nicht interpretieren, er konnte nicht entscheiden, was die See zu bedeuten hatte – wenn er auch in dem Maße, in dem seine Beherrschung der Sprache des Schamanen wuchs, gelegentlich versuchte, das Traummaterial von Tag zu Tag zu deuten.

»Ich kann einen Mann sehen, der ein –« (er tastete nach einem Wort) – »ein Schwein trägt. Du weißt nicht, was ein Schwein ist? Ein kleines Tier, gut zu essen. Der obere Teil dieses Mannes ahmt den Sternenhimmel nach. Der untere Teil mit seinem parallelen Liniensystem bedeutet vielleicht… gefällte Bäume… Er bringt Licht, und er bringt Nahrung, aber wie es scheint auch… Zerstörung…«

Walser hatte gelernt, in Bildern zu reden, um dem Schamanen seine Visionen mitzuteilen, daß er sie verstehen konnte, doch er verstand sie auch auf seine Art. Er identifizierte das »kleine, wohlschmeckende Tier« als den Bären, den Walser beinahe ebensosehr liebte wie er selbst, und deutete deshalb diesen Traum als denjenigen, mit dem die Geister Walser zum Scharfrichter des Bären bestimmt hatten, denn dessen Zeit rückte näher. Die Geister mußten den Traum auch genutzt haben, um ein Schamanenkostüm für Walser zu bestellen.

Der Schamane schnitt deshalb ein Kleid aus Elchhaut und schnitt einige Sterne aus den Resten einer alten Rindfleischdose aus, die er in R. gefunden hatte. Er ging zu einer Cousine ersten Grades, die ihre Arbeit als Hirtin damit verband, daß sie die Hebamme und weise Frau des Dorfes war, und er bat sie, das Elchhautkleid zu nähen und die Blechsterne auf die Brust zu heften. Sie erklärte sich dazu bereit und erledigte ihren Auftrag in der Zeit, die ihr neben den komplexen Ritualen blieb, welche die Geburt des ersten Kindes ihrer ältesten Tochter umgaben. Diese Rituale waren besonders kompliziert, da Geburten in ihrer Gemeinschaft in jenen Tagen recht selten geworden waren und es notwendig war, die Geister zu täuschen – sie davon zu überzeugen, daß in Wirklichkeit gar keine Geburt stattgefunden hatte, damit sie nicht kamen und den kleinen Neuankömmling stahlen und so die Bevölkerung jener, nicht dieser Welt vermehrten.

Walser saß vor dem Ofen und dachte an die Sterne und die Streifen und sang:

Oh, say can you see
By the dawn's early light...

Er versuchte, das Lied für den Schamanen zu übersetzen, doch die Worte fehlten ihm, und er sang auf amerikanisch weiter. Der Schamane hörte ihn gerne singen, wenn es auch in seinen Ohren äußerst mißtönend und krächzend klang – ein weiterer Beweis, was die Geister alles für Überraschungen bereithielten, für jemand wie ihn. Er sang denn gerne mit Walser zusammen, vor allem nach einem Gläschen Pisse, und umschrieb die fremden Melodien hie und da mit einer Viertelnote eigener Auffassung.

But the rockets' red glare,
Bombs bursting in air –

Doch nein! Die Fahne war *nicht* da – keine Stars and Stripes entrollten sich im duftenden Qualm der Schamanenhütte, mit seinem Messingbett, dem Samowar, dem Amulettbeutel und dem Bären mit den Ohrringen, der sich vor dem Feuer die Achselhöhlen kratzte. Der Schamane war damit beschäftigt, die Trommel fertigzumachen. Ein Topf Trockenfisch blubberte vor sich hin, fürs Abendessen köchelnd und die reichen Düfte von Mensch und Tier um einen Gestank vermehrend wie die Schlüpfer einer Nutte.

»Die Schlüpfer einer Nutte«, sagte Walser nachdenklich vor sich hin. »Die Schlüpfer einer Nutte...«

Je mehr Walser aus dem Lumpensack seiner Erinnerung zog (wobei er nicht wußte, daß es Erinnerungen waren) und zu einem bunten Patchwork zusammensetzte, desto unwahrscheinlicher wirkte es. Er saß in der Ecke und grübelte über all das nach, bis der Schamane ihn aus seinem Tagtraum rüttelte, um ihn zu unterrichten.

Die Lektionen bestanden in

a) Taschenspielerkünsten, Illusionismus – die Fähigkeit, Kiesel, Stöckchen, Spinnen oder (wenn es das gerade gab) Jungmäuse an sich zu verbergen und sie im Verlauf einer Diagnose oder Operation hervorzuholen;

b) Bauchreden – das Hervorbringen einer hohen, quietschenden Stimme der besonderen Art, die man mit den Stimmen der Geister in Verbindung brachte, und das »Werfen« der Stimme, damit sie aus dem Patienten selbst hervorzudringen schien, oder aus dem Feuer, oder aus der Schnauze des Bärenjungen mit den Ohrringen oder dem geschnitzten Munde eines Idols in der Götterhütte;

c) schließlich in der Fähigkeit, unglaublich feierlich und ernst dreinzusehen, als besäße er ein Wissen, das gewöhnlichen Sterblichen verborgen war.

Man hüte sich jedoch vor dem Irrtum, der Schamane wäre nur ein Schwindler, der sich in Walsers Serie »Große Schwindler der Welt« gut gemacht hätte, wenn der noch nach Kandidaten gesucht hätte. Der Schamane war sicherlich *kein* Schwindler. Er übte die erlesenste Form des Betrugs aus – die anderen vertrauten ihm wegen seines eigenen totalen Vertrauens in die eigene Integrität. Er war Arzt und Geburtshelfer des Dorfes, Traumdeuter und Prophet, der Intellektuelle und der Philosoph dazu; er leitete die Hochzeiten und Beerdigungen. Außerdem verhandelte er mit jenen Naturkräften und deutete ihre Zeichen, welche sein Stamm in seinen verletzlichen Lebensumständen besonders genau beobachten mußte.

Doch wenn auch der Schamane genau wissen mochte, daß ein böser Geist in der Form beispielsweise einer Maus den, sagen wir einmal, Durchfall eines Patienten verursachte, so ließ sich der Patient selbst nur durch den Augenschein überzeugen und schiß solange weiter, bis man ihm die hypothetische Maus aus dem Anus holte. Die Geister nahmen unglücklicherweise nur für den Schamanen sichtbare Formen an, so daß er sich, um seine Klienten zufriedenzustellen, mit körperlichen Imitaten dieser boshaften Formen ausrüsten mußte, und dann konnte man *sehen*, wie er sie austrieb. (»Was man sieht, muß man glauben.«)

Auch Hören hieß Glauben. Der Schamane hörte die Idole in der Götterhütte klar und deutlich sprechen und lauschte gespannt den Stimmen des Windes, doch auch die, welche nicht so scharfe Ohren hatten, mußten überzeugt werden, aufzumerken.

Der feierliche Blick war die Voraussetzung des Ganzen. Wer würde einem grinsenden Schamanen glauben?

Und wenn einmal der Stamm aufhörte, an die Kräfte des Schamanen zu glauben, so war er arbeitslos. Sie hätten sogar anfangen können, zu vermuten, er sei nicht ganz bei sich. Oder schlimmeres, denn einige seiner Gewohnheiten wären – hätte die Tradition sie nicht geheiligt – geradezu pervers erschienen. Und am schlimmsten: Wenn sie aufhörten, an ihn zu glauben, hätte man von dem Schamanen vielleicht sogar erwartet, daß er sich – da seien die Geister vor! – mit produktiver Arbeit abgebe, mit der Mühsal des Jagens, Bogenschießens, Fischens und dem sporadischen Anbau später Gerste, mit der Arbeit, mit welcher sich seine Nachbarn plagten und von deren Überschuß er im Augenblick recht bequem lebte, in Naturalien bezahlt von dankbaren Patienten oder jenen, deren Träume er mit glücklicher Genauigkeit gedeutet hatte.

Er hatte die feste Absicht, daß Walser, das Waisenkind, zu dem ihn die Geister in den Wäldern geleitet hatten, der kleine Vogel, aus einem Ei geschlüpft, dessen Schalen genauso verschwunden waren wie die Himmelswiege des Bärenjungen – er hatte die Absicht, daß Walser, sein Adoptivsohn, eines Tages die ganze Macht, die ganze Autorität erben sollte, all seine speziellen Kenntnisse, selbst seine Rentiere und seinen Samowar. Tag um Tag gewann er Walser lieber. Abends umarmte und streichelte er Walser zärtlich, ehe sie einschliefen. Er mochte Walser sogar noch mehr als den Bären. Nun, da Walser hier war, würde er den Bären nicht vermissen, wenn die Zeit kommen würde, ihn zu opfern.

Der Stamm zählte die verstreichende Zeit in Blöcken von Licht und Dunkelheit, von Schnee und Sommer. Da ihr Kalender jahreszeitlich bestimmt war und der Kontakt mit den fremden Teufeln, die einem Feuer in die Harnblase taten, sie nicht veranlaßt hatte, eine Kalenderreform vorzunehmen, begingen sie das Wintersolstitium mit großen Feierlichkeiten. Eine große Lärche, zu dieser Zeit des Jahres kahl, stand vor der Götterhütte, und als der Lichtkeil mittags von Tag zu Tag geringer wurde, öffneten der Schamane und seine Assistentin, die Cousine, in der Götterhütte verschiedene Kisten und holten enorme Mengen roter Bänder hervor und Blechanhänger in verschiedenen Formen: Sterne, Halbmonde, Monde, Männer und Frauen in der groben Stilisierung von Lebkuchenfiguren. Der Schamane ermunterte Walser, den anderen beiden zu helfen, als sie den Baum erkletterten und diesen Schmuck an die Zweige hängten. Walser dachte, der Baum würde noch hübscher aussehen, wenn man brennende Kerzen auf die Zweige steckte, aber Kerzen gab's keine. Walser dachte, daß Weihnachten bevorstehen müßte, aber er konnte sich nicht erinnern, was Weihnachten war, und natürlich hatte Weihnachten gar nichts damit zu tun. Das Dorf würde sich auch des Augenblickes nicht bewußt werden – der nun sehr rasch heranrückte –, wenn das neunzehnte Jahrhundert sich in das zwanzigste verwandeln würde.

Man konnte nicht einmal sagen, daß sie aus der Geschichte verbannt waren: Sie bewohnten eher eine Dimension der Zeit, welche die Geschichte unberücksichtigt ließ. Sie waren ahistorisch. Die Zeit bedeutete bei ihnen nichts.

Zu diesem Zeitpunkt, dem Angelpunkt der Moderne, der Drehung der Türangel vom neunzehnten ins zwanzigste Jahrhundert, hätte bei einer großen Befragung aller Bewohner der Welt wohl die weitaus größte Anzahl – über den ganzen Planeten hinweg mit ihrem täglichen Geschäft (Landwirtschaft, Brandrodung, Krieg, Metaphysik und Fortpflanzung) zugange – diesen sibirischen Eingeborenen nachdrücklich darin beigepflichtet, daß die ganze Vorstellung von einem zwanzigsten Jahrhundert oder überhaupt einem Jahrhundert schon eine sehr merkwürdige Idee war. Wenn man dieses globale Plebiszit auf demokratische Weise durchgeführt hätte, dann hätte das zwanzigste Jahrhundert sofort zu existieren aufgehört, das ganze System, die Jahre nach Hunderten zu gruppieren, wäre aufgegeben worden, und die Zeit hätte aufgrund einer soliden Mehrheitsentscheidung stillgestanden.

Doch selbst damals, selbst in diesen entlegenen Regionen, in jenen Tagen, jenen letzten verwirrenden Tagen vor der Geschichte (das heißt, der Geschichte, wie wir sie kennen, also weiße Geschichte, also europäische Geschichte – also Yankee-Geschichte) – in jenem letzten kleinen Freiraum, wo man Atem schöpfen konnte, ehe die Geschichte *als solche* ihre Tentakeln ausstreckte, um den gesamten Globus zu umfassen, schon da hingen die Leute des Stammes an ihrem Tee und hantierten geschickt mit den importierten Feuerwaffen und mit Äxten, die sie nicht selbst herstellen konnten, da sie im wesentlichen noch der Steinzeit angehörten. Sie wußten mehr, als sie aussprachen. Die Zukunft war ihnen gegenwärtiger, als sie es eingestanden hätten, jeden Tag tranken sie sie und hatten sie in der Hand.

So waren sie nicht ganz in derselben Lage wie jene amerikanischen Indianer, die im Jahre vierzehnhundertzweiundneunzig morgens in dem glücklichen Glauben erwachten, sie seien die einzigen Bewohner des Planeten, selbstgefällig in der trügerischen Sicherheit, daß sich nie etwas in ihrer Welt geändert hatte und sich deshalb auch nie etwas in ihrer Welt ändern *würde*, und so in ihrer Unschuld dem Untergang geweiht waren. Diese sibirischen Waldbewohner wußten, daß sie nicht allein waren, und ihre Leben hatten sich schon verändert, wenn es auch zu dieser Zeit noch schien, als könne ihre flexible und elastische Mythologie die Zukunft in sich aufnehmen und einbeziehen und so verhindern, daß ihre Gläubigen in der Vergangenheit verschwanden.

Die Cousine des Schamanen hatte Walsers Schamanenkostüm fertig gemacht. Wie gewünscht war die Brust mit Sternen besetzt und der Rock mit Streifen, obwohl der Colonel »Old Glory« in dieser Verkörperung nicht erkannt hätte, so gründlich hatte die Schamanencousine die Bildzeichen der traditionellen Ikonographie des Stammes einverleibt. Das Blech ging ihr aus, ehe sie mit den Ornamenten fertig war, so daß sie auf einem Ren nach R. ritt und dort einen neuen Kessel gegen eine Dosis Tripper eintauschte. Als sie wieder heimkam, zerstückte sie den Kessel und machte viele kleine Glöckchen aus dem Metall. Die nähte sie an die Schultern des Kleides, unter die Arme und an die Ellenbogen.

»Du mußt dem Klingeln der Glocken lauschen, um daraus ---« (der Schamane sah erstaunlich ernst drein) »--- gewisse Dinge zu erkennen.«

Doch für Walser schien das Klingeln vorzuschlagen, er solle hüpfen und springen. Sie nähte auch ein kleines Büschel

Federn an jede Schulter. Obwohl ihm die bei der Levitation helfen sollten, brach Walser zusammen und weinte wie ein kleines Kind, als er sie sah. Wie kam das?

Der Schamane mischte Pigmente, die aus verschiedenen Erden, Moosen, Flechten und Beeren stammten, und begann, die Oberfläche der Trommel zu bemalen. Oben malte er Sonne, Mond, Birken, Weidenbäume und gehörnte Tiere, die nicht klar einer Spezies zuzuordnen waren. Unten malte er Frösche, Fische, Schnecken, Würmer und Menschen. In der Mitte – Füße im unteren, Kopf im oberen Teil – malte er eine anthropomorphe Figur, gestaltet, daß sie leicht zwischen beiden Zonen verkehren konnte. Diese Figur war menschlich oder zumindest zweibeinig; nichts an ihr deutete darauf hin, ob sie männlich oder weiblich sein sollte; sie war von eindrucksvoller Größe. Um ihre Fahrten zu erleichtern, malte der Schamane ihr Flügel, große Flügel, weit ausgebreitete Flügel, und malte die Flügel mit einem stumpf-leuchtenden Rot aus, das er gewann, indem er getrocknete Läuse im Mörser zerstieß.

Diese Gestalt beunruhigte und entzückte Walser sogar noch mehr als die Glöckchen und Federn seines Gewands. Er starrte die Trommel stundenlang an, mit leisem Lachen gurrend, als übe er seine neugeborene Empfindungsfähigkeit. Er klopfte und pochte mit dem pelzigen Schlegel an die Trommel und versuchte sie zu überreden, zu ihm zu sprechen. Nichts. Er lächelte die Figur an und tanzte für sie, sowohl mit dem Bären wie allein. Schließlich streckte er dem gemalten Wesen die Arme in demütiger Geste entgegen und brachte, auf Englisch, die Worte hervor:

»Only a bird in a gilded cage!«

Dann schlug eine Tür in seinem Gedächtnis zu, und die nächste Zeit lebte er weiter wie ein Kind des Stammes, nur darin privilegiert, daß er ein ungewöhnlich begabtes war.

Als nächstes kam die Frage seiner Mütze, ohne die seine

Schamanentracht nicht vollständig war. Das Muster für seine Mütze mußte auch aus visionärer Eingebung ermittelt werden, wie das für den Rest seiner Ausrüstung. Der Schamane dachte sich, es wäre wohl das beste, Walser auf ein Ren zu setzen und es dem Rentier zu überlassen, wo man wohl am ehesten die Inspiration für die Mütze finden würde. Aber wann sollte das geschehen? Nun, wann sonst als an dem zauberkräftigen Wintersonnwendtag selbst! Wenn die Sonne eine Weile sich tief unten verkroch und seltsame Nachttiere hervorkamen, um in der Dämmerluft ihre Spiele zu treiben.

Da der Winter schon zwei, drei Monate gedauert hatte, waren die meisten Dorfbewohner zu einem kleinen Fest geneigt, als der späte Morgen des Solstitiums dämmerte. Und obwohl es der Sonne nicht gelang, sich vor der Stunde über den Horizont zu wälzen, da man in einem zivilisierten Land sich gerade zum Elf-Uhr-Tee gesetzt hätte, trat sie schließlich doch in ihrem Glanz hervor. In beinahe zu starkem Glanz – so ungewohnt war das Wetter für die Jahreszeit, daß sich der Schamane, der einen trüben Tag erwartet hatte, seltsam beunruhigt fühlte, als könne ein Zauber außerhalb seiner Kontrolle wirksam geworden sein. Doch der Sonnenschein brachte die Dorfbewohner ins Freie, und als der Schamane und Walser fertig bekleidet und aufbruchsbereit waren, scharte sich eine beträchtliche Anzahl von Ausflüglern um sie, wohlversehen mit dem und jenem für ein kleines Picknick. Die Cousine des Schamanen blieb jedoch im Dorf, um ihre Tochter in der Schutzhütte unterzubringen, die ein wenig außerhalb lag und bestimmt war, zehn Tage lang nach einer Geburt Mutter und Kind aufzunehmen, damit die bösen Geister nicht bemerkten, was geschehen war.

Walsers Ren, sich selbst überlassen, führte sie in Richtung des Heiligtums der fremden Teufel und ihrer verfluchten Eisenstraße. Der Schamane war insgeheim beunruhigt, doch war andererseits auch alles möglich, selbst eine Vision, die bedeuten würde, daß die Schamanenmütze der Kopfbedekkungen der Schaffner auf der Transsibirischen Eisenbahn gleichen sollte, so daß alle hinterhergingen. Walser wandte pflichtbewußt an, was er über das feierliche Aussehen gelernt hatte, und mit solchem Erfolg, daß der Schamane trotz seiner inneren Unruhe gefühlvollen Stolz empfand.

Der Tag war so schön, wie ihn die Landschaft zu dieser Jahreszeit nur bieten konnte – ein Himmel, blau wie ein Babyauge; blasser, zurückhaltender Sonnenschein, der den bittersüßen, slawischen Genuß der kurzen Dauer in sich trug, denn schon sehr bald würde er verflogen sein; und Schnee, der heute nicht wie eine tödliche Decke dalag, sondern wie eine zarte Hülle, welche die Kälte von den keimenden Samen fernhalten soll. Die Kinder machten Schneebälle und bewarfen einander. Ein Schneeball traf die Kappe des Schamanen hinten und ließ die Glöckchen erklingen, wozu das Kleinzeug gedämpft aufkicherte. Melancholisch vermerkte der Schamane dieses Zeichen von Respektlosigkeit. So stolz er auf Walser war – ein sechster Sinn sagte ihm, daß der Tag nicht gut verlaufen könnte. Er war entzückt, als das Ren Walsers von der Bahnlinie nach R. plötzlich abbog und einen Kurs in Richtung des Flusses einschlug; seine Stimmung hob sich sogleich. Alle glitschten und sprangen fröhlich voran.

Und dann warf der leuchtende Schatten des Unwahrscheinlichen seinen verwandelnden Bann über den Morgen.

Aus dem Nichts oder aus dem blaßblauen Himmel oder vielleicht aus dem kühlen Herzen der zerbrechlichen weißen Sonne kam eine im Gesang erhobene Stimme – eine menschliche Stimme, eine Frauenstimme, eine wunderbare Stimme. Eine solche Stimme, von der man meinen wollte, sie würde den Frühling vor der Zeit bringen. Eine Stimme, all die kleinen Blumen zu erwecken, daß sie aus dem Schnee kamen und ihre Blütenblätter trockneten. Eine Stimme, daß die Lärchen vor Lust zitterten und ihre Zweige ausstreckten wie Kinder, die tanzen wollen. Alle Erneuerung des Lebens, alle Verjüngung versprach diese Stimme.

Ein Sopran mit Klavierbegleitung.

Vögel fuhren mit klappernden Flügeln auf und schwebten aus dem Gezweig hervor, um durch die helle Luft zur Quelle der Musik zu fliegen. Das Unterholz raschelte von den Bewegungen kleiner Säugetiere und Nager, als auch sie sich aufmachten, durstig von diesem Wunderbrunnen des Gesangs zu trinken. Selbst die Rentiere, auf ihren Füßen stehend wie auf Schneeschuhen, beschleunigten ihren tappenden Schritt.

Doch wenn Flora und Fauna des sibirischen Waldes wie einst die der thrakischen Wälder der Musik Orpheus' antworteten, so waren die menschlichen Waldbewohner taub für die Echos des Mythos, da sie keinen Widerhall in ihrer eigenen Mythologie erweckten. Diese Musik enthielt für sie keinen Zauber und drang ihnen nicht in die Brust, gar nicht – sie erkannten kaum das Schubertlied *als* Musik, da es wenig gemeinsam mit den Tonleitern und Klangfarben ihrer eigenen Musik hatte, die sie auf den unregelmäßig erfolgenden Befehl der Geister hin auf Trommeln, Flöten aus den Schenkelknochen des Elchs und Vibraphonen aus tönenden Steinen machten. Was den Gesang anging, so zogen sie sandpapierrauhe Stimmen vor – die Honigsüße des Mädchensoprans wirkte auf *ihren* Gaumen nicht wie Honig. Die Magie des Sangs war fremde Magie und bezauberte sie nicht. Sie interessierte sie jedoch, erregte sie sogar – auch sie zogen zum Ursprung der Stimme hin und überlegten, ob dies Kakophonien ungeladener Götter sein mochten, die an diesem ungewohnt hellen Sonnwendtag über die Grenze zwischen dem Sichtbaren und dem Unsichtbaren geschlüpft sein mochten. Alle Stirnen waren gerunzelt, alle Lippen nachdenklich geschürzt.

Doch Walser fand sich zittern wie die Lärchen, denn die Musik besaß die Vertrautheit des erinnerten Traums. Als er das Haus auf der Lichtung mit seinem Dach hingegossener Tiger sah, war dies eine so komplexe Vision, daß er sie zuerst nicht entschlüsseln konnte, sondern sein Rentier etwas zurückhielt, während die neugierigen Waldbewohner eifrig vordrangen.

Der Schamane jedoch wurde mißtrauisch. Er war es gewohnt zu sehen, er, der Seher, und dann andere Leute zu überreden, daß sie dasselbe gesehen hatten wie er. Nun sahen alle um ihn plötzlich spontan dasselbe wie er. Das kam ihm merkwürdig vor. Das Piano, dessen schön gestimmte Tonleiter ihm einen Schauer über die Haut jagte, stammte aus dem Traum eines anderen, nicht aus seinem Traum, nicht aus irgendeinem Traum, der ihm vertraut gewesen wäre. Wenn es aus Walsers Traum kam, dann war Walser auf dem Weg zur vollen Schamanenschaft schon viel weiter, als der Schamane gedacht hätte. Das Haus vor ihnen, das Lied, das aus ihm aufstieg, die ruhenden Tiger obendrauf und die seltsame Gruppe rundäugiger Individuen, die nun vom Fluß her kamen und Eisblöcke trugen, in denen Fische waren, all dies verunsicherte den Schamanen. Er hatte das Gefühl, daß er nicht mehr auf dem laufenden war.

Als die Rundaugen auftraten, war es Walser, als erweiche eine frühe Schneeschmelze sein Gehirn. Unsicher, was er denken sollte, unsicher, wie er überhaupt noch denken sollte, trieb er sein Rentier voran, um besser zu sehen.

»Jack! Jack!«

Sie hätte den Klang der Axt des Holzhauers nachahmen können, so wenig Sinn enthielt der Laut für ihn. Die Musik brach mit einem Mißklang ab; laut und deutlich rief es nun in der plötzlichen Stille:

»Jack Walser!«

Sein Name, im Mund des geflügelten Wesens. Ein Zeichen! Doch es reichte nicht, den Schamanen ganz zufriedenzustellen. Denn er war es gewohnt, mit allen möglichen anomalen imaginären Wesen umzugehen und zu unterhandeln, geflügelt oder nicht, mit Bärenköpfen und Elchfüßen, Fischleibern und Adlerflanken, mochte sie mit ihrem gelben Haar, den behaarten Beinen und dem Gefieder mit seinen leuchtenden, künstlichen Farben, wie man sie zuvor nur auf Tauschhandelsdecken gesehen hatte, feindlich gesinnt sein oder nicht. Selbst wenn sie den Namen seines Lehrlings kannte, vollführte sie doch ein, was ihn betraf, kaum glaubliches Geschrei. Außerdem waren ihre Flügel, mit denen sie prunkte, nicht einmal funktionsfähig – jetzt fiel sie mit einem feuchten Aufschlag würdelos in eine Schneewehe. Eine höchst inkompetente Erscheinung! Und nun ließ sie die wütenden Tiger los!

Hastig fing der Schamane an, eine zauberische Verteidigung zu trommeln, während sich die Angehörigen des Stammes in verschiedenen Richtungen rasch zerstreuten, ungeordnet, mit scharfen Schreien der Enttäuschung und Empörung. Walser, den ein ekstatischer Anfall überkommen zu haben schien, der mindestens ebenso mächtig war wie der beste, den der Schamane zu erreichen vermochte, versuchte die haltlose Flucht seines Reittiers zu verlangsamen, doch ohne Erfolg: Es hielt erst im Dorf wieder inne, wo es ihn mit einer Art Achselzucken von seinem Rücken warf, erleichtert aufseufzte und im Moos zu äsen begann. Walser rollte im Schnee herum, kichernd und prustend. Er ergriff seinen kaninchenfellbezogenen Schlegel und setzte mit dessen Hilfe eine Freudenhymne aus der Trommel frei.

»Ich habe sie schon früher gesehen!« erzählte er dem Schamanen eifrig, als der ankam. »Ich kenne sie sehr gut!«

Der Schamane hielt das für sehr wahrscheinlich, aber er sah darin nicht unbedingt ein gutes Zeichen, denn sein Lehrling war drauf und dran, ihn selbst zu überholen, und konnte schon die Geheimnisse der Geister hervortrommeln.

»Frau, Vogel, Stern«, plapperte Walser. »Ihr Name ist –«

IX

Obwohl sie von ferne noch als Blondine durchgehen konnte, war an den Wurzeln von Fevvers' Haaren nun gut ein Zoll braune Farbe zu erkennen, und Braun zeigte sich auch in ihrem Gefieder, weil sie in der Mauser war. Lizzies Handtasche hätte vielleicht Wasserstoffsuperoxyd enthalten, um das eine Problem zu korrigieren, und vielleicht auch ein Fläschchen rote Tinte für das andere – elementare Magie für den Hausgebrauch! – aber die Handtasche war weg, unwiederbringlich in den Trümmern des Zuges verloren; und nun sah der tropische Vogel jeden Tag mehr aus wie der Londoner Spatz, der er zu Anfang gewesen war, als löse sich ein Zauber auf. Fevvers fühlte sich mürrisch und gereizt, wie sie sich rasch in dem kleinen Spiegel voll Fliegendreck betrachtete, in dem Lizzie eben die weiße Mähne des alten Mannes auf Maestro-Länge schnitt, daß sie gerade noch den Kragen streifte.

»Da bitte! Sieht er nicht hübsch aus?«

Seine Geschichte war einfach. Er war schon in mittleren Jahren, als er sich von seiner sicheren Stelle als Musiklehrer in Nowgorod durch die Versprechungen des korrupten Bürgermeisters von R. weglocken ließ, der für sein Projekt eines Transbaikalischen Konservatoriums von der Regierung einen fetten Betrag eingesackt hatte. Wie? fragte der Musiker vorsichtig. Den Bären die Tonleiter beibringen und die Akkorde den Raben und Goldaugen? Nein, nein, nein! versicherte ihm der Bürgermeister und goß wieder Wodka ein. Die kleinen Töchter der Pelzhändler, der Regierungsbeamten, der Stationsvorsteher, Schwellenleger und Streckenarbeiter werden in Ihr Konservatorium strömen, und außerdem, welche ungeahnten Talente mögen sich nicht unter den Kindern der eingeborenen sibirischen Bauern selbst entdekken lassen! Der Wodka half ihm, unwiderstehliche Bilder des ungenutzten musikalischen Talents des Gebietes zu malen. Vor dem warmen Ofen in Nowgorod entbrannte der Idealismus des Maestro.

Doch der Maestro hatte nicht genug Erfahrung, um zu wissen, daß er nicht aus dem Holz war, aus dem man Pioniere schnitzt, noch war ihm klar, daß der Bürgermeister ihn sofort, nachdem er seinen Betrug erfolgreich abgewickelt hatte, vollkommen vergessen würde. Da er nicht einmal das Fahrgeld nach Hause besaß, saß der Maestro bald mittellos in dem Haus, das ihm meilenweit von der Stadt entfernt als Musikakademie zugeteilt worden war, und nur sein Klavier, sein Zylinder und sein Schild an der Tür erinnerten ihn daran, was er einmal gewesen war. Er war in tiefe Verzweiflung versunken gewesen, als sie kamen, wie ein Wunder.

»Es ist, als hätte er seine längst verschollene Tochter wiedergefunden«, sagte Lizzie. »Wie am Ende einer der späten Shakespeare-Komödien. Nur hat er zwei Töchter gefunden. Happy End, im Quadrat. Hör sie dir an.«

Der Maestro und die Prinzessin spielten vierhändig Harmonien, während Mignon mit gefurchter Stirn die Grundelemente des Kontrapunkts studierte. Bei dem eifrigen Unterricht des alten Maestro begann sie eine ungewöhnliche kompositorische Begabung zu zeigen.

Fevvers, die zusah, wie der Fisch kochte, brummte, es freue sie zu hören, daß wenigstens jemand glücklich sei. Ihre Flügelfraktur – sie hatte sich bei ihrem Flugversuch erneut den Flügel gebrochen – war nun mit den Angelruten des Maestro bandagiert, und Lizzie verschrieb ihr für den Augenblick nachdrücklich Ruhe, reichliche Nahrung und nochmals Ruhe. Sie verhielt sich den Vorstellungen ihrer Ziehtochter gegenüber, man müsse sofort aufbrechen und den jungen Amerikaner aus den Klauen des Waldvolkes befreien, völlig gleichgültig. »Hat so ausgesehen, als wäre er da ganz zu Hause. Hat sich in seiner Kleidung ganz angepaßt, oder?«

»Aber es ist noch keine Woche her, daß wir auseinander sind! In einer Woche wird man doch nicht zum Eingeborenen!«

»Ich weiß nicht, ob es erst eine Woche her ist, seit wir ihn aus den Augen verloren haben«, sagte Lizzie. »Hast du seinen langen Bart gesehen?«

»Den Bart hab ich gesehen«, stimmte ihr Fevvers unsicher bei. »Was soll das heißen, du weißt nicht, ob es erst eine Woche her ist...«

Lizzie wandte der anderen Frau ein Gesicht von solchem Ernst zu, daß selbst der Schamane beeindruckt gewesen wäre.

»Es geht etwas vor. Etwas, von dem wir nichts wissen, Liebes. Bedenke, wir haben unsere Uhr verloren, bedenke, der alte Zeiten-Vater hat viele Kinder, und ich glaube, irgendein Bastard der alten Zeit hat diese Gegend als sein Erbteil bekommen, denn wenn wir uns die Länge von Mister Walsers Bart und die Geschicklichkeit ansehen, mit der er auf dem Rentier geritten ist, dann ist die Zeit wundersam rasch für dieses Waldvolk vergangen – oder vergeht noch immer so.

Vielleicht«, sagte sie grübelnd, »geht ihre Zeit rasch zu Ende.«

Fevvers war von diesen Spekulationen nicht sehr beeindruckt. Sie löffelte Fischbrühe, probierte, schnitt ein Gesicht, wühlte im Küchenschrank des Maestro und fand kein Salz. Das fehlte nun wirklich noch. Reichlich Futter und nichts Richtiges zu essen. Wenn sie nicht ihren Stolz gehabt hätte, wäre sie jetzt weinend zusammengebrochen.

Ihr Elend wurde dadurch verschärft, daß sie nun wußte, wie nahe und doch fern der junge Amerikaner war, der ihr so gut gefiel. Verschärft, nicht aber im Grunde hervorgerufen. Ihre Umdüsterung hatte andere Gründe. Erschreckte sie die Geschwindigkeit, mit der sie ihr gutes Aussehen verlor? War es das? Sie schämte sich, es zu gestehen, aber es war ihr, als bräche ihr Herz, wenn sie in den Spiegel schaute und die leuchtenden Farben welken sah. Und doch war es noch mehr, noch etwas anderes. Sie wußte, daß sie einen entscheidenden Teil ihrer selbst an irgendeinem Punkt des Weges, der sie hierherbrachte, verloren hatte. Als sie ihre Waffe in seinem eiskalten Palast an den Großherzog verloren hatte, war ihr ein Teil des Gefühls ihrer eigenen stolzen Größe verloren gegangen, das bis dahin ihre Flugbahn gesichert hatte. Sobald dieses Gefühl der Unverwundbarkeit dahin gewesen war, was war geschehen? Den Flügel hatte sie sich gebrochen. Jetzt war sie ein verkrüppeltes Wunder. Man mochte noch so tapfer dazu lächeln, so war es am Ende.

Die Cockney-Venus! dachte sie bitter. Jetzt sieht sie, um bei einem alten Cockney-Song zu bleiben, eher aus wie eine von den Ruinen, die Cromwell damals ein bißchen zerdeppert hat. Helena, vormals Hochseil, jetzt endgültig auf den Boden der Tatsachen zurückgekehrt. Die Neue Frau ist arm dran, wenn es sich rausstellt, daß sie ebenso leicht zu demolieren ist wie ich.

Täglich fühlte sie sich geringer werden, als hätte der Großherzog noch eine Skulptur aus Eis bestellt und vergnügte sich nun damit – um seine Rache für ihre Flucht auszukosten –, sie ganz, ganz langsam zu schmelzen, vielleicht durch den sorgfältigen Einsatz glühender Zigarettenenden. Der junge Amerikaner, der hatte die ganze Geschichte der alten Fevvers in seinem Notizbuch; sie sehnte sich danach, daß er ihr sagen sollte, sie sei wirklich. Sie sehnte sich danach, sich in all ihrem erinnerten Glanz in seinen grauen Augen gespiegelt zu sehen. Sie sehnte sich. Es nützte nichts. Die Zeit verging. Sie ruhte aus.

Die Hände des Colonels zitterten, weil der Alkohol aufgebraucht war und er bei seiner letzten Kiste Zigarren war, doch er war in exaltierter Stimmung, denn er hatte in dem Flüchtling einen Zuhörer gefunden, der nicht entrinnen konnte und ihn nun mit immer wilderer Ahnung anstarrte.

»Diese kleinen Rückschläge sollen uns nur auf die Probe stellen, junger Mann. Ich habe dies erstaunliche Spektakel geplant: Stoßzähne der Elefanten im Morgenlicht der Tundra! und, ja, ich bin gescheitert. Nun gut. Ein Fehlschlag. Ich bin *auf ungeheuerliche Weise* gescheitert. Haben Sie je dem unabwendbaren Mißerfolg ins nackte Auge gesehn, junger Mann? Der Trick ist der: mit festem Blick hinsehn und hinsehn, bis *er* den Blick senkt! Das Scheitern ist das Risiko jeder großen Unternehmung. So fallen die Würfel im Großen Spiel, einmal gewinnt man, einmal verliert man, und so zu verlieren, wie ich es getan habe, mit solchem Riesenverlust, so enorm zu verlieren, alles und jedes und das letzte noch zu verlieren... yessir! das ist in sich schon eine Art Triumph.«

Er stellte sich auf die Hinterbeine und schwenkte den Stummel seiner letzten Zigarre.

»Hüte dich, Transbaikalien! Ich komme wieder! Aus der Asche meines Unternehmens steige ich verjüngt wieder auf! Colonel Kearney fordert nun seinerseits die eisige Wildnis heraus, die Bären, die Meteore – er wird wiederkehren, mit mehr Elefanten und mit größeren; mit größeren und wilderen Tigern; mit einer ganzen Armee unendlich komischerer Clowns! Jawohl! Old Glory wird wieder über der Tundra wehen!

Colonel Kearney, der einstige, jetzige, künftige Impresario! Colonel Kearney grüßt die Neue Zeit! Gib acht, Zwanzigstes Jahrhundert – ich komme!«

Draußen gingen unter einem Himmel von der Farbe und Textur einer Militärdecke wilde Tiere, Hebammen, Jäger, Kaufleute, Pelzhändler und Raubvögel ihren Verrichtungen nach, ohne daß sie sich der Herausforderung des Colonels bewußt gewesen wären. Hätten sie sie gehört, so hätten sie sie doch nicht begriffen, und wenn, hätten sie sich lustig gemacht darüber. Samson ließ das ironische Schweigen der

Nacht herein, als er einen Armvoll Scheite vom Holzstoß hereinbrachte, doch der Colonel, dessen blasse Augen immer weiter aus ihren Höhlen traten, als neue Schübe der Erregung durch ihn hindurchgingen, jagte die Nacht sofort wieder hinaus.

»Junger Mann, ich darf Ihnen mein Schwein vorstellen.«

Sybil dachte jedesmal an Apfelsauce, wenn sie den Flüchtling sah, und wollte ihren Fuß zurückziehen, doch der Colonel gab ihr einen scharfen Klaps auf den Nacken, so daß sie es zuließ, daß er ihr das Füßchen schüttelte.

»Sybil, das mystische Schwein, meine Partnerin im Großen Spiel. Yessir, wir sind alte Partner, Sybil und ich. Vor Jahren, ach, vor Jahren, drunten auf der Farm von Daddy in Lexington, Kentucky – schon mal von Kentucky gehört? The Blue Grass State? Schönstes Land der Welt, yessir, schönstes Land der Welt, mein Junge... auf der Farm von Daddy, ich war ja noch ein Kind, ging einem richtigen Schwein gerade bis ans Knie, da machte ich die Bekanntschaft der wunderbarsten, Anwesende immer ausgenommen, kleinen Dame, die je Schweinemast gefuttert hat...«

Der Flüchtling war sprachlos vor der Eloquenz des Colonels. Noch nie war er jemandem begegnet wie dem Colonel. Wenn dieser auch durchaus nicht aussah wie eine Sirene, war doch sein Gesang ebenso bestrickend. Als der Fisch gekocht und gegessen war, hatte der Flüchtling eingewilligt, den Colonel bis zur Bahnstation in R. zu geleiten, und von da –

»Notfalls besteige ich mein Schwein!«

– auf irgendeine Weise zu irgendeinem Ort, von wo aus die Presse auf das ungeheuerliche Schicksal von Colonel Kearneys Zirkus hingewiesen werden konnte und von wo aus man Kredit aufnehmen konnte, daß der ganze Laden bald wieder stand.

Die Elastizität dieses kleinen dicken Colonels! Er war wie eines dieser Stehaufmännchen mit runder Standfläche, die man, so fest man stößt, nicht zum Umfallen bringt. Mit welch missionarischem Eifer trat er der verwirrten Tugend des Flüchtlings gegenüber! Dieser, der an die ursprüngliche Unschuld und den wesentlichen guten Willen des Menschen glaubte, besaß keine Abwehrkräfte gegen den Colonel, denn natürlich glaubte der genau dasselbe, aber von einer gänzlich anderen Perspektive aus.

»Und diese kleine Dame also, ihre Urgroßmama, die erste der langen Linie patriotischer Schweine, stellte sich auf ihre Hinterbeine und hat mich etwas gelehrt, was ich in der Schule nie erfahren hatte. Und diese Lektion, mein Junge, die war: Gib den Toren, die betrogen werden wollen, was sie sich wünschen!«

»Ho, ho, ho!« gluckste er; er hatte den Flüchtling rasch als einen sympathischen Toren erkannt. Seine kleinen Augen glitten ruhelos durch die asketische Hütte, welche sich durch die Geometrie der Musik schnell in einen hohen weißen Palast des transzendentalen Gedankens verwandelte. Das gefiel ihm gar nicht. Er wußte, daß Mozart ohne einen Pfennig auf einem Strohlager gestorben war.

»Über den Löffel balbieren!« vertraute er dem Flüchtling eine weitere Devise an, dessen Leben bis jetzt der Aufgabe gewidmet gewesen war, die Menschheit zu vervollkommnen, sie mochte wollen oder nicht. Der Flüchtling überlegte sich diesen Satz eine Weile und dachte sich dann, daß es wohl mit seiner unvollkommenen Beherrschung des Englischen zusammenhängen müßte, was für ein Verdacht in ihm aufstieg, denn das konnte der Colonel doch nicht gemeint haben! Aber der Colonel lachte in sich hinein, als er sich den frischen, kläräugigen Flüchtling betrachtete, und beschloß: Wenn sich der Junge als nützlicher Rekrut für das große Projekt des Großen Spiels herausstellen sollte, dann würde er ihm zum Gebrauch in Amerika den Namen Balbino geben. Er fragte Sybil, wie er den Flüchtling am besten benutzen könnte, wenn man in die Zivilisation zurückgekehrt sein würde. Sie legte den Kopf auf die Seite und dachte nach. Dann sprach das Orakel:

G-E-S-C-H-Ä-F-T-S-F-Ü-H-R-E-R.

Denn ein reines Herz versorgt die Kasse am treuesten. Der Flüchtling sann über die Aussicht auf ein neues Leben in der Neuen Welt nach. Sie erregte ihn angenehm! Er wollte am liebsten gleich aufbrechen und losmarschieren, doch da stellte sich heraus, daß Mignon und die Prinzessin nicht fortzubringen waren. Keinen Zoll! Als der Colonel versuchte, sie zu überreden, mit ihm zum Lichterglanz der Großstadt zurückzukehren, schüttelten sie den Kopf. Der Maestro (bei dem alle Symptome darauf schließen ließen, daß er bald vor reinem Glück darüber, unwillkürlich doch noch die Musikakademie von Transbaikalien gegründet zu haben, für die schon keine Hoffnung mehr bestand, den Geist aushauchen würde) zog seine einzigartigen Schülerinnen fest an seine Brust. Durch die maßlose Wildnis um sie her streifte das wilde Publikum, für das die Frauen eine noch nie zuvor auf Erden gehörte Musik machen mußten, nicht jedoch die Musik der Sphären, sondern von Blut, Fleisch, Sehnen, Musik vom Herzen.

Diese Musik, verkündete Mignon, waren sie zu machen geboren. Allein deshalb waren sie zusammen hierhergebracht worden, als Frauen und Liebende, nur um solche Musik zu machen – Musik, die zähmte und ungezähmt ließ, Musik, die den Pakt der gelassenen Ruhe zwischen der Menschheit und ihren wilden Brüdern, ihren wilden Schwestern, besiegelte, und sie doch ließ in ihrer Freiheit.

Mignon hielt ihre Rede mit solch lebhafter Kraft, daß sie alle bewegt waren.

»Kann dies tatsächlich dasselbe zerlumpte Kind sein, das vor so kurzen Wochen um eine milde Gabe zu mir kam?« dachte Fevvers. »Die Liebe, die wahre Liebe hat sie vollständig verwandelt.« Als sie daran dachte, daß die Gegenwart der geliebten anderen Mignon so schön machte, bissen ihr kleine Tränen in den Augen, denn sie, Fevvers, wurde täglich häßlicher.

Der Colonel brummte und seufzte, aber er bestand nicht auf seiner Aufforderung. Ihr Auftritt entwickelte sich in eine Richtung, die nicht sehr profitabel schien. »Perlen vor die Säue«, hätte er wohl gesagt, wenn seine Wertschätzung für Sybil nicht so groß gewesen wäre.

Und der Starke Mann? Der Colonel, der sich seiner Auftritte erinnerte, lockte ihn mit Ruhm und Geld und machte ihn darauf aufmerksam, daß alles, was er von den Frauen hier erwarten konnte, Freundschaft war. Samson räusperte sich und trat verlegen von einem Fuß auf den anderen, ehe er sprach.

»Mein ganzes Leben bin ich stark und dumm gewesen und – ein Feigling, ich habe die Schwäche meines Inneren hinter meiner Körperstärke versteckt. Ich habe den Frauen Gewalt angetan und verächtlich von ihnen gesprochen, da ich mich wegen meiner Muskeln dem ganzen Geschlecht überlegen fühlte, obwohl ich in Wirklichkeit zu schwach war, die Last der Liebe einer einzigen Frau zu ertragen. Ich bin nicht eitel genug, zu glauben, daß eines Tages Mignon oder die Prinzessin sich in mich als einen Mann verlieben werden – vielleicht werden sie mich eines Tages als Bruder lieben. Diese Hoffnung nimmt meinem Herzen die Furcht, und ich werde es lernen, unter den Tigern zu leben. Mein Geist wird stärker, je länger ich Diener bin.«

Die Prinzessin und Mignon reichten ihm ihre Hände, als er mit seiner kleinen Ansprache fertig war, und schüttelten ihm die Hand, aber ein Ausdruck leichter Verlegenheit ging über sein Gesicht, und er trat hastig nach draußen, um noch einmal Holz zu holen.

»›Aus der Stärke kommt die Süße‹, wie es auf den *Golden*

Syrup-Dosen steht«, sagte Lizzie. »Wer hätt's gedacht. Ein anderer Samson.«

Fevvers kickte inzwischen die Gräten auf dem Boden umher und schaute aufsässig drein. Um die unausgesprochene Frage des Colonels zu beantworten, verkündete sie in einer rauhen, zornigen Stimme:

»Was mich betrifft, so werde ich die entgegengesetzte Richtung einschlagen wie Sie, Sie dreckiger Bastard. Ich werde nach dem jungen Amerikaner suchen, den Sie in Ihren Zirkus gelockt haben und den Sie jetzt unter den Heiden seinem Schicksal überlassen wollen!«

Der Colonel zertrat den letzten Rest seiner letzten Zigarre unter dem Absatz, warf einen Blick unendlichen Bedauerns auf die faserigen Reste und rollte sich in Ermangelung einer weiteren Zigarre einen Streifen Notizpapier zu einem Röhrchen, auf dem er zu kauen begann. Er schaute seinen einstigen Star verstohlen von der Seite an. Die Gefiederte Putzfrau, Höhepunkt des Abends.

Von der Begrenzung durch das Korsett befreit hing ihre einst aufsehenerregende Figur schlaff da, als rinne der Sand aus der Stundenglasform, und *das* mußte der Grund sein, warum sich die Zeit in dieser Region nicht im regelmäßigen Gang halten konnte. Sie mochte sich nicht das Gesicht waschen, so daß noch Krümel Rouge in ihren Poren hausten und überall auf ihrer Haut Pickel und Reizflecken auftauchten. Ihr nunmehr größtenteils mausfarbenes Haar hatte sie sich irgendwie hochgebunden und mit dem Rückgrat eines Karpfens festgesteckt. Seit sie sich nicht mehr die Mühe machte, ihre Flügel zu verbergen, hatten sich die anderen schon so an den Anblick gewöhnt, daß er nicht länger bemerkenswert schien. Außerdem hatte ein Flügel alle seine leuchtenden Farben verloren und der andere war bandagiert und nutzlos. Wie lange, bis sie wieder fliegen würde? Wo war die stumme Aufforderung geblieben, sie *anzusehen*, die sie ehemals unter allen hatte herausragen lassen? Weg; und unter den Umständen mußte sie dafür noch dankbar sein, jetzt sollte sie besser darum bitten, daß man sie ignorierte. Sie war so schäbig, daß sie wie ein Betrug aussah, und wie es dem Colonel schien: ein billiger Betrug. Trotzdem rief er freudig:

»Sie brechen den Kontrakt?«

Fevvers' Kopf fuhr auf.

»Was! Keine Bezahlung?«

»Keine«, konstatierte der Colonel mit boshaftem Vergnügen. »Und im Kleingedruckten steht, daß Sie – wenn Sie jetzt aus dem Vertrag aussteigen, ehe wir nach Yokohama kommen, von Seattle mal zu schweigen – die ganze Summe verlieren, die Ihnen für die Auftritte in Petersburg zusteht.«

«Ho, ho, ho!« dröhnte er, wieder bester Laune. Er zog eine lange Reihe Flaggen aus Sybils Ohr, wobei er dem Blick des Schweins auswich, der ihn für seine harten Geschäftsmethoden tadelte.

»Muß man schon früh aufstehen, wenn man Colonel Kearney übers Ohr hauen will!« rief er und schwenkte seine Flaggenschnur.

»Sie hören von meinen Anwälten!« sagte Fevvers; ein rührend hilfloser Versuch, ihm zu trotzen.

»Schicken Sie mir die einstweilige Verfügung per Elch.«

Nach diesem freundschaftlichen Austausch brach der Colonel zur Eisenbahn auf, und sein Führer sprang freudig erregt vor ihm her. Lizzie ging bis zum Gartentor mit, um sie so übellaunig zu verabschieden, wie es ihr nur möglich war. Ihre Augen sprachen Bände, doch sie war stumm vor Wut, weil sie sich nicht länger mit etwas Konkretem rächen konnte – Hämorrhoiden, Plattfüße. Fevvers mochte auf dem Weg von London hierher ihre stolze Größe verloren haben, doch Lizzie war es viel schlimmer ergangen – sie hatte ihre Gabe, kleine Katastrophen anzurichten, Katastrophen im

Haushaltsformat, verloren. Die war (wo sonst?) in ihrer Handtasche gewesen.

Sie tröstete sich: Haarausfall brauchte sie dem Colonel nicht mehr zu wünschen, er war schon kahl.

Sie fühlte Sybil gegenüber jedoch keinen Groll, und es rührte sie, zu sehen, wie das kleine Schwein sein Gesicht mit seinen Ohren bedeckte, verlegen wegen ihres Beschützers, schniefend vor Mißbilligung, versucht, aus seinen Armen zu springen und sich denen anzuschließen, die der Colonel zurückließ. Doch Sybil wußte, auf welcher Seite ihr Brot gebuttert war, und mochte sie auch verärgert sein – sie blieb bei dem Colonel, der immer wußte, wo die beste Butter zu haben war. Der Colonel stellte seine prächtige Laune durch den schwungvollen Vortrag von »Yankee-doodle-dandy« unter Beweis; der Flüchtling fiel beim Refrain mit seinem schweren Akzent erst zögernd, dann mit immer größerer Überzeugung ein.

»Da haben wir einen Rekruten an die freie Marktwirtschaft verloren«, knurrte Lizzie traurig. Dann schrie sie zu Fevvers ins Haus zurück: »Da siehst du, was du uns wieder eingebrockt hast!«

X Die beiden Frauen in ihren dicken Pelzen überließen sich der Landschaft. Bald verloren sie das Haus des Maestro aus den Augen, und dann waren sie ganz allein.

»Erinnerst du dich nicht mehr, was wir beim Aufbruch von England für ein bunter Haufen waren?« sagte Lizzie – in förmlichem Tonfall, als spräche sie zu einer öffentlichen Versammlung, so daß Fevvers zusammenzuckte und auf einen bis jetzt aufgesparten Tadel wartete.

»Ein bunter Haufen, in der Tat – eine Horde von einander Unbekannten aus vielen Ländern. Man könnte sogar sagen, daß wir einen Mikrokosmos der Menschheit darstellten, eine emblematische Versammlung, wo jeder einen anderen Lehrsatz im großen Syllogismus des Lebens darstellt. Die Gefahren der Reise ließen uns zu einer kleinen Schar von Pilgern schrumpfen, in der Wildnis verloren, auf welche diese Wildnis wie ein moralisches Vergrößerungsglas wirkte, bei einigen die Defekte übertreibend, bei anderen Tugenden hervorhebend, die wir nicht vermutet hatten. Diejenigen von uns, die die Lektionen aus ihren Erfahrungen gelernt haben, haben schon ihre Reise geendet. Einige, die es nie lernen können, stolpern, so rasch sie können, wieder in die Zivilisation zurück, so selig unbelehrt wie vorher. Doch du, Sophie, scheinst dir das alte Motto gewählt zu haben: Besser hoffend auf der Reise, als je anzukommen.«

»Wie«, fragte Fevvers mit sorgfältiger Vorsicht, »bist du zu diesem Schluß gekommen?«

»Es hat keinen Sinn, Sophie. Nach dem zu urteilen, was wir einen Augenblick lang gesehen haben – wie da dein lieber Junge auf dem Rentier saß und seinen Rock anhatte, da scheint es doch, daß er nicht mehr der Mann ist, der er einmal war. Nichts mehr da, Sophie! Nichts übrig ... Aber ich bin die größere Törin, denn du gehst ihm doch aus eigenem freiem Willen nach, aber ich latsche nur wegen meiner alten Zuneigung dir hinterher mitten durchs Nirgendwo.«

»Ich bin«, fügte sie säuerlich hinzu, »die Sklavin deiner Freiheit.«

Fevvers hatte sich das alles in zunehmend zornigem Schweigen angehört, und nun brach es aus ihr heraus.

»Ich hab dich nie gebeten, mich zu adoptieren, du arge alte Hexe! Da war ich, einzigartig und elternlos, ohne Fesseln, ohne Bande, frei von der Vergangenheit, und im Moment, wo du mich gesehen hast, hast du *mich* zu einem abhängigen Wesen gemacht, mich als deine Tochter versklavt, mich, die ich als niemandes Tochter geboren bin –«

Doch hier hielt sie inne, denn die Vorstellung, daß Niemandes Tochter durch das Nirgendwo in die Richtung des Nichts ging, rief solchen Schwindel in ihr hervor, daß sie stehenbleiben mußte und ein paar tiefe Atemzüge nahm, die ihre Lungen kalt versengten. Überwältigt von dem Kummer über die Leere, die uns umgibt, hätte sie weinen mögen und hielt sich nur zurück, um ihrer Ziehmutter nicht die Befriedigung ihrer Tränen zu gönnen.

»Nun, nun«, sagte Lizzie etwas sanfter, als sie aus dem Augenwinkel den Schmerz ihrer Gefährtin sah. »Ich gönne dir ja meine Gesellschaft, mein Liebling. Wir müssen uns alle mit den Fetzen von Liebe behelfen, die wir an der Vogelscheuche der menschlichen Existenz flattern finden.«

Doch diese Vorstellung erfüllte Fevvers mit noch tieferer Melancholie. Sie wollte mehr vom Leben als dies! Außerdem kam sie sich selbst im Augenblick wie eine Vogelscheuche vor. Sie zog die Schultern elend und traurig nach oben.

»Aber mein liebes Kind«, fuhr Lizzie fort, ohne Fevvers' gähnendes Schweigen zu bemerken, »Liebe ist eines und Verliebtsein was anderes. Ist dir nicht aufgefallen, daß böses Blut zwischen uns ist seit Mister Walser aufgetaucht ist? Das

Unglück hat uns verfolgt, seit du ihn zuerst gesehen hast. Du bist nur noch dein eigener Schatten, bist nur noch halb! Schau dich selber an! Deine Waffe im Haus des Großherzogs verloren. Dann den Flügel gebrochen. Zufälle? Zuviele Zufälle nacheinander, als daß es ganz zufällig sein könnte. Jeder kleine Zufall hat dich einen Schritt weiter geführt auf dem Weg, der von deiner Einzigartigkeit fortführt. Du bleichst aus und verwischst dich, als ob es nur immer bloß die Disziplin des Auftritts vor dem Publikum gewesen wäre, die dich in Schuß gehalten hat. Du bist ja kaum mehr eine Blondine.

Und wenn du den jungen Amerikaner findest, was zum Teufel willst du dann tun? Weißt du nicht, wie die alten Komödien von getrennten Liebenden, überstandenem Unglück, Abenteuern unter Banditen und wilden Stämmen enden? Das Sichwiederfinden der treuen Liebenden endet stets mit der Heirat.«

Fevvers blieb stehen.

»Was?« sagte sie.

»Orlando nimmt seine Rosalinde. Sie sagt: ›Euch übergeb ich mich, denn ich bin Euer.‹ Und das«, fügte sie hinzu (ein Tiefschlag), »gilt auch für das Bankkonto der Frau.«

»Aber es ist nicht möglich, daß ich mich jemandem gebe«, sagte Fevvers. Ihre Diktion war überaus sorgfältig. »Mein Sein, mein Ich-Sein, ist einzig und unteilbar. Den Gebrauch meiner selbst zum Vergnügen anderer zu verkaufen, ist etwas anderes, ebenso wie ich mich vielleicht freiwillig anbieten könnte, aus Dankbarkeit und in der Erwartung von Lust – und Lust ist ausschließlich das, was ich von dem jungen Amerikaner erwarte. Aber mein eigenes Wesen kann nicht gegeben oder genommen werden, was wäre dann noch übrig von mir?«

»Genau«, sagte Lizzie mit trauriger Befriedigung.

»Außerdem«, fuhr Fevvers eifrig fort, »hier sind wir weit weg von Kirchen und Priestern, wer wird hier von Ehe reden …«

»Ach, ich glaube doch, daß du feststellen wirst, daß diese Waldbewohner, unter denen dein junger Mann Zuflucht gefunden hat, sich an der heiligen Institution der Ehe genauso enthusiastisch festklammern wie andere Männer, wenn sie sie auch anders feiern mögen. Je härter der Vertrag ist, den die Menschen mit der Natur schließen müssen, um zu überleben, desto mehr Regeln haben sie untereinander, damit alles in Ordnung bleibt. Sie werden hier auch Kirchen haben und Pfarrer, wenn auch die Pfarrer recht bizarre Talare haben mögen und unerhörte Sakramente zelebrieren.«

»Ich werde ihn entführen. Wir brennen zusammen durch!«

»Wenn er nun nicht mitkommen will?«

»Du bist eifersüchtig!«

»Ich hätte nie gedacht«, sagte Lizzie steif, »daß ich meiner Lebtag mein Mädchen so etwas sagen hören würde.«

Beschämt ging Fevvers etwas langsamer. Sie wandte Lizzies Worte in Gedanken hin und her.

»Heiraten!« rief sie.

»Der Prinz, der die Prinzessin aus der Drachenhöhle befreit, ist stets gezwungen, sie zu heiraten, ob sie einander sympathisch sind oder nicht. So ist es Brauch. Und ich nehme an, dieser Brauch wird zweifellos auch für die Trapezkünstlerin gelten, die den Clown befreit. Der Name des Brauchs ist ›Happy End‹.«

»Heiraten«, wiederholte Fevvers in einem Flüstern tief beeindruckten Widerstrebens. Doch nach einem Augenblick wurde sie munter.

»Ach, Liz – denk doch aber nur an sein formbares Aussehen. Als ob eine Frau aus ihm machen könnte, was sie will. Er wird doch sicherlich, wenn wir uns wiedersehen, den Anstand haben, sich mir zu geben, anstatt das von mir zu erwarten! Er soll sich nur ganz mir überlassen, und ich werde ihn verwandeln. Du hast selbst gesagt, Lizzie, er ist noch nicht aus dem Ei geschlüpft – also gut, ich setz mich drauf, ich brüte ihn aus, ich mache einen neuen Mann aus ihm. Ich mache ihn sogar zum Neuen Mann, den angemessenen Partner der Neuen Frau, und Hand in Hand gehen wir dem Neuen Jahrhundert entgegen –«

Lizzie bemerkte einen anschwellenden hysterischen Ton in Fevvers' Stimme.

»Vielleicht, vielleicht auch nicht«, sagte sie kühl. »Ist wohl besser, man plant nicht zuweit voraus.«

Fevvers dachte bei sich, daß die Äußerungen ihrer Ziehmutter grimmig wie die leere Landschaft um sie her waren. Sie pfiff, um sich etwas bei Laune zu halten: den »Walkürenritt«. Ein wenig rührend, ihr kleines Gepfeife mitten in Sibirien, aber sie hielt durch. Nach einer kleinen Pause versuchte Lizzie es anders.

»Eins muß ich allerdings sagen: falls du nicht deine Geschichte an die Zeitungen verkaufen willst und Colonel Kearney zuvorkommen –«

Fevvers, die hoffte, auf ein anderes Thema zu kommen, hörte auf zu pfeifen und fügte rasch hinzu:

» – den wir ja, Lizzie, in der Presse wegen seiner Geschäftsmethoden an den Pranger stellen könnten und wegen der Art, wie er seine Angestellten behandelt –«

»Falls du dich nicht im Druck verkaufen willst, kann ich in dem hier jetzt überhaupt keinen Profit sehen, so sehr ich mich anstrenge. Und vielleicht ist es ein Zeichen moralischer Reife –«

Fevvers fing wieder zu pfeifen an, doch Lizzie fuhr unerbittlich fort:

» – daß du diesem Burschen nur wegen seines Körpers hinterher bist, nicht für das, was er dir zahlen wird. Wenn auch deine akute Attacke von Moral langfristig etwas unbequem werden könnte, falls sie chronisch wird; könnte die Finanzierung des Kampfes gefährden.«

»Bist du fertig? Bist du wirklich ganz fertig? Warum

kommst du eigentlich mit, wenn du doch bloß nörgelst?«

»Du hast nicht die geringste Ahnung vom menschlichen Herzen«, sagte Liz düster. »Das Herz ist ein tückisches Organ, und du neigst arg dazu, die Sachen zu überstürzen. Ich habe Angst um dich, Sophie. Sich verkaufen ist eins und sich geben ein anderes, aber, Sophie! wenn du dich vor lauter Überstürzung wegwirfst? Was ist dann mit deiner einzigen ›Ich-heit‹? Auf dem Müllhaufen ist sie gelandet! Ich hab dich aufgezogen, daß du gen Himmel fliegst, nicht damit du auf einem Haufen Eier hockst!«

»Eier? Was haben denn Eier damit zu tun?«

Und sie hätten sofort wieder angefangen, sich zu streiten, wenn sie nicht in diesem Moment – seit Meilen das erste Zeichen menschlichen Lebens – eine zerbrechliche kleine Hütte aus Zweigen gesehen hätten, an eine Kiefer von großväterlichen Dimensionen gelehnt. Zunächst hätte man die Schutzhütte gar nicht bemerkt, denn sie hatte keine Türen, keine Fenster oder irgendwelche Öffnungen, so daß sie eher einem Holzstoß glich als einer primitiven Hütte, doch hier in der Wildnis war ein Holzstoß ebenso ungewöhnlich wie eine Yacht, und außerdem hörten sie im Näherkommen von drinnen unterdrücktes Stöhnen und Schluchzen.

Liz winkte Fevvers, zurückzubleiben, denn die kleine Frau war flinker auf den Beinen und weniger geräuschvoll als die schwer auftretende *aerialiste*, und sie schlich sich an die Hütte, leise genug, um ihre Bewohner, wer immer darin auch lauern mochte, zu überraschen. Doch die Frau, die dort auf einem Haufen dreckigen Strohs lag, war nicht in der Lage, Überraschung zu zeigen.

Lizzie zog einen Holzklotz beiseite und spähte hinein. Draußen herrschte das graue Licht des Endes eines kurzen Tages, und drinnen gab es kein Licht oder Feuer, so daß sie hastig nach den Streichhölzern suchte, die sie bei dem Maestro gestohlen hatte. Beim Schein der kleinen Flamme sah sie die hingestreckte Frau, die trotz der bitteren Kälte der nahenden Nacht nichts als ein altes fransenbesetztes Hirschlederkleid trug, das in der Mitte aufgeschlitzt war und ihren immer noch sich wölbenden Bauch freiließ. Vielleicht hatte sie die Bettdecken abgeworfen, denn sie wirkte fiebrig, fast delirierend – jedenfalls war sie nicht zugedeckt, wenn auch ein paar getrocknete Tierhäute hier und da herumlagen. Ein grobschlächtiger Holzbehälter neben ihr stellte sich als Wiege heraus, als das Kind darinnen aufwachte und schrie.

Lizzie entfernte vorsichtig noch weitere Äste und trat durch die Öffnung ein. Sie fand einen Kerzenstummel in ihrer Tasche und zündete ihn an. Zuerst dachte sie, das Baby mit seinen rosigen Backen sähe sehr gesund aus – dann, als sie es hochhob, um es zu trösten, sah sie, daß sein wachsbleiches Aussehen durch Blut überdeckt wurde, aufgetragen wie Rouge, ein alter Stammesbrauch. Die Mutter öffnete die Augen. Falls sie dachte, ein Bär sei in den privaten Bereich ihres nachgeburtlichen Rituals eingedrungen, so nahm sie es gelassen. Ein weiterer Bär trug noch mehr von der Hüttenwand ab und stolperte herein. Der Ausdruck der Mutter änderte sich nicht. Lizzie fühlte ihr die Stirn mit dem Handrücken. Sie war sehr heiß.

»Deck sie zu«, sagte Liz zu Fevvers und nahm das Baby an sich.

»Was zur Hölle geht hier vor?« wollte Fevvers wissen, als sie tat, was Lizzie sagte.

»Ich habe nun wirklich nicht die geringste Ahnung«, sagte Lizzie. »Es sei denn, dieses Lehrbild einer Frau in den Ketten des eigenen Reproduktionssystems, einer Frau, an Händen und Füßen durch die von deiner Physiologie verneinte Natur gefesselt, Sophie, dieses Bild wäre hier absichtlich aufgebaut, damit du es dir zweimal überlegst, eh du vom Freak zur Frau wirst.«

Lizzie hielt das Baby an die Brust der jungen Mutter, aber

entweder gaben ihre Brüste noch keine Milch oder sie hatte keine, denn das Baby nahm die Brustwarze in den Mund und saugte wild, dann ließ es mit einem schrillen Schrei der Enttäuschung los, und sein Gesicht verzerrte sich, es schrie und schüttelte die Fäuste. Die Mutter weinte, soweit es Erschöpfung und Fieber zuließen. Fevvers rieb ihr die kalten Hände in ihren warmen, während Lizzie das Baby schön in ihren Pelz packte.

»Ich laß das kleine Kindchen nicht hier draußen, und dabei bleibt's«, verkündete sie. »Armer Winzling, holt sich ja den Tod vor Kälte – wenn er vorher nicht verhungert.«

»Du hast es schon immer mit den Findelkindern gehabt«, sagte Fevvers spitz, aber auch mit erneuter Zuneigung. »Aber was ist mit der armen Mama? Ist die vielleicht kein Findling?«

»Die schaffst du schon, Süße.«

»Viel wiegen tut sie nicht«, bestätigte Fevvers und hob sie hoch. Die Frau kam kurz zu sich und lächelte. Wenn ihr klargeworden wäre, daß Fevvers kein Bär war, sondern eine Frau, hätte sie sich bitter beklagt, weil die Tabus um den Geburtsbereich gebrochen worden waren. So ließ sie sich willig davon tragen, ins Land der Toten, wie sie annahm. Es freute sie, das Brabbeln kleiner Schreie zu hören, als ihr Baby in dieselbe Richtung aufbrach.

Sie traten die Wände der Hütte um – die einfachste Art, wieder ins Freie zurückzukehren. Als Fevvers über den verstreuten Ästen mit der gut eingepackten jungen Mutter in den Armen innehielt, erblickte sie etwas in dem zerstampften Schnee, das sie einen kleinen Schrei ausstoßen ließ.

»O Liz!«

Ein Mirakel fragiler Veilchen, leicht angefroren und blaß, von der Farbe müder Lider, doch mit starkem Duft und Optimismus, standen in voller Blüte zwischen den geschützten Wurzeln der großen Kiefer. Veilchen!

»Veilchen«, sagte Lizzie, »an Silvester.«

»Schau sie dir an, die kleinen Lieblinge«, schwatzte Fevvers begeistert, »wie eine Botschaft von der kleinen Violetta, daß wir nicht vergessen sind. He, hast du gesagt, es ist Silvester?«

Liz nickte. »Ich hab mitgezählt. Nach meiner Rechnung ist es Altjahrsabend. Wir stehen an der Spitze, am Kehrpunkt; morgen, meine Liebe, kommt ein anderer Zeitplan.«

Fevvers hievte die junge Mutter über die Schulter und beugte sich heran, aber Lizzie bat:

»Pflück sie nicht, laß sie stehen und samen. Schneeveilchen. Ganz was Rares.«

Unter ihrer scheinbaren Gleichgültigkeit war auch sie bewegt, und die beiden Frauen lächelten einander an – ein Waffenstillstand oder gar der Friede war erklärt worden.

»Ich sehe was...« Und Lizzie deutete auf eine Fußspur im Schnee neben den Veilchen: Sie waren nicht die ersten gewesen, die stehengeblieben waren, um sie zu bewundern. Abdruck eines Stiefels mit weicher Sohle. Nur eine Spur, wie Freitags Fußabdruck, ebenso geheimnisvoll, ebenso ominös.

»Dort drüben!« Fevvers drehte sich um und zeigte mit dem Finger. Ein Fetzen rotes Band war an einem Zweig hängengeblieben. Die magische Hebamme sorgte dafür, daß die Spuren, die ihr Gang zu ihrer versteckten Patientin hinterließ, wieder verwischt wurden, doch sie war nicht sorglich genug gewesen. Waren nicht die Bären gekommen und hatten Mutter und Kind entführt? Ein paar Fuß hinter dem roten Band stießen sie auf ein kleines Blechglöckchen, das am Rand einer sich auflösenden Spur festgetretenen Schnees lag. Nun waren sie auf der Landstraße nach Irgendwo und schritten besserer Laune dahin, als sie sie seit Tagen gekannt hatten.

Bald sahen sie vor sich Lichter, die schwachglänzend durch dicke Fensterscheiben aus Horn schienen, und die Dächer langer, niedriger Holzhäuser, und Rauch aus Kaminen, und ein reicher fremder Geruch von unbekannten Abendessensgerichten an unbekannten Herden stieg auf, und es war Abend.

Fevvers' Herz, bereits durch die Veilchen-Überraschung gerührt, erwärmte sich noch mehr beim Anblick und Geruch dieser behaglichen Lichter und Düfte. Ein Dorf! Heimstätten! Die Zeichen der Menschenhand, die der Wildnis Einhalt gebietet! Ihr Leben schien innegehalten zu haben während der Wanderungen in der Einsamkeit; nun existierte die Einsamkeit nicht mehr, und die Dinge wandten sich zum Besseren. Vielleicht fand sie sogar ein Bleichmittel, etwas zum Färben, hier im Dorf – warum nicht? – und könnte anfangen, sich selbst zu rekonstruieren.

Und sicherlich war er hier. Eines dieser Holzhäuser mußte den jungen Amerikaner beherbergen. Und sie würde wieder das Staunen in den Augen des Geliebten sehen und wieder ganz werden. Sie fühlte sich schon blonder.

»Stell ihn dir nicht als einen Liebhaber vor, sondern als einen Schreiber, einen Sekretär«, sagte sie zu Lizzie. »Und nicht nur meine Flugbahn wird er aufzeichnen, sondern auch deine, Lizzie; deine lange Geschichte des Exils und der List, die du ihm kaum angedeutet hast und die zehnmal soviel von seinen Notizbüchern füllen wird wie meine Geschichte. Denk an ihn als an den Schreiber aller jener, deren Geschichten wir ihm noch erzählen müssen – der Geschichten der Frauen, die sonst namenlos und vergessen blieben, aus der Geschichte gelöscht, als wären sie nie gewesen, damit auch er seine arme Schulter ans Rad stemmt und mithilft, der Welt einen kleinen Stoß in die neue Ära hinein zu geben, die morgen anfängt.

Und wenn sich einmal die alte Welt um ihre Achse gedreht hat, daß der neue Morgen aufgehen kann, dann, dann! werden alle Frauen Flügel haben so wie ich. Diese junge Frau in meinen Armen, die wir an Händen und Füßen durch die Ketten des barbarischen Rituals gefesselt gefunden haben, wird nicht mehr darunter leiden, sie wird die Ketten zerbrechen und auffahren und davonfliegen. Die Türen des Puppenheims werden sich öffnen, die Bordelle werden sich von ihren Gefangenen leeren, die Käfige, golden oder nicht, werden auf der ganzen Welt in jedem Land ihre Insassinnen freilassen, die zusammen den Chor der neuen Morgendämmerung singen werden, der verwandelten –«

»Es wird ein wenig komplizierter werden«, warf Lizzie ein. »Die alte Hexe hier sieht Stürme aufziehen, mein Mädel. Wenn ich in die Zukunft blicke, sehe ich wie in einem dunklen Spiegel. Verbessere mal deine Analyse, Mädchen, *dann* reden wir drüber.«

Aber ihre Tochter achtete nicht darauf und fuhr, wie betrunken vor Visionen, weiter fort.

»An diesem strahlenden Tag, wenn ich nicht mehr ein singuläres Wesen bin, sondern (mit allen Schönheitsfehlern) das Paradigma der Weiblichkeit, nicht mehr eine erdachte Fiktion, sondern eine schlichte Tatsache – dann wird er seine Notizbücher auf den Tisch des Hauses knallen und Zeugnis ablegen für mich und meine prophetische Rolle. Sieh in ihm, Lizzie, einen, der das Beweismaterial –«

»Schuschuschusch«, sagte Lizzie zu dem ruhelosen Baby.

Das Dorf kannte keine Straßen oder Plätze oder Gassen – die Häuser standen einmal nahe beisammen, einmal weit auseinander, als wäre die Anordnung dem Zufallsmuster von auf der Wiese liegenden Kühen nachgeahmt. Kein Zeichen von den Bewohnern, die um diese Zeit alle in ihren Behausungen waren, doch ein oder zwei Rentiere hoben den geweihgekrönten Kopf, um die Neuankömmlinge prüfend anzusehen, dann scharrten sie weiter nach Moos. Glocken und Bänder waren an einer Lärche vor dem längsten, niedrigsten, irgendwie offiziell wirkenden Gebäude des Dorfes aufgehängt, was einen festlichen Eindruck machte. Lizzie klopfte an die Tür – es fiel ihr auf, daß der Türrahmen mit noch mehr roten Bändern,

Federn und Knochen (hm!) geschmückt war. Als sie klopfte, kam von drinnen ein gedämpftes Knurren, das Geräusch hastiger Bewegung, ein Aufschlag, dann die Stimme eines Mannes, laut in einer unbekannten Sprache.

»Heißt das ›Herein‹?«

Fevvers zuckte die Schultern.

»Mach auf. Mir ist's hundekalt.«

Sie stießen die knarrende Tür auf. Innen kein sichtbares Lebenszeichen – man konnte aber auch nicht viel sehen, denn das zugige Innere des Gebäudes wurde nur von einer flackernden Lampe erhellt, die aus einer Blechuntertasse bestand, gefüllt mit geschmolzenem Bärenfett, in dem der Docht in ständiger Gefahr des Schiffbruchs schwamm. Diese Lampe hing an Schnüren vom Gebälk und schwankte in den Luftzügen, so daß die Schatten mit unheimlicher Unvorhersehbarkeit kamen und gingen, wobei da und dort Licht auf wenig vertrauenerweckende Gegenstände an den Wänden und in den Ecken fiel, seltsam geformt und merkwürdig bemalt, die wie plumpe schweigsame Bewohner überall kauerten, aber immer wieder beinahe sofort in der Finsternis versanken.

Unter der Lampe stand ein langer Tisch mit ein paar seltsamen Flecken, darauf eine große flache Holzschüssel, nicht mit einem Spatel ausgehöhlt, sondern mit Feuer ausgebrannt, und ein Steinmesser von altertümlicher Form, aber sehr scharf geschliffener Klinge. Auf dem festgetretenen Erdboden um den Tisch waren Kleckse und Flecken alten Blutes, Spuren von Fell und Federn, in das Erdreich hineingetreten von den Füßen wohl der Priester und Gläubigen. Der Geruch war entsetzlich, wie Weihrauch und Tod, und es war sehr kalt.

»Was hab ich gesagt?« sagte Lizzie. »Eine von ihren Kirchen. Typische Atmosphäre.«

Etwas – der Wind in den Dachbalken, eine Ratte, ein versteckter Priester – raschelte, als sie sprach. Und der Raum war so schlecht beleuchtet, daß die gesamte Dorfbevölkerung in der dicken, unheimlichen Dunkelheit versteckt hätte hocken können. Es lag eine alptraumhaft-klaustrophobe Atmosphäre über dem Ort, die noch voll gespannter Erwartung war, als hätte ihre Ankunft etwas Schlimmes verhindert, aber als wären die Akteure des unterbrochenen Rituals geduldig, könnten warten, als warteten sie nun und schauten, was diese Wesen vorhatten, die die Mutter und das Kind in das Dorf zurückgebracht hatten. Speziell errichtet für heilige, geheime, archaische Praktiken, für Offenbarungen, Beratungen mit den Toten, Opfer, war die wilde Kirche so gebaut, daß sie beeindrucken sollte, und sie tat es.

Lizzie und Fevvers jedoch verdankten ihre Überlebensfähigkeit der Weigerung, sich von ihrer Umgebung beeindrucken zu lassen. Fevvers legte die junge Mutter sanft auf den Tisch und stöhnte erleichtert; sie reckte ihre müden Arme. Die junge Mutter öffnete die Augen und besah ihre Umgebung. Die Götterhütte ihres Heimatdorfes! Und weshalb hatte das Baby zu weinen aufgehört? Sie entdeckte, daß sie sich etwas weniger schlecht fühlte und begann, Kräfte zu sammeln, um aufzustehen und die Vorbereitungen für ihr eigenes Begräbnis zu untersuchen, das, wie sie sicher annahm, bevorstand.

»Paß auf!« zischte Lizzie.

Es saß ein *Mann* in der Ecke.

Nein, kein Mann. Die Frauen atmeten weiter. Dort in der Ecke – nun erleuchtet, nun wieder dunkel, wie die Lampe hin- und herschwang – stand ein hölzernes Götterbild, etwas größer als die kleine Lebensgröße der Waldleute, in Pelze, Tücher und Mieder gehüllt, und auf seiner Brust hing ein weißes Hemd, dessen Brust steif vor getrocknetem Ei stand. Fevvers' Herz pochte, als sie das sah. Der Kopf des Idols trug mehrere dreieckige Mützen aus schwarzem, blauem und rotem Tuch, aber vom Gesicht war nicht viel zu erkennen, da die Pelze und Tücher und Stückchen Spitze, Blech und Band es bedeckten. Das Maul schien jedoch bleckend aufgerissen, und die Augen – Scheiben aus gehämmertem Blech – blitzten auf, wenn sie das schwankende Lampenlicht besuchte.

Das Idol sprach.

»Woher kommst du? Wohin gehst du?«

Das erschrockene Baby heulte, als das Idol in gutem Amerikanisch fragte. Die junge Mutter sprang vom Tisch – *dieser* Schrei war auf keinen Fall postum! – und kämpfte mit Lizzie um den Besitz des Babys, wobei sie dem Lärm ihre eigenen kreischenden Rufe hinzufügte. Lizzie händigte ihr das Baby aus, damit sie ein knurrendes Etwas festhalten konnte, das unter dem Tisch hervorkam, wohin der Schamane es mit einem Tritt geschoben hatte, als das Opfer unterbrochen wurde, ehe es richtig begonnen hatte. Der Bär schlug Lizzie indigniert auf den Kopf, und sie kämpften miteinander, wobei sie den Tisch umwarfen. Schüssel und Messer fielen klappernd zu Boden. Sie stießen bei ihrem Ringkampf gegen das Götterbild; es fiel gegen ein anderes, ähnlich gekleidet, aber mehr hirschähnlich aussehend. Der Hirsch-Gott stürzte wiederum den nächsten in einer Reihe von Göttern von seinem Podest und so immer weiter, mit einem Dominoeffekt umfassender Entheiligung und Schändung. Ein paar Schädel kugelten über den Boden, dem Haufen unter dem Bärenidol entkommen. Es war nicht gleich klar, daß es sich um die Schädel von Bären handelte. Die angestoßene Lampe sauste immer schneller hin und her und schlappte heißes Fett über alles. Fevvers behielt noch genügend klaren Kopf, um rückwärts aus dem Chaos hinauszuspringen und dabei zu rufen:

»Komm heraus, komm heraus, wo du auch bist!«

Die Lampe schwang und hüpfte mit solcher Energie, daß der brennende Docht herausflog, gegen die Wand prallte und verlöschte, wonach es in der Götterhütte pechschwarz war, in der sich nun ungesehene Anwesenheiten drastisch bemerkbar machten, kratzend, schlagend, teilweise aus Fell, teilweise aus Leder, bizarre Schreie ausstoßend und mit ihren kleinen Glöckchen klingelnd – waren die Frauen von einer Rotte Karnevalsnarren angegriffen worden? Fevvers rang mit einem Unsichtbaren, bis sie Fleisch roch und fest zubiß. Sie biß auf Knochen und schmeckte Blut. Es lebte. Es gab einen häßlichen, aber unmißverständlich menschlichen Aufschrei. Sie griff zu: wieder ein Aufschrei, als sie feststellte, daß sie es mit einem Mann zu tun hatte.

Nachdem Lizzie einmal den Bär im Schwitzkasten hatte, ertastete sie das herabgefallene Steinmesser mit dem Fuß und blieb mit dem Fuß fest darauf stehen trotz aller Schläge, mit denen ein ledriges, schnatterndes, klingelndes Ding auf sie einhieb. Fevvers ließ die Hand nicht zwischen ihren Zähnen hervor, als sie den Rest des gesichtslosen Körpers zu Boden warf, wo sie sich schweratmend auf seine Brust fallen ließ. Es schrie in einer Sprache, die nicht wie gesprochen, sondern auf Stahlnadeln gestrickt klang. Es mußte eine Bitte um Licht gewesen sein, denn einen Augenblick später entstand irgendwo in der Ecke ein seltsamer leichenhafter Schein, begleitet von einem merkwürdigen Geruch.

Der Lärm erstarb, als das Licht sie beruhigte; ein letztes Wimmern des Babys, ein Schnuffen des Bären, und in der nun eingetretenen Stille sah Fevvers, auf wem sie hockte.

Walser trug sein Zeremonialgewand und eine dreieckige Mütze mit Pelzbesatz und einem Blechstück in der Form eines Dollarzeichens über der Stirn. Sein Gesicht war etwas magerer. Für ein europäisches Auge paßte sein blaßgoldener Bart, der ihm nun halb auf die Brust reichte, schlecht zu seinen ledernen Röcken, und Seife und Wasser hätten ihm nichts geschadet: Er stank. Mehr noch, viel mehr: In seinen grauen Augen lag ein greller seherischer Glanz, seinen Augen mit funkelndem Schein, seinen Augen mit den stecknadelkopfgroß geschrumpften Pupillen. Ein seherischer Glanz und nicht die geringste Spur von Skepsis. Außerdem schien ihrer Oberfläche die Eigenschaft der Spiegelung abhandengekommen.

Fevvers fühlte ihre Nackenhärchen sich sträuben, als sie sah, daß er sie anblickte, als sei sie, Entsetzen über Entsetzen, ganz natürlich – natürlich, aber abstoßend scheußlich. Er fixierte sie mit seinem glühenden Auge, und dann erhob sich seine Stimme im Gesang:

»Only a bird in a gilded cage …«

»O mein *Gott*!« sagte Fevvers. Denn er verwandelte die vertraute Melodie in eine Art archaischen Sang, ein Grablied, eine sibirische Invokation der Geisterbewohner der anderen Welt, die neben der unseren liegt, und Fevvers spürte es in ihren Knochen, daß das Lied ihr schaden sollte.

Der Schamane identifizierte ihren Pelz, ihr Haar, ihren gebrochenen Flügel und war etwas getröstet, zu sehen, wie rasch sie verblich. Er betrachtete sich die junge Mutter und ihr Baby genau: wollten diese Bärengeister, daß sie als Ersatz für das Bärenjunge fungierten? So schien es wohl. Der kleinere stand aber immer noch fest auf dem Opfermesser. Vielleicht wollten sie die Sache selbst erledigen. Offenbar kam es nun darauf an, den Bärengeistern dabei zu helfen, so rasch wie möglich zu verschwinden, bevor sie Mutter und Kind wieder auf den Altar legten. Er griff sich schnell seine Trommel, die an der Wand lehnte, und schlug mit verzweifelter Energie einen Exorzismus. Walsers Stimme glitt zitternd auf und ab und klang für Fevvers wie der reinste, essentielle Wahnsinn.

Fevvers spürte den Schauer, der sie stets überfiel, wenn Zauberer, Magier, Impresarios ankamen, um ihr ihre Einzigartigkeit fortzunehmen, als hätten sie sie erfunden, als glaubten sie, Fevvers hinge, um sie selbst zu sein, von der Phantasie der anderen ab. Sie fühlte sich hilflos von einer Frau in eine Idee verwandelt. Der Schamane verdoppelte die Energie seines Trommelns und fing ein Lied mit seltsamen Jaulern und Kläff-Lauten an. Aus einem unsichtbaren Räuchergefäß füllte ein purpurner, das Auge verwirrender Qualm die Hütte, so daß der Schamane sich zu vervielfachen schien, bis es Dutzende gab, die Dutzende Trommeln schlugen mit derselben Forderung an das Ding, das Fevvers war und doch nicht war. In Walsers Augen sah sie sich endlich in einen klar definierten Umriß schwimmen, wie das Bild auf Photopapier – aber statt Fevvers sah sie zwei vollkommen geformte Miniaturen eines Traums.

Sie fühlte ihre Konturen zerfließen, sie fühlte sich ewig gefangen in der Reflexion in Walsers Augen. Einen Augenblick lang, nur einen Augenblick, erlebte Fevvers die schlimmste Krise ihres Lebens: »Gibt's mich wirklich? Bin ich, was ich weiß, daß ich bin? Oder bin ich, was er glaubt, daß ich bin?«

»Zeig ihnen deine Federn, schnell!« gebot Lizzie.

Fevvers – mit einem seltsamen Gefühl der Verzweiflung, einem elenden Bewußtsein ihres gebrochenen Flügels und verfärbten Gefieders – konnte an nichts anderes denken, als zu gehorchen. Sie streifte achselzuckend die Felle ab, und wenn sie auch nicht zwei Flügel ausbreiten konnte, so breitete sie doch einen aus – asymmetrischer Engel, teilweiser und schäbiger Glanz! Keine Venus, keine Helena, kein Engel der Apokalypse, nicht Izrael noch Isfahel … nur ein armer Freak mit großem Pech, und ein Gegenstand von einer für die Betrachter höchst dubiosen Wirklichkeit, da beide Männer in der Götterhütte an Halluzinationen gewohnt waren und sie, die wie eine Halluzination aussieht, aber keine ist, in ihrem Weltbild keinen Platz hat.

Die Tür knarrte und knarrte wieder, und Fevvers wußte, ohne sich umzusehen, daß ein paar von Walsers neuen Freunden gekommen waren, um nachzuschauen, was der ganze Aufruhr bedeuten mochte. Alle möglichen gelben Gesichter erschienen nun unter der Tür, im Licht der Lampen, die die Neuankömmlinge trugen und die wie aufgegangene Monde wirkten. Sie spürte die Augen auf ihrem Rücken und ließ versuchsweise den einen ganzen Flügel sich in ihre Richtung sträuben. Sie zögerte zuerst, war sich nicht sicher, aber dann wehte ihr Gefieder – ja! so war es! – wehte ihr Gefieder im Wind des Staunens, in ihrem nun ausgestoßenen langangehaltenen Atem. Ooooh!

Wie stets noch erfrischte der Wind ihr Bewußtsein. Er blies und wehte durch die Götterhütte und blies die Rauschgerüche und den Gestank nach altem Blut davon.

Sie legte den Kopf prüfend zur Seite, um das Licht der Lampen genießerisch zu betrachten – wie Bühnenlampen, wie Rampenlicht; das war so gut wie ein doppelter Cognac, diese Rampenlichter zu sehen und dahinter die Augen, erstaunt auf sie gerichtet, ehrfürchtig, die Augen, die ihr sagten, wer sie war.

Sie würde wieder die Blondine aller Blondinen sein, sobald sie irgendwo Wasserstoffsuperoxyd fand, so einfach war das, und inzwischen – was lag daran! Und natürlich würde ihr Flügel heilen – er würde heilen, wenn der Schnee schmolz und die Taiga veilchenbedeckt zum Vorschein kam, und dann würde sie mit ihrem geheilten Flügel hoch über das Dorf hinaufsteigen, über den Wald, über die Berge und gefrorenen Meere, die Menschen in den Armen, die sie liebte. Heim! Ja! Sie würde wieder den Trafalgar Square sehen und Nelson auf seinem Kapitell, und die Chelsea-Brücke, wie sie sich im Dämmer in die Themse verwischte ... und St. Paul's, die einzelne Amazonenbrust ihrer geliebten Geburtsstadt.

Hybris, Phantasie, Begehren! Das Blut sang ihr in den Adern. Diese Augen gaben ihr die Seele wieder. Sie erhob sich aus ihrer knieenden Stellung auf Walsers Brust. Sie setzte ein strahlendes künstliches Lächeln auf und streckte die Arme aus, wie um alle Anwesenden in einer breiten Umarmung zu umschließen. Sie sank in einem majestätischen Knicks nach der Tür zusammen, sich der Versammlung darbietend wie einen Riesenstrauß Gladiolen. Dann knickste sie vor Walser, der jetzt auf die Füße stolperte mit einem Gesichtsausdruck, als verflöge ein Dunstschleier. Und dann sah sie, daß er nicht mehr der Mann von einst war und es auch nie mehr sein würde – eine andere Henne hatte ihn schon ausgebrütet. Einen Augenblick lang fragte sie sich ängstlich, wer dieser neuaufgelegte Walser sein mochte.

»Wie ist dein Name? Hast du eine Seele? Kannst du lieben?« fragte er sie in lautem, rhapsodischem Schwall, als sie sich aus ihrer Verneigung aufrichtete. Als sie das hörte, hob sich ihr Herz und sang. Sie schlug mit den langflatternden Wimpern, zu ihm hinüberblickend, strahlend, überschwenglich, neu gewappnet. Nun schien sie groß genug, das Dach der Götterhütte zu durchbrechen, ganz wildes Haar, Federn und triumphale Brüste, und suppentellergroße blaue Augen.

»So muß das Interview beginnen!« rief sie. »Hol deinen Bleistift raus, und wir fangen an!«

BESCHLUSS

»Denn du mußt wissen, daß Liz gerade ein Kind verloren hatte, als sie mich fand und an ihre Brust nahm und säugte. Und es war natürlich nicht die Religion, die sie zu einer so unbequemen Nutte machte, sondern ihre Angewohnheit, den Klienten Vorträge über den Mädchenhandel zu halten, über die Frauenrechte, allgemeines Wahlrecht, wie auch die irische Frage, Republikanismus, Antiklerikalismus und die Abschaffung des Oberhauses. Mit all dem befand sich Nelson in voller Sympathie, doch wie sie sagte: Die Welt verwandelt sich nicht über Nacht, und wir müssen essen.

Die Briefe, die wir über dich im Diplomatengepäck heimgeschickt haben, das waren Nachrichten vom Kampf in Rußland an Genossen im Exil, in unsichtbarer Tinte, insofern haben wir dich schlimm ausgenutzt, muß ich leider sagen, denn wenn die Geheimpolizei es herausgefunden hätte, wärst du nach Sibirien gekommen, an einen Ort, wo wir dich nicht gefunden hätten. Aber Liz *mußte* es unbedingt tun, sie hatte es einem flotten kleinen Herrn mit einem Schnurrbart im Lesesaal des Britischen Museums versprochen.

Und wir haben dir auch einen Streich gespielt, mit Nelsons Uhr, in der ersten Nacht, als wir dich getroffen haben, im Alhambra in London, aber die Uhr ist dahin, und ich werde dich nie mehr reinlegen.

Sonst haben wir dir keine Lügen erzählt oder sind irgendwie von der Wahrheit abgewichen. Ob du's glaubst oder nicht, alles, was ich dir als wahre Begebenheiten erzählt habe, das war auch so, und ob ich wirklich bin oder ein Märchen, das mußt du dir nun selbst beantworten!«

Ohne ihre Kleider war sie groß wie ein Haus. Sie war dabei, sich Stück für Stück in einem Topf mit heißem Wasser aus dem Samowar zu waschen, während Walser, nackt bis auf seinen Bart, auf dem Bett des Schamanen wartete. Er sah ohne Überraschung, daß sie anscheinend wirklich keinen Nabel hatte, aber er war nicht mehr geneigt, aus dieser Tatsache irgendwelche bestimmten Schlüsse zu ziehen. Ihr befreites Gefieder streifte gegen die Wände: Es fiel ihm ein, daß die Natur sie nur für die »oben die Frau«-Stellung ausgestattet hatte, und er rutschte auf der Strohmatratze hin und her. Er war wieder er selbst, soweit er es je wieder sein würde, und doch würde dieses »Selbst« nie wieder dasselbe sein, denn nun kannte er die Bedeutung der Angst in ihrer entsetzlichsten Form, Angst nämlich vor dem Tod des geliebten Wesens, dem Verlust der Geliebten, dem Verlust der Liebe. Es war der Beginn einer Besorgnis, die nie enden würde, außer mit dem Tod von einem oder beiden, und Besorgnis ist der Beginn des Gewissens, das über die Seele elterliche Gewalt hat, aber mit der Unschuld unvereinbar ist.

Lizzie mochte mit abschätzigem Schniefen sagen: »Schau ihn dir an, Sophie, Hokuspokus und Damenröcke, das ist jetzt sein Größtes!« Aber von diesem Pfeil abgesehen hatte sie ihn beinahe freundlich angeschaut, denn im Licht seiner grauen Augen hatte sich ihre Ziehtochter in ihr altes Selbst zurückverwandelt, sogar ohne Wasserstoffsuperoxyd. Nach vielem Nicken und Augenzwinkern von Seiten Fevvers' hatte sich Lizzie mit dem Schamanen, seiner Cousine, deren ältester Tochter und dem Baby in das Haus der Cousine zurückgezogen, wo sie dann in dieser neuen improvisierten Wöchnerinnenabteilung ein ausführliches Ritual entwickelte, wie Mutter und Kind zu versorgen waren, das im folgenden Jahrzehnt, mit skrupulösem Glaubenseifer befolgt, die niedrige Geburtenrate durch die Senkung der Säuglingssterblichkeit mehr als ausglich.

Die Schamanencousine, die magische Hebamme, hatte neben dem Samowar einen Amulettbeutel hängen, genau wie er. Lizzie schaute interessiert hinüber: Ob sie wohl unter diesem freundlichen und intelligenten (wenn auch etwas zurückgebliebenen und abergläubischen) Volk eine neue Handtasche finden würde? Der Schamane, bezaubert von ihrem Schnurrbart, redete sie ehrfurchtsvoll als »Mütterchen aller Bären« an, das Bärenjunge tapste wie ein verliebter Teenager hinter ihr her. Lizzie unterdrückte streng die Versuchung, einmal – nur dies eine Mal, nur eine Nacht – Urlaub von der Vernunft zu nehmen und eine untergeordnete Göttin zu spielen.

»Gibt es hier was, wo wir allein sein können?« hatte Fevvers gefragt und ihre Wimpern in unzweideutiger Weise geregt. Walser, dessen Kopf von Minute zu Minute klarer wurde, nahm sie bei der Hand und rannte mit ihr zur Hütte des Schamanen, wo er aber sogleich die Initiative verlor, als sie ihn fröhlich aufs Bett drückte und ihm sagte, er solle warten, während sie sich frisch machte. Sie schien sich die Farbe in die Wangen zurückzuwaschen. Sie sang bei ihrer Wäsche: natürlich die Habanera aus *Carmen*. Ist das nicht eine Nummer zu groß, was ich mir hier vorgenommen habe? sann Walser.

Wie in einem Spiegel betrachtete er das Ich, das er nun mit solchem Fleiß neu erschuf.

»Ich bin Jack Walser, ein amerikanischer Bürger. Ich habe mich dem Zirkus von Colonel Kearney angeschlossen, um meine Leser mit Berichten von einigen Zirkusnächten zu unterhalten, und bin als Clown unter großem Beifall vor dem Zaren aufgetreten. (Was für eine Story!) Der Zug, mit dem ich reiste, wurde in Transbaikalien von Banditen zum Entgleisen gebracht, und ich lebte eine Zeitlang als Zauberer unter den Eingeborenen. (Gott, was für eine Story!) Darf ich Ihnen meine Frau vorstellen, Mrs. Sophie Walser, die früher eine erfolgreiche Karriere im Variété unter dem Namen –«

»Oh!«

Ohne daß die Liebenden es bemerkten, rollte die Mitternacht in diesem Moment über die Taiga, und ihr Gang störte nichts auf, trotz des Zeitalters, das sie in ihrem Kielwasser hinter sich her zog. In seliger Ignoranz in das neue Jahrhundert geworfen, nahm sich Walser dort, als es vorüber war, auseinander und setzte sich wieder zusammen.

»Jack, schon immer ein abenteuerlustiger Junge, rannte mit dem Zirkus davon wegen einer künstlichen Blondine, in deren Händen er Wachs war, seit er sie zuerst gesehen hatte. Er fiel von einem Malheur ins nächste, tanzte mit einer Tigerin, trat als Brathähnchen auf und begann schließlich eine Lehre in den höheren Sphären des Schwindels, initiiert von einem schlauen alten Päderasten, der ihn völlig hinters Licht führte. All dies schien mir in der dritten Person zuzustoßen, als ob ich es die meiste Zeit meines Lebens beobachtete, aber nicht lebte. Und nun, aus der Eischale des Nicht-Wissens ausgebrütet durch einen Schlag auf den Kopf und durch ein heißes Zucken erotischer Ekstase, muß ich wieder ganz von vorn anfangen.«

In Federn und lustvollen Empfindungen begraben, gab es doch eine Frage, die ihn noch kitzelte.

»Fevvers …«, sagte er. Ein sechster Sinn hielt ihn ab, sie Sophie zu nennen. Sie waren noch nicht intim genug.

»Fevvers, nur die eine Frage … warum hast du dich einmal so angestrengt, mich davon zu überzeugen, daß du ›die einzige gefiederte virgo intacta der Weltgeschichte‹ seist?«

Sie fing an zu lachen.

»Hast es also geglaubt!« sagte sie. »Gotteswillen, du hast's mir geglaubt!«

Sie lachte so sehr, daß das Bett schütterte.

»Du mußt nicht alles glauben, was du in der Zeitung schreibst!« versicherte sie ihm, stammelnd und schluckend vor Fröhlichkeit. »Du hast mir das geglaubt!«

Ihr Gelächter strömte aus dem Fenster und ließ die Blechornamente auf dem Baum vor der Götterhütte schwanken und klirren. Sie lachte so laut, daß das Baby im Haus der

Schamanencousine sie hörte, seine kleinen Fäuste in der Luft schwang und entzückt ebenfalls lachte. Obwohl er den Witz nicht begriff, der das Baby begeisterte, steckte sich der Schamane an und begann zu kichern. Der Bär jappte solidarisch, er hätte gelacht, wenn es ihm möglich gewesen wäre. Die Cousine fing einen Blick von Lizzie auf, und beide brachen zusammen. Selbst die junge Mutter in ihrem friedlichen Bett aus Rentierfellen lächelte im Schlaf.

Fevvers' Gelächter drang durch die Ritzen in den Fensterrahmen und die Fugen in den Türen aller Häuser im Dorf; die Dorfbewohner bewegten sich in ihren Betten und lachten leise über den riesigen Witz, der in ihre Träume eindrang, von dem sie am Morgen nichts wissen würden außer der Erinnerung an das Lachen, das ihm gefolgt war. Sie lachte, sie lachte, sie lachte.

Es schien, als stiege das Lachen der glücklichen jungen Frau in einer Spirale aus der Wildnis auf, und es fing an, sich über Sibirien schaudernd zu drehen und überallhin zu strömen. Es kitzelte die schlafenden Flanken der Bewohner von R. um den Bahnhof; es drang in den Kontrapunkt der Musik im Hause des Maestro; die Mitglieder der Republik freier Frauen erfuhren es als erfrischenden Luftzug. Der Colonel und der Flüchtling, behaglich in einem Raucherabteil auf der Strecke nach Khabarowsk hockend, vernahmen das Echo und spürten, wie ein verlegenes Lächeln über ihre Gesichter ging.

Die Spirale des Wirbelsturms von Fevvers' Gelächter drehte sich und schauerte über den ganzen Erdball, als wäre sie die spontane Antwort auf die gigantische Komödie, die sich unter ihr endlos entfaltete – bis alles, was lebte und atmete, überall, in Lachen ausgebrochen war. Oder so schien es doch dem betrogenen Gatten, der sich selbst auch lachen hörte, obwohl ihm nicht ganz klar war, ob nicht er die Pointe des Witzes abgab. Fevvers, die endlich prustend innehielt, kauerte über ihm und bedeckte sein Gesicht mit Küssen. Ach, wie gut er ihr gefiel!

»Daß du's mir wirklich geglaubt hast!« sagte sie staunend. »Da sieht man doch, daß der schönste Schwindel vom Vertrauen kommt.«

ANGELA CARTER
DIE INFERNALISCHEN TRAUMMASCHINEN
DES DOKTOR HOFFMAN

Roman. Aus dem Englischen übersetzt von Joachim Kalka.
337 Seiten, Linson mit Schutzumschlag.
ISBN 3-608-95282-9

»Der wohl komplexeste Roman der Engländerin Angela Carter liegt jetzt in einer hervorragenden Übersetzung vor. Mit Hinterlist wählte die Autorin die Fantasy-Form, um uns zu verführen. Und so reisen wir in die ›Ordnung der Engel, sprechenden Löwen und Flügelpferde‹, der sich Definitionspolizei und Computerstaat entgegenstemmen. Die Moderne geht einher mit dem Mittelalter: Was geschieht, wenn Zeit und Raum aus den Angeln gehoben werden? Am Anfang ist die Apokalypse. Eine Millionenstadt wird von Halluzinationen heimgesucht...
Eine üppige Fantasy-Erzählung voller Andeutungen, Paradoxien, Allegorien, denn Angela Carter pflegt die Kunst der Zweideutigkeit. Uns wird eine Passion für das wilde Träumen und für das wilde Denken abverlangt. Ich habe mich gerne verführen lassen. Wie heißt es so schön?
›Die Phantasie an die Macht‹.«
Sonja Mikich

»Angela Carter, die literarische Alchimistin, mischt Philosophie, Mythologie, Wissenschaft, Okkultismus, Psychologie zu einer Geschichte voller Paradoxien und Allegorien, eindeutigen Symbolen und zweideutigen Anspielungen... Spannung zieht das Buch aus einem permanenten Gegensatz zwischen analytischer Kühle und übersprudelnder Fabulierfreude... Die Traummaschinen der Angela Carter lassen sich nicht in eine Kategorie pressen. Keine versteckten Plädoyers gegen die Vernunft, keine Phantasie-an-die-Macht-Parolen stören das poetische Gleichgewicht des Romans, unideologisch, botschaftslos bewahrt er sein romantisches Geheimnis.«
Süddeutsche Zeitung

KLETT-COTTA

ANTONY BURGESS BEI KLETT-COTTA

Bisher sind erschienen:

ERLÖSE UNS, LYNX
Roman.
Aus dem Englischen übersetzt von Joachim Kalka.
400 Seiten, Leinen mit Schutzumschlag.
ISBN 3-608-95216-0

DER DOKTOR IST DEFEKT
Roman.
Aus dem Englischen übersetzt von Wolfgang Krege.
275 Seiten, Linson mit Schutzumschlag.
ISBN 3-608-95026-5

DER FÜRST DER PHANTOME
Roman.
Aus dem Englischen übersetzt von Wolfgang Krege.
871 Seiten, Leinen.
ISBN 3-608-95215-2

NAPOLEONSYMPHONIE
Roman in vier Sätzen.
Aus dem Englischen übersetzt von Wolfgang Krege.
470 Seiten mit Schutzumschlag.
ISBN 3-608-95079-6

TREMOR
Roman.
Aus dem Englischen übersetzt von Wolfgang Krege.
303 Seiten, Leinen mit Schutzumschlag.
ISBN 3-12-900521-8

EIN-HAND-KLATSCHEN
Roman.
Aus dem Englischen übersetzt von Wolfgang Krege.
223 Seiten, Leinen mit Schutzumschlag.
ISBN 3-12-900511-0

KLETT-COTTA